文学与社会的窗口

龙长吟 / 著

湖南师范大学出版社
·长沙·

图书在版编目（CIP）数据

文学与社会的窗口：龙长吟选集／龙长吟著. —长沙：湖南师范大学出版社，2021. 12

ISBN 978 - 7 - 5648 - 4377 - 9

Ⅰ. ①文… Ⅱ. ①龙… Ⅲ. ①中国文学—文学研究—文集 Ⅳ. ①I206 - 53

中国版本图书馆 CIP 数据核字（2021）第 225991 号

文学与社会的窗口：龙长吟选集

Wenxue yu Shehui de Chuangkou：Long Changyin Xuanji

龙长吟 著

◇出 版 人：吴真文
◇组稿编辑：李 阳
◇责任编辑：李红霞 江洪波
◇责任校对：赵英姿
◇出版发行：湖南师范大学出版社

地址／长沙市岳麓区 邮编／410081

电话／0731 - 88873071 88873070 传真／0731 - 88872636

网址／https：//press. hunnu. edu. cn

◇经销：新华书店
◇印刷：天津画中画印刷有限公司
◇开本：710 mm×1000 mm 1/16
◇印张：26
◇字数：450 千字
◇版次：2021 年 12 月第 1 版
◇印次：2024 年 8 月第 3 次印刷
◇书号：ISBN 978 - 7 - 5648 - 4377 - 9
◇定价：91. 00 元

凡购本书，如有缺页、倒页、脱页，由本社发行部调换。

投稿热线：0731 - 88872256 微信：ly13975805626 QQ：1349748847

自 序

文学评论家应有自己的学术高地

我从业文学评论，由涉足到专职近 60 年了。1964 年夏，我在湖南师范学院读大二时，写了三篇评论。当时全国正批判电影《早春二月》，我认为批判没道理，斗胆疾书，写下万字长文《论"早春二月"主题的积极意义》寄文汇报，两个多月没消息，便又写了第二篇送湖南日报，第四天记者就来班里调查。其实《文汇报》编辑部早就来了信，查问反批判文章写作者的真实姓名和情况，如果发表，连文章带人一起批判。系里找不出作者才拖了下来。系副主任、文艺理论家邓超高老师当时问我还要发表不，我当然不敢要求。因了那拟发表而终未能发表的两篇评论，我进了文学圈子，开始参加省文联学术活动。那时全省只一家中文本科系，全系同学唯我被邀，颇有优越感。讨论清官戏那天，周立波、蒋牧良、未央等著名作家都来了。未央戴个鸭舌帽，样子很年轻。会后进文联小食堂用餐，清秀得有点文弱的周立波主席，在我旁边坐了坐，另吃了。多年后才知道，那年月根本没有招待费，那午宴，是"立波特"私人掏腰包请的。之前过苦日子，他捐出过一大笔钱，专门给驻会作家加营养餐。从此，我写评论文章十分虔诚而谨慎。期末，同班同学曾钢城提议，我执笔，又写了一篇，批评邓拓的《燕山夜话》，寄《中国青年报》，同时还夹了一封信："书的扉页有作者一张整版相片，身份不寻常，请先调查作者，再处理我们的稿件。"整整半年过后的 1966 年 1 月，全国开始了批判《燕山夜话》，曾钢城要我追问稿子下落。我们当时正在湘潭县搞"社教"，无暇顾及，便再不过问。从那时到今天，我结缘文学评论虚岁近一个甲子；迟至 1974 年在省刊《湘江文艺》发表《评"园丁之歌"》，算来也近半个世纪了。虽然开局不顺，但文学评论对于我，绝不只是一份业余爱好，或者一种专业工作，它已融入我的血液，成为我生命的一部分，是我毕生不辍的一项既清苦又光荣的事业。

近60年来，我感觉到，做评论家首先要做学问家。文学评论有三种方式：一是统观中外，放眼古今，就中国重要时段的文学生态、现象、思潮、重头作家作品、创作趋向，高屋建瓴地作综合性的理论分析和对策阐释，如文革前后周扬的文章与报告；二是从中提出几个理论问题，作纯理性的分析，写出学理性很强、指导价值很高的学术文章；三是对作家作品进行具体的美学分析，以及作家谈创作的文章。无论哪一种评论，都必须以学问打底子，才有学理性，才能以理服人。第三种方式看似容易，其实也难。一位作家或一个主人公，就是一种人生；一部作品就是一页历史，一类生活，一段社会演变，一种人生况味。一个评论家，一生研读数以百计的作家，数以千万计的作品，文史哲经教，工农商学兵，古今中外，天文地理，涉及宽广的社会、历史、人事等许多领域，需要多么丰富的社会阅历和知识媒介，才能不看走眼，才能登堂入室不说外行话，拈出些叫人信服的道道来。如要进一步发现未成名作家的潜质，判定作品未来的际遇，没有穿透力的眼光，那只能是盲人摸象。当今反腐倡廉的作品万万千，如何判断其优劣高下？不弄清人治与法治的异同，怎能看出习近平"老虎苍蝇一起打""把权力关进制度的笼子""建立完善的反腐败法制体系"等主张，与毛泽东"治国就是治吏"的关系？不懂一点孟德斯鸠"论法的精神"的基本观点，怎能明白腐败与制度、权力与地域、国家幅员大小与治理方式之关联，怎能分清东西方政治体制的合理性与局限及其区别所在？平日我翻阅中外大文学评论家的著作时，折服他们个个都是大学问家。我国古近代虽然没有专职评论家，但看看刘勰的《文心雕龙》，欧阳修的《六一诗话》，金圣叹点评的《水浒传》，王国维的《人间词话》，还有第一个阐明文学与政治之关系的梁启超，他们的学识多么渊博！

共产党打天下要建立和依靠革命根据地，文学评论家也要有自己的根据地，评论家的根据地就是用学问筑起来的学术高地。文学评论属人文科学范畴，它与自然科学、社会科学相同，可划分基础理论、实用科学、尖端科学三大部分。与自然科学不同的是，作为人文科学组成部分的文学评论，它没有专门的尖端科学领域——文艺学、美学之概论，是基础理论，分析作家作品的个案研究，是实用美学，它的尖端或高峰，出自基础理论和个案研究中最卓越的那一部分，把那一部分做成同代人没达到的独门绝活，那就是高峰。自然科学的技术部分，后一个尖端必然淘汰前一个尖端，数码相机一出来，胶卷就"死"了，4G 取代了 3G，5G 最终要代替 4G；文学创作和评论就不一样，后一个高峰并不能取代、掩盖、扼杀前一个高峰，屈原、李白、杜甫、普希金、雨果、托尔斯泰、曹雪芹、高尔基、鲁迅等，他们永远作为文学高峰留存于世。所以，每一位文学评论家都有可能而且应该创造出属于自己的学术高地。我的学术高地有三块：建立"民族文学学"新学科；最先系统研究中国当代官场文学；打通中国文学现代与当代的人为分割线，整合为一门学科"现代中国文学"。站在学术高处，才能看得远、看得宽、看得透。1991 年到作协后不久，正值全国少数民族文学评奖，湘西苗族诗人龙再宇旧体诗集《边城诗草》未申评。凭我对中国当代民族文学创作态势的了解，相信这本诗集从内容、体裁、方向、创作精神、作者代表性等各方面的优势，都能获奖，便经过程序上报，果然命中。除了三块较完整的学术高地，我还有些碎片化的小高地：第一个按年代划分当代中国作家群，最早举行"湖南 60 年代出生作家群"座谈会，而后方有 60、70、80、90 后的命名；第一个提出孙健忠是土家族文人文学的奠基人，第一个论证中国现代军事小说开山作是陈渠珍的《艽野尘梦》；对具有国际影响的小说《边城》《棋王》，阐释之精准深入尚无比肩者。当然也有不少遗憾——不能及时抓住机遇，不能组成团队，不能始终专精于一而高地不高，等等。

文学评论家一定要有自己的思想，不能拿自家脑袋让别人的思想跑马。作家的思想观念，可以暗含在情节、场面、细节中，评论家却要把作家的思想从情节、场面、细节中提取出来，连同自己的思想见解，赤裸裸地陈放在读者面前，自然易获罪、易招怪。由此，评论家还要有胆识、有智慧、敢担当，敢为人民说话，敢为优秀的作家作品担当。陈寅恪晚景的凄凉，身后的留名，都来自他坚守的"自由之思想，独立之精神"。当代文人需要自由和独立，那是在维护国家统一、民族独立、人民福祉前提下的自由与独立，而不是无原则、无边界的自由与独立。挑战政治底线，应是别有用心或无知者所为。越界限分明，越是非清楚，越能张扬文人的主体意识。高端想法与高明思维方式的合辙，成就文人的大智慧、大眼光，达到智慧写作的卓越境界。乐此不疲，伏案功深，自可创建起具有相当影响力的文学高峰或学术高地。

文学评论家与作家应相互理解，互尊互爱。评论与创作，原本是文学的两翼，评论家不是给作家作品擦皮鞋油的。评论家真那么容易当？近60年来，我评研过的作家（含文学史著作）数百位，细读过的作品更不下千百件，阅读量庞大得无法计算。湖南师范大学卜庆华老师评郭沫若，不但读完郭沫若的所有文字，读完郭沫若读过的所有书籍和别人"研郭"的著述，还师从湖南和平解放的功臣李之透先生，专攻古文字学十年！可见，真要弄透一个作家的创作与文化贡献，需要多么浩大的阅读量，多么丰厚、充分的知识储备！漫说弄透一个作家毕生的成果繁难，就是真读透一个单篇也挺不易。不弄明白道家的思想，能说透阿城的《棋王》吗？不懂点哲学人类学，能理解林家品的《狗头》《大放血》吗？即便懂得了沈从文的人性论创作思想，不懂一点儿童生理学、心理学知识，能说透翠翠这个女孩子的形象么？

我用力最多的是评说当代湖南文学，亲见亲历亲为也有60年。青年评论家晏雄杰认为，文学评论几乎是一个"黑洞"。我完全认同他的说法。不懂政治、经济、军事、历史、哲学、社会、人生，就不懂文学，更不懂文学评论的。真正的文学评论家最好还要了解文学发展变化的重要关节点。有学者说，我有这个优势，提议我写一本"一个人的现代湖南文学史"，但那需要重读的文字太多，力不能支，只好作罢。

从《文心雕龙》到《在延安文艺座谈会上的讲话》，从各类"诗话""小说评点"到胡风的"万言书"，中国文学批评的世界琳琅满目。朱熹云："旧学商量加缜密，新知培养转深沉。"我们是否可以搭一座凉亭，建立一门文学批评学学科呢？一则可请评论家进去小憩，二则可借此远离不看作品的盲评，骂倒一切的酷评，只说好话的媚评，端正我们的学风，让评论和创作比翼齐飞。

龙长吟

2021 年 10 月于长沙市龙王港

目　录

第三编　文山窥豹

第四编　说长道短

附录

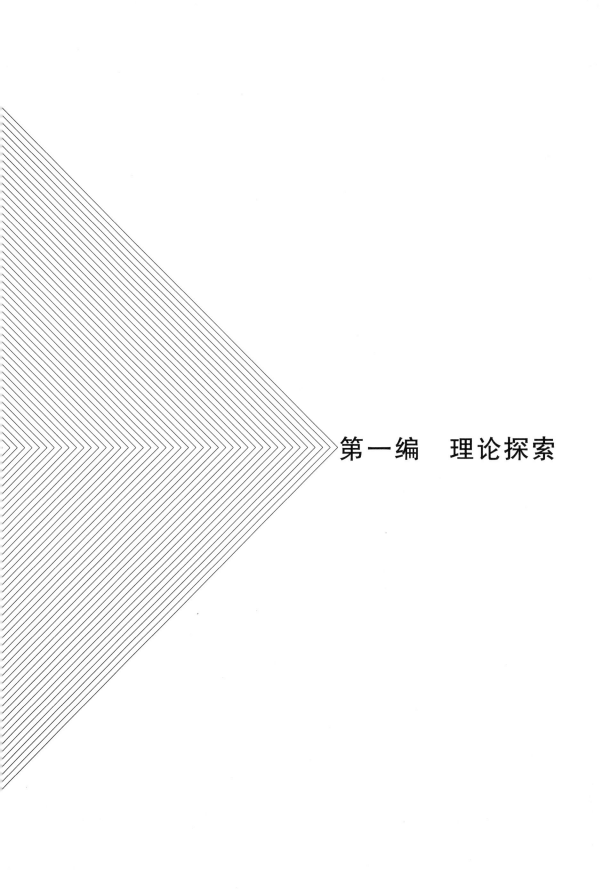

第一编　理论探索

打通现代当代，回归文学文本

——论"中国现当代文学史"书写新范式

2014 年 3 月，中国高等教育出版社出版了我和谭伟平主编，肖百容、杨厚均、曾耀农副主编的《现代中国文学教程》，重启中国现当代文学史书写新范式。拙作《前言》系统论述了这一新范式的五大特征。

如何梳理、评价和厘定近百年来中国新文学发生、发展的历史，不仅是学术界常常争论不休的热门话题，也是高校中国现代文学、当代文学教学中经常探讨的热点问题。文学史著作分教材型和研究型两类。教材型主要面对学生与文学爱好者，注重科学理论指导下的实际操作，史著的体例设置便是关键。研究型面对研究者，深度阐释与真知灼见非常重要。无论教材型或研究型文学史，在两者兼顾又有所偏重的态势下，均需对文学发展的本来面目和基本规律作较准确的把握和较精当的阐释，对作家作品的成就、特色、艺术创新作深入剖析和较公允的论定。出于需要，新旧世纪之交，迎来了重新编写中国现当代文学史的高潮，迄今公开出版了 100 多种这方面的著作。1991 年武汉大学出版社出版了吴宏聪、范伯群主编的高等教育自学教材《中国现代文学史（1917—1986）》，1998 年武汉大学出版社出版了黄修己主编的《20 世纪中国文学史》和 2004 年的新一版（简称黄本），1999 年高等教育出版社出版了南京大学朱栋霖、丁帆、朱晓进等主编的《中国现代文学史》，2006 年陕西出版社出版了雷达等主编的《中国现当代文学通史》（简称雷本），2010 年高等教育出版社出版了严家炎主编的《20 世纪中国文学史》，2011 年高等教育出版社出版了谭伟平、龙长吟主编的《现代中国文学教程》（简称谭龙本），此外还有山东大学出版社出版的黄万华主编的《中国现当代文学》，孔范今主编的《20 世纪中国文学史》，等等，都属教材型文学史著。它们的共同特点是：百年打通，合二为一；一线到底，文体分立；厘定经典，文学本位。有的虽然仍以中华人民共和国成立的时间为界，分为两大阶段，但总体上还是将现当代文学整合为一了。我们把这种特点的文学史书写称为"新范式书写"，其中又以黄本、雷本、谭龙本的改革幅度为大，尤以谭龙本改革最为彻底，最具代表性。它不单是把 1949 年的时间壁垒打破，在时间上百年打通，而且在内容编排与结构体例上作了全面的调整与深度改变。北京大学钱理群、温儒敏、吴福辉主编的《中国现代文学三十年》，复旦大学陈思和主编的《中国现代文学史》《中国当代文学史》，王庆生主编的《中国当代文学史》，虽作了较大的调整，但还是以 1949 年断代，依然将现当代文学分设为两门课程，这一方式在国内外产生了很大的影响，为新范式书写提供了宝贵的经验，也留下了广阔的空间。以下以谭龙本为主要观察对象，从五个方面具体论述新范式书写的特点。

一、把中国现当代文学整合为现代中国文学

历史似割不断的长河水，绵延而前，直至永远，又如浩瀚的天穹，混沌无边，没有间隔和空隙。把历史分为若干阶段，若干门类，乃是后人为了研究的方便所作的人为的切割。历史板块的"分"与"合"，是不同研究者根据不同研究方式在一定时段采取的权宜之计，并非永远不能更动。自"五四"前夕开始的中国现代文学，随着中华人民共和国的成立，进入当代。1958 年华中师院率先开设了当代文学课程，1989 年，在广州和北京分别成立了中国当代文学学会和中国当代文学研究会（人称"南会""北会"），从此中国新文学正式成为现代文学和当代文学两门独立的学科。事隔五年后，北京大学的黄子平、陈平原、钱理群在 1985 年第 5 期《文学评论》发表《论二十世纪文学》，提出"中国现当代文学是一个整体"的重要观点。1988 年第 4 期至 1989 年第 6 期，《上海文论》"重写文学史"专栏，发表 30 多篇文章，热烈讨论重写中国现当代文学历史的问题。到后来，将中国新文学发展的近百年历史打通，把中国现代文学与当代文学合为一门课程，虽有歧见，但也成了许多大学中文系的共同做法。

把中国现代文学与当代文学合二为一的理由相当充分：两者的指导思想同是马克思主义理论指导下的民主和科学，推动力都是革命，语言形式都是白话，除鲁迅外，郭沫若、茅盾、巴金、老舍、曹禺、沈从文、丁玲等现代文学中的大家，依然是当代文学界的领袖或领军人物，分成两门学

科，反而"腰斩"了他们。两科合一，是历史书写的转型，也是回归到文学历史本身的重大举措。在定名上，黄本称"20世纪中国文学史"，雷本称"中国现当代文学通史"，而谭龙本称"现代中国文学教程"。这绝不只是词语的改变或倒装，而是打破了新文学史的横中断代；不再把中国新文学的历史分为新民主主义革命时期的文学和社会主义革命时期的文学，打破了按照中国革命分上篇和下篇的逻辑惯性；不再把中国新文学分成现代文学和当代文学两大独立的体系和两门独立的科目，打破了政治划线的时间界碑，拓宽了视野，丰富了资源，更新了理念，为研究中国新文学的发展历史、分析作家作品提供了一种新的眼光和思路。研究当下作家作品时，放到现代文学的广阔背景下，甚至在近代文学的空间中加以比较衡量；研究现代作家作品时，既关注当时的文学现状，又用今天新的理念和研究方式去观照，互为资源，相互依托，将对象吃得更为深透，能更准确地看出它的分量，弄清它的得失。20世纪是以2000年为结点的特定时间段的概念，它无法包容20世纪以后的文学，而中国新文学在相当长的时期是没有下限的，故除黄本外，其他人都放弃了"20世纪中国文学"这个首功卓著的开拓性概念。"现代中国"则是一个发展着的、在相当长时期内没有下限的概念，指的是辛亥革命以来的，新旧民主主义、社会主义革命和现代化建设时期的中国。"现代中国"作为一个概念，是毛泽东1937年10月19日在延安陕北公学纪念鲁迅逝世一周年大会上的讲话中首先提出来的。他说："孔夫子是封建社会的圣人，鲁迅则是现代中国的圣人。"① "现代中国文学"的概念，则起始于梁启超。他在《现代中国文学之浪漫的趋势》一文中，开篇第一句就说："'现代中国文学'系指所谓的新文学而言。"② 人们在运用"现代中国"或"中国现代"的概念时，重音都落在"现代"二字上。"现代中国文学"或"中国现代文学"显然是指以1915年《青年杂志》（后改为《新青年》）的创办为源头、以"当下"为结点的不断生长着的文学。现代文学是当代文学之源，当代文学是现代文学的流，两者本是一个同根共茎的生命共同体，将它们合二为一，用现代中国文学或中国现代文学命名，概括《新青年》创办以来到今后相当长时期内存在的中国新文学

---

① 毛泽东：《毛泽东文集》第2卷，人民出版社1999年版，第43页。
② 转引自魏崇新、王同坤：《观念的演进——20世纪中国文学史观》，西苑出版社2000年版，第161页。

历史，应该是比较科学的，也具有较宽泛的包容性。

文学史书写必须建立在一个科学的思想基础上。新范式书写在书名中保留"现代"一词，意图很明显。那就是用现代性统帅文学史编写，这也是此前现当代文学界的统治性观点，雷达明确主张"在'现代性'的烛照下重新认识现当代文学"，他说，现代性是一个发展着的具有多重阐释可能性的概念，但它的"主要内涵应是理性精神、科学精神、契约精神、批判精神，个体的主体性，自由、博爱、人权，等等"，不过"文学的现代性要在文学中""置换为文学的审美意识和审美情感"。① 谭龙本则进一步认为，文学生长的哲学基础，是新文学史编写的逻辑起点；作为教材，它又必须以教育学和心理学理论为指导，一切以有利于学生的知识接受和能力提高为归宿，新范式书写的思想基础应是现代化进程中的美学理论和现代教育理论。教材编写与教学改革虽然是两种不同方式的工作，但教材是教学之本，教学是对教材的丰富与深化，其思路是相通的，叙事秩序、内在逻辑关联是相同的。现代中国文学教学，必须以新文学的美学理论为内在逻辑，符合接受美学的基本规律，从而确立起中国新文学史编写的叙述秩序。"现代中国文学"的命名并非只是用现代性统帅全课程和整部教材。现代是一个时间概念，现代性是文化概念，用现代性统帅代替过去的政治统帅，仍然是文学的外在因素——社会思想为统帅。文学史是文学的历史，不是社会思想史，思想史只是文学发展历史的一个背景，文学的美学思想才是引领文学发展的内在动力。不单以现代性为教材的统帅思想，并不意味着不重视现代性。人们评析作家作品的思想倾向，评说文学思潮时，"现代性"是重要的思想武器。因为一切历史都是当代史。书写文学史，无非是为现在的作家和广大文学爱好者开出源来，让后来的人获得文学的、人生的滋养。而且，现代性是一个尚未论定的十分宽泛的概念。上个世纪以来，传入中国的马克思主义、西方资本主义文明、中国传统文明的现代性转换，是现代性的三大内涵，其中科学与民主是现代性的核心，人文精神是现代性的灵魂。科学和民主的思想、以人为本的现代人文精神是引导人们创造社会历史的指针；在把握作品评说文学历史时，现代美学思想才是人们分

---

① 雷达等主编：《中国现当代文学通史·导论》，甘肃人民出版社 2006 年版，第 4 - 5 页，第7 页。

析文学文本和文学史实的指针。

寻找编写近现代文学史科学的指导思想，几乎是世界性的努力。法国文学理论家华莱士·伐利在达尔文思想的影响下，曾用生物进化论的观点编写了《法国近代文学史：从梵乐希到沙特》；上世纪八十年代，胡兰成也曾用进化论的观点编写了《中国文学史话》在台湾出版，主张"文学之道，道法自然"；台湾还有学者准备以民族性为指导，清理和编写中国现当代文学史，然而都未能达到理想的效果。中国大陆本土学者上个世纪中叶编写的中国现当代文学史，其中多数政治意识过浓，生命周期有限。总的来说，指导思想有两类：一是放之四海而皆准的哲学理论，一是专门领域内的学术理论。作为意识形态性质的文学史，其编写过程中，既要以马克思主义哲学理论为指导，又要以艺术哲学，即文学的美学思想为指导，缺一不可。不同时期中国文学的美学思想，其内涵并不是一成不变的。准确把握和描述不同时期差异性很大的美学思想对文学创作的影响，是正确理解、深入评析作家作品和文学现象的关键，这就要求新范式书写者运用科学的美学思想，最大限度地指导并把握住文学发展的外部特征与内在逻辑。

作为教材型的"现代中国文学史"，以谭龙本标明的"教程"二字为代表，在注意历史平衡性的同时，决意丢掉为作家作品列名单、排座次、求全面的包袱，因此新范式书写一切从方便学生接受出发，交给学生用得着的知识，提高学生知人论世的能力和审美能力，帮助学生建立科学的思维方式和审美方式。因此，新范式一般都有两个"主体"，一是编写者的自我主体，体现编写者的观念、主张、识见、体验，这是显性主体；二是学生主体，让学生易学、乐学、方便记忆、利于接受，这是隐性主体。重视接受主体，化繁为简，是与"百年打通"伴随而来的子特点。

二、一线到底，五块分立

文学史的体例编排就是文学史的叙事秩序，是书写的结构方式与结构序列。事物不同的结构决定了不同的性质，这一物理学常识特别适合中国现当代文学史的构建。文学历史的发展具有连续性，也有阶段性。阶段性是因时代背景和政治历史条件的不同导致文学生态的差异而形成的，连续性是文学自身属性传承与发展的结果。阶段性与文学的外部条件相连，连续性与文学的内部属性相通。文学史的叙事秩序，焦点是如何处理连续性与阶段性的关系，亦即体裁与时段的关系。是以体裁为纲、时段为目，还是以时段为纲、体裁为目？从黄修己的《中国新文学史编纂史》及其他资讯中得知，现有的两百多种中国现当代文学教材，大多采用分段式的"断代结构"。新范式遵照"结构体现事物'质'的规定性"的原则，将突破点放在体例的变革上，突出文学的内部规律。新文学内部作家之间，作品之间，文学现象与文学思潮之间，以及思潮、现象、作家、作品、时间流程等相互因素之间，最主要、最基本的关联不是纵向的政治大事件的关联，而是各体文学和同一文体内部作家作品生命力的竞争，因此无论是"20世纪中国文学""现代中国文学""中国现代文学通史"，都采取同一个做法：百年打通，一线到底，把各体文学的内在逻辑关联作为"现代中国文学史"的结构脉络。谭龙本完全采用体裁笼罩时段、统帅作家的方式，即不以时段为纲，而以体裁为纲，先按体裁分成思潮、小说、诗歌、散文、戏剧与影视文学五大篇，篇中再以题材或艺术方法为逻辑区分列出章次，章下以作家作品立节，节与节大致以时间顺序相连，以保留局部的"史"的色彩。这并非不承认历史的阶段性，而是在这一大框架下，把阶段性分解到体裁中，在叙述各文学体裁发展脉络时分段。雷本与黄本虽仍以时段为纲，体裁为目，但在具体的处理方式上，都不约而同地采取了以时段为虚，以体裁为实的叙事策略。雷本一个"通"字，打破了过往以中华人民共和国成立为界将文学整体一刀两断的传统，分五四前后、30年代、40至60年代、"文化大革命"、历史新时期五大阶段，每一阶段中再按小说、散文、诗歌、戏剧四大体裁介绍作家作品，而且"段"而"不断"，前一阶段文学的末期是后一阶段文学的起始，真正体现了"通史"的特点，实现了历史阶段性与历史连续性的融合。黄本基本上撤除了"十年一段落"的旧习，分成"前五四时期"（1900—1916）、"启蒙到共和国时期"（1917—1949）、"共和国文学的艰难时期"（1949—1985）、"向市场经济转型时期"（1985—2000），在这一框架下再按体裁分类叙述作家作品。每个时段中，都采取大作家领军、以人统文的排序方式，多时段、多体裁作家的作品归并到一个主要时段或主要体裁内集中论述，改变了以往现当代文学史中大作家多处重复出现的现象，杜绝了"腰斩"与"割裂"的弊端。谭龙本以体裁为纲，对多种体裁均有突出成就的人，可以归并的归并，如余光中以诗歌为主、散文为次，则在诗歌篇附带评说他的散文；难于归并的则各体并存，如鲁迅的小说和杂文同样具有划时代的意义，巴金的小说和散文具有同等重要的文学史价值，便在小说和散文篇中均立有鲁迅、巴金的章节。不过这样一来，去除了"腰斩"之弊，却稍有"车裂"之嫌。

如何正确把握文学的内部规律，这是文学史新范式书写的关键。文学的内部规律主要体现在思想内容、艺术形式和美学风格三大方面。我们研究特定文化语境下的文学，就是在研究作家反映社会、人生、表现政治倾向和人生体验时，发掘和揭示出作品内容、形式和风格的特色，以及相互之关系。从形式入手的"体裁归类"的分类式结构，最容易把中国现当代文学看成一个整体，摆脱政治决定论的影响，登堂入室，进入艺术堂奥。书写文学史，应在诗言诗，在小说言小说，才能在文学言文学，便于对同类作家作品进行比较、鉴别和取舍，把准文学作品的审美属性，发现作家的文学创作功夫，知道他们在哪些地方超越了前人，造就了文学的高峰。为此，新范式全都采用了按体裁归类的书写方式。谭龙本以体裁分篇，整部现代中国文学史分成思潮、小说、诗歌、散文、戏剧和影视五大块来叙述；雷本与黄本则在每一时段下设思潮、小说、诗歌、散文、戏剧等章节，在论述具体文本时，尤以体裁特征为突破口，直指文学作品的思想内容、艺术形式和美学风格以及他们之间的关系，这就有利于揭示文学的内部规律。

新范式这一做法与最早的现代文学研究者的做法相通。新文学诞生之前，梁启超 1902 年创办《新小说》刊物时，第一期的栏目共 12 个，就是按题材分类设立的，有历史小说、政治小说、科学小说、哲理小说、冒险小说、侦探小说、传奇，此外还有广东戏本、杂记、歌谣、图画、论说五个栏目。作家兼学者冯沅君在武汉大学开设新文学课程时，也是按体裁、题材，分作家逐个讲授的。新文学课程的开山大师朱自清在北大向王瑶等学生讲授新文学时的讲稿《中国新文学研究纲要》，分总论和各论两部分。"各论"就是按体裁（小说、诗歌、戏剧、散文、文学批评）分类，每种体裁中，又按题材、分作家予以论述。阿英在《晚清小说史》中，除翻译小说专题之外，把当时小说创作归为十一个专题叙说：晚清社会概观、庚子事变的反映、反华工禁约运动、工商业战争与反买办阶级、立宪运动两面观、种族革命运动、妇女解放问题、反迷信运动、官僚生活的暴露、讲史与公案、晚清小说的末流等。谭龙本在小说篇中，按题材将新小说分为知识分子、女性、体制化农村、乡土、家族、军事、历史、武侠、言情、财经、城市、官场文化小说十二大类型，与阿英如出一辙。新范式这种按体裁、分题材的研究，便于深入把握各门类文学的审美特征，有利于发现文学内部规律的演进。这种分类贯通，还会使人们在探索思考中，打破原来的视野屏障和思维定势，获得一种新的比较视角，呈现出一种新的认知方式，进入到新的美学视野，萌发出新的文学排序。

文学感的增强可能导致历史感的弱化，为弥补这一弱点，新范式注重文学语境的勾勒。黄本在每一个大的历史时期前面设立专章，阐明时代环境、文化潮流，作为新的文学发生发展的条件和背景；雷本则在每个大文学阶段的前面，在阐释具体作家作品之前，先安排两个甚至两个以上的章次，直接叙述"时代面貌""文化与文学思潮""创作概况"，把作家作品摆到一定的历史范围之内来分析；谭龙本在每一篇或一个大时段的前面，安排类似"概说"性质的章节，从该文体的源头到现在的结点，梳理出各类体裁的文学发展脉络和阶段性情况，保证了文学史的整体性和连贯性。

类型加个案的叙述，是任何文学教材不可更易的书写方式。但如何概述，如何归类，各家都有新的探索。出于平衡，以往的概述只描述概况、脉络和后面没有重点分析又必须提到的作家作品，知识的必要性和重要性不强。新范式一方面梳理出各体文学发生、发展、转型的脉络，为后面的作家作品分析奠基；一方面从情况介绍中分离出来，高屋建瓴，归纳和阐述该门类文学创作中突出的理论问题，引导学生深刻认识写作对象的文化属性和文化特征，深入探索某一门类创作中的规律、得失和走向。这样做，既提高了学生的理论水平和知人论世、缘情察物的能力，也锻炼了学生把握全局、预测未来的本事和功夫。

编撰体例的改变，依据的是文学生态、文学语境与学术态势的新变。在作家作品入史、文体入史和文学史分期等问题上，新范式充分注意到文学生态的新特点和文学艺术新形式的生成。由于历史的延长，新的作家作品不断涌现，新范式书写势必淘汰许多先前的入史作品，增加新的经典精品。在五四至新时期以前近六十年现当代文学中，统统放弃了曾经入史的二流作家、二流作品的介绍，而将沈从文等因政治原因被排挤的经典作家和后来的陈忠实、阿来等入史。新时期以来市场经济大发展，文学边沿化，黄本甚至把1985年以后市场经济对文学的影响与五四、中华人民共和国成立对文学的影响等量齐观，作为 20 世纪文学发展的第四个时期，命名为"向市场经济转型时期的文学"。新时期开始，传媒发展迅猛，影视在戏剧的基础上大普及。由于两者都是供表演用的，有许多共同的属性，初期的电影、电视与戏剧尤其密不可分，谭龙本在戏剧篇中增添了影视的内容，把戏剧和影视合成一篇，篇幅几乎等量齐观；戏剧和电影、电视毕竟又有各自的特性，戏剧文学与影视文学又各自独立成章。雷本与谭龙本按文学体裁归类时，较传统的现当代文学史著，方式有创新，内容有大的增删：思潮以思想观念的异同相区分，按属性归类，淡化了文艺批判运动，加重了文学思想理论阐释的分量；小说摹写人生社会，阵营庞大，拓展了许多新的领域；散文重意，按主题指向归类，引进了大散文的概念；诗歌，五四以来主要是形式的革新，按形式归类，增加了旧体诗门类，朦胧诗也占有很大的篇幅；戏剧文学，按创作方法归类，加进了小剧场剧作；影视，尤其是电视文学，按其发展脉络，分"代"归类。小说和戏剧，作品容量很大，说透一篇经典，可显示作家全貌；诗歌散文，举例分析的篇目必须多一些才不会有大疏漏。这样的结构方式和阐释方式，既符合文学本身的生态实际，又体现了各体文学自身的特殊性，也不背离文学史的一般叙述方式。

中国现当代文学史结构的改变，符合知识经济时代的要求。如果说民族化因民族革命和民族国家建构而导向政治化，那么，全球化因为高科技迅猛发展和资源共享带来了知识爆炸。由于网络的普遍使用，一时间人们可以走遍世界无数个图书馆，与论题相关的点点滴滴的"情况"，已变成简单的信息，随时可以通过网络集结起来。一种跨文化、跨学科的学术研究路数自然形成。这时候，一个学人的成就大小，一种研究成果的优劣高低，主要不是材料积累的功夫，而是学人的知识结构的科学水平和思维创新，以及学科基本建构的先进程度与完善程度。结构的科学与否，就变得极为重要。正如海德格尔所说，科学研究取得的进步主要不靠收集实证研究的结果，而主要靠对各个领域的基本建构提出疑问，这些疑问往往能"从那种关于事实的日积月累的熟知中脱颖而出"。① 正是这新的学术态势，促使中国现当代文学界从教材的结构更新入手，依据文学生态，大胆取舍，建造出现代中国文学史简明、科学、维新的编撰体例。

---

① ［德］海德格尔：《存在与时间》，陈嘉映、王庆节译，三联书店 1999 年版，第 11 页。

三、正视制约文学的外部因素，科学确定作家作品的文学史位置

决定文学发展的不只是文学的内部因素，还有文学的外部因素。只有同时重视文学的外部因素和内部因素，才能真正编撰出优秀的文学史著。新文学自诞生以来，总是在与政治、与社会、与自我的离离合合、疏疏密密的关系中游走，太贴近、太亲密则没有了文学的独立性，限制了文学的审美品格，不利于文学的发展；太疏远、太隔离则导致政治、社会、人生，文学与人们的实际生活、切身利益不沾边，文学没有了使命，也就没有了读者，生存便出现危机。现代中国文学发展最主要的外部关联，就是与政治、与现实、与自我、与市场、与传媒的关联。

中国新文学主要是 20 世纪发生的文学。20 世纪是由暴力革命走向和谐发展的新世纪，由高度野蛮转向高度文明的世纪，由大搏杀走向大融合的世纪。在这种社会大背景下发生的中国新文学，政治对作家的钳制特别明显，曾造成历史的不公。从 1902 年梁启超《论小说与群治之关系》开始，经过五四和"左联"时期，到四十年代的抗战文学，特别是延安文艺座谈会以后，明确规定了文艺为工农兵服务、为政治服务的方向，文学的政治性不但一脉相承，而且愈演愈烈，致使"文革"文学进入了政治斗争的死胡同。新范式摆脱政治对作家的歧视，对一度被政治排斥在外的周作人、沈从文、张爱玲、胡风、钱钟书等作家，给予了应有的文学史位置：沈从文与茅盾、巴金处同等地位，周作人在五四时期的地位仅次于鲁迅，张爱玲的地位还摆在丁玲之上，胡风恢复了他当代文艺理论大家的身份，钱钟书虽不是"文化昆仑"，但在知识分子小说创作上确实卓有成就。同样，对"文革"中曾因为江青的关系多年来被搁置于文学史之外的芭蕾舞剧《白毛女》等八大"样板戏"，新范式也作了实事求是的阐述。

文学与社会现实不宜贴得太紧或相距太远。如果把现代中国文学史分为三个三十年，第一个三十年从属于革命和战争，第二个三十年从属于革命和建设，后新时期三十年文学才较为独立。前六十年文学与民族、国家、人民的命运扭结在一起，与党的政治、国家政策粘连在一起，不但直接影响到文学作品的题材、主题、艺术风貌、价值取向等，而且深刻地制约着文学史的编写格局。从王瑶、刘绶松、张毕来等的"中国现代文学史"开始，基本上沿袭了政治历史的框架。由于以政治历史框架为文学史框架，

文学过重的政治意识形态色彩不但淹没了文学的主体性，而且也限制了学术研究的视野和空间，现当代文学史教材与现在的文学发展、教学秩序、学术研究已形成突出的矛盾。其矛盾是：用政治思想变迁硬套文学发展流程的矛盾；独尊政治，轻视主体，文学自身独立性消融于政治一统的矛盾；旧的教学体制与新的学术格局的矛盾。上世纪80年代开始，政治、思想、文化的多元化，带来了文学的自觉，学界才有可能真正从文学的角度来清理和编写中国新文学的历史。期间也有些过分注重个人小悲欢的作品远离了人民的现实生活。新范式书写在呼应社会变革，在校正文学与政治、现实、自我的距离，协调政治与学术的矛盾诸方面，做出了可贵的卓有成效的努力。

上个世纪90年代以后，市场经济对文学的制约取代了过去的政治制约。市场经济是一种体制，也是一种经济形态，还是一个价值标准。文学书籍的销量、电影的票房收入、电视的收视率等，成了衡量作品价值最显在的标尺。尽管不一定科学，但它很起作用。每一位作家、每一个作品都逃不脱市场经济的判决，市场经济的力量显然比政治力量更强大、更无情。但另一方面，市场经济有它铁定的原则：资源配置的市场中心化原则；互利性的等价交换原则；资源主体的自主性原则；反垄断的自由竞争原则；崇尚优势的优胜劣汰原则；机会均等的公平公正原则；以契约为基础的信用经济原则；维系有序性的法制原则；以利益为目标的市场经济道德原则；强调比较优势的开放原则；保护弱势群体的社会保障原则；等等。在市场经济体制中，文化（包括文学）被当作产业，逐渐疏离意识形态的羁绊，开始显示出自主性与独立性，呈现出消费主义色彩。市场的力量极大地刺激了文学的发展。保护弱势群体的社会保障原则演化为提倡文学创作的底层书写；儿童文学、官场小说、历史小说、女性文学等，之所以高潮迭起，佳作名篇不断，就是因为市场的支撑。新范式书写的谭龙本尊重市场规律，增设立了历史小说、女性小说和官场文化小说等专门章节。尊重市场对文学的选择，也就是尊重了读者。

传媒的发达直接带动了文学的发展。高科技的推广和信息高速公路的普及，使得电脑和网络成为我们生活学习中不可缺少的工具，通讯变得极为自由和便捷。网络文学不但冲击了现有的出版体制和作家体制，使写作真正成为个人的事情，带来了文学创作的高度自由，而且，新产生的网络文学，包括手机文学，它对文学的普及，功不可没。高科技带来的电视传媒的极大发展，也促进了文学的发展。影视不但催生大量的文学母本，而且文学作品一旦得到媒体的传播，立马走进千家万户，为作家开辟了广大的市场；电影、电视文本和网络文学，成为文学中最庞大的文学门类。新范式暂时还没有把网络文学放进去，因为文学史书写不可能与文学发展完全同步。谭龙本已经将电影文学与电视剧本带入文学史，且占了十分之一强的篇幅。

鉴于文学外部因素的重要，新范式开拓思路，重组结构，重新确立大家，厘定经典，调整作家作品在文学史上的位置。除重新搬出了一些文学大家外，对被政治过分溺爱过的作品和作家，如《太阳照在桑干河上》《三里湾》和"赵树理方向"等，都降了调。对过分追求自我、蔑视精神高度的身体写作，给予了应有的批评。与此同时，出于尊重文学与现实、与市场、与受众的关系，新范式书写增设了新的文学门类章节，从而重新构建了现代中国文学的知识体系。

四、引入文化阐释是"文化诗学"语境对文学史编写的新要求

中国现当代文学史新范式书写兴起于上世纪末而盛行于本世纪初，系后现代文化诗学在中国大行其道之时。新范式书写者们自觉地运用文化诗学的理论，对文学文本进行了精当的文化阐释。上世纪六十年代以来，格林布拉特出版了《文化诗学》一书，索绪尔结构语言学进入文学领域，爱德华·赛义德提出了"杂交文化优势"论，詹姆逊总结出了"文化阐释"说，文学向文化偏移成了世界性大趋势，文学研究从此在美学、语言学和文化阐释三大路径上展开。毋庸讳言，根据美国学者克罗伯和克拉克洪在《文化：概念和定义的批判回顾》中列举欧美关于文化的定义，多达一百六十多种，"文化"一词在当今，已成为"概念的泥沼"，在我国尤其成了一座无所不装的大仓库。到底什么是文化？根据文化传播学家的观点，文化乃是人类所创造的一切可传播的知识、概念、理念、技艺、观念的综合；"文化阐释"，说白了就是对文本的人文内涵作广泛深入的人学与社会学分析，它是文化诗学的核心。具体地说，诗歌和散文，因作家主体意识的直接投射，作品与社会文化思潮的联系较之小说、戏剧更为迅捷，解析散文、诗歌及其文体演变，除了发掘作家自身的文化原因，更应注重发现作品所

受社会文化思潮的浸染和影响。戏剧与影视，其艺术形式的演变直接受文化市场的支配，但支配市场的潜在力量和精神文化的影响也不容低估。我们曾经遵循主流意识形态的要求，注重政治功利，从阶级利益和政治需要出发衡量文学作品，现时的文化阐释则从社会学与文学的交汇处出发，从现实因素与历史渊源的交汇处出发，分析作家心路历程，发掘作品的各种容量，展示人物形象的精神品格和情感诉求，扩大了研究的空间和视野。在运用文化概念随意到流于庸俗的当下，新范式书写使用文化概念时则相当严肃，其文化阐释主要从四个方面展开：

一是挑明作品的文化信息，增大文学史教材的信息量。乔纳森·卡勒说："文学既是文化的声音，又是文化的信息。它既是一种强大的促进力量，又是一种文化资本。"① 据此，新范式书写的文化阐释着力点之一，就是让教材本身尽可能地具有丰富的文化信息含量。只要看一看雷本的《导论》，黄本（上册）对三十年代现代派小说的评介，谭龙本的"本章小结"，就可知道这些史著信息含量之大、价值之高、功用之广了。泰勒在《原始文化》第一章"关于文化的科学"中说："文化，或文明，就其广泛的民族学意义来说，是包括全部的知识、信仰、艺术、道德、法律、风俗以及作为社会成员的人所掌握和接受的任何其他的才能和习惯的复合体。"② 新范式在阐释文学文本时，突出人文意识，注意揭示文学作品所具有的历史、政治、精神、信仰、道德、风俗、法律和美学等各个层面的知识，从各个角度进行广泛深入的文化解析，开掘人物行动的文化根源，较之就事论事的分析介绍深刻多了。雷本在分析贾平凹的散文时，从材料使用、知识分子的文化使命、人文关怀、学理趣味、文学美感等多方面分析，指出贾平凹的散文"坚持自由的精神和'边缘的姿态'，将学者精神灌注于民间生活，让读者在诗意的审美接受中开启心智……体现了厚重的文化品格"。③ 基于对贾平凹散文厚重的文化品格的判断，又引出第二个更加重要也更具文学史价值的判断：贾平凹的散文长于小说。新范式书写这些成果的取得，显然是自觉运用了文化诗学原理的结果。

---

① ［美］乔纳森·卡勒：《当代学术入门：文学理论》，李平译，辽宁教育出版社1998版，第43页。

② ［英］爱德华·泰勒：《原始文化》，连树声译，上海文艺出版社1992年版，第1页。

③ 雷达等主编：《中国现当代文学通史》（下册），甘肃人民出版社2006年版，第922页。

二是揭示作家隐藏于作品中的政治无意识和社会经验。美国大学教授弗雷德里克·詹姆逊说："利用历史叙事说明文化文本何以包含着一种'政治无意识'，或被埋藏的叙事和社会经验，以及如何以复杂的文学阐释来说明它们。"① 据此，新范式文化阐释着力点之二就是发掘文化文本包含着的一种"政治无意识"。新范式书写把作家作品置于相应的文化背景中，以民族的、国家的、行业的、地域的具体领域的集体意识的理性或非理性为指引，把"包含着的'政治无意识'"，"或被埋藏的叙事和社会经验"发掘出来，从而探究出作品之所以如此的深层根源；同时注重文学研究的跨学科性、大众化，注重族群、阶级和性别的制约，探求作者的文化立场、态度、观念对作品的辐射。雷本分析周立波《山乡巨变》时说："从自然明净朴素的民间日常生活中，开拓出一个与严峻急切的政治空间完全不同的艺术审美空间，""不仅表现出他对自在自然的民间文化形态的尊重，也反映了作家个人身上善良、宽厚、天真的美好品格。"② 这不但精当地揭示了《山乡巨变》与同时代同类题材作品截然不同的艺术风采，而且发掘出该艺术风采的根源，来自作家"被埋藏的叙事和社会经验"，来自"作家个人身上善良、宽厚、天真的美好品格"。谭龙本分析《古船》时说，因为作者对机械成分论怀有巨大不满，当时还不能发泄，只好借隋见素之口代言；过头的阶级论曾造成极大的"左"倾危害，但阶级论学说一时又不能推翻，只好用隋抱朴的"赎罪意识"作为批判"左"倾错误的政治保护伞。这样就深入到了政治无意识层面，直接发掘出隋见素为什么性情暴烈，隋抱朴为什么总在无罪赎罪的根源，由此，《古船》批判"左"倾错误的深层含义便洞若观火了。由于新范式注重研究政治无意识如何影响作家的选材与表达，让潜意识浮出水面，不仅回答了作家写什么、怎样写等表面问题，还回答了作家为什么写这个、为什么会这样写等深层次问题。这样的分析真正"鞭辟入里"了。

三是揭示作品的文化背景和表现对象的文化属性，以期更深刻地认识对象。卡西尔在《人论》中说："人是文化动物。"由人组成的社会各个方面、各领域都有各自的文化属性，只有透彻地了解对象的文化属性，才能

---

① 王逢振：《詹姆逊文集》（四卷本），中国人民大学出版社 2004 年版，前言第 6 页。
② 雷达等主编：《中国现当代文学通史》（上册），甘肃人民出版社 2006 年版，第 496 页。

更深刻地知人论世，揭示出文学作品深厚宏大的内涵。黄本在论说 20 世纪中国通俗文学时，清醒地认识到，武侠小说是中国的国产，侦探小说则是舶来品。侦探小说要在中国本土上扎根，并形成本土化特色，比武侠小说难得多。基于这样的认识，进一步推出结论，"程小青和孙了红，他们分别创造了中国侦探小说的'道德模式'和'文化模式'"，发人之所未发。谭龙本在对中国新小说的内容作文化阐释时，总是把人学、美学、社会学与历史学分析多方打通，别有见地。《创业史》中梁生宝徐改霞的爱情破裂，并非如作者所写"为了工作而牺牲爱情"，而是另有隐情。当时许多军人单身，中央军委和民政部门曾明确要求地方各级各部门有义务设法帮助军人解决婚配问题。徐改霞的模特儿被一位解放军退伍军官看中，由那军官带走了。柳青之所以不近人情地书写梁霞爱情破裂这一情节，是不敢照历史本相秉笔直书，纯属不得已而为之。今天看来，如果照直书写，梁霞爱情悲剧反而具有更深广的社会历史容量。谭龙本还对文学的每一种类型的表现对象，如小说中的知识分子、女性、军人、农民等，都作了文化属性分析。在阐释文学作品中的女性形象时，首先明确了自然女性的十大人性特征：柔弱、浪漫、冒险、爱打扮、爱说谎、地母根芽、同类嫉妒、直觉发达、向往与吸引异性、爱情即生命。在这样的认知基础上，再具体解析一个个女性形象，便能左右逢源，力透纸背。将这类精彩的解析连缀起来，便构成了别具一格的中国新文学的分类史，形成现代中国文学艺术成就和思想成就的大展览。

四是寻找创作新机。任何一部优秀的文学史，不光是静止地研究已有的成品及其成就，还要对当下与后来的文学创作有所启示与借鉴。新范式书写非常注重史著对文学实践的指导与启迪的意义。埃里克·纽特（挪威）的"未来学"告诉我们，人类之所以是人类，就在于人类能预知未来，国家、企业与个人能否取得成功，关键在于它能否预知未来。为此，新范式书写放出眼光，投向未来，特别重视文学思潮的研究、文学态势的分析、作家创作道路的引导，及创作新机的寻觅。这方面雷本尤为出色。雷本评价铁凝《哦，香雪》中有这样一段话："这篇小说的成功之处还在于，它较早地显示出新时期文学审美意象的转换，作品突破长期以来形成的只注意重大题材，只注重作品的政治价值、思想价值的束缚，也从当时许多作家仍在表现'伤痕''反思'的历史氛围中冲出来，带给我们一种崭新的审美视角。"① 雷本把作品摆进当时的创作态势中，在肯定其崭新的审美视角的艺术独创的同时，一针见血地批评了流行性弊端，也从另一个侧面揭示了《哦，香雪》的文学价值，一石三鸟，极富穿透力。此外，他们还直接预测文学的未来走向，研究和寻找各类文学叙事新的机遇，新的空间。针对文学评论界"《白鹿原》以后，家族小说终结了"的说法，谭龙本运用未来学的研究思路，完全否定了这一论断。他们认为，在改革开放和市场经济下，权力共谋、血统连环、高科技引路、暴利垄断的新家族丛生，书写新家族的形成历史与社会能量，为家族小说找到了很富潜力的创作新机，为家族小说的发展提供了更为广大的空间。

对每一种叙事类型的文学作品，分别从"写作对象的文化属性""写作者的政治无意识""文本的文化解析""各类文学叙事的创作新机"等四个方面进行研究，就是新范式文化阐释的基本内容。这种融写作对象、写作者、写作文本、写作新机四位于一体的系统叙述，把学院式研究与操作性强、能解决实际问题的实用研究结合起来，将学理性与有的放矢的生动性、丰富性铸于一体，既有利于提升文学创作质量和文学欣赏水平，推进文学的理论研究，也对文化诗学的混乱解读在客观上起到了规范的作用。

应当提出的是，文化阐释毕竟只是一个切入角度、观照层次的研究方法，不能取代和包容其他视角和方法，更不能代替文学分析的本体论方法。文学作品中的"写什么""怎么写""写得怎么样"的文学本体论问题，文化阐释不能回答；它只能回答"为什么会这样写""为什么会写成这个样子"。也正是在回答这些问题的过程中，文化阐释将文学作品的分析研究向前推进了一大步。

五、文学史必须回归文学、回归文本

文学作品是精神产品。按照作家张炜的说法，它是"人生路途中不可或缺的、抵挡尘烟的武器，以及让生命变得柔软或坚硬、宽广或深邃的灵物"。文学史是文学的历史，文学性是一切文学史著的生命所在。可是在文学被意识形态工具化的年月，文学的生命属性——文学性本身反而被淡化

---

① 雷达等主编：《中国现当代文学通史》（下册），甘肃人民出版社 2006 年版，第 751 页。

甚至消解了。文学史书写如何"令文学重新回到文学的位置，令人们对于文学的感性得以恢复"①，至关重要。文学历史的基本构件是作家与作品，离开了作家作品便无文学史可言，文学史回归文学，从根本上说是回归文本。黄本第一版有一个篇幅很长的"使用说明"，在那里，黄修已明确地指出，"文学史的教学当以讲授、学习作家作品为主。为了改变以往偏重于文学运动、文学论争，次要作家篇幅过多的状况"，应"重点学好百年来最杰出的作家作品"。② 这无疑是告白：回归文本，不是有文必录，而是回归经典。为此，新范式书写在确立入史的作家作品时总能大胆取舍，做好减法。众所周知，一切文学史都是无情淘汰作家作品的历史。古典文学，时间做好了这个工作，而现代中国文学史作家作品的淘汰工作，仁者见仁，智者见智。如今是知识爆炸的时代，按照中国当下文学发展的规模，公开出版发表的纸质文学作品，以年为单位，长篇小说约一千部，中篇小说约一万篇，短篇小说约五万篇，还有无以数计的诗歌、散文和戏剧影视文学篇章，加上网络文学作品，数量庞大得惊人。如果不加大知识更新的力度，不放出眼光和胆识来淘汰，"现代中国文学史"这只筐子无论如何装不下这么庞杂的文字，学生将被迫记忆许多无用的知识。中华人民共和国成立后出版的"中国古代文学史"，涵盖两千多年，入史的也不过五百来个作家和略多于此数的作品。而现代中国文学史，一百年历史，有的史著，立章立节和论及的作家，不下四百人！提到名字的作家更多，一些二三流作家、二三流作品，也冠冕堂皇地登堂入室，走进了大学文科的课堂！用作家名字和作品概要的简单知识填充学生的头脑，是无责任感的敷衍。新范式做减法最彻底的是黄本，黄本仅以 30 位作家立章节，加上分析介绍代表作品的作家，约一百名作家入史。1949—1985 年整个以往叫当代文学的阶段，以作家立节的只有金庸一人。张恨水的名字虽也在下卷"20 世纪通俗文学"第4 节的标题中出现，但他实际上是建国前的作家。这样取舍似乎过于严苛了一点。淘汰和入选，应当有一个可供把握的标准。宋剑华认为："并非所有作家都具有文学史的'存在'价值，只有那些历史链条上的时代象征性人

---

① 学者戴燕早在《回到文学——读王安忆的〈心灵世界〉》一文中就鼓动："当文学已经非常意识形态化、非常体制化的时候，以一种瓦解的姿态，首先令文学重新回到文学的位置，令人们对于文学的感性得以恢复，得以自然蓬勃地生长，大概正是必须要经过的步骤。"

② 黄修已主编：《20 世纪中国文学史》武汉大学出版社 1998 年版，第 11 - 12 页。

物，才是我们应着重关注与认真解读的客体对象。"同时还说："哪些作家可以入'史'，其在文学史上应占有什么合理位置，并非仅由他的政治身份与态度加以决定，关键还是要看其在文学创作上的建树如何，其作品究竟对中国现代文学的发生与发展起到何种推动作用。"① 在两个取舍标准上，新范式更看重第二个标准。爬梳剔抉，谭龙本略多于黄本，入选了一百五十名左右作家的作品；雷本略多于谭龙本，二百五十名左右，相对来说，这两个标准既简明又完备。

回归文本就是回归到对文本的解析与发掘，抓住文本的体裁特征，重在人物形象的剖析与思想艺术的开掘。文学作品因表达方式的不同而有体裁之分，不同的文学体裁有独特的质的规定性，有自己的美学要求，有不同的艺术优势。一次，英国诗人威廉去拜访朋友叶芝，叶芝出门了。威廉打开朋友的冰箱，把冰箱里的梅子吃了，留下一张字条，叶芝回来念这张字条时，出于诗人的职业特性，不自觉地把无节奏、无标点的字条习惯性地读出了节奏："我/吃了/你/放在/冰箱里的/梅子，我/知道/那是你/留作/早餐用的。"最普通的留言条念成了一首最有趣的生活小诗！诗歌讲究节奏，小说追求容量，戏剧重在冲突，散文崇尚情调，这些虽然是文学"ABC"，但却无可辩驳地显示了不同体裁的不同魅力。不按"ABC"办事，就会犯常识性错误；抓不住体裁特征，就难以登堂入室，深入堂奥。新范式尊重了文学的常识，突出各体文学质的规定性，发掘作品的美学特征和艺术优势，从而保证了文学史书写中艺术阐释的核心地位。

文学是各类艺术的母本，艺术性是文学的生命。文学艺术性之一就是形象性，解读现实主义文学文本，主要任务就是解析人物形象。对经典作家、经典作品、经典形象的深入分析，需要真功夫，简单的介绍和笼统的概括都不能给学生以真知。黄本和雷本无论以作家作品立节，或不以作家作品立节，在具体叙说中，重心都在文本，都在文本解读。具体行文时，一改过去"背景、内容与人物、思想与艺术"的三段式述说的老套路，抓住作品的形象分析、思想透视和艺术把握，给读者新颖的感知。总之，以文本为重心，抓住诗歌、散文、小说、戏剧的文体特征的区别，在处理作家与作品、文与史、史与论的关系时，有意识地向作品倾斜，淡化和疏远

---

① 宋剑华：《"作家现象"与20世纪文学》，《理论与创作》2007年第3期。

文学史的政治意识，让文学史回归到文学本身，这也是所有新范式书写的共同追求。谭龙本分析沈从文的《边城》，与以往的分析有很大的不同：没有用自然风光、风俗人情的赏析淹没对翠翠形象的分析，而是抓住翠翠自然人性的自然生长这个根本点，帮作者将这个天公造物送到读者的眼前，沉入人们的心底。为了突出翠翠"人"的本性，沈从文有意简化了翠翠所处的社会环境和她的人际关系，一开篇就交代了七个"一"（一个相依为命的老祖父、一只黄狗、一座小屋、一条官道、一座白塔、一注清溪、一方渡船），小环境远离了社会的喧嚣。简单的环境生成了单纯的翠翠，"无成心也，无执念也"，没有五四以来女子追求的个性解放，没有任何伦理道德意识，没有丝毫阶级观念，没有民族性格，没有社会理想，没有宗教信念，一切社会潮流、官方的文化和教育都远离了她。翠翠身上所显现的，只是一个纯粹的女孩子的天性，以及在不同年龄段，翠翠自然人性的萌生、发展的不同状态：小女儿情态，淡淡的慕男感，不可名状的隐隐约约的无爱的忧伤，由朦胧到清晰的爱恋心理，"最后的通牒"，无望的等待。最后的结尾，"这个人也许永远不回来了，也许明天就回来！"反映了翠翠真实的处境，也体现了作家的善良。沈从文是不忍心的，留给翠翠一个镜花水月的希望，也留给读者一个大团圆想象的余地。至于环境描写，皆因附着于翠翠而生丽色。舍翠翠而重环境分析，显然是舍本求末。谭龙本的解析彻底扬弃了不重作品、不重艺术特色、不重人物形象的风气，以翠翠带《边城》，以《边城》带沈从文，真正向文学本体回归了。

文学不但是提高大学生人文素质的重要材料，而且，文学很大一部分靠大学中文系师生得以生存与承传。20世纪初问世的美国作家白碧德的《文学与美国的大学》也有过近似的观念。文学史书写质量的重要性，由此可见一斑了。"打通现代当代，回归文学文本"的书写新范式，提高了现代中国文学史的质量，有利于改变某些新文学史高而空的弊端，借此有可能改变学生不读原作、浮光掠影、凌空蹈虚的学习风气，让学生养成多读原著的习惯。这也是新范式书写在众多中国现当代文学史教材中，脱颖而出并逐渐成为文学史书写主潮的重要原因。

（原载于龙长吟和谭伟平主编的《现代中国文学教程》，高等教育出版社2011年版，副标题后加）

论当代农民意识的历史优化

——关于农村题材创作的思考

恩格斯曾经预言：新的生产力和生产关系将会使农民改变自己的整个生活方式而完全成为另一种人。同时还说：生产的新发展，也需要这一种全新的人，并创造出这种新人来。农民意识发展的指向，是去旧生新，这种旧质不断被冲刷，新质不断滋生的过程，构成了农民意识的优质积淀和优向转化，我们简称为"历史优化"。文学创作从农民意识的历史优化问题入手表现农村生活，不但获得了一个好的角度，而且能在深层次上表现时代的变化和人的变化，将成为今天农村题材创作的一条好路子。

一、什么是农民意识

一提农民意识，人们往往只想到它的缺点：自私、狭隘、落后、保守，这显然是不全面的。于是，另有一种对农民意识较为宽泛的解释：社会意识中（包括社会心理和社会意识形态两方面）的感情、情绪、意愿、信仰、理论、观念、心态等，其中从农民的身上反映出来、或属于农民阶层所专有的那一部分就是农民意识。这种看法虽然纠正了流行看法的偏颇而力求全面，但是宽泛无边，包罗万象，叫人不得要领。

究竟什么是意识？列宁说得好，物质生活的生产方式决定社会生活、政治生活和精神生活的一般过程，不是人们的意识决定人们的存在，恰恰相反，正是人们的社会存在决定人们的意识。这就是说，意识是客观存在的反映，是主体对客体自觉认识和内部体验的统一；不同物质生产生活方式决定着不同的精神生产生活方式，意识的形成和变化，最终取决于物质生产的内容和形式。我们研究农民意识的含义，研究农民意识的表现及其变化，全部哲学基础，就建立在"存在决定意识"的马列主义原理之上。

我们研究的农民意识是一种许多农民共有的集体意识。它是人类社会中农民这个群体在长期共同的物质生活和共同的精神文化生活中逐步形成并历史地积淀起来的一种意识。集体意识通过群体中的个体表现出来和传递下去，离开了个体，也就没有了集体意识。构成农民群体的个体是多性质的。首先是以职业的性质出现，后来分化为阶级，分为贫农、中农、富农直至乡村小地主。本文所研究的则只限于劳动农民，所指的农民意识，则是劳动农民的意识，作为一种集体意识，它包括职业性格和农业劳动阶级的阶级意识。

由于意识由存在决定，集体意识由个体意识体现和传递，集体意识有它的确定性，又有它的游动性。对于集体意识，个体继承它，也改造它，当个体的某种改造在客观情势下成为那个群体的普遍趋势时，便出现了群体意识的共向变化。因而，集体意识又是集中了无数个体意识的定向流动过程。农民意识，无论是作为一种职业性格或阶级意识，它都有一个长期形成和发展的过程。农耕文化是这个过程的发轫，农民意识是其产物。

生活在世界四大文化发祥地之一的黄河流域的我国先民，"卧则居居，起则予予""与麋鹿共处，耕而食，织而衣，无有相害之心。"（庄子语）这一农耕生活方式的基调沿袭数千年而不变，这种恋土乐耕的固定的生活方式，形成了我国农民意识定格化的内容。农民意识的根基，的确可以追溯到遥远的原始共产主义社会。经过长期的动荡后，封建社会形成了，中国意识形态飞跃到理性主义阶段，农民意识走向成熟，并且用理性的形式固定起来，其代表人物和代表理论就是造车匠出身的墨子和墨子的思想。他的重耕稼树艺、崇俭节用、非攻博爱，一直是农民奉行的生活准则，千百年来影响着、制约着农民生产生活方式的基本方面，成为农民意识的核心。

作为一个历史的流动过程，中国农民意识又是一个消化、协调其他职业、其他阶级思想意识的过程，这里主要指协调代表没落奴隶主和封建统治阶级利益的孔子思想。愈是凝固不变的东西愈具有排斥、黏附、消化异物的能力。以凝固不变的农业生产方式为后盾，中国农民意识顽固地抵制排斥异端思想，或者笨拙地消化吸收它们。农民意识和儒家思想经过战国时期的儒墨之争后，在封建社会取得了长期的大体协调。孔子的重亲属人伦的孝悌思想，董仲舒的天人合一思想，本来就与农民意识接近，自然成为农民意识的一部分。由此，我们可以得出这样的结论：中国农民意识，不是别的，而是发源于原始社会，成熟于春秋战国时期，以墨子思想为核心，与儒家某些思想取得了协调一致的、适应于农耕生活方式的、劳动农民所共有的职业性格与阶级意识。中国农民意识的基本内容是恋土乐耕、崇俭节用、重亲属人伦以及由此而生成的更深层次的心理特征，它控制和调剂着世代农民的生产和生活。换言之，土地观念、勤俭意识、发家思想，以及由此形成的心理特征——闭锁心理，这四个方面构成了中国农民意识的四大柱杆。

中华人民共和国建立后，中国农民的农耕生产生活方式虽无大变，但是社会政治制度发生了根本的变化，经济制度也发生了伟大的变革，八十年代，工业经济和包括商品经济在内的第三产业在农村中更是迅速发展起来，当代农民意识虽不能与经济同步变化，但是，农民后天的生活经验和内心体验与传统的思想意识发生了矛盾，农民意识中出现了新生质，这是一个普遍规律。那么，当代农民意识的历史优化的具体指向如何呢？我们的文学创作应当如何表现呢？

二、土地观念淡化，货币价值观念滋生

口碑有云："土能生万物，地可纳千粮。"在长期的农耕社会中，土地之于农民，是生有所养，死有所葬，是世世代代休养生息的根基，它养成了农民对土地的严重依附心理。热爱土地、安土重迁，从来就是中国农民的基本观念，连孔子也说："君子怀德，小人怀土。"孔子说的小人，即指农民。墨子的主张更明确："农夫强乎耕稼树艺，妇人强乎绩纺织纴。"农民离开土地不但无法生活，甚至连祖宗坟茔也守不住，所以他们总是把土地看得比自己的生命还重要。朱老巩舍身亡命保护那口铜钟，就是因为那口铜钟的存亡连着四十八亩官地的归属；不少老农民死后定要埋在自己那块"风水宝地"上，就是担心儿孙有可能失去它，自己死后用灵魂为儿孙守住那点基业；严志和的宝地易手之前，跪在地上，居然"张开大嘴啃着泥土，咀嚼着伸长了脖子咽下去"。感情是那么深沉而痛苦。中华人民共和国成立前的农民为争得可怜的一点地耗尽了一代又一代人的心血，最后多数农民还是两手空空。历史进入 20 世纪 50 年代初，中国普遍实行了土地改革，农民终于得到了土地，感激之情，溢于言表。梁三老汉捧着土地证往墙上一订，跪在毛主席像前磕头。这一宗教式的举动，说明建国初期的农民土地观念之重。由于农民在土地上"日出而作，日入而息，凿井而饮，

耕田而食"，世代不变，农民由热爱土地进而热爱一切山林、苇荡等所有能供给农民以生产生活资料的自然界的各种资源。这是农民土地观念的扩大与延伸。农民一进入自然环境之中，不但不觉得劳动之苦，反而滋生一种亲切感与充实感。农民与大自然和谐一致的特殊感受与道家崇拜自然的观念判然有别：道家崇拜自然的结果是回归自然，农民热爱自然是因为自然能为我所用、对我有益。梁生宝带领组员进终南山割扫帚一章，人们历来称赞写得好，生活气息浓。其实这一分析未能敲中点子。柳青的高妙就在于深刻地表现了农民进入大自然怀抱时无比亲切、快乐、充实、幸福的感情。正是这种扩大了的对土地的感情，使他们把野猪也视为朋友，没有用猎枪攻击它，实行了"互不侵犯，和平共处"的政策。由于柳青在较深层次上把握了农民由土地观念派生出来的对大自然的特殊感情，进终南山一章才抓住了农民感情的流脉，射中了生活的精髓。

当代农民土地观念的第一次变化，就是小土地私有观念的摒除。在五十年代席卷全国的合作化运动中，农民的小土地私有观念受到很大的冲击，《山乡巨变》中的陈先晋说得明白，他之所以不愿入社，"说来说去还是舍不得那几块土"。因为那几块土是他和老驾亲手开出来的，是真正属于他自己的，今后的儿婚女嫁，就指靠着它。经过多少夜晚的思想斗争，也迫于大势所趋，他怀揣土地证报名入社了。在报名前，他来到自己的土地上，久久地，久久地蹲在那里，向自己的土地告别，也是向小土地私有观念告别。这一沉重告别仪式表明，他至少部分地将土地私有观念被迫地丢弃在那块土地上了。陈先晋半是强迫、半是自愿的入社过程，反映了五十年代农民意识中小土地私有观念部分丢弃的过程。

到了历史新时期，由于农村单一自然经济形态的打破，工业经济和商品经济的发展，也由于农民文化水平的提高和生活视野的开拓，中国农村出现了一大批离乡离土的农民，农民的土地观念发生了第二次变化，开始变得淡泊，连坚守"一辈子向土地坷垃要吃喝"的生活信条的回回，那个曾经讥笑禾禾用机器磨粉的殷实人家的家长，最后也搞点加工业，在自己的家门口舞起手推磨来。至少乡村小镇的"街面上的人，全是兼农兼商，两栖手脚"。新的经济形态必然给农民带来新的观念。农民土地观念淡化的同时，货币观念和价值观念开始滋生并日益强固起来，迎来了中国农民传统思想的一次大变革。由于长期的、单一的、自给自足的自然经济，中国自古以来就奉行重农抑商的政策。自战国末韩非子"以农为本，以工商为末"的口号的提出，重农抑商的政策伴和着"无商不奸"的骂声在中国延续了两千多年，中国的农民意识与货币观念、价值观念几乎绝缘。李顺大造屋，千方百计先由钱变物，买两三千片瓦和七八百块砖，而后又由物变钱，出卖省吃俭用剩的一点农产品，把钱当作物积攒起来。在这种钱而物、物而钱的变换过程中，他只有死积死攒的实物观念，从不知把钱存入国家银行取得利息，丝毫没有货币、流通、增值等观念。历史新时期，情况就大不一样了，货币观念、价值观念在新一代农民的头脑中迅速扎根，不断生长。农村女青年养鸡专业户玛丽娜一世公开声明："我反对任何人无条件占有我劳动的剩余价值，尤其是以血统的名义来占有。"价值观念在新一代青年农民中扎根，引起了农村新老两代农民之间一时尚难调解的矛盾。王润滋的《鲁班的子孙》、周克芹的《晚霞》，敏锐地抓住了这一矛盾，显示出反映生活的深度。农民出身的老木匠黄志坚守古训，学艺不为金钱，而为信誉，大队木匠铺倒闭后，徒弟们劝他到东北去赚钱，他低下头什么也没有说，结果自然是不去。相反，他的养子、徒弟、青年木匠黄秀川不管三七二十一，自己开起木匠铺，用机器生产代替手工操作，一时生意兴隆，黄秀川趁机赚满了腰包。《晚霞》中的庄海波在许多农户先靠手制藕煤为生的时候，利用自己有先进交通工具的优势，计划开机制煤店赚钱，父亲骂他心高，他理直气壮地回答："心高？如今谁不心高？我心比别人更高，这有什么错？"可见，追求利润和价值，在今天的农村开始蔚成风气。农民意识中价值观念的滋生，反映了农民从土地上解放出来的历史要求和可喜变化，标志着农村落后的农业经济开始转向发达的农工商联合经济。农民一改旧日的面貌，从以农为本的农耕生活中解脱出来，走向虽是陌生却也诱人的商品生产的王国。但是，在历史改换脚步时，经济改革和道德更新却出现了脱节，持旧的经济观念的老农民，道德上却处于优势，他们保留了传统道德中珍贵的、美好的东西而深得人心；青年农民滋生了代表农村新方向的新经济观念，道德上却处于劣势，既没有新的道德观念与旧的相抗衡，也没有保留传统道德中的美德，因而有失人心。经济和道德，经济观念和道德观念脱节了。迅速建设适合新的经济形式的道德观，赋予货币价值观念以道德准则，需要引起人们的高度注意。王润滋和周克芹在这个问题上的敏锐与殷忧丰富了作品的内涵，增强了作品的价值。

农民由土地观念转向商品观念和价值观念，无论从社会个体意识或集体意识角度来看，都不是一个轻松愉快的过程，而是沉重苦难的过程；不是短暂的过程，而是较长的过程。禾禾的经历，回回的遭遇，黄秀川的处境，庄海波的前途，等等，都清楚地昭示了这一点。这是因为农民经济观念的变化不但取决于农村经济形态的变化，而且与农民头脑中其他方面的思想意识紧密相连，它们既互相促进，也互相钳制，共同控制着农民的头脑。

三、发家思想更新，社会意识增强

人都有理想和追求。政治家立德立言求不朽，军人东征西杀赢得战争，商人牟求利润和金钱，工人追求技术精益求精……农民呢？农民始终如一的理想和追求便是发家——今后的生活比眼前的处境好一些。从贫困生活的压迫中，从对土地的崇拜和自我力量的信念中滋生出来的发家思想，是农民意识的重要方向。

农民之所以把毕生的追求放在家庭的富裕和发达上，这是因为农村经济太落后，农民受压迫太深，他们苦惯了却也穷怕了。他们有的是劳动能力，所缺的就是土地、耕牛、农具和粮食。没有土地的想土地，有点土地的想耕牛、农具，土地、耕牛、农具都有了便想余钱剩米，想更大的发展。农民的发家思想历来分为三个档次：第一求生存，第二求温饱，第三求发达。但是，农民年年发家不见发，岁岁思富不得富，旧社会农民的发家思想多停留在求生存、求温饱的水平上。这种传统的发家思想其实是在落后经济和剥削制度下，农民在拼命挣扎、反抗中滋生的一点可怜的人生要求。20世纪50年代初，中国农村政治经济制度发生了翻天覆地的变化，农民普遍分得了土地和简单的生活资料，生存问题基本上解决了，求温饱、求发达的发家愿望在农民中普遍燃烧。由于他们的生活起点低，后来二三十年内日子也没有怎么太好过，历史新时期以前中国农民的发家思想仍然是低水平、低档次的求温饱。蛤蟆滩任老四"娃们一饿，哇哇地愣哭，他心里怪不是滋味"，他只求娃们不饿，倘若"生活的负担能使他稍稍喘口气，他很想给自己搭个牛棚棚"。廿年后的陈奂生也是如此，他只要"肚子吃得饱，身上穿得新"，就无忧无虑，不仅满意，而且满意透了。标准稍高一点的梁三老汉也反复声明："咱不剥削别人，咱光图个富足。"对此看得最清楚的是周立波。他在《山乡巨变》中借陈先晋的口说："农民在旧社会辛苦劳作几十年也没有发个家，如今发财倒并不想了。想着的只是将来全家生活衣食有靠，男婚女嫁有能力置办喜事。"陈先晋的想法是五十年代农民发家思想最深刻的写照。过去，我们把农民求温饱的发家愿望当作资本主义思想来批判，把他们的努力当作资本主义尾巴来割除，结果造成了农民的生活困难、思想倒退，使合作化时期的作业组长积极分子许茂由疑惑而忧郁，由忧郁而固执，由固执而自私，由自私而贪婪，思想倒退到互相欺诈的人际关系上去了。许茂思想意识的变化反映了动乱时期农民的苦难，反映了连续廿多年批判农村资本主义的历史性错误多么沉痛。

中国农民的发家观念，不仅产生于贫困的生活，而且受传统生活方式的影响。家庭是社会的细胞，血统是维系感情的纽带。诚如李泽厚所说，在中国，由于孔子不是把人的情感、观念、活动引向外在的崇拜对象或神秘世界，相反，而是把三者引导和消融在以亲子血缘为基础的世界关系和现实之中，所以，人们的情感常常抒发和满足在日常心理——伦理的社会生活中，故家庭观念比西方世界来得浓厚。中华人民共和国成立三十多年来，北方的"三十亩地一头牛，老婆孩子热炕头"，南方的"柴干米足屋不漏，肥猪壮狗嫩婆娘"，仍然是相当一部分农民追求的理想生活。在合作化运动中，适应着农民的发家致富，党提出了"走共同富裕的道路"的口号。梁生宝、王金生、刘雨生等人，既没有反对农民的致富，又没有停留在小农经济的致富水平上，而是将农民的发家致富思想与无产阶级思想结合起来，至今光辉犹在。正是这种结合，梁生宝的眼光由自家的草棚院，转向了别人的草棚院，既十分注重替继父"圆梦"，又虎虎有生气地带领蛤蟆滩农民创社会主义大业；刘雨生忍痛与张桂贞离婚，舍小家为大家，一心办社；袁天成不安于老婆把自己禁锢在个人的土地上，终于闹起革命来，使"河东狮子"数十年威风败于一旦；金东水一边维持着残缺的家庭，一边顶着压力立志改变葫芦坝的面貌；等等。所有这些都说明先进农民的致富要求和社会主义思想的结合，其美好的思想光彩是小农发家思想所不能包容的。这种社会主义的农民的发家思想因后来"左"倾错误的泛滥没有结出丰硕的果实，责任不能由梁生宝们来承担。

八十年代农村，共同富裕成为较普遍的趋势。这个变化是很大的。一是变自家致富为大家致富。梁生宝们所追求的共同富裕还只是一种理想，在武耕新的大赵庄，李德海的西关大队，已成为美好的现实。即使在不怎么开发的西部山地，王才冲破重重阻碍富起来之后，仍不忘乡亲。他办工厂，招收工人，目的不在于多赚钱，而是使邻里都有事可做，手头有活钱：社会主义思想明显地渗入了农民的发家思想中。二是变小家经营为联合企业致富。农民不再只在"土地上要盯出性命来"，而是走一条"土地保家、经商致富、工业发财"的崭新的发家道路。大赵庄的农民不仅拥有巨大的资本，而且拥有现代化的科学技术，拥有最新经济信息，拥有一支梯形的科技队伍。这种发财道路，使多数农民具有开拓精神和事业家气魄。三是变小农生活方式为现代化生活方式。由于部分农民的家真正发起来了，他们拥有丰富的物质财富。"吃饭种田、喂猪过年、养鸡买盐"的封闭式的小农生活方式被打破，开始了相对而言是高标准的现代化消费，现代化的生活理想在一些新农民的思想意识中产生了，像武耕新，李德海那样，"雄心是改变千百年来的农民意识，打开农村这个消费市场，打开农民的精神世界，消灭城乡之间的差别"的农民越来越多。

历史新时期农民致富过程中，有些农民，意识中注入了社会主义思想、企业家精神、现代化生活理想的圣水，发家思想焕然一新；有些农民，特别是青年农民，已经摆脱了发家思想而另有追求。高加林这类农村知识青年，他们已不再眷恋土地打算在农村过一辈子，因而也不想发家，他们只想跑出农村，寻找一种新的生活，新的人生。发家意识让位于人生自觉意识，在追求中实现新的人生——这，确是农民意识中的重要新生质。随着农民意识中的社会责任感、历史责任感、人生自我意识等社会意识的增强，农民意识中的其他方面也发生了变化。

四、古老勤俭意识解体，现代消费观念萌芽

由于一部分农村和农民真正富裕起来，物质生活和精神生活由贫乏走向丰富，相应地，传统农民意识中固有的勤俭意识也趋于解体，当代农民的消费要求日益提高了。

倡勤以广辟财富，崇俭以节约开支，历来是调剂物质匮乏矛盾的一种手段：勤俭意识是生产力低下、社会贫困的产物。对自然处于依附状态的农民，"向土坷垃讨吃喝"，并不是一件容易的事，因此，"朝出耕田夜绩麻"的劳动观点，"一粥一饭当思来处不易，半丝半缕恒念物力维艰"的节

俭品德，自古就是农民特有的意识。"勤"，远在春秋时就确定为农民的美德，《尚书·盘庚篇》鼓励农民"服田力穑"，骂不爱劳动、"不服田亩"的人为"惰农"。至于"俭"，墨子曾有过详细的申述和严格的规定：统治者饮食"不及五味之调，芬芳之和；不致远国珍怪异物"，保证身体健康和有精力工作即可；宫室的规模，"旁可以圉风寒，上可以圉雪霜雨露"，中宽可以"祭祀"，墙高可以为"男女之别"足够了；葬丧，主张"衣上领，棺三寸，掘穴不通于泉"即可；等等。当然，"勤俭"对统治阶级毫无约束，但在农民思想上却扎下了根子，成为农民的一种本能。如果说，"勤"还只限于普通农民的品德，那么，"俭"则是包括一些农村富农和某些地主所奉行的生活准则。可不是吗，未庄的赵太爷家晚上从不点灯，只有阿Q给他加夜班舂米时才例外；方圆百里内的大财主冯老兰"那件破棉袍子穿了十五年，补丁摞补丁了，还照样穿在身上"。当然，他们的节俭，意在积累剥削别人的本钱，不过是种吝啬而已。

中华人民共和国成立以后，百事待举，百废待兴，"艰苦奋斗，勤俭建国，勤俭办一切事业和企业"仍然是我们一段时间里的基本国策，以开源节流为中心的"勤俭"作风，仍被当作我国人民的美好品德。对农民来说，勤俭则仍然是他们的一种本能。梁三老汉每天就是吃饭、咄呐、活三件事；农民出身的大学生葛喜来十分珍惜二厘钱一根的冰棒棍，因为那"十五公分长，细细的，有棱有角的四方体"凝结着嶙峋老父的辛勤劳动，他要从中温习老父的身影，掂一掂那两厘钱的分量，去寄托自己绵绵情愫。

马克思说，人们的意识，随着人们的生活条件、人们的社会关系、人们的社会存在的改变而改变。八十年代以后，随着我国"四化建设"速度的加快，农民物质生活水平的提高和对外开放政策的推行，西方的消费观念首先影响到我国城市，进而影响农村，历来遭批判的杨朱的"丰屋、美服、厚味、娇色"的享受思想在农村开始有了市场，相当一部分农民的消费要求大大提高，与旧的生产生活方式相联系的"勤俭"意识正在受到冲击。农村中，祖辈们那种"晨兴理荒秽，戴月荷锄归"的起早贪黑的加班加点不再具有诗意，他们大大缩短了劳动时间，乡镇企业普遍实行了八小时工作制；昔日农村的田园牧歌的古朴生活正在受到汽车喇叭和收录机的挑战，村姑们不再坐在清溪旁浣纱洗衣，而是当专业户、当厂长、经理或开汽车，到广交会贸易桌前洽谈生意；过去那种"新三年、旧三年、缝缝补补又三年"的穿衣经，也不时兴了，现在不但"街上流行红裙子"，农村也"流行红裙子"，穿衣不是为了御寒防暑，而是为了美。在《腊月·正月》里，王才花钱请人耍狮子龙灯给大伙看；不少农民请客时，附带包一场电影；青年农民到舞厅度周末，进城逛公园，自费旅游，饱览名山大川美景，已渐成风气。的确，农民的消费原则已经不是单一满足物质欲望，而是要满足各式各样的精神欲望。这些精神欲望，有的是低标准的，如黑娃照相，如人如其名的香雪用一篮子鸡蛋去换一个塑料文具盒，攫取那埋在大山皱褶里的台儿沟所没有的文明；有的标准稍高一点，如陕北那"遥远的清平湾"留小儿积攒了路费去看北京城；有的则是高标准的，如武耕新。他在自己的王国里规定，凡干部一律穿制服、蹬皮鞋；农民、干部一律住小洋楼，以自家楼为准，只能超标，不能低标；家里一律洗衣机、彩电等高档商品——违者课以罚金：他的目的是要改变农民形象。显然，中国农民古老的勤俭意识越来越受到现代经济和现代生活的挑战，不断高涨着的现代消费观念正在促使农民古老的勤俭意识解体。

如果说蒋子龙让武耕新向勤俭意识的宣战气势磅礴的话，那么，贾平凹的《小月前本》则表现得细腻、深沉而曲折。作品从择偶的角度，折射出勤俭意识在农民思想中逐渐解体的复杂过程。年高的老爹把勤劳、节俭、老实的才才招为女儿的夫婿，为了不伤孤苦老人的心，小月答应了这桩婚事。但是，与精明活络、广闻博识、经营有方而又很会生活的门门比较起来，才才只知勤劳做活、节俭度日，呆板顽固得像一块抱不热的冷石头。经过反复的比较和痛苦的斗争，小月忍无可忍地离开才才走向门门。这一改变透露了一个信息：当今青年农民倾慕的对象，不再是只有勤劳美名、省俭克己、脸朝黄土背朝天、卖死力气的老实人，而是那些精明能干、目光四射、能开拓新生活，且知冷知热、有情有趣、会生活的人。

当今的农民虽然消费要求大大提高，不再死尚勤俭，但由于本身眼力不宽，见识不广，即使有了很多钱，也还不知道怎么花。个别作家开始注意到：进过城的青年农民机械地模仿城里人的生活式样和派头；没有进过城的中年人，则以附近昔日的地主的吃穿标准为自己的标准，办红白喜事的规模气魄以超过昔日的地主为光荣。可见，农民意识中的某些内容虽然改变，但农民的本色气质反而更鲜明，农民心理气质的变化要比上述思想意识的变化缓慢得多。不过，正是这种变化，才使农民意识中的新生质积淀为心理形式，实现了农民意识的深层次的优化。

五、闭锁心理有所打破，开放意识开始出现

马克思说过，小土地所有制创造出了一个未开化的阶级。这是因为，小生产者进行生产的地盘即小块土地，不容许在耕作上进行先进分工，应用任何科学，因而也就没有任何多种多样的发展，没有任何不同的才能，没有丰富的社会关系，因而限制了他们的视线。闭锁的小农经济必然造成农民的闭锁心理。

人们的心理意识包括三部分：漫长的历史过程中内容积淀成形式的那部分心理，作为脑结构固定下来，而不能自我觉察，我们称之为"先天潜意识"；后天通过直接或间接的方式积累起来的经验和理性，在大脑的信息系统中被遗忘而积淀为不自觉意识的那部分，暂且称之为"后天潜意识"；剩下的是后天积累的、尚未遗忘的那部分，我们称之为"后天知觉意识"。后天潜意识最顽固，后天知觉意识与新的社会存在结合起来，具有冲决一切旧意识的力量。以历史新时期为标志，农村出现了由闭锁经济向开放经济迈进的伟大的历史转折。相应地，农民意识也出现了变化：新的知觉意识压倒旧意识和潜意识，小农经济的闭锁心理走向开放心理。这种变化的出现，构成了农民意识的深层结构——心理和气质性格的变化。

由小农经济积淀起来的农民意识，其思维方式是封闭的。思维的根据是亲见亲闻亲历的事物，思维的轴心是切身利益或小圈子利益，思维的路线是"种瓜得瓜，种豆得豆"的线性因果路线，思维所使用的材料和所达到的结论都是具体的而不是抽象的，这种由具体到具体的线性因果思维方式，常常使农民见小不见大，见近不见远，见实不见虚，虽有实事求是、具体踏实的优点，却具偏狭与短视的习性。陈奂生来到吴楚的院子里，看到院中央那块空地，马上联想到农民的自留地；梁生宝一听说徐改霞要考工厂，第一个反应就是"她不是我们的人"抬脚便走。这些正是农民那种闭锁思维方式造成的短视与偏狭的生动例证。相反，在别处出现的梁生宝，由两兄弟吵架立即联想到私有制是万恶之源。那种由小及大、由具体到抽象、由生活细事看出政治大义来的思维方式，恰恰是政治家的思维方式而不是那个时期农民的思想方式。武耕新们就不同了，"他们身居要职，掌管着几十人乃至几百人的生活，手里握着几十万乃至几百万的资财，是做大

事赚大钱的人"，他们不但要为"自己的命运和单位的命运拿主意"，而且还想"替国务院出主意"。在这种情况下，他们不再目光如豆，而是从微观的土地转向宏观的社会，由农村转向城市，由农业转向工业、商业和科学技术，由中国转向外国，由眼前转向将来，一句话，"他们睁开了第三只眼睛——智慧"。所以，先进地区先进农民的思维方式，由封闭转向开放，由小农思维方式转向政治家、企业家的思维方式便是顺理成章的了。

唯上是从的受压迫地位和顺天应时的劳动生活，在农民意识中积淀成自卑思想和依顺心理。这种心理状态，高晓声把它称为"奴性"，他说："我不得不在李顺大这个跟跟派身上反映出他们消极的一面——那种逆来顺受的奴性。"说奴性，言重了，但农民的自卑思想和依顺心理确实存在，恩格斯也指出过这种心理。一般情况下，贫困和自卑依顺紧密相连。陈奂生心目中视干部为上帝，干部比爹娘还大，队长指东就东，队长叫西就西，只管做，光动手，不动脑，自称"跟跟派"，原因即此。但陈奂生的潜意识中，也有许多独立因子。这些独立因子使他对那些干部和自身行为产生反感和不满，采取"塞起耳朵听，回去各做各"的抵制办法。可见，当代农民的自卑心理和依顺性格虽严重如陈奂生者，也没有堕入到人格主见丧失殆尽的奴性意识的程度，正因为这个内在的原因，作为独立人格的战叫，冯幺爸的声明来得那样深沉痛切，玛丽娜一世的声明来得那样尖厉而凛然不可侵犯。《麦客》中的青年媳妇水香和青年农民吴顺昌的身上，独立人格的躁动自然更接近生活的本色。因为吴顺昌的到来，水香抛弃了嫁鸡随鸡、嫁狗随狗的人身依附观念，燃起了包括情欲在内的对完整人生的欲求，她对完整人生的向往如大旱之望云霓，就是觉醒了的独立人格和力量在鼓动；吴顺昌虽然被动、理智，压制得多，然而情亦动之，心亦摇之，独立人格的躁动使之情绪难安也是显而易见的。

封闭的思维方式和依顺心理决定了小农经济的农民的气质和性格是卑琐的。如陈奂生只看到自己炸油绳的那一点蝇头小利，在县招待所住高级房间的一系列"高级"表演，许茂吃了驻队干部两片咳嗽药要送两角钱的别样意图，等等。对这些卑琐心理和卑琐的行为方式，虽然社会要负一部分责任，但实在是小农意识中劣根性的表现，是农民闭锁心理结构中最落后的部分。在历史新时期，旧的农民意识受到最集中的冲击而又最难变更的，就是农民深层心理结构中带有原始性的卑琐性格。但不管如何困难，由卑琐性格向现代英雄过渡，这一希望的桅杆已经看到了。《西关明珠光彩诱人》是报告文学，《燕赵悲歌》是小说，李德海确有其人，武耕新有相似的模特儿。他们的性格是当代男子汉性格和大丈夫气概加上无产阶级觉悟所形成的英雄性格，光华璀璨，昭示了今后中国农民性格的方向。

历史的变化带来了农民意识的历史优化这个不容忽视的历史存在，已经被愈来愈多的作家准确地捕捉到并深刻地表现出来，具有新意识的农民形象便有了一个长长的行列：冯幺爸、李秋兰、马腊腊、小月、门门、禾禾、王才、张六指、黄秀川、庄海波、矮子贵二、李德海、武耕新等，数不胜数。但是，我们也清醒地看到，从普遍性来看，中国的农村当前还不是鲜花加美酒、收录机加机械化的领地，多数地方仍然贫困、落后，酝酿着由现代化的冲击波产生的苦恼、烦闷和骚动不安，就上文所涉及的例子来看，不安于贫困者如吴顺昌们，不安于土地者如回回们，不安于旧命运者如水香们，不安于旧人生道路者如高加林们，还有一种更高程度的不安：不安于农民在人们心目中固有的蔫头蔫脑的形象和低下的地位，如武耕新们。这种种不安聚积起来，汇合起来，将爆发出对农村传统生活、风习，对农民思想意识的巨大变革，这是伟大历史进步的变革！在这个变革中，农民意识的历史优化将比现在来得更普遍、更猛烈、也更深入！

1987 年 6 月于吉首大学

（原载于《当代文艺思潮》1987 年第 5 期）

权力运作的追寻与拷问：中国当代官场小说论

改革开放这场伟大的现代革命，给上世纪 80 年代以来的中国文学提供了完全不同于以往的时代背景、崭新的精神武器与思想动力，当代官场小说是这场革命重要的文学成果。改革开放以来三十多年的中国文学，在文化寻根、主旋律、现代后现代和官场小说四个流向的展开中，文学的现代性、文化性和主旋律研究已经很充分，唯独官场小说的研究还没有真正开始。本文专就中国当代官场小说的得失发表一点意见。

一、当代官场小说的称名与类型

所谓官场小说，是以官员为主角，以权力运作为中心，描写官场生态和官运沉浮的小说。改革开放前，很少有人将中国共产党的权力机构称为"官场"的。出于对党和人民政府的爱戴、尊敬，把共产党领导下的党政机关称作官场，国人感到不妥当、不习惯，把写官员和机关的小说称之为官场小说，多少有点别扭；领导管理部门对这一文学现象和命名，也有些不适应。一些从事该文体写作的作家，便不愿痛痛快快地承认自己就是官场小说家。因此，"机关小说""时政小说""政治小说""政坛小说""仕途小说"等名称起而代之。然而，"机关"限于大院之内，"时政"限于当下时事政治，"政治"的概念又过于宽泛，"仕途小说"主角限于知识分子，"政坛小说"通用度不高——这些名称，总不如"官场小说"来得贴切、直率、上口。谁都知道，名称就是一个概念，一个符号，是对客观对象高度概括与抽象的符号，它是理性思维而不是感性思维的产物。凡带感情色彩和思想趋向的名称，如"三面红旗""大跃进"，只能在一个时段内有生命力。好的名称却是有意味的，可感知到实体的；概念越明确，内涵越精当，界线越清晰，涵盖的对象越明朗，这样的名称越能感知实体，越能让人认同，以致约定俗成，难以变更。"官场小说"就是一个约定俗成的专写治国理民之人事的小说类型名称。官场指官员集中的场所，它原本就是一个职场，旧时称衙门，今日称机关，是一个中性词，一切时代、国家、地区、部门的领导管理机构均可用"官场"二字指称。不同时代官场的性质不同，但作为概念，"官场小说"是以题材类型为界线的文体名称，按题材归类命名是中国新小说发生以来学界对小说分类的一致做法。新文学诞生之前，梁启超 1902 年创办《新小说》刊物时，第一期的 12 个栏目就是按题材类型设立的，有历史小说、政治小说、科学小说、哲理小说、冒险小说、侦探小说、传奇等。冯沅君最先在武汉大学开设新文学课程时，也是按体裁与题材讲授；新文学课程的开山大师朱自清在北大向王瑶等学生讲授新文学时的讲稿《中国新文学研究纲要》时，分总论和各论两部分，"各论"先按体裁分类，每种体裁中，又按题材分类论述作家作品；阿英的《晚清小说史》，最后三个专题，"官僚生活的暴露""讲史与公案""晚清小说的末流"都与官场直接相连；近代官场小说开山之作《官场现形记》，则列于"晚清小说的末流"一章中，开章便述及它。"官场"和"官场小说"一词，肇始于晚清，继而有林琴南的《官场新现形记》，此后在各类中国近现代文学史书上频频出现。"建官为百度之纲"，官制是政治体制的核心，官员是治国执行力的决定因素，"明官制之得失，可以知朝政之盛衰"。中国的二十五史，无不把官制和官员情况做为极为重要的历史内容来叙述。今人如果太在意小说类型命名中的"官场"二字，连"官场小说"都不敢承认，那也太小家子气了点。

党中央、各级党政领导和学界，对当代官场小说及相关作家给予了充分的理解和尊重。江泽民任党的总书记期间曾亲自推荐《抉择》参评茅盾文学奖，《新华文摘》及时转发了田东照的《跑官》。2007 年，时任北京市市长的王岐山向部属推荐阅读官场小说《大清相国》；2011 年，高等教育出版社推出的高校文科教材《现代中国文学教程》，用一个专节论述了近三十年来的中国官场小说，当代官场小说堂而皇之地进入了中国新文学的史著中。2012 年 7 月 9 日，国家广电总局、中国电视艺术委员会在京举行官商一体电视剧《青瓷》研讨会，中国文联副主席李准、仲呈祥、国家广电总局王丹彦、中国作协全委会委员范咏戈、专家曾庆瑞、王伟国等出席并发言。2014 年 4 月 5 日清明节，中纪委网站推荐 56 本文学作品，其中写人的四部《雷锋》《焦裕禄》《习仲勋传》《曾国藩》，第四部就是历史官场小说。各省市领导对此持稳重而积极的态度，譬如湖南省各级领导，一直把官场文学热作为正常的文学现象来看待，重视作家这方面的成就，支持写封建官场驰名的唐浩明连续两届担任省作协主席，把写官场小说成名的王跃文调至省作协，任专职副主席和省文联副主席；支持官员写作，晋升市长作家谭仲池为省政协副主席，再委以实际主持全省文艺工作的重任。省委宣传部领导最早支持召开官商两道同体的小说《青瓷》研讨会。这一切，对正确评价城市化进程中的官场书写，正确看待官场小说和小说家，意义深远。无论从哪方面看，官场文学迎来了自身发展的最佳历史时期。诚如《青瓷》作者浮石所说的："身为作家，我无疑认为现在是最好的时代，是可以产生伟大作品的时代。"① 官场小说的名称没有什么不好，今天人们使用它不应该有什么禁忌。

中国改革开放以来第一部本真意义上的官场小说，是 1999 年 5 月人民文学出版社出版的湖南王跃文的《国画》。小说以朱怀镜的命运起落为线索，围绕官、权、钱、色、事业，从政治、人性、命运、官场规则等多个方面，展开官员生活五重奏，揭示出社会主义初级阶段的官场风波、官场风流、官场沧桑与官场无奈。《国画》的最大意义在于涵盖了官场小说五大基本特征，开启了中国当代官场小说的创作高潮。官场小说的五大特征是：以权力运作为中心；官员为主人公；官、权、钱、色、位五素俱全；重在写官场生态和官运沉浮；主要的审美手段是审丑。自《国画》以后，官场小说日趋繁盛，王跃文本人则陆续有《梅茨故事》《大清相国》《苍黄》《西州月》等作品问世，他一直是当代中国官场小说的领军人物。2012 年开始，王跃文转向乡村叙事，推出了可与上世纪 30 年代乡土文学精品媲美的《漫水》。

作为改革开放的文学成果，当代官场小说众体齐备，内容空前繁杂。就作者而言，涉笔官场文学的，包括网络作家在内，额近千名，有文人、学者、专业作家，也有革命家、官员、企业家和自由撰稿人。就体裁而言，有散文、诗歌、戏剧、随笔，但主要是小说。在机场、车站、码头等公共场所的文学书摊上，官场小说占有很大的比例。在动真格儿惩治腐败的今天，官场小说的地位和作用理应受到重视。以权力运作为中心的当代官场

---

① 浮石：《身为作家，这是最好的时代》，《燕赵都市》2011 年 12 月 26 日。

小说，按照权力运作的主体、方式与形态，呈现出以下十种类别：

官运小说。官员命运是官场小说的重心，得官、升官、贬官、保官是官场生活的连环套，也是官场小说的情节纽带。肖仁福的一部长篇小说，书名就叫《官运》，落笔在"官运"，命意在"官风"，揭露市场经济下权力失范，带来党风、官风不正。自 2000 年到 2004 年，年过花甲的山西田东照一口气写了 8 个中篇《跑官》《买官》《卖官》《骗官》《D 城无雪》《啼笑皆非》《恐炸症》《还乡，还乡》的"跑官系列"，此后直接写官运的作品迅疾多起来，影响较大的有杨川庆的《官道》，刘震云的《官场》《官人》，刘儒的《官场女人》，王晚池的《官场旋涡》，等等。通过官员在权力面前的手、眼、身、法、步，正面演绎官员升降沉浮的命运遭际，显现社会人情世相，引导读者直面现实，力求推动政治体制的改革。

吏僚小说。吏僚，即古代官场中办事人员的吏和出谋划策的幕僚，吏僚小说即写今日之具体办事人员或"智囊团"一类角色的小说。吏僚为主官出主意，办具体事，有时还代首长出面，形同首长的影子。以影子显示实体，实在是非常高明的手法。黄晓阳的《二号首长》，肖仁福的《位置》，可为代表。影子毕竟不是实体，权力不到，好多事情还是办不成的。他们用权的基本方式是"假'天子'以令诸侯。"这类小说透过身在官场边缘却手眼通天的吏僚写官场，写主官，有力地批判了官本位思想，运笔潇洒自由，兼具全局观念和问题意识，显示的社会生活面相当广阔。

侧重于用权方式的另一重要类型是"官场秘籍"，即书写官场权谋、权术、官场潜规则占很大比重的小说。真正的官场小说，作家的笔锋几乎都深入到了官场的背后，具有揭秘性、操作的参照性。也只有那些久居官场、静观默察，烂熟于心又不染尘埃的作家的"官场秘籍"才较为纯真。这类小说的佼佼者，以生动的笔墨，批判了种种不良的官场作风和做派，在绘声绘色的描写之余，常常以白当黑，给读者留下许多再创作的空间，耐人寻味。不过并无真切体验与发现，想当然的失真失实的次品庸作也不在少数。

从官员的生存状态划分，则有多种，如：

权色小说，即写官员婚外情、包二奶、养小三的反腐小说。权色小说多以"色变"为突破口，实在源于生活的启示。据电视新闻报道，95% 的贪官有情妇，以权渔色，权色交易，是贪官们的共同手段，也是贪官落马的导火索。官场小说中贪官与美人就像鱼和水一样，难以分离；但欲壑难填，双方常常反目，到头来身败名裂。描写这类行状最早的小说是刘恒的《白涡》，谦和、稳重、能干的知识分子周兆路，始终戴着人格面具，艳遇美丽少妇华乃倩后，经历种种尴尬，最终抽身走开而归于平静。作品批判的是某些知识分子官员虚伪的文化人格。专写权色交易的，还有汪宛夫2009 年以后的《国色》《权色》《官色》系列。这类作品网上最多，等而下之的，止不住流露出一点羡慕与欣赏来。

官商勾结的小说。新时期的许多官员出身贫困的农村，又没经过提着脑袋干革命的血与火的洗礼，当企业家、商人需要权力运作才能获得机遇时，穷怕了的官员与想发大财的企业家、商人，自然而然扭结在一起，沆瀣一气，权钱交易。浮石的《青瓷》、付麒麟的《极品权商》、罗学知的《黑幕》、宋押司的《地产泡泡》等小说都属此类。这类小说都有一个共同的倾向：从权钱关系入手反腐败。这类小说的批判性一般呈刚性状态，唯浮石的"青、红、皂（白）"系列并不剑拔弩张，而是绵里藏针，辐射面很广。官商小说的批判意向虽然比较表面化，但及时地释放了普通百姓强烈的反贪要求，具有鲜明的人民性。

警示小说，即正面写官员被腐蚀，由好变坏直至犯罪的堕落过程的小说。如野莽的《贪官日记》、李春平的《奈何天》等。《奈何天》写一位非常出色的市委书记，当权力到达顶峰时，经不起各种利益诱惑而导致人生大蜕变，最终自己自觉走向纪律检查机关。堕落官员的经历，可以彰往察来，后人知所借鉴，也可看作作家对官员的警示。

清官小说。清官小说主要写古代官场中盖棺论定、口碑极好的官员。左宗棠有联云："闭户读书真得计，当官持廉且不烦。"清官的最大优点是不贪财色，清正廉明，为百姓办事、申冤。代表作有王跃文的《大清相国》等。清官小说对象是审美而不是审丑，但落脚点还是避免官场丑恶的发生。一般说来，清官多酷，好官多庸，能官多专，德官多懦。王跃文笔下的清廷宰辅陈廷敬却"几近完人"：陈廷敬是清官，却宅心仁厚；陈廷敬是好官，却精明强干；陈廷敬是能官，却从善如流；陈廷敬是德官，却不乏铁腕。写古代清官的小说，着眼于传统道德与社会主义价值体系的契合，曲折地反映了作者和广大群众对当今官员的要求，促进各级官员人民公仆意识的树立，用心良苦。

就书写对象而言，还有外围官场小说，即写党委政府向外的派出机构"办事处"，和贴近主官的"接待处""车队"一类人物的小说。如王晓方《驻京办主任》，刘春来的《办事处》，吴茂盛的《驻京办》《招生办》，彭斌《省委车队》《县委车队》，高和的《接待处处长》，等等。他们都是主官的工具，其根本任务是打通关节、疏通关系，为地方发展与主官升迁铺路和提供方便。这些人员务必眼观六路耳听八方，以"上"为主，上下左右前后，面面俱到，不能有半点差池，这类小说是当今关系学之形象读本，立意在于批判假公济私、因公肥私的极端个人主义，维护党性原则和国家利益。但有的因为过分注重关系，欣赏打擦边球艺术，甚至不惜背离党性原则办事，值得警惕。

还有官场后院小说，即通过官员的妻儿、子女写官场的小说。如余艳的《后院夫人》三部曲。这类小说从家庭的角度批判了"一人得道，鸡犬升天"的封建裙带关系，也写了官太太难当，批评了社会的不正之风，带点阴柔色彩与日常生活情韵，别有一种情趣在。

最后比较特殊的一种，就是准官场小说，即不着重写官场生态与官运沉浮，而是抓住社会矛盾，从官场内外的社会广角写人情世相，有强烈的责任感、使命感的时政小说。中国当代准官场小说在改革之初开始兴旺，并与改革开放同步发展。改革初期涉及官场的小说，最早是蒋子龙的《乔厂长上任记》等改革小说，而后是张平《抉择》《天网》，周梅森《国家公诉》《绝对权力》等反腐小说，再有陆天明《苍天在上》等扶持弱势群体、为民请命的小说，还有李春平《步步高》等重在表现官场与当下社会状态的时政小说，以及阎真《沧浪之水》等仕途小说。无论是官场小说抑或准官场小说，其主旨都是对执政者权力运作的追索与拷问，皆以自己的方式照出了时代某个部分的面容，潜藏着思想批判的力量。

二、当代官场小说的现实土壤、纪实品格与反腐倡廉的精神指向

任何文学作品都是从社会现实的土壤里生长出来的，现实生活是当代官场小说的生命之源。在改革开放和现代城市化持续推进的今天，一方面，我国城乡差别、工农差别、体力劳动和脑力劳动的差别以很快的速度缩小；另一方面，贪贿、腐败、奢靡之风在城市畸形文化的鼓动下，以"道德合

理性"作掩护，愈演愈烈。贫富差距、人格差距、官民利益差距日益加大。在这个转型中，既有国家民族日新月异的整体性进步，也有难以遏止的个人堕落；既有大刀阔斧的改革壮举，也有卑鄙龌龊的暗箱操作；既有呕心沥血地为人民服务的大军，也有处心积虑地谋求私利的小人；既有艰难困苦的弱势群体的生存挣扎，也有灯红酒绿刺激性强烈的奢靡挥霍。正如狄更斯在《双城记》开篇所说："那是最美好的时代，那是最糟糕的时代；那是个睿智的年月，那是个蒙昧的年月；那是信心百倍的时期，那是疑虑重重的时期；那是阳光普照的季节，那是黑暗笼罩的季节；那是充满希望的春天，那是让人绝望的冬天；我们面前无所不有，我们面前一无所有。我们大家都在直升天堂，我们都在直下地狱。"① 作为时代的记录员，当代官场小说家用慧眼观察社会，用心灵触摸社会，用良知呼唤社会，用感情抚慰社会，以官场为聚焦点，将时代的伟大与卑微，做出了最生动、最具体、最详细的记录。真实地记录现实，严厉地拷问现实，是当代官场小说的生命所系。开当代官场小说风气之先的王跃文说，他所写的全是自己最熟悉的生活。他列举了自己作品中写到的多起负面现象与人物，一个个、一桩桩，都是有原型的。② 王跃文是这样，几乎所有的官场小说家都是这样。浮石在谈到主要写官商关系和权色关系的《青红皂白》系列（青瓷、红釉、皂香、白绫）时说得好："我认为小说创作首先应该是对现实生活的记录与还原，这种记录与还原虽被打上作者强烈的个性烙印，但相对于时政报道、市井小报、影视影像作品，反而能够更加客观地反映一个时代的风貌，所以我视真实为小说魅力的第一要义。"③ 由于现实的严峻，作家和广大读者不能不关注它，不能不有所期望，希望在建立和谐社会的同时建立清明、和谐的官场。强烈的责任心使作家不能满足于一般性的讽刺与轻浮的搞笑，而是从体制、人生、良心、文化等深层次上观察、思考和描写官场人事。去讽刺，重诚勉；去臆想，重纪实，成了当代官场小说最突出的品格。

如果说讽刺是近代官场小说最锋利的武器，也是作家最拿手的技艺，那么，纪实，则是当代官场小说家最基本的写作方式，最突出的艺术品格，也是当代作家最有效的自我防护手段。当代官场小说最大的历史功绩是，

---

① ［英］狄更斯：《双城记》，宋兆霖译，浙江少年儿童出版社 2004 年版，第 1 页。

② 王跃文：《文学与世相》，《新文学评论》2013 年第 2 期。

③ 浮石：《身为作家，这是最好的时代》，《燕赵都市网》2011 年 12 月 26 日。

真实地记录了中国改革开放和城市化进程为标识的转型期时代，并给这个时代塑造出了生动形象的艺术造型。

纪实性赋予当代官场小说城市生活的质感。官场小说基本上写的是改革开放和城市化进程中的官员和中上层人士在城市的生活，俗称上流社会与中产阶级的生活。而中产阶级以上的人，如今都比较讲究也有条件讲究生活质量，追求幸福指数；城市文化在吃、穿、住、行等日用生活和休闲消费方面，又都是引领潮流的。消费，是城市生活的基本属性，消费的刺激性与前瞻性，又是现代城市生活的特定色彩。"春江水暖鸭先知"，上流社会和中产阶级最先感受到现代文明的魅力，总是走在城市高档消费的最前头。现代城市中的"三厅、三上、两吧"，即歌厅、舞厅、餐厅，水上、车上、床上，网吧、酒吧等消费场所，从上世纪80年代末开始，就是官员和中产阶级人士经常出入的休闲之地。身份高、地位隆、腰包鼓的人，出入"厅""吧"的档次、频率也高。今天的中国，讲究生活享受的人越来越多，他们把官场小说当作政治教科书也当作生活指导书，从中学到好多可以提高感官享受的生活知识，追求时尚、追逐时髦，寻找刺激，实行高等级消费。官场小说强劲的现代城市生活质感，也是官场小说持续受欢迎的一个因由。

纪实性使官场小说呈现出鲜明的"年轮"。中国的城市化进程飞速向前，社会发展日新月异，不同年代有不同的风尚、不同的阶段性目标和不同的社会大事件，呈现出不同的社会风貌。客观地记录社会现实的官场小说因这些"不同"而呈现出鲜明的"年轮"。80年代、90年代和新世纪的官场小说互相区别明显，想混淆都混淆不了，更不能把它们前移到"文化大革命"、"合作化"、"土改"那火辣辣的年月。如果说底层书写通过农民工在城市的生存与发展、卑屈与尊严、分散与集群、散淡与竞争、团聚与别离、积蓄与消费等种种精神矛盾与生存选择，表现了时代的阵痛，那么，官场小说则以权力运作为中心，描写官员与巨商富贾、著名艺术家、当红女演员，高级知识分子以及普通老百姓之间的交往，还原他们在事业和仕途、伦理和欲望、亲情和孽障、公正与邪恶的游弋中的升降沉浮，表现了城市物质文明对自然人性的挤压，时代风云对个人命运的冲击，再现了一个大时代的大浪淘沙，年代感最终上升为时代感。选取官场小说的精品，按时间排列，就是一部精彩的中国改革开放的形象历史，一部现代城市化进程的历史。近二十年间的官场整治与官场异化是空前的，也是绝后的，今后再也不可能重复出现。反映这个绝版时期的官场小说，记录这个五千年才有的大转型期的状况，必然不同寻常，具有超越时代的重大意义。

"记录"只是手段，反腐倡廉才是目的。有感于社会现实的负面现象，官场小说家力图借小说以针砭现实，改造现实。当代官场小说内含浓烈的批判意识。举凡书写权力失范的当代官场小说，都在声色犬马等表象之下潜藏着犀利的思想锋芒，抒发了人民反腐倡廉的强烈要求，老百姓索性称其为"反贪小说"或"反腐败小说"。腐败不只是经济上、生活作风上的，还包括思想的、政治的、体制的。"反"，主要是反对贪污、腐败、奢靡；清除官本位思想、官僚作风和特权思想；探讨体制改革、廉政建设、纠正党内不正之风的途径与办法；增强民主意识，防止个人专权，制止权力绝对化、租赁化现象的升温；增加透明度，实现公平、公正和依法行政，建设一个和平、民主、和谐、富强的现代化国家。"反"，就是批判，就是革命，革命的批判性是当代官场小说重要的精神品质。这种全面的深层次批判，顺应了历史的基本要求和人民的普遍愿望，暗含了清除腐败、保证党和政府肌体健康的建设性意图，是当之无愧的廉政建设的良药。官场小说中的批判意象，没有耳提面命，没有口号化，全部都是通过活生生的触目惊心的事件和人物的命运遭际流露出来，沉入到读者的心底。可以毫不夸张地说，官场小说中的批判，代表了人民对贪污腐败的声讨，代表了社会的正义与良知。这种批判，不是皮相地罗列现象，较之19世纪以来"小骂大帮忙"的批判现实主义，较之清末民初谴责小说的轻浮与偏见，更为厚重，更有针对性也更深刻。如果说清末官场小说"辞气浮露，笔无藏锋"的话，当代官场小说在表达批判意识时，意气深沉，意蕴内含，锋藏笔底。诚如恩格斯所要求的，作品的思想倾向皆从场面和情节中自然而然地流露出来。从创作方法上看，当代官场小说应属于革命现实主义范畴，但与上世纪60年代的"革命现实主义"创作方法又有很大的不同。它继承了"文革"前的社会主义现实主义、革命现实主义中理想的光辉一面，又扬弃了回避矛盾、粉饰现实与廉价歌颂的弊端；它与新写实主义客观地记录现实一脉相承，又扬弃了不带感情的零度写作的冷酷，而是热烈地、充满感情色彩地惩恶扬善。官场小说家尊重人民的愿望和历史的要求，欢迎社会的现代转型，却痛恨官场的腐败。他们直面现实，决不粉饰太平，力图发现和解决社会现实中的问题，推动城市化进程和改革开放的步履。去粉饰，重批判，手法在纪实，立意在建设，是各类官场小说的共性。这样的官场小说，既给人以温暖和希望，又具有鲜明的批判立场。当代官场小说的批判性，无论思想的深刻、思维方式的科学，以及表达的艺术感染力，都比以往的批判现实主义小说前进了一大步。别林斯基说得好，抄写自然的是画匠而不是画家。当代官场小说家都不愿做画匠，他们不满足纯客观地模仿现实，还要有效地解决社会实际问题。当代官场小说，是照妖镜，是廉政建设的良药，也是作家留给后人的中国社会转型期的社情报告书。

三、官场小说并非通俗小说，而是一种成熟的纯文学文体

中国历史上的官场文学并不发达，只有历代清官戏和几本"公案"小说，文学成就和艺术品位都不高。中国原是一个农业大国，农民的个体操作和自给自足的生存方式，决定了农耕文化的特点："天高皇帝远"，"帝力于我何有哉"——农人远离政治和官场，小国寡民的思想不利于官场和官场文学的发展。即便在农耕文化与现代文明博弈的现代文学中，官场文学也摆脱不了幼稚之态。而两种所有制经济形态的并存导致一切资源需要权力来分配的现实，必然带来官场的腐败。现代文明的大规模协作和政治经济文化在城市的高度集中，需要清明高效的官场来管理协调，官场的发达与官场文学的繁荣应运而至。文化的差异导致了官场文学的时代差异。在沉寂了三十多年后的第二个三十多年里，以小说为主导的官场文学鹊起鹤立，不但数量庞大，而且具有自己独特的审美方式，呈现出很强的文学魅力，将自己锻造成为一种相当成熟的纯文学文体。

官场小说的魅力首先在内容。它所凝聚的历代官员的治守之道、官场经验、为官体验和人生智慧，备受关注和欢迎。应当承认，凡从底层进入官场，尤其进到高官位置的人，都是人中之龙，在某些方面总有过人之处。他们在官宦道路上应对了升降沉浮的种种变数，迈过无数坎坷，获得了事业和人生的双重辉煌，发挥了常人不及的人生智慧，积累了丰富的人生经验。优秀的官场小说具有人生教科书的作用。就凝聚的人生经验、修身养性和领导艺术的丰富深沉而言，恐怕没有哪部官场小说能超过唐浩明的《曾国藩》。官员阅读官场小说，鉴往知来，善取善予，既可以从成功者那里学来许多成功的经验，也能从失败者那里看到落败的教训，当然有助于

自己获得更大成功。官场小说在官场最受青睐，根由即此。

　　中国当代官场小说虽然以官员命运为结构的中轴，可读性强，但它并不是通俗小说。把情节曲折、命运起伏、现场感强的官场小说混同于通俗小说，其实是一种误读。首先，当代官场小说的纪实品格将它与任何通俗小说严格区别开来，这是不言自明的。其次，当代官场小说拥有自身独立的审美属性：审丑。李宗吾写了一篇尽人皆知的《厚黑学》，揭露封建官场的丑恶，说贪官坏官的基本特征是脸皮厚、心黑。在这个思路下，人们普遍认为官场有三丑：厚黑、荒诞、虚伪。官场书写的审丑传统，发端于清朝末年李伯元的《官场现形记》和吴沃尧的《二十年目睹之怪现状》，这两部小说就是清末官场丑态和怪现状的"现形"。把新寡的妙龄儿媳送给上司以求自己升官，火器营 500 人枪出操变成 1000 人枪，每个出操的士兵带一个勤务兵，每个勤务兵替主人背一杆鸦片烟枪，等等，不一而足。当然，初始的审丑是不够严肃，缺乏力度的。鲁迅评价《官场现形记》说："臆说颇多，难云实录，无自序所谓'含蓄酝酿'之实……官场伎俩，本小异大同，汇为长篇，即千篇一律。"说《二十年目睹之怪现状》"描写失之张皇，时或伤于溢恶，言违真实，则感人之力顿微""虽命意在于匡世，似与讽刺小说同伦，然词气浮露，笔无藏锋，甚且过甚其辞，以合时人嗜好"。① 胡适甚至说李伯元的《官场现形记》仅仅"是一部社会史料"。在中国现代文学三十多年中，屈指可数的几部官场文学作品，也都是审丑的。最早是林琴南的《官场新现形记》，揭露袁世凯称帝时官场的种种腐败；其后有女作家苏雪林的《蝉蜕》，通过王江金蝉脱壳挣脱清朝牢笼的经历，批判清朝统治的残酷，徐志摩称赞它将在"文学史上占有最高一席"；接下来是"左联"组织部长、青年作家周文 1937 年初出版的《在白森镇》，写刘县长和陈分县长不择手段，一心想搞垮对方，到头来夹在当中的施服务员成了牺牲品；再后有张天翼的小说《华威先生》，刻画了抗日战争中一个国民党文化官僚胸无点墨、装腔作势、到处伸手抓权的党棍形象；还有沙丁的《在其香居茶馆里》，以其香居茶馆里的闹剧，揭露新来的国民党县长口喊反贪而幕后大行其贪的恶行；最后是陈白尘 1946 年的讽刺喜剧《陞官图》，以强盗做梦的形式，写知县、秘书长、各局局长，与满口"廉洁""俭朴"的

---

　　① 鲁迅：《中国小说史略》，中国社会科学出版社 1999 年版，第 1015 – 1018 页。

省长沆瀣一气，无恶不作，大搞官场交易，展出了一幅贪赃枉法、鲜廉寡耻的群丑图。这些作品固然反映出封建、半封建社会地方官场的腐败，官员间的欺诈倾轧，然其手段之笨拙、权术之幼稚、形象之单调，较之今日之官场小说，简直太小儿科了。

当代官场小说，继承了近现代官场小说审丑的传统，无情地揭露了贪官污吏的种种罪恶嘴脸与丑态秽行，审丑，成了它最重要的审美属性。面对形形色色的贪官污吏，官场小说家除了"再现"他们的丑态，还以"反讽"的形式加以嘲笑，让其丑恶的嘴脸暴露在光天化日之下，这对贪官污吏无疑有着巨大的精神杀伤力与威慑力，也使得官场小说一度不被某些人看好而老百姓却非常欢迎。当代官场小说的审丑还与现代派文学艺术的流行直接相关。现代派文学盛行以来，审丑已裂变为文学创作的重要审美方式。作家凭借与审美对象的否定性关系的艺术处理，把生活中的丑转化为艺术中的美，以此表达对生活的深刻思考，对执政者的严厉拷问。应当说明的是，并非所有的当代官场小说都在审丑，只有那些意在反贪、批判官本位和批判权力失范的官运小说、吏僚小说、权色小说、官商勾结小说、官场秘籍小说等，审丑的倾向才非常鲜明。而且，近现代与当代的官场小说审丑的具体手段也有所不同：近现代官场小说中"臆想"的成分不少，艺术上千篇一律；而当代官场小说虽然语言幽默机趣，但现实的壮阔与沉重，驱使作家扬弃了"臆想"的弊端，以记录本相为主要的审丑手段，单一的讽刺则处于次要位置。

再次，浓郁的文学韵味让当代官场小说骄傲地屹立于纯文学之林。通俗小说与纯文学作品最大的区别在于，可以按照某种定式和程序成批量生产的是通俗小说，此前无定式、最先创作的开创性作品为原创小说，文学创新是原创小说的标志。优秀的当代官场小说家最先发现"官场"这片文学宝地，不循旧路，力避公式化写作，人物命运跌宕起伏，情节场面引人入胜，细节生动丰富，发掘人性深刻，心理活动细腻微妙，生活气息浓厚，创新性与生动性相互依托，共同构成了作品的纯文学品格。去通俗，重原创，是当代官场小说获得文学韵味的重要原因。具体地说，通俗小说重情节轻细节，官场小说则重细节而轻情节，多以独特的细节感人。就说朱怀镜圆圈式摸肚皮这个不变的动作细节吧，不同场合的含义是不同的：或忧虑，或悠闲，或心安理得，或志得意满，或无可奈何，或潇洒自如。不同情境下的心境、官气、官态，透过同一个细节动作毕露无遗，内涵十分丰富。原创性官场小说文学性方面的突破点，是无与伦比地写出了人性的深刻。官场如战场，关系到其中每个人的前途和命运，也关系到国家民族的兴衰成败。人性的美和丑，人心的善与恶，人品的高与低，人格的卑劣与高尚，在官场中显现得最为强烈，又最为微妙。官场小说写人，不大注重外形刻画，特别注重人的心机与深层次的人性发掘。最细致入微、入木三分地写出人的自然属性与社会属性及其相互制约又相互转换的，莫过于官场小说。当代官场小说之所以普遍叫好，就是善于通过细节，从自然人性与人的社会性的冲突中发掘官员深层次的人的本性，又从文化的高度用反世俗的精神武器批判世俗的思想行为，保证了人物形象的自然真实，也保证了本真意义上的官场小说的高文化品位。总之，当代官场小说，早已与晚清官场小说有本质的不同，前者专事对旧官僚的讽刺挖苦，后者着意发掘人生智慧和治国理政经验，推进政治体制改革，进入到了以文资政、问政协和的新阶段。

去平铺直叙，重氛围营造，是当代官场小说文学魅力的又一重要方面。真正的文学大家从不满足于常规性地叙事写人，不满足一般性地建构情节，平直地书写环境、场面、性格、心理，而是运用最平常又最富有表现力的语言，在对它们的巧妙排列与组合中，营造出浓浓的氛围，使作品时时洋溢着浓郁的文学韵味与生活情味。"羚羊挂角，无迹可求"，并不见诸文字而靠氛围营造得来的文学韵味，才是最高级别的文学性。官场作风的含蓄性决定了官场生活特别讲究暗示、引而不发，很多时候只要领会意图，一个眼神，一点肢体语言，就能完成许多复杂的交流。官场中的对手，从来很少正面冲突，多是"打太极拳"。官场特征决定了营造氛围在官场小说创作中极为重要。一切都说穿了，讲白了就不是官场；一切都是直白的，直露的，没有味外之旨，也就不是成功的官场小说。是否善于营造现场气氛与文学氛围，才是官场小说艺术高下的潜在分界线。官场小说这一艺术特质，对各体文学创作都有价值。

当代官场小说并非完美无缺，不同作家作品的质量不尽相同。一般说来，原创性小说成就高；仿制、赝品、庸作则明显不足。官场小说的审美缺失，主要表现在次品中。

一是缺乏现代眼光，思想批判乏力。几乎所有的官场小说，思想都落在"反腐败"。虽然从政治、人性、体制、文化等不同角度、不同层面发掘了腐败的根源，但多限于批判官员个人的道德、品质、文化素养和"官本位"观念，它固然反映了老百姓的心声，但也仅停留在普通老百姓的认知水平上。就腐败之因而言，体制，是客观原因，即"外因"；人格与修养，是主观原因，即"内因"。外因如何制约内因，内因在怎样的外部条件下起作用，这才是关键。可这恰恰又是官场小说家作难的地方。还有一种情况，中国传统文化"立德、立功、立言"的"三不朽"思想，在中国文化人的精神中根深蒂固，也成了官场小说家的潜意识和最有活力的血液。他们虽有较开放的现代观念，但毕竟传统观念太强霸，不能游刃有余地将自由、平等、科学、民主的现代思想通过文学想象由概念化为形象，更难以化为运用自如的思想武器。在国家民族艰难困苦时期，"书生报国""建功立业"是可贵的进取精神，但在承平年代的诱惑面前，往往蜕变为功名利禄的追求和家族利益、小团体利益的保护。这种文化缺陷与通常说的"官本位"不同。官本位是"有了权就有了一切，没有权就丧失一切"，是当官效益论；而功利性过重的文化缺陷则是人生价值选择导致的价值变异与价值失衡，属于价值论的范畴。这种价值论文化缺陷在官员身上留存，同样也在官场小说家身上留存着。它障碍了官场小说家的眼睛，甚至天然地认同、欣赏生活中的"等级"、"差别"与特权，对官员在仕途中的某些作为，引起共鸣容易，深层批判则难。尽管官场小说家大多"立意在批判"，但真正有深度的批判作品其实很有限。

二是文学功力不逮，文学韵味不足。有的官场小说纯粹在演绎人生过程与事件，语言、场面、细节、性格、心理描写等基本的文学要素都不到位。或细节不真实，公式化制作，或简单暴露，道德评判过于宽松，官场小说中独创性的神品、妙品、精品难再，仿造的次品、疵品、赝品增多。汪宛夫做客新浪网时，说《蜗居》中的宋思明，45 岁左右还是一个秘书，在现实生活当中不可能。秘书是最低调的，写秘书给人剪彩，其实都是硬伤。这些批评非常中肯。许多人把官场小说看成通俗小说，就是因为不少官场小说是闭门造车，套公式套出来的。这个公式就是："官、权、钱、色、位，恩、威、挤、哄、杀；握手在台上，踢脚在台下；只要能升官，崽可尊为爷。"按照这一公式，填进人名地名，将事件排列组合，小说即成。它败坏了当代官场小说的名声。有的官场小说，过于注重权谋、权术的描写，甚至以厚黑为美，道德评判缺位，形同晚清时期简单暴露的遣责小说。莎士比亚说过，文学创作的目的"始终是反映人生，显示善恶的本来面目，给它的时代看一看自己发展演变的模型"。① 官场小说就是通过"显示善恶"的"本来面目"，展示时代与人心的"演变"。倘若只停留于简单暴露，视粪土若黄金，视溃烂处若桃花，不过是文坛逐臭之夫的偏好，为正宗官场小说家所鄙薄。当今城市生活中，以道德伦理为评判标准的价值体系正在坍塌，以欲望为正当价值内核的价值观正在蔓延，以伦理本位的家庭亲情正让位于以官本位为中心和以钱本位为终极的利益交换，社会主义价值体系尚在建立之中。当官员的行为超越了道德底线甚至触犯法律，小说家的道德评判便相当重要。如果官场小说对官、权、钱、色的相互交换关系欣赏多于批判，对弱势群体缺乏必要的关照与同情，城市化进程中官场小说的道德评判便过于宽松。有的在写到男女两性关系时特别随便，似乎身体开路也可以，第三者插足也无所谓。贪官没有思想障碍，作品没有道德底线，传递的就不是正能量。坚持高质量写作，高标准出版，坚持官场小说的道德底线的时候已经到来了。

三是权力作用和权力失范的书写过于放大，分寸有些失当。没有权力和权力运作，就不是官场；没有对生活的概括、集中和典型化就不是文学。以文学之灵写官场之魂的优秀的官场小说，它比生活本身更高、更集中、更强烈、更典型，更抢眼。贪官与官本位的信奉者们，固然崇拜权力，以权谋私，不按党纪国法办事，不按常规出牌，掌权用权常常出轨、失范。没有权力失范就没有贪官，没有权力失范的书写就没有反腐倡廉的官场小说。但是，什么都有一个"度"，官场小说将权力的作用过度放大，将权力运作中的失范过度放大，混淆了局部与整体，大多数与极少数的界限，便会失真失实，还会带来负面影响。等而下之的赝品、庸作，都有这方面的毛病，它们深深地伤害了当代官场小说的声誉。

四、官场小说的当代繁荣，乃时代使然

一种类型化的小说突然崛起，在全民生活中三十多年长盛不衰，持续、

---

① ［英］莎士比亚：《莎士比亚戏剧集》第4卷，朱生豪译，作家出版社1954年版，第209页。

普遍地受到欢迎，至今没有出现审美疲劳，除了它的纪实品格、批判锋芒、文学韵味之外，还有一个重要原因，那就是，社会转型期历史发展的必然趋势所致，非个人之力所能激扬或阻遏。

首先与城市化进程中的官权魔力有至为密切的关系。马克思说过，物质劳动和精神劳动最大的一次分工，是乡村与城市的分离。城市出现之前，管理部落的酋长，职责只是组织狩猎、分配食物、维持部落秩序，以及带领部落成员抵御入侵者；城市出现之后，需要管理的事务增多，官员增多，"物质劳动和精神劳动"者才完全分离开来，形成"治人"的官场与"治于人"的民间。官场是权力的集散地，借助权力杠杆，官场成为国家、地方、部门的神经中枢，成为那里最最重要的指挥中心和资源批发地。官场因城市的出现而出现，因城市的发展而发达；官场小说也伴随着城市的发展而繁荣。城市化程度越高，分工越细，官员队伍越大，职责越重，权力的威力也越大。我国现代城市化进程一方面促进了政治民主化，另一方面也催化了权力作用的极端化。近年来我国城市建设突飞猛进，城市功能巨大扩展，强化了官员手中的权力，从基本决策、各项规划的制订落实，到人事安排、工程承包，乃至接待，事无巨细，都要通过权力批准，权力成了无所不能、无处不在的魔方。城市化进程中的权力魔方激发起各级官员造福一方、振兴中华的雄心壮志，给官员提供了施展拳脚的多个平台和各种机会，也调动起某些人的私念私欲。

官场小说的繁荣还与现代都市文化的快速生长有直接关系。西美尔的"审美社会学"说出了现代文化的一个重要性质："现代文化的发展是以凌驾于精神文化之上的物质文化的主导性地位为基础的。"① 重物质轻精神、重感官轻理性的现代文化在城市化进程中获得了最佳生存条件，迅速生长的都市文化成为当代文化的主流。现代都市文化提高了人们的生活质量，但过分强调刺激性消费的弱点，使传统道德、气节操守日渐式微，新的价值观念难以确立，使得某些官员自由落体般地沉醉以致迷失。中国官场的人治化体制，常常将组织形式的权力运作，转化为掌权者的个人意志行为，施政法律难以订立，官员的行为缺乏有效的监督机制和制约手段，官场魔力空前放大，行政功能空前增强，导致权力租赁化、绝对化现象的泛化，

---

① ［德］西美尔：《时尚的哲学》，费勇等译，文化艺术出版社 2001 年版，第 197 页。

给意志薄弱者提供了更多犯错误的可能性。社会主义初级阶段两种所有制的同时并行，城市化进程中持续而庞大的经济运作，产生了许许多多的空隙，从而扩大和加速了某些官员的陷落与迷失。围绕金钱、美女，官场滋生出情节离奇、超乎想象的种种腐败。官场中的负面景象从来没有像此前二十年间那样触目惊心。发达的官场政治，空前绝后的腐败与反腐败斗争，给作家提供了任何时代都不可能提供的丰富生动的素材，也激起了作家的社会责任感和透视官场的写作欲望，官场顺理成章地成了作家重要的写作对象。现代文化、改革开放催生了官场小说，反过来，官场小说推动了城市化进程和现代文化的普及，促进了中国社会的大转型。

其次，与改革开放以来中国人的思想解放大有关系。自由、平等、实事求是的现代思想，现代社会政治民主化的大趋势，不但打破了文学的题材禁区，同时打破了人们对权威的崇拜与迷信，平等地看待官员与官场，冷静地审视官员和官场人事，批判性地描写他们，这是当代官场小说滋生的思想根源。

思想解放带来了读者阅读心理的自由释放。詹宁斯《仿贺拉斯体诗集》第二卷第一首云："无论是否学过政治，人人都是政治家。"由于数千年的人治，加上自"文化大革命"以来屡屡发生的政治事件的陶冶，没有哪个国家有中国这样发达的官场艺术，有中国这样广泛精通政治、熟稔各种政治技巧、玩得圆通自如的大小官员，没有中国这样多心仪官场、了解政治的老百姓，他们一个个都是官场的高级看客，官场文学的高明读者。有些官场保密性能锐减，上午的官场内幕，下午就从各种小道流布民间，融进作家的人生体验，经文学夸饰后，更刺激读者的神经兴奋点，产生巨大的阅读快感。官场小说因满足读者探求官场秘密的知情心理与弘扬正气的阅读快感，拥有庞大的读者群。读者的欢迎导致了官场小说市场的持续走红。在文学创作与作品出版的关系上，国家恰恰采取的是相互矛盾的政策：文学创作是事业行为，受意识形态的制约；作品出版是企业行为，遵循的是利润最大化的市场规则。市场法则的威力远远胜过行政管理的能量。

思想解放带来了官场小说家心灵的解放和写作的快乐。作家是知识阶级中最敏感的成员，最先感知到文学艺术的春天；写作是一种快乐，写自己想写的东西更是一种快乐，写自己想写而个人生活中所缺失的东西，尤其是一种快乐。官场小说家从身份上说，有一官半职的，或者曾长期生活在官场外和官场边缘的知识分子，他们都是政治智慧高、政治意识浓、入世精神强的人。官员作家觉得官场少趣，便闲中弄文，以文资政。知识分子作家虽对官场饶有兴趣，有独特的识见和不发不快的冲动，但身在官场之外，写官场小说是作家自己政治智慧的投射，自身政治兴趣的释放。在文学想象中将自己的政治智慧化为笔下人物的行动时，也能享受惩恶扬善、运用权力、实现自我意志的惬意与快乐。文学创作快乐的来源之一是对作家生活缺失的一种精神补充。古往今来，身处富贵之境的作家向往自由清闲的山林生活，纸上逸兴遄飞；物质贫匮的作家笔下多有温柔富贵之乡。家中妻子高大粗豪的，其理想之女性必为小家碧玉或者窈窕苗条的美人；反之，妻子瘦弱的则以强壮健美、性感十足为可人儿入篇。代人用权，虽为虚拟，也能享受到食甘食饴之乐。唐浩明曾坦荡地对文艺界的一位朋友说过："我出身不好，家父1948年开始做蒋介石的贴身秘书，后为立法委员、教育部次长，改革开放前我不可能为官。在《曾国藩》的写作中，曾国藩镇压太平天国让我痛心和反感，但他在组建湘军、发展湘军、整顿江南吏治中，杀伐决断，一会儿提拔一个，又提拔一个，一会儿杀一个贪腐，又杀一个贪腐……看起来是曾国藩在选贤任能，其实是我在代他用权，大笔一挥，'杀！''升！'痛快淋漓。"王跃文谈到他写《大清相国》陈廷敬处理山东灾荒案时，发现巡抚富伦不顾百姓死活，谎报丰收，强迫义捐，制造假政绩，还勾结奸商倒卖赈灾粮，如何处理？无史料可参考。作家说："那只能靠我代陈廷敬想办法。富伦是康熙皇帝奶妈的儿子，从小与康熙在一起，感情深厚。重处，康熙通不过；不重处，老百姓和场面上都通不过。于是我只好让陈廷敬想出妙计，先查明真相，让当事人知道问题严重，然后找到替罪羊。既开脱了富伦，又解决了老百姓的生存问题。上下左右都敷衍得过去了。"数百年后的2008年，湖南一位副省长在处理"湘西集资案"时，看了王跃文的《大清相国》，也觉得很受用。唐浩明写曾国藩，王跃文写陈廷敬，实际上都是把自己的政治智慧转移到了古代官员的身上，从替古代官员用权的过程中享受到挥洒权势的快感。官场小说家其实大都如此。官场小说创作中难得的"过把干瘾"的心理享受、心理快感，不单是湖南两位官场小说大家所有，每个官场小说家都不同程度地享受过，只是暂时没有见诸创作谈、生活谈而已。三十多年来官场文学作家从改革开放中获得了写作的自由与惬意，从市场法则中获得了高额的现金收益。这引诱着业余作者和自由撰稿人，纷纷加盟官场小说的创作队伍。官场小说家有增无减，官场小说如雨后春笋，蓬蓬勃勃，层出不穷，长盛不衰，市场潜力巨大。2009 年陆天明的《省委书记》一个月就卖了 25 万册，浮石的《青瓷》，不长的时间里销售过百万册，1980 年代成名的唐达天近年来的一系列新作《一号领导》《一把手》《二把手》等，一直雄踞各地畅销书排行榜前列，王跃文、肖仁福等不少作家的官场系列，一版再版，作家中的巨富，官场小说家居多。

当代官场小说是在中国改革开放和政治体制改革的大形势下出现并鼎盛的。孟德斯鸠关于政体与地理之关系的理论认为，国家进入到现代社会，是需要民主政体的，但因国家幅员的大小不同，民主政体的方式有所不同。幅员很小的国家，可采取全民直接投票的普选制民主；中等幅员的国家，宜采取君主立宪制民主；幅员特别大的国家的治理，则既需要民主，也需要"专制"。笔者认为，孟德斯鸠的思路是对的，但表述有问题或者说译者翻译得不科学、不准确。在现代社会，"专制"作为一种制度是万万不可的，作为正面概念来使用也是错误的。应该这样表述：幅员广大的大国，在国家治理中，需要民主政体，还需要"国家意志"（国家意志不是专制）。在社会主义中国，有了共产党领导下的人民代表大会制度、多党合作制度、政治协商制度、民主集中制度，还需要"国家意志"。共产党、中华民族、全国人民的根本利益高度一致，党和政府制定的方针、政策和法规，维护了人民的利益，体现了人民的愿望，因而能迅速集中起普通民众的意志，并把它及时上升为国家意志，聚全国之力，使我国国民经济高速、科学发展，国家实力迅猛增强，国际地位迅速飙升。优秀的当代官场小说也正是在肯定社会主义制度这个根本优越性的前提下，来批评官场中的官僚主义、贪污腐败等不良风气的，官场小说中的反腐锋芒，有利于党的肌体健康和社会进步。优秀的当代官场小说正视了现实的矛盾，反映了人民的心声，维护了共产党的领导，尊重了国家意志，与中国共产党保持了政治上的高度一致。它已经远远超越了晚清官场小说好做人身攻击、讽刺挖苦的黑幕书写的幼稚，进入到发掘人生智慧，促进政治体制改革，以文资政、文政协和的新阶段。作为时代晴雨表的文学和社会良知的官场小说家，最先感受到社会矛盾与时代潮流，借仕途之荣衰，察世道之冷暖，考权政之得失，品人生之况味，嘉善矜恶，取是舍非，立意在于治道，成就了一个新的文学品种。

官场小说的当代繁荣，归根结底，是改革开放期间社会矛盾和市场规则在文学创作中的反映。共产党由革命党变为执政党以后，有人坚持了无产阶级先锋队的性质，有人经不住考验，在钱、色的诱惑面前败下阵来，干群矛盾、党群矛盾、官场与民间的矛盾成为当下社会的重要矛盾。这一矛盾在改革开放与因循守旧、腐败与反腐败、艰苦奋斗与奢靡之风的斗争中有消有长。作为时代晴雨表的文学和社会良知的作家，最先感受到这些社会矛盾，自然出现了官场小说的创作高潮。十八大以后，习近平同志多次强调，反腐要一直保持高压状态。但是总不能遏止，反腐形势依旧严峻。一个天津市的公安局局长与黑社会勾结，居然贪污了70亿，有9个私生子；基层一个科长，一个村支书，一贪也是上亿！今后的官场小说，因而有两个前途：一是有更猛烈爆料的大作品问世，它或许会成为中国社会改革的导火线与思想武器；第二个前途则相反——时代成就一种文学形态，也会隐去一种文学形态。任何矛盾都不是永久性一成不变的。文学走向市场以后，读者的好恶与多寡决定着某一文学品种的盛衰。孔子曰："天下有道，则庶人不议。"随着反腐败力度的真正强化，官场与民间的矛盾将日渐缓和，官场小说的市场走红也会淡化。随着法制的健全和依法行政的普及，党的肌体更加健康，权力运作将彻底规范化，风气日清，官场腐败将日益失去其土壤。由此断言：尽管当代官场小说的殿军之作尚未出现，官场小说的当代繁荣，在我国现阶段的文学创作中也许不会再延续很长的时间了。

（2014年4月于长沙巴黎香榭）

（原载于《创作与评论》2014年第8期）

有德者必有言：湖南官员写作论

20、21 世纪之交，湖南像全国一样，出现了官员创作高潮。这首先是时代的赋予，其次是传统的赓续与催生。新民主主义革命至历史新时期以前，共产党内外的革命干部，除了从旧阵营杀出来的老一辈无产阶级革命家和少数高级干部外，无论长征、抗日、解放牌干部，抑或土改干部，大部分来自工农，虽努力自学文化，学历和文化水平一般都不高。历史进入改革开放的新时期，处于文化缺失状态的干部队伍，难以快速完成民族振兴的重任，难以带领中华各民族迅速实现四个现代化。于是，邓小平、陈云等第二代中央领导集体，在全党全国大力推行"革命化、知识化、年轻化"的干部路线，从根本上改变了我国干部队伍的年龄老化、知识弱化的状态，一大批朝气蓬勃的青年知识分子走上领导岗位，干部队伍的文化素质大大提高。其中不少领导原本就爱好文学创作。于是他们一边从政，一边从文，官员创作渐成气候，蔚为大观。从新闻通讯、诗歌散文创作起步走上省级领导岗位的，湖南就有七人，先后走上厅局领导岗位的不下 30 人，笔者八年前在评论管群华的长篇小说《秋雾蒙蒙》时说过：

> 政要文学近年来在湖南的兴起确是一个突出的文学现象。上个世纪 80 年代初，湖南文坛上曾经有过"3000"（地区知名的作家）、"300"（省内知名的作家）、"30"（全国知名的作家）的佳话；到了今天，湖南政界从事文学创作的要员（团级以上）也出现了"300"（地区知名）、"30"（省内知名）、"3～5"个（全国知名）的新气象。（《理论与创作》2004 年第 3 期）。

官员从政之余舞文弄墨，实在是中国社会政治制度滋生出来的一个好传统。自《尚书》开始，建事求闻、以文资政、以政养文，文、史、哲、政不分家，成为中国人治史、理政、为文的风气。《尚书》云："人求多闻，时惟建事。学于古训，乃有获。"即"求多闻"的唯一办法是学习史事。古人修《诗经》《尚书》《春秋》的目的，也在于明得失，存王道，垂鉴戒于后世。司马光修史，从三晋分周到后周柴世宗，辑录1360余年史事，目的就是"以资治道"。当时皇帝宋神宗亲自作序，赐书名曰《资治通鉴》。治史如是，为文亦如是。白居易的"文章合为时而著，歌诗合为事而发"，说得明明白白。先秦时开始的采风，从民歌看政治之得失，到当代谌容《人到中年》引发国家当局大幅度增加知识分子工资，都是以文资政的典型事例。就作家成分而论，古时没有专业作家，文化人也不多，凡弄文学的人大都是业余作者，要么是为官为吏为僚的士子，要么是在野的文化人，外加极少的闺秀。唐宋以后才开始有少量的职业剧作家、小说家。整部中国古代文学史，几乎就是官吏们的作品集锦。出口成章，能诗能文，实在是官员的一大本事。不管你官位多高，权力多显赫，现实生活中多么辉煌，都成了过眼云烟，难得留下一点历史的痕迹。只有那些诗文名世的官员，人以文传，文以人传，才永驻史册。这个事实极大地激发了历代官员，同样也激发了新时期中国共产党的各级官员，从政之余致力于文学创作。中国共产党的第三代领导集体中，从中央常委退下来的朱镕基、李瑞环、吴官正书写的回忆录、散文，各自结集出版，深受欢迎，朱镕基的著作在上海一个星期内被抢购一空，1300多万元的稿费全部捐献给社会做福利事业，为千古少有的佳话。李岚清退下来后全副精力投入镌刻，成绩斐然。湖南省委书记熊清泉退休后写文章、作画，都颇有收获。他们的作为更进一步催发了中国官员写作的高潮。

官员写作的类型，从写作姿态和资源看有下列几种：一是取材于政治实践，写作与自身工作联系紧密，真正做到以文资政、以政养文、文政互补；二是与自我经历、人生体验和成长过程联系紧密，写作激励斗志，焕发理想，在人生征途上不断给自己补充精神养料，增加前行的动力；三是摆开具体的、繁琐的甚至恼人的日常人事，从写作中抒发自己对人类、对世界、对生命的终极关怀，多关注大事件，思考大问题；四是出身贫寒的官员总是忘不了家乡和周围的平民百姓，他们身居高位，关心民瘼，并常常以此来激励自己永葆本色；五是半途破门而出，写作不带任何功利色彩，也没有多少使命感，自由潇洒，极其轻松，纯粹是自娱自乐，寄托精神，由于他们的人生积累相当丰富，一旦爆发，喷薄而出，常常取得意想不到的效果；六是上述五种的综合形态，多是从政一辈子、写作一辈子，对写作与事业同等热爱与忠诚的官员作家。还有一种特殊情形，即后来蜕变为贪官的官员，在没有蜕变之前，勤奋、忠诚、责任感、使命意识强烈，充满进取精神，对文学、对事业相当热爱，双双丰收；但自蜕变开始，文学创作日少，真诚度丧失，靠收拾旧作维持门面，甚至用它掩饰贪官面目的保护色。当然这是少而又少的情形。如果从作家身份看，官员写作只有两大类别：一是大权在握的党政机关首脑，他们的写作注重体现社会主义核心价值观；二是重在服务的学校、社团的领导和大刊名刊的主编，他们着意于艺术出新和文史价值。

可是，新中国成立后相当长一段时期内，官员写作并不被看好。中国无产阶级的政权是枪杆子打出来的。除了老一辈无产阶级革命家是能诗善文的写作高手，中下级官员的文化水平都不很高，爱好写作的官员一度曾像搞地下工作一样暗地里创作。改革开放以来，情况完全不一样了。官员写作一般都受到普遍欢迎，都表现出共同的优势。这一点，官员自身的体会最深、最真切。

官员创作的优势之一是，身处领导岗位的人，接触社会面广，打交道的各类人等多，眼界宽，遇事多，经过长期治世理政驭人的职业训练，比一般作家的政治敏感、社会洞察力、理性精神都要强，具有相当艺术敏感度和文字功夫的官员作家，比同等艺术水准的庶民作家，思精气宏，在思想深度、文化厚度上都会略胜一筹。在论说这个观点之前，我想先说说现代文学中的一个例子。瞿秋白仅花15天的工夫所写的《鲁迅杂感选集序言》，成为从来不可推翻的鲁迅研究的经典文献，从此定下了鲁迅思想发展的基调，不但一般学者穷其一生也难以企及，大学者也在他的后背亦步亦趋。瞿秋白弃政从文，匆匆写成的杂文，用鲁迅笔名发表，读者根本分辨不出到底出自谁的手笔。这就是政治家、高级官员思想眼光、精神高度与文化深度的优势所致。我省长期主管意识形态的文选德先生，出版了30多本书，文学创作少而理论探讨多，对湖湘前贤的"家国意识"、民生观念、"救世精神"、"务实求真践行"的作风力求理论推进，实际贡献也不容小视。长期从政亦从文的谭仲池，在《都市情缘》中提出的"为官六有"（即有德、有情、有智、有容、有胆、有力）的思想和人文意识，在《古商城梦影》中对洪江古商城文化的发掘，对"湘商文化"的探讨，是对湖湘文化建设的实实在在的贡献。

优势之二是政治敏锐性和历史责任感强。湖南官员作家长期接受湖湘文化的熏陶，寄情家国、关心民瘼的政治意识和担当精神十分突出。一般说来，作家要精通政治又不可太在意政治，但在政治意识强旺的现代社会，只有政治敏感度和艺术敏感度都很高的作家才更容易取得成功，更有成就。因为职业之故，官员作家大都具有较高的政治敏锐性，眼界高，视域宽，责任感强，对政治、政策、国事、人生的把握比较有预见性。习近平主席刚刚提出"中国梦"时，时任衡阳市委组织部常务副部长的郭林春和从湖南日报社永州记者站站长位置上退下来的唐曾孝，就开始构思以农民梦为题材的长篇小说；当中宣部、中国文联、中国作协等五部委号召作家大写"中国梦"的文件发出之前，郭林春的《碎梦慢养》（人民文学出版社，2013 年 7 月）、唐曾孝的《金鸡梦》（漓江出版社，2014 年 6 月）均已面世，为书写中国梦奉献出了最早、最新的文学文本，提供了有益的写作经验，在全国开了一个好头。以政治和艺术的双重敏感取得较好文学成就的官员作家，在湖南，胡丘陵首屈一指。继诗集《一种过程》《岁月之纹》、长诗《拂拭岁月》《长征》之后，长诗《2001 年，9 月 11 日》（台海出版社）、《2008，汶川大地震》的创作出版，与现实完全是同步的。从基本人性和普世价值出发，他写"9·11"恐怖事件，应和了国际反恐声浪，高扬了全世界人民追求和平、幸福、安宁的一致愿望；写汶川大地震，面对人类共同的灾难，面对灾难中死去的同胞和命悬一线等待救援的人们，诗人写出了痛彻心扉的悲悯、震惊、酸楚、痛惜、焦急、无告，以及坚韧、永不言弃的复杂情感经验。强劲的现代人本主义融进了深广的社会反思，由此激发起对生命意义及脆弱性的形而上思考。因为艺术的精致和大气，《拂拭岁月》获全国诗歌座谈会"海东杯"诗集评比一等奖、2000 年湖南省"五个一"工程奖，诗歌《沈园》获"沈园杯"首届全国青年爱情诗大赛一等奖，《2008，汶川大地震》获《芒种》2008 年度诗人奖、湖南省第四届毛泽东文学奖。北京大学谢冕、清华大学蓝棣之、中国人民大学程光炜、首都师大吴思敬、河北师大陈超等专家学者分别在《文艺报》、《诗刊》、《中国文学研究》及学报载文，称胡丘陵为"后政治抒情诗"代表诗人。

优势之三是文风很正。即便在身体写作甚嚣尘上的日子，抑或黄色段子漫天飞的年月，在官员创作的文学作品中，虽也美女如云，少不了谈情说爱，但情话很少，色语全无，更无不堪入耳的淫秽之辞。这种不受时风感染的行文风气值得肯定。

官员写作确是利国利民、利人利己的好事。好处之一是，可以借此提高官员自身的素质，有益于升迁。人们习惯于要求学生提高素质，却忽视了官员，尤其是要求主官提高素质。学生提高素质是一人受益与将来受益；官员提高素质是百姓受益与立竿见影。官员提高素质的途径一是学习，二是写作。毛泽东文学奖获得者、散文家、省财政厅官员刘克邦说得很清楚，文学创作既是"提升自我、提高思辨能力的一个途径"，又在"接近社会各阶层、经济各领域的条件和机会更多，了解和掌握各方面情况更丰富、更真实，有取之不尽、用之不竭的写作题材，有助于把作品写好、写活、写出品位来"。"通过老百姓身边的人和事，与百姓心贴心，能够让为在履行职责做出某项决策部署某项财政工作时，以平民百姓的利益为先"（见刘克邦答《湘潭日报》记者龙佳问①）。官员写作不但能有效地提高自身素质，而且对官员的升迁有益。毋庸讳言，官员的升迁需要知名度，需要群众基础，这就首先需要有表现自己的平台。写作是展示自己、引起关注的最佳平台，容易让同事了解自己，喜欢自己，容易引起领导的关注和重视。特别是邓小平同志提出的领导干部革命化、年轻化、知识化成为党的组织路线的基本原则后，官员写作对官员的成长速度更有用。官场最需要经验总结、调查报告、新闻通讯、宣传报道等，擅长写作的年轻官员最易受到青睐。就湖南而论，有六位省级官员，就是搞新闻通讯和写诗歌散文起步的，现仍然从事创作的师团级官员作家人数不少。

好处之二是，写作对于官员是一种最好的休息与精神调剂。马克思研读和撰写哲学著作疲倦时，便做数学习题，不是因为别的什么，而是因为改换思维方式就是有效的休息。文学创作是形象思维，情感活动，精神陶冶，在自己的精神王国自由徜徉，极其惬意，而处理行政事务和棘手的社会、人事问题，是理性思维，要压制感情、隐藏情绪，有许多难以言说的精神苦闷。写作与处理政务，两相搭配，不仅在精力上可以互补，而且精神上可以互相释放、相互调剂，有利于身心健康和工作开展。刘克邦说：

---

① 刘克邦：《自然抵达》，湖南文艺出版社 2013 年版，第 446 页。

"写作是一种乐趣，更是一种享受。"常德市副市长胡丘陵说："当干部，我平常要说很多我自己不想说的话，做一些我自己不想做的事，那么，只有到夜深人静的时候，我自己才可以来写一点属于我自己的东西。发不言发言没关系，不带功利性，我来找到自我，我想怎么写就怎么写。"（见胡丘陵在中国诗歌协会、《诗探索》编辑部联合召开的《2001年，9月11日》诗歌座谈会上的发言）为此，有的官员虽然在位时不写，卸任后却忍不住大写特写。市场效益佳并非他们的追求，借以求得心身的快乐和精神的慰藉才是他们的本意。

官员写作还会给文化人带来实际的好处。在市场经济下，发表文章、出版书籍困难重重，有写作经历的官员作家深知写作的不易，他们权力在握时，常常运用自己手中的权力，热心帮助作家、专家、学者，以资助、奖励、组织丛书等各种方式给他们出版学术著作，发表理论研究文章，解决多方面的实际困难，促进精神文明建设。谭仲池在担任长沙市市长期间，还利用企业界老板对他的信任，募得了一笔文化发展资金。转任省政协副主席兼省文联主席后，将这笔资金作为省文联的创作基金，长期扶持文学创作、评论和研究，对湖南文学事业的发展繁荣做出了很有力度的贡献。新时期以后的湖南官员都是文化人，知道湖湘文化在中国传统文化中的地位和影响，对湖南社会主义精神文明建设的重要作用，也知道湖湘文化典籍实在太分散，研究工作者寻找这方面资料实在不容易。为了给研究者提供方便，省委副书记文选德提议并具体策划，争取到了原湖南省委书记张春贤、省长周强的积极支持，迅速拨出一大笔款项，组织省内专家，积数年之功，整理出版了古近代湖湘文化优秀典籍702册，现在还在继续。这一巨大的历史文化工程，对湖湘文化的系统发掘与长远建设，功莫大焉。此前，文书记还给湖南知名作家、诗人、评论家、剧作家出版个人专集。此外，省文联主席谭谈设法为湖南百名文人出版了"百家文库"丛书。

再往大一点说，官员的文化水平是民族文化素养高低的标志，也是国家繁荣富强的重要因素。能写作的官员越多，写作水平越高，说明我国干部队伍越符合现代文明社会的要求。当今知识爆炸的知识经济时代，作为领导、管理群众的官员队伍，都是精英的汇集。官员的知识越丰富，水平越高，效率也越高，国家文明程度也越高，社会发展将会更快，人民直接受益越多。如果我国干部队伍中不但有了许多官员作家，还拥有许多大政治家、大思想家、大哲学家、大科学家、艺术家、宗教家、各门类各学科的大专家、大学者等，那么，前景将更加美好。像红梅报春、惊雷行空一样，以文资政、以政养文的官员写作，是这一美好前景即将到来的先声。

有两个成见必须纠正。一是把官员写作说成是附庸风雅，这种成见来自文学界。写作的官员中虽有附庸风雅者，但绝大多数是国家文化程度的代表。中华人民共和国成立初从小学教师中选拔干部，改革开放初从中学教师中选干部，新时代从高校教师与研究生中选干部。时代在发展，官员的文化素质在不断提高。文人作家宁有种乎？有谁生来就是当作家的料？附庸风雅说显然是文人相轻的陋习在作祟。二是把官员写作看成是不务正业，这种成见来自政界。官员的决策、管理，本身的性质就属于上层建筑，文学创作也属于上层建筑的范畴，何来不务正业？不务正业说是同行相妒的心理在作怪。

然而，官员写作并非尽善尽美。笔者八年前在评论管群华的长篇小说《秋雾蒙蒙》时也曾说过，兴许由于他们太忙吧，除了三五个全国知名的政要作家而外，其余的大都成书匆促，作品缺乏精细的打磨……这一点恐怕所有的政要文学作家需要引起高度的重视。也正因为如此，部分官员写作中成书仓促、思想大于形象等问题严重存在。这也从另一个角度说明了，官员写作尽管已颇成气候，但还有待提高。我们希望有王安石、苏东坡、陆游那样的官员作家在中国现时代出现。

2014 年 12 月于长沙同升湖山庄

（节选自《治守之道》第一章第三节，湖南人民出版社 2015 年版）

试论中国当代少数民族文学的民族特色

　　自从文学变成世界的财富以后，文学的民族特色就成了各国文学创作和理论研究中的一个重要课题。列宁在《共产主义运动中的"左派"幼稚病》中说："考察、研究探索、揣测和把握民族的特点和特征，这就是一切先进国家（而且不光是先进国家）在目前历史阶段上的主要任务。"马克思主义经典作家在总结歌德、海涅、托尔斯泰和鲁迅等作家的创作成就时，总是联系他们所处的社会历史时代和民族斗争生活来考察。19世纪40年代的俄国，"民族性"几乎成了衡量一切文学作品的价值以及一切诗歌荣誉的最高标准和试金石。我国现代文学史上，大规模地讨论过文学的"民族形式"问题。我在这里探讨的，不是总论世界各个民族的特色或中华民族文学的整体特色，而是只探索构成中华民族多样统一的整体特色中的那个局部，即当代民族文学创作中如何表现少数民族特色的问题。

　　要研究民族特色，首先必须了解什么是民族。斯大林说："民族是人类在历史上形成的一个有共同语言、共同地域、共同经济生活以及表现于共同文化之上的共同心理素质的稳定的共同体。"根据这个定义和创作实践，文学的民族特色主要包括：语言的特色；表现形式和表现手法的特色；民族生活、民族题材的特色；人物形象所体现的民族心理素质即民族性格特色。世界上各民族并没有单一的民族特征，而只有各种特征的总和，但是，当我们把各个民族拿来作比较的时候，各个民族都有它优于别民族的地方，各个民族都有区别于他民族的突出的民族特征。现实生活中的民族特色只是文学作品中民族特色的源泉，如何把现实生活中的民族特色转化为文学作品中的民族特色，这是我们所要探索和努力实践的。

　　下面让我们从民族特色与地方特色、与风俗习惯、与民族心理性格、与时代特色、与重大事件和家庭生活、与语言这六对关系中作一番考察和探讨。

一、描写少数民族地区的山水动植既是地方特色的内容，又是民族特色的一部分

文学的民族特色与地方特色的联系，不但表现在民族特色最终可以在地方特色上找到渊源，更重要地表现在，地方性的特殊事物直接丰富了民族性的特殊色彩，成为民族特色的组成部分。

我国少数民族，大都是在部落基础上形成和发展起来的古老民族，都具有区域性。历史上，由于少数民族一再被迫迁徙，居住的区域性便呈现这样一个特点：大分散、小集中。所谓大分散，主要指分散在除中原沃野之外的大西北、大西南、漠北、东北及东南沿海岛屿等广大边远地区；所谓小集中，是指他们往往居住在一乡、一区、一县、一州。他们居住的地方，大都具有"高、寒、偏"的特点，与风、雪、水、砂、草、林、山原等结下了不解之缘。这种居住的区域性的特点，便要求我们在表现民族特色时，从特殊的地理风貌和奇异丰富的山水动植的描写中获得作品的民族特色。

鲁迅先生非常注意在创作中表现山水、动植。他两次写信给罗清桢说："广东的山水、风俗、动植，知道的人并不多，如取作题材，多表现些地方色彩，一定更有意思。""先生何不取汕头的风景、动植、风俗等等，作为题材试试呢。地方色彩，也能增画的美和力，自己生长其地，看惯了，或者不觉得什么，但在别地方人，看起来就觉得非常开阔眼界，增加知识。例如杨桃这多角的果物，我偶尔从上海店里觅得，给北方人看，他们就见所未见，好像看见了火星上的果子。"少数民族地区的奇异的地貌和山水动植，不少是内地见所未见、闻所未闻，不少还因其独有性而被当成某一民族的标志。犹如长城、黄河之于中华民族一样，雪山、雅鲁藏布江之于藏族，金达莱花之于朝鲜族，孔雀、大象之于傣族，骏马之于蒙古族，在传统艺术中，历来就是民族的一个标志。写少数民族生活，不能割断他们与所在地区的山水、动植的联系。山水、动植物、地理环境等，本身虽不是民族特色，但他们对民族生活产生深远影响，和民族特色密切相连，故称其为"亚民族特色"。表现"亚民族特色"，是表现民族特色的重要方面。

我国当代少数民族作家，他们大都在描写山水动植的"亚民族特色"上下了工夫，使自己的作品获得锦上添花般的成功。凡读过蒙古族作家玛拉沁夫的《花的草原》的，决不会忘那根"耶娜根茂都"树：那是长在一

摊草原中央的独一无二的大榆树。青年男女初恋时都到那株大树下约会。玛拉沁夫把草原充满诗情画意的民族风俗与美丽的草原风光结合起来，无疑大大地增加了作品的"美和力"。其实，树的本质虽然都是相同的，但各地的树与树却大不一样。有一种被苗岭山寨的苗家称为"妈妈树"的树，凡家族、民族的重大决断，都要到这棵树下来举行；在广西阳朔，有一株根茎动走如虬龙、枝叶繁密如巨盖的千年古树，便是壮族人民对歌的所在，电影《刘三姐》的导演把它移进了银幕之中。这就是说，描写民族地区的山水动植等"亚民族特色"，是少数民族文学作品的民族特色所不可缺少的。

描写山水、动植、地理环境，要善于捕捉特定地理、气候下所发生的自然景象。藏族作家降边嘉措的《格桑梅朵》中的"泥石流"发生时那天崩地塌的声音，那山"就像有人用把巨大的钢铲从山顶到山脚，整整挖去了一半"，"另一半依然古树参天、莽莽苍苍"的壮观景象，那"有的石头和大树蹦到西岸，有的滚石把西岸高大的松树也砸断了"的气势，给读者多么难得的见识；孙健忠笔下的山火发生时，弥天浓烟烈火伴着瓢泼大雨，雷鸣电闪，大自然发怒时具有那么大的毁灭力，不仅森林毁了，连森林中的飞禽走兽也难逃厄运。这些作品中描写的雪山的崩塌、大森林的"天火"、西藏高原的"泥石流"等自然景象，不但表现我国山川风物之奇特，增加作品画面的色彩，而且使读者开眼界、广见识，增强对自然界的敬畏感和环境保护意识。

描写山水、动植，不但要抓住本地所有、外地所无的奇异景象，而且要善于从习见的景物中抓住不同地区的特殊点。比如说："水"普天皆有，然风姿却因地而异：洞庭湖的水烟波浩渺，大明湖的水平明如镜，沙漠的水贵重稀少，渤海水面常映出海市蜃楼，湘西山区的水则是山泉映月、溪水清丽，等等。若是写湘西的水，宜抓住一个"清"字做文章。

文学创作不但要从山水、动植的特殊性上获得民族特色，尤其是要从地理环境与民族性格的联系中去获得民族的特色。而且，后者是更重要的、更有意义也是更为艰苦的工作。张承志的《北方的河》，在这方面取得了较好的成就。

《北方的河》写了一青年主人公——研究生报考者"我"——"一往无前的追求、奔跑着生活"的性格。这个性格的形成不但具有时代的、阶级的、历史的和生理的原因，而且与地理环境的影响密不可分。北方的河——中国古老的黄河、永定河、额尔齐斯河、湟水、黑龙江，那一往无前、奔腾咆哮的浪涛，那"坚强""忠诚和敬重诺言""也看重人的品质"的品性，无不对"我"的气质、性格发生悠远的微妙影响。"我"不但觉得"黄河像是我的父亲"，而且觉得这黄河"在不知不觉中间把勇敢和深沉、粗犷和温柔、传统和文明同时注入了我的血液"，"连我自己也像一条河流"，黄河的性格与"我"的经历结合起来，"化成一支持久的旋律，一首年轻热情的歌"。作者运用了象征和浓缩的手法，把自然环境与人物性格联系起来，把人物性格与民族性格联系起来，同时又深入地挖掘了民族传统性格与北方河流的渊源关系。这样，就把今天的民族青年的性格与几千年来传统的民族性格联系在一起，把几千年奋斗不止的民族传统性格与奔腾不息的自然河流胶合在一起，直至同一化，塑造了一个由我们民族和大地养育成的坚韧顽强、奔腾向前的勇敢者的形象。由于作者从历史、时代、阶级、生理、自然环境等诸多的方面准确地把握和艺术地再现这一形象，因而，这一形象是一个真正的、深沉厚实的、沉甸甸的民族性格的典型。

尽管民族特色与地方特色有密切的联系，甚至具有同一性，但它们毕竟是两个不同范畴的概念。地理气候对一个民族的特点有影响，也毕竟不是主要的，我们不能夸大两者的同一性。别林斯基批评了地方特色决定民族特色的观点，他说："一个部落或一个民族的独特性，主要是由它占据的国土的气候和土壤来决定，那么地球上有多少国家在地质和气候上是相同的呢？"在此，我们还可以补充一点，在许许多多的民族杂居地区，地方特色到底属于哪一个民族的特色好呢？我们要重视地方特色的描写，却不能用地方特色代替了民族特色，这就要求我们把问题的研究向前推进一步。

二、描绘民族的风俗习惯，是表现民族特色的重要手段

各个民族在长期的历史发展中，各自形成了在衣着、饮食、居住、生产、婚姻、丧葬、礼仪等物质文化生活方面广泛流行的喜好、禁忌和风气习尚等各不相同的风俗习惯。文学创作就是要把事件的展开与民族的风习描绘结合起来，由此使作品获得民族特色。

风俗习惯的内容很广，大致包括物质生活风俗习惯、精神生活风俗习惯、社会生活风俗习惯三大类别。文学作品描写风俗，一般不要面面俱到，

更不做风俗调查，为写风俗而写风俗。文学作品中的风俗描写应别有意蕴。比如说饮食风俗吧，文学作品中纯粹为表现风俗的饮食描写并不多。凡是铺排得比较详尽的，一般都另有意图。或者通过吃喝饮宴的场景，把各类人物集合到一起，发生各种各样的关系；或者借以交代时代背景，事物进程，表明人物的身份、地位和政治态度。《格桑梅朵》中巴穷殷勤招待农奴主旺扎宗本和反动分子葛喀，那一顿颇费安排的"火锅子"，不仅写出了高原地带饮食方面的情况，而且写出了那里的每一道菜、每一碗饭中，都蕴藏着阻止解放军入藏的新阴谋，就是很好的例证。

文学创作中的风俗描写应当掺进时代生活新内容才有美学价值。风俗习惯是一个历史的产物，在人类社会的发展史上，经历了一个从无到有、从简单到复杂的发展过程。人类经历了他们的童年，随着生产的发展、生活的进步，各民族各具特色的吃穿住行、节庆礼仪、迷信禁忌等规则，便出现了一经约定俗成，就具有传统的性质，遂成为风俗习惯。风俗习惯一旦形成，就有相当的稳固性，往往其他民族特征消失了而风俗不变。但随着社会生活内容和条件的变化，风俗习惯有所承传，又不断变异，往往在表现的形式上不断更新。文学作品中的风俗描写，应当写出它的历史承传性和现实变异性。对于那些至今流传的节庆、娱乐、游戏等风俗，比如苗族的"赶秋"，白族的"赶街"，傣族的"泼水节"，纳西族的"祭天"，蒙古族的"那达慕"集会，等等，应当写出那些风俗至今盛行的合理性和现实依据，写出新时代给古老风俗掺进的新内容。这一点，《格桑梅朵》是处理得相当成功的。作品一开篇，就展开了藏族喇嘛念咒经和送"鬼"的古老风俗。为什么念咒经呢？为了阻止解放军大军进藏，谁当了"鬼"被赶出本地呢？作品主人公农奴边巴。这样，就在宗教迷信之中，在情节发轫之处，把主人公推上场来，使主人公的命运一头连着风俗习惯，一头连着解放军进军西藏的历史真实，把读者一下带进严峻的也是高昂的时代环境中，增强了故事的深刻性、历史感和民族色彩。

随着物质生活条件的改变和生活方式的进步，风俗习惯也有所变异，作家在创作中要善于表现这种变异和变奏。在这方面，许多少数民族作家取得了丰富的经验。风俗习惯的变奏不单是风俗本身的变化，由于生活变化了，风俗习惯运用的场合也发生了变化，这样便出现一种风俗变奏。汪承栋的《黎明》，写解放军医疗队治好了丹增的眼睛，丹增往杨队长脖子挂一条白哈达时，又用自己的头轻轻碰了三下杨队长的头。送哈达是藏族常见的礼仪风俗，但碰头礼却不是藏族人民在任何时候、任何人之间随便进行的，丹增为了表示内心的感谢而用了这个大礼，显然是风俗的变奏，它有力地反映了新社会党和少数民族的血肉关系。又如，摔跤比赛是蒙古族"那达慕"集会的传统节目，因而也有传统的习惯：摔跤开始前，人们要给摔跤手祝福。玛拉沁夫在《花的草原》中，写"那达慕"集会上增添了一个田径比赛的项目，作品写了这样一个场面：牧民们按照祝福摔跤手的古老仪式，几个人架着一个运动员高声昂扬地唱起诗的祝词，祝福田径运动员。这个风俗变奏反映了获得解放的牧民们心里的欢乐美好。

既然风俗随时代而变，那么，描写新时代的移风易俗是当代文学创作的应有之义了。普飞的短篇小说《门板》，显示了这方面的成绩。旧社会"站门槛"是彝族最重要的禁忌习惯，客人如果站在主人家的门槛上，是对主人的最大侮辱，因而要倒大霉。新中国成立后，彝族人民翻身当家做了主，迷信观念淡薄了，对党和政府的感戴之情充溢心间。作品中的女主人公不再相信"站门槛"的禁忌这一迷信，而且以实际行动破除了它。这就说明，精神生活、社会生活、风俗习惯等，是直接受社会经济基础和上层建筑的影响的。时代的变革，历史的换步，新生活的浪潮，促进着风俗习惯的进步变化。因此，描写新时代少数民族风俗习惯，一定要跟上时代的步伐，写出移风易俗的民族新风尚来。

民族的风俗习惯，并不是一概都值得描写和肯定的，每一个民族中，都有两种民族文化，一种是剥削阶级文化，一种是被压迫者创造的民主主义文化。与剥削阶级文化相联系的风俗习惯，有些往往带有落后性甚至反动性，像上述《格桑梅朵》中所写到的念咒经与送鬼就属于这一类。斯大林说过，对于那些反动的"民族的"习惯、风俗，必须"进行严厉的社会主义的批评"。所以，在文学创作中描写风俗习惯，没有正确的立场，只是客观地搞风习展览，反而会弄巧成拙，把作品搞坏，对于民族风俗习惯中的落后部分，敢于作批判式的描写，这与尊重民族风俗习惯是并行不悖的。比方婚姻风俗吧，这是风俗习惯中最绚丽多彩的部分，也是被文学作品描写得最生动、最热闹的部分。但是往往是好坏相间，美丑杂陈。既有追求婚姻自由的反封建的进步因素，又有与现行一夫一妻道德规范相冲突的落后色彩。对于这类风俗，应当避丑就美，站在美的立场上来批评丑的风习，显示其不合理、不科学的一面。壮族作家韦一凡的《姆姥韦黄氏》，通过韦黄氏一生苦难命运的描写，批评了壮族一部分地方流行的"不落夫家"的陋习，有助于民族风习更纯洁、更美好。

文学作品不应该忽视生产风俗的描写，因为从生产风俗中可以看出一个民族、一个地方的经济状态和开化程度。比如四川甘洛藏族崇尚射箭，每年有一个射箭节，这是因为他们那里狩猎与游牧比较发达，农业生产不太发达的缘故。景颇族过去有一种"祭田"的风俗：祭田时，山官用竹锄刨地，然后其他人才用铁锄耕种。这说明他们那里早期一直是用竹木器为农具，使用铁器是比较晚近的事。湘西土家族、苗族有一个春天连夜冒雨斗水犁"雷公田"的习惯，这说明湘西山区水利问题一直无力解决，世代为"水"所困扰。文学作品反映这些风俗，也就客观地反映了这些民族的开化情况，那是很有意义的。

从上面的分析中看出，民族的风俗习惯是民族特色最直观的表现。唯其直观，才决定了它是民族特色中外在的、表面的部分，要真正表现民族特色，还需以此为入门的向导，把问题的研究引向纵深，去寻找民族特色的核心。

三、集中刻画民族心理和性格，是表现民族特色的核心

每一个民族都有自己的民族性格。鲁迅称："法人善于机锋，俄人善于讽刺，英美人善于幽默。"一个国家，如果没有民族性格，没有国民面貌，就不是生动活泼的有机体。而理解每一个民族性格的秘密，不在于那个民族的服装和烹调，而在于他们观察生活、理解事物的方式，言谈举止、表情达意的气派风度。普列汉诺夫曾经断言："任何一个民族的艺术都是由它的心理决定的。"由于各个民族的心理不同，便有不同的民族风格。诚如别林斯基所言："法国人的民歌常常是放肆的，永远快乐的，德国人的民歌沉郁或有宗法气味，俄国人的民歌则沉郁、深思、有力。"歌德则说过，中国人在思想、行为和感情方面，比欧洲人更明朗、更纯洁、也更合乎道德，整个中国在追求一种"整洁雅致"的风格。由此可见，刻画民族心理性格和与之相联系的气派风度，描写各民族理解事物的独特方式，是表现民族特色的核心。

民族心理性格，是民族成员在千百年苦难挣扎、奋斗中所培养的，在

世代相沿的生产方式中形成的。要准确地把握一个民族的心理性格，就要准确地、详细地了解他们的生活方式和斗争历史。少数民族历史上一般受大民族主义的压迫，经历了艰苦卓绝的生存斗争。在表现民族心理时，首先要注意刻画民族成员对本民族成员的豪迈、友好、帮助，积极参加、支持本民族斗争，自觉维护本民族利益的那种心理。这是民族赖以团结巩固的精神纽带。

一般说民族心理具有三方面内容：（1）向心性：为维护本民族的利益和生存而不分彼此、不遗余力地进行斗争。（2）内聚性：民族的图腾、民族的斗争的口号对本民族人民有巨大的号召力和凝聚动员的作用，民族成员常在民族的旗帜下集中起来、行动起来，为民族的利益而斗争。（3）自识性：一个明白自己族别的民族成员，深知自己对本民族应尽的职责和义务。这种民族意识表现在性格上，则有团结、勇敢、侠义、重情等优点，也含有因过分敏感和自尊而有点狭隘的缺点。在当代那些少数民族文学中，玛拉沁夫的《茫茫的草原》（上部），对民族心理的表现，是最大胆、最成功的。作品中的蒙古族人民，都怀有一种强烈而炽热的民族感情。那种由向心性、内聚性和自识性相交织的感情，在作品主人公铁木尔身上表现得十分浓厚。他的一切行动几乎皆受这种心理支配。开始，他虽然在解放军里交了许多朋友，但因为部队里没有蒙古人，结果还是跑回蒙古了；后来见内蒙古自治运动联合会工作队组长苏莱是蒙古人，他便乐意和工作队在一起，积极参加了组建察哈尔蒙古骑兵队的活动；再后来，国民党军队大举进攻草原，骑兵队采取运动战的方式，大踏步撤退；在"民族热"思想支配下，铁木尔认为部队置家乡人民的利益于不顾而不服从，他脱离骑兵队，联合另一个骑兵队员，回家乡单枪匹马与国民党大部队对着干，结果被俘。对于这种民族心理，玛拉沁夫采取有批评、有歌颂的分寸适度的表现形式，使《茫茫的草原》既有鲜明的民族特色，又有十分正确的思想基调。以民族心理为轴心的民族意识，是一个发展着的概念，不同的时代有不同的内容。一般说来，在新民主主义时期，民族意识主要表现在为民族成员的翻身解放而英勇奋斗；在解放初期，主要表现为建设新生活的献身精神；在四个现代化建设时期，主要表现为在党中央领导下迅速改变本民族的落后面貌的强烈愿望，表现为民族自强自立的顽强的斗争精神和忧患意识。关于这一点，虽未引起高度的、普遍的重视，但是最近两年来的创作已提供了这方面的信息。

与民族性格紧密相连的是民族气质。民族气质,一方面决定着民族性格,另一方面本身又是民族性格的表现。一个民族的精神和气质,是与它的斗争历史、生活环境、生产方式密切相关的,比如有的民族,世代骑马放牧、驰骋于辽阔的草原,加之历史上战争频繁,酿成了他们粗犷、剽悍的性格和气质,蒙古民族英雄史诗《江格尔》中有这样一段诗:

战斗,是英雄的天职,毫不可惧,
死亡,是生命的静养,只是一瞬间!
死亡,给大地留下一堆白骨,一碗热血,
唯有诚实和勇敢,才能万古流芳!

这种对正义、力量、诚实和勇敢的赞美,是对生活在草原的蒙古民族剽悍气质和勇敢精神的典型写照。敖德斯尔的《骑兵之歌》,比较成功地写出了蒙古族人民剽悍强勇的精神气质。

一个民族的气质,往往不是单一的,在一定条件下,呈现出另一个侧面。有的民族一般说来强悍,但也有温顺、纤细的一面,甚至在夫妻离婚时还送行,唱祝福歌;有的民族淳厚,但也有浪漫、机巧的一面,在斗争需要时,也会玩一点小计谋;有的民族粗犷,但也有深沉、婉约的一面。玛拉沁夫的《茫茫的草原》中,有这样一段话:"草原牧民有一种特殊的性格,他们被一种东西真正感动或者激动了的时候,并不是立刻用狂热的欢呼,而是用深沉的沉默,全身血液沸腾的沉默,两眼闪着希望的光芒的沉默表达出来。"我们如果不注意到民族气质和性格的丰富性、多样性,只表现一面,不表现另一面,那么一个作家笔下的许多形象,往往有相似之处,其艺术上有单调之感,或自身的雷同。

民族的精神气质决定民族成员独特的理解事物的方式、接人待物的气派和风度。为着充分表现一个民族的性格,须用民族的立身行事的特殊标准来对待生活,恰当而适度地表现民族的道德观念、处世态度、审美意趣和生活理想。

如果读了《格桑梅朵》,决不会忘记那个千里朝佛、死于佛堂的藏族老阿妈。她从千里之外,一步一步磕着长头,走近佛台,把自己积攒了多年的三块大洋和几个藏币，从挂在脖子上的一个浸透油渍的小皮包里掏出来，无比虔诚地举过头顶，献给活佛，所换来的只是"滚却活佛用缎带在……头上轻轻地拂了一下"。这本是一般人所难以理解的，而那位老阿妈却感到实现了多年的夙愿和毕生的理想，无比幸福、无比激动，以至于整个生命的光和热骤然凝聚到一起，发出了最后的一闪，便颓然倒下去。这位老阿妈的一生，为佛而来，为佛而去。这虔诚、愚昧的教徒式的生活理想与悲剧命运，反映了受宗教影响很深的藏族人民那诚笃和忍辱负重、坚毅顽强的民族性格，这种性格体现了藏民族的特点。

道德风尚是民族性格的重要体现。少数民族地区，由于交通闭塞，长期处于自产自销、自给自足的小农经济状态，这就决定了他们既认真又大方的矛盾态度。长期反抗邪恶势力与抵御自然的袭击，使他们重团结、讲义气，轻权重情、守信践约，这成了我国少数民族总的道德风尚。谁对这种风尚观察最细，表现最深，谁便最能赢得读者。沈从文笔下的船主顺顺"喜欢交朋友，慷慨而又能济人之急……凡因船只失事破产的船家、过路的退伍士兵、文人墨客到了这个地方，闻名求助的莫不尽力帮助"，颇有一点"小宋江"的味道。至于那个守了五十多年渡船的老船工，拿起酒壶硬要送人喝，把烟叶、凉茶、草药硬往过渡者手里塞却决不受人赠的憨态，简直像从"君子国"来的公民。我国少数民族人民这种古朴的美，尽管随着时间的推移，现代化色彩越来越浓，但古朴色彩并未消退尽净，有的反而更加夺目。

审美意趣是民族性格得以表现的重要方面。这个问题，过去不被人重视。韩宗树的《爱》，则是从审美意趣方面表现民族性格的。各民族成员都是爱美的，但审美意趣各不相同。南方人多以清新秀丽为美，北方人多以雄壮健劲为美；上层人以雍容华贵为美，老百姓以"清水出芙蓉"不假雕饰的天然本色为美。而且，不同时代、不同文化修养的人物，美的标准也有差异。韩宗树笔下的"喜喜"，虽然是农民，但"年轻、高大、英俊"，又是高中毕业，对本寨的女子一个也瞧不上，立志找一个"文明美丽的，时髦如电影演员般"的妻子。可是，三大差别尚存，"左"倾路线危害，这个"心比天高、命比纸薄"的男子三十六岁尚单身一人，被叔父勒迫着与一个杨姓寡妇结了婚。幸而寡女年轻端庄，喜喜心中那点美的追求并未泯灭，农村实行责任制以后，便按照自己的夙愿妆点起美丽的妻子来，甚至不让妻子干粗活以保持皮肤的白嫩。这虽然有些夸张，但却把一个民族爱美的心理写够了。而且，表现了青年农民爱美的心理在"民族化"的基础上，增添了某些新内容。揭示了人们的审美意识中，现代化的意识正向古老的意识渗透。这也告诉人们：民族意识和民族性格并非僵死的套子一成不变，它既有相对的稳定性，又是活生生的，随着时代的发展而不断发展、丰富。我们研究民族特色还需要和时代特色联系起来加以考察。

四、从时代生活的变化中表现活生生的民族特色

民族性格不是从天上掉下来，也不是生来就有的，而是从生活中产生的，而生活又是不能脱离具体的时代和民族的。以生活为扭结点，民族特色和时代特色胶合了，它们不可分离，相得益彰。为着充分地表现民族特色，一定要很好地表现时代特色，尽可能地写好新时代、新思想在民族生活中的投影。也只有把民族特色与时代特色结合起来，在大时代中表现民族特色，才是活生生的、丰富多彩的。从这个角度说，我们既要反对只写新浪潮，丢掉民族固有生活方式的取消民族特色的倾向，又要反对那种死守古老的生活框架，僵化民族特色的倾向。坚持从生活的发展变化中，从新旧生活的交替与联系中表现出活生生的、而不是僵死的、教条的民族特色来，才是我们所要求的。

在这一点上取得最显著成就的是老舍的未竟之作，自传体小说《正红旗下》。作品以自己的出生经历为线索，把北京旗人的生活摆在八国联军打进北京、清朝政府逐步衰亡、人民革命意识滋生等阶级矛盾、民族矛盾十分激烈的时代环境中，描写上至贵族、下至贫民那种"有钱的真讲究，无钱的穷讲究"的独具风采的生活方式，表现出强烈而鲜明的民族特色。壮族作家陆地的长篇小说《瀑布》的优点也正在这里。这部作品的第一部以韦步平的活动为中心，开篇于"风雨三杰"的同窗共砚，收束于岚山重逢时的针锋相对。论时间，从1915年袁世凯签订丧权辱国的"二十一条"到山雨欲来风满楼的大革命前夜；论人物，写了"那平十友"的农民人物群、"风雨社"和知识分子群，上自孙中山，下至丫头、石匠，中有军阀、政客、职业军人、地主豪绅各色人等；论生活面，从政治军事战线到文化教育部门，从农村到城市，笔墨触处，皆有生气。由于作品深刻而浓缩地反映了大革命前夜动荡不安、鱼龙混杂的时代面貌，因而壮族人民的生活面

貌，壮族人民的民族性格和气质也就有了赖以表现的广阔背景和舞台，民族特点也就十分鲜明。如果说，四五十年代成长起来的一批少数民族作家，他们的小说着重反映了少数民族人民从事新民主主义革命的斗争生活，记录了他们由奴隶到社会主人的翻身历史，获得强烈的民族色彩的话，那么，张承志、乌热尔图等新时期成名的少数民族作家则着重反映了少数民族人民在新时期新的生活斗争，新的理想和追求，从而获得鲜明的民族特色。从五十年代《花的草原》到八十年代《北方的河》，当代少数民族文学创作在追随时代的步伐，反映崭新的生活方面，大都具有活泼鲜明的民族色彩。

如果说追随时代的发展，描写时代的新生活可以使民族特色常写常新的话，那么，从新旧社会的联系和交替中写民族特色，会更加深沉、厚实、浓郁。生活的新与旧，从来是相对的，昨天的生活，今天旧了；今天的生活，明天旧了。但不管怎样，新生活总是新的生产关系、阶级关系的综合。因而新生活虽不完善但却充满着创造性和新鲜感，固有的生活节奏虽然比较稳定，但却显得陈旧而单调。只有从新旧生活的联系中，描写旧生活对新生活排斥和抵制，新生活对旧生活的冲击与融合，才能写出既具有固有的民族色彩又有新颖的生活浪花的民族生活的韵味和特点来。蔡测海的《远去的伐木声》在这方面提供了很好的经验。

在那远处的古老的古木河畔的丛林深处，有一幢老式的木屋，住着一户古朴老成的木匠。木匠和他的二徒弟恪守着刻板的、清教徒式的禁欲主义的生活信条，并用这根绳索紧紧地捆绑住木匠的女儿和大徒弟。现代物质文明的吸引和青年人追求自由幸福的天性，使大徒弟最先离开这木屋，投身到机器生产的现代文明建设中。后来，情窦洞开的木匠女儿也终于忍受不了死水般的生活带来的寂寞，在二徒弟冥顽不化的情况下，勇敢地挣脱身上的绳索，摆开自己与二徒弟的婚约关系，走出木屋，离开古木河，投身新的生活中，古木河畔木屋中的旧生活秩序便完全打破了。这个作品本身完全没有关于时代的强烈字眼，然而由于抓住了新旧生活的交替与斗争，抓住了生活的内在规律，民族感、时代感却十分浓郁。由于《远去的伐木声》准确地写出了新旧生活的不同节奏，写出生活在这特殊环境中的姑娘对旧生活又厌倦又依恋，对新生活又向往又困惑的复杂的心理，虽然写的是一个普通家庭的解体，反映的却是一个民族的一种生产方式、生活方式的解体，一种人与人之间的关系的由依附到独立的变化，因而具有很高的美学价值。

从时代生活的变化中反映活生生的民族特色，还应该把民族性格和时代精神联系起来，让民族性格在时代精神的照射下，在火热的斗争中发展成为优秀的民族精神，才能在更深的层次上写出民族的特色。俄罗斯大作家果戈理说得好，真正的民族性，不在于描写农妇的无袖长衣，而在于具有民族的精神。民族精神，既是一个历史的概念，是从历史的斗争中逐步形成的；又是一个现实的概念，与今天的时代精神紧密相连。今天，优秀的民族精神绝不是狭隘的民族意识，它与爱国主义一脉相通，与共产主义思想也一脉相通。我们塑造一个民族人物，只写阶级性、时代性，不写出民族性，不行；同样，只写出民族性，不写出阶级性、时代性，也不行。这正是少数民族文学创作的高难之处。不跨过这一高难度，所写人物，多半残缺不全、缺乏光泽。玛拉沁夫《花的草原》中杜古尔的形象刻画相当成功，优秀的民族精神和共产主义思想在杜古尔身上的合流，使他的形象大放光彩。

苗族作家吴雪恼的《龙苟》，则把民族精神提到爱国主义高度来表现。龙苟这个"武高武大、又会点武功"的粗汉子，个人的自尊心和民族意识都十分强烈。当他还身居苗山时，他与阿里是情敌，私仇很深；当他和阿里一起从苗山来到部队，分配在同个连队，民族意识使他顿释前嫌，成为生死至交。当他来到反击越南侵略者的战场，血与火的考验，开拓了他的视野和心胸，更加明白了人生的意义和价值。当阿里出于狭隘的民族感情，用"我们一起打苗山来"的理由拉他丢开连长和自己守在一起时，龙苟坚决反对，响亮地喊出了"我们，你，连长，我，都是一起打中国来！"这高昂的声音，是作品中民族爱国主义的最强音。作品刻画了一个普通苗民，随着活动范围的扩大，视野不断扩大，思想不断提高，终于成为一个爱国主义战士的过程。龙苟是一个由具有强烈民族感的人成长为具有强烈爱国心的人物形象。

总之，少数民族文学创作，如果抓住了民族特色与现代生活的联系，那么，就找到了文学表现民族特色的活的源泉。

五、描写重大事件和家庭生活，是表现民族特色的沃土

各民族的生活是文学作品中民族特色的源泉。不过，民族生活是一个

包罗万象的概念，并非任何一片民族生活的浪花都闪耀着民族色泽。无论哪一个民族在踏着时代的步伐而演进自己的历史时，既呈现出某种特殊性，也呈现出与他民族相似的共同性。文学创作无疑应该寻找那些特殊性，以表现民族的特色。但到哪里去寻找呢？风俗习惯固然具有最明朗的、最醒目特色，但真正内在深沉的民族特色，却在民族的家庭生活或重大事件的关口上焕发出来。我们表现一个民族的特色，要把注意力投向那富有时代感、历史感和民族感的重大事件和家庭生活，抓住了它们，就抓住了民族特色的源泉和关键。重大事件包括各类矛盾积蓄、集中、激化最终导致主要矛盾爆发、解决的全部过程，它牵动着社会生活的政治、经济、文化乃至军事、伦理等各个方面，牵动着社会集团的上、中、下各个阶层。描写重大事件，的确能最广阔地反映一个民族、一个社会、一个时代的面貌。而且，举凡民族的重大事件，往往在历史转折的时候发生，它一端联系逝去的历史，一端牵着将到的前景。描写这样的重大事件，就等于抓住了历史链条上的一个中间环节，浓缩地反映今天、昨天和明天，使作品具有相当的历史深度。

　　一般说来，重大事件的全过程宜于用长幅来表现，但中短篇也可以表现其中的片断、侧面或插曲。玛拉沁夫的《茫茫的草原》描写了蒙古族人民在第三次国内革命战争中反蒋自卫的重大历史事件，李乔的《欢笑的金沙江》写彝族土地改革推翻奴隶制的重大革命，降边嘉措的《格桑梅朵》写解放大军进藏，推翻奴隶制的斗争的历史过程，同是这些题材，还有不少短篇表现过。无论是长篇或短篇，都较深刻地反映了在中国共产党领导下的兄弟民族人民与反动派作斗争终于获得解放的历史。由于这些重大斗争矛盾尖锐复杂、牵涉面广，直接关系到民族的命运和人民的前途，因而一切分散的个人意志都聚合为一种强烈的民族意识、民族的自尊心被激发起来，民族成员被最大限度地卷入斗争的漩涡中，每个人都最彻底、最充分地表演了自己，民族的英雄和败类、优点和弱点都完全袒露在斗争的舞台上。因此，上述作品和其他描写重大事件的作品，揭示了比平常状态下丰富得多的民族特色，创造出了许多生动、丰富的兄弟民族的典型人物。

　　话剧《赫哲人的婚礼》是反映少数民族生活重大事件并且获得很大成功的作品。赫哲族，仅两千来人，身居黑龙江三江平原和完达山一带，以渔猎为业。历史上，赫哲族苦难深重，清兵欲灭其族，日本侵略我国东三省时，把三千赫哲人赶入无人烟的荒原，在他们身上进行细菌试验。在灭族的危险面前，赫哲人反抗、挣扎，有三百来人靠吃草根终于活下来，迎来了解放。乌白辛的《赫哲人的婚礼》写的就是这场触目惊心的反灭族斗争。作品以婚礼为线索，真实而深刻地反映了赫哲人民惊心动魄的斗争历史，高度概括一个民族的历史命运和伟大的坚忍不拔的斗争精神，具有强烈的民族色彩。

要真正写透一个重大事件，写出一个民族的特色，一定要放笔描写民族的中上层人物。别林斯基认为，"民族的"一词，在涵义上其实比"人民的"更为广泛。"人民"总是意味着民众，一个国家最低的、最基本的阶层；"民族"则意味着全体人民，从最低直到最高的，构成这个国家总体的一切阶层。

因此，对一个诗人来说，揭示民族精神的秘诀就是在描绘上中下三种阶层时同样忠实于生活。只能掌握粗糙的普通生活的简陋方面，而不能掌握有教养生活的更精致、更错综的阴影，那决不能成为大诗人，更别想取得民族的诗人的光荣称号。我们过去在这一点上只满足于对底层人物浓墨重彩，对上层人物根本不敢放开笔墨，不少作品也写到上层人物，但总是把他们分装在反动、进步、开明、中间状态等包装箱中，不敢大胆肯定上层人物的能量、品质、贡献和作用，使民族特色的表现受到一定的限制。事实上，举凡重大历史事件中，起决定作用的固然是人民群众，但是在某种特殊场合，民族上层人物或由底层跃到上层去的民族优秀分子的行为和态度，还暂时地、局部地决定着事态的发展方向和事物的进程。从这个角度说，忠实地描写民族中上层人物与忠实地描写民族的基本群众是同等重要的。

反映民族的重大事件和斗争，决不可忽视家庭生活的描写。通过家庭生活的折射来反映重大事件会更丰富、更细腻、更亲切、更有实感。构成社会的最基本单位是家庭，家庭的一头连着社会、阶级、政治，另一头连着骨肉、天伦、人情，家庭生活的细故往往通向社会生活的大波。在家院内，餐桌旁，种种矛盾纠葛表现得更特殊，更有戏剧性，更坦率，更真切。同时，家庭生活毕竟与社会政治保持一定的距离，传统的东西通过家庭的堡垒而流传永久，家庭生活是民族特点保持得最完善、最丰富的地方。"要了解一个民族，应该是研究它的家族和家庭生活。"（别林斯基语）在家庭中，人们的政治立场、思想观点、伦理道德观念，接人待物的方式、脾气禀性，一切隐蔽的或外在的内容，无不赤裸裸的暴露出来。文学创作很好地描写了少数民族的家庭生活，自然能获得较鲜明的民族特色。孙健忠的中篇《甜甜的刺莓》，成功的原因是多方面的，其中重要的一条是以家庭婚姻为轴心的结构技巧。作品寓新的主题于凝重厚实的家庭生活中，既泼辣尖酸，又亲切细腻。由于放在家庭生活的圈子中，毕兰大婶的母性与脑袋深处残存的"嫁鸡随鸡飞，嫁狗随狗走"的封建意识，竹妹的逆来顺受的种种隐曲心理，向塔山恩将仇报的残忍心理，就有了一个自然表现的契机。这些方面与人物的另一些方面如毕兰大婶的党性、竹妹婚前的天真活泼、向塔山政治上的骗局等结合起来，人物形象血肉丰满，主题体现得清楚而含蓄，生活画面复杂而不单调，民族的色彩也非常鲜明。通过家庭生活的窗口，描写重大的社会事件和流变，曾经是资产阶级上升时期文学创作的一条经验。中国当代少数民族文学创作，要很好地表现社会和民族特色，也不妨借鉴这一经验。

六、提炼富有民族色彩的语言，使作品的民族色彩更加浓郁

民族语言，是文学民族特色的重要因素。斯大林说："民族语言是民族文化的形式。"在长期的交往中，作为交际工具的语言，不断发展、进化、丰富，形成了各民族语言在语音、语法和词汇方面固有的特点，构成了各不相同的语言风格。由于各民族的语言与本民族的生活特点、思维方式紧密相连，所以，使用本民族的语言往往可以极为直接而有效地传达出该民族特有的色彩与情调。

但是，在我国55个少数民族中，有自己语言文字的不过21个民族，经常用的只有五个。其他少数民族的文学都是借用汉字创作的。这就提出了一个问题，在翻译民族文学作品和用汉文写作时，如何组合汉字，使之成为具有少数民族特色的文学语言。民族语言不是孤立的，它的风格由本民族生活所决定，受本民族的艺术传统、欣赏习惯、艺术趣味的影响。如何提炼富有民族色彩的语言，作家们付出了艰辛的劳动，积累了丰富的经验。这些经验如下：

（1）就近取譬，巧于设喻。少数民族老百姓大都好用比喻去表情达意，其喻体又多是从身边生活中提取的。例如：

"脸洗得像月亮白，身子洗得像鸡蛋白，手洗得像萝卜白，脚洗得像白菜白。"

——《阿诗玛》

"眼下的老百姓就像冬日的牛粪一样，见火就着。"

"见了谁都满脸怒气，像一只患了癫疯症的公羊。"

——《茫茫的草原》

"草原不嫌花木密，牧人不嫌套马杆长。"

（比喻有用的东西越多越好）

"雪压不住青松，乱石堵不住道路。"

（比喻代表真理的事物必然压制不住）

——扎拉嘎胡《草原的早晨》

"把她弄得像小风车一样团团转。"

——陆地《一对夫妻》

上述比喻，巧言切状，联想丰富，艺术上别开生面，内容上贴近该民族的生活，具有浓郁的民族风味。

（2）巧妙地使用比兴手法。比兴中的它物，多数也是日常生活中提取的。例如：

"高山上雪檀的年轮过一年添上一圈，农奴对奴隶主的仇恨过一年增加一分。"

——《格桑梅朵》

"走马随着缰绳，苦恼的心跟着你!"

"海骝马随着嚼子，热爱的心跟随着你!"

——蒙古族民

（3）恰当地运用俗语、谚语和格言、警句。少数民族往往把丰富的生活经验概括成哲理性很强的谚语、俗语。藏族老百姓说："茶水不放盐巴没有喝头，言谈不用谚语没有听头。"可见谚语俗语在日常交谈中的地位。如果在文学创作中恰当地选用一些格言、谚语，确能很好地表现出民族的特色来。例如：

"手抓羊肉敬朋友，拳头刀枪赏敌人。"

——回族格言

"莫学米筛千只眼，要学芭蕉一条心。"

——壮族俗语

"村庄被水淹没，不会留下干石板。"

"到了紧急关头，老年人的计谋，要胜过青年人的勇气。"

——藏族俗语

"沉默的人必定是足智多谋，孤独的人常常坚韧不拔。"

"与其泪流满面，不如举起铁拳。"

——蒙古族格言、谚语

上述各民族的格言、警句、谚语、俗语，短小精悍，含蓄隽永，饱含了民族斗争的经验，有浓厚的民族生活气息，用之于作品，不但赋予作品以民族色彩，而且增大了作品的容量。许多作家常于此处留心，像《草原的早晨》使用的谚语、俗语、格言、警句等，就有330处之多，收到了很好的效果。

（4）口语入话。主要是把少数民族农民口头上的语言加以筛选，写入作品，那么，作品中的人物随着他语言的流动，可以活生生地站立在读者的眼前，符合农民的欣赏习惯，雅俗共赏。吴雪恼的《船家》，脱尽书卷气，基本上是凤凰沱江镇一带的口语，很有个性。当然，用口语必须滤掉那些粗鄙俚俗之辞和外人不懂的土语。

（5）在口语基础上加以文学修饰。不少作家基本上不回避方言土语的运用，也适当插入一些文学色彩的语汇、语句，但作品中使用频率最高的那些词汇，常常是活在农民嘴上的口头语汇。孙健忠的语言风格，就是这一种。他的短篇《！和?》开篇两个自然段，二百四十三个字，就有"找婆娘"、"打单身"、"晓得"、"吃饭扮大碗，困觉扯风箱"、"公猪"、"罗卜花"、"姑娘家"、"二道人"和"黄花女"等口语词汇十多个。他的作品，精致简约，朴素亲切，读来自有一种娓娓动人的乡土风味，这风味大部分得力于乡土语言的运用。

上述五种提炼语言的方法，可归纳为三种笔调：口语化的笔调，接近口语化的笔调，多用比兴、类乎民歌的抒情笔调。这三种语言格调，优点是平易、流畅、朴素、亲切，具有民族风味，但也有其弱点，即难于胜任表达回环往复的感情和曲折细微的心理，在高潮处，几句话就完事，文章难得充分作足。有些作品，往往"高潮上不去"，除了缺乏层层铺垫外，另一个原因就是不能纯熟地运用多种笔墨写人状物、表情达意。对于如何提炼训练有素的浓厚民族色彩的纯文学语言，准确地描情状物，不走样地表现各种复杂的情绪和幽眇曲折的心理，是作家，尤其是少数民族作家努力探索的课题。

文学作品的民族特色，在民族文学创作中无疑非常重要，但绝不是艺术上的唯一追求。别林斯基说得好："人们在文学中仅仅要求写出'民族性'，等于是要求某种虚无缥缈的、空洞无物的'子虚乌有'；从另外一方面来说，人们在文学中要求完全不写'民族性'……也等于是要求某种虚无缥缈的、空洞无物的'子虚乌有'。"除了民族特色外，时代感、典型性、独创性等，都是我们艺术上时刻追求的东西。让我们挥动彩笔，在新的历史时期，创作出无愧于我们的时代和民族的新作品，为繁荣和发展社会主义文学而追求不止！

（1984 年 5 月于吉首一中河边宿舍）

（原载于《民族文学研究》1985 年第 1 期）

论各擅其胜与文学融合

鲁迅曾经说过，文学艺术愈是地方的、民族的，也就愈是世界性的。虽有人提出过不同意见，但我以为仍然是真理。魔幻现实主义在本世纪是世界最风行的文学流派和创作方法了，但它 20 世纪最初出现的时候，不过是在小小的危地马拉，后来才在中美洲的墨西哥、秘鲁、哥伦比亚、古巴、阿根廷等许多国家和民族中流行开来。在辽阔的亚马孙平原的热带雨林，在北美大草原，在南美格兰查科草原，总之，在从阿拉斯加到火地岛的凡有印第安文化的地方，魔幻现实主义文学就盛行起来。在 50、70 年代发展到鼎盛时期，拥有一大批著名作家和作品，有的作品还被翻译成十几种文字。危地马拉的阿斯图里亚斯和哥伦比亚的加西亚·马尔克斯还获得了诺贝尔文学奖。到了本世纪末，魔幻现实主义已经冲出拉丁美洲，在亚洲、非洲和欧洲等许多民族和国家广泛流行开来。

文学如此，文化艺术方面也是如此。冲浪运动如今是闻名全世界，可是它最初却是土著的夏威夷人的创举；本世纪风靡欧洲和美国、现在东西方都很流行的探戈舞，开始却只是起于阿根廷。第二次世界大战以后，美国黑人中流行一种"节奏与布鲁斯"的黑人音乐。50 年代，白人由市中心向郊区迁移，黑人开始填补城市中心的空白，具有极其强烈的节奏感的布鲁斯刚好表达城市生活的快乐，同时深得白人青少年的喜欢。1952 年，一位电台音乐节目《平安夜》的主持人，弗雷德在一家唱片公司发现一批白人青少年在伴着布鲁斯跳快步舞，便在他那家电台每周播放一次"节奏与布鲁斯"音乐，名叫"月亮犬的摇滚舞会"。此举大得人心。三分之一的黑人孩子和三分之二的白人孩子聚集在一起，玩得起疯。1954 年在佛罗里达的一次演出中，摇滚乐演员普莱斯列被发疯似的少女拖下舞台，她们抢走了他的鞋子，分享了他的夹克衫碎片，甚至撕下了他的右裤脚。这年开始，在美国很快形成一个摇滚音乐的新浪潮，弗雷德成了摇滚音乐的代名词。

紧接着，摇滚音乐很快滚向世界其他民族和国家，形成一个世界性的摇滚时代。据说，在摇滚乐之前，美国青少年犹如一个半大人，说话、穿衣都模仿父母，无自己的个性。摇滚乐之后，他们重新认识自己，塑造自己，视摇滚乐为信仰的象征，以摇滚乐会组成自己独立的社会群体。摇滚乐之于美国社会，犹如一场不流血的革命，影响了社会的进程，改变了整整一代人。

文学发展到今天，由于科学技术和通信交通的高度发达，加上文学自身的交流日益频繁，文轨日同，各民族之间的差别日益缩小，民族文学的概念日益被世界文学的概念所掩盖，这已经是公认的事实。

德国杰出的诗人、剧作家和思想家歌德，于 1827 年初的一次谈话中，在历史上首次提出了"世界文学"的概念。他从自己正在阅读的一部中国传奇谈起，深感分别生活在东西方的人们在思想、行为和感情方面的相似之处，明确认识到文学是人类的共同财产，进而极具胆识地提出：

民族文学在现代算不了很大的一回事，世界文学的时代已快来临了。现在每个人都应该出力促使它早日来临。
——《歌德谈语录》（1827 年 1 月 31 日），漓江出版社 2004 版，第 195 页。

1848 年，在马克思和恩格斯为共产主义者同盟撰写的著名纲领性文件《共产党宣言》中，又一次出现了"世界的文学"这一概念：

资产阶级，由于开拓了世界市场，使一切国家的生产和消费都成为世界性的了。……过去这种地方的和民族的自给自足和闭关自守状态，被各民族的各方面的互相往来和各方面的互相依赖所代替了。物质的生产是如此，精神的生产也是如此。各民族的精神产品成了公共的财产。民族的片面性和局限性日益成为不可能，于是由许多种民族的和地方的文学形成了一种世界的文学。
——《马克思恩格斯选集》第一卷，人民出版社 1972 年版，第 254 - 255 页。

当代著名的文学理论家 R·韦勒克（捷克后裔，美籍）与 A·沃伦（美籍），在讨论"民族文学"和"世界文学"这一问题时说过：

> "世界文学"这个名称是从歌德的"Weltliter-atur"翻译过来的……他用"世界文学"这个名称是期望有朝一日各国文学都将合而为一。这是一种要把各民族文学统起来成为一个伟大的综合体的理想，而每个民族都将在这样一个全球性的大合奏中演奏自己的声部。但是，歌德自己也看到，这是一个非常遥远的理想，没有任何一个民族愿意放弃它的个性。今天，我们可能离开这样一个合并的状态更加遥远了；而且，事实可以证明，我们甚至不会真正地希望各个民族之间的差异消失。"世界文学"往往有第三种意思。它可以指文豪巨匠的伟大宝库，如荷马、但丁、塞万提斯、莎士比亚以及歌德，他们誉满全球，经久不衰。这样，"世界文学"就变成了"杰作"的同义词。
>
> ——《文学理论》，韦勒克、沃伦著，生活·读书·新知三联书店1984 年版，第 43 页。

从民族的角度观察人类文学的发展历史，可以分为原初文学、民族文学、世界文学三大阶段。民族图腾产生之前的文学，它只有人类性，没有民族的差别；只有口头文学，没有书面文学；只有简单的表达，没有多少艺术性，是最原始、最粗糙的文学，我们称之为原初文学，原初文学经历了数万年之久。从民族图腾出现后的文学到民族消亡之前的文学，我们称之为民族文学。这一阶段的文学以民族为中心，具有浓郁的民族特色和民族风格，各民族有共同的表现技巧，也有本民族自己特有的技巧。世界文学是从资本主义世界市场的出现萌芽的，到民族与阶级的消亡时完全成熟。世界文学以人类性代替民族性，以社区中心代替民族中心。从历史的长远的观点来看，民族的文学必然要被世界文学所取代，但那是一件十分遥远的事情，有一个漫长的历史过程。民族文学的消失是以民族的消亡为前提的。在从古至今人类三百万年的漫长历史中，民族发展的历史却仅有四万年之久，民族文学晚于民族而出现，有文字的文学迄今不过是五六千年的历史吧。因此，历史上存在下来的所有文学（包括口头文学与书面文学），都是民族的文学；它伴随着人类走到今天，还将伴随着人类的未来发展而走向明天。民族文学将持久不衰。但毫无疑问，民族将先于人类和文学的消亡而消亡；文学将在民族消亡之后取得彻底超越民族的性质，继续伴随着人类的发展而达到它们共同的终极。

实现文学的民族融合，走向世界文学，在相当长的历史时期内，唯一的途径，就是先强化民族特点，发展民族文学，而后取其长而融合之。这以号称民族大熔炉的美国当代文学状况最有说服力。美国是一个移民国家，位于北美南部，土地面积有 937 万平方公里，居住着 2 亿多美国人，包括 100 多个民族。1776 年 7 月 4 日 13 个州的代表在费城召开会议，通过《独立宣言》而正式宣布美利坚合众国的成立。

美国人是从世界各大洲移民来的，美国的土地则是"买"来的。1803 年，美国利用英法矛盾，从拿破仑手中买下了圣路易安那。这是一大片土地，从密西西比河以西直到落基山以东全包括在内。有趣的是美国只以每英亩 3 分钱的价格，即仅花 1.5 万元就把这一大片与它原有土地面积相当的土地买下来了。这样到了 1912 年，也就是从立国以后的 100 多年里，美国领土几乎扩大了 10 倍，从 13 个州增加到了 50 个州，今日美国国旗也成了拥有 50 颗星的星条旗了。当代美国的文化和文学，都是多元的。生活在那里的各民族，在拥护美国独立宣言、遵守美国法律的前提下，自由地保留民族的文化，开展民族的文化活动，美国作家的文学创作，除了作家出身的那个民族的特点而外，还在努力构建美利坚民族的特征——那就是印第安人土著文化、黑人文化与美国现代文化的结合。这种民族文化、民族文学的融合，大大丰富和发展了美利坚的文学创作。诺贝尔文学奖颁奖 30 年后的 1930 年，美利坚合众国开始有作家获得此项大奖。此后的 60 多年，美利坚合众国有 10 名作家先后获此殊荣，这个密度在其他民族较为少见。第一个获此奖的是辛克莱·刘易斯（1885—1951），他的作品真实地反映了美国的多民族融合的社会生活，是美国民族生活的百科全书。1936 年，在洪都拉斯淘过金的美国戏剧家尤金·奥尼尔（1888—1953），他的戏剧中的悲剧意识反映了民族下层人士生活的艰难。1938 年获诺贝尔奖的赛珍珠的《大地》具有浓厚的中国南方民族的特点。威廉·福克纳（1897—1962）是我国今天的读者最为熟悉的作家，他 1949 年获此奖，他的大部分作品都是以密西西比州约克纳帕塔法县为背景的，像刘易斯的弗吉尼亚一样，那地图上不如邮票大的地方，是他的文学圣地，也是他的精神故乡。他的《喧哗与骚动》通过康普生家三兄弟向读者叙述了康氏家族生活史，其民族特色是明显的。美国 1954 年获诺贝尔奖的是人所共知的海明威（1899—1961），作品的主题是反战和对人性的执着。1962 年，美国第七位作家约翰·斯坦贝克（1902—1968）获诺贝尔文学奖，他出身下层，所写的对象和他的同情，都在下层人民，民族生活的特点是鲜明的。学者型作家索尔·贝娄（1915—2005），在 1976 年获得了诺贝尔文学奖；美国 1980 年获诺贝尔文学奖的作家切斯拉夫·米沃什（1911—2004），是波兰民族的；1987 年获诺贝尔文学奖的是 47 岁的俄罗斯后裔约瑟夫·布罗茨基（1940—1996）。上述这些获诺贝尔文学奖的作家，无疑是世界性的大作家，他们的一个共同点，就是以鲜明的民族性而走向世界的。

民族文学要走向世界，必须建立起本民族自己的、独立的文学品格，否则就不具备走向世界的条件和资格。纵观一个民族文学的发展历程，不外是三次飞跃：第一次，由无文学到口头文学的飞跃；第二次，由口头文学到作家文学的飞跃，这次飞跃的完成，以作家群的出现为标志；第三次，由民族的区域性文学到世界文学的飞跃，这次飞跃的实现，以民族的、世界的大作家和民族的、世界的文学经典的出现为标志。民族文学发展的三个阶段中，都有一个自觉地建立起自己的文学品格的问题。文学的品格是由思想的品格和艺术品格两方面构成的。所谓艺术品格，是指对客观事物和主观心理、情志的观察、叙述、表达的特殊方式方法，它当然要符合人们认识和接受事物的一般规律。各个民族总是根据本民族文学的现实水平确立自己的目标，建立自己的品格。

如何由民族文学走向世界文学呢？首先要确立一个基点，那就是文学公共性与文学民族性的融合。公共性（公共领域），本来是哈贝马斯为寻求西方资本主义社会的矛盾解决途径所提出来的概念，是关于国家、团体、私人之间相互关系属性的理论，属于现代政治学、社会学的范畴。把它嫁接到民族文学的走向上，就成了超越国家、民族、地域、时间的关乎文学经典的概念。指的是某一国家、民族某时期的文学作品，超越了国界、族界、时段，为全世界各个时段、各种读者所喜欢的作品。这样，文学的公共性就与人文内容紧密关联。单一的公共性，只能成为理论体系追求的最高指向和最终目标。它一旦将民族文学作品浓郁的民族文化特性与超越时空和人文界限的艺术魅力扭结起来，就构成民族文学走向世界文学宏大建设的基点或曰途径。简言之，世界文学的建立，应当是民族性与公共性的合辙。

公共性是文学的基本属性。它包含两方面的意思：一是文学作品一经发表，只要有人看，它就成了社会产品，成了大众广泛阅读的公共财产；二是消解意识形态、制度、生存条件、文化传统的差异，将文学的公共性建立在共同人性的基础上，尊重和扩大人类的共同性，才能达到文学公共性的实现。

在世界文学与民族文学之间，还横亘着一个国家文学的形态。国家文学是受国家利益和国家意志支配与制约的文学，力量十分强大。

文学的基本属性有形象（映像）性、叙事性、可传播性、地域性、情感性、民族性和意识形态性。前四项属公共性，受自然与共同人性的支配；意识形态性受国家利益与意志的支配，情感性受民族与国家的支配，文学民族性则受风俗习惯、情感、审美趣味、理想追求、精神信仰、心理性格、生活环境（地域性）等七个方面的制约。意识形态性来源于国家意志、精神信仰、政党规约，它的消亡依赖于政党与国家文化的消亡。这个过程相当漫长。

限制国家利益与意志的支配，淡化缩小文学民族性，扩大文学公共性，让民族文学超越民族与国家界限，有以下七种途径：

一是缩小不同国家、不同民族所处地域的生存条件的差异和距离，大家都生活在美好的自然环境、富裕和谐的社会环境中，这是世界文学得以建立的物质基础和经济基础，无需多说。

二是缩小与限制风俗习惯的民族差异性。民族风俗习惯是民族生活艺术化的固定形式，以奇异和趣味撩拨人的兴味。比如恋爱与婚嫁，作为文学的一个母题，常写常新。汉族人的婚嫁多礼，少数民族婚嫁多趣。"氓之蚩蚩，抱布贸丝，匪来贸丝，来即我谋。"（《诗经·氓》）男子的求爱虽然用托词掩饰，但还是叫女方一眼看穿，一语戳破，颇有生活情趣，然较之维吾尔族的求婚风俗略微逊色。"带着你的妹妹，带着你的嫁妆，赶着那马车来。"（《达板城的姑娘》）娶了姐姐，还打姨妹子的主意，这在汉族是决不允许的。这首书写维吾尔族婚俗习惯的情意浓浓的诗歌，不但维吾尔人喜欢，汉人也喜欢；不但平民喜欢，领袖也喜欢，全国第六届作代会联欢晚会上，胡锦涛在人民大会堂宴会厅给与会者演唱的就是《达板城的姑娘》。

三是与审美情调共融。由于自然人性的相通，各民族的审美情趣各有不同，相通之处多多。亚特兰大奥运会的会歌，最初来自台湾土著民族一个盲人演奏的一首本土民谣的旋律！一个偶然的机会，盲人在演奏时被谱写奥运会会歌的美国音乐家听到了，拿去加工成了奥运会的会歌《登峰造极》。为此，台湾一律师后来还为盲人讨回5万元稿费。这说明，越是富有民族情调的作品，公共性越强！

四是与民族情感共融。文学创作是一种情感书写，不带感情的"零度创作"，只是后现代的一个主张。情感是可以超越民族界限和国家界限的。中国历史上的民族歧视和奴隶政策，使少数民族人民心中积蓄了巨大的情感能源，在欢庆胜利的锣鼓声中，火山般地爆发出歌颂党和毛主席、歌颂新社会的大量诗篇，这样的诗歌，中国各民族人民都喜爱；同样，中国红歌，也被世界人民所欢迎，很多外国友人参加中国"红歌会"。民族情感越真挚、越浓烈，文学的公共空间越广阔。

五是与精神信仰的共融。信仰是狭隘而猛烈的，排他性极强。这个不能操之过急。精神信仰中包括理想追求。书写理想，不只是浪漫主义文学的需要，也是现实主义、现代派文学应有的品格。理想并不都是崇高神圣的，普通人的理想甚至微不足道。但理想开启的毕竟是美好的世界，因而更具吸引力。民族的理想总是连接着它的反面——民族的、人民的苦难，书写它有想象不到的魅力。丹麦作家安徒生《卖火柴的女孩》妇孺皆知，写的是丹麦小女孩卑微理想的破灭，触动读者心灵中那最柔软的神经，引起怜悯、同情或共鸣，收到了人人动容、个个扼腕的艺术效果。

六是与民族心理性格在人的共同性上共融。民族的心理性格，来源于人的共同性和民族文化道德的特异性，它是民族文学和民族人物形象的灵魂。沈从文的《边城》，淡化了汉族的男女授受不亲的传统文化，强化了翠翠单纯、执着、钟情、开放的共同人性，详细地展示了翠翠由三、五岁的小女孩成长为十四、五岁的大姑娘，自然人性自然生长的过程，受到了各国人民的欢迎。许多人看不出个中奥妙，好多权威教材花了十分之九的篇幅分析《边城》的自然环境和民族风俗，只有不到十分之一的文字叙说翠翠，本末倒置，他们没有发觉翠翠身上凡少女共有的人之本性。

七是缩小、限制意识形态、政治制度等国家利益与意志对文学的限制，扩大文学的政治共融。民族文学、国家文学与世界的融合，不仅是一个理论问题，更是一个关系多个方面的实际操作问题。今天的世界虽然进到了信息社会，但由于利益冲突，国家意志必然强旺，文学的世界性受限，传播渠道也不很畅通。适当打破传播限制，也是民族文学走向世界文学的重要条件。

最后需要强调的是，任何文学，哪怕是世界文学，也是追求多样化与多元化的。民族特性与国家特性的完全消亡，意味着文学的最终消亡。现阶段，越是民族的、地方的，也越是世界的，仍是一条相对真理。

历史在前行，文学在发展。各民族的文学最终要走向文学的大融合。但是，在最终的融合到来之前，必须增强文学的民族特色，广泛吸收外民族的精华，发展民族文学。只有这样，才能通过丰富多彩的民族文学，真正创建起精深宏大的世界文学。

（原载于《湖南省当代文学评论选（1996—2000）》湖南文艺出版社2002年版，题为《越是地方的民族的就越是世界的》）

文章兴三代，辉煌十五年

——八十至九十年代初湖南文学创作漫论

对历史的描述，有两种形式：一是在对不断的历史现象的描述中，深入堂奥，阐明历史的规律，使历世者与阅世者达成高层次的认识；二是在对历史作一定理论把握的基础上，重点评论一些活跃于某一历史阶段的人物及其作为，鼓舞后世。前者以理论深度见长，后者以显示功德取胜。回顾历史新时期湖南十五年的文学成就，我采用的是后一种形式。

十年"文化大革命"之后，1978 年 12 月，中国共产党召开了十一届三中全会。拨乱反正，革故鼎新，我们的国家从此进入了历史发展的新时期。在邓小平同志建设有中国特色的社会主义理论和党的"一个中心，两个基本点"的基本路线指引下，我们的国家，改革开放和现代化建设取得了举世瞩目的成就，政治稳定，经济发展，民族团结，社会进步，到处是生气勃勃、繁荣兴旺的景象。当然，其中也伴随着文明同愚昧、进步与落后、正确与错误、正义与邪恶的较量。在历史的进程中，湖南小说家充当了"同时代人的秘书"，诗人充当了时代的歌手，大家锦心绣口，引吭高歌，高扬时代的主旋律，呼喊出人民的心声，辉煌了当代中国文坛，促进了社会主义精神文明的建设。

文章兴三代，辉煌十五年。十五年来，周立波、康濯、蒋牧良、柯蓝、胡代伟、彭燕郊等老一辈作家不废江河；未央、任光椿、孙健忠、谭谈、古华、莫应丰、谢璞、周健明、叶蔚林、萧育轩、张扬、水运宪、唐浩明、汪承栋、于沙、石太瑞、谭士珍、崔合美、樊篱、李元洛、胡光凡、马焯荣、凌宇、龙长吟、胡良桂等大批中老年作家、评论家腾蛟起风；韩少功、彭见明、蔡测海、何立伟、聂鑫森、刘舰平、残雪、叶梦、贺晓彤、骆晓戈等青年作家俊彩星驰；陶少鸿、匡国泰、翁新华、银云、刘春来、王开林、彭东明、刘鸿伏、萧元等文学新秀才华初露。湖南省广大作家坚持党的基本路线，坚持文学为人民服务，为社会主义服务的方向，坚持"百花齐放，百家争鸣"的方针，坚持自己的艺术理想，深入生活，多方探索，共同创造了湖南文学八音繁复的新局面。历史新时期以来的十五年，的确是湖南文学史上最辉煌的时期，也是湖南作家最为风光和兴旺的时期。现以 1985 年为界，分前后两个阶段略加论述。

一

中国革命的航船一经驶入四化建设的河道，作家们便一齐把眼光从昔日的因循封闭投向改革开放的新天地。他们的创作应和了中国历史的潮流，而历史的洪流又把湖南一大批中青年作家推向中国文坛的显著位置。湖南作家迅速崛起，人们称之为"文学湘军"。

最早为国人注目而引起全国性轰动效应的，是凭借丰富的生活积累、冒死犯难率先写作的两部长篇小说《第二次握手》和《将军吟》。张扬的《第二次握手》，勇闯重重禁区，描写了以丁洁琼为代表的一群高级知识分子建国后三十年间的遭遇和命运，歌颂了无产阶级革命家周恩来总理，气势宏伟而又款款深情，极大地满足了人民多年来精神文化的需求。此书给作者带来的死而复生的经历，滋养了他刚直不阿的浩然正气，从此，他的创作便一发不可收了。

莫应丰也是从对现实的叛逆，对极"左"路线的批判进入文坛的。他的长篇小说《将军吟》，于 1976 年夏在文家市秘密完成初稿。作品通过空军第四兵团高中级军官在 1966 年冬至 1968 年冬的际遇的描写，从一个侧面绘制了"文化大革命"的真实画卷，批判了"四人帮"的倒行逆施，喊出了人民心中的判词。思想尖锐、文笔犀利、语言泼辣、气魄不凡。

紧接着，古华跃然而起。他的小说主题严峻，意蕴深含，语言柔美，尤其善于表现人的情感世界。他的短篇小说《爬满青藤的木屋》以盘青青的感情为纽结，表现了文明与野蛮的冲突，表现了人类对文明的呼唤。长篇小说《芙蓉镇》，寓社会风云于风俗民情，唱了一曲严峻的乡村牧歌，塑造了王秋赦等性格鲜活的典型形象，概括了 20 世纪 60 年代初到 70 年代末中国农村近二十年的历史变化。

任光椿以历史题材小说崛起于文坛，作为诗、文、画、译皆能的多面手，他的历史题材小说厚积薄发。他的《戊戌喋血记》，抓住时代的根本矛盾冲突和历史走向，高度概括和形象地再现了那个不平常的历史年代。作品人物众多，形象鲜明，画面广阔，百态纷呈，具有时代的宏阔感与历史的纵深感，乃我国当代历史题材小说的重头之作。

充分显示我省八十年代初期文学创作实绩和群体风格的是中短篇小说。其创作高潮几乎是长盛不衰，持续发展。

老作家周立波的《湘江一夜》，最早把领袖毛泽东的形象还原为普通人的形象，成为我省勇闯禁区的优秀中短篇小说的带头作品。

叶蔚林虽已调离湖南，但我们不能忘记他为湖南文坛争得的荣誉。中篇小说《在没有航标的河流上》，以自然河流映衬社会河流，表现了极"左"思潮与卑鄙小人在"文革"中的为非作歹，塑造了行为粗野、内心极为善良的盘老五形象。短篇小说《蓝蓝的木兰溪》中的盘金贵，既是一个红色封皮包装了的卑下小人，又是一个真诚地把砒霜当良药的愚昧无知者。这两个作品，充分展现了叶蔚林善于从表层性格与深层内质的差异上刻画人物的艺术特长。

内容厚实、思想尖锐，创新意识强，是中篇小说《甜甜的刺莓》的基本特点。孙健忠通过相邻两个土家山寨领头人所作所为的对比描写，把向塔山一类政治骗子永远钉在历史的耻辱柱上。作家善于从人性人情的角度开掘人物的情感世界，并以此负载起显示时代变迁的重任。长篇小说《醉乡》以矮子贵二的兴旺史，表现了改革开放初期中国农民精神与经济的双重解放，昭示出中国农村的希望所在。在清新的乡土气息中融注着土家族人富有诗意的生活情调，表现出刚毅的民族性格和民族精神，透露出历史政治风云和时代变革的新气息。

水运宪是一个有着强烈使命感的作家。改革开放的春风催发了他的改革意识和参与意识。中篇小说《祸起萧墙》在时代的大视野中捕捉住电力改革这一社会焦点问题，塑造了"明知山有虎，偏向虎山行"的改革家傅连山的形象。关注国家政治与经济命运，是作品的基调；从政治与经济的结合部切入改革，是小说的取材技巧；批判中国政治生活中的种种封建残余，推进改革的行进，是小说的主旨所在。作品细密开阔，气势充盈，识见不凡，在全国尤其在水电系统，产生了很大的反响。

与农民、矿工始终保持密切联系的谭谈，作品中流露出一种劳动者的质朴与机智。坚持现实主义的写实手法，从爱情与婚姻的矛盾中抒写男女间感情的猛烈撞击，发掘人性人情的美质美德，是他小说的长处。中篇小说《山道弯弯》以金竹与二猛之间的感情发展为线索，逐步展示出人物的命运、情感与精神，层层深入地揭示了金竹身上所体现的中国女性善良、勤劳、忠厚的传统美德。作品从矿工常见的日常细事与生活变故中着笔，自然，亲切，圆润。二猛那男子汉的粗心与憨厚，与金竹女性的温柔与体贴相映成趣。作品在深深的情感漩涡中透出一种健康的情趣与凄清的美。

韩少功的小说贯穿了严格的现实主义精神与严肃的社会主题。激发他创作灵感的，是对极"左"路线的痛恨，对农民命运的深切同情，对社会良知的呼唤。短篇小说《西望茅草地》，从一个热情正直的知青的视角，写一个农场从成立到解散的全过程，透过场长张种田的愚钝、落后和无知，我们看到了极"左"思潮对人的灵魂的蚀损与扭曲。《飞过蓝天》以写实手法写人，象征手法写鸽子，交替进行，歌颂了不畏艰难、至死不渝地追求真理的精神。语言幽默而茹涵哲理，通体象征的手法潜藏了他日后艺术新变的因子。

从散文起步的蔡测海，他1985年以前的中短篇小说融进了诗与散文的艺术技巧。淡化了的情节与大幅度跳跃，使他的《远去的伐木声》单纯、清新，具有诗的情致与意境。古木河边老桂木匠的女儿阳春离家出走的故事，表现了土家族人民冲破禁锢、寻求开放的内心冲动与历史要求。作品虽未正面描写改革，但一字一句都是对山乡改革浪潮的渴望与呼唤。以情连事，借物抒情，含蓄蕴藉，让人咀嚼湘西山区泥土芬芳之外的韵味。

从山地走向湖泽的彭见明，他的短篇小说得山川之灵气，注重天然本色，具有一种单纯美。短篇小说《那山那人那狗》写一位乡邮员老去之后，把神圣的事业让给儿子顶替；在他告别事业的最后一趟行程里，对山、对山里的人、对自己的事业无限依恋。作品写的虽是凡人小事，但却倾注了作家全部的感情，通过对自然环境和人物情感世界的细致描写，深入开掘了故乡山地的自然美、人情美。作品给人以灵气扑面、别有洞天之感。

歌颂生命的崇高与力量，是刘舰平小说的总题旨。《船过青浪滩》将主人公滩姐置于大自然破坏力量的狰狞之中，通过人与自然的搏斗，表现人的伟大与刚毅，歌颂人类征服自然的巨大力量；通过人与人的由不和谐到和谐的关系转换，肯定了健康的人性与纯洁的品质。作品将生命意识、道德意识、哲学意识融为一体，情节紧凑，气氛紧张，意旨明朗而深刻。

　　何立伟常常把短篇小说当作诗来抒写，唐风宋韵般的语言使他的小说更带上诗的色彩。《白色鸟》正面描写酷夏沙滩上戏耍的黑白二少年在天籁美景中自由自在地做着自己的梦，追逐生活的美，但旨归却在对"文革"中极"左"思潮的否定。作品举重若轻，空灵、含蓄而淡雅，画面动静相宜，色彩感觉至佳，犹如一幅意蕴深含的淡淡的水墨画。

　　湖南的儿童文学创作亦不可小觑。儿童小说却能反映社会真相，且篇幅长达 30 万字，又深受小读者欢迎的，是萧育轩的《乱世少年》。作品以 14 岁的马强为主角，通过他的经历，再现了"文革"时期中国社会的面影。时代背景广阔，生活舞台宏大，人物关系复杂，有丰厚的生活容量。情节曲折，环环相扣，高潮突起，悬念不断，很能抓住小读者的心。儿童心理刻画和儿童口吻的语言使作品始终保持了儿童文学质的特征。

　　新时期伊始，湖南文学崛起于中国文坛主要是小说，但不仅仅是小说，还有另一种文学形式，那就是诗歌。"文锋未钝老犹争"，五十年代初驰名的诗人未央，1980 年发表了《假如我重活一次》的著名诗篇。诗作借"一位老者在弥留之际的思绪"，自我审视，像修订一本书那样，把自己的一生修订一番。表面上写一位领导干部的自我反省，实际上是对一个民族、政党、国家历史的重新审视与批判。诗中主人公弥留之际的悔悟，实则是诗人自身正直、善良、高尚心灵光华的投影。全诗寓大于小，寓深于浅——大巧之朴，才是本诗的特点，也是未央新时期以来诗歌的特点。

　　颂歌向着北京唱的苗族歌手石太瑞，历史新时期以来的诗歌，对本民族人民的优秀品质和民族精神作了深入的开掘与深情的赞美。《鹰之歌》写鹰的生命的最后一搏，实则是对人的生命价值与民族精神的歌颂。叙事长诗《竹哨》写一个苗族少年与敌人巧妙斗争的故事，但故事仅仅是框架，内质则是歌颂苗族人民纯朴、真诚的心灵和勇敢的品质。石太瑞的叙事长诗，有情节，可读；节奏感强，可诵；思想内涵深，引人思索。

　　翟禹钟、何立庠、江立人的《彭大将军回故乡》，几乎是以纪实的笔调记录了彭德怀元帅回到故乡，为人民鼓与呼的事迹，歌颂了老革命家实事求是的优秀作风，在全国产生了较大的反响。

　　评论与创作，是文学事业的双翼，二者互相借重，共同促进。新时期以来，湖南的文学评论，不再只是文艺思想斗争的工具，而是深入分析作品思想艺术的解剖刀，探索作家创作路向及其得失的探照灯。以中国当代诗歌为研究对象的《李元洛文学评论选》就是一部这样的著作。这部书是建国以来中国第一套当代文学评论丛书中的一部，眼界开阔，析理深刻，旁征博引，融汇古今，文采斐然。既有一个个理论命题的探讨，又把精辟的见解融入对具体作家作品的评述之中，显示了湖南文学评论的实绩和水平。

胡光凡、李华盛多年来一直专注于现当代文学的研究，成绩显著。胡光凡的《革命现实主义的烂漫山花》，是八十年代初湖南文学评论的优秀成果。文章通过对周立波农村题材短篇小说艺术风格的品评探究，提出并论述了农村题材文学创作中一些普遍性的问题，对当代农村题材创作，颇有意义。

二

时代造就作家也检验作家，现实给文学以压力也给文学以动力。自1985年以来，我省广大作家，在各级党组织和党的宣传部门的领导、支持下，坚持党的基本路线和党的文艺方针、政策，多方探索，稳步发展，取得了较突出的成绩。文学创作成果累累，呈现出五彩缤纷、稳步前进的基本态势，以下分类予以评说。

小说仍保持着强劲的发展势头

因叙事的自由和铺陈的从容，在楔入社会人生方面，小说具有其他文学形式无法取代的优势。中短篇小说的率先崛起，显示出新时期文学的实绩。而以"湘军"称誉中国文坛的湖南作家群及其创作，也首先以中短篇小说的优势为其标志。在拓展生活视野、表现纵横交错的社会关系，全景式展示人生景观方面，长篇小说具有中短篇小说难以企及的长处。我省长篇小说的发展又以乡土题材、改革题材和历史题材作品为重头。

湖南当代作家特别关注国家和民族的命运，笔底常奏出时代的主旋律，标志之一是，改革题材作品不断向深层掘进。谭谈的《桥》紧贴时代现实生活，将笔墨从正面突入某市上层权力斗争的中心，努力寻找改革的支点，反映了作者对改革的渴求和隐忧。作品社会网络纵横交错，人际关系盘根错节，朴素中含理性，流畅中有情趣。鲁之洛的《你别想安宁》围绕改革中副市长的人选问题，极力表现体制改革之艰难，笔墨集中，描写细腻，亲切中见沉思。周健明的《柳林前传》最先反映农村经济改革，其后的柳林系列作品，以冷静的笔墨和客观的描写表现农村经济改革既十分必要又非一帆风顺，娓娓叙来，朴实自然，颇具历史感。萧育轩的《山水依依》写知识分子在改革中的作为与尴尬，忠、奸、善、恶，界碑分明，融时代气息与传统美德于一炉，汇诗意与哲理为一体，不时显出作家的睿智和真见。水运宪的《雷暴》以城市蔬菜行业的经营活动为描写重心，呼唤商业的体制改革和经营方式的更新，体现了作家关注国计民生的拳拳之心，作品既有他往日的开阔与粗放，又有后来的细腻与深刻。

以乡土为题材的创作，一直是湖南小说的优势所在。湘楚之地厚积的古老的地域文化及其现代流变，给湖南作家提供了取之不竭的创作源泉。由现代文明与地域文化之间的搏击而导演的人生悲喜剧，则是湖南乡土题材长篇小说一个重要的创作母题。肖建国的《血坳》紧贴故土和生活在这块土地上的乡民，展示了新形势下乡民的心理震荡乃至肉体的残酷角逐，对农民文化进行了较深刻的解剖和反省，描写率真，结构新颖，清晰中藏厚实。孙健忠的《死街》以本土生活为其根基，以现实主义为其艺术精神，借鉴意识流、魔幻现实主义以及少数民族神话等各种表达技巧，艺术密度高，思想厚重，开掘深入，显示了开放、兼容的文学气派。彭见明的《大泽》着重写农民生存的外部斗争与内部生活方式，尽力概括中国农民在封建宗法社会的生存困境和精神特征，描写细致逼真，大开大合，于雄浑的气势中透出南国水域美的情调和韵致。谢璞的《海哥与狐狸精》以海哥与香草的爱情为线索，批判了"文革"前"左"的倾向和"文革"对人性的摧残，肯定了改革开放带来的人的命运的转机。作品的批判性指向和疗救意识，使作家的创作风格由充满诗意的抒情转向锐利的指斥。

历史题材的小说在新时期长篇小说中占有重要的位置。近现代湖南名家辈出的历史为湖南历史题材小说创作提供了先天的条件。而开湖南新时期历史题材小说先河的是任光椿的《戊戌喋血记》。他的《五四洪波曲》是其后系列性作品之一。作家以历史事实为基础，着力于历史人物的形象塑造，注重写历史的主要矛盾和基本走向，主体意识鲜明，颇具史识；作品史料翔实，细节生动，高屋建瓴，具有穿透历史的纵深感。唐浩明的《曾国藩》（三部），紧扣主人公灵魂深处感情与理智、政治与伦理、守旧与维新、慈悲与凶残、清高与野心、阶级利益与家族利益等种种矛盾，塑造出一个发人深省的悲剧形象，显示出作者不凡的艺术胆识。黄鹤逸的《傀儡梦》结构宏大、场面生动，用力写活一个风云人物，也是我省历史小说创作的出色成果。

除上述三类长篇小说之外，以专写高知题材著称的张扬，其《金箔》以宏大的篇幅表现我国火箭事业的发展，贯串起中国革命数十年的历程。题材新颖、独特，结构宏伟，知识性强，充满作家这一创作主体的勇气、智慧与良知。柳炳仁的《人·鬼·神》也是写解放军火箭部队的，主题鲜明，生活实感强烈。写人的异化的残雪则是从现实走向超现实的，少小时期严酷生活的冲击与心理压抑使她确立起自己的叙事方式，用超现实的臆想和幻觉来叙述经过感觉过滤了的梦魇般的生活碎片，使她的《突围表演》具有一种内在的诚恳与真实。

此外，潘吉光的《黑色家族》、罗石贤的《荒凉河谷》、谭士珍和孟范连的《太行儿女》、谭元亨的《我的神女》、杨克祥的《十二生肖奏鸣曲》、翁新华的《蓝太阳》、屈国新的《夕阳黑田铺》、陶少鸿的《男人的欲望》、聂鑫森的《夫人党》、彭铁森的《九女梦》、吴飞舸的《泪土》、岳立功的《黑营盘》、曾长青的《血舟》、林家品的《热雪》、龙楠林的《畸人传》等，都是较优秀的长篇小说。

被别林斯基称为"生活这部大书中撕下的一页"的中篇小说，在新时期获得了迅猛的发展。孙健忠的中篇系列《倾斜的湘西》以其浓郁的浪漫主义精神、浓重的文化意蕴获得一种理性的厚重和感情的深沉。韩少功的《爸爸爸》《女女女》以神话的形式写湘楚文化的远古遗存和民族的思维劣势，在中国文坛引起重大的反响，带动了后来的地域文化小说创作。

蔡测海1986年以来视小说艺术为世俗生活之外的精神栖身之地。《楚傩巴猜想》将神秘兮兮的环境、零零碎碎的细节、断断续续的情节、扑朔迷离的人物经历，伴和着诗情与哲理，连骨带肉地捧给读者。刘健安的《艰难采访》反映中国改革的艰难，纪实手法增强了作品的感染力。何顿的《生活无罪》，在对市民生活和混乱无序的现实的陈述中闪耀着理性的光彩。翁新华的《再生屋》写人性中的善恶交叉对转和民族文化心理的持续与变异，内涵丰厚。此外，莫应丰的《黑洞》、彭东明的《故乡》、盲人作家聂建长的《复仇的野人》、姜贻斌的《窑祭》、龚笃清的《色癫》等均在全国产生了反响。

短篇小说是小说艺术的瑰宝，以其凝练的长处深受读者欢迎。我省拥有一大批优秀的短篇小说写家。何立伟笔下的乡村和小镇淡雅而美丽，他的作品不重情节、人物，只重那么一股情绪，一种淡淡的水墨意境，具有晚唐绝句的韵味。聂鑫森极其讲究小说的构思，韵味绵长，有自己独特的追求和风貌。朱力士的短篇小说别具一格——幽默。他的作品题材广泛，构思巧妙，无论美与刺，皆于不经意的嬉笑怒骂或自由谈吐中显示出来。潘吉光的《古槽门》构思新颖，以典型化的情节将反封建的严肃主题表达得鲜明、深刻。姜贻斌的"窑山风情录"系列短篇，以澄明的心境写一个个小人物卑微的生存、无赖的智慧，描写细腻，凄惶动人，表现出较高的艺术纯净度，反映了一个动乱年代。刘春来的"铜鼓冲"系列，生活气息和文化意蕴浓郁，辞采亦佳。叶蔚林的《五个女人和一根绳子》题材独特，主题深刻。张步真写毛泽东的《桑梓地》系列，生动真切，反响很大。李一安的《舞台》，用一个编辑的眼光看家乡人事，地方特色浓。此外，胡英、李慕贤、李自由、刘舰平、叶之蓁、徐晓鹤、晓宫、钟铁夫、张新奇、蒋子丹、王平、王静恰、王农鸣、张小牛、刘朝阳、朱赫、郑柯等的短篇也相当出色，充分发挥了短篇小说以小见大、凝练集中的艺术特长。把短篇小说的短推向极致，便是小小说。湖南小小说作家不少，代表是邓开善。他的作品受到评论界、创作界的一致好评。

诗歌在低潮中扬起新声

重在抒写心灵的诗歌，是文学中的文学，需要高层次的精神滋养。1985年以来，虽然全国诗歌沉落，湖南新老诗人们不断扬起新声，使屈子行吟过的潇湘仍然绕一脉诗香。

老诗人宝刀不老。彭燕郊近年来频频推出《混沌初开》等新作，题材广泛，含意深远。他在艺术上注重借鉴西方现代派诗歌的手法，显示了艺术视野的宏阔。汪承栋带着雪域佛地的丰富诗篇回湘定居后，创作了反映家乡人民新生活的大批诗作。于沙的诗与人生紧密相连，善于创造新奇深邃的意境，语言含蓄，诗意在涌动中充满青春气息和人生真味。朱健近年来虽多写古典名著的评论文章，但仍时有诗作问世，他的诗仍然保留了过去"七月诗派"的浪漫主义色调。骆之《美丽的木塔花》重在描笃西部边塞风情，格调明朗，篇幅短小而韵味悠长。郑玲的《小人鱼之歌》清丽明快，内容与形式和谐，如鱼在水。饮可的诗以古典诗词为其功底，《无花果》等作品精粹深沉，融进了对人生的思索。弘征的诗与诗论齐头并进，讲究炼意和蓄气，实而不露，用"晦"而明，《〈诗品〉今译·简析·附例》鉴古知今，提出了许多精辟的见解。彭浩荡的诗气势雄浑，音调铿锵，有"行吟诗人"之称。石太瑞的家乡盛行吹木叶，人们称他为"木叶诗人"，可见其诗的乡土特色之浓。近年推出的《恋歌四重唱》《黎明鸟》，既保持了昔日清新、明朗、豪放的诗风，又有了新的变化：昔日的明朗转入今日的含蓄，激情迸发转入意理追求，豪放的抒情借助哲学思辨变得诗意凝重。

匡国泰的诗歌来自湘中泥土的深层，《鸟巢下的风景》以微带忧郁的情调"诉说着农家生活的简朴"，用现代文明比照出农村的古老、单纯和沉重，用平和、冲淡、宽厚的态度表现农村生活和大自然的美，构思的精巧和意象的新创使他的诗厚重而又空灵。诗与散文双管齐下的骆晓戈善于创造日常生活中的情感气氛，她的诗与散文具有女性的轻柔细腻、委婉深情。刘犁的田园诗对童年、对故乡深深的眷恋和痛惜，让人感到一种揪心般的沉重。从山乡或水泽走出来的谭仲池、谢午恒、郭辉、熊育群等，笔精墨简，慧眼巧思，作品葱茏的诗意中含着凝重。从连云山脉洞庭水系中吸取诗情的杨孟芳、刘丽萍、张甲风等，灵巧的抒发把诗的意境推向悠远。活跃于全国七八个省份的新乡土诗运动中，湖南的新乡土诗人最为引人瞩目。江堤、陈惠芳、彭国梁等的"新乡土诗"，通过风俗风情的咏唱把田园生活、时代风云和历史文化意识凝聚到一起，构成清新、隽永的诗篇。此外，李昆纯、杨里昂、郑玲、田章夫、舒柯、罗子英、舟挥帆、刘剑桦、钟毅纯、聂沛、周晓萍、廖志理、龚湘海、胡拥军、李青松、成明进等都是湖南诗坛的知名歌手。

值得特别提出的是，我省一些著名学者、革命老干部创作了不少优秀的旧体诗词。主要代表有姜书阁、羊春秋、刘正、杨第甫、黄道奇、杨汇泉、龙再宇、胡槐芳、王巨农等。他们既有较深厚的文学功底，又有丰富的人生阅历，奉献的旧体诗词，思想开放，内容充实，格调高昂，气势纵横，为湖南诗坛增添光彩。此外，散文诗有新的发展，刘定中、邹岳汉、高立、王晓利等人的作品精炼而又舒展，平中有奇、朴中见巧，颇受欢迎。

散文创作异军突起

新时期开始的十年，较之小说和诗歌，散文几乎处于陪衬的地位。从创作个体看，湖南的散文虽不乏佳作，其整体成绩远不理想。然而，近几年来，当小说相对退潮之际，湖南的散文创作却日趋兴盛，大有异军突起、后来居上之势。从一般的褒贬人事，朝着主体抒情风格的确立转变，艺术个性的强化与张扬正成为湖南散文创作的显著特征。

在湖南数十名知名散文家中，崔合美写诗兼写散文，他的《翠湖鸥影》，清新秀巧，有自己的思想和艺术追求。谭谈的散文率真无讳，心性心情，世事人事，时事政治，无所遮拦地一股脑儿推将出来，淳厚实在又泼俏新鲜。叶梦的散文既有写大自然的游记系列，又有写时代社会的"巫城"系列，重点还是她的女性散文。她的《月亮·女人》抓住女性生活流程中的基本事件，真诚地裸露自己的人生体验，让女性充满快乐的生命创造得到醋畅淋漓的表现，是新时期女性散文中开始得最早也走得最远的女性之谜的探索者。何立伟擅长小品随笔，语言幽默、泼俏，自成风格。任光椿、李元洛的散文，讲究才、识、学、品，境界高，知识密度大，系典型的学者散文。伍振戈、于沙的散文，追求哲理意蕴和趣味性，轻松活泼而有文采。廖静仁的散文切进社会人生，银云的散文倾心自然宇宙，但他们却有一个共同点：营造意境和锤炼语言，写得有哲理、有诗意，清新的笔调中凝结着较为厚重的思想内涵。罗长江的散文《杨梅梦里红》追求艺术的纯净度，文辞俏拔而清丽。在青年散文家中，王开林是颇具资质与潜力的一位。他用冷静的眼光观察社会，用深沉的情感体察人生，具有开放与辐射的艺术态势，其作品融古典于现代，冷抒情中见热心肠。诗文兼作而近年偏重散文的刘鸿伏，他的散文有诗的韵致。深深的情感涌动与哲理思索，使他的散文呈现出"美丽的苍凉"和"孤独的智慧"，在湖南青年散文作家群中脱颖而出。此外，王正湘、赵海洲、鲁之洛、谭士珍、杨悠、刘志坚、欧阳斌、李长廷、陈第雄、彭其芳、武俊瑶、徐静、沈继安、王俞、梅实、刘明文、梁瑞郴等的散文也各有特色。

报告文学、传记文学方兴未艾

散文之别裁的报告文学和与小说靠近的传记文学，近几年来在全国范围内获得了引人注目的发展，呈现出一派欣欣向荣的景象。湖南的传记与报告文学给文学增添了绚丽的光彩。

水运宪专从政治与经济的结合部切入改革题材。《股票，叩击中国大门》从大视野中捕捉经济建设中的焦点，从经济生活的大动脉中突入经济领域的具体环节，表现出对时代生活的强烈参与意识，材料丰富，有胆有识，颇具气势。张扬近年常专注于报告文学的创作，美与刺的笔锋颇为凌厉。他已不再执着于知识分子的个人命运，而是直面现实，切入生活热点，伸张正义与正气，关注人生，着力从气节、业绩两方面褒贬人事，其作品泼辣锋锐，议论风生，具有阳刚之美。张步真的报告文学《魂系青山》写老革命家喻杰，回家乡后为改变家乡落后面貌的艰苦努力，作品以写作客体的伟大和写作主体的深情而深深感动了读者，为全国四十多家报纸先后转载。王以平的长篇纪实文学《走出韶山冲》，写毛泽东早年的求学与革命活动，真实而自然地表现了毛泽东寻求知识、追求真理的曲折历程，再现了毛泽东朴素感人的形象。凌宇的《沈从文传》将沈从文极富传奇色彩的外部人生际遇与丰富复杂的内心世界相辉映，深刻而生动地刻画出沈从文的人生足迹与精神历程。此外，刘笃平的《杜心武传》、陈利明的《陈明仁将军传》《程潜传》、钟德灿的《名将陈明仁》、周全的《虎将秘闻》、于乾浩的《曹雪芹评传》等都是颇优秀的长篇传记文学作品。

儿童文学及通俗文学有了较大的发展

当前，湖南拥有一大批儿童文学作家和作品。谢璞对儿童文学深情眷恋，他为繁荣全省儿童文学创作做了大量的工作，同时创作了《从摆子寨逃出来的孩子》《珍珠赋——谢璞散文选》等一系列少儿作品。作品情节曲折，语言生动谐趣，既有思想内涵，又合儿童口味。邬朝祝的《神秘的小奇人》、卓列兵的《倒霉的纸条儿》以童话的形式表现儿童的心灵，于潜移默化中开启儿童的心智，培养儿童健康向上的心理。肖育轩善于把儿童的命运与社会流变结合起来，《三怪客》在广阔的社会背景下表现儿童的心理，对儿童的成长颇有教育意义。金振林的传记文学《少年毛岸英》以明朗向上的思想导向和符合儿童审美趣味见长。罗丹的童话《龟兔赛跑》使儿童开眼界、扩见闻、长见识、启心智。周健明的《远去的红帆》反映了新民主主义革命年代儿童的遭遇和悲欢，曲折细腻，亲切感人。贺晓彤的《美丽的丑小丫》，通过生活小故事，塑造活泼的儿童形象，创建成人与儿童相亲相谐的有趣世界，文采与童心交相辉映，生活气息浓。杨容芳的《柳叶刀》歌颂了少数民族儿童的机智与勇敢。庞敏的《淡淡的白梅》以童趣盎然的幽默，将沉重、严峻的童年生活镀上一层乐观的亮色。李少白、杨悠、杨振文、樊家信、林植峰、易尔康、李志远等儿童文学作家，都不断有佳作奉献给小读者。

文学在走向大众、走向通俗的过程中独立性的消解和格调的降低，引起真正的通俗文学作家、理论家的忧虑和重视。宋梧刚、刘星耀、戴云、汤子文、李波、杨鹏、邱刃、杨容芳、邹息云、金克剑、金段子、刘星宜、谢凡等通俗文学作家，其作品坚持扶正压邪、贬恶扬善的情节走向，高扬民族道德精神，努力提高通俗文学的精神层面；同时他们还着力研究、运用小说的传统技法，锤炼个性化的语言，拓宽表达方式，加重作品的文化容量，提高艺术水平，使通俗文学受到广大读者的欢迎。

少数民族文学日益繁荣

在全国少数民族文学创作中，湖南少数民族文学一直处于上乘水平，其成绩突出者，已跻身为整个中华民族优秀作家与作品之林。此外，还涌现出一大批具有创作潜力的少数民族作家与文学新人。小说方面，长篇小说有张二牧的《苗疆情仇》，胡港的《血神》，龚由青等的《通敌内幕》；中篇小说有吴雪恼的《黑店》，窿振彪的《青山无语》，丘陵的《野盘傩》；短篇小说有何旭的《麻佬》，张心平的《火箱》，滕和叶的《清清出山泉》，姚筱琼的《花事》，肖仁福的《箫声曼》，陶永喜《不知名的鸟》，刘芝凤的《野妹崽》，龙宁英的《女儿桥》；等等优秀之作。诗歌方面，龙再宇的诗集《边域诗草》，颜家文的《湘西短笛》，黄爱平的《归途》，彭士贵的组诗《七月的阳光》，姚子珩的《土家织锦》，吴巧玲的《风中思绪》，等等，皆厚重多文，是湖南民族诗歌的优秀作品。散文方面，向启军的作品优美而富有哲理，彭学明的散文厚重机巧而新颖，杨雄的散文情意悠远。周文光、胡柯、韩棕树、郭曼文、田岚、侯自佳等资历较深者，兼作小说、散文或诗歌，时有佳构。评论与研究方面，彭继宽等主编的《土家族文学史》、林河的《九歌与沅湘民俗》以及张建永的美学论文，均有较好的影响。

文学研究和文学评论空气活跃

与京沪等文学批评发达的地区相比，我省的文学评论尚有较大的差距。但是，我们仍然拥有一批层次较高的学者、评论家和优秀著述。随着近几年分配到我省的文学博士、硕士渐次增多，我省的文学评论出现一种令人振奋的势头。樊篱的《马克思主义文学原理》全面而系统地阐释了马克思主义的文艺观点和文艺思想；李元洛的《诗美学》以古今中外的名诗为研究对象，从美学理论的高度，分十个方面论述了诗歌创作的艺术规律；冯放的《论现实主义》紧密结合当代文艺思潮和创作实际，系统地论述了现实主义的创作方法及其生命力；文选德的《文化工作简论》在文化的大背景下研究文学，高屋建瓴，说理充分，实事求是，不落陈套。刘鸣泰主编的《毛泽东诗词鉴赏大辞典》全面地介绍了毛泽东诗词的思想和艺术。马焯荣的《中西宗教与文学》从宗教与文学的关系中深入论述了文学创作的基本理论问题，颇具创意；胡光凡的《周立波评传》、凌宇的沈从文研究，深刻地解剖了作家的成长历史，正确地分析了作家的成就及成功的原因，对于文学爱好者的成长大有裨益；余开伟的《跪在真理的脚下》，不论是对作品的评论还是对理论问题的探讨切磋，都表现了刚直不阿的态度和追求真理的精神；宋梧刚的《中国小说传统技法》及一系列通俗文学理论文章，推进了通俗文学的发展；胡宗健的《文坛湘军》，对湖南作家逐一评论，颇有胆识；张鹄的《写作的语言艺术》、杨里昂的《中国新诗史话》无学院气，有学术性；刘强的《诗的灵性》就写诗、品诗而说古道今，胡良桂的《史诗艺术与建构模式》探讨了长篇小说的创作，颇有见地。龙长顺（龙长吟）与康咏秋、汪名凡、舒其惠等合著的《湖南新文学七十年》《中国当代小说史》《新中国文学史》等一系列中国当代文学史著作，尽力以史家的公正和评论家的识见，总结了文学创作的经验，评论了湖南的作家。卜庆华的《郭沫若评传》（修订本），廖星桥主编的《外国现代派文学艺术辞典》虽然分别研究的是郭沫若和西方现代文学流派，但对当代文学创作有借鉴意义。罗成琰的《现代中国浪漫主义文学思潮》、黄力之与人合著的《邓小平文艺思想研究》、肖元的《王朔再批判》，研究文学创作中的重大理论命题或热点问题，成绩可观。张兆旺、伍振戈、韩抗、舟挥帆、李华盛、龙长吟、凌烟、吴慧颖、朱日复、王福湘、罗守让、吴康、谭桂林、龚曙光、余三定、聂雄前等老中青文学评论家发表的大量论文，活跃了湖南的文学评论空气。

加强了文学交流，文学翻译工作有新的起色

随着改革开放的深入，文学的对外联系日益增多。截至1995年为止，我省先后有23位作家、编辑、评论家出访新加坡、美国、日本、俄罗斯、德国、芬兰、法国、罗马尼亚、缅甸、泰国、蒙古等十余个国家和港、澳、台地区。作协还曾组织作家访问大西北、大西南及福建、海南各地，开展

了一系列的作家深入生活的采风活动。我省还活跃着一支文学翻译工作者队伍，以杨德豫、张铁夫、周微林、易漱泉、沈宝基、廖星桥等学者为代表，他们的辛勤劳作，促进了中西文学的交流。

三

湖南是文学艺术的大省。十五年来湖南文学创作形成了生动的景观，呈现出明显的特色。

盛开乡土文学之花

"挥毫当得江山助"，湖南自然的赐予和历史的馈赠相当丰厚，有利于乡土文学的发展。湘北八百里洞庭烟波浩渺，湘西亿万年怪石奇洞，湘南绿水环绕的茂林修竹，湘中丘陵起伏腾挪，这多色调的自然环境既催发作家的创造力，又给文学作品本身提供诱人的景色和道具。湖南历史文化的遗存具有多种成分。有古朴粗放的原始文化，有重天伦和血统的男耕女织的农耕文化，有充满阳刚之气的梅山文化，有战国至秦汉的浪漫主义的荆楚文化，有宋明以来张扬理性、务实致用的湖湘文化等。这些文化遗存或物化为名胜古迹、文物、风俗习惯、生活方式，或内化为人的性格、气质，相互碰撞交融，使湖南乡土文学始终处在湖南文学的重头。

高扬时代的主旋律

时代主潮与时代精神所汇成的时代主旋律，在我省文学创作中高高地升腾。1978 年以来，我省广大文学工作者遵照小平同志的指示，"自觉地在人民的生活中吸取题材、主题、情节、语言、诗意和画意，用人民创造历史的奋发精神来哺育自己"，积极投身时代的洪流，于尺牍之间，把握时代的脉搏，歌颂人们的创造力，揭示历史的发展趋势，推动社会前进。

时代主旋律的高扬还造就了我省文学严肃庄重的文学气派。在历史所养成的以身许国、救世济人的文化精神和凡事认真、决不苟且的文化性格的影响下，我省作家的创作都为事而发，作品的风格气派也大都颇为庄重。即使是一些大量吸收外来手法的作品，因作家意在审判民族乃至人类弱点，严肃的主题和厚重的理性使活脱脱的艺术整体透出一种庄重的气质和肃穆的氛围。1989 年以来，中国文坛曾经先后流行过"侃、玩、油、俗"的作风，湖南作家染指者不多。

主题、题材、形式、风格多样化

强烈的现实性是 1985 年以来我省文学最基本的特质，现实主义依然是主流，但却已不再是板滞的面孔而呈开放的态势。近年来的湖南文学百花齐放，无论在题材、主题、风格、表达方式等各方面，都呈现出多样化的格局。作家们大胆探索，勇于创新，在生活的评价、主题的确立、文学视角的选取、文学思维方式的展开、艺术手法的运用、语言的操作等诸方面，都有辛勤的探寻、独特的追求。对照全国的情况，湖南作家探索的基本特征是"持久"。近年中，尽管新潮迭起，湖南作家赶浅水浪头的很少，一经选定的探索路子，便踏踏实实地勇往直前，不轻易放弃。可以说，湖南文学的多样化与它的质量提升基本上是同步的

湖南文学创作虽然取得了较大成绩，但也还存在一些问题，有的还相当严重。比如：作家队伍流失，心态不平衡，小环境不尽如人意，文学发展步子不大，等等。

目前，全国文坛出现"陕军东进"，粤军、晋军、皖军、鲁军崛起的咄咄逼人之势，人们期望湖南作家加强修炼，敬业乐业，勤奋创作，期望各级领导从各方面为作家创造一个安定和谐、团结、奋进的工作环境和文化氛围，让我省文学在一定的经济实力和多种实际保障的基础上加快繁荣与发展的步伐。

我们处在历史变革的关键时期，每一次历史变革都曾造就一批大手笔、大作品，屈原、曹雪芹、但丁、莎士比亚、托尔斯泰、鲁迅等，无不出现在社会变革的大潮中。在 20 世纪与 21 世纪之交的历史大变革时期，湖南这块文学沃土上是否能生长出几个文学大家呢？

湘江北上，黄河西来，大江东去。

天地不老，民族永生，文学长在。

航道在前头，理想在胸中，彩笔在手上。

可以预料，在未来的日子里，与文学修百年之好的湖南作家定然乘长风破万里浪，向沧海，向太阳，向着更大的辉煌！

（1994 年 4 月于长沙市东风二村）

（原载于《芙蓉评林》，湖南文艺出版社 1997 年版，副标题有改动）

盼望征服者

——中国新文学女性形象十大人性特征

中国新文学文本中的女性形象，像社会生活中的女性实体一样，带着浓厚的文化色彩和鲜明的个性，以各种各样的姿态向我们走来，闯入我们的生活。撇开它的想象性、虚构性、寓意性和自在性，就文学是生活的模仿而言，文学中的女性形象与生活中的自然女性的特征可以重合、对应，甚至是同一的。女性形象在文学作品设定的自足世界中，就像自然女性在现实世界中一样，既是两性对立的一个方面，也是社会关系的扭结；既是人性的载体与证明，也是社会属性的集中体现。要很好地研究女性形象，首先必须深刻地了解文学作品中的女性形象与现实社会中的自然女性到底具有哪些人性特征。

女性是希望有男性来征服自己的。张爱玲在《谈女人》一文中就说过，许多普通女性，骨子里惊人的一致：都拥有一颗女奴的灵魂。之所以这样，是因为真正被男性全方位征服的女性几乎很少。一个女子得到征服了自己的白马王子，不仅是得到了自己的所爱，更重要的是她也就此征服了那个白马王子。征服与被征服，都是自身价值和能力的有力证明。女性盼望的男性征服是双重的：精神的征服与生理的征服。生理的征服还是第一位的，是精神征服的基础；一个生理上没有被征服的女子，内心潜藏着不满，更不可能在精神上臣服那个无用的男人，因而也丧失了征服那个男人的兴趣。由于男女间的奇妙关系，从孔子到鲁迅，从亚里士多德到黑格尔，古今中外的文化名人无不论述过女性，其中很多是女名人自己论女性。西方的有西蒙·波伏娃的《第二性》，弗吉尼亚·伍尔芙的《一间自己的屋子》，贝蒂弗里丹的《女性的奥秘》，格里尔的《女太监》，凯特·米利特的《性的政治》，苏姗·格里芬的《自然女性》，等等。当代世界出版社（北京）2002 年还出版了陈松如编辑的《世界名人谈女人》，收集了巴尔扎克、果戈理、狄更斯、马克·吐温、托尔斯泰、泰戈尔、卡夫卡、高尔基、徐志摩、朱自清、柏拉图、康德、尼采、李大钊、苏珊、秋瑾等 35 位文人、学者、科学家、政界名流的言论。西方还有一本专谈女性的小说《猫》，张爱玲饶有兴味地翻译过来，重新选择、编排，写成了上面谈到的《谈女人》的文章，把精明苛刻的女人比喻为猫，洞穿了女人的许多特征。冰心写了《关于女人》的散文。根据名人们的论述和许多小说的描写，所谓女人，就是延续人类生命，温暖人类感情，创造人类福祉，生理上与男性相对应的人。如何看待女人，大约有三大基本观念：一是孔子所代表的"祸水"说，二是曹雪芹"女人是水做的骨肉，男人是泥做的骨肉"的女性崇拜说，三是波德莱尔的"女人是罪恶的花朵"说。波德莱尔在著名的诗作《恶之花》中写道："她就这样强压下心头怨恨的浪花，（为）母性罪行的火刑亲手堆起木柴。"（《祝福》）"两腿翘得很高，像个淫荡的女子……敞开恶臭的肚皮……天空对着这壮丽的肚皮凝望，好像一朵开放的花苞。"（《腐尸》）认定女人具有两重性。本文不在评说这三大观念的对与错，而是以此为背景，具体论述女性和女性形象的人性特征。

一、妙曼的形体，娇好的面容，对男性有巨大的吸引力

世上虽有"男人无丑相"之说，但那不过是女性的宽容。靓丽，主要落在女性身上。宋玉的《登徒子好色赋》形容东邻的美女："增之一分则太长，减之一分则太短；著粉则太白，施朱则太赤；眉如翠羽，肤如白雪；腰如束素，齿如含贝；嫣然一笑，惑阳城，迷下蔡。"各种杂志的封面，几乎都被女人的头像或倩影所垄断，有几个男性公民上了杂志的封面？男人看女人看脸相，女人看女人看条子。所谓条子就是身材，所谓身材就是身高、胸围、腰围、臀围和脖围的比例。女性以脸相和身材的美见悦于男性，可使男性为了佳人而倾城倾国。"北方有佳人，遗世而独立，一顾倾人城，再顾倾人国，倾城与倾国，佳人再难得。"汉代李延年的题妹妹画像的诗高度概括了女性外貌的魅力。汉魏六朝有一部艳情诗歌总集《玉台新咏》，收集了许多形容女性之美的诗，其中六朝梁王简文帝萧纲《美女篇》云："佳丽尽关情，风流最有名。约黄能效月，裁金巧作星。粉光胜玉靓，衫薄似蝉轻。媚态随羞脸，娇歌逐软声。"西方的《圣经》生动地描写了好几个英雄难过美人关的事例。拯救以色列的民族英雄、上帝的宠儿参孙，英勇无

比，神力无穷，无人可以与之匹敌。但就是败在了敌族女子的温柔乡中。参孙面对女子的温柔，丧失警惕，把自身的秘密泄露给敌对国惊艳绝伦的美人，最后被敌所擒，受尽折磨。同样，上帝的宠儿所罗门，具有无穷的智慧，把以色列治理得国富民强，井井有条，但就是过不了美人这一关，被以东人哈达、亚兰人利逊等打得魂惊胆丧。我国春秋时期越王勾践最终战胜吴王夫差，就是靠了美人西施，西施是我国历史上第一名成功的女间谍。西人约·佛莱彻在剧本《托马斯》中大发感慨："啊！女人，绝妙的女人！把人类弄得这样神魂颠倒，不就是因为造就了你这魔鬼，发明了你这诱人的地狱！"对待女性的态度因人而异，但对女性的美，却是谁也没有否认的。出现在我国新小说中的女子，无论是男作家笔下的还是女作家书中的，只要是正面形象，无一不美。就是老舍笔下的丑女虎妞，也还有几分赢人的地方，以至于祥子经不住其诱惑而倒入了她的怀中。

二、柔弱性

女人的柔弱性虽然表现为外形和性格，但实际上则根源于她的生理构造。由于生理结构的原因，其自然力量比较弱小，女人确实比男人更需要保护。佛教《华严经音义》说："女人志弱，故借三护：幼小父母护，适人夫婿护，老迈儿子护。"其次，这种柔弱性不只是来自她的身体的娇小无力，主要还来自她的渴望被征服的性心理。其性欲求被征服了，就小鸟依人，没有被征服，犹若放在斗兽场里的一头雌兽。基于此，任何女性的性格都有刚强和柔弱两个方面。任何女性在绝大多数情况下，性格都是脆弱的，表面刚强、内心脆弱。当众刚强的女子，当她单身独处时，刚强的外衣脱去，柔弱的泪水便哗哗地奔流。女人天生柔弱，具有神的特征——广大的同情、宽容、安静、善解人意。女性柔弱这个现实是难以变更的。这个特征在中国新小说男作家和女性主义作家的笔下比较明显和突出。

三、精神的深处有着"地母"的根芽

地母，在中国道教中是土地婆婆，在天主教中是创造人类和世界的最古老的女神，名字叫盖亚。而在奥涅尔《大神勃朗》中，地母娘娘是一个妓女，一个强壮、安静、性感、诱惑的女人，二十岁左右，皮肤鲜嫩健康，乳房丰满，胯骨宽大，动作迟缓，大眼睛像做梦一般反映出深沉的天性。

女性的地母根芽说白了就是性骚动，它是一切骚动的最深根由。女子一方面具有神的特性，另一方面，性要求与性冲动虽然藏得很深，掩饰得很严，却是一切冲动的最初与最原始的动力。曹禺《雷雨》中的女主人公繁漪最为典型。上海的苏青在《谈女人》中说："饮食男女，人之大欲存焉，天然的趋势决非人力所能挽回。"梅娘在《蚌》中借白梅丽之口强调女人的性欲是本能之一，谁都需要的，那是想拒绝而不得的事。张爱玲在《谈女人》那篇文章中说："男性是超人的，女性却带有神的成分。超人与神不同，超人是进取的，是一个生存的目标，神是广大的同情、慈悲、了解和安息。"西方人相信，男女之欲望是罪恶之源，在中国则盛行女人是祸水的论调。穆斯林的《圣训》认定，妇女问题的本质是女人来自一根弯曲的骨头（阿丹的肋骨），如果你想把这根骨头拉直，它就会被折断，如果你放任不管，就又会依然弯曲如故。这就证明了女人的内核隐藏着邪恶。佛经中的《佛本生故事》叙述了一则类似寓言的故事。一个大祭司为了获得一个忠贞的女子，买来一个怀着女儿的孕妇，待女儿生下后便把母亲打发走，将女儿交女仆带着，不让她见任何男子，女儿长大后完全归大祭司个人所有。大祭司借此常向国王夸耀他女人的忠贞。国王便派一个浪子去破坏女孩的贞操，浪子略施小计，轻而易举地得了手，从此女孩背着丈夫与浪子一有机会就寻欢作乐。当他再度向国王夸耀时，国王意味深长地笑道："怎么能除了你的女子！她已经失去贞洁，你以为将女孩一出娘胎就锁在七层楼阁里，就能管住她？你就是把她藏在肚子里带着她出出进进，也管不住她！"最后的结论是没有一个女子是忠于一个男子的。应当指出，世界上原始宗教以外的任何宗教，对女性都是歧视的；女子不贞这个结论，带着明显的宗教偏见。但有时也提供了一个贴近女性、观察女性形象的新鲜的视角。女性对世界的宽容，对同性的较劲，对异性的喜欢，是女性人性与神性的统一，也是原始性骚动的表现，它藏于每一个女子的体肤之内。

四、视爱情为生命

男人因主要从事社会活动，常常把爱情作为事业的一个部分来看待，历史上的女性则不同了，她们的社会活动多限于社交，往往把爱情、婚姻、家庭看成生命的全部。中国当代作家张贤亮的一篇小说题为《男人的一半是女人》，实际上包含了这样两个意思：男人的另一半是事业；男人、爱情、婚姻、家庭，则是女人的全部。西人巴里在《女人皆知》中写道："如果我真的爱起来，那么就像苏格兰女王玛丽一样，愿意穿着睡衣跟着博斯韦尔走遍全世界。"黑格尔说："女人是一堆熊熊燃烧的火，炽烈的大火全靠爱情来燃烧，一旦失去了爱情，大火也随之熄灭。"莫里哀在戏剧《西西里岛人》中说："不管别人怎么说，我相信，女人最大的野心就是给男人灌输爱情。"中国新文学中走上新道路的女性，绝大多数都是从追求爱情自由、婚姻自主开始的。

五、最富有浪漫气质，对同类最具有防范心和忌妒心

所谓浪漫，就是爱幻想，最富于激情，心思最细腻，且以幻想和激情左右行动。女人好静，常一人独坐，最爱幻想；女人多血，敏感，激情澎湃，爱吵架，且一旦吵架必全副精力投入。西方著名女权主义理论家兼作家西苏说过，"妇女的身体带着一千个通向激情的门槛"，我以为还不够，又加上一句："女人的脑袋装有一千零一条神经发射幻想的火箭。"还有人说："没有任何友谊能像姑娘与姑娘之间的友谊那样真挚，那样美好；也没有任何仇恨像女人与女人之间的仇恨那样不共戴天。"这说明女性最富有激情，是最宜于当作家的。作家最需要的素质是激情与幻想，这两条女人都充分具备，而且浓度都很高。因为最富有激情和想象力，又最看重家庭和爱情，自然对同类最具有防范与嫉妒心理。女人对女人的防范心理是本能的，尤其是已婚女子。由于浪漫女子最附有激情和幻想，一些现代文学学者索性把这类女子称作"诗性女人"。

六、生养性

生与养是女性的天性与天职。女人的身体因能孕育儿女让人类得以繁衍，穆斯林把女人叫做"怀孕的袋子"，因之受到极大的尊重，母系氏族由此而风光了数千年。至今女性仍受到法律的保护，得到各方面的照顾。哺育和抚养儿女，是女性生命的重要部分。女性不但借此创造人类和人类的幸福，而且由此体现自己的人生价值与社会价值。女性的卑下地位常常因为生养而得到改变，受到尊重，甚至受到国家政权的嘉奖，各方面的待遇也相当优厚。在生与养的过程中，女性自身得以充实与完善。莎士比亚说："女人是显示、包藏、及滋养整个世界的书籍、艺术及学院。"儒伊在《箴

言录》中说："没有女人，我们人生的开端就会失去支柱，人生的中途就会失去快乐，人生的后期就会失去安慰。"生养不但是女性人类的天性天职，世界上一切有生命的雌性动物，哪怕是猛兽，都具有这种天性。据说老虎在生产小虎时，无比温柔，猎人去捕获它时，全然不予反抗，更不会伤害人。最能代表女性生养性生命特征的，当然是柔石《为奴隶的母亲》中那个典当给秀才生儿子的皮货商的妻子，福生和秋生的妈妈了。生养不但使女性更完美，而且是人类美好情感代代相传最有效、最温馨的途径。可是当今部分城市女子，为了身材的苗条和生活的潇洒，根本不愿意生育后代，这是违天理、悖人伦的怪异之举，那是要被后代人唾弃甚至遭天谴的。

七、最看重精神情感同时又最注重实际生活质量与细节

女人因为好静，常居家少出外，故最注重感情与精神生活，注重美，注重生活的情调。女人没有情调，生活没有品味与活力，形同一滩死水。成熟的女人讲究穿着的花色式样与场景的搭配，语言行动显出独特的气质。平日里，劳作之余，喜欢种点花草，唱唱歌，跳跳舞，听听乐曲，把普通的自我变成一首清亮的诗，风情的画，可心的安琪儿。女性因常常操持家务，故最注重实际生活质量，尤其注重细节。再小再差的生活空间，女性总要把它收拾得整洁有情调。女同学的寝室、床铺，要比男同学整洁、有条理得多，枕头下至少不会有臭袜子！女性平时梳头画眉，连一根头发、一根睫毛都要细细处理过。在《男人的一半是女人》中，章永麟的妻子一旦嫁给了章，不但特别在意丈夫对她的感情和态度，而且尽可能地在很有限的条件下把吃、住、用的物质生活安排得好一些。然而，女性过于细致、敏感与固执，这也常常让男人受不了。张贤亮在《男人的一半是女人》中说："爱情这东西，没有它不行，多了也受不了。"

八、直觉与感觉系统最发达

女人与警察有一个共同点，第六感官最发达，所以女人们的直觉最灵、最准。警察这一特性是后天训练养成的，女人则先天的本性所致。由于直觉与感觉系统最灵，有人说，在女人面前最好别说谎；但女人又最容易被哄，甜言蜜语即便不是出于真心，也会使女性有躺在云彩上遨游九天般的舒服。由于直觉与感觉系统的发达，她们能洞穿男人的一切，让男人无法

撒谎。因哲伦德简直把女子当成洪水猛兽了，他夸张之极地说："跟女人在一起，只能享受两天的快乐，一是新婚那天，二是她下葬那天。"他的愤懑，反映了他受女性控制的严酷。上个世纪 90 年代女性体验小说的超人魅力，它的基础就是建立在女性发达的直觉和感觉系统上。

九、爱说谎

张爱玲在《谈女人》的文章中引用西方人的话说："若是女人信口编故事之后可以抽版税，那么所有女人全都发财了。"梅斯菲尔德在《拜伊街的媚妇》中说："自创世以来，女人就是说谎的专家。"约·海伍德甚至说女人的虚伪程度是与其美貌程度成正比的。可见说假话，美人尤甚。但女人，尤其是美人，她们的说谎是防御，是被男人逼出来的。你想，那么多男人想打美人的主意，美人被爱，毕竟是好事，当然不愿意、也不应该、更没有必要去得罪每一个对她表示好意的男人。不能答应男人的要求又不好开罪他们，只好用善意的谎言来搪塞。有的女子为了生存，只好收起自己的真心，露出的常常是假面目。女人的说谎还包括爱讲反话。正话反说其实是女性一种撒娇的常规方式。恋爱中的男孩子对此特别要注意，不然小则没有了情趣，大则导致恋爱悲剧。以男作家老舍笔下的虎妞、女作家张爱玲笔下的曹七巧为代表，绝大多数女性无不以自己的言行，破解了诚实、不说谎的女性神话。

十、既怕赌又跃跃欲试、冒险一赌的赌注心理和好吃零食的习惯

好多女性，心灵深处包藏着嗜赌心理，这是千百年来婚姻就是一次豪赌的经历养成的。女人还好吃零食，不单是指的食品，有的还包括男女性事生活。夫妻性事是正餐，红杏出墙是零食。冒险一赌的赌注心理和好吃零食的女性，在遇到了心仪的男子汉时尤其会不顾一切。哪怕是一个贵族女子，平时痛恨水性杨花，但轮到自己有机会时，也忍不住跃跃欲试。中世纪的西方女子，教会的统治那样严酷，对讨其欢心的骑士是不顾一切的，西方的骑士制度长期盛行不衰，植根于女性的这一心理特征是非常重要的原因。所以西方社会用情人制度来消解女人好吃零食这一特性；中国则靠神权、族权、夫权、父权四大绳索强行压制这一特征。而绝大多数文化女性则自觉接受来自社会、家庭和自我的种种约束来约束自己。《倾城之恋》

中的女子白流苏不顾一切地把后半生的幸福押在南洋富商公子范柳原的身上，乃是典型的赌注心理的表现。

　　以上就是作为自然人群体的女性和女性形象的人性特征。并不是每个女性和女性形象都具有这全部的特征，不同的女性与女性形象，各自人性特征的侧重点是不相同的，但大都脱离不了这十个特征的大框架。明乎此，再来分析中国新小说中的女性形象时，就会清楚、准确而且容易得多了。

2007 年 1 月于同升湖山庄

［原载于《邵阳学院学报》（社会科学版）2007 年第 6 期］

急功近利，仓促成篇

——从大师之失看中国新文学的不良传统

人类社会演进过程中，不同时段总有些性质、形态相同或相近的事件发生，相同或相近的因子自动延续，被普遍认同，就形成了历史的传统；历史的悠久决定了传统有它难以撼动的顽强性格，历史的丰富决定了它的性质有正负两面。因此，历史并非越悠久越好，对传统的态度也有继承与扬弃之别。中国新文学走过了九十多年的历程。从《狂人日记》开始，新文学就在积淀着自己优良传统：关心民瘼，干预生活，直面现实，勇于担负社会使命的传统；发掘人性、高扬人的主体意识，引导人们精神向上的传统；大胆吸收古今中外的技艺、不断丰富自身艺术表现力的传统；等等。现代文学三十年中，鲁迅、郭沫若、茅盾、巴金、老舍、曹禺、沈从文等大家迭出；中华人民共和国成立后三十年有柳、周、赵；新时期三十年有陈忠实和阿来等一大批卓有成就的小说家。然而建国六十多年来，经典名著和大师级作家毕竟极少。这与新文学的负面传统相关。这样说话也许有些不敬，但当过往的现实沉淀为历史，今天的我们就有责任冷静地研究它。如果因此而触动了历史的痛处，正说明这种研究的价值和必要。兹事体重大，如果只泛泛而论是没有说服力的。本文从考察名家、大师的经典名著的缺陷及其原因入手，揭示出问题的答案。一般说来，挑刺都有些麻烦：批评大师，主管部门有顾虑而反对；批评当下人物，被批评者反对。如不解放思想，真正的批评是无法进行的。本文形式上挑的是大师、大家和经典名著中的"刺"，但实质和落脚点都不在挑刺，而在于引出重要的历史教训，用心不可谓不良苦。本文涉及的中国新文学中的几部小说，它们曾以各自的方式反映了社会和人生的基本问题，不同程度地揭示了历史的本质和规律，表现了人类普遍的情感、情绪和体验，在艺术上也有新的造诣，穿越了时间隧道和国家民族界限而广泛传播。但也存在着某些明显的甚至常识性的失误。被挑中的那些细部，既违背了生活真实，也违背人物思想性格的逻辑。这种失真失实，不同于《三国演义》写曹操行军路线的地名与实际的历史地理不合，地名不合无关痛痒，同时有悖于生活真实和艺术真实的细节，那才是真正的败笔。由于这些败笔从来没有人正式提出过，今日集中批评，难免有些疑虑，故直接引述和细致分析原作，是不可避免的。

一、茅盾、巴金之失

《子夜》中诗人范博文想自杀的心理活动违背性格逻辑　茅盾《子夜》中的青年学者范博文，对林佩姗没有及时热烈回应他"爱"的示意，便觉得自己失去了林佩姗的爱，成为了世界上最孤独的人。于是，他想到了死。他丰富地想象着：

> 在这天堂般的五月下午，在这有女如云的兆丰公园，他——一个青年诗人，他有潇洒的仪表，他有那凡是女人看见了多少要动情的风姿，而突然死，那还不是十足的奇事？那还不是一定要引起公园中各式各样的女性，狷介的，忧郁的，多情善感的青年女郎，对于他的美丽僵尸洒一掬同情之泪，至少要使她们的芳心跳动？……而眼前恰好是那个位置适中的池子。正是一个好去处。游公园的青年男女到此都要在长椅子上坐一下的。"作一次屈大夫吧！"——范博文心里这样想便跑到那池子边。使他稍感扫兴的，是沿池子的长椅子上竟没有多少看得上眼的摩登女郎。几个西洋小孩子却在那里放玩具的小木船……（《子夜》p. 161 – 162）

为了引得素不相识的几个游园的美女的惊奇和同情，就去实践"死"的想法，发现游客中没有几个看得上眼的美人儿，又不打算去死了——哪有如此轻率、浅薄、轻佻的男子？即或有这种神经病似的男人，范博文是否是这类角色呢？作家让他第一次与读者见面时，老练、深刻、稳重。不但是青年诗人、大学教授，而且还有思想家的风采。他对老太爷的死，发表了精辟见解："老太爷在乡下已经是古老的僵尸，但乡下实际上就等于幽暗的'坟墓'……现在既到了现代大都市的上海，自然立刻就要风化……我已经看见五千年老僵尸的旧中国也已经在新时代的暴风雨中间很快的很快的在那里风化了！"（《子夜》p. 30）他这几句话看似平常，实奇崛，因为他的思想观点，和马克思对中国社会的分析几乎是同样的深刻。马克思说："与外界完全隔绝曾是保存旧中国的首要条件，而当这种隔绝状态在英国的努力之下被暴力所打破的时候，接踵而来的必然是解体的过程，正如小心保存在封闭棺木里的木乃伊一接触新鲜空气便必然要解体一样。"① 范博文的话与马克思的论断几乎没有区别。这样成熟、老练，这样富有思想的青年学者，他要自杀，只可能是殉情、明志，捍卫人格尊严，成仁取义，报答知己知遇之恩。怎么会那样浅薄，以至想用生命在素不相识的女郎面前卖弄呢？怎么会因为湖边没有漂亮女郎，而决定不死呢？范博文又从来没有患过神经病！可茅盾偏偏就这样写了！这不能不令人深思。茅盾从小生活在靠近上海的繁华之乡，很早就从事编译工作，广泛接触西洋文学，形成了他勇于面对世界的开放心态和精致入微的描情状物的笔致。他1921年加入中国共产党，担任过毛泽东的秘书，对社会有相当强的洞察力。《子夜》的创作充分发挥了他两方面的长处。小说深刻地概括了20世纪30年代中国社会的基本矛盾，反映了当时社会的基本面貌，又精致而生动地描写了当时城市生活的氛围和情调，是一部名副其实的经典小说。但他在写诗人范博文恋爱小挫后的心理活动时，过于油滑，描写严重失控，根本不符合人物思想性格的逻辑。

《家》中瑞珏之死的描写失真失实 巴金1931年以抒情的笔调创作的长篇小说《家》，因其强烈的反封建精神和觉慧充满人生锐气的叛逆者形象，激发了多少青年冲破家庭的藩篱走上革命的道路，是中国新小说当之无愧的经典。不过，这部小说第三十七章为批判封建主义而写的瑞珏之死，纯属败笔。请看原作：

（瑞珏躺在床上）"开始低声呻吟，房子里有人在走动，有人严肃地低声说话。这一切似乎跟从前并没有不同……"

"少奶奶，你觉得怎样？"张嫂的声音在问。

---

① 《马克思恩格斯选集》第2卷，人民出版社1971年版，第2页。

接着是一阵严肃的沉默。

"哎哟！……哇……哎哟……我痛啊！"

忽然一阵痛苦的叫声从窗里飞出来……

"哇！……痛啊，……我痛啊！……哎哟！"声音更凄厉了……

"少奶奶，你要忍住，过一会儿就好了，"一个陌生的女音在说。

"我痛啊！……哇！"又是一声怪叫。

"大少爷呢？……他为什么不来看我？……张嫂，你去把大少爷请来！我痛啊！……哇！……"

"明轩，你在那儿……我痛啊！你在那儿？……哇！……"

又过了一些时候。

"哇！我痛啊！……你们不来救我？……我痛啊！……"

她的声音又停止了，忽然在严肃的寂寞中一个婴儿的哭声响了起来，是洪亮的啼声。

"嫂嫂！"过了好一会儿，忽然一个恐怖的声音从房里飞奔出来……

"她的手冷了！"这又是淑华的带哭的声音。

（《家》1981年北京第3版，2000年第6次印刷，p.343－346，省略号代替被引者略去的文字）

从巴金写瑞珏死亡过程的细节看，孕妇根本不可能死。一不是难产，产前并没有人问觉新"保大人还是保小孩"的问题，接生婆当时说得十分明白："你要忍住，过一会儿就好了。"说明那痛不过是催生前正常的阵痛。果然不久后，小孩很健康地出世了，有"洪亮的啼声"为证。二不是产后发急症，小孩生下来后，也没有人发现有什么产后热、大出血，接生婆和佣人张嫂都是很有经验的女人，她们守在旁边，也未曾觉察产妇有什么异常现象，怎么突然说死就死了呢？事实上，孕妇生第二胎是最顺当的。瑞珏当时才20多岁，正当好生育的年龄，四天前搬到郊区一所独院，接生婆、贴身佣人张妈、亲姑姑淑华都在身边，丈夫在窗外，生产条件是相当优越的。郊外生小孩，环境安静，空气清新，正常情况下比城内更好。唯一的原因就是不该搬到城外郊区生产，丈夫没有守在产房。孕妇在城里生婴儿必活，在城郊生就死，丈夫在产房内产妇必活，在产房的窗户外就死——

这完全是没来由的事。如果因丈夫不能入产房而产妇就死，那么，好多地区早就没有人烟了。作者为了把这没来由的事写成既成事实，匆忙间，只好拼命地写瑞珏的"痛"，作品写她六阵十六次喊"哎哟，我痛呀！"反复不断的、不厌其烦地向读者搞"痛"的喊叫轰炸，完全是艺术上走投无路的表现。殊不知，世界上无奇不有，就是没有一个年轻健康的孕妇在生下第二胎的过程中被痛死的。

《子夜》和《家》的失误虽不是很多，但关键的细节违背了起码的常理与常识，有损文学的尊严，有失小说的品位了。

二、失之仓促

一般说来，小说的细节不容许虚构，即便虚构，也要符合不同创作方法、艺术表达方式的要求。现代主义是"表现"，人可以变成甲虫，以表现人的被异化；现实主义的方式是"再现"，"除了细节的真实之外，还要再现典型环境中典型性格的真实。"生活细节的真实，是现实主义小说虚构艺术最起码的要求。亚里士多德在他的《诗学》中说："诗人的任务不在叙述实在的事件，而在叙述可能的——就是依据着真实性和必然性的法则而可以发生的事件。"历史学家和诗人不同，前者叙述已经发生的事件；后者叙述可能发生的事件。茅盾笔下范博文自杀念头的滋生与终止，巴金笔下的瑞珏之死，恰恰是不可能的事件，既违背了生活的真实，也违背了艺术的真实。

茅盾、巴金这种大师级的作家，为什么在关键性的细节书写上，闹出违反常识的笑话，出现水平线以下的败笔呢？不是文学素养问题，而是创作态度问题：仓促成篇。当时的巴金还只有 27 岁，连女朋友都没有。他1944 年 40 岁上才在贵州花溪与夫人肖姗旅游结婚，写《家》时还只是个毛头小子，没有这类生活经验，更没有生育知识，又羞于考察，自然出错。退一步说，即便没有难产至死的间接经验，如果写作态度严谨，不那么匆忙，这类知识也是可以获得的。即便是为了批判封建制度的腐朽，揭示封建制度吃人的本质，必须安排瑞珏去死，巴金至少可以让她死得合情合理一些，不至于"为了席勒而忘记了莎士比亚"。巴金 1931 年开始写《家》，同年 4 月在上海《明报》上连载，1933 年正式出版。新闻媒体"等米下锅"，开明书店又急于出版单行本，紧锣密鼓，也没能留给巴金再去补充生活和反复斟酌修改的余地。巴金一次在谈到自己的创作时曾说："我写的不是生活，而是写的情感。"这话固然告诉读者《家》的抒情体风格，但也暗示了读者，巴金有时不太注意生活细节的真实，这种写作风度无疑犯了现实主义小说创作的大忌。不过这都是仓促成篇惹的祸。

这一错失当时好多作家其实是发现了的，只不过没有用文字明白指出。老舍后来在《骆驼祥子》中写虎妞的死，天衣无缝，丝丝入扣。从虎妞36岁、头胎、孕妇只吃不活动、胎儿特别大等难产的原因写起，一路下来，到请接生婆，接生婆没法，再请巫婆，巫婆瞎折腾，再到医院请医生，钱少医生不来，要开刀更没有钱，虎妞父亲携款逃得不知去向，等等。通过七八次波折，十余次铺垫，最后虎妞才在绝望中慢慢死去。这样细致地写虎妞难产至死的过程，当是对瑞珏之死写作失误的一个无声的批评。

如果说《家》的硬伤来自仓促成篇，作者曾有所辩解的话，那么，茅盾《子夜》中这一败笔来自仓促成篇的写作态度，连他自己也是直接承认的。茅盾写《子夜》到后半部时，害重病，一点力气都没有了，只好匆匆结尾，更谈不上对前面写下的东西做细致地回顾、审视和修改了。茅盾在1932年12月的《子夜·后记》中直言不讳："《子夜》十九章，始作于1931年10月，至1932年12月5日脱稿，期间因病、因事、因上海战争、因天热，作而复辍者，综记有八个月之多，所以也还是仓促成书，未遑细细推敲。"① 当然，《子夜》的败笔还有一些。比如买办赵伯韬形象扁平，完全没有一点心理活动描写，农村革命运动与城市生活脱节，后半部分最短的一章只有前半部分最长的一章的四分之一，明显地表现出结构不匀称和虎头蛇尾的态势，茅盾在1977年10月9日的《子夜·后记·再来补充几句》中自称，没有写到农村革命势力的发展，这部书是"半肢瘫痪"②。作品中这些败笔，并非难以避免，有的只需用"四两拨千斤"的方法便可很好解决。把双桥镇的曾沧海换成冯云卿，把曾氏父子关系换成冯氏父女关系，也就是说把两家合成一家写来，再把基本情节的人事和时间理顺，衔接上略作调整，农村与城市脱节的问题就迎刃而解了。如果在最后一章加重赵伯韬的书写分量，增加赵伯韬的心理活动，加强赵伯韬与失败了的吴

① 茅盾：《子夜·后记》人民文学出版社1960年版，第571页。
② 茅盾：《子夜·后记》，人民文学出版社1960年版，第572页。

苏甫的心理较量，甚至当面冲一冲，虎头蛇尾和赵伯韬形象扁平的毛病也可轻易地得到解决。可惜身害重病的茅盾没有精力这样做，只好匆匆收笔。

《围城》中鲁鱼亥豕，错得厉害　钱钟书的《围城》虽然真实地表现了抗战时期知识分子尴尬的生存状态，剖析了他们人性的弱点，揭示了人类生存的"围城"现象，语言多有泼俏，算得上一部文学经典，但是，《围城》中的文字错误实在太多。1979 年 5 月 9 日，钱钟书与人座谈时说道："书中鲁鱼亥豕，错得厉害。……有人告诉我抗战时盘尼西林尚未出世，便是一个很好的例子。"并进一步指出："《围城》不仅需要校对，而且还得改写三分之一。"作者还说："她（博恩大学莫妮克博士——笔者注）精细地指出了谁都没有发现的一些印刷错误，以及我糊涂失察的一个破绽。"（《围城》德译本《前言》，《读书》1982 年 12 期）1981 年第 10 期上的《读书》月刊中，作者再次说道："我去年在原书里又校正了几处错漏，也修改了几处词句。"（此处指《围城》人民文学社 1985 年 8 月第四次印刷本）

《围城》最先发表于 1946 年 2 月 25 日至 1947 年 1 月 1 日的《文艺复兴》第一卷第二期至第二卷第六期，1947 年 6 月由上海晨光公司出版初版本，此后多次印刷，以人民文学出版社 1985 年的版本为定本。尽管作者在 1949 年前已对《文艺复兴》的初刊本大肆"痛删"，作了多次增删修改，但修改后仍然多有错讹，故 1980 年代后的版本仍然屡版屡错。作者 1980 年 2 月称，"这部书初版时的校读很草率，留下了不少字句和标点的错误"；1981 年称："我又改正了几个错字。"1982 年称，又发现"两处多年蒙混过去的讹错"；1985 年称："我去年在原书里又校正了几处错漏。"①　规模宏大的长篇小说，一边创作，一边连载，旋即又集结出书，错失在所难免，但屡版屡错，就属草率了。其学术著作《管锥篇》更是错讹多见，到底有多少处错讹呢？作者在《管锥篇》增订本《序》中说："原书错脱字句，无虑数百处，重劳四方函示匡正，若再版可期，当就本文刊订。"（《管锥编增订》，中华书局 1982 年 9 月版）"初版字句颇患讹夺，非尽校对排印之咎，亦原稿失于错漏所致也……其纠绳较多者，则有施其南、张观权、陆文虎三君；而范旭仑君，尤刻意爬梳，是正一百余处……应再版之需，请马蓉女士荟萃读者来教……勘正 500 余处。亦知校书如扫落叶，需免传讹而滋蔓

---

① 钱钟书：《围城·重印前记》，人民文学出版社 1991 年版，第 2 – 3 页。

草尔。"（《管锥篇·再版识语》，中华书局1986年6月再版）还自称总计三千余处，涉及内容的变动一千多处，期间有一个人就给他修正了各种错误500余处。一部学术著作，错讹竟达3000处之多，这在出版史上是少见的。无论是文学研究还是小说创作，无论是业余作者还是学者，钱钟书的创作态度务必严肃严谨。《围城》虽成于战争年代，也容不得文学创作和出版如此草率。

仓促成篇的原因各有不同，有客观的，也有主观的，主观原因多表现为创作态度的不严肃。年事略高的人应记得1991年《围城》（汇校本）那场官司。上海古旧书店编辑胥智芬收集当年发表在《文艺复兴》上《围城》的全部文字，交由四川文艺出版社出版了《围城》（汇校本）。由于这些原始版本的文字错误百出，有许多粗俗的描写，还有好多的句子文理不通，当年就受到了多方面的严厉批评，重新推出自然让作者有些难堪，钱钟书先生便将四川文艺出版社告上法庭，并撰文说他们是盗版书的"始作案者"，从而引发了那段公案。《围城》（汇校本）到底是一件可以矫正不良创作风气的好事，还是有损作者声誉的坏事？上海市中级人民法院既然做了判决，本文无意分析判决的对错。但是，过往的判决与过往的文学作品一道，都已成为历史。回顾历史，为的是不重复历史，使后来者严肃认真地从事文学创作。

《围城》某些失误缘于作者的性情和气质。一般说来，行事仓促者多性急，性急者多匆忙，匆忙时难免露出人性的弱点。钱钟书先生是一个真人，从不掩盖生性中粗俗的一面。其夫人杨绛在《记钱钟书与〈围城〉》中写道："极俗的书他也能看得哈哈大笑，戏曲里的插科打诨，他不仅且看且笑，还一再搬演，笑得打跌。""他父亲到北京清华大学任教……回家第一件事是命钟书、钟韩各作一篇文章……钟书的一篇不文不白，用字庸俗，他父亲气得把他痛打一顿。"[1] 无独有偶，1973年12月7日，早过"耳顺"之年的钱先生，也因小事棒打过比他年轻得多的林非[2]。可见《围城》的仓促成篇与作者的急躁性格有关。这就说明，《围城》的失误固然主要来自仓促成篇，但也不全然是仓促成篇所致。

---

① 杨绛：《记钱钟书与〈围城〉》，钱钟书：《围城》，人民文学出版社1991年版，第353页。
② 肖凤：《林非被打真相》，《鲁迅研究》1999年第12期。

三、郁达夫、梁斌、柳青、张炜之误

《沉沦》中主人公死前描写之口号化痕迹　郁达夫的《沉沦》（载湖南文艺出版社"郁达夫名著系列"《薄奠》第二篇），反映个性刚刚觉醒的一代知识分子的精神苦闷，本是清末民初汗牛充栋的留学生文学中难得的珍品，但出于作者观念的需要，结尾主人公死前的描写，具有浓重的席勒化痕迹。作品结尾处，主人公"他"跳海自杀时，回望西天，断断续续的三句吁天长叹：

"祖国呀祖国，我的死是你害我的！"这一句埋怨祖国的话，可作两种理解：一是怀国之痛的爱国主义情怀，二是文化恋母情结或者转嫁责任的表现。后一种理解与人物的心情更吻合。栖息域外的知识分子的精神家园多是母亲、自然、事业、祖国。当一个远离故国的人心中完全没有了母亲、自然、事业的位置，临死时想起祖国是必然的，这是文化恋母情结的表现。与此同时，作为一个自杀的弱者，总会把责任推给别人。据阿德勒的研究说："在每个自杀案件中，我们总会发现：死者一定会把他死亡的责任推归之于某一人。"① 诚哉斯言！作品中的"他"，逃避责任，自私懦弱，怨天尤人，死前埋怨祖国，是真实的，也是可信的。但是把这样一种精神状态的人的埋怨祖国，硬说成爱国主义思想，那显然是拔高了。

可是，自杀前的第二个心愿："（祖国）你快富起来，强起来吧！"明明显示出他是个具有强烈爱国主义思想的知识分子，这就很不真实了。原本此人只是一个彻头彻尾的性爱至上主义者，曾赤裸裸的呼喊："苍天呀苍天，我并不要知识，我并不要名誉，我也不要那无用的金钱，你若能赐给我一个伊甸园内的'伊扶'，使她的肉体与心灵全归我有，我就心满意足了。"这个性爱至上主义者，因没有获得情爱和性爱而人格沦落，痛苦中走向死亡，心中怎么可能有富国强民的爱国主义的理想在涌动呢？但是，作者为了突出人物的政治进步，不惜违背人物的思想性格逻辑，把时代最先进的思想强加到一个颓废痛苦的精神幽闭症患者的身上！

"你还有许多儿女在那里受苦呢！"这第三个愿望与50年后中国无产阶级先锋战士的"世界革命"理想如出一辙，它发生在一个自我封闭的幽闭

---

① 李今：《郁达夫早期小说中的自卑心态》，《中国现代文学研究丛刊》1988年第4期。

症患者身上，简直有些荒谬了。"他"曾把所有的人都当成了敌人，包括日本同学、留日同学和自己亲爱的哥哥。他与他们都断绝了联系，这样的人的心中除了他所日夜想要的女人而外，怎么可能装有天下苍生呢？这些，显然是作者的思想代替了作品中人物的思想，人物的嘴巴只是充当了作者思想的传声筒而已。死前三句呼喊的后面两句，显然过分拔高了人物的思想境界。郁达夫违背人物的思想逻辑，无限拔高主人公的思想境界，显然是把自己的政治理想，浪漫地投射到了小说中的人物身上，犯了"观念代替性格"的"口号化"错误。结果反而落入了"灰者嫌其赤，赤者嫌其灰"，两面不讨好的尴尬境地。

《红旗谱》的结尾"为了观念的东西而忘记了现实主义"　　《红旗谱》从中篇小说《三个布尔什维克的父亲》申发而来，虽然写新一代革命者没有老一代写得好，但却是以史诗的规模，深刻地揭示了中国新民主主义革命的特点，揭示了农民走上革命道路的必然性，仍不失为经典作品。结尾处张嘉庆拉着洋车和朱老忠在冀中平原上飞跑，让一个国民党的普通狱卒自动赶上来，连人带枪投向共产党的怀抱，坚决跟着共产党走。

> （张嘉庆和朱老忠）"跑到一棵大树底下，才放下车，想休息一会儿，后面有人扛着枪赶上来……是冯大狗……冯大狗说：我一看没了你们，能等着住军法处？抬起腿跑出来，出出城就看见你们，你们在头里跑，我殿着后，要是有人追上来，保管叫他嘴啃地！"说着，拿下枪来，拉一下枪栓，得意地笑了。
>
> 朱老忠说："好，咱回去有的使了。"……"老天爷，像是放虎归山呀！"
>
> 这句话预示，在冀中平原上，将要掀起壮阔的风暴啊！①

冯大狗何许人？国民党监狱的看守兵。他跟张嘉庆只不过是同乡，爱占小便宜，很羡慕张家有钱，张嘉庆顺手人情，把朱老忠带来的挂面和鸡蛋送给了他，无非只是让他睁只眼闭只眼，自己越狱时方便一点。张嘉庆并没有给他政治思想教育，对他也没抱任何奢望。即使张嘉庆给了冯大狗

---

① 梁斌：《红旗谱》，北岳文艺出版社2001年版，第443页。

政治思想教育，自私的、爱小利的冯大狗也断然不敢不顾身家性命，拖着枪在共产党没有实力的情况下自动跑到共产党营垒里来。革命低潮时期加入共产党队伍的人确实有，但那是真正的共产党人，坚定的无产阶级革命者，冯大狗与无产阶级革命者有天壤之别。这样写明摆着既违背了生活逻辑，也违背了人物思想与性格的逻辑。作者之所以这样写，据他自己说，完全是服从第二部《播火记》写高蠡暴动的需要。为了衔接二师学潮与高蠡暴动，为使第二部武装斗争的描写不至于让读者感到突兀，让两部小说转换得珠圆玉润，便有意安装上了这样一条光明的尾巴。殊不知这样一来反而犯了牵人就事的错误，犯了恩格斯所批评的常识性错误："为了观念的东西而忘掉现实主义的东西，为了席勒而忘记了莎士比亚。"①

《创业史》中徐改霞与梁生宝的爱情破裂写得矫揉造作 《创业史》第一部写解放初搞互助组，顺乎民心，并无错失。作者真实地描写了老一代农民精神负荷的沉重，新一代农民走共同富裕道路积极性的可贵，该书是为两代农民立传的碑牌式作品，堪称经典。但是，《创业史》对主人公梁生宝和他的恋人徐改霞爱情破裂的描写，是败笔。在现实生活中他们都是有模特儿的，梁生宝的模特儿是村支书王家斌，徐改霞的模特儿是与王家斌同村的一个姑娘，他与她后来确实没有成眷属。那是因为棒打鸳鸯而绝不是什么梁生宝为了工作而主动放弃了爱情。可是，作者不断淡化梁生宝爱的激情，硬要写成梁生宝为了工作，主动放弃对徐改霞的爱。据武汉大学金教授进行的版本考证，生宝和改霞最后一次在一起时，第一版写梁生宝"紧紧地搂住"徐改霞，第二版改为"搂住"徐改霞，第三版改为"想搂住"徐改霞，第四版时搂的想法和动作都没有了。不搂抱也就罢了，可梁生宝的语言行动简直是个冷血动物，不能不令读者反感。当时徐改霞本已下决心不去西安第三国棉厂，"要跟生宝过了……（而且）下定决心：从今以后，自己要主动，而不再像从前那样总等着生宝对她主动"。她一连五个晚上跑到对河下堡村路口白杨树底下的黑暗处等生宝。改霞守到第五个晚上，终于逮着一个机会与生宝走到一起，主动提起两人的关系问题。梁生宝与徐改霞在下堡村的会面是最后一次也是最关键的一次会面了，可生宝

---

① 恩格斯：《恩格斯致拉萨尔的信》1859 年 5 月 18 日，见扬州师范学院五院校编：《马克思恩格斯列宁斯大林文艺论著选读》，江西人民出版社 1983 年版，第 53 页。

呢？"共产党员的理智，显然在生宝身上克制了人类每每容易放纵感情的弱点。"生宝突然想起了："草棚院一大群组员等着开会哩。"徐改霞豁出去了说："我跟你一起去开会！""我在外边等着你！"生宝都不同意。他粗鲁地批评改霞："甭等哩，改霞！你放平稳一点吧，再甭急急慌慌哩，我这阵没空儿思量咱俩的事……好吗？改霞？就这样吧！"说着把改霞丢在一边，扯着大步走了。第二次世界大战的高层军事会议也没有如此紧急！草棚院几个穷哥儿开会就那样刻不容缓？这样的描写显然过于矫揉造作了。

《古船》中隋抱朴赎罪意识的虚假性 《古船》是一部对人类进行深刻反省的文化反思小说。致力于揭示人性的弱点，执着于对生命缺陷的修缮，同时还对"剥削阶级子女"的不公正待遇和艰难处境从人性的角度提出了控诉，很大气，也很深厚，不算经典也是名著。从当时来说，这种控诉和挖掘是超前的，有政治风险的。中央取消阶级成分的政策出台，时在1979年，《古船》虽出版于1987年，写作的时间当更早，况且80年代前段的政治气候乍暖还寒，不时出现些变化。倘若批判控诉"左"倾阶级路线遭到非议时，还能有所辩护。为了政治保险，作者不得已再三写到隋抱朴浓重的"赎罪意识"。《兄弟夜话》一章里，隋抱朴说：

> "我想的多，做的少，差不多只配坐在老磨坊里了。"
>
> "我一遍又一遍读《共产党宣言》……这不是一天两天能读懂的书，得用心去读，而不是只用脑。"（《古船》p. 231）
>
> "老隋家的人都是受过大苦的人，他们再也不敢为了自己活着。"（《古船》p. 232）
>
> "老隋家有着光荣的历史，老隋家的人保着粉丝大厂，让它发达兴盛，名声都到了海外，可最后还是保不住它。"（《古船》p. 232）
>
> "我刚刚记事起，父亲就整天算账，累得脸色焦黄。他从来不跟我笑……再后来……就是……外祖父死在青岛，妈得知了消息哭得没有气了……再后来，也就是父亲交出了粉丝厂，他变得轻松愉快了。可就是那一天，母亲敲折了自己的手指骨节，血通红通红洒在了饭桌上。"（《古船》p. 232）
>
> "不能再犹豫了，不能再拖拖拉拉，像死人一样坐在磨屋里了！""可我永远不会抛开镇上的人，不会从他们手里去抢东西。"（《古船》p. 233）

他忏悔，他赎罪，他绝不是在为他的家人赎罪，更不是在为自己赎罪。隋抱朴主要在为村里其他的人乱打乱杀和奸淫而赎罪——

> "到了七岁上，……一个地主的大少爷在外面读洋书，回来有事情……父亲跑了，正好他顶上"，无辜的地主少爷后来被活活打死了。
>
> "夏天…还乡团回到镇上了……点上一大堆火"，把一个只当了几天民兵的青年活活烧死了，还把40几个穷人活埋在一个大红茹窖里，其中还有一个80岁的老太太。（《古船》p. 227）

土改时，那个被地主先奸后死的女工的哥哥"拷打地主的女儿和儿子，"将地主的女儿奸污死了后，埋在沙滩上，可后来又把尸体挖出来绑在了树上"奸尸"。作品具体展示了被奸后少女的尸体的不堪入目，就是要表现人无分阶级、无分男女、无分老少，都是罪孽深重，从而引出隋抱朴的感慨："人哪，让人最害怕的绝不是天塌地陷，不是山崩，而是人本身，人要好好寻思人。"（《古船》，p. 227）——从而表达了小说批判人性恶的深刻主题。

赎罪意识来自原罪意识，原罪意识来源于西方基督教《圣经》的偷吃禁果，认为人生下来就有罪的，自己也有罪。在承认自我有罪的前提下甘心为自我并为别人赎罪，这才是真正的"原罪意识"。大凡心怀负罪感的人绝不会怨天尤人，更不会愤恨别人对不起自己，因为"主"要求他的子民宽恕一切人，唯独不要宽恕自己，自己是要上帝来宽恕的。张炜以赎罪意识为思想武器来修缮生命的缺陷，其实只是个艺术幌子。赎罪意识建立在原罪意识的基础上，然而中国人宗教观念淡薄，几乎没有原罪意识。而且，更重要的是，隋抱朴心中的赎罪意识从根本上讲是不存在的。作品虽然反复表明，隋抱朴总觉得自身有罪、老隋家有罪、全村人有罪，因而整天坐在磨坊里赎罪，忏悔。但是，实际上，他觉得自己和全家根本没有罪！有罪的只是村里的芸芸众生。真正的赎罪者不但自己心甘情愿地赎罪，同时还要规劝那些怨恨别人的人努力洗刷自己心中的罪过。可是《古船》中隋抱朴和隋见素兄弟，有着浓厚的怨愤意识和愤懑情绪。他俩心中所要的是别人向他赎罪，而不是他向别人赎罪。明知见素心中与村里人有不共戴天之恨，隋抱朴并没有对其进行悔罪教育，相反，他还对弟弟火上加油地说：

　　"见素，我们的日子就是这么过来的，一天一天地捱，我们差不多都没有痛快地笑过一次，不知道笑是什么滋味儿，不愿出门，不愿见人，就是在自己院里走路也是轻轻的，我那时候怕任何声音，做饭时锅盖不小心掉在地上发出响动就赶紧四下里看一看……见素，几十年来我就仿佛在等待着被谁来干掉，小心得不能再小心。"（《古船》，p. 231 –232）

　　在兄弟情绪的相互影响下，隋见素简直成了报复狂、仇恨狂。当周燕燕表示要和隋见素断绝爱情关系时，遭到了隋见素恶狠狠的劈头盖脸的一顿臭骂：

　　"我隋见素……完完全全的……把你干掉，这真是你的大福！……你这个胆小鬼，没见过世面的黄毛丫头，毫不讲信义，不讲感情……翻脸就不认人！……你这样的人就是给华益公司总经理准备的，就适合给那些狗杂种……你认为是我骗了你，我没有背景没有钱…，是我的头衔，名片，我这身装束和举止蒙骗了你吗？可是谁规定了我这样的人就不准有那样的头衔，不准印精美的名片，穿好衣服，不准有文雅的举止，是你规定了？你吗？或者是像你一样的蠢东西吗？你又是什么，你不是辞职跑进城里来的吗？你比我那里高贵？是你自己认为你高贵。我倒认为我们老隋家高贵。你查查历史，站在你跟前的这个人，他的家族在几座大城市都有过产业，影响到了海外，辉煌了几辈子，只是近几十年才缩到了一个镇子上……老隋家的苦难已经够多了，轻易不把心交给那个女人，交给了你，你就再也不能伤害……你就是我的，已经是我的……"（《古船》，p. 277 –278）

　　这是何等横蛮、霸道！把几十年的压抑着的仇恨都愤怒地、一股脑儿地发泄到了周燕燕的头上！当然不只是失恋之恨，还有失去显赫家族、失去巨额祖产、失去位置之政治历史之大恨。时日越久，其恨越深。隋抱朴如果真有赎罪意识，就会批评、规劝他的弟弟，可是隋抱朴反而把仇恨一切的弟弟引为同调！深为赞同和欣赏。应当承认，中华人民共和国成立头三十年，"左"倾政治路线，家庭出身是"剥削阶级"的子女，受到的歧视和打击，是不合理的，是令人同情和引为深刻的历史教训的。隋见素心中怨愤，也是自然的。隋抱朴有同样的情绪和感受也是自然的。不过，这样一来，书中所写抱朴的忏悔意识、赎罪意识，只能是完全虚假的了。

四、误在急功近利

仓促成篇总是与急功近利紧密相连　急于发表固然有满足读者阅读欲望的考虑，但绝不排除也有个人生活窘迫，为稻粱谋，为名利计的因素在内。急功近利，仓促成篇，也不只限于上述作家作品。茅盾1957年10月3日写于北京的《写在〈蚀〉的新版的后面》中说得非常明白："《幻灭》的写作时间一共花了四个星期……第一次写小说，没有经验，信笔所之，写完就算。那时正等着换钱来度日，连第二遍也没有看，就送出去了。等到印在纸上，自己一看，便后悔起来，悔什么呢？悔自己没有好好利用这份素材。"在谈到《追求》时他又说："那时候，我是现写现卖，以此来解决每日的面包问题，实在不可能细细推敲，反复修改。印出来后，自己一看，当然有些不满意，有时是很不满意，可是这时候如果再来修改，谁也不肯再付钱，而我又家无余粮可以坐吃半月一月……20多年后写《霜叶红于二月花》，也是预支了钱，期限届满，非交稿不可，匆匆赶出来，没有再看一遍就送出去了。"

当然，急功近利主要表现为另一种情形：团体功利，革命功利，政治功利。如果说《家》《子夜》《围城》三部小说的失误主要来自"仓促成篇"，其中夹杂着一点物质上的功利需求的话，那么，《沉沦》《红旗谱》《创业史》《古船》四部小说的"急功近利"，主要侧重于革命的、政治的功利。

文学追求"政治功利"，在《沉沦》等五四新小说中初露端倪，20世纪30年代普罗文学中比较明显。茅盾1922年撰文《学者的使命》就明确地提出了文学"要为无产阶级文化尽宣传之力"。郭沫若1926年5月写的《革命与文学》中说："我们所要求的文学是表同情于无产阶级的社会主义的写实主义的文学。"① 此后，"开创无产阶级文学新纪元"的毛泽东的

---

① 郭沫若语，转引自杨义：《文化冲突与审美选择——二十世纪小说文化分析》，人民文学出版社1988年版，第145页。

《在延安文艺座谈会上的讲话》（以下简称《讲话》），明确地规定了，文艺是"整个革命机器的一个组成部分，作为团结人民、教育人民、打击敌人、消灭敌人的有利武器，帮助人民同心同德地和敌人作斗争"。提出了文学批评"政治标准第一，艺术标准第二"，并且严正地指出，"我们是无产阶级的革命的功利主义者"。① 《讲话》以后，尤其是在新中国成立后的头三十年中，革命功利的追求，已成为文学创作一个不可移易的目标。为贯彻《讲话》的精神，陈荒煤在《向赵树理方向迈进》一文中总结了赵树理创作方向的三个特点：第一，作品有很强的政治性，阶级立场鲜明；第二，创造了生动活泼、为广大群众所欢迎的民族新形式；第三，具有高度的革命功利主义精神。② 这样一来，追求革命的功利成了当代作家、评论家的首选目标。在这种情势下，梁斌的《红旗谱》为了宣传革命高潮的到来和武装斗争必然性的思想，自然要采用冯大狗拖枪跟着共产党的结尾方式了。其实，不只是一部《红旗谱》，其他一些当代长篇小说，乃至新历史时期部分伤痕文学和改革题材文学作品，都不可避免地受到政治功利导向的制约。政治与文学关系越密切的时段，文学的政治功利色彩越浓，已是不争的事实。"水至清则无鱼"，在现存社会中，文学作品完全杜绝功利色彩是不可能的，但急功近利，甚至因此而违背历史真实与艺术规律，就应该规避了。

追求政治功利的另一种形式是政治避讳 柳青《创业史》书写徐改霞与梁生宝的爱情破裂，矫揉造作的根本原因是政治避讳，不敢秉笔直书。当时的实际情况作者讳莫如深，但模特儿王家斌和他的恋人的婚姻破裂，完全是因为第三者而打散了鸳鸯却是既定的事实。第三者是谁，有两种说法：一是徐改霞的模特儿参加县里文艺汇演时，被一个转业到地方的未婚老团长看中，县里做工作，徐改霞被迫名花易主了。当时中央有精神，地方政府一定要帮助转到地方的、因打仗耽搁了婚姻大事的解放军军官解决老婆问题。不仅是军官，还有士兵；不仅是解放军，还有起义投诚的国民党军官兵都需要解决这个问题。20 世纪 50 年代初，为解决跟随王震进疆的十万解放军官兵和原在新疆的陶峙岳的国民党十万起义官兵的婚姻问题，稳定边防，建设边疆，曾动员山东寡嫂、上海妓女、湖南八千湘妹子上天

---

① 中共中央文献研究室编：《毛泽东文艺论集》，中央文献出版社 2002 年版，第 49 - 68 页。
② 陈荒煤：《向赵树理方向迈进》，黄修已编：《赵树理研究资料》，北岳文艺出版社 1985 年版，第 197 页。

山，让数以千万计的青年女子在边疆生活工作、生儿育女、安营扎寨，为巩固和建设边疆立下了不可磨灭的历史功勋。徐改霞嫁给老团长，只是建国初千千万万个青年女子与革命军人革命婚姻中的一例。二是一个部队转业的连长，手中有点钱，徐改霞的模特儿跟了那连长了。不管哪种情况，柳青如果能够如实写来，反而更有深度，更有历史感。但是当时的作者不敢如实书写，害怕会给我们的党和军队政治上"抹黑"，故而有所避讳，实系不得已而为之，说穿了还是出于政治功利的考虑。为了政治功利，柳青也只得采取了成全政治、损害艺术和历史的写作策略。从今天的国情和政策看，那种避讳完全不必要，但在当年，不避讳可能带来灭顶之灾。当然，当年柳青如果真的不怕死，即使不能全部如实书写，哪怕是比较含蓄地照实书写，那小说的艺术价值和历史认识价值可要强得多了。至于"根据形势而创作，跟着变化而修改"，像柳青死前修改的《创业史》中加进对"刘少奇修正主义"的批判文字，那已经是因政治功利观念过重而造成的永远的遗憾和残酷的讽刺了。

追求政治功利还有一种消极形式：政治避祸 在"左"倾错误未能彻底肃清的年月，避免政治麻烦，防止政治后遗症，作家不能不认真考虑。张炜的《古船》为什么在隋氏兄弟对"左"倾政治严重不满的真实感受前面硬加上虚伪的赎罪意识呢？主要是，当时的政治气候还不是十分开放、开明，出于政治的后怕，作品中的人物既要发泄几十年受压抑的痛苦的情绪，又怕牵连作者而不敢公开地、堂堂正正地发泄；既要触动几十年的阶级政治的偏颇，又要求得政治保险，既要表达对人性恶的批判，又怕这个批判带来政治麻烦，只好撒一个奇大无比的烟幕弹，用"赎罪意识"来事先遮掩和搪塞。作者用心良苦，反而让《古船》留下明显的缺陷，作品的思想震撼力受到损害。张炜和柳青对政治功利的追求，在程度和质地上有很大的不同，但成因完全一样：他们的失误，都是时代的局限造成的。

五、结论

上面分析的七部小说，或急功近利、或仓促成篇，它们分别在上世纪20、30、40、50、60 和80 年代创作出版，且都是大家名作，这说明，"急功近利、仓促成篇"在中国新文学历史中虽然断断续续，却是一以贯之的，它确已成为中国新文学的负面传统。深究之，新文学中这一不良风气的起因还可以上溯到晚清。新小说发生前后一个突出的文化现象，是报纸媒体的兴起，中长篇小说被报章杂志抢着连载。茅盾的《子夜》尽管没有连载，写作之初还是准备连载的。茅盾原打算将《子夜》于 1932 年开始在小说月报上连载，因上海"一·二八"战事爆发，送去的手稿副本被毁而告吹。根据上海师范大学刘永文博士的统计，1912 年以前的报纸媒体中，有 47 家报纸设得有小说专栏，共刊登小说 1456 件。小说界革命以后，特别是新文学发生以后，报纸刊登小说，中长篇小说居多，作品一边创作一边被报纸、刊物连载的情形就更普遍、更频繁了。到了 20 世纪初，随着报刊业的迅猛发展，小说的面世形式转为以报刊连载为主①。1903 年 4 月，《世界繁华报》开始连载李伯元的长篇小说《官场现形记》，据孙玉声回忆："《官场现形记》说部，刊诸报端，购阅者足踵相接，是为小说报界极盛时代。"报纸媒体的出现一方面促进了中国小说的发展，特别是长篇报章小说"随著随刊，既省笔墨之劳，又节刊印之资，而阅者又无不皆有不易终篇之憾"②，扩大了中长篇小说的传播范围，推进了小说的平民化进程；另一方面，由于现代小说创作难以满足读者的需求，往往是作家还没写完，编辑就等着发稿，也带来小说创作的匆忙。鲁迅的《阿 Q 正传》，原载 1921 年 12 月—1922 年 2 月 12 的晨报副刊，鲁迅说："孙伏园最善于催稿，每次来都是笑嘻嘻的。"鲁迅最害怕他来催稿子。后来趁他外出，赶忙让阿 Q 走向刑场，斩首了。鲁迅说得很诙谐，他当然是按照阿 Q 的思想性格和故事的逻辑发展，"止其所不得不止"。自 20 世纪 20 年代末期以来，鲁迅碰到的情况，是个普遍现象。可是，像鲁迅这样的大师，在任何情况下都能让人物命运服从思想性格逻辑的发展，将进步的政治倾向与艺术规律完美结合，能有几个呢？20 世纪 30 年代以来，不是一个作家，一个作品，而是多个作家，多个作品，都有仓促成篇、急功近利的毛病。新文学这一不良风气，新时期以来更为严重，以至成了一个传统。中国现当代的一些小说家，才具平平，但他们成书之神速，令曹雪芹、托尔斯泰也望尘莫及。当代一些小说家创作不打草稿，他们逞才显能，以一次性写作成功为骄傲。甚至公然打出"短篇不过夜，中篇不过周，长篇不过月"的旗号。这种情形大概是想

---

① 姚鹏图：《论白话小说》，陈平原等编：《二十世纪中国小说理论资料》第 1 卷，北京大学出版社 1989 年版，第 150 页。

② 孙玉声：《推醒庐笔记》，欧阳健：《晚清小说史》，浙江古籍出版社 1997 年版，第 55 页。

仿效茅盾写《子夜》的样子。茅盾在 1977 年写的《子夜写作的前前后后》中回忆说，构思很费工夫，写作时"一气呵成，很少改动"，原稿十分整洁。可真正才如茅盾的又有几个呢？流风所及，直接影响到了"80 后"的青春小说家。村上春树说得十分明白："想写就写，想怎么写就怎么写，绝对不考虑慢慢写的叮嘱与忠告，任何高贵、经典、文本、抒情、意境到了我们这里统统失效，用得多的话就是——当下我们玩诗。"①

我们不否认好作品是流出来的，可遇不可求，但好作品更是呕心沥血改出来的，天才是极少数。即便是天才，花不多的精力写出来的东西，没有瑕疵，没有纰漏，没有硬伤，十全十美，未之有也。

急功近利、仓促成篇的写作风气，对经典名著尚且有如此明显的侵袭与腐蚀的作用，对一般的作家作品的危害更自不待言了。愿中国新文学急功近利、仓促成篇的负面传统早日进入历史的博物馆！

（2007 年 10 月于长沙市雨花区阳光花园）

（原载于《湖南文艺六十年·文艺评论卷（上）》，湖南人民出版社 2013 年版第 192 页）

---

① 月千川：《春树文学中的性、谎言及其他》，黄浩、马政主编：《十少年作家批判书》，中国戏剧出版社 2005 年版，第 103 页。

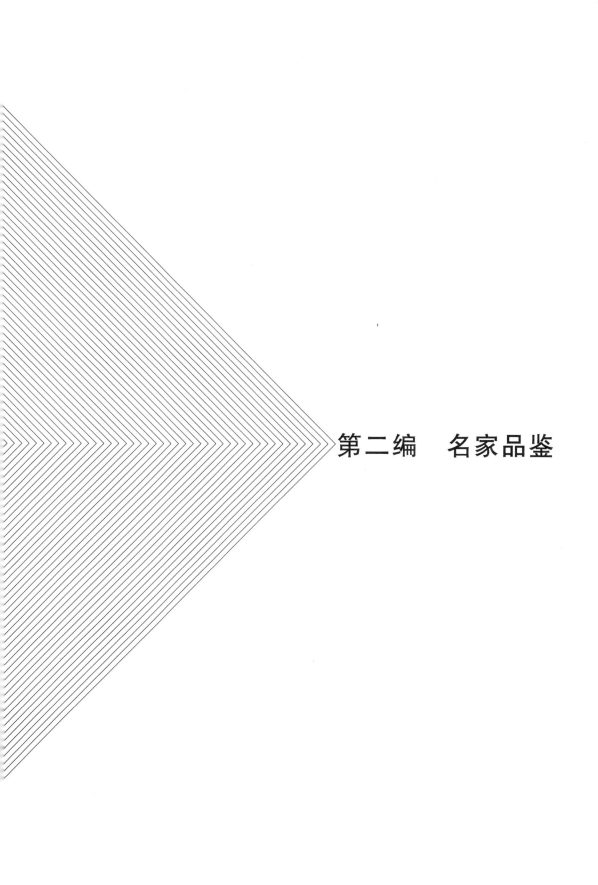

第二编　名家品鉴

诗卷长留天地间

——试论毛泽东诗词在中国文学史上的地位和影响

在灿烂的中国文学史上，出现过许多享有盛名的诗人，他们以自己的艺术成就，赢得了人民的热爱，确立了各自的地位。李白，被人们赞为"诗仙"，杜甫，被人们誉为"诗圣"。毛泽东既是当代伟大的马克思主义者，也是伟大的诗人。"推翻历史三千载，自铸雄奇瑰丽词。"毛泽东在领导中国革命的半个多世纪中，以其博大精深的思想、伟大质朴的领袖风度和感情炽烈的诗人气质，熔铸出无比壮丽的诗章。毛泽东诗词，不但是无产阶级革命斗争的锐利武器，而且是我国文学宝库中瑰丽的奇珍。诗词以旧体形式反映了无产阶级革命时代的斗争生活，记录了我国无产阶级新纪元诞生的历史，把我国旧体诗词推向新阶段，为无产阶级诗歌创作提供了丰富的经验。在我国诗歌史上，它承先启后，继往开来，永远照耀着我国社会主义诗歌的繁荣和发展。

一、现代诗歌中的艺术珍品

毛泽东诗词不是孤立的文学现象，它与我国现代诗歌同时产生，负同一使命，取同一步伐，属于我国无产阶级革命条件下的现代诗歌。我国现代诗歌，从它的萌芽——五四前夕算起，迄今约六十年历史。毛泽东诗词创作的历史与目前为止的我国无产阶级诗歌发展历史几乎一样长。六十年来，在中国共产党和毛主席的领导下，中国革命由旧民主主义到新民主主义，由新民主主义到社会主义，发生了翻天覆地的变化。毛泽东诗词和我国的新文学、新诗歌，就是在这样一个革命变革的时代里产生并发展起来的。随着由旧文学到新文学，由文学革命到革命文学，由革命文学到无产阶级的社会主义文学的发展过程，我国现代诗歌也走出了一条光辉灿烂的道路。五四时期的新诗运动，以摧枯拉朽之势，反对封建，提倡民主，反对迷信，提倡科学，推动了五四新文化运动和五四革命运动。特别是郭沫若的《女神》，奠定了我国现代诗歌的基础。新民主主义革命时期广大新诗人的诗歌，反映了现实生活的各个方面，抨击黑暗，歌颂光明，确立了中国现代诗歌自觉地为革命斗争服务的优良传统。特别是殷夫等革命烈士的诗作，汹涌着无产阶级的激情，洋溢着革命的理想和信念，"是东方的微光，是林中的响箭，是冬末的萌芽，是进军的第一步，是对于前驱者爱的大纛，也是对于摧残者的憎的丰碑"。① 社会主义革命时期，贺敬之、郭小川等许多革命诗人的诗作以及大跃进民歌，"四·五"诗歌运动，把诗歌推向社会主义阶段，有力地促进了我国社会主义革命及建设事业的发展。毛泽东诗词伴随着新诗的产生而产生，伴随着新诗的发展而发展，是我国现代诗歌的重要组成部分。在20世纪20年代，毛主席的《贺新郎·挥手从兹去》《沁园春·长沙》《菩萨蛮·黄鹤楼》等诗篇，如"一线阳光穿云出，愈见娇妍"反映了那个时代诗歌最高的思想成就。20世纪30年代，当鲁迅赞美殷夫的诗"属于别一世界"时，毛泽东诗词已生动地记述了这"别一世界"的人民革命、生活和斗争。新中国成立以后，更成了我国社会主义诗歌的最强音。由此可见，毛泽东诗词是我国现代诗歌中最精粹的部分。

在我国现代诗歌中，毛泽东诗词有它本身的特点和杰出的成就。毛泽东诗词是旧体形式的现代诗歌。毛主席是采用格律诗和长短句的传统形式来表情达意的。除个别地方于韵律稍有不合外，一般均严格地遵守着平仄规则。毛主席在诗词创作中并没有改变唐以来的格律形式，而是在固定的格律形式内驰骋自如，像没有格律的约束一样。同时还能依据思想内容和感情色调的需要选取最合适的格律形式，使新的内容与旧的形式二者有机统一。毛主席不是消极地复活古典诗词，而是进行了极大的革新和改造。几十年来，毛主席以科学的无产阶级世界观、丰富的生活阅历、深厚的文学修养，写下的脍炙人口的好诗，使我国旧体诗词得以发扬光大。他的诗词，以无产阶级革命斗争为题材，以无产阶级爱国主义、国际主义、革命英雄主义和共产主义理想为灵魂，以革命现实主义与革命浪漫主义相结合为主要的创作方法，展现了与历史上任何旧体诗词截然不同的风貌。可以

---

① 鲁迅：《白莽作孩儿塔序》，林非主编：《鲁迅著作全编》第2卷，中国社会科学出版社1999年版，第1071页。

说，毛泽东诗词是以旧体格律形式为衣饰，带着无产阶级的阶级使命和时代风云进入当今诗坛和我国诗词历史的。回顾我国旧诗词，近三千年来，经过诗经、楚辞、汉赋、唐诗、宋词等几个发展阶段，真是繁花似锦，气象万千。"五四以来的文学革命运动，提倡诗文口语化，要写白话文，作白话诗，这条路是正确的"，但"五四运动全盘否定旧诗词，搞新诗"，显然带有片面性①。毛主席写下的旧体诗词，不但给我国优秀的传统诗词形式注入了新的血液，增添了新的生命，而且，对五四新文学运动不足的一面起了纠偏补正的作用。在毛泽东诗词影响下，经老一辈革命家的响应，我国旧体诗词逐步复兴，终于使一个拥有三千年历史的、经过千锤百炼的民族文艺形式重新获得生命，并在当代文坛上争得了重要的一席，这是难能可贵的。

毛泽东的诗词，是以"诗史"的姿态出现在现代诗苑中的。他的诗词的一个突出特点，就是把革命激情的抒发与对重要历史事件或革命斗争的叙写结合起来，是中国无产阶级革命和社会主义建设的壮丽画卷，是无产阶级和革命人民艰苦创业的胜利史诗。目前公开发表的毛主席四十三首诗词，通过对反军阀斗争和对大革命运动的深切关注，对井冈山斗争和长征壮举的热情赞颂，对抗日战争和解放全中国的高昂咏唱，艺术地概括了我国艰苦卓绝的新民主主义革命的战斗历程。毛泽东诗词，忠实地记录了我国无产阶级近半个世纪所走过的历史步伐，深刻地反映了两个革命阶段中宝贵的传统和丰富的经验，展示了无产阶级崇高的精神世界和共产主义远大理想。在现代诗歌史上，乃至在中外文学史上，从来没有一个诗人像毛主席这样，把一个新兴革命阶级斗争的胜利历史反映得如此深刻、如此真实、如此生动丰富！恩格斯曾高度评价但丁说："中世纪的终结和现今资本主义时代的开端，是由当时一位大人物表征过的。这位人物就是意大利人但丁，他是中世纪最后一位诗人，同时又是新时代的最初一位诗人。"恩格斯还热切地希望："新的历史纪元正在到来。"意大利是否会给我们提出一个新的但丁来把这无产阶级新纪元的诞辰表白一下呢？我们的伟大领袖毛主席，一方面领导人民群众开创了中国无产阶级的新纪元；另一方面，又用如椽的诗笔，忠实地记录了我国无产阶级新纪元诞生的历史。

---

① 陈毅等：《诗歌座谈纪盛》，《诗刊》1962 年第 3 期。

毛泽东诗词的又一个突出特点就是，诗作又是诗人本身革命实践的记录，它深切地表现了诗人自己在不同革命阶段深刻的感受和高尚的情怀，从一个侧面反映了诗人一生的战斗经历。由于毛主席一生的经历紧密地联系着中国革命斗争的历程，他个人的命运紧密地联结着党、民族、国家和人民的命运，因此，他的诗词，不仅是自己革命实践的记录，而且反映了无产阶级的代表人物——老一辈无产阶级革命家，在马克思主义指导和无产阶级政党领导下，在改造中国和世界的斗争中，所走过的历史道路，反映了无产阶级代表人物的成长过程。这就更增加了作为新纪元诞生历史记录的史诗的丰富性、生动性和深刻性。综观毛主席用形象思维写成的这部完整的、感人至深的无产阶级革命和建设的历史，既有纵的线索和各个时期的轮廓，又有横的断面和重要历史事件的画幅；既可以看到群众斗争的暴风骤雨，又可以感受到革命领袖人物个人的心潮。毛泽东诗词所取得的"史诗"般的巨大成就，在我国现代诗人中没有人达到了的，我国现代诗歌中系统记录无产阶级革命历史的成功诗作的确极少，这就使得它在我国现代诗歌中更加珍贵。毛泽东诗词思想的博大和艺术的精美，形成了它独特的美学特征。这个特征，我们可以借用郭沫若在《读毛泽东诗词》中提到的、源于《孟子》的那个"大而化"来概括。这里所说的"大而化"主要包括如下两个层面：一个是"大"，"大"指美的现象形态，由"大"而表现为崇高的美；一个是"化"，"化"指美的表现方法，由"化"而形成辩证的美。可以说，由"大而化"显示的崇高美和辨证美，是毛泽东诗词美学的两个最基本的特征，正是这两个特征构成了它特有的美学价值和特殊的美学个性。它在中国文学史上的地位，犹如毛主席在中国革命历史上的地位一样，是杰出的，永垂不朽的。

二、旧体诗词的新阶段

毛泽东诗词不但是无产阶级革命斗争的产物，而且是在我国古典诗词的雄厚基础上开出的奇葩。毛主席在以革命斗争为创作源泉的前提下，批判地继承了我国古典文学的优秀遗产，并大胆进行革新创造，所以他的诗词，不但具有我国旧体诗词体积小、容量大、音调和谐、高度凝练的特点，而且表现了无产阶级革命时代最先进的思想和最高尚的情操，从而把我国旧体诗词推向新的发展阶段。

毛泽东诗词体现了领袖和诗人的双重特点，每一首诗词，都高瞻远瞩，襟怀开阔，闪耀着马列主义、毛泽东思想的光辉；每一首诗词，都才思横溢、文采斑斓，是诗林词苑中的珍品。毛主席诗词是我国旧体诗词的新阶段，主要表现在：

第一，把我国旧体诗词中抒情言志的诗歌提到了前所未有的新高度。毛主席唯其首先是革命家，其次才是诗人，所以他的诗词中，对社会、历史、人生及重大事件抒发政治主张或个人情怀的诗篇占很大的比例。在这类诗作中，有的表现了战斗的人生观，有的表现了对革命中重大问题的深切关注，有的表现了崇高的共产主义理想和坚定信念，有的揭示了社会发展的规律，有的表现了毛主席对祖国和人民的无限热爱和包容宇宙的广阔情怀，等等。总之，从早期的政治抒情诗，到晚年的政治讽刺诗，无不饱含了深刻的哲理，无不表现了一个无产阶级革命领袖坚定的立场、深刻的思想、卓越的见地，贯穿着无产阶级毁灭旧世界、建设新世界的革命进取精神，确是我国抒情言志诗歌中的佼佼者。在我国文学史上，不少政治家式的诗人或诗人式的政治家，他们也写下了不少抒情言志的进步诗篇，但他们这方面的作品，不可避免地带着那个时代、那个阶级的局限性，存在着不同程度的消极悲观思想。就是如杜甫这"穷年忧黎元，叹息肠内热"的"人民诗人"，对于人民的反抗，还是要"安得鞭雷公，滂沱洗吴越"，主张镇压；就是像曹操这样"壮心不已"的充满进取心的诗人，也免不了抒发"对酒当歌，人生几何"的慨叹。唯毛泽东诗词，才第一次真正唱出了人民的声音和时代的最强音，才与一切剥削阶级消极悲观、颓废厌世思想完全绝缘了。诗词中只有无产阶级的伟大抱负在磅礴四海，只有无产阶级思想和共产主义精神在教育人民。这对于过去一切抱恨而终的爱国诗人来说，是给予了无形的批评和最后的安慰。

第二，毛泽东诗词把我国文学史上关于战争题材的诗作推到新的阶段。毛主席不但是伟大的政治家、诗人，而且是伟大的军事家，他用兵如神，亦用笔如神，是咏唱军事题材的高手。他笔下的战争诗，从写"反围剿"到中华人民共和国成立后咏民兵活动，抒慷慨、写鏖战、记长征、状伏击、咏行军、题民兵，天锦云章，织出壮美绚丽的人民战争的不朽画幅。歌颂了人民群众为自己胜利而战的正义战争，批判了"洒向人间都是怨"的非正义战争，塑造了人民军队英勇顽强、所向披靡的英雄形象。臧克家说：

"眼处心生句自神，暗中摸索总非真。"由于毛主席一生带兵率将，打过几十年仗，所以他笔下的军事诗，不但在思想上超过历史上同类诗作，而且在表现生活的深度、广度和生动真切上，在艺术的概括能力上，都不亚于甚至超过了历史上的同类名作。我国历史上的战争诗，虽有不少思想、艺术都比较好的作品，在一定程度上反映了人民的愿望和要求，表现了一定的爱国爱民的思想，但由于作者阶级的限制，思想和生活的限制，诗作大都超不出封建王朝的立场或民主主义立场。写得比较真切的唐朝"边塞诗"，也多数停留在诉说沙场苦、离别恨。唯毛主席的军事诗截然不同，每一首军事诗，都是一曲高亢的、乐观的人民战争的歌。毛主席关于战争题材方面的诗歌，把我国传统诗词中这类诗歌提高到人民战争颂歌的新高度，从而大大地发展和推动了我国关于军事题材的诗歌创作。

第三，毛泽东诗词把我国旧体诗中的"咏物词"和伤友悼亡的诗词提到新的水平。自屈原写下我国第一首咏物诗《橘颂》以来，到六朝开始一直较为流行咏物诗。咏物诗与抒情诗的区别在于：抒情诗以所抒之情为主，物随情转；咏物诗以所咏之物为主，情由物托，意由物显。咏物诗是诗词创作中难度最大的一种劳动。宋人张炎在《词源》中说："诗难于咏物，词为尤难。体稍认真，则拘而不畅，摹写差远，则晦而不明。"毛主席以革命浪漫主义手法，使笔下的"咏物词""畅而不拘"，以革命的现实主义手法，使"咏物词"摹写本质，"用晦而明"。他的《卜算子·咏梅》，是六朝以来一切咏物诗词中的绝唱。毛主席笔下伤友悼亡的诗作，既吸收了我国历史上悼念作品造语回环、感情真挚的优点，又打破了古人在这类诗词中哀存亡异路、叹死生契阔的陈框旧套，从而远远地超过了古人。《蝶恋花·答李淑一》表现的崇高思想和艺术成就，在我国历史上的伤友悼亡之作中，没有能够与之媲美的。毛泽东把伤友悼亡的诗词和咏物词提高到了用共产主义思想和感情教育人民、陶冶性情的新水平。

第四，毛泽东把我国旧体诗中描写个人生活情趣的诗歌大大推进了一步，提高到表达共产主义情怀的新高度。归故乡而咏怀，这是古今诗人皆有的雅兴。过去，刘邦《大风歌》的"居安思危"被历代称道，但与毛主席的《到韶山》相比，那"威加海内兮，归故乡"的个人优越感与毛主席"遍地英雄下夕烟"的历史唯物主义思想怎可同日而语？那"安得猛士兮，守四方"的地主阶级后顾之忧与毛主席"敢教日月换新天"的共产主义理想有很大差别。这种差别，正是不同时代、不同阶级的代表人物思想情怀上的差距。毛主席与友人的馈赠诗、唱和诗，也是金声玉振，不同凡响。《赠柳亚子先生》《和郭沫若同志》《答友人》等，既包含了诗人对朋友的深情，又没有停留在个人之情上，而是生发开去，融入新意，表现了深刻的人生哲理，蕴含着无产阶级的政策、策略思想。它们既是真理的概括，又是友情的结晶；既可以看作革命的指南，又可以看作人生的教科书。在阶级社会中，每个人的生活情趣是受着阶级的制约，并由个人的理想、情操和道德修养决定的。这就决定了历史上任何诗人反映个人生活情趣的诗歌都有这样或那样的缺陷，都不能与毛泽东诗词中这方面的诗作相比拟。

总之，毛泽东诗词无论思想内容还是艺术技巧，都把我国旧体诗词推向了新的发展阶段。作为文学发展的一条轨迹，旧体形式的诗词表现剥削阶级思想意识的时代已经过去，表现无产阶级新的思想和感情的时期开始了。

三、社会主义诗歌创作中雄健的一翼

社会主义诗歌创作，无疑应以新诗为主体，用旧形式反映新内容，只是一个次要的方面。从这个角度说，毛泽东诗词是社会主义诗歌创作中的一翼。但是，毛泽东诗词在我国诗歌发展的历史转折时期产生，在旧体诗和新诗之交出现，自成一家，在中国诗歌史上，承先启后、继往开来，对我国社会主义诗歌创作产生了并继续产生深刻的影响。诗词以其巨大的思想成就与艺术创造性，为我国社会主义诗歌创作提供了宝贵经验，树立了光辉榜样。毛泽东诗词与我国古典诗词有着深厚的历史联系，又是改造现实的战斗武器，它在批判继承、党性原则两方面是无产阶级社会主义诗歌创作的典范，这是不言而喻的。此外，在探索新的创作方法、实现艺术个性化、开创新诗风等方面，也有很好的经验，对社会主义诗歌创作给予了深切的指导，发挥了极大的推动作用。所以，毛泽东诗词在我国社会主义诗歌创作中绝不是平凡的一翼，而是伟大的、雄健的一翼。

第一，毛泽东诗词成功地实践了新的创作方法——革命现实主义和革命浪漫主义相结合。现实主义与浪漫主义的结合，这是中外美学家、文学家多少年来一直追求的。德国的席勒在1795年发表的《论素朴的诗与感伤的诗》中，指出素朴的诗直接反映现实、感伤的诗表现理想之后，提出了

一个设想："但是还有一种更高的概念可以统摄这两种方式。"俄国的别林斯基在描写诗人的崇高任务时也说："诗人……是这时代现实王国中的一个公民；一切发生过的事物都应该在他身上活着。社会希望在他身上见到的不是一个提供娱乐的人，而是他自己的精神理想生活的代表者，是对最难问题提出答案的预言者。"高尔基更明确地提出："是否应该寻找一种可能性，把现实主义和浪漫主义结合成为第三种东西，即能够用鲜明的色彩描写英雄的现实生活，并用更崇高更适当的语调来谈论它呢？"在我国，也有文论家作过类似的寻求。这个问题，终于由毛主席初步解决了。作为创作方法，我国有自《国风》开启的现实主义传统和自《离骚》开启的浪漫主义传统。两者如双水分流，各呈其态。中虽偶有结合，但毕竟是相互独立，各以自己的养料哺育着历代诗人。到了毛主席手上，这两个最大的进步的文学流派被挽在一起，汇成洪流，激荡起巨大的浪花。毛主席扫除了旧现实主义目光短浅的缺点，从现实的描写中展现共产主义理想；扫除了过去浪漫主义者在抒发理想时或流于空泛、或失之虚浮的弱点，让理想之花深深扎根在现实生活的土壤之中。这样，不但把现实主义改造成革命的现实主义，把浪漫主义改造成革命的浪漫主义，而且使两者有机结合起来，创造了"革命现实主义和革命浪漫主义相结合"这一崭新的创作方法。在实践这一创作方法的过程中，毛主席把改造现实的斗争与畅想美好的未来结合起来，辅以奇特的构思、传神的状物、真切的抒怀、警策的语言、和谐的音韵，极大地提高了诗词的艺术水平，给社会主义诗歌作者以有益的帮助。茅盾在第三次文代会报告中说："我们从毛主席诗词，体会到革命现实主义和革命浪漫主义的结合，其基本条件是马克思列宁主义世界观，远大理想、丰富的斗争经验和不断革命的精神，坚强的无产阶级战士的崇高品德，我们从毛主席诗词学习到革命现实主义与革命浪漫主义相结合的各种各样的艺术方法和表现手法。"①

第二，毛泽东诗词是实现艺术个性化的范例。毛泽东诗词的创作再次证明了，凡是成功的艺术都是个性化的艺术。其艺术的个性化，主要是通过毛主席自己运用形象思维的手段、锤炼诗歌语言的功能、铸造个人的风

---

① 茅盾：《反映社会主义跃进的时代，推动社会主义时代的跃进》，人民文学出版社 1960 年版，第 23 页。

格特色等方面实现的。毛主席诗词中的思想倾向，不是直白地说出，而是通过生动的形象描绘来表达。毛主席运用形象思维的特点，一是运用了比兴手法，二是着力于意境的创造。他诗词中的比兴，比得新颖贴切，兴得饶有风味，而且常常比兴互用，增强了诗的韵味和特色，诗词总是格高意远，独创新境。诗中意由境传，情伴景生，情、境、意三者互相关联、有机融和，常常是所见者大，所思者远，所感者深。毛泽东诗词的语言也是充分个性化的。毛主席在锤炼语言时，除了广泛使用大概念、高程度的数词、副词和采用多种修辞手法之外，最主要的，把古人的语言和今人的语言结合起来，把口语和文学语言结合起来，诗句苍劲浑成而又易于会心上口。艺术的个性化，从本质上说，是艺术风格的个性化。毛主席是成功的铸造个人风格的典范。他诗词的风格，早期明显地受着婉约派词人的影响，其后转向清新豪放。它集历史上的清新、飘逸、婉约、雄浑、豪放、壮丽之大成，而以豪放、壮丽为其主调。这种风格，反映了诗人宏大的胸襟和气魄，也反映了无产阶级和我国人民宏大的胸襟和气魄，受到全国人民的喜爱。柳亚子赞美毛泽东诗词的风格说："算黄州太守，犹输气概；稼轩居士，只解牢骚。"的确，东坡之旷，稼轩之豪，比起毛主席来，也略有逊色。毛泽东诗词大有雄视千古、横扫六合之势。从中，我们可以学到实现艺术个性化的许多经验，提高社会主义诗词创作的艺术水平。

第三，毛泽东诗词对于我国新诗体的建设和发展，给予了重要的启示。郭沫若同志谈我国诗体变革时说："古人用他们的言词表示他们的情怀，已成为古诗。今人用我们的言词表示我们的生趣，便是新诗。"毛泽东诗词则是用文言的形式来表现今天我们的生趣。从这个角度说，毛泽东诗词是旧体诗向新体诗过渡的产物。新诗体如何建设与发展？毛主席预言："将来的趋势，很可能从民歌中吸取养料和形式，发展成为一套吸引广大读者的新体诗歌。"① 毛主席还与臧克家同志谈到，新诗要在民歌和古典诗歌的基础上发展。这固然是一家之言，却反映了很大一部分人的主张。闻一多先生曾提倡过"句的均齐，节的匀称，音节的等量和定额"的现代格律诗主张，后来何其芳、臧克家等新诗人也提过类似的主张。毛泽东诗词发表后，在群众中有一种半新体半旧体诗歌形式的出现。这些半新半旧的诗作，字数

---

① 毛泽东：《毛主席给陈毅同志谈诗的一封信》，《诗刊》1960 年第 1 期。

均合旧体要求，韵律颇不严格，显得很解放，但具有旧体诗凝练、生动、真切、和谐的特点。1958 年的"大跃进"民歌中，有许多这种形式的作品。1976 年出现的天安门诗抄，这种诗体形式的作品占很大的比例，其中有些诗作完全袭用了毛泽东诗词的原意、成句，有的只是略加演化。这是值得深思的。它至少反映了人民群众对诗歌形式的爱好、要求和希望，证明了毛泽东诗词已在人民心灵中生根开花，在我国诗歌创作中结出了丰硕的果实，说明了毛泽东诗词对我国新诗体的建设与发展产生了广泛而直接的影响。

毛泽东诗词对我国社会主义诗歌创作的积极影响，还可以从毛主席本人在当今诗坛的地位，他的诗作对于当今诗人及其创作所产生的实际作用来说明。"诗词大国推盟主"，由于毛主席革命领袖的地位和他在诗词方面的成就，毛主席曾被推上诗坛领袖的地位。在我国俊才辈出的社会主义诗坛上，一方面，毛主席高度赞扬陈毅同志的诗作"大气磅礴"，赞扬"剑英善七律，董老善五律"，并与柳亚子、郭沫若相唱和；另一方面，当今诗人由衷崇拜毛泽东的诗词。徐迟同志说："诗崇毛主席，文拜马克思。"郭沫若同志则说："我自己是特别喜欢诗词的人，而且是有点目空一切的，但是毛泽东同志所发表了的诗词都使我五体投地。"① 毛泽东诗词大都在《人民日报》、《红旗》杂志或《诗刊》头版，以手迹和印刷体两种方式发表，各级报刊和文艺刊物亦同时转登，确实对我国诗歌创作起到了巨大的积极倡导与具体领导的作用。从 1957 年公开发表十首以来，不但群众口口相传，而且注家蜂起，效者云从，全国范围内迅速形成了学习毛泽东诗词的热潮。"大跃进"民歌运动、天安门诗抄，都与毛泽东诗词有深刻的联系。毛主席后期所写反帝反霸诗词，在中国当时诗坛上更起着一种领唱的作用。更主要的是，大家自觉地从毛泽东诗词中学习无产阶级立场、观点、方法，学习毛主席对待文学遗产的马克思主义态度，推动了我国社会主义诗歌创作。1978 年公开发表的毛主席 1923 年写作的《贺新郎》，有力地摧毁了"四人帮"设置的不能写爱情的种种禁区，帮助诗人们迅速打破了诗歌创作的僵化局面。

---

① 郭沫若：《浪漫主义和现实主义》，《红旗》杂志 1958 年第 3 期。

四、无产阶级革命战斗的武器

毛泽东诗词是无产阶级锐利的战斗武器。它产生于无产阶级革命斗争之中，反转来又自觉地为无产阶级利益服务，鲜明地体现了无产阶级文学的党性原则。它像战鼓，激励人们的革命斗志永不衰竭；似号角，召唤人们向旧世界冲锋陷阵。早在新民主主义革命时期，毛泽东诗词就为广大人民所传诵，起到了巨大的鼓舞和动员群众的作用。大革命时期，"问苍茫大地，谁主沉浮"的诗句激励人们当家作主，以天下为己任。长征中，毛主席亲自给红军排以上干部朗诵自己写的《七律·长征》，极大地鼓舞了广大指战员的斗志，使大家在困难时期更增强了胜利的信心。重庆谈判时，发表毛主席的《沁园春·雪》，轰动重庆山城，国民党反动派惊慌失措，大布围剿阵，革命人民和进步人士争相传阅，长了人民的志气，灭了蒋介石的威风，团结教育了广大对美蒋抱有幻想的民主主义知识分子，构成了历史上有名的"咏雪诗话"。社会主义时期，那"可上九天揽月，可下五洋捉鳖，谈笑凯歌还"的宏伟气魄，极大地增强了人民与帝修反作斗争的信心；"世上无难事，只要肯登攀"的充满哲理的诗句，鼓舞人民为实现共产主义而奋斗不息。在批判"四人帮"的运动中，"金猴奋起千钧棒"的形象已成为革命人民力量的象征，"白骨精"更成为江青的代名词。在无产阶级的革命过程中，毛泽东诗词时刻引导和鼓舞人民在人民革命的大道上奋勇前进。我国历史上还从来没有一位诗人的诗作像毛泽东诗词这样，在当时就对人民的政治生活产生如此重大的作用和深远的影响。

毛泽东诗词不但在国内受到广大人民的热爱，发生极大的作用和影响，而且影响所及，达于全世界，是世界文学的宝贵财富。20 世纪的一代大诗人吉洪诺夫、苏尔科夫、聂鲁达、希克梅特、纪廉、内兹瓦尔和维尔什宁等，在他们的诗文中，热情歌颂毛泽东，还积极翻译评介毛泽东诗词，并引用他的诗句作为自己诗文的题记或序言。苏联诗人吉洪诺夫曾说，他到中国，见到了东方巨人，又读了诗人的辉煌诗篇，燃起了他新的诗火。他的诗集《五星照耀着绿色的大地》中，有一首《中国人》的诗头题记，就写着："数风流人物，还看今朝。"早在 1947 年，美国作家佩恩就翻译了毛主席的《七律·长征》《清平乐·六盘山》《沁园春·雪》；1960 年，全苏联有十余种不同民族语文的毛泽东诗词译本；近年来，毛泽东诗词被译成英、德、法、日、希腊等五种文字，通过《中国文学》流传于欧、亚、非、拉美和大洋洲等许多国家。人们不但热爱毛泽东诗词，把它作为世界第一流的文学作品来通读，而且，不少从事民族民主革命的战士把毛泽东诗词作为革命的箴言来学习，运用它指导自己的斗争。西方某国家的毛泽东诗词译本的评介文章指出："毛泽东同志不仅是杰出的政治家，也是卓越的诗人，他诗词的内容是我们时代的成就。"毛泽东诗词获得如此巨大的成就和声望，这是我国人民子子孙孙的光荣和骄傲。

（1978 年 8 月于吉首一中河边宿舍）

[原载于《吉首大学学报》1979 年创刊号，人大复印资料《毛泽东思想研究》全文转载，同时还全文转载了我同时发表于《湖南师范学院学报》（社会科学版）的《〈贺新郎·"挥手从兹去〉写作时间考》]

自然人性的自然生长：翠翠形象论

人类学家告诉我们，人有追求高贵的倾向，即美国弗罗姆说的"人的天性中有渴望升华的心理指向"。中国儒家则相信"人之初，性本善"，也就是相信人性中的善和美。《边城》中的翠翠是人性美善的标本。但是，作者的贡献绝不只是写出了翠翠美善的天性，而是精准而详细地写出了翠翠自然人性自然生长的客观过程。这才是一般作家不可企及的，沈从文之所以是沈从文的高明之处。

模特儿与环境的简化。

沈从文小说《边城》的主人公翠翠，是作家以自觉、清醒的人性意识塑造的一个成长中的农村女孩形象，即人性化的村姑形象。沈从文，1904年生，湖南凤凰县人，祖父为贵州省总兵，自己年轻时在地方部队当文书，后为新文学著名作家。建国后不得已改做服装史研究。翠翠这个形象浓缩了沈从文最精粹的文学思想。可是，在历来的沈从文研究，特别是分析和研究《边城》的文字中，往往用自然风光、风俗人情的欣赏、评介，淹没了对翠翠形象的分析。在"'九五'教育部重点教材"《中国现代文学三十年》（修订版）中，关于翠翠虽有单列文字分析："翠翠的天真纯洁在小说中都表现为她的毫无心机的、超出一切世俗利害关系的爱情之中。而作品写翠翠之爱，是十分含蓄、朦朦胧胧的。她对二佬的感情像是一直处于少女期的梦境状态。作者细致地写翠翠接触男性不多但在少有的接触中对二佬的微妙印象，写她很少听周围闲言但也听到了团总欲与有碾房陪嫁的人打亲家，而二佬偏不要碾房的传言，写二佬为翠翠唱夜歌而歌声径直进入姑娘的梦里，层层入扣。"① 显然没有说透（"唱夜歌"是为悼念死人在夜晚唱的挽歌）。湖南省"21世纪基础课核心课教材"在分析《边城》的七

---

① 钱理群等著：《中国现代文学三十年》（修订版），北京大学出版社1998年版，第279页。

千多字中，关于翠翠的单列分析有六百多字，在所有沈从文研究中是最多、最细致的，尤其是对"翠翠的心灵历程"作了较详细的概括："初见傩送，她青春的心田播下了爱情的种子；两年来她被什么东西困扰着，但又想不清是怎么一回事；她渴求爱情，喜欢一切同青春爱情有联系的事物，却又怕人觉察；她总像期待着什么，但又时时陷入一种内心迷乱和凄凉；对发生在她和傩送之间的一切是那样敏感，却又始终保持着山村少女的害羞矜持……翠翠对爱情的渴望不是表现为强烈的追求，而是少女的朦胧向往；然而，这爱情是真挚纯洁的，犹如她家乡门前清澈透明的泉水，容不得半点污染。"① 由于着眼于翠翠与二佬的恋爱心理，而不是着眼于翠翠自然人性的生长过程，仍然难以透彻地把握翠翠的形象。这也反映了我们文学研究中一个通病：华而不实，好多必须具体分析与深入理解的东西反而都被绕过去了，飘过去了。

根据沈从文后来写的《湘行散记·老伴》和《水云》可知，翠翠这个形象来源于生活中的三个模特儿：一是 17 年前作家在泸溪县绒线铺里见到过的一个小女孩子"一双发光乌黑的眼珠，一条直直的鼻子，一张小口"；二是 1934 年秋偕夫人在崂山海滨休闲时，见到崂山北九水路上一个打幡子送葬的小女孩；三是性情温和文静的沈夫人张兆和。这三个模特儿，都因其美好的"人样儿"，长久地、深深地感动着作者。特别是在崂山陡然见到那个打幡子的小女孩时，一下激起了沈从文的灵感，他情不自禁对身边的夫人张兆和说："我有一篇好小说了！"回北京后花了八个月时间，创作出了脍炙人口的中篇小说《边城》。分析《边城》不细说翠翠，说翠翠不说人性美，不说人性美的生长过程，那是舍本而求末了。那么，沈从文到底怎样来塑造翠翠这个人性化的形象，这个形象又给我们什么样的启示呢？

作者为了突出翠翠人的美好本性，有意简化了翠翠所处的社会环境和她的人际关系，诗化了自然环境。翠翠无父无母，无兄弟姐妹，无亲戚朋友，稍有往来的邻里也很少。作品一开篇就突出七个"一"：一个相依为命的老祖父（外公），一条黄狗，一座小屋，其次就是一条官道，一座白塔，一条清溪，一方渡船。小环境远离了社会的喧嚣，只有茶峒山中的竹篁，水里的游鱼，河边的过客，伴随着翠翠；从出生到成年，翠翠没有离开过

---

① 程凯华等主编：《中国新文学史》（上），湖南教育出版社 2004 年版，第 322－323 页。

祖父，没走出过茶峒家乡一步，除了日常琐事，没看到一件什么特别一点的事，更别说经历什么特别的事了，只是每年端午节去茶峒镇、作家称作"边城"的地方看一天热闹，环境与人际关系再简单不过了。背景、底色、基调的单纯，有利于突出人的本性。在青山绿水、民族风情和农业文明的诗意的三重背景下，作者为我们安放了翠翠这个略带忧伤的灵魂，安放了翠翠柔和而缠绵的"准三角"恋爱故事。翠翠的名字音色双美，乃因"住处两岸多篁竹，翠色逼人而来"，垂手拾取所得；她的身世凄凉而又美丽，苦难却充满浪漫情调，父母亲双双殉情，留下了这一点骨血，是要重复上一代的故事，还是要开辟新的生活，毋宁是人物活动又一个非常单纯而诗意化的背景。在单纯的人际关系、单纯的环境、诗意的背景下，方才渐次展开翠翠形象的刻画。

在《边城》中，作者是把翠翠作为一个纯净的"人"来刻画的。她的身上，"无成心也，无执念也"，没有五四以来女子追求的个性解放，没有任何伦理道德意识，没有丝毫阶级观念，没有社会理想，没有宗教信念，一切社会潮流、官方的文化和教育都远离了她。翠翠身上所显现的，只是一个纯粹的女孩子，随着年龄的增长，自然人性的萌生、滋长、扩大和明朗化的过程。所以，作为女性形象，翠翠最大的特点是单纯。人物的思想性格纯净单一，了无杂质，清澈透明，叫人一眼洞穿。要把这样一个单纯的女孩，塑成一个不朽的艺术典型，不是大手笔，没有大本事肯定是望尘莫及的。按艺术辩证法，单纯必以繁复出之。作家在塑造这个单纯而不朽的艺术形象时，抓住人的本性这个基点，反复涂抹，用笔着墨，一勾又一划，一层又一层，精致而繁复。下面，让我们循着作家的笔迹，进入翠翠的世界吧。

翠翠形象刻画的六个层次

有论者为了解析的方便，将翠翠定义为一个"刚刚脱离童年期的船家少女"的静态形象。其实正相反，《边城》中的翠翠，恰恰是一个从幼年到童年，到最后才脱离童年期的动态形象。翠翠形象的塑造，作者构筑了六个层次。

第一层，翠翠的小女儿情态。所谓小女儿情态，即懂得在一些小处"起眼动眉毛"，使家中长辈快乐，卖乖巧让人怜爱。八九岁的女孩子，为人天真活泼，处处俨然如一只小兽物，天生的一副防范心理：遇到陌生人看她时，便把光光的眼睛瞅着那陌生人，作成随时皆可举步逃入深山的神气。平日喜欢学母羊和小羊叫，喜欢野花缚头，喜欢跟在迎亲花轿的后面走，爱好也都是纯女孩子的。平时还爱在爷爷面前使一点小性子，故意不搭理爷爷，故意生一点小脾气什么的，来反讨爷爷的怜爱与喜欢。

第二层，丝丝线线的淡淡的慕男感。随着年龄稍长，情窦初开，开始关注和模仿异性了。11岁那年端午节的夜晚，看过宽肩膀的傩送二佬，便从此心中不忘；13岁那年端午节，翠翠与爷爷走失了，被傩送派人送回渡口，故意不答应爷爷，心里所说的赌气话"翠翠被大河鲤鱼吃去了"，恰恰是傩送二佬逗她开心的话，她默默地记在心上并模仿上了。为此竟然"沉默了一个晚上"。她还在二佬面前显能逞强，硬要独自为他摆渡送他过河。连骂人也是女性的专骂——"你这个背时砍脑壳的"。这些都是女孩子潜意识中对异性有了好感，不自觉亲近异性的慕男感的表现。

第三层，不可名状的隐隐约约的无爱的忧伤。平日，翠翠已经感到某种新的东西悄然闯入自己的心头，开始想心事，并有些莫名其妙地脸红了。"她从这份隐秘里，便常常得到又惊又喜的兴奋，一点儿不可知的未来，摇撼她的情感极厉害。"她常常坐在岩石上望一片云，一颗孤星，爷爷问她看什么，她轻轻地说："在看水鸭子打架。"翠翠生长在一个过分残缺的家庭，没有亲娘，没有亲父，没有兄弟姐妹，没有朋友，唯一只有一个爷爷，但爷爷毕竟是爷爷，心中那点要求，那点企盼，那点冲动，无人可以诉说，她经常一个人坐在溪边、岩石上，望着过渡人，望着飞动的云，莫名其妙地哭起来。显然，那是人性孤独、凄凉、烦恼，袭上心来，无可排遣，只能靠眼泪来平衡自己娇弱的心灵。久而久之，翠翠也产生些许微妙的心理变态——想离开祖父逃走。是真的想逃走吗？不是，只是心里与爷爷怄气，不，是心里自己与自己怄气。爷爷并非不知道孙女儿的心事，爷爷是没有办法，也就只好不闻不问。黄昏来时，人会无缘无故地觉得很忧伤，看到天上的红云，听着生意人的杂乱的声音，翠翠觉得心上有一丝儿薄薄的凄凉，翠翠身上已滋生出一种无爱的惆怅了。

第四层，由朦胧到清晰的爱恋心理。全篇写得最生动、最充分的，向读者细细地展示的，乃是翠翠由朦胧到清晰，由潜意识到自觉，由冲淡到浓烈的、渐行渐长、渐长渐浓的恋爱中女孩子爱情生长的心理过程。爷爷本来很想促成她与傩送老大的婚事，无奈翠翠不愿意，她心上装着的是岳云般漂亮的傩送二佬。她怕爷爷不明白，开始暗示了：一边坚决不要老大送的鱼，摇着火把一阵乱晃，一边又故意问爷爷"船是不是开青浪滩去？"因为二佬正在青浪滩，她才故意这样说。再清楚不过，翠翠心中已经别有所属，归二佬占据了。日渐清晰的爱情使孩童的她产生了嫉妒心。听路人说王团总用碾房陪嫁，要将女儿嫁给二佬，翠翠唱歌就改了词："白机关出老虎咬人，不咬别人，团总的女儿派第一。"小小翠翠，为了爱情，居然以"腹诽"的方式诅咒起自己的情敌来了。后又听说老二不要碾房要渡船，翠翠既兴奋又害怕，脸盘发火发烧地走到另一边去。然而被爱情搅动的心，终归有点儿不宁静，翠翠开始有点儿神经兮兮的了。翠翠尤其怕天黑，有次天黑，翠翠喊爷爷，爷爷未归，翠翠闷闷地哭，发呆，饭也不做——没有爱的支撑，正常的生活节奏被打乱了。这说明翠翠对爱的要求已不是可有可无，而是特别需要爱的滋润了。第三个端午节后，第四个端午节尚未到来之际，翠翠大约 14 岁吧，爱情的企求，已成为她生命的一部分。当二佬深夜唱情歌向她求爱时，她虽在睡梦中，心里却有清晰的感应："梦中的灵魂被一种美妙的歌声浮起来了。仿佛各处轻轻地飘着，（身子）飞蹿过悬崖半腰去摘虎耳草。"虎耳草不是别的，而是爱情的象征。睡梦中对情歌能有如此准确的感应，说明翠翠的确长大了，爱情由一般的感情要求，进入了她的血液，变成了潜意识，变成了生理反应和心灵感应。长大了的翠翠，爱情浮出体表，由心理的企求变成了生理的冲动。二佬的歌声不但将睡梦中的翠翠托浮起来飘飞，而且使小说的情景和人物都染上了一种仙气，将翠翠化成了一个爱的精灵，一个浪漫的爱情女神。

第五层，"最后的通牒"。浪漫而现实的翠翠在爷爷面前，再也不掩饰自己对二佬的感情，甚至还要爷爷唱那天晚上二佬唱的情歌，借以宣泄翠翠的感情和心声。可是二佬的求爱并未再次降临，翠翠心中有气，用巧妙的办法向爷爷发出"最后的通牒"。爷爷要翠翠去扯竹笋，翠翠回来时，把竹筐往地上一倒，除了十几条小鞭笋，其余就是一大把虎耳草！虎耳草是爱情的象征，翠翠在向爷爷宣告：翠翠不要竹笋，翠翠需要爱情！这明白无误的爱的宣言，把小说的一切推向了高潮，尔后便向着悲剧的方向缓缓流动。

第六层，无助的等待，也是悲剧的结局。人生八九难如意，后来，老大被"泡坏了"，老二出走未归，再后来，老船工死了，连白塔也倒掉了。

白塔倒掉时的翠翠，已是刚刚脱离童年期的船家少女，虽然明白了一切，但明白了又有什么用呢，她只能守在河边等傩送二佬。"这个人也许永远不回来了，也许明天就回来！"作者是不忍心的，留给翠翠一个镜花水月的希望，也留给读者一个大团圆结局的想象余地。但爱情是有逻辑的，一旦丢失，想再召回来只能是无休无止的等待。张爱玲在《半生缘》中借顾曼祯之口说："回不去了，回不去了！"翠翠等待的当然是一个永无的归期。一个万物有灵赋予的清纯灵醒的天工造物——翠翠的形象就这样鲜活地呈现在我们的眼前，沉入到我们的心底。

孤独和忧郁，是翠翠性情的主调，也是这个爱情悲剧的基调。因缺乏而孤独，由孤独而忧郁，翠翠作为"一个成熟中的生命，觉得好像缺少了什么"，当她潜意识中觉得缺少友谊和爱情的时候，她自然而然渴望有人喜欢有人爱。哪怕是听到了别人的歌声，对她也是莫大的慰藉。"有人唱歌我就听下去，他唱多久我也听多久"。当青春偶像每每与自己失之交臂时，她常常一个人在黄昏里坐到岩石上，痴痴地"向天空一片云、一颗星凝眸"，"温柔、美丽而平静的黄昏"，反而助长了心的凄凉，以至"这日子也成了痛苦的东西了"。当祖父还在时，她的忧郁与孤独还可以带着宝贝孙女的任性、哭泣，或向祖父发出"我要你"的凄切的呼喊；当祖父也离她去了另一个世界时，孤独的翠翠把一切的孤独、忧郁和伤痛都咽进自己的心中。她拒绝了杨马兵、船主顺顺等一切好心人的帮助，一个人守着渡船，孤独地、忧伤地望着心上人的归来。可是，翠翠生命急需的爱和友谊总是与她擦肩而过，或者化成了一个渺茫的希望。所以，忧郁之于翠翠是永恒的。忧郁化成了翠翠内在的气质。沈从文为什么大写特写翠翠忧郁的性情和气质呢？沈从文说，忧郁是一种美，而美，总是忧伤的。作者详细地述说了翠翠外在的天真、内在的忧伤，以及其爱恋心理过程，将翠翠的形象立体化了。翠翠，一个钟天地之灵气，承日月之精华的天工造物，是湘西人美丽灵魂的代表，万物有灵、精灵附体的真善美的化身，其略带凄凉色彩的爱情悲歌，乃是人向自然与天性回归的最高、最纯真的境界。

爱情悲剧的成因和启示

翠翠爱情的悲剧结果是作家有意为之的。沈从文在谈到《边城》创作原因时说："我准备创造一点纯粹的诗，用一种温柔的笔调来写爱情，写那种和我目前生活完全相反，然而与我过去情感十分相近的牧歌，方可望使生命得到平衡。"作者"目前的生活"是美满幸福的，与过去失恋的生活完全不同。写类似于过去的失恋生活，使生命得到平衡，也借此探讨人性的弱点。作品写了爱情悲剧有关的三方六人（翠翠、老船工；傩送大佬、二佬、船主顺顺；王团总的传话人），除了翠翠与祖父之外，这六个人几乎没有什么正面接触，构不成某种社会关系，只是自然人性滋长、生发的导火索，没有一个是翠翠爱情的真正反对力量，更没有一个搞破坏的坏人；王团总的传话人故意传出一条错误信息也是出于好玩，并无恶意。六个人其实都希望好事好成，只要其中有一个、有一次及时正确地传达出翠翠爱傩送二佬的信息，事情也就成功了。可就是没有一次把爱的信息传到镇子上几乎天天见面的人那里。翠翠的爱情不成功，表面看来，好像纯系人事之外的天命，似乎是"天公不作美"，"机缘不巧合"，无缘对面不团圆：苗家风俗走马路（对歌定情）与汉族风俗走车路（请媒人提亲）的方式都不奏效，大佬走车路翠翠不愿意，二佬走马路翠翠不知道。其实不是天命而是人性弱点的悲剧，即亚里士多德所说的"过失悲剧"。翠翠过分矜持，让爱情擦肩而过：端午节迎面碰上傩送时当面不答话，事后追悔莫及；天保"泡坏"后，傩送两次来找翠翠，翠翠故意避而不见，让机会一次次溜走了。翠翠长得太甜美了，太美的人是少福的。而老船工呢？人又太善良老实。老实是无用的别名，老船工"口含李子"，关键性的话就是不说明白。二佬唱情歌向翠翠求爱，老船工就是不向孙女儿说清楚。什么原因？一是老糊涂，总把关键性的话省略了；二是不愿意包办孙女儿的婚事，凡事孙女儿自己做主；什么世事也没见过的翠翠又能做什么主呢？三是老船工从内心深处有自卑心理，觉得翠翠配不上二佬，配大佬还差不多。一次当老船工与人说到碾房、说到翠翠时，老船工脱口而出："又无碾房陪嫁，一个光人。"这说明面对王团总给女儿的丰厚的嫁妆，贫苦的老船工望尘莫及，不敢奢望翠翠能与二佬结百年之好。凡事也就理不直气不壮了。通过对爱情悲剧成因的揭示，作品探讨了人性的弱点：矜持、老实与美丽，聚合为命运的捉弄。过分的矜持是人的虚荣心的表现，老实的内蕴性缺点是不努力争取，缺乏抗击力；美丽，是娇嫩的，生命力最脆弱。人越是矜持、老实、美丽，便越脆弱，越容易形成悲剧。据此翠翠的爱情悲剧可以看成是矜持、老实与美丽造成的悲剧。

翠翠的形象塑造给了我们什么样的启示呢？启示一：人性再纯美的人

也是有缺陷的。福无双至，上帝也是吝啬的，不会把好处都降到一个人的头上。给了翠翠的美丽，就不再给她好姻缘了。既然每个人既有优势也有劣势，那么每个人都必须努力，寻求最好的前景与结果。启示二：翠翠是沈从文人性论文学思想最成功的实践。作品中的翠翠，是个未经文化开化的蒙童，也是未经过政治教化的小姑娘，没有经过任何生活污染过的真人。作家没有从任何"人"之外的角度对其作半点的穿错的描写，没有写她的什么勤劳的品质、诚实的品格、苗家姑娘的直率，作家所写的只是她的人性生长。沈从文说："我只想造希腊小庙，选山地作基础，用坚硬石头堆砌它。精致、结实、匀称，形体虽小而不纤巧，是我理想的建筑。这庙里供奉的是'人性'。"翠翠的身上浓缩了沈从文文学思想的精华！翠翠形象的成功，是沈从文人性论创作思想的成功。它告诉我们，女性形象的塑造，抓住了人性这个根本，是取得成功的重要保证。《边城》抓住了翠翠从小女孩到成年女子成长过程中，由小女孩到少女的心灵史的微妙而细腻的描写，那乖巧的小女儿情态，淡淡的慕男感，幼稚的爱情嫉妒心，半明半暗的甜蜜与烦躁，些许微妙的心理变态，无助而坚韧的等待，等等，这一系列天赐般的奇笔妙墨，才妙手天成地造就了这个不朽的艺术典型。

（2005 年于怀化学院）

（原载于《民族文学研究》2007 年第 3 期）

周立波对湖南文学的影响论略

"一个时代有一个时代的文学"，但新一代人的文学总是在前代人的影响下产生的。给湖南当代文学艺术以极大助力的湖南现代文艺家，音乐界有贺渌丁，戏剧界有田汉，文学界有丁玲、周立波。由于丁玲 1955 年以后的遭遇，她对湖南文学的影响主要在平反复出后的改革开放年月。机缘所致，周立波引领和培育了 1960 至 1980 年代的湖南作家和湖南文学，影响所及，遍及全国，延至当下。

一、从历史渊源到现实劳绩

湖南新文学与周立波的关系源远流长。1938 年冬，周立波在常德沅陵编辑《抗战日报》，直接带动了湖南的抗战文学；到延安后，任鲁艺编译处处长、教师，为文学系、美术系、音乐系学生讲授《名著选读》，听过他课的湖南人或后来在湖南工作的不少，如：康濯（鲁艺第一期学员，后接任周立波的湖南省文联主席），柯蓝、文秋（夫妻作家，曾分别在鲁艺美术系音乐系读书），翟定一（音乐系学生，后任湖南省委宣传部副部长），常联系的还有"文革"前的湖南大学副校长、1938 年获当时全国文学奖的魏东明，原 359 旅文工队副队长、"文革"后任省文化局、新闻出版局局长的胡代伟，等等，建国后他们都成了湖南文学界的领导或朋友。1960 年，回湘的周立波出任湖南省文联主席，并动员现代著名作家康濯、蒋牧良、柯蓝、文秋一起回湘，共同领导和主持湖南文学艺术工作，嗣后长达十七年。期间，他把未央、谢璞、刘勇、孙健忠、萧育轩、向秀清、叶蔚林、莫应丰、谭谈等一大批文学青年从基层调至省会长沙当专业作家，给了他们一个很好的创作平台，这些人后来都成了湖南文学中坚、国内外著名作家。周立波还先后到湖南大学中文系和省文化单位给大学师生、文学爱好者讲课。上世纪 50 年代初，周立波的长子周健明在《民主报》连续发表 20 多篇散文，为当时湖南作家的翘楚。1961 年萧育轩在《人民文学》发表《迎冰曲》，周立波不但亲自写推介文章，还找到当时的评论家姚文元，为萧育轩写了评论。周立波撰文推介过的湖南作家还有谢璞、刘勇、胡英等多人。凡上个世纪 50 年代崭露头角、60 年代成名的湖南作家（包括 50 年代进省文联的任光椿），几乎都是周立波的文学传人。80 年代成名的韩少功、彭见明、蔡测海、刘舰平、陶少鸿、姜贻斌等，先由周立波的传人发现，而后调至长沙的，他们也曾深受过周立波作品的熏陶。稍后的小老乡刘春来更是吸吮着周立波的文学乳汁成长起来的。中华人民共和国成立头三十年内，意识形态的封闭性导致了文学读物的单调，五六十年代成长起来的湖南作家不像时下青年作家那样高学历、高职称、高起点、高眼界，他们一般只有小学或初中的文化底子，文学视域不宽，五六十年代只读过原苏联和左联作家的作品，连中国古代文学名著都接触不多。70 年代末才阅读到沈从文，了解西方现代、后现代派，那是 1985 年以后的事了。他们成长中读得最多、琢磨最细、受益最直接的还是周立波的作品。周立波的农村小说，尤其是他的《山乡巨变》，对 20 世纪下半叶湖南的中青年作家，影响至远至深至微。在周立波言传身教的带动下，60 年代初，湖南文坛群星灿烂，佳作连连，康濯的长篇《东方红》，谢璞的中篇《牛府贵婿》，萧育轩的中篇《迎冰曲》《铁臂传》，孙健忠的中篇《洛塔的河流》相继问世，为当时中国文坛少有的优秀之作，出现了湖南文学第一个黄金时期；"文革"结束后，又出现了 80 年代初"文学湘军"崛起的第二个黄金时期，并催生了湖南当代的乡土文学流派。不仅如此，他的影响辐射到了湖南当代文学的各个方面。称周立波为当代湖南文学之父，应该是比较妥当的。本文拟从周立波和他的文学传人创作的对应关系入手，分五个方面考察他对湖南当代文学发展的贡献和影响。

二、从政治智慧到政治勇气

周立波是我国新文学史上政治相当成熟的革命作家。常年的革命斗争和作家职业对生活的观察，坚定了他人民性的政治立场，也锻炼了他富有穿透力的政治眼光。他描写东北土地改革的长篇小说《暴风骤雨》，成为当时东北土改工作队员人手一册的工作指导书。也许今天的批评家觉得小说的政治功能太强了，但在共产党摧毁旧世界，建立新世界的生死斗争中，小说的政策水平和实用功能，何其宝贵！中华人民共和国成立后的《山乡

巨变》，高度的政策水平已转化为深沉的政治智慧。作家在基本肯定建立初
级社的同时，借"婆婆子"乡长李月辉的口说："急什么呢，中央规定十五
年，还有十二年。"非常睿智地批评了初级社转高级社的农业合作化阶段过
急、过快，工作过粗的毛病。正是这一批评，使《山乡巨变》经受住历史
的考验而高于同时代其他作家的合作化小说，表现出超乎常人的穿透现实、
直达历史深层的政治眼光和智慧。周立波的政治智慧是从政治勇气的基础
上生发与衍变而来的。读中学时因追求自由，反对校方禁锢学生思想而遭
学校开除学籍，踏入社会不久，支持工人的斗争，被国民党政府判刑两年，
坐牢 20 个月，1934 年成为中国共产党党员，此后更讲究斗争的策略和政治
智慧，极大地鼓舞、启发了后来湖南的中青年作家。"文革"晚期，莫应丰
以其卓尔不群的认知和巨大的政治勇气，第一个利用小说的形式，公开否
定和彻底批判"文化大革命"。他写作长篇小说《将军吟》时，正是四人帮
炙手可热之日。为能顺利写作，他躲到浏阳乡下，不断转移写作地点。此
外，古华的长篇小说《芙蓉镇》，叶蔚林的中篇《在没有航标的河流上》，
孙健忠的中篇《甜甜的刺莓》，韩少功的短篇《月兰》《飞过蓝天》，都是在
政治气候并不十分明朗的年月，最早承担起批判党在农村工作中的"左倾"
错误的重任。作品发表后，振聋发聩，对当时拨乱反正的思想解放运动起了
积极的推动作用。他们写作勇气的获得，固然来自多个方面，其中周立波的
政治智慧对他们的引导和启发是至关重要的原因。如此，1978 到 1985 年间，
湖南文学在作家拼勇气（胆量）、拼题材的新时期文学初期，远远胜出兄弟省
市，开创了首届茅盾文学奖五占二，连续多届获中短篇小说奖的大好局面，
国内轰动，世界瞩目，"文学湘军"从此声名鹊起，饮誉文坛近二十年。

三、从乡土风情到乡土文化

上世纪 70 年代末，书籍稀缺，文艺书刊更少，那时沈从文、张爱玲还
鲜为人知，湖南中青年作家多阅读身边作家周立波的作品，周立波的《暴
风骤雨》和《山乡巨变》，都是写土改、合作化运动的，却又都从日常生活
的轻松叙述和乡土风情的诗意描写中娓娓叙来。在他的笔下，无论是益阳
乡下的山光水色、饮食男女、耕作栽种，还是东北农家的婚丧嫁娶、三姑
六婆等风土人情，都能体察细致入微，写来略带喜剧风味，即使是中心工
作、土改运动的正面铺排也很有人情味和生活情趣。《山乡巨变》中盛佑亭
雨中屋檐下闲坐，一边观景，一边抽烟，一边想心事，《暴风骤雨》中分马

时各类农民的心理状态，显露出深浓的农耕文化底色。他的短篇小说《盖满爹》《禾场上》《山那面人家》《腊妹子》等，也都有出色的风俗风情描写。茅盾说："从《山乡巨变》的正续篇看来，风土人情、自然环境的描写已经形成了足够的地方色彩。"① 一语道破了周立波乡村小说的艺术秘诀。

周立波风俗描写和心理描写相结合的创作路数与艺术手法，被他的传人们吸取了，发扬了。谢璞的《珍珠赋》将洞庭湖的风景风俗充分诗意化，被选入中学语文教材。孙健忠《洛塔的河流》把兴修水利、改造山河的艰苦斗争放在民族风俗、民族心理变迁中礼赞，一举成名，他的中篇《甜甜的刺莓》、长篇小说《醉乡》，都借此先后获得了国家大奖。早期韩少功的《月兰》，叶蔚林的《在没有航标的河流上》，刘舰平的《船过清浪滩》，蔡测海《远去的伐木声》，何立伟的《白色鸟》，都是从日常生活中，从风土人情的变更中书写时代风云、人事变迁。以上作品都获得了国家大奖。周健明连续出版的三部农村题材长篇小说《湖边》《柳林前传》《柳林后传》，长篇儿童小说《远去的红帆》，中篇儿童小说《星星无泪》，沿着父亲的创作路数前行，受到了人民文学出版社和读者的广泛嘉许。最典型的是古华，他的长篇《芙蓉镇》，素材来自一个农村女子清明上坟哭夫，作者既没有走"寡妇上坟"的通俗小说路子，也没有走纯政治小说的路子，而是光大《山乡巨变》从生活细事中写社会大变革的经验，"寓政治风云于风俗民情图画，借人物命运演乡镇生活变迁"，小中寓大，获了首届茅盾文学奖，且是同届五部"茅奖"作品中最富生命力的一部。他们形成了当代湖南乡土文学流派，与山西的"山药蛋"派，天津的"荷花淀"派并驾齐驱。

1980 年代中期以后，文学向文化偏移的后现代思潮传入中国，地域文化小说兴起，周立波的传人们及时回应，成果丰硕。韩少功最先提出"文学寻根"的主张，并创作了《爸爸爸》《女女女》《火宅》等实验小说。孙健忠《倾斜的湘西》，吸取魔幻现实主义的手法，从现实与历史的交汇中写湘西的人文变迁，融民族历史与现代文明于一炉，既有传统的影子，又有崭新的现代风貌。蔡测海继《远去的伐木声》以后，一直致力于湘西历史文化开掘，作品日益走向厚重，载于《十月》的长篇小说《家园万岁》（2010 年第 6 期），标志着他创作的新水平。以《那山那人那狗》成名的彭

① 茅盾：《反映社会主义跃进的时代，推动社会主义时代的跃进》，《争取社会主义文学的更大繁荣》作家出版社 1960 年版，第 24 页。

见明，他的以《大泽》为代表的七部长篇，全都从民风民俗和湖光山色中展开人物命运，发掘文化内涵，在中外特别是日本，产生了很大的反响。他们在周立波的指引下与时俱进，将西方文学的创新融进了自己的作品。

四、从反映现实到拷问现实

周立波既是作家，又是无产阶级的革命战士。他的文学创作始终与无产阶级革命实践紧密相连。操现实主义枪法是他们那一代进步作家的必然选择，也是他们的看家本领。周立波同仁们的现实主义创作呈现两重性：革命的理想、信念驱使他们肯定现实，歌颂光明；对人民的忠诚和艺术家的良心又使他们不能忽视现实中的阴暗面。在处理歌颂光明与揭露黑暗的关系上，周立波是最成功的一位。他既有坚定的信念，又有求实的精神，虽然紧跟形势而写作，却不跟着变化而修改，既看到历史发展的主流，又正视实践过程中的失误。这是他的农村题材小说能经得住时间检验的根本原因。随着历史的推进，现实主义由革命时代发展到了开放阶段，加上历史的本相越来越明朗，现实中的问题越来越严重，周立波的传人们在写实的基础上，加大了对现实的批评力度，从批评现实发展到拷问现实，而且拷问不只限于政治，拷问深入到了人性与良心。80年代以来所有获奖或未曾获奖的湖南农村题材优秀小说，大都有严肃的批判倾向，呈严酷的拷问姿态。最有代表性的是他的小老乡刘春来上世纪90年代以来的小说。

在创作路子上，周立波从开始文学生涯到参加左联，赴延安，去东北，回湖南，始终坚持两条原则：一是文艺大众化，文学为广大老百姓服务；二是深入生活。他的两部长篇《暴风骤雨》和《山乡巨变》，都是两条原则始终坚持不变的结果。这一优秀的作风，几乎影响到同时期所有的湖南中青年作家，他们自觉地成了周立波的传人。作为后起之秀，刘春来自觉行走在周立波的创作道路上：周立波写清溪乡，刘春来写铜鼓冲；周立波写土改合作化的农村变迁，刘春来写城镇化中的农民命运。著名编辑家朱树诚在审读《时运》书稿后给刘春来的信中说："在愉快的阅读过程中，我常常不由自主地想起作者的前辈同乡周立波先生，想起他笔下的那些可爱的人物……想起当年作者对这位前辈同乡的景仰之情溢于言表。作者在创作道路上一直以这位前辈同乡为楷模，现在看来，或不达，亦可追也。"铜鼓冲系列之后，刘春来的长篇小说《水灾》《办事处》《时运》，中篇小说《我们在城里茁壮成长》，抓住中国城市化进程，从农民和市民的双重视角书写改革开放以来中国社会实况，既真诚地歌颂了社会的进步，也无情地揭露了泥沙俱下、鱼龙混杂的当下现实，几乎与生活同步。同步并不稀罕，稀罕的是真正的作家都是一位先知、预言家，是人类命运和精神奥妙的揭示者。鲁迅说："凡是人的灵魂的伟大的审问者，同时也一定是伟大的犯人。审问者在堂上举劾着他的恶，犯人在阶下陈述他自己的善；审问者在灵魂中揭发污秽，犯人在所揭发的污秽中阐明那里藏着的光耀。这样，就显示灵魂的深。在甚深的灵魂中，无所谓'残酷'，更无所谓慈悲；但将这灵魂显示于人的，是'在高的意义上的写实主义者'。"① 正是这"高的意义上的写实主义"的指引，刘春来在《水灾》中，发人深省地写到：自然的水灾不是最可怕的，党内腐败、社会道德下行造成的人自身的水灾，那才是最可怕的。惊世骇俗的现实拷问，使刘春来的风俗民情描写也来得更为深刻。"文革"后期，阶级斗争搞得如火如荼，一个经常捆人的民兵队长却和一个经常被捆的下放干部马拐子，两人并排坐在阶沿上推心置腹地闲聊，"抽着烟，很友好地说起了捆人的种种方法以及各自的感受"。（《时运》p. 15）严重对立的斗争双方居然成了毫无芥蒂的异性兄弟，严肃的阶级斗争化成了轻松快乐的生活游戏！这就是刘春来笔下"帝力于我何有哉"的中国农民的政治哲学和人生态度。刘春来化严肃为滑稽，化沉重为轻松，隐藏了时代的痛苦和历史的悲凉，将笔下的风俗人情转化成了黑色幽默式的永恒的雕塑。这些都标志着刘春来从周立波的创作道路上出发，又从周立波的光影下走了出来，占领了一块最富写作前景的文学高地，打出了一片属于自己的文学世界。

五、从现实主义到现代主义

上世纪 80 年代中期以后，国门洞开，西方文化思潮排闼而来，中国文学呈现出前所未有的活跃与繁荣。就小说论，现代主义滋生荒诞派小说，后现代主义产生先锋小说，原型理论引出文学寻根，存在主义养育了新写实小说，女权主义带动女性文学发展，生命本体论催生晚生代、新新人类的创作……在湖南，作家们愉快地接受西方现代、后现代文化思潮的滋润，孙健忠与艾特玛托夫、马尔克斯，残雪与博尔赫斯，蔡测海与福克纳，韩少

---

① 鲁迅：《集外集·穷人小引》，《鲁迅著作全编》第 3 卷，中国社会科学出版社 1999 年版，第 342 页。

功与塞尔维亚的帕维奇，结下了不解之缘，借鉴与被借鉴的关系特别明显。那么，改革开放以来湖南文学中现代主义与已经离他们而去的周立波到底有什么关系呢？直接的关系固然没有，榜样的力量与间接的影响是不可抹杀的。

为了研究的方便，我们曾经把周立波界定为革命现实主义作家，其实，将一个作家限定在某种单一的创作方法内加以模式化，是对作家的阉割。周立波是作家，也是一个翻译家，就创作方法而言，他熟悉现实主义、自然主义、古典主义、浪漫主义等多种手法。读过他的《鲁艺讲稿》就知道，周立波在上世纪30年代，便研究过梅里美、马克·吐温、乔伊斯、詹姆斯、托尔斯泰，对意识流等现代派较为肯定。他分析安娜·卡列尼娜特别传神，听过他课的鲁艺女生，都梦想穿一件安娜那样的长裙。周立波的小说、散文、报告文学创作，以现实主义为主导，多种艺术手法交替运用。周立波开放的文学思想，和他不拘一格的开明的文学态度，使得他的传人们在改革开放年代的创造性劳动中，八仙过海，各显神通，极大地丰富了湖南当代文学的艺术宝库。下面，以周立波与家乡两位女作家叶梦、盛可以创作的对应关系为例，说说周立波对湖南文学的影响不只局限于现实主义。

周立波文学的起步和丰收，与无产阶级革命的发展与胜利基本上取同一步调，叶梦和盛可以的文学收获，则与改革开放的步伐紧密相连。如果说叶梦的女性生命创造系列更多地接受女权主义影响的话，那么，她的"巫城"系列则直接受周立波创作的启发。周立波在益阳桃花仑深入生活，创作了《山乡巨变》，叶梦则在烟波浩渺的洞庭湖畔深入挖掘，发现离自然越近、离喧哗越远的地方越富有神秘色彩，万物有灵的原始宗教越深植人心，巫风巫韵越发浓厚，也越能激发和凝聚起作家的灵异之气。于是，叶梦将主要笔力倾注于家乡的湖滨小城，创作了书写家乡风土风俗的散文"巫城"系列。作者曾说过，"巫城系列"散文的创作，受到《山乡巨变》榜样的启发。

"70后"的"北妹"盛可以，乍一看来与周立波几乎没有任何关联，实则相近相似之处颇多。首先他们都是"出走型"人物，周立波1928年离开家乡奔上海，1938年回湖南、赴桂林，1939年由上海投延安，解放战争走东北，中华人民共和国成立后到北京，不断寻找真理，追随革命；盛可以则到过广州、深圳、北京等许多地方，当过形色多样的底层勤杂工，也做过白领、公职人员、编辑，一直在寻找生路，寻找生存的惬意。其次，丰富的人生经历使他们最终都成了作家，丰富的阅历给创作提供了不竭的源泉。出走的经历相同而时代不同，地位不同，文学创作上必然同中有异——他们都相信"文学源于生活"，但周立波相信"文学高于生活"，盛可以主张"文学低于生活"；他们都能直面人生，但周立波多写社会大事件，盛可以多写小人物小经历，且多与肉身有关，不过盛可以没有同代女作家的自恋，作品中没有自我悲悯，却有周立波式的大我的眼光；他们都承认文学的使命感，但周立波觉得文学干预生活就可以了，盛可以则主张"小说需要冒犯的力量"；他们都写现实、写家乡，但风格迥然相异，周立波轻松泼俏，乐观平和，盛可以则凌厉狠辣、冷静严酷。如果说"异中有同"的"同"，是受周立波的潜在影响所致，那么"同中有异"的"异"，则是盛可以在周立波影响下的前行与发展。

六、从人品风范到人格风采

周立波 20 世纪 50 年代回湖南创作《山乡巨变》时，他把一部分稿费捐给家乡搞建设，1960 年代，全国上下"踏踏实实过苦日子"，为爱护中青年作家的身体，周立波把自己攒下来的稿费拿出来，捐给机关食堂，长期给驻会作家加营养菜。他始终坚持深入生活，与农民同吃同住同劳动。周立波的人品风范一直影响到湖南后来的广大作家、省文联主席、省作协主席们的人格风采。广大文学艺术家注重人格修养，追求德艺双馨，团结、和谐、创新，一直是湖南文坛艺苑的主流。挂职深入生活，至今是湖南作家的优良传统。接任周立波的康濯，发扬延安作风，平易近人，爱惜人才；谭谈搞"爱心书屋""百家文库"，向周立波学习，注重奉献与解决实际问题；谭仲池带着刷新长沙的历史功勋转战文艺阵线，怀大道、秉公心、刚正直行，再创辉煌；继任作协主席的未央，心知肚明而又不偏不倚，处处与人为善，有中庸仁爱之至德；再任的孙健忠热情奔放，乐观贤达而又始终坚持作家的独立人格；连任两届作协主席的唐浩明方正廉明，洁身自好又时刻大局在胸。由于时代的原因，期间也时有思想分歧、人事纠葛，但周立波开创的好风气始终劲健。愿周立波人格魅力永远烛照湖南文艺界！让我们疏瀹五藏，澡雪精神，将周立波的风范发扬光大！

（2012 年 8 月于阳光花园）

（原载于《理论与创作》2013 年第 2 期）

解构母爱与寻求真心：
张爱玲的《金锁记》《倾城之恋》

　　张爱玲本名张煐，1920 年 09 月 30 日出生在上海，祖父张佩纶是清末名臣，祖母李菊耦是朝廷重臣李鸿章的长女。张佩纶年轻时做李鸿章的秘书。一次，李鸿章谈到对未来女婿的要求后，张佩纶翻身拜倒在李鸿章的面前，直呼："大人，我就是您的女婿！小婿拜见岳父大人。"张佩纶就这样成了李鸿章的乘龙快婿。张爱玲的身上，既有祖父的浪漫、机灵，也有李鸿章家族高傲、尊贵的血统。这种天性，可以成就一个女人的事业，却不利于一个女人的婚姻。张爱玲写小说春风得意，个人生活很不如愿。汉奸胡兰成与她同居了两个月后，移情别恋，与一个小护士好上了。张爱玲却很钟情，当胡兰成穷困潦倒时，她将自己的一大笔稿费送给他渡过难关。四十多岁以后出于生活的压迫，她只好与一个六十多岁的美国画家结了婚。这种种不如意的经历，当然影响到她的心态，影响到她对女人的看法，对女性形象的刻画和处理。所以她笔下的中国女性都不怎么传统，也不怎么现代，多少有些心理障碍。她死时，身边没有一个人，离世五天后才被发现。她的小说中，时时流露出一种苍凉。

　　如果说冰心是圣洁母爱最虔诚的歌者，那么，张爱玲则是天下母爱的第一个无情解构者。解构母爱最彻底的，是张爱玲《金锁记》中的曹七巧。这个麻油作坊小老板的女儿。她生来身体健壮、性格爽朗可爱，在娘家也有几个门当户对的男青年有意于她。可是，父母早亡，哥嫂贪财，把她嫁给了一个大家贵族的瘫子为妻，做了那一房的当家婆。虽然有一儿一女，但长得不大有形，自己出身低微，在家族中没有地位，连丫环也看不起她；加上她没有贵族女子的沉静，性格开放，谁都不愿与她交往。娘家父母早亡——在家无父可从；瘫子丈夫死得早——出嫁无夫可从；夫死后，儿女不能自立，全靠她自己撑起那个家，也根本不可能"夫死从子"。无论是客观条件，还是主观修养，她都是一个少受约束，心直口快，从不讲究"谨言慎行""三从四德"的女人，一个天然的本性很强旺的女子。

从精神、性格、心理的主导方面来说，曹七巧又是一个被社会扭曲了人性的变态女人。金钱的奴役带来了她人性的异化。被生活逼迫的曹七巧，不得不"狠"，在金钱上寸步不让。"卖掉自己的一生得的那几个钱"，她不能不看重，否则没办法生活。作为母亲，她不是促成女儿的婚事，反而当着女儿的面，向女儿的未婚夫揭露女儿抽鸦片的老底，破坏了女儿的婚事，其重要的动因，是担心女婿将来会分享她的金钱与家产。在严酷的生存环境中，她抓不到男人就拼命抓金钱，形式上她成功了，实质上是个可怜的人生失败者。令她气愤的是，小叔子姜季泽利用她对他的爱意，想骗她的家产。男人是她所需要的，金钱也是她所需要的，当男人和金钱不能兼得的时候，她毫不犹豫地舍男人而取金钱。她的结论是："人是靠不住的，靠得住的只有钱。"

曹七巧的悲剧不单单来自金钱欲望对人性的扼杀，更重要的原因还是长期的性空缺、性压抑的结果。男女之间的关系正常与否，决定一个人（无论男女）的人格变量。按照人格心理学家的研究，生理性别的正常匹配对于一个人的人格属性与心理健康有着十分重要的关系。男性与女性之间，关系融洽，相互滋润，人格属性自然就呈现高尚的趋向。相反，没有男女之间起码的往来，没有相互的情感滋润，心理就不会健康，人格属性就会呈低下趋势。弗洛伊德认定，"性"是心理活动的动力。当性的本能要求受到来自内部和外部的钳制而遭受到挫折时，性的被剥夺就会以转弯抹角的方式寻找发泄的出路，这"弯曲的性发泄"本身，就是心理变态、人性的异化。于是，也只有通过变态的发泄，才能获得心理的稳定和平衡。当性的欲望、求生的欲望受到压制和阻遏时，它必然引发出仇恨、侵犯、破坏、征服的强大力量。曹七巧不是不想男人，也不是不要男人，更不是没有储备着对男人的温存，而是生活把这一切从她的身边抽走了。瘫痪的丈夫死得早，她一直过着"内言不出，外言不入"的全封闭式生活。年轻时的曹七巧，与小叔子季泽都有意，但"只飞着云，下不了雨"，当曹七巧把对季泽的一点爱欲彻底消灭以后，她连心理上都成了一个真正的男性空白者。生理占有的丧失常常导致精神的占有。曹七巧给儿子娶了个媳妇，却每天很晚还不让儿子回去睡觉，老是把儿子留在身边，将自己的双腿放在儿子的肩上，叫儿子给自己捶腿，逼着儿子讲与媳妇睡觉、做爱的详细情形。然后在公共场合，有亲家母在场的情况下，抖落儿媳妇与儿子风骚的细节，不但弄得亲家母毫无脸面，羞愧而逃，儿媳妇从此忧郁成疾，一命呜呼。曹七巧成了一个疯狂报复的女人，连亲生儿女也不放过。曹七巧就是这样一个失控的性受虐、性压抑、性报复的男性空缺者。

张爱玲的笔下，母亲不再是慈爱、温柔、博大精神的象征，而是冷漠、自私与残忍的代名词。母性的精神之塔在张爱玲作品中一步步地变形了，坍塌了。母爱的变形与坍塌，当然不只是旧中国。19 世纪美国马克·吐温的小说《傻瓜威尔逊》中的露克珊也是这样的母亲。她对儿子汤姆非常溺爱，使儿子成了一个"不会读，也不会写"，只会偷的粗俗之极的黑人。儿子对母亲也极其无理。当年老体衰的母亲返回到他的身边时，他百般凌辱。为了自身的生存，母亲只有设法逼迫儿子再去行窃，给他提供行窃的信息，教他讨好老法官的办法以获得遗产继承权。露克珊对儿子汤姆的爱，最终也沦为堕落的母爱。法国作家司汤达说得好："一个人的缺点要从社会去找原因。"曹七巧、梁太太，还包括露克珊等所有母性的变态，责任应由社会来负，她们这些个体的人，是典型的社会牺牲品。

张爱玲并非总是摧毁母性神话的作家，《倾城之恋》就是一个例外。小说写的是两个假恋人终成真夫妻的婚恋故事。

白流苏出生在大户人家，却嫁了一个有外遇的丈夫，离婚后住在娘家，受不了娘家人的冷眼，想通过再婚求得生存的保障。白流苏所指望的只有花花公子范柳原，一个开始并不真正爱自己的南洋富商。她的一切努力和智慧都押在获得范柳原的许婚，而她所凭借的只是自己一个三十岁女人的身体，这谈何容易！她必须看护好这一点可怜的本钱，否则血本无归。于是，她和范柳原之间围绕着她的身体的一场进攻与保卫的持久战打响了，一场赤裸裸的金钱与身体的交易战歪歪斜斜地拉开了。

白流苏打动范柳原的首先是外表的古典美。她的脸，从前白得像瓷，现在由瓷变为玉，一双娇滴滴、滴滴娇的清水眼。永远是纤细的腰，孩子似的萌芽的乳。她那缓缓地垂下头去时所透露出的那种惹人怜惜的典雅脱俗的美，深深地打动了范柳原的心。光是外表的美，留不住范柳原的心。这个让范柳原动心的美人儿，是如何抓住范柳原，成就她与他的一段姻缘的呢？张爱玲重点写了她俩从相互猜忌到相互理解、信任，直至以心相许的"寡妇奇缘"的三段式过程。

白流苏是深闺佳人、大宅寡妇，范柳原是华侨游子、洋场阔少，本可演绎成种种风流浪漫的传奇，可是张爱玲根本不认同那种才子佳人的大团圆结局。他们的交往，充满着铜臭和世俗气。范柳原一心渔美、猎色，白流苏只想"郎心似铁，终身有靠"。出于各自的考虑，他们第一次见面后，就甩开了宝络，交往起来。范柳原毕竟是风流浪子，只想不负任何责任的占有，白流苏立志找一座长期的经济靠山，不想轻薄的付出，一场钱与色的角逐较量，现实生活中最世俗、最原始、最基本的男女搏斗关系，就这样必然地扭结在一起了。范柳原用尽一切办法想占有白流苏，白流苏反正以不变应万变，就是不接招。就在这桩钱与色的攻守战中，范柳原逐步发现了白流苏正是他所需要的女性伴侣。范柳原到底需要什么？一需要中国情调的美色——含蓄、害羞、娇滴滴：二需要善解风情、仪态万种的有情趣的美色——冰清玉洁，又富有挑逗性；三需要善解人意、深知我心的美色——红颜知己。而白流苏恰恰是三者皆备的美女！白流苏也"是一个精刮了的人"，她要让范柳原珍惜她，总是以古典美骄人，以真情动人，以冰清玉洁和中国美女特有的情趣抓住了范柳原的心。范柳原给了她浅水湾120号的公寓，给了她一个女佣和下半生的生活保障，她也把自己给了范柳原。但是他们并没有结婚，只是同居。

香港的沦陷，终于促成了他们真诚的婚姻。范柳原在他半生漂泊的流浪经历中，内心深处已经厌倦那种无根的、逢场作戏的漂泊生活，需要真诚的女性和稳定实在的人生。白流苏出于生存的需要，半是挑逗半是考察中，内心深处更在呼唤和寻求一种真诚。战争的炮火让她们察知，只有生命是实在的，别的都是虚的，两个人生死相连，都需要对方平安。在这动荡的世界里，钱财、地产，天长地久的一切，全不可靠了，靠得住的只有她腔子里的这口气，还有睡在她身边的这个人。她突然爬到柳原的身边，隔着他的棉被，拥抱着他，他从被窝里伸出手来，握住她的手。真心对真心的呼唤，真情对真情的寻觅，终于使两人相知相依，在香港真心诚意结了婚，相知相依过日子。这个结局，寄托着作家自身婚姻生活的理想。尽管人间那点真情真爱已如稀有金属般的资源稀缺，尽管以全香港的沦陷为代价，但作者还是把它发掘了出来。白流苏的主见，特别讲究身价、名分和名誉的贵族生活原则，抗庸俗、拒诱惑、不苟且的能力，都来自一种贵族的血统和气质，来自贵族的荣誉和自尊，显然也附丽着作家自身的影子。它虽然带有丝丝的悲凉意味，却也让我们领略到尘世间的一层温暖，一抹慰安，从而鼓起人生进取的风帆。这一暖色调的小说在张爱玲的小说中少而又少，弥足珍贵。

这篇小说艺术上最大的特点是写出了反常中的正常和正常中的反常，艺术辩证法运用到了炉火纯青的地步。作家的本事就是要在冷水中搅出热气，把长江之水回流到西北，把不可能变成可能，把必然变成不然（如瑞典电影《教室别恋》）。张爱玲的《倾城之恋》把一个风流寡妇的沦落不堪天衣无缝地写成了一个"花花公子的劫后良缘"。虽是大手笔所为，但总感觉到一丝丝逻辑推理的痕迹。张爱玲小说的意义在于，确立了写俗人俗事的原则，从不飞扬、不跋扈的平凡生活中写出人的生存本相。她历来关注日常人生，关注生活必需品，有俗气，无俗骨，基于人生的苍凉感、悲剧意味和负责精神，张爱玲是不可能一俗到底的。她的小说，有几分哀艳，几分惆怅，几分宿命，几分悲凉，从平淡的事件中剥离出男权社会对女性的压抑，展示出女性生命存在的艰难、脆弱与无奈。她的小说是温和的，驱除了抗议与硝烟，也无意于声讨男人，只是客观冷静地叙述女人一个又一个故事，是弱势者的慨叹，贫而不贱，俗而能雅；她的小说，不入俗流，不沾痞气，直接逼向人的生命本性，深刻、雅致而洁净。她才情洋溢，思想平常，政治稚嫩，虽集东西方文化于一身，但根基并不深，终究止于一个著名的小说家。

（2005 年于怀化）

（原载于《现代中国文学教程》，高等教育出版社 2011 年版，2014 年重印）

《芄野尘梦》及中国现代军事文学开山作考辨

提出中国现代军事文学开山作这个问题，并非没有意义。无论研究什么问题，都要关注问题的节点。起始点涉及事物的原因与后来的走向，终结点决定着事物的命运结局，它们是事物最重要的两个节点。中国新文学是只有起点、尚未终结的文学，弄清起始点便很重要。考辨早期现代军事文学作品的得失，确定中国现代军事文学的开山作，涉及今后军事文学的正途和走向，系中国现代军事文学研究中的一个重要命题。

一、中国现代军事文学的分期、要素与条件

中国现代军事文学指中国新文学发生以来的军事文学作品。这里所说的新文学，不是指梁启超文体革命时期的文学，而是指以《新青年》创办为标志的思想、语言、文体全面革命以来的文学。这里所说的军事文学开山作，当然是早期作品。中国现代军事文学历史时期可以有多种分法，笔者将它分为四个时期：（1）诞生期，即早期。辛亥革命后与第一、二次国内革命时期，从1924年郭沫若的《到宜兴去》开始到抗战前的军事文学作品。（2）发展期。抗日战争与第三次国内革命战争、抗美援朝战争时期的军事文学，这三次战争都是主体方被动接受的以弱胜强的战争，期间描写这些战争的作品数量不少，但质量一般。（3）壮大期。和平与冷战时期，即抗美援朝战争结束后，从杜鹏程的《保卫延安》开始，到历史新时期之前的军事文学，有全景化、史诗化的宏大叙事，也有《红旗飘飘》等个人回忆，因不敢表现战争的残酷性、人性、人道主义，繁荣而不成熟，故曰壮大期。（4）成熟期。即新时期以来，从徐怀中的《西线轶事》开始到当下全球化时代的军事文学，期间的作品思想深邃，内容丰富，不回避矛盾，艺术上全面成熟，题材却有些枯竭。在中国现代军事文学中，早期作品尚只有小说、散文（含传记、日记等）和抗战开始前的少量诗作，内容则包

括军营、军旅、战争三大部分。影响较大的有郭沫若 1928 年收入《水平线下》的《到宜兴去》《尚儒村》和 1936 年的回忆录《北伐途次》，谢冰莹 1927 年的《从军日记》，黑炎 1929 年的《战线》，孙席珍 1929 年开始写作并陆续发表、出版的短篇小说《火和铁的世界》以及战争三部曲：《战场上》（1929）《战争中》（1930）《战后》，施蛰存 1932 年的《将军的头》，周文 1933 年的处女作《雪地》和 1935 年的《在山坡上》。此外还有 1935 年萧军的《八月的乡村》，1937 年 2 月陈渠珍的《艽野尘梦》。因为以往的中国新文学史著均把丘东平的《第七连》《一个连长的战斗遭遇》，以及姚雪垠的《差半车麦秸》① 等抗战小说作为现代军事文学的标志性作品，本文亦将它们列入，作为讨论的对象。这些作品的共同意义是，开拓了新的题材领域，实现了现代中国文学审美对象的大转换。

由于新文学滋生于五四前后的思想文化革命而不是滋生于军事战争，发端期的新文学，即五四前后与上世纪二三十年代之交的白话文学，除新诗外，主要是知识分子小说、乡村小说、女性小说，现代军事文学作品并不多。只有经历过辛亥革命、参加过北伐战争、经受过"九·一八"事变洗礼的少数作家才创作了少许军事、战争题材作品，其中不少作品依然带有知识分子小说、乡土小说的浓重痕迹。军事小说的出现，标志着文学审美领域的新开拓，审美对象由农民、知识者、女性到士兵的转换，证明了中国新文学的日趋成熟和多样。上述作品中，谁家的作品堪当现代军事文学的开山之作呢？要搞清这个问题并不能一蹴而就，前提还得首先弄明白现代军事文学的要素和开山之作的大致条件。

"军事"是一个包括军营、军旅、战争的三重组合概念。军营作为军队驻地，是军人日常生活和内部矛盾演化的场所；军旅，主要指军队的行军、训练、演习；战争，是军队存在的根本理由和最高价值，所谓"养兵千日用兵一时"，养军队就是为了打仗，描写战争是军事文学的命脉。"军事"的核心是军人。军事文学泛指一切以描写军人为核心的军营、军旅和战争的文学作品。它拥有四个要素：（1）环境，包括战时环境，和平时代军人生活、工作、演练的具体环境；（2）对象，军事文学可以有各种各样的人物，但主体对象一定得是军队与军人；（3）行为，军事文学的命脉既然是

---

① 新文学早期现代军事小说，也许还有一些未曾列出，敬请海涵。

战争，其重心当然是描写饱含军事智慧的军事行为，包括模拟战争和生死存亡的血肉之搏的行为极限；（4）军事文学还要表现军人的精神与良心。四个要素中，第一个要素是泛要素，只具备第一个要素，也就是说只写了战时环境或和平时期军人生活小环境的，不是充分意义上的军事文学作品；第二个要素是必备要素，如果没有写军队、军人的生活与厮杀，根本算不上军事文学，更谈不上战争文学，最多只能算作"泛军事文学"作品；军人的良心与精神是充分要素，只有既写军队、军营、军人，又写了军事行为、军事智慧，还显示了军人的精神与良心的文学作品，才是真正意义上的、充分的军事文学。我们把后三个要素称为军事文学的"真要素"。换言之，真正意义上的、充分的军事文学，一定要写出军队的军事行动，军人的智慧、精神与良心。这样一衡量，早期军事文学中，充分意义上的军事作品就很少了。

大凡开山作必须有一定的厚度、深度与高度，不是随便什么马马虎虎的作品就可以承担得了的。开山作不但出现的时间很早（当然不一定是最早），而且还必须是具有思想引领性、艺术示范性、历史标志性的文学范本。具体地说，开山之作的基本条件有：题材领域的开拓性，写作与发表时间的早期性，审美规则的启迪性。军事小说的开山作应对战争的性质、意义有科学的认识和正确的态度；有生动的军事场面、情节、细节描写；应表现军人的精神与良心，为今后军事题材作品提供方向性、可持久运用的原创性经验；作品具有文学史价值和标志性意义。并非只要写在最前面的作品就是开山之作。用这样的条件和标准来衡量，萧军《八月的乡村》，以武装抗日为背景，只写了"在日本兵弹火下逃亡出来的一群人"①，全书没有直接描写抗日武装斗争，没有与日本军队做过军事较量，缺乏军事小说的核心内容，显然是战时"乡村"小说而不是真正意义上的军事小说。施蛰存的《将军的头》，写无法改变士兵贪财的本性而苦恼，为爱情迷茫而丢掉头颅的大唐花敬定将军，心理活动多，几乎没有涉及任何军事行动，是典型的以历史为题材的现代心理分析小说。姚雪垠的《差半车麦秸》主要写一个落后农民受战争洗礼而转变，它们顶多算作"间接地描写军事题材"的文学作品。这种间接的军事小说二三十年代不少，有孙俍工1926年

---

① 萧军：《八月的乡村》，北京人民出版社1980年版，第113页。

民智版的以篇名为书名的短篇小说《生命的伤痕》；有蒋光慈自称在"花呀月呀"声中"粗暴的叫喊"，主人公汪中最后死在战场上的亚东版中篇小说《少年漂泊者》；有写上海第二次武装起义、后来作为禁书的中篇小说《短裤党》，以及同样遭禁的《少年漂泊者》之续篇的《鸭绿江上》；等等。这些都只是与军事题材相关联的文学作品，都是间接的军事文学，不能以"开山作"目之。黑炎 1929 年的《战线》，虽也写到战争状况，但并不详实，而且作者是汉奸，人格卑劣，是正义战争的罪犯，绝对不能担当开山之作的大位。左联作家周文 1932 年创作的处女作《雪地》，写某营打剩的几十名士兵从关外回到关内，在雪地行军途中，因愤恨连长、营长、旅长草菅人命、克扣军饷、残杀士兵而哗变，1935 年的《在山坡上》，写敌对两方的士兵王大胜与李占魁始于生死搏杀，终于互称兄弟，前后行为与心理的骤转，战争的血腥味、人情味十分浓郁，无疑是军事文学的优秀之作，但毕竟是两个内容单薄的短篇，也难以充当开山之作的大任。

经过这种种比较后，可作真正意义上军事文学开山之作考辨的，有谢冰莹 1927 年的《从军日记》，孙席珍 1929 年开始写作并陆续发表、出版的短篇小说《火和铁的世界》，战争三部曲《战场上》《战争中》《战后》，1938 年 1 月发表的丘东平的《第七连》和《一个连长的战斗遭遇》，陈渠珍 1937 年 2 月的《艽野尘梦》。这些作品具备军事文学的三个"真要素"，军事氛围浓郁，有军事行动和战争生活的现场感，系中国新文学早期为数甚少的充分意义上的军事文学作品。郭沫若的《到宜兴去》《尚儒村》《北伐途次》，写的是江浙战祸与北伐，而且面世时间最早，理所当然地放在这里予以比较和论辩。

二、下列作品为何不能担当开山之作的大位

有论者把郭沫若的《水平线下》统称军事文学，那并不确切。1928 年 5 月上海创造出版部出版的郭沫若的《水平线下》，包括《到宜兴去》《尚儒村》《百合与番茄》等纪实作品和《亭子间中》《湖心亭》《矛盾的统一》《后悔》等四篇小说。纪实作品以《水平线下》之名，收入 1992 年 10 月人民文学出版社的《郭沫若全集》第十二卷；四篇小说以《水平线下》之名，于 1992 年 10 月收入人民文学出版社的《郭沫若全集》文学卷第九卷中。《到宜兴去》写于 1924 年，叙述奉命调查江浙战祸中的所见所闻所感，所

遇所思所虑，是新文学中最早与军事相关联的文学作品。"宜兴给我的第一印象"是"黑暗、路烂，臭不可堪"①；老百姓为了活命，有薄产的卖家产，没家产的卖儿女，年轻一点的女子出去当娼妓、丫环、小妾；"广东财政穷绌得不堪，客军的湘军有时候几乎没得米煮饭"。② 作品以"我"当时的调查行动为线索，表现"中国江南农村一天天颓败下去"③，"中国一天天地沉落向一个无底的深渊"。④ 在第二年，即 1925 年写的《尚儒村》，作者进一步坦陈："我在调查期中，除去认真地起过一次悲戚之外，我对于这些所谓'江南的惨祸'，实在是淡然漠然的，……这样的战祸，自民国以来已是司空见惯，原不限于江南。……其原因，一多半应归罪于我们国民自己。"⑤ 这两篇自传体散文，还写到军阀鱼肉乡民，战后烧了好多房子，外国资本入侵中国工商业，工厂破产，等等事体，对于战争本身的情形却忽略了。与其说是军事文学，不如说是一部中国军阀混战时期的社会问题作品。同样，回忆录《北伐途次》，也是《沫若自传》的组成部分，写以作者为主的第三厅文化人，由长沙向武汉行进的实况，"叙述的是 1926 年北伐军进攻武昌时的事情"⑥，可从未正面写那时的打仗，批评军官军事素质低，"连军事上的 ABC 都不懂，也在做师长"，也是从文化人嘴巴里说出来的。作者是文化人，没有参过战，"只能够根据着我所参加过的一部分写出"，"而且是根据着我日渐稀薄下去的记忆"，写出一些"片断"，主要是"汨罗江畔的露营，崇阳山中的跋涉，咸宁道上的奔波，"尽管涉及宾阳门外的流血，却没出现过战争的场面与细节。⑦ 作者意在"特别地纪念我的一位阵亡的朋友"，显然是文化人的生活纪实而不是真正意义上的现代军事文学，顶多也只能算作战争环境下的"泛军事文学。"当年这类作品还多，沈从文 1927 年短篇小说《入伍后》，及 1931 年 8 月写于青岛的《从文自传》都是。《从文自传》从《辛亥革命的一课》到末篇《一个转机》，百分之八十的篇幅都是写自己少年从军的生活，即十二岁参加军事训练，到十四岁前以文

① 郭沫若：《郭沫若全集》第 12 卷，人民文学出版社 1992 年版，第 359 页。
② 郭沫若：《郭沫若全集》第 12 卷，人民文学出版社 1992 年版，第 340 页。
③ 郭沫若：《郭沫若全集》第 12 卷，人民文学出版社 1992 年版，第 362 页。
④ 郭沫若：《郭沫若全集》第 12 卷，人民文学出版社 1992 年版，第 363 页。
⑤ 郭沫若：《郭沫若全集》第 12 卷，人民文学出版社 1992 年版，第 382 页。
⑥ 郭沫若：《沫若自传》，《郭沫若全集》第 13 卷，人民文学出版社 1992 年版，第 5 页。
⑦ 郭沫若：《沫若自传》，《郭沫若全集》第 13 卷，人民文学出版社 1992 年版，第 124 页。

书之职随军行走于湘鄂川黔四省边境的情状。因没有真正参与打仗，便没有打仗的文字，也只能算作泛军事文学作品。

谢冰莹 1927 年的《从军日记》，也不是充分意义上的军事文学。1906 年出生于湖南新化的谢冰莹，原是个敢为天下先的湖南精神的代表女性，她决不相信"女子无才便是德"，昂首走进湖南第一女子师范，尚未毕业又投笔从戎，20 岁考入黄埔军校武汉分校，后进八军政训班，经过短期训练，开往北伐前线做政治宣传工作，曾经历过丁泗桥的恶战。谢冰莹的《从军日记》就是在战地写成的，最先发表于《中央日报》副刊。作者采用日记体形式，向主编《中央日报》副刊的孙伏园，报告一个女兵的战场生活与观感，写的虽是"她生命史上最光荣的一页"，题材高度新颖，但是着眼于"那里有男澡堂，还没有女澡堂"之类的生活琐事，内容单调平淡，艺术上也相当粗糙。当时有人赞扬写的"是整个的行军生活，是破天荒女兵的日记，"① 也有人批评"是随便写成的一些字，写了之后你一定没有修改过。"（《战争中》，p. 53）作者自己也毫不隐瞒地表示，"我的从军日记"，"这些不成东西的东西"，"太单调了！太没有生气了！太没意思引起人看的兴味了！"（同上，p. 26）"无聊！真是太无聊了！写上这些没有意思———一点意思也没有的东西干什么呢？……我决不再写了。"（同上，p. 83）这样的作品不但远远没有达到开山之作的高度，连《新文学大系》都没有收进去。

再看孙席珍的战争三部曲。《战场上》写北伐战争中五四九团第七连号兵邓强、马夫牛长根、"逃兵"刘克胜、上士黄得标等人的命运遭际，表现出明显的厌战情绪与反战思想，具有一定的进步意义。特别是学生兵刘长根，于战争空隙中偷偷回家看看久别的爹娘，硬被营长判作逃兵枪毙，批评了战争毫无人性与理性的残酷；《战争中》继续写黄得标、熊十一、裘上士、韦虎等普通士兵糊里糊涂的打仗，整整一个第四连，一次战斗下来只剩 19 人，"兄弟们为战拼命，救了'国'，救了'民'，却没有救到自己的命"。② "只要自己没有死，便算是真的打胜了"。（《战争中》，p. 105）《战后》写北伐战争后，革命军变了质。三个作品当时被称为"中国第一部现代军事小说"，颇有开山之作的美誉。但是，这个"三部曲"布局显然是依

---

① 谢冰莹：《从军日记·写在后面》，内部资料，第 59 页，以下只标页码。
② 孙席珍：《战争中》，上海现代书局 1930 年版，第 130 页，以下只标页码。

傍托翁的《战争与和平》且不说，单就笼而统之地厌恶战争、反对战争而言，就有着非常明显的原则性缺陷。谁都知道，战争分正义与非正义两种。无论中外古今，无论哲人庶民，都赞成正义战争，反对非正义战争。区分战争正义与否之标准，则看战争的理由、目的和战争过程中是否葆有人性和理性。中国自古主张"天下兴亡匹夫有责"和"伐无道"，拥护正义战争。连主张"非攻"的墨子也始终支持反侵略的防卫性战争；坚决反战的孟子还提出了"仁者无敌（正义战争必然要胜利）"的思想；有西方人甚至说"劣质的和平比战争更糟糕"。北伐战争是继承孙中山遗志、应南北人民之愿望，为结束军阀混战，统一国家民族，由国共两党合作进行的正义战争，可是，孙席珍的作品另持异议。1929 年写于上海的短篇小说《火和铁的世界》写"这仗要打到几时才得息呢"①，明显地流露出反战思想和厌战情绪；场面描写上则突出"血肉模糊凝成散乱的一堆的，被截去了头颅手足的，大煤炭似的，烂田里的田鸡似的，四肢摊开如一大字形的，在山头山脚到处点缀着。"② 这样的思想、人物、场面也贯穿在后来的《战争中》。《战争中》借黄得标的口批评："为人民谋利益，为工农找出路"，"你们也相信这些鬼话！""仗打完了，做官的做官，发财的发财，老百姓还是老百姓，我们还是我们。"③ 据湖南省图书馆藏本，1937 年上海中华书局再版的《战争中》，未作一个字的改动，而当时的日本正虎视眈眈地瞄准了中国。田间 1938 年的诗是这样看待战争的："假如我们不去打仗，敌人用刺刀／杀死了我们，还要用手指着我们的骨头说：'看！这是奴隶！'"两相比较，作者对战争的态度的失误，便一目了然。被鲁迅称为"诗孩"的孙席珍北伐时虽然担任过连营指导员，较早发表了诗歌，但在小说艺术表达上却很平直。《战争三部曲》反复地写到了士兵们为了生存，为了每月一点饷银而从军打仗的战争心理，但那种茫然无助的心理与英雄主义、爱国主义几乎完全绝缘。在场面描写方面，反复呈现的是士兵的战死与受伤，士兵各种各样的死法，死前的挣扎，死后的姿势，等等，展示得特别详细。然而，各种死状写得多了，单调而重复。就思想倾向和艺术造诣而言，孙席珍的《战争三部曲》是担当不起开山之作的名分的。

---

① 《孙席珍小说选集·火和铁的世界》，香港南方书屋 1984 年版，第 220 页。
② 《孙席珍小说选集·火和铁的世界》，香港南方书屋 1984 年版，第 223 页。
③ 《孙席珍小说选集·战争中》，香港南方书屋 1984 年版，第 32 页。

丘东平的《第七连》《一个连长的战斗遭遇》，具体生动地描写了中国共产党领导下的新四军官兵英勇作战的事迹，高度赞扬了他们不怕牺牲的英雄主义精神和爱国情怀，作者又是新四军时期的著名作家，新四军军内文化艺术领导人，牺牲时手里还抱着未完成的长篇小说手稿《茅山下》，所以，迄今以来，所有中国现代文学史著、教材，都把丘东平的抗战小说作为中国新文学现代军事文学的开山之作。实事求是地说，丘东平的这两个作品也不能充当中国现代军事文学的开山作。首先，丘东平《第七连》的面世时间，在陈渠珍的《艽野尘梦》的后面。陈渠珍的《艽野尘梦》出版于1937年2月，属于抗日战争前的早期军事题材小说；而丘东平高峰期的作品——在武汉创作的《第七连》，最先发表在1938年1月的《七月》杂志第二集第6期上，属于抗日战争时期的作品。由于丘东平曾是胡风的亲密朋友，是胡风《七月》杂志的重要作者，在胡风受屈的年月，所有的新文学史著，为了回避丘东平与胡风的关系，不是依据《第七连》在《七月》杂志上发表的时间，而是根据《七月文丛·丘东平集·第七连》于1940年由上海海燕书店出版的时间，故意把《第七连》定为上世纪40年代的作品，纳入40年代的抗战文学序列，时间往后推了两年以上，这是学人们有意弄错的。事实是，1938年1月面世的《第七连》虽然只比陈渠珍的《艽野尘梦》晚了十一个月，却晚了一个历史阶段，不属于早期军事文学作品了。更重要的是，陈渠珍的《艽野尘梦》在内容的丰富、思想的厚重和艺术感染力诸方面，也远在丘东平《第七连》之上。

三、《艽野尘梦》无愧为中国现代军事文学的开山作

首先，《艽野尘梦》对正义战争明确予以肯定。1909年，英国当局支持西藏地方武装发动叛乱，企图把西藏拉出中国大家庭。陈渠珍作为中级军官，随清军入藏平叛，领导和参加这样的战争是应当肯定的，后来，当平叛战争节节胜利时，辛亥革命爆发了，国家政权更替，平叛清军内部哗变，杀了原清军统帅。一时间，本来是讨伐叛逆的正义的"王师"变成了被讨伐的非正义的"贼军"，进而清朝垮台，"贼军"又变成了一群无名、无主、流落异地的"丧家之犬"。作品的主人公和当事人，虽然没有参加反清之战，但并不反对兵变，而且在承认现实的前提下，把湖湘子弟兵带回家乡。爱子弟兵，爱家乡，也是爱国主义精神的表现。在艺术上，作品将主人公

真实地置于特殊的历史尴尬境地：清朝政府还存在时，他们作为国家军队前往边陲平叛，维护国家统一，无疑是正当的；革命力量把清朝政府推翻后，入藏清军本身的存在没有了历史的合理性，反而成了革命新军镇压的对象。这种历史尴尬境地是历史的偶然因素与必然性高度融合，增强了历史的神秘色彩和小说的文学性，无形中也增加了作品的历史认知价值。

其次，小说真实地描写了作者亲自率队参加的平叛和撤离过程中种种军事故实，是我国现代文学史上一部稀有的军事传奇。由于作者的亲历性，作品所写的战争和战斗，场面、细节，其形其境，历历如在目前，有很强的现场实感，详细、生动、逼真。特别是撤离中，七个多月与人间隔绝，断粮断信、九死一生、艰难险阻，种种困苦行状，非亲历者是想象不出来的。作为战争传奇，军人的种种生活及其体验，都是从来没人经历过的，许多惊险奇特的细节，极为宝贵。在那高度干燥、寒冷的沙漠荒原上，竟然留有亿万年前死去的巨型野兽的一个头颅。那头"高约五尺，大亦如之。大漠奇寒，久而不腐。风吹日炙，遂自僵枯。狼牙虽利，终不能损此金刚不坏之躯壳"，"堆积柴薪燔之，且频频浇水，经三小时，唇皮离骨寸许，他处仍不可拔。又以数人更番敲剥，得八九块，巨如掌，以大火煨之，经两昼夜，始稍柔软，可施刀斧，皮厚二寸许矣……味较鲜肉尤佳"。① 小说还记录了人与狼争食的情景：至羌塘，人和狼都极端饥饿，军人杀一骆驼为食，派六人更番守护，以防野狼。至夜，竟为狼衔去双脚，守兵趋前与狼争夺，群狼不退，反而又来了十余头。鸣枪吓之，终于还是被狼夺去一腿。这些描写，无疑是现代军事文学中的瑰宝。一般说来，根据二手材料创作的，或由当时位置低、视野窄的一些战时文化人所写的军事文学，于战争本身总有点"隔"。陈渠珍的《艽野尘梦》和后来曲波的《林海雪原》，作者身居军中主位，与写作对象合体同一，才达到了真实性与传奇性的高度融合。

作为军事传奇，《艽野尘梦》特别强调了军人的良心。陈渠珍在《军人良心论》中有一个著名的论断："有良心之人拿枪，才是军人，没有良心之人拿枪便是土匪。"② 他反复申说："良心，生是随身带来的。在生一天要兢

---

① 陈渠珍：《艽野尘梦》，中国广播电视出版社 2006 年版，第 3 页。
② 陈渠珍：《艽野尘梦》，中国广播电视出版社 2006 年版，第 150 页。

兢业业的保持住，不许有一刻功夫失掉，一直到死的时候。要完完全全带回去，才无愧屋漏，无忝所生。所以，良心是'全受全归'的，不是时存时亡的。"① 张扬军人的良心，是自古以来军事小说一个非常重要的人文主题。不错，战争的内核就是杀人胜利；但是那要看，杀的什么人。是滥杀无辜甚至屠杀俘虏，还是杀各为其主的战场上的生死对手？《三国演义》中，曹操的煮酒论英雄，体现的是他"宁可我负天下人，不可天下一人负我"的良心泯灭的英雄观、军人观。陈渠珍则相反，他的《艽野尘梦》多处写到，军人要有鲜红的良心。陈渠珍率部东归途中，在沙漠中走不出去，一切可食之物皆已断绝，其中有士兵建议，杀掉藏族向导，解饥渴以自救，遭到了陈渠珍的痛斥："外族同胞，年纪正轻，对我们有恩，我负心劫杀之，世有鬼神，岂能容？世无鬼神，亦安忍？"② 可见陈渠珍是兼具良心与血性的勇者与仁者。军事文学作品肯定军人的良心，就是肯定人性、人道主义。那时的陈渠珍就能旗帜鲜明地张扬人性、人道主义，说明正常人的正常人性是古今相通、中外相通的。阅读《艽野尘梦》，让人感受到一种真实的人生，让读者自觉洗涤自己的灵魂。

再次，《艽野尘梦》始终洋溢着军人固有的死而后生的求生意志和冲破一切艰难险阻的英雄主义精神，谱写了一部少有的生命传奇。这也是战争文学作品的精髓。所谓英雄主义，就是精神的无所畏惧，生理体魄的强悍勇健，业绩的不同凡响。这是任何军队、军人所应当具备的基本精神。战场是生命的演练场与角斗地，充满着刀光剑影的拼杀和血肉模糊的竞争，军人在这种文化场里滚打，英雄素质不是外在的要求，而是内在的生长因素。军人的文化基因，就是英雄基因。基因是自体繁殖、自我遗传的一种素质，共产党领导下的军队借助政治工作，将英雄基因发挥到极限，英雄主义成为现代中国军旅小说的基本精神和思想基调。中国当代军旅小说几乎都是英雄谱，每一部小说中都有英雄在闪光，而且他们无一例外都是阶级品质的形象代言人。然而，一个只讲英雄主义、不讲人道主义的民族必然沦为野蛮的民族，一个只讲人道主义不讲英雄主义的民族必然懦弱无能，英雄主义与人道主义、英勇杀敌与军人良心是并行不悖的一种精神的两个

---

① 陈渠珍：《艽野尘梦》，中国广播电视出版社 2006 年版，第 150 页。
② 陈渠珍：《艽野尘梦》，中国广播电视出版社 2006 年版，第 106 页。

方面。《艽野尘梦》在高扬英雄主义的同时，高度肯定了军人的求生意志，阐释了军人作为人的自然属性和文化属性。无论是腊左之危，昌都之险，青海之难，沙漠之困，每临绝境，激起的都是军人脱险求生、回归复命、绝不言败的英雄主义精神和超越生命极限的生存本能。小说重点描写了军人在绝境下，如何将生命能量发挥到极致，达到生还故土的目的。陈渠珍率领的 115 名湖湘子弟兵，误入酱通大沙漠，断粮七个多月，茹毛饮血，与狼争食，历时 225 天，死 110 人，终于留得七人生还。显然，《艽野尘梦》中军人的英雄主义精神不是高调的，它与实实在在的求生意志紧密地连接在一起。最崇高的精神与最起码的人性的集结，深入到军人的每一根骨头，每一滴血液，每一个细胞，每一窍毛孔中，军人的英雄主义也便从小说的每一个文字中跳将出来！就是凭借了这种崇高而实在的精神，他们虽经九死而能生。小说在描写军人的生命传奇，彰显英雄主义精神的同时，还详细记录了那个年代西藏少数民族特异的风俗习惯，描写了人迹罕至、人所不知的最偏远的西部风光。《艽野尘梦》于 1940—1942 年在《康导月刊》上连载时，历史学家任乃强先生亲自为书校注。在"弁言"中高度评价说："（陈渠珍的《艽野尘梦》）既奇且实，实而复娓娓动人，一切以康藏诸游记最。尤以工布波密及绛通①沙漠苦征力战之事实，为西陲难得史料。"比之《鲁滨孙漂流记》则真切无虚；比之张骞班超等传则翔实有致。"② 这些独特经历引出了回肠荡气的军人的感伤，为纪实性军事小说注入了灵动之气，成为中国现代文学史上军事小说的奇葩。

《艽野尘梦》的人道主义在作者与西原的爱情传奇中得到了淋漓尽致的展现。萧与剑、英雄与美女，历来是军事文学最出彩的写作范畴，《艽野尘梦》也不例外。陈渠珍是一个既有良心、又极重感情的军人，因而成就了作者与爱妻西原的爱情传奇。西原本是个善攀援、晓骑射的十六七岁的藏族少女，收复工布后两人结缘，从此生死相随；东归途中，西原和陈渠珍两人厮守着终于逃出了大沙漠到达西安。途中西原害天花，苦累之极，陈渠珍亲自背着，在死亡线上千里挣扎，终因无可救药，在西安死于陈渠珍的怀中，葬大雁塔。陈渠珍痛哭流涕，万念俱灰，好久不能平复精神的伤

---

① 小说原文为"酱通"，此疑误用。
② 陈渠珍：《艽野尘梦》，中国广播电视出版社 2006 年版，第 150 页。

痛。回湘西后，陈渠珍始终把西原作为第一夫人供奉，原配夫人的住房和名分总是空着。汉代昭君出塞，嫁给匈奴的领袖（单于），开启了民族联姻的友好历史。唐代的文成公主远嫁松赞干布，首创汉藏联姻的千古佳话。陈渠珍与西原，虽是中层人士，身份不及汉唐的公主与少数民族领袖的地位高，但他们两人那种惊天地、泣鬼神的爱情悲剧，前无古人，后无来者。其悲剧情景透露的崇高精神尤其感人至深。这饱和着幸福与血泪的爱情传奇，也是汉藏联姻的又一段历史佳话，具有不朽的价值与文学意义。文学史上虽有不少诗歌、戏剧描写昭君和文成公主，但那都是后人写的。而西原与陈渠珍的爱情传奇，却是由活着的当事人自己以血泪的文字亲笔书写，因而更加刻骨铭心，撩人肺腑！黄永玉在陈渠珍的墓前，塑西原的青铜雕像紧紧地偎依于丈夫的墓碑，是对《艽野尘梦》中近现代中国汉藏婚姻传奇的外化、具象化。说来也巧，2012 年将陈渠珍的骨殖由明阳山公墓迁入家乡凤凰南华山时，在迁灵仪式上，"当装着遗骨的木箱放进墓坑的那一刹那，从墓坑里突然飞出一黄一黑两只蝴蝶来，它们翩翩起舞，在墓上空盘旋数秒，双双飞进南华山的大森林中。在场的人看了，无不感到神奇至极"①。《艽野尘梦》这部难得的爱情传奇，也是一曲美好人性、美丽人道主义的美妙的颂歌。

《艽野尘梦》适应了当下人们对军事文学作品最重要的美学诉求。从外在的场面、细节、情节、形象，到内在的精神品质，小说基本涵盖并准确地回答了今天军事文学创作中重要的理论问题。不仅对战争性质和写作立场有正确的把握，还对军人的精神与良心，生与死，勇与谋，英雄与美女，国家、民族与军人，英雄主义与人道主义之关系，军事小说的要素，等等理论范畴，做出了精辟的解答。小说隐含着的这些理论问题的答案，对今后我国军事文学创作有着重要的借鉴作用。今天，笔者将这部作品慎重地予以评判、推介，不仅只关涉到一部作品的价值，而且在对新文学名著的发掘，对军事文学创作及其今后的理论发展，都有着重要的意义。

陈渠珍的《艽野尘梦》囊括了中国现代军事文学重大理论问题并作出了科学的回答，在思想引领性、艺术示范性、历史标志性等诸方面堪称早期中国现代军事文学的范本，它虽然只有七万多字的篇幅，其容量却不亚

---

① 姚子珩：《黄永玉的故乡情》，《书画精粹》2012 年第 10 期。

于一部长篇。它的主题是多义的。它在肯定军人的英雄主义、爱国主义和生命至上的同时，还具有历史的、民族团结的意义。《艽野尘梦》以中国最后一个封建王朝灭亡前后西藏发生的历史事变为描写对象，再现了特定历史背景下特定的历史事变的某些原貌，最富有时代的内涵与历史认知的价值，从这个角度说，《艽野尘梦》不失为一部有意义的历史小说。陈渠珍领兵远离家乡，奔赴西藏边地抗英平叛，无疑是维护祖国统一的爱国壮举；清朝政府被推翻后，作为曾经被派遣的国家军队的重要一员，陈渠珍以人为本，率115名湖湘子弟兵，迅速退出政治漩涡，撤离西藏，毅然回归家乡故里。热爱家乡是热爱祖国的具体表现，陈渠珍面对历史变局的道路抉择，也是军人爱国主义精神在特殊时期的特殊表现。此外，《艽野尘梦》蕴含着深刻的民族团结意义也是显而易见的。小说不但写了陈渠珍在西藏平叛战斗中与当地藏民的友好关系，写了撤出西藏过程中藏族人民所给予的物质援助和派向导的实际支持，尤其是通过写陈渠珍与藏族女子西原的忠贞不渝的爱情，歌颂了两族人民真诚的友谊和世代交好的关系。回族作家马丽华称：影响藏汉关系的有两个重要女人，一个是历史上的文成公主，另一个就是现代历史上的藏族女子西原。这一见解极为深刻。小说所昭示的民族团结的意义，是《艽野尘梦》的又一个大贡献。顺带提一下，周强在湖南担任省委书记期间，曾建议将《艽野尘梦》改编成影视作品搬上荧屏，这反映了一个读者对《艽野尘梦》的喜爱，反映了这部小说的意义越来越被人们所认知。

四、博学渊雅，文武兼备

最后，介绍一下《艽野尘梦》作者陈渠珍和小说的成书情况。画家黄永玉撰写的陈渠珍墓志铭如是说："先生是卓越的文学家、政治家、军事家……国内军阀混战时期，由于先生的精心维护……湘西百姓得以享受30余年安宁太平日子。抗日战争初期，上万湘西优秀子弟浴血献身……都是先生几十年一手培养的骨肉勇士……先生治军仁、为政宽、工作务实，教子有方，生活简朴，博学渊雅，见解宏阔，无愧人称山水精英。"[1] 当时的湘西，包括了今自治州、张家界、怀化市全境和常德市、邵阳市一部分等小

---

① 姚子珩：《黄永玉的故乡情》，《书画精粹》2012 年第 10 期。

半个湖南的版图。陈渠珍是一个地道的军人，他 1903 年入湖南武备学堂，毕业后在新军第一标任队官，宣统年间（1909—1912 年）随新军协统钟颖入西藏抗英平叛，民国时期回湘西历任国民革命军左翼军副总指挥，湖南第一警备军司令，新编陆军 34 师师长，湘西绥靖公署主任，新六军中将军长，中央军委会中将高参。他追随孙中山，加入同盟会，统领湘西三十余年，力行民族自治，注重民生，同情支持共产党，与贺龙义结金兰，1949年任湖南和平自救委员会副主任，湘西迎解放第二纵队司令，响应程潜，举行湘西、凤凰和平起义，为湖南和平解放做出了重大贡献。由毛泽东亲自签批，列席第一届全国政协二次会议，增选为全国第二届政协委员，湖南省人民政府委员。1952 年 2 月，陈渠珍患喉癌病逝于长沙，威震湘西的一代民族英雄，文武兼备，为人所钦敬。他生前热爱文学艺术，不但资助黄永玉学画，培育沈从文搞文学，自己也写诗、写小说，黄永玉用文学家界定为陈渠珍的第一身份，意在强调他的文学贡献。陈渠珍的《艽野尘梦》成书于丙子年（1936 年）除夕，旋即于 1937 年 2 月自序出版，1941—1942年在《康导月刊》上连载。时隔 63 年后，1999 年西藏人民出版社重新出版，后由重庆出版社再版，2006 年 3 月中国广播出版社又一次出版。精品是可以穿越历史与地域的。我们有充分的理由宣称：在我国新文学史上，陈渠珍的《艽野尘梦》，是中国现代军事文学的开山之作。

（2013 年于同升湖山庄）

（原载于《新文学评论》2014 年第 2 期）

孙健忠作品的乡土气息和民族特色

文学原是"乡姑娘"。她从一族一乡的地方走出来，汇入世界文学之林，自然带着各自的乡土气息和民族特色。孙健忠创作中就有一股扑面而来的浓郁的湘西乡土气息和土家族民族风味。作家说，他是从民族特色和地方特色的追求上，开始了自己的创作，"力求在作品中写出那么一点湘西味，那么一点山味和野味"。他的家乡在湖南西北部，东瞰江汉平原，南承云贵高原，西连巴山蜀水，北接巫峡之尾，系湘、鄂、川、黔四省交界地带。雄伟的武陵山横贯全境，气势磅礴，碧绿的酉水河流泻其间，景色秀丽。在这千山竞秀、万壑争奇的三万平方公里的大山区，杂居着两百多万勤劳、勇猛、正直而善良的土家、苗、汉各族人民。这里山高林密，土多田少，气候潮湿，蛇兽为害。人们大都住的吊脚楼，穿着大裤脚（便于扎绑腿），运输靠背篓，饮食好酸辣（避潮助消化）。这里曾是湘鄂川黔、湘鄂西革命根据地的中心地带，中华人民共和国成立后，一直是重点建设的地区。家乡人民艰苦的生活和斗争，为孙健忠的文学创作提供了丰富的养料和原料。从家乡人民、主要是土家族人民的生活和斗争中，提取作品的人物、故事和色调，这是孙健忠作品中乡土气息和民族特色形成的基调。

一

孙健忠表现当代土家族人民的生活和命运，总是把它安置在奇特的自然风光、民族风情和风俗习惯的浓郁背景上。

湘西山区有着奇异绚丽的自然风光和地理风貌。若是雷雨天发了山火，"火光冲天，浓烟滚滚，把半个天烧红了，又染黑了。杉树林燃烧的毕剥声，偶而出现的爆炸声，清晰可闻……被山火吓坏了的野物，在山林中惊惶乱窜"；倘在风日晴和的早晨，"一切静穆得出奇…森林间升腾起一缕缕白蒙蒙的雾气，在慢慢飘散，起伏的山林被水洗过，更加绿溶溶的"。（《森林曲》）湘西山民既吮吸着山川日月之精华，又常常不得不与恶劣的自然条件作斗争。这一切表现在孙健忠作品中，形成了鲜明的地方特色。那挂在悬崖上的杉木皮吊脚楼，那苍苍林海中的森林瞭望台，那在山峡湍流的沅水河……皆来笔底，组成了旖旎的湘西风景画。作家的笔下，湘西的水，或绿波荡漾，或滩浪哗啦，或飞瀑流泉，或溪水潺潺，配合着茂林修竹，小船炊烟，美不胜收；湘西的山，或层峦叠嶂，或幽林深涧，或坡山连片，或悬崖绝壁，配合着木板房、猎狗或雷雨，千姿百态。"仁者乐山，智者乐水"，孙健忠纯朴善良，聪颖率直，所写的湘西山水，饱含了自己热恋的感情，分外逼真，分外迷人。

每一个民族在长期的历史发展中，在衣着、饮食、居住、生产、婚姻、丧葬、节庆、礼仪等物质文化生活方面，形成并广泛流行着一些特殊的喜好、风气、习尚和禁忌。孙健忠爱把这些随时可以触摸得到的土家生活的外观现象写进作品，画出一幅幅生动的民情风俗画，鲜明地显示出他的作品的乡土气息和民族特色。读他的作品，人们看到土家族的特殊生活用品，听到土家族的民间传说，如西朗卡布（土家族花被面），木叶（随手摘采便吹的一种树叶），咚咚喹（五寸长的竹管乐器）及其传说，以及狗尾巴带谷种的故事，等等。读他的作品，人们仿佛走进了湘西山区，同土家族山民一起过着特异的生活：山村夜里开会，用水泡过后晒干的黄篾照亮；火塘里通夜煨着茶枯火，青年相邀到寨子里"闹"、玩耍；夏夜乘凉时烧一个大把烟熏蚊子；春节期间，大家聚集在调年坪里载歌载舞"调年"，或者在"摆手堂"里跳传统的民族舞蹈摆手舞，从初一闹到十五。这些独具特色的描写，正像鲁迅笔下着意写出的阿 Q 头上那顶破毡帽一样，寥寥几笔，稍作勾勒，便使本民族的读者感到亲切、实在，使外民族的读者感到新鲜、有趣。

孙健忠的作品成功地把湘西的自然环境、地理特色、民情风俗、传统习惯与土家族人民的劳动和斗争极其自然地融化在一起，使各方面的描写互相映衬，共同增色。他描写土家族的春耕时说："半夜里响起了春雷，哗啦啦落下一场喜雨，土家族人像庆节日一样，喜滋滋地把黄牯从牛栏里牵出来，在它的尖角上挂盏灯笼，赶忙上山抢水田。"（《洛塔的河流》）黄牯尖角上挂灯笼，这是湘西山区独特的劳作方式。半夜起床，冒雨犁田，相沿成俗，无比欢欣，可以看出土家农民的勤劳。孙健忠作品中常常出现狗，因为狗是山区人民坚强的门卫、忠诚的仆役、勇敢的斗士、重情的朋友、得力的助手。《木哈达的狗》中那条大黄狗，是党群之间、土家族人民和汉族人民之间沟通感情的桥梁，是全篇故事的扭结。《留在记忆里的故事》写"大跃进"年月中的"大兵团作战"。狗失去了主人，瞎老头离开了唯一的亲人孙女儿，双方在孤独中结成了患难的朋友，成了一个流动的、互相依赖的临时"家庭"。狗是那样通人性地去帮助人，而人又是那样认真地向狗诉说自己的感情，这就在更深一层意义上暴露了轰轰烈烈的"大跃进"后面所隐藏着的农村凄凉的实况，批判了瞎指挥、劳民伤财给人们带来的不幸。列夫·托尔斯泰在 1865 年 9 月 30 日的日记中指出，"小说家的魔力"的第二类，"在于以历史事件为基础的风俗习尚的描绘"。孙健忠不为猎奇而展览奇风异俗，而是为表现历史事件的主题来写风俗，这就给作品增加了思想深度，也平添了不少美丽的色彩。孙健忠没有停留在描绘民族生活的外观形态上，他着力表现了湘西土家山民田园牧歌式的生活，怎样随着时代的风雨而发生变化。湘西土家族，自称毕兹卡，即本地人的意思，约九十万人口，是一个求实的古老民族。土家族农民在边远的山林繁衍生息，热爱土地，安土重迁，勤于农事，极重爱情和天伦，世世代代追求一种恬静、温饱的劳动生活。他们性情忠厚犹如山崖，心灵明净犹如清溪，待人接物重感情、轻财利、讲义气、守信用。他们缺少文化，罕言少语，大都具有本分、厚道、纯真的共同品性，有强烈的同情心、正义感和丰富的内心世界。在长时期与自然界和社会恶势力的斗争中，形成了互相信任、团结抗侮的勇武之气。艺术上无不呈现牧歌的色彩，显示出生活中本来就有的美：自然风物美，生活情调美，人物心地美，肖像也很美。像《乡愁》中的少妇，不但心灵像水晶透亮，而且身姿窈窕，衣饰大方，甚至连脚上的皮肤也是"玫瑰色"的。但是，平静的田园生活随着时代的前进而发展。作家的笔下，田天陆的妻子最终被土匪抢走了；瞎老头的孙女在瞎指挥中丢命，老头失去了希望，也追赶着孙女儿"去"了；曾经给滚浪蛟带来多少荣耀和敬重的大礁石"三只角"，在社会主义大生产中将要被炸掉，英雄失去用武之地，要与昔日的荣誉永远告别，不免有些惆怅；村妇的大学生丈夫回来后，与被救活的大学生展开了一场流血的武斗，两人都在现代迷信制造者所炮制的伟大口号下毙命，村妇也受到严酷的精神戕害。孙健忠总是透过田园生活的风波，描摹时代的风云，揭示美丑、善恶之间的更替和斗争，显示出生活的变化和社会的前进。在这点上，孙健忠与老作家沈从文相比，似乎"雏凤清于老凤声"。孙健忠在自己的艺术大厦上涂抹地方和民族色彩时，又涂上鲜明的时代色彩。这就使他的作品既合生活的逻辑，又有较强的时代感，能从乡风民俗之中照见社会的面影。他取材于乡土的作品能冲破乡土的界限，获得全国性的影响，这是一个重要的原因。

二

努力刻画民族的心理和性格，是孙健忠作品民族特色最根本的表现。因为民族心理和性格，是民族特色的灵魂和核心。它渗透在同一个民族的千差万别的个性中，是区别不同民族的人物形象的标志。

毕兰大婶和彭老三，同是优秀党支部书记，虽处于瞎指挥的高压下，但能实事求是，忠于党、忠于人民，表现出坚强的党性，这是两人的阶级共性。毕兰大婶虽内向，却胸无城府，严肃而伴着慈祥，刚强而略带母性的柔弱；彭老三随和、乐观，表面油滑，貌似懦弱，实则胸有城府，宁折不弯。这是两人不同的个性。在这两个不同个性的人物身上，除了相同的阶级共性，还可以清楚地看出他们有着共同的民族心理：维护和捍卫本民族利益，同情和庇护本民族的弱小成员，不惜牺牲自己同恶势力作坚决斗争，对外民族成员忠诚相待而又不失民族警惕心。毕兰大婶用自己的全部智慧去思索上级号召的一切，她用母性的爱庇荫着全大队社员群众，对外来的逃荒者广施救济，深表同情。彭老三呢？用"瞒天过海"的方式反对公社书记田大喇叭推行的超级密植，为了全大队群众有饭吃，他准备承担一切责任，幽默中含着严峻，乐观中透出可贵的自我牺牲精神。

土家族这种民族心理滋润了淳厚而武勇的民族性格。孙健忠表现土家族民族心理和性格，重点是塑造倔强而善良、憨直而厚重的人物形象。这在三牛和竹妹的心灵和行动中表现得非常突出。三牛，人如其名，父亲在"大跃进"中自杀后，子承父债，被极"左"思潮压在社会政治生活的最底层，默默地承受着命运给予他的不公平的一切。他不需要怜悯，更不愿让人看见自己的眼泪。他并非不懂得爱和恨，当心上人竹妹被向塔山夺走时，他到父亲的坟上痛哭了一场，末了砍回一担沉重的柴火送给真心关怀自己、身边没有青年人照顾的竹妹的妈妈。竹妹忍受不了丈夫的虐待，回家养病，虚弱得不敢过独木桥，三牛发现后，抽了一天工暗暗地把桥面加宽，自己则含垢忍辱、用劳作的汗水洗刷心中的郁结。三牛这种忍辱负重和默默无声地对恶势力的抗争，这不计前嫌、相濡以沫、不幸人关怀不幸人的举动，是土家族人民倔强、善良、淳厚性格的真实写照。竹妹原是活泼泼的土家姑娘，自由的劳动生活，赋予她性格中许多开朗的因素，从小在母亲的卵翼下生活，又把她孵化得幼稚而柔弱。社会的极"左"思潮，不能不使她倒向向塔山的怀抱时带上一点政治功利色彩；视野的狭隘和传统观念的束缚，使她误把向塔山的利诱和兽行当作爱情，甚至在受到向塔山暴力的百般蹂躏后，她仍希望这是暂时的暴风雨，她希冀着、追求着"可亲可爱"的向塔山的复归。她太单纯了，太善良了，但她不是十足的懦弱，她的血管中同样流着土家族人倔强的血液。她虽然受尽了向塔山的虐待，但决不在人前有半点透露，即使在母亲面前亦复如是。她默默地独饮着这杯酸涩的苦酒，这便有刚强的一面在。向塔山要陷害她的母亲，她起而抗拒，死且不惧。一旦觉悟，她必然要冲破向塔山的牢笼，走向"新的生活"。

淳厚、武勇的民族性格，是了解《乡愁》中的村妇何以能博施仁爱，救助一个快要死亡的大学生的钥匙。在那动乱的年月里，一个与自己年龄相仿的男青年快要夭亡了，她毅然把他收留屋中，调汤送药，这是何等善良与勇敢！她一心一意使伤者恢复健康，没有丝毫的暧昧之情、尴尬之态，这是何等的纯真与圣洁！当一群恶者想加害于受伤青年时，她"老虎须也敢扯一把"，举锄相迎，厉声斥退了这伙盲动的恶人，这是何等刚烈与武勇！村妇的力量来自土家族劳动人民的生活信条：人应该保护同类，强者应该救助弱者。有人批评这一情节不可信，这是不曾深知土家族的民风所致。土家族世代居于深山，地广人稀，大凡外地逃来的弱者，他们都给予怜悯、救助而呼为友朋，故群迁的苗民和零星迁移来的汉人，都在此处安居立业。土家女子还没有汉族的封建，救助弱者又是祖传的遗风。况且，那个青年和她的丈夫的情况相似，她必然会想，如果她日夜思念、担心的丈夫也像眼前这个受伤的青年，无人照料至死，如何得了？所以，村妇的义举是完全可以理解的。民族心理通过对丈夫的爱这根杠杆起作用，一旦流言飞来或歹徒相侵，村妇便能挺身相迎。虽隐含着一丝气怯心虚，但毕竟显示了她内心"善"的力量和正义者的威严。孙健忠不仅歌颂了本民族性格中优秀的一面，而且还触及了、批评了本民族的弱点。世代生活在有着"盲肠"之称的大山区，视野不广，见识不多，长期受着大民族的压迫，这些客观条件在土家族多数成员的心灵上投下了狭隘的暗影。狭隘在土家族一般老百姓当中，总是与愚昧相连。由于他们缺少文化，打不开眼界，常常把一件并不十分重要的事情、一个并不重大的分歧看得过于重要、过于严重，思想解不开疙瘩，感情转不过弯子，甚至不惜改变生活的道路，重新安排命运。即使中华人民共和国成立后，这种弱点的影响也还没有完全消失。《水碾》中的向巴五，因为在借钱和拆坝这两件事情上与支书茅子哥闹了矛盾，就拒不接受他的一切情谊，一刀切断了女儿与他的儿子之间的爱情红线，斩断了近半个世纪以来结下的胜过亲生兄弟的情谊，挑起一担家什，带着自己的女儿背井离乡，远走他乡了！这种过于自尊、意气从事、因小毁大、作茧自缚的举动，显然是一种愚昧、狭隘的行为。孙健忠笔下某些土家族的正面形象，或轻或重地带有这种弱点。

狭隘这一弱点，反映在中华人民共和国成立前土家族上层统治者身上，则与"毒"紧密相连。作者笔下的向塔山，既具有政治骗子"不说假话办不成大事"的骗术，又继承了过去土家族土司和地主恶霸的狠毒，他野心勃勃，心狠手辣，为一己之私利不惜置亲舅舅于死地，玩全大队的人于股掌之间，被称为土家的"狠人"。有人认为，向塔山要谋害毕兰大婶不可理解，其实很好理解。在向塔山眼中，别人不是"我的工具"，就是"我的地狱"。当毕兰大婶不能当他政治上"三级跳"的跳板时，这个偏狭、狠毒之徒便感到了毕兰大婶对他前途的致命的危害和威胁。他耍阴谋、弄手段，甚至利令智昏，要竹妹也参与其事，这罪恶的预谋乃是这个土家族政治骗子的思想性格的合乎逻辑的发展。

民族弱点，是一定历史时期政治、经济、文化关系的落后性在民族心理上的表现。少数民族的弱点，还是民族歧视与民族压迫的产物。随着政治、经济、文化的发展，民族的弱点也将逐步削弱而最后完全被克服。在孙健忠作品中的几代土家族人物中，民族弱点呈现出一代比一代减弱的趋势。这趋势，与历史发展的总趋势是一致的。

三

从土家族口语中提炼文学语言，追求接近口语化的语言风格，是孙健忠作品民族特色和乡土气息的又一表现。民族语言是构成民族文学的重要材料，是民族特色的重要因素。湘西土家族是一个古老民族，虽没有文字，却有发达的民间口头文学。孙健忠的作品虽然都是用汉族文学写的，但他不回避方言土语的运用，他使用率最高的那些词语，都是活跃在土家族农民生活中的口头语汇。如短篇小说《！与?》开篇的第一二两自然段，仅243个字，其中就有"找婆娘""打单身""晓得""吃饭搬大碗""困觉""扯风箱""草猪""姑娘家""黄花女""二道人"等口头用语十多个。他造句的方式，也脱尽书墨气，完全符合土家口语习惯。所以，他的作品便于讲述而不便于朗诵。比如，对女知青媛姐，孙健忠是这样进行肖像描写的："她刚来时，脸盘儿白白的，嫩嫩的，笑起来像朵花。这几年，太阳把她晒黑了，可还是那么好看，她会唱歌，和画眉鸟一样好听。"作家采用口头介绍的方式，短短的四句话，写了人物的音容笑貌和面容的变化，简练、朴实、明快，符合农民的语言习惯和审美趣味。这和许多名作家用重叠铺排、委婉曲致的长句描写有文化的少女的肖像截然不同。孙健忠走着自己的路，他的这种语言风格，用来表现土家农民的生活，刻画土家农民的形象是最相宜的。

孙健忠并非原封不动地照搬口语，他对口语进行了一番去粗取精、去芜存菁的筛选和提炼，加强了文采。他这种略带文采的口语很具有表现力。常常是并不着色的几笔勾勒，便击中了要害，传出了神韵，恰到好处地传达了事物的风貌和人物情绪。例如：

> 我一气爬到宿鹰岩上来了。岩上的夜晚那样美，月亮大大的、团团的，月光如水银一样，在楠树和凤尾竹的叶上滚着、流着，没有发出一点点声息。只有那不晓得疲劳的布谷鸟，在唱着叫人十分喜爱的春歌。岩上的寨子，大约有二三十栋新木屋，都洒落在一片树林里，赶山狗在树林里喀勒咣啷地叫。从开春算起，这里就没有落过一场透雨，挂在岩壁上的包谷土，新开出来准备插秧的稻田，干得坼坼里喷火焰，山塘水坝也露了底。
>
> ——《娜珠》

这里，"团团的""蛮大""岩壁上""包谷土""喀嘞咣啷""山塘水坝""开春""冷冻""透"等形容词和名词，都是平日活在湘西土家山民嘴上的用语，极其通俗；其中的动词"流着""爬""洒落""漏出""落"既是口头语，又经过了提炼而带有文学的色彩，用得恰到好处。一幅高寒山区土家春夜图，透过作家平易的叙述和淡淡的描写，在我们前面呈现出来，笔致简约朴素而亲切，读来自有一种娓娓动人的乡土风味。

这种语言风格是怎样形成的呢？作家曾与笔者谈到，他平日很注重收集农民语言中的精华，研究他们说话的语法习惯。他又酷爱本民族的口头文学，长诗《哭嫁歌》他几乎都背得出。土家族口头文学语言朴素清新，色彩鲜明，感情真挚，气氛浓烈，不但形象生动，而且最能表现土家族的民族心理和感情。因此，孙健忠在创作中自然而然地渗透了本民族口头文学的汁液，个别作品甚至直接袭用了土家族口头文学中的某些成句。如彭老三随口唱的山歌"你好比狗子把山过，喀嘞咣啷来咬我，一口把我的皮撕，二口把我的血喝，三口四口把我的骨头嚼！"就是土家族《哭嫁歌》中《骂媒人》一章里的一节，一字未易。吸收民间口头文学的营养，大大增强了他作品中乡土的色彩和民族的韵味。孙健忠全用这种接近口语的"白描"语言，自然会在描写回环往复的感情、细腻曲折的心理时，显得有些缺气乏力，不足以胜任。有些作品的高潮处（如《母爱》的结尾）显得功力不足以言情达意，究其原因，除了在行文过程中缺乏细致周密的铺垫而外，也与没有相应地变换一下笔调，采用更为合适的语言有关。

四

孙健忠以乡土作家和民族作家的姿态，在创作道路上走过了一段较长的历程。他的作品的意义在于，把不大为世人所知的土家族生活，带进社会主义文苑，并让它冲破民族和地域的界限而获得全国性的影响，填补了我国现阶段多民族文学中土家族书面文学的空白。他先后获得 1980 年全国中篇小说二等奖和全国少数民族短篇小说一等奖，可以毫不夸张地说，孙健忠是土家族历史上第一个有影响的作家，历史的要求和自身的努力把他推上了土家族文人文学奠基者的地位。

孙健忠是在党的培养和民族政策的光辉照耀下成长起来的。临近解放时，他还是一个带着山民"野性"的毛孩子，他用捡到的一把大马刀，天天躲在山洞里练刀术，想长大了好打土豪。中华人民共和国成立后党交到他手中的一支虽然沉重，却也舞弄得动的彩笔。从 50 年代中期开始，组织上就安排他参加省文艺界学习班，后又调他做专业作家，让他出席全国少数民族文学工作会议。孙健忠就这样在土家族人民的翻身浪潮中，在社会主义文学的总轨道上迅速成长起来了。

孙健忠走上乡土作家和民族作家的道路，与他对故乡的热爱和他的生活经历有关。他强调："我学习创作是同我对故乡的那么一种感情分不开的。""我爱我的故乡，我爱它地上的高山、溪河、丛林以及天上的云朵。但是我更爱生活在它怀抱中的勤劳、悍勇、质朴、善良的人民。我曾看到，由于官家、土匪、地主猖獗如虎，故乡人民怎样受尽了欺凌和痛苦，……是共产党和毛主席派来了军帽上缀着红五星的队伍，打垮了这班吃人的虎狼，把故乡人民拯救出了火坑。……这一切，都是如此强烈地冲击着我的心灵，引起我的创作欲望。"① 由于这种强烈而真挚的感情留恋和《在延安文艺座谈会上的讲话》思想的指引，孙健忠始终没有脱离故乡的土地和人民。从 1960 年当专业作家以后到现在的 23 年里，除了"文化大革命"中的少许时间外，他基本上没有离开过家乡的土地。1980 年秋天，作家举家迁入长沙，但他本人仍然一头扎进故乡的生活之中，深入社队，以普通老百姓的身份，真正与群众滚在一起。孙健忠对家乡、对本民族的风土、人情、民俗、心理是熟稔的，只要一动笔，便有一股淳厚的乡土气息与民族风味透露出来。

孙健忠走上乡土与民族文学创作道路，除了土家族口头文学的哺育外，还受到创作上富有乡土气息的老作家的影响。吸引孙健忠的第一部作品是巴金的《旅途随笔》，而后是沈从文的《边城》，艾芜的《南行记》，孙犁的《白洋淀纪事》，以及周立波在中华人民共和国成立后写湖南的作品，等等。上述作家作品的浓郁的地方特色、民族特色，大大刺激了孙健忠的文学机能，激发了他借文学表现家乡的山川风物、人物命运和斗争生活的强烈欲望。他的文学道路证明：一个民族作家总是把某一地区、某一民族、某一时期的独特生活带进文苑而确定自身在文学史上的地位；作家善于研究和表现他所熟悉的生活领地中的独特生活，这是成功的秘诀。

（1982 年于吉首大学）

（原载于《求索》1982 年第 6 期；选入湖南文学作品评论集《思想·色彩·情调》，湖南人民出版社 1984 年版）

---

① 孙健忠《五台山传奇》，《后记》，长江文艺出版社 1981 年版，第 275 页。

骑在时代的马背上放声歌唱

——论贺敬之政治抒情诗的阳刚美

人们往往把政治抒情诗比喻为雄鸡的鸣唱。

鸟瞰当今我国的诗坛，第三代诗人因尚未成年而散漫细碎，难发雄声；朦胧诗人醉心于意象的营造组合，诗声奇而不雄。20 世纪 80 年代中国诗歌最大的遗憾就是阴柔之风太盛而阳刚之气不足。为让诗歌雄风重起于九十年代的中国诗坛，形成更加健康美好、昂扬进取的时代风气，笔者以为，对贺敬之的政治抒情诗重新检视一番，是十分有益的。

贺敬之是开启我国社会主义时代昂扬宏阔新诗风的主将之一。他在1956—1977 年中，除去因"文革"辍笔的十一年，均潜心于政治抒情诗的创作，期间即便是为数极少的山水诗，也都明显地染上了政治抒情诗的色彩。贺敬之以真知、豪情和才气写的政治抒情诗，具有坚实的内容和阳刚美的风采，深刻地反映了一个时代的精神和人民的心声，倾倒了一代读者。黑格尔说："对那具有坚实内容的东西，最容易的工作是进行理解，而最困难的则是结合两者，作出对它的陈述。"为此，本文重点不在断言贺敬之哪些诗句具有阳刚美，而是就贺敬之政治抒情诗阳刚美的表现和形成问题，根据自己的理解作出陈述。

一、站在时代的高处表现时代的重大题材和主题

题材不能决定作品的成败，主题对技巧没有既定的要求。但是，题材有大小轻重之分，主题有深浅正谬之别，它们直接影响着作品的成败得失。政治抒情诗以动员群众、鼓舞群众、激励群众为己任，就应该最大限度地获得读者，使读者和诗人产生共鸣。为此，贺敬之总是以社会政治生活中有重大影响的事情或人们普遍关心的热点问题作为诗的材料，并用深刻的革命思想将这些材料凝聚起来。这位十分严肃的诗人，从不肯轻易动笔，

中期诗作，很少"拾零"，总是盯住历史的进程，扣紧时代的脉搏，抓住社会主义革命和建设中的重大事件和英雄人物发而为诗。《放声歌唱》献给党的第八次全国代表大会，揭示了社会主义革命和建设高潮的必然到来；《东风万里》献给党的八大二次会议，歌颂了党的路线和政策；《十年颂歌》为庆祝建国十周年而作，礼赞十年的战斗历程和巨大成就；《中国的十月》欢呼"四人帮"垮台，揭示了"马列必胜"、"真理不灭"、历史不可逆转的社会发展规律；《八一之歌》回顾了中国人民解放军的成长历史，歌颂了老一辈无产阶级革命家的丰功伟绩；《雷锋之歌》《向秀丽》《读王杰日记》，歌颂了社会主义时代举世瞩目的新英雄人物，弘扬了社会主义的时代精神和真人生的意义。这样的政治抒情诗，确是时代的进行曲，是诗人政治立场、政治态度的亮相，是心灵的呐喊，人生的宣言，诗人的一颗红心、一片真情，日月可鉴。

政治抒情诗既然是从政治的角度歌咏社会生活中的重大事件，那么，坚定的立场、高度的政治觉悟、深刻的思想、穿透历史的眼光，就成了政治抒情诗的灵魂，成了它存活的条件，尽管政治抒情诗并不是一种阐明理性的工具，不能让它等同于科学、社会学、政治学而远离艺术。如果诗人立足点低，处处仰视那些材料，就吃不透、把握不准，更无法做艺术的处理。即便从政治教科书和流行理论中获得一点通识，终因没有自己的思想、见解和主张去拱卫而变成流于空洞的政治教条。这就要求诗人站得高、看得远。清代学者沈德潜说："作文作诗，必置身高处，放开眼界。"贺敬之常常用共产主义思想和时代精神的火光照亮诗歌题材，主题高妙，目光四射，所见者广，所虑者远，所知者深。1963 年，歌颂雷锋的诗篇车载箩装，然而绝大多数局限于雷锋的事迹、风格、思想、品质，跳不出真人真事的框架。贺敬之却能冲破时间、空间的界限，把雷锋放在世界革命的形势下，放在历史的长河中来认识，他从千百年来人们最关心的一个最基本、最普遍的问题——"人，应当这样生！路啊，应该这样行！"将诗推到了人生道路、人生哲理的崭新高度。也就在这首诗中，诗人透过当时的社会氛围，提醒人们注意，今后的日子还会有"乌云翻滚"，甚至这样发问："梅花的枝条上会不会有人暗中嫁接有毒的葛藤？"

语言的警策来源于思想的深刻。事隔四五年，中国不就出现了以林彪和江青为首的两个反革命集团吗？他们不是把许多"有毒的葛藤"嫁接在

"梅花的枝条上"，企图篡党夺权吗？基于对社会主义社会的深刻认识，诗人在"四人帮"倒台后，其阴影尚浓的日子里，也能鉴别真理，分清真假马列主义，对前途充满信心和希望——直呼"我们的党啊，大有希望！社会主义，大有希望！"联系到1977年的形势和"文革"十年动荡的历史，这情浓意真的抒发不是抽象的说教，不是空洞的呐喊，而是发自诗人心底的声音，是数十年革命生涯锻造出来的坚定的信念。这个信念，已经被后来改革开放的历史所证明，并且还将继续被证明，我们这样说并不是提倡每首政治抒情诗都要有天才的预言，然而真正有思想的、高瞻远瞩的诗人往往也是天才的预言家！不过诗人的预言，诗人的思想，不是赤裸裸的理性说教，而是"带情韵以行"罢了。

二、火一般的激情与具体切合的描写相结合

深知诗中三昧的贺敬之特别重视感情的积蓄与抒发，他说："诗的题材也可以这样说，就是无产阶级革命的感情，写什么都好，都是为写出这个情来。"感情，作为诗的血肉，决定着政治抒情诗的生命活力。马克思高度肯定维尔特的诗说："他的社会主义的和政治的诗作，在独创性、俏皮方面，尤其是在火一般的热情方面，都大大超过了弗莱里格拉特的诗作。"弗莱里格拉特曾写过一些激进的政治诗，加入过共产主义联盟，可后来革命倾向逐渐削弱，诗的感情浓度和热度确不如维尔特。但较之维尔特那些无产阶级的早期的政治诗作，在"火一般的热情"方面，贺敬之又大大地跨前了一步。贺敬之的诗全是血的奔涌，情的进发，生命之光的辐射。从"我的鲜红的生命写在这鲜红旗帜的皱折里"的《放声歌唱》，到"使我们如此地激动"的《雷锋之歌》，到"压不住我滚滚的热血"的《中国的十月》，再到"满含着热泪和感激，仰望你啊，扑向你"的《八一之歌》，诗中写到"热血奔涌，热泪常涌""心脏的炉火"等，竟达数十次之多！诗中洋溢着的激情，既是无产阶级革命时代之情和广大人民之情的高度概括，又是诗作者个人之情的抒发，是时代之情、人民之情和个人之情在典型形象中的辩证统一。为了增强诗中感情的浓度与起伏，并唤起读者心中之情，贺敬之非常注重政治抒情诗形式的铸造。在诗句排列形式上，诗人把马雅可夫斯基的楼梯式改为凹凸式，将长句化短，摆成凸凹不平的梯级；高频率地使用"停顿"，显示语调上的变化，突出重点词语，字字句句，上口入

心，最大限度地发挥了诗歌节奏的作用，连绵不断而又层次分明地表达了丰富的内容和感情，增强了诗的层次感、音乐美和抒情气氛。在遣词造句上，诗人高密度运用了排比、对仗、直呼、反复等修辞手法，甚至连标点符号也是复合的，这就使诗的感情始终保持在相当的浓度上，读者形见于眼累累如贯珠，声振于耳玲玲如振玉，澎湃之情与充盈之气，激荡起我们心中感情的旋律，鼓荡起我们心中诗的风帆。

贺敬之政治抒情诗中高昂的革命激情，从美学的角度看，是一种浪漫主义的感情。透过这种激情，我们看到了一个青春永驻的诗人的形象，更看到了一个新兴阶级的形象：这个阶级，夺取政权后，没有在酒杯和鲜花的包围中醉意沉沉，而是昂扬奋进，挥汗如雨，在共和国大厦的建筑架上，时刻工作着。

用抒情诗的形式表现重大题材和主题，不可能像小说那样具体翔实，不可能像叙事诗那样从容铺陈，但是完全抛开精当的叙述和形象的描绘，政治抒情诗定然大而无当，空洞浮泛。贺敬之从大处着眼，小处落笔，化抽象为形象，诗既高度概括，又具体生动。《八一之歌》对中国人民解放军成长历史的回顾歌颂，就是通过紧扣"军旗"这个色彩鲜明、具体可感的客观物象实现的。军旗，由军民和无数先烈的鲜血凝成，数十年来，伴随着英雄的指战员飘扬在祖国的城镇、山乡、边陲、海疆，经历过无数次血与火的洗礼，成了有生命的无机物，成了人民军队的象征、英雄的象征、胜利的象征。抓住它，诗的情感抒发有了实在的依托，中国新民主主义革命史上与"枪杆子里面出政权"有关的一切人和事就有了凝聚的核心。全诗逶迤从容，洋洋洒洒，却不失凝练与集中。

贺敬之政治抒情诗中的描写，大都色彩明丽，形象鲜明，哪怕在遇到为诗所忌讳排斥的枯燥的政治术语和概念的时候，诗人写来，也鲜明生动。说"超额增产"，则为"煤炭和布匹的洪流，又在突破定额的水位"；说"资本主义社会"，则称为"千疮百孔"的"破船"；写中华人民共和国建国的世界影响，则用"革命战马"的雄姿英发来形容。出现在贺敬之政治抒情诗中的叙事，不是事物的全部，只是事物的片断，不是事件的过程，只是事件的概括，有一种流动的气韵。《雷锋之歌》这样写雷锋的成长过程：

从家乡望城
彭乡长那慈爱的面孔
到团山湖农场
庄稼梢头的
那飘动的微风
从鞍钢工地
推土机的履带
到烈属张大娘
搂抱着你的热泪打湿的
袖筒

诗人抓住雷锋生命史上关键性的几个点，每个点都是能够突显雷锋生命特质的一个环节，每个环节都用一幅生活剪影来表现，粘合起来，凝练而形象地再现了雷锋成长的历史。显然，贺敬之诗中的阳刚美，不单是靠激情的抒发来获得，就是诗中的叙事和描写，也都因色彩明丽、形象鲜明、气韵流动而充溢着一种阳刚型的动态美。

三、广阔的视界与磅礴气势的统一

"无边的大海波涛汹涌"，"万花盛开的大地，光华灿烂的天空""都展现在我的眼前和我的心中"——贺敬之的政治抒情诗，天广地阔，境界高远，给人登临泰山以观沧海，遨游太空以俯瞰大地的美的享受。

诗的境界，首先是一个由时间和空间构成的物理概念。贺敬之最充分地发挥了诗的跳跃性的长处，运用想象和联想，冲破时间和空间的樊篱，从所咏对象的现实情状出发，回溯历史，展望未来，左勾右连，古今世事来笔底，天南海北一望收，每首政治抒情诗的时间和空间跨度都很大。《八一之歌》从1977年光辉的"八一"出发，向后，回溯了"半个世纪我们的军史，代代鲜血染红的军旗"，向前，时间坐标指向"1987……1997……2007"，最后，直至"和全世界的阶级弟兄一起，去夺取全人类的彻底解放的最后胜利！"《十年颂歌》中由第二个"十月的战马"，勾连起"资本主义世界的'古道—西风—瘦马'""大西洋岸边的'枯藤——老树——昏鸦'""台湾的洞穴中那群亡命的老鼠在日日夜夜的磨牙……"，我们社会主义祖国的巨人形象，就在这多重反衬中，在这"思接千载，视通万里"的开阔视界中站立起来了。

广阔的视界不仅要求物理时空领域开阔，而且要求思想境界高远。诗人若不能像大鹏鸟那些扶摇直上九万里，居高临下鸟瞰大千世界，便看不透历史，看不到全局，甚至会像蓬间小雀、井底之蛙，只能注目于眼前的一小方天地。人的肉体固然不能化为鹏鸟，但人的精神、人的思想却可以飞跃、升华，从这个角度说，诗的境界又是一个思想的概念。贺敬之写政治抒情诗，总是运用历史唯物主义的观点和科学的阶级分析的方法，放眼世界。写历史，力求穿透历史；写现实，牢牢把握时代的本质和主流；写未来，则科学预见未来的变化，展示美好幸福的明天。正因为这样，当我们在《东风万里》结尾处读到"我们今生事业——就是把这可爱的地球，造成一颗共产主义的行星"时，有一种深深的激动，它强化了我们心中理想的因素，拓展、提炼、美化、提高了我们的身心。

仅有高远的思想境界和阔大的时空幅度，还不能构成诗的辽阔的视界，因为诗的境界毕竟是一个美学的概念，其中还有一个事物与事物之间的关联问题。也就是说，美还要通过具体的事物的关联来体现。贺敬之以所歌咏的对象为核心，以对象的现实情状为基础，自然地联系起与之有关的古今中外的一切，通过巧妙的比照，使联系者与被联系者在时代、社会制度、人生等诸方面形成种种"关系"，这才构成了他那广阔的诗的境界，形成阳刚美。英国浪漫主义诗人雪莱说过："一篇故事是局部的，只适用于特定的一段时间和若干永远不能重现的事件的组合；一首诗则是全体的……形成一种关系，这种关系的萌芽就包含在这一首诗中。"这话的意思是——诗的任务不但要善于抓住事物之间的关系，更应促成某种关系的"生成"，而不像论文那样，着眼于关系的发现与剖析。贺敬之的政治抒情诗，把相隔万里、相距千年的相关事物撮合在一起，构成宽阔的时空幅度，构成联系物与被联系物之间或因果、或对立、或统一、或相辅相成、或肯定否定等深层关系，再把诗人的情感态度注入其中。这样，思想高度、胸襟气度与时空幅度三者重合，诗的宏阔的境界就自然形成了。请看：

五月，

麦浪。

八月，

　　　海浪。

桃花，

　　南方。

　雪花，

　　　北方。

——《放声歌唱》

这里，一年内春夏秋冬四季的时间更替，从南到北 960 万平方公里的辽阔国土，由麦浪、海浪、桃花、雪花构成的关系，全部缩龙成寸地压缩在十六个字中，不但色彩斑斓，画面感很强，而且既形象又含蓄地表现了我国 50 年代中期，从上到下，从春到冬，从南到北的一派热气腾腾、繁荣昌盛的景象。贺敬之政治抒情诗中的阳刚美，不但依靠广阔的境界，而且依仗磅礴的气势，两者总是相得益彰，结伴而行。副词、形容词、数词的大量出现，排比、对仗句式的频繁运用，加之鲜明的节奏和响亮的音韵便构成了他的诗的外在气势。但他的诗歌大气磅礴的境界更有赖于其内在气势。贺敬之从人民群众中，从革命斗争实践和世界革命的潮流中，获得了巨大的精神力量，形成了炽热的无产阶级感情和藐视一切敌人的宏伟气魄，升华为人民必胜、社会主义必胜的坚定信念，当诗人把它们注入到诗的深处时，便成了他政治抒情诗的诗魂。贺敬之的诗中洋溢着一股气冲牛斗的浩然正气，凝聚着一股压倒一切困难和敌人的巨大内力，压得"费萨尔的阴魂，抓住艾克的衣领大放悲声"，压得"艾森豪威尔、麦克米伦发抖发昏"；甚至使中国古代英雄也自惭形秽，"开天辟地的盘古，已经老态龙钟，治理九水的英雄，牵马坠蹬"。较之外在的气势，内在的气势更难求，更可贵。外在的气势尚可在文学素养中索取，内在的气势则只能得之于诗人的思想、胸襟和气质。如果说，内在气势与外在气势的结合构成诗的磅礴之气而成诗的阳刚风格的话，那么，从根本上说，贺诗中的阳刚美，靠的是诗人宽阔的胸襟、革命的思想和爽朗的性格的有机统一。

四、把时代的阳刚之气变成诗的艺术风采

贺敬之是一个骑在时代马背上的诗人，他的政治抒情诗的阳刚风格还

直接得之于时代的阳刚之气。贺敬之写政治抒情诗的时期，正是我国社会主义革命和建设的高潮时期。如他诗中所说，时代像奔驰的战马，"马头高举向东方"，"马尾横扫，西天残云落霞"。以时代的风采作为诗的艺术风采，诗便获得了昂扬进取的雄健之气。政治抒情诗和政治直接对话，难免不和时代、政治碰碰磕磕。诗人的幻想和政治实践之间有时也存在着某种鸿沟。在政治浑浊的时代，现实主义诗人用自己的呐喊干预政治、干预生活，与政治不同调、不合作；浪漫主义的诗人以自己的理想超越现实，激起人们的不满情绪，故常有政治讽喻诗甚至反诗行于诗坛或民间。在政治修明的时代，诗人的情感理想与政治家的战略策略可能也不尽一致，更何况作为个体的诗人，其思想与情感同整个民族的伦理、阶级或集团的利益常有不尽吻合之处呢。即使在同一个阶级内部，制造思想材料和精神产品的人与从事实际管理工作的人有时也有矛盾。诗人属于精神产品的制造者，他们往往从个人的情感、意志、理想出发，用经验的现实与艺术化的生活片断同人们对话，用自己所体验过的感情感染读者。所以，柏拉图在《理想国社会改革纲领》的结束部分，既含真理又偏执地把诗人的艺术幻觉同修明政治对立起来，拒绝诗人"进到一个政治修明的国家里来，因为它培养发育人性中低劣的部分，摧残理性的部分"。近现代的列夫·托尔斯泰也有过近似的看法。然而，我们不能忽略这样的历史事实：进步的时代呼唤进步的诗人，修明的政治若与进步的诗歌相配合，则政治更修明，时代更进步，诗歌更繁荣，政治和诗歌也自有完全吻合的时候。贺敬之便是由革命时代、革命政治呼唤出来的一位革命诗人，他的政治抒情诗使长存于中外文学史上的艺术幻想与政治实践之间的矛盾得到统一，弥合了历史上诗与政治间的鸿沟。一方面，社会主义国家的政治是无产阶级的政治，人民的政治，推动时代前进的政治，而不是少数几个政治家的政治，更不是逆人民意志而动的政治，阶级的利益也就是人民的利益；另一方面，十五岁奔向延安，喝延河水长大的诗人自身具有较高的政治觉悟和健康的思想感情，诗人的政治理想与社会主义政治实践的目标完全一致，诗人的情感与人民的情绪高度和谐，诗歌的精神与时代的精神极度合拍，诗人既能用社会主义理想鼓舞人民，又能引导人民投身火热的斗争，从而消释了诗与政治的矛盾，达到了诗学与政治学和谐一致的新境界。

诗人的幻想和政治实践的和谐，使诗人的创作获得了高度的自由。贺敬之写诗，从不躲躲闪闪、畏首畏尾或左顾右盼、瞻前顾后。他坦坦荡荡，诗自心中涌，歌从肺腑来，诗中那个活泼的、或隐或显的抒情主人公——诗人自我，无处不在，无时不有。这个自我，有时化为开发西北的垦荒队员，有时则是"向雷锋同志学习""赶上前来，一起奔向这伟大的斗争"的雷锋弟兄，有时又是歌唱八大、庆祝建国十周年、欢呼"四人帮"垮台的"放声歌唱"的歌者。作为新生活的参加者和创造者，也作为历史的见证人，这样的自我真正体现了无产阶级"大我"与"小我"的统一，也与现代西方世界所称的种种"自我"迥然不同。"自我"是什么？"人"是什么？现代西方物理主义者斯特劳森认为人"是物理实体与心理实体的混合物"，对于客观世界无能为力；现象主义者梅洛·庞蒂认为，人"只不过是由发条发动的机械装置的一些部件"，无主观能动性可言；存在主义者则认为"人"的本质，根本上就是一个字"烦"；而新批评更庸俗自私，认为"人是一个利益系统"。贺敬之则认为，社会主义时代的中国人，是历史的创造者，国家的主人翁。他诗中的抒情主人公，与西方"人"的观念截然相反，通体洋溢着充沛的生命活力，充满着革命乐观主义和理想主义精神，具有改造主客观世界的能动性和公而忘私的为人民服务的优秀品质。这样的"自我"，是诗人思想性格的外显，也是先进阶级的代表和人民的化身。诗中凡有抒情主人公出现的地方，有时用"我"，有时干脆就用"我们！我们！我们！！！"由于诗的抒情主人公是"大我"与"小我"的统一，就从根本上保证了诗歌健康明朗的思想格调和昂扬雄放的艺术格调。

为了把时代的风气变为诗的艺术风采，贺敬之的政治抒情诗汇集了多种文化的精华，很好地吸收了中国旧体诗歌、民歌和外国诗歌中豪放派的优点。马雅可夫斯基的楼梯诗、陕北的信天游民歌、李白的浪漫主义诗歌、革命现实主义与革命浪漫主义相结合的毛泽东诗词等，都给贺敬之的诗以艺术养料。且不说带政治抒情色彩的山水诗《桂林山水歌》中有"孤篇盖全唐"的张若虚的《春江花月夜》的影子，《梳妆台》中可以看到李白浪漫主义诗风的痕迹，就是纯粹的政治抒情诗中，也有好些诗句直接受了旧体诗的启发，或者"吞食"其成句，予以改造，化用而来，"一路上，扬旗起落——苏州……郑州……兰州/一路上，倾心交谈——人生……革命……战斗"，让人想到马致远的《秋思》和毛泽东《元旦》一词的首句；"莫要'念天地之悠悠'吧/莫要'独怆然而涕下'/'君不见'，——'广厦千万间'已出现在祖国的四野八荒",让人记起陈子昂的《登幽州台歌》和杜甫的《茅屋为秋风所破歌》,只是诗人用"句中句"的形式将古意完全翻新了。贺敬之吸收旧体诗的精华不在于组词成句的形式,而在于神韵。"黄水劈门千声雷,狂风万里走东海",固然融进了信天游"千里雷声万里闪"的气势,但主要还是受李白的"黄河落天走东海,万里写入胸怀间"的启迪。可以说,贺敬之吸收古典诗歌豪放派的优点,主要是吸取其"万里写入胸怀间"的气势和神韵。他受毛泽东诗词多方面的影响,在世界观和革命精神方面受益最多。毛泽东诗词中的革命乐观主义精神、革命英雄主义精神、革命理想主义精神,在贺敬之的政治抒情诗中深深地扎了根。茅盾在第三届文代会上的报告中谈到包括政治抒情诗在内的抒情长诗时说:"在思想内容上,我们今天的抒情长诗比前人广博深远不知多少倍,而在诗的形式方面,也大大突破了前人的规范。迅雷疾电、云蒸霞蔚的现实,鼓舞着我们诗人热情激发,诗兴洋溢。"这是对贺敬之政治抒情诗的准确评价。革命的政治抒情诗从巴黎公社诗歌开始,经过马雅可夫斯基的创造,到了贺敬之手中,已臻于成熟了。

（1996 年于长沙市东风二村）
（原载于《文艺理论与批评》1996 年第 4 期）

自有人格作诗魂

——评黄永玉的诗

　　湖南西部，出了这样一个人物：十二岁背井离乡，东拼西杀，背着几块木板、一把雕刀、一块十多斤的磨刀石、数枝画笔、几令宣纸，自立于天地之间，逍遥于四海内外，为绘画开一新路，立一丰碑；尔后又倒提画笔闯诗坛，兴之所至，不拘陈法，虽短句零章，亦自成风格。此非别人，系名噪五洲大陆、自称凤凰乡民的黄永玉先生。

　　黄永玉以画名世，以诗见性。他的画很著名，诗也大有影响。然而他的诗美，不在意境，不在意象，不在大江东去的气势，也不在一唱三叹的回环；他的诗，外师造化，中得心源，正气逼人，力扫邪恶，由其人格中自然流出。故其诗美，美在人格，美在他自身人格的艺术外化。

　　人格，亦即人的思想品格，主要是指人相对于他人和社会而言的一种态度、一种气质、一种精神、一种节操；人格不仅属于道德的范畴，也包含着政治和个人意志方面的内容。刚正无私，刚健自强，积极进取，无疑是中华民族成员最理想的人格之一。黄永玉的身上也闪耀着这种美好人格的火焰。

　　黄永玉的诗大都收集在安徽出版的《曾经有过那种时候》、四川出版的《我心中的歌》和香港出版的散文诗集《永玉三记》中。他说："我画画，让人民高兴，用诗战斗和讴歌。"他自觉地让自己的诗成为正气歌，成为投枪和匕首，把自己的人格沉浸在诗歌创作中，化为诗歌的灵魂。黄永玉画有一幅著名的《红荷》大中堂，那是1976年1月8日至9日为纪念周恩来总理逝世而作。在一片深重的颜色中，立着一杆气宇轩昂的大红荷花，高洁庄重，无疑是周总理革命精神的象征。画中那一箭杆，乃黄永玉奋浑身之力，一笔画下，尺有其直而无其活。"我有一匹好东绢，请君放笔为直杆"，正直为正直者所钟爱，直杆红荷自然也是放笔者正气流注的结果。刚正的人格，驱使黄永玉用自己的画笔歌颂周总理，同时也用诗笔歌颂一切"冰霜历尽心不移，节操凌云还自持"的刚正不阿的人间英雄。《平江怀人》以深沉的感情歌颂了着尽铁衣的老人彭德怀元帅。为给人民鼓与呼，彭总在庐山被罢官，诗人赞誉他为"东方的但以理"。《一个人在院中散步》歌颂了以刘少奇为代表的身处逆境的老革命家，他们以"植物似的沉默"显示了"烈火焚烧若等闲。粉身碎骨浑不怕，要留清白在人间"的高洁。在恶劣环境下，高洁的人格把人升华为伟大的圣者和智者，面对现实，"他微笑着，仿佛猜中了一个谜底"。洞穿一切是戳穿一切的开始，"猜中谜底"是全盘暴露的起点。文中的智者和圣者当然没有好果子吃。这样的智者圣者，更多的还是老百姓，有站立在金水桥的"老兵"，更有那被"四人帮"爪牙割断了喉管的张志新烈士。"眼睛了/手脚断了/喉咙也哑了/我，就活着/用心狠狠地思想/如果/把我切成碎块/我就在每一个碎块里微笑/因为我明白还有朋友活着。"张志新是中华民族的脊梁，雷抒雁把她比喻成不死的、永远歌唱的小草，韩靖从人生价值的角度断言："一切头颅都失去了重量！"黄永玉则从正面直接歌颂她不死的革命精神和"千磨万击还坚劲"的伟大人格，诗和诗中的英雄混而为一了。文品高自人品高，诗格高因人格来，黄永玉的诗作再次印证了这一常识性的公理。联系黄永玉十年浩劫中的遭际，似乎更为清楚。那时诗人虽然未受割喉与子弹穿胸之刑，但一个艺术家被隔离审查，被剥夺了行动和创作的自由，亦无异于剁手割舌。于是，诗人只好"用心狠狠地思想"，"在每一个碎块里微笑"，每天躲在家里练习荷花写生，三年足足画了八千张！这期间，他的诗作或有感而发，抒胸中之愤懑，或因事而作，写人生之世相，都是"用心狠狠地思想"的战斗形式。

独立人格与强权、权威自然构成对立。强权要夷平任何一个人的独立性，权威是每个人的独立性的自然威慑力量。任何一个有独立人格的人总是要反抗强权，只有这样才能保持自己的独立人格，所谓"从道不从君"，就是这个意思。黄永玉从小就有种不信邪、不怕狠的硬气。儿时，家园中有一个马蜂窝，他硬是把它戳下来了。自己虽然被蜇得鼻青脸肿了一天一夜，但马蜂的再次营窝建巢，决非一天一夜可以完成，那将麻烦得多。这事或许给他反抗强权以有益的启示，助长了他毕生的棱棱傲骨。客居福建读中学时，一位校警经常欺侮同学，13 岁的黄永玉邀了另一位同学躲在暗处，将那校警击倒，狠狠地教训了他一顿，自己也被迫离开学校。这是他第一次反抗。他最称道西汉的朱云。当时少府五鹿充宗仗恃贵幸与诸儒辩易经，众莫能抗，皆称疾不敢会。独朱云不惧其势，辩论中连连击中五鹿要害，诸儒说："五鹿岳岳，朱云折其角"。黄永玉为此专绘一图，名曰"丑鬼"，并题词以表彰其精神。这朱云，也是黄永玉借以自况。黄永玉不媚权贵是一以贯之的，诗中所表现出来的不随流俗的独立思考精神，以及反对个人迷信，无所畏惧的独立品格的确难能可贵。

黄永玉的独立人格常伴随着一种大无畏的征服心理。这种征服心理，导致了他对社会恶势力和一切强权的自觉反抗。他的《被剥了皮的胜利者》写了这样一则神话故事：天上那个小牧羊神，"牧笛实在吹得太好，爱煞了天上的仙女和众神"，但他却异想天开地要和天上的文化酋长"阿波罗吹笛比输赢"，尽管小牧羊神的笛声远远胜过阿波罗，但，胜利无疑判给了那位"天上的文化领导人"。小牧童"让人把皮剥一层"，变成了残缺的精灵。可是，小牧童并不屈服，伤愈后又吹响了迷人的笛音。强权永远战胜不了真理，邪恶永远战胜不了正义，"阿波罗虽然会剥皮和抽筋，他却永远淹没不了响彻天涯的快乐的笛声"。末尾，诗人满含深意地写道："被剥了皮，别忘了继续吹笛子。"这首诗的显义是批判"四人帮"的文化专制主义，它的隐义却是揭示了强权必败、真理和正义必胜的普遍规律。

正义和正直，决不能容忍邪恶，黄永玉有不少诗，是直接批判"四人帮"一伙的。诗人当然没有像政治批判文章那样，从政治、思想、哲学等方面入手，而是把焦点对准他们的阴暗心理，单刀直入："自己无知/就嫉妒科学/自己衰老/就嫉妒青春/失去信心/让别人陪你死/摔了一跤/却拉倒许多的人。"他们的阴暗心理和倒行逆施，弄得整个中国"一列火车就是一列不幸/家家户户都为莫名的灾祸担心"。这一类诗系因时而作，但诗中充满正义者的威严和历史审判员的严肃，虽时过境迁，读来仍觉意味深远。那班丑类还在横行无忌的时候，黄永玉就主张"以残忍的手段对付残忍的强盗"，他以"遇蛇"为例，"一狂号逃，一狂喜追"哪种态度好呢？"前者准被蛇咬，后者酷食蛇羹汤"。对于恶势力，人们只有斗争，不能屈服。由此，诗人张扬了在"大雪布满原野"，"灰绿的天，沉重地压着/无边的银白，连一声雀鸟叫也听不见"的严酷环境下，兀自从地下钻出来，独自盛开的"金色的小花"，这当然是比喻那些不惮环境如何艰险，始终坚持真理不屈不挠进行斗争的仁人志士。黄永玉写"文化大革命"的诗，不只停留于歌颂与批判，还有更为深刻的思想。《请君入瓶》一诗作者有意改写了一则神话故事，渔人打开了所罗门瓶子，又想效《天方夜谭》中的老法子诓恶魔入瓶，"巨魔大笑曰：'如此，如彼'，乃按渔人颈脖塞瓶内掷之海，腾空而去。"这首诗展示了十年"文化大革命"恶魔吃人的恶果，总结了中国人民以无比昂贵的代价换来深刻的历史教训，那就是：恶势力一旦放了出来，人民就要被打入地狱！"文化大革命"把中国社会恶势力从它的传统构架的束缚中释放出来后，犹如渔人打开所罗门的瓶子将恶魔放出来一样。另一首诗写孙悟空不愿再回八卦炉，是《请君入瓶》的姊妹篇，它从相反的角度告诉人们，如果有谁还要把人民重新置于水深火热之中，人民也不会答应的。为让人们记住这一深刻教训，诗人经常提醒善良的人们看到，在杀戮成性的"蜘蛛"周围，在他们的所谓"上层建筑上"，"有许多疏忽者的躯壳"告诫大家切不可不识人察物，否则难免再次上当吃亏。凭借思想和人格的力量，黄永玉把社会的丑人恶事转化为诗的美学对象，充实了他诗歌的内涵：他的诗，大都是思想、智慧和人格的结晶。

唯其如此，黄永玉在揭露嘲讽"四人帮"的爪牙以及文艺界的沙威、埃果、哈盖时，仍然始终把矛头对准了他们卑劣的灵魂和人格。"文化大革命"使好人受屈，也使沉渣泛起，一些最无耻、最没有人格的家伙以这样那样的方式暴露了他们丑恶的嘴脸和卑劣的内心。他们手握许多小本子，"准备随时记录出卖朋友的隐私"，"走在街上/身后的冤魂跟着一大帮"。他们一贯阿谀奉承，"并不好笑的一句话/由首长说出来"也要"笑得前合后仰/声音特别响亮/姿势特别活泼"，以此表明，"只有他最懂得首长语言的深度和哲学的高度"。他们专事"精神按摩"，让首长享受着"麻木的庄严"，自己则顶着他的躯壳到处招摇撞骗。对这帮家伙，诗人愤怒地指令他们"不如一索子吊死算了！"或者，大家来"踢他的屁股/踢出门去/让他们哪儿也找不到饭碗！"对于这些小丑，诗人不只是讽刺、揭露，常常寄寓了更深刻的思想，将自己的观察告诉人们：这些家伙很有些混世的本能。"四人帮"垮台后，他们用卑鄙和罪恶的双氧水拼命地擦洗血迹，瞒过了人们的眼睛，"笑眯眯地站在太阳底下/抖一抖身上羞辱的灰尘"，"下午他要作报告"，他们本是吃羊的狼，却一下子变成了羊，也来控诉"曾经给狼咬得很惨"。诗人就此反复告诫大家，"当心明天还会听到羊吃狼的新闻"。

黄永玉最瞧不起那些软骨头。中国民族历来强调共性、整体性，而抑制人性和个人自主性，加上中庸哲学和强权政治的影响，造成了许多人可悲的奴性和软骨症。对此，黄永玉表示极大的不满和忧虑。他以《蛇》为题，借题发挥，严肃地批评了"据说道路是曲折的，所以我有一副柔软的骨头"的处世哲学。奴性和软骨症患者从个人的得失出发，对人对事，泯灭是非之心，消释善恶之别，干一些欺心害人之事。他们只知有等级贵贱和利害得失，而不知有人格高下。他们当老百姓危害尚小，一为官问题可就大了，"像狡猾的宗教一样，总是以多种形态出现：一会儿是硬的，一会儿是软的，一会儿又是捉摸不定的，以适应不同的气候。"什么正义、公理、原则、政策统统都要被他们丢光。不信，请看"县知事得一老贼，审问至详，捶拷所得，记录高达五寸余。忽捕快来报大误，老贼实当今太师岳丈。知事拍案曰：妙哉！所录正好为老太师作传。"真是入木三分，幽默得近乎刻薄。唯其刻薄，方暴露出这一类人物的丑态。这类人物中有些是诗人及其同事们的学生。这样的"学生"或青年，鲁迅当年碰到不少，以至加速了他进化论的轰毁过程；黄永玉先生当今仍碰到不少，从而加深了他对人生社会的认识，强化了对卑劣人格的痛恨与藐视，更坚定了他自身可贵的人格追求。

黄永玉这一类"投枪匕首"式的诗作，几乎全都用比喻。黄永玉笔下那精警的比喻，既使寓意深化，又使寓意明朗化，故黄永玉的诗，都有深入浅出的优点。

黄永玉的诗以人格为灵魂，自然深深地植根于他的生命之中。他谈到自己创作《曾经有过那种时候》时说："我生活在痛苦、斗争和困苦的年代，但是，我从没有失去勇气。我始终乐观。那是我的人民与家乡给我的遗产……我相信一位欧洲作家说的一句话，'欢乐的贫困是美事'（伊壁鸠鲁）。这在本质上概括了我的经验与生活。我生活贫穷，但苦中有乐！"黄永玉1924年出生于湘西凤凰县城的一个教师家庭。作为六兄弟中的老大，十二岁便被送到福建一个叔叔家寄养，从此开始了漂泊生活，青少年时代辗转于安徽、福建、江西、广东等地当童工，为瓷厂画碗碟，为一家戏班子绘画布景、跑龙套，在上海搞木刻。随后又流落到香港为某报刊画插画度日。"读万卷书，行万里路"的经历，不单是技艺的上达，更是心灵的开阔，涵养的提高。那颗乐观和锐意进取的心，借书本的教养，现实的磨砺，山川灵气的启发，更加充实、超拔，这就是人格的提高。黄永玉正是在这颠沛流离之中学会了生活和做人。宋代郭若虚在《图画见闻志·论气韵非师》中说："人品既已高矣，气韵不得不高。气韵既已高矣，生动不得不至。所谓神之又神，而能精焉。"黄永玉诗与画的气韵生动，正是他的人品人格所致。愈是艰难的环境，愈显现出黄永玉刚直而乐观的人格气质，也愈引发他的诗兴。黄永玉文学的历史其实较长，解放初在《人民日报》、香港《大公报》发表不少散文，其诗歌创作则较晚。获 1981 年全国优秀新诗奖的《曾经有过那种时候》诗集，多数诗作成于十年浩劫的艰难困苦时期。"动物短句"，亦即《罐斋杂记》，写于"四清"时邢台乡下；《力求严肃认真地思考札记》，主要"替狗一类的东西照镜子"。这些作品都是他真实思想感情的忠实表达。诗人刚毅浩大的正气，与不正常的社会现实产生巨大的反差。命运的舛误，民族的苦痛，将正气转化为郁勃愤悱之情，发而为纵横愤世之作。如果说不少诗人凭才情写诗的话，黄永玉则是用心血写诗，用人格胆识写诗，用人生的磨难和经验写诗。他的诗与他的画一样，每一件作品都集合了先前所有的知识跟过去的经验，都是从他那刚直桀骜不驯的本性中流出来的。

黄永玉青少年时代生活一向艰难，经常断炊。引导他生活和人格上升的两个因素，就是革命和艺术。"我懂得一条很简单的道理：打倒国民党！拥护共产党！"16 岁在流动戏班子里混生活时，那个班头是地下党员，其善良和正直感动了他，深深地影响到他的成长。丰子恺的老师、弘一法师李叔同临死前赠他"不为众生求安乐，但愿世人得离苦"的条幅，给他"奋然一刀两断于尘俗的坚决和心灵的慰藉与从容"，"细细想来不免令人感到震慑"。因为卖进步报刊，黄永玉还结识了周扬、夏衍等革命作家。漂泊者的处境和正直者的品性，促使黄永玉积极参加反对国民党的示威游行。在一次激烈的游行中，黄永玉跟军警搏斗，当晚又创作了一幅反映白天斗争的木刻，解放初这幅木刻悬挂在上海学联的大楼里。1948 年，黄永玉为了逃避国民党的追查到了台湾，想找一份短期工作，可国民党准备逮捕他，他闻讯后当晚收拾行装于第二天清晨去了香港，直到中华人民共和国成立后的 1953 年。在漂泊中，他和鲁迅所开创、宋庆龄所领导的木刻运动重新发生了联系。1947 年，黄永玉担任全国木刻协会的常务理事，时年 23 岁。这以前，著名木刻家黄新波、刘仑等给黄永玉较深远的影响。黄新波曾有幸亲聆鲁迅教诲，并与鲁迅合影留念。早在 1946 年，黄新波就把《在延安文艺座谈会上的讲话》一书送给了黄永玉。作为黄永玉木刻艺术的启蒙者，黄新波对黄永玉的人格影响也是很深的。

黄永玉的正气和人格，还得力于他的血统和民族。他的母亲是旧时代一个很有个性的知识女性，开朗乐观，幽默风趣；他父亲刚直沉默，从不求人。黄永玉的性格中，有很多来自父母的遗传基因。民族对他的影响也不小。他说："我出生于一个少数民族土家族。我受着它的习俗的影响。我性格中的许多方面都是少数民族出身的结果。"土家族尚正义与武勇，格斗是民族生存生活的一种方式，他的爷爷、伯伯都是汉人。黄永玉从小好斗，习过少林，家住沱江镇北门，外号"北门小黄牛"。无论绘画作诗，黄永玉总是把民族的特质带进他的艺术，土家族武勇好斗的精神贯穿着他毕生的生活。

以人格为诗是中国诗歌的传统。孟子倡导"吾养吾浩然之气"中的"气"，既指气势，也含有人格正气的意思。老庄竭力追求人格的自我完满。他们所追求的圣人、至人、真人、神人就是人生自身的艺术外化，诚如庄子所言："精神四达并流，无所不及，上际于天下幡于地"。因儒道两家均极重人格，中国方有人品与文品成正比的美学理论。屈原诗歌的美，就是屈原高尚人格流于外的东西。黄永玉以高超的智慧、高尚的人格和不经意的技巧铸就的诗歌与绘画，获得诗画艺术界的一致承认，获得了人民的信赖，是必然的。黄永玉很有刚气，也很随和，不故作清高，不回避与中央某些领导交朋友。真正的艺术家与真正的共产党人当然可以成为真正的朋友。不避高官，不鄙贫民，一切以人格高下为界碑，这正是一个人品格晶莹透亮之所在。就艺术而论，黄永玉的成就在画不在诗。他忘名去利、化杂除欲，以美好人格作为诗的灵魂为一代人写心，其诗歌的成就也不容忽视。"画有逸格，诗有逸品"，黄永玉的诗自人格中流出，故有许多越出常规的地方。他有两方印章，一曰"无法无天"，一曰"不择手段"。他的诗无所师承，无所依傍，冲破了常规写法，不讲押韵，只讲节奏，不拘泥于字行的整齐而讲究内在的旋律，不追求意境意象而追求含蕴与容量，既超越常规，与一般诗人的诗大相径庭，又不离总谱，具有诗的精神。诗与画虽是两个完全不同的艺术门类，但诗画本一律，在基本精神上有许多相通之处。古希腊时代的西蒙尼底斯说过："画是静默的诗，诗是语言的画。"

黑格尔也认为诗有音乐的一面，也有绘画的一面。苏东坡《韩干画马诗》云："少林翰墨无形画，韩干丹青不语诗。"黄永玉的诗，特别是配之以画的《永玉三记》，绘画的潇洒、流畅、形象与诗歌的深沉、含蓄、抽象结合在一起，将有形与无形、妙语与无言在更高境界上融为一体，淋漓尽致地表达了诗人的情感与思想，构成了黄永玉诗歌的独特风格。曾敏之先生曾盛赞黄永玉的画"纵横笔画无依傍，九巧功成自一家"，用它来评赞黄永玉的诗风也是恰如其分的。

　　黄永玉的诗多为批判生活中的丑而作，故其最主要的艺术手段是讽刺。讽刺的力量源于真实。由于黄永玉的凛然正气、高尚人格和嫉恶如仇的性格，他的讽刺较一般人来得更犀利、更尖刻，有时甚至有几分刻毒。请看《级别》一作吧："蚊子对这档子事一窍不通/它连局长和主任都敢咬。"诗人不着痕迹把自以为了不起的官儿、捧官媚官的小人和中国的官本位主义，一概骂倒了，语言之刻薄犀利无出其右者。黄永玉可谓讽刺大师了。黄永玉的讽刺常不直接指向某人某事，凭借他的机智，拐上一两个弯子，指东打西，让读者明白他讽刺的是什么，但字面上就是找不到半点联系，被讽刺者挨了一击又总叫不出声来，这使它的讽刺带上了浓烈的幽默色彩，而又令人深思。"我丑，但我妈喜欢。"这是题为《小老鼠》的两句诗，是写小老鼠吗？显然不是，是在写人。是写人的母子关系吗？是又不是，这是写我们现实生活中不正常的干群关系和上下级关系，写那些严重脱离群众、为人民所厌恶、却被他的顶头上司所赏识的干部那种充满了安全感的洋洋自得的心态。这当然要比直露的批判来得婉转得多，风趣得多，也深刻得多。当然，黄永玉的诗也并非句句都有寄托，其中来自生活的解颐妙语也不少，如"抽烟：敢死队员"；"刷牙：假笑"；"放屁：穿裤子的云"；等等。将生活中让人发笑的现象揭出，这也是黄永玉幽默特色之一，是黄永玉乐观性格的自然流露。

　　黄永玉的诗大都有感而发，寓理于事，带上浓厚的哲理色彩，具有寓言诗的韵味。他常写些带劝或带讽刺意味的动物与故事，借此喻彼，借远喻近，借古喻今，借动物喻人类，将较深远的道理寓于简单的故事或事物。寓言诗当然不是黄永玉的发明，俄国19世纪的《克雷洛夫寓言》，全用诗体形式写成。哲学意蕴是诗，更是寓言诗的最高境界。在寓言诗中哲理是灵魂，诗意是翅膀，诗人把自己发现的哲理装上诗的翅膀，寓言诗才能跨越时间、空间，四海飞翔。黄永玉笔下好多寓言诗都具有这一特色。捷克的反法西斯文学战士卡雷尔·恰皮克（1890—1938 年）写了许多世所公认的优秀的寓言诗，黄永玉和他相比，不让高下。为了更清楚地看出黄永玉寓言诗的特点，我们不妨分别拿出他和卡雷尔的几首诗，予以直观的对照。

卡雷尔·恰皮克① 　狼和山羊

让我们在节约的基础上签订一项协定：我不吃你的草，而你要自愿地把你的肉供给我。

黄永玉② 　驴

早在拿破仑从埃及进军叙利亚时，就特别关照要把两种动物安排在队伍中安全的部位。一、学者；二、驴。前者鉴定文物后者把文物驮回去。

卡 　狐狸

生物可以分作三大类：仇敌、竞争者和掳获物。

黄 　蚱蜢

一被逮住就猛点头。

卡 　狼

如果没有人猎取我们狼的话，世界上就有了和平。

黄 　黄鼠狼

我总是在临走时给人们留下深刻的印象。

卡 　蛆虫

战争万岁！

黄 　蚂蟥

请接受我最亲密的友谊！

在这里，至少有四点相同：一、都是动物为题，形式都是散文诗；二、每首诗都切中动物本身最重要的特点，又都是指向人或人类社会，都有明白而深刻的寓意；三、每首诗几乎都道出了一条公理或某种规律；四、都

---

① 以下简称"卡"。

② 以下简称"黄"

具有平和而犀利、直率而含蓄、朴实而俏皮的风格。这四点，也就是黄永玉寓言诗哲理化特点的具体表现。

黄永玉的诗大都很短，不少诗一首一句。越短越令人咀嚼。诗人有广博的知识，丰富的阅历，对人对事对社会常有尖新看法与独特体验，把它摄入作品提炼成充满智慧的格言或警句，常一语中的而又耐人寻味，给人很大的启发。例如"仇敌：往往是热恋过的情人。""笑话：历史地看，以自己闹出来的最好笑，最怕人知道，也最易流传。""蚌：软弱的主人，只能依靠坚硬的门面。""道歉：强者对弱者则表示宽宏大量，弱者对强者则无异于求饶。"这些从生活现象中提炼出来的真理，乃是指导人们行为的法则。诗人运用"未完成美学"的理论，有意让读者根据自身的素养和经验去进行再思索、再创造、再补充，诗句就成至理名言而叫人过目不忘。

黄永玉的诗还善于古意翻新。翻新古人之意，历来为诗人出奇制胜的一大法宝，翻得好为大手笔，翻得不好则贻笑方家。关键全在于一个人思想、智慧、才情的高低。黄永玉一般不乱翻新，但凡翻的，都颇为高妙。如《乌龟》："希腊伟大的预言家肯定过，我是毋庸置疑的胜利者。"诗人让今天的龟与古代龟兔赛跑中的龟，思想境界翻了个个儿，既顺理成章，又极富现实的针对性。今天不少人，甚至不少古老文明的民族，不正在背着历史优越感的沉重包袱而不能自拔吗？他们洋洋自得于历史上的成就，殊不知已被现实抛得很远很远。翻新古意，不但要出新，尤其要意胜古人，高出古人一筹，这就使他的诗篇情高、意高、格调高，不失为大家之言。

黄永玉叼着烟斗作画，放下画笔作诗。他的诗，以事写理，寓理于事，巧思谐语，闪耀着思想、人格和智慧的光芒。他的诗不像王维那样诗中有画，而是诗中有理，诗中有魂。思想的深刻与语言的平易使他的诗率直明快而脱尽粗浅。艾青说永玉的诗"自成风格"，这风格就是充满理趣的奇诡、犀利与幽默。宋代《中山诗话》云："诗以意为主，文词次之，或意深义高，虽文词平易，自是奇作。"从这个角度说，黄永玉的诗，是在一度过分板滞的诗坛上绽出的自由舒放的奇葩。

（1987 年 9 月于吉首大学砂子坳校区）

（原载于《民族文学研究》1989 年第 6 期，《湖北民族学院学报》转载）

文学的逻辑延伸

——论谭谈的报告文学

当嚷嚷着文学要淡化政治、远离现实而实际上又无法脱离政治的时候，作为文学的曲折回应和对政治的补偿，与现实政治作短、平、快接触的报告文学迅速勃兴起来。在经济转轨、社会转型时期，没有钱的想钱，有了钱的要名，在钱与名的互补关系中，报告文学大大地丰富了、发展了，但也有不少作品庸俗化了、降格了。谭谈虽然也不怎么有钱，但他没有为"钱袋"而写作，没有为自己捞钱而写一篇广告文学，始终保持了报告文学殿堂的圣洁和应有的品位，而这恰恰是当前报告文学所缺乏的。作为一个坚定不移的现实主义作家，无论文坛如何变换流行色，谭谈从不言脱离政治、远离现实之类的空话，死守现实主义营垒不动摇。他写现实、写改革的各色弄潮儿有他自己的特色：一是关心民瘼的强烈的责任感和同情心，二是情感的十分专注与投入，三是在现实生活中撷取艺术的美——这是许多论谭谈创作的文章所没有论到的。这三个特点使他的报告文学与他的小说有天然的联系，有较高思想品格和艺术品格。

光这样来看谭谈的报告文学作品无疑太肤浅了。作为小说家的谭谈，他的报告文学总是从生活层面展开对人物事件的描述。报告文学的写作对象大都是重大事件、重要人物。倘若只从社会、政治、历史的角度来写人的业绩、行为、贡献，写事的轰轰烈烈或波澜壮阔，虽不乏意义，但以大显大，便会较为空洞、枯燥甚至干瘪。只有从生活的层面写来，才会有血有肉、生动亲切。谭谈走的是写小说的路子。他写涟钢工人的爱国主义和宏伟气魄，着重写他们中的 72 人在 112 天内把一座大钢城从地球的那一边搬回到地球的这一边；写搬、拆、装的过程，主要写他们寻锅做饭炒菜、抓痒洗澡、上柱测量、开车过桥等生活和工作中的小事。作者这样处理题材与他的美学思想密切相关。一个成熟的报告文学家有自己的美学思想。写通讯要用新闻理论作指导，写属于文学的报告文学则要用美学理论来指导。谭谈恪守"美在生活"的信条，相信"任何事物，凡是我们在那里看得见依照我们的理解应当如此的生活，那就是美的；任何东西，凡是显示出生活或使我们想起生活的，那就是美的"（车尔尼雪夫斯基语）。谭谈用美学理论而不是只用新闻理论或文章学的理论来指导创作，他的报告文学才成为文学的真正族类。如果说现在中国的优秀报告文学作品已经可以分为文化分析派、新闻人物或人物新闻派、综合派、生活派的话，那么，谭谈则毫无疑问是属于美在生活、美在崇高的生活派的中坚分子。

报告文学是新闻和文学的杂交体，它以文学的形式向人们报告世间人事的旧貌新颜和沧桑之变；真实性与文学性的统一，是它最突出的文体特点。但报告文学的真实性与小说的真实性有所不同，小说强调艺术的真实和生活本质的真实，而报告文学的真实则要求人与事都必须是实际存在过的，是实在的真实。这就要求报告文学既要有生动的文采，又要有蕴涵很丰富的确切材料。谭谈的报告文学之所以值得重视，就在于充分发挥了文学的优势，从技术操作的角度说，更接近短篇小说和散文，颇为讲究章法结构、语言、场面铺排和细节描写。《愿四水三湘活水流》是写新来的省委书记的。新书记来湘的日子不长，谭谈和他的接触有限，要把一个省委书记的形、神、态写活，委实不易。谭谈用访谈录的形式，一便于择要，二可以把省委书记直接推到每个读者的面前。可是访谈并未成行，作家只好把自我化入作品，以"我"的行踪串联起省委书记来湘后的主要言行材料，想象中让自己跟着书记、读者跟着自己，将新书记的神态、个性、作风和精神，考察个透，也欣赏个够。与其说这是新闻形式的访谈，不如说这是文学虚构的访谈。为了报告文学的真实可信，末了，谭谈只好略带几分狡黠地说："我这访这谈这录，不只是在我和他之间进行的，也不是在他的办公室、他的住所，更不是在什么宾馆里进行的，而是在三湘大地。参加者不只是我，而是我们省广大的干部和群众……这不也是一种式样的访谈录吗？"

场面铺排是小说家的拿手好戏。谭谈在报告文学中充分利用了叙述、描写、议论、抒情等表达方式，科学而巧妙地组织近景、远景、背景和特写镜头，以事显人，以人现事，或大或小、或长或短，绘声绘形绘色，往往一两个细节，则神情毕现，事象全出，给我们情绪感染和内心感动。世界级的大科学家袁隆平赴北京开会，上了软卧车厢，熟练地泡好方便面，吃完就平平静静地睡觉，有什么材料比这个细节更能表现中国知识分子朴实的作风和平凡的风采呢？报告文学需要心理描写，但写得多了，细了，就会有悖报告文学描写必须简洁的要求。作者颇有分寸地把握了人物心理描写的繁简尺度。袁隆平和女教师迫于政治压力牺牲神圣爱情造成毕生的遗憾和思念，三十多年后再相聚时，两人表面都很平静，只是袁隆平刹那间把刚伸出车门外的一只脚立即缩了回去，露出他内心深处的怯懦、惊愕和惊喜。这种以形写神的方式，对于表达他丰富、圣洁而坚贞的内心世界再贴切不过了。报告文学毕竟不是小说，袁隆平也不是恋爱专家沃沦斯基，女教师不是安娜·卡列尼娜抑或林黛玉什么的，倘若附加太多的心理活动，反而会成为累赘。

谭谈的报告文学很富有历史感。这个历史感不是外加的，而是包含在事件本身和对事件的文学性描写中。报告文学的文学性不只体现在表达方式，还体现在它的典型性，即典型的人物、典型的环境、典型的事件和情节。比如袁隆平，确实是深受人民喜爱的中国务实型的知识分子的楷模。特别是写大亚湾的人和事的四篇文章，很富有历史的价值。大亚湾的环境够典型的了，它的潮涨潮落、盛枯荣衰的三年历史，足够以后的历史学家和经济学家研究十年、三十年！谭谈抓住大亚湾，可谓抓住了中国政治、经济转型期市场经济的最佳场所。一度活跃在这里的姜斌、杨富清既是商品经济社会中脱颖而出的弄潮儿，又是靠机遇、能力、眼光而起家的暴发户，他们的身上实在凝聚了太多太多的历史内容。写盛极一时的大亚湾的繁华之后的衰颓，用了这样一个细节：一家曾经威震三湘的大公司的门前，坐着一个老人，老人身边蹲着一只狗。这很可以使人想起"白头宫女在，闲坐说玄宗"的寥落的帝皇行宫了。真正意义上的报告文学，是在一定的历史条件下，由一定的历史生活内容与个人经历通过作家头脑的加工而生成的，它是时代的报告、历史的报告、社会的报告。优秀的报告文学作品贮满社会的风云、历史的沧桑、人生的酸甜苦辣，能照见社会的种种面影和它的五脏六腑。历史感既是对优秀报告文学的艺术要求，又是思想内容方面的要求，在一个时代向另一个时代错动，一种体制取代另一种体制时，大亚湾的旋荣旋枯，大亚湾淘金者的升降沉浮，把中国特色社会主义社会中的资本原始积累的命运标举得太形象、太生动了。作者借一个青年矿工之口说："大亚湾是富了，这里的人是富了，这里的干部也富了。在这里到政府机关办事，给干部钱，是不要避人耳目的，一千元、两千元甩过去，他照收不误，可是我们的煤矿工人，在不见天日的矿井里流血流汗，却发不出工资……这就叫'让一部分人先富起来'？如今的社会又是哪一部分人先富起来了呢？"面对这今日的"天问"，作者没有也不可能回答，却于不经意中显出历史的质感。更具有历史质感的是，事隔一年以后，这个曾经红火得叫人眼热心跳的大亚湾骤然冷落了：一个一个的"花园"工地，一片荒凉，如同一个古战场，堆积着一片历史的风尘。历史感使谭谈这部分报告文学越到以后越具有史学的价值。

谭谈的报告文学作品质量也不完全整齐。写知识分子的《不灭的烛光》和写原娄底专员的《九峰夜话》相对弱一些。几乎是自学成才的数学家杨承恩教授，那令人倾倒的外在气度更胜过他内在的气宇；而那位专员，写得过于单薄也过于平实了些。我以为，谭谈的报告文学的不足，不在具体篇目的具体操作技巧，也不在眼光，而在于没有跳出来。作者很有才情，文字流畅而优美；许多写作对象是他的朋友，很多场合，索性以"我"为线索来串联全文，这使他的报告文学更接近叙事散文。这种散文的写法使作者与写作对象贴得很近。作家在写作前要贴近对象，以便了解、熟悉；在写作中应推开对象，以便观照，站在历史的高度描写对象。写作中过于贴近，于作家和作品都不利。这也就是人们常说的"入"与"出"的道理。如果个人修炼功夫不到家，一不小心就会露出某种不足，就会带来副作用。作家如果练就了"容天下难容之事"的大肚佛的无量气度，铸造了无限广阔的无产阶级胸怀，那么，"从血管里流出来的都是血"，他的任何文学创作活动，都将会进入一种自由境界。谭谈亦在向这种境界进军，朝着自由创作的彼岸进发。

（1996 年 7 月东风二村省作协老院子）

（原载于《中国文学研究》1996 年第 3 期）

从政与从文的互补：论市长作家谭仲池的创作

谭仲池，1949 年 10 月生，湖南浏阳人，大学学历，曾任浏阳县委宣传部长、副县长、县长，潇湘电影制片厂厂长，娄底专署常务副专员，湖南省政府副秘书长，长沙市委副书记、市长、市政府党组书记兼湖南省作家协会副主席，湖南省政协副主席兼湖南省文联主席。身在官场而能坚持独立思考不逾矩，是共产党高级官员中唯一在网上开博客的人。文艺创作上，多产而且擅长多种体裁。这里简评他少量代表性作品。

一、人文关怀的《都市情缘》

市场与城市同体同命，城市建设与城市文学共生共荣。在市场经济的推动下，近年来我国城市文学获得了很大的发展。究其精神路向而言，可归为四大类：一、城市是政治、经济、文化中心，以孙力、余小慧的《都市风流》为代表，写城市各类政治经济矛盾的聚集；二、城市是欲望的渊薮，以何顿的市民小说为代表，这类小说，多写市民欲望的道德合理性和欲望的释放；三、城市生活是城市文化的外化，以王安忆的《长恨歌》为代表，这类小说多写市民的生活情调及其变迁；四，城市的灵魂是城市文化，为了城市的新生和更大繁荣，城市小说常常重在对城市落后文化的批判，这类小说以俞天白的《大上海沉没》为代表。谭仲池尊重他们的创造性劳作，肯定他们的天分与才气，并不步他们的后尘。他的《都市情缘》写于这些名著之后，他相信自己的社会阅历、人生体验，按文学创作的思维惯性来构筑自己的城市小说。他还多次说到"自己不当官以后就去当作家，走遍国内所有的城市，然后写一本《市长眼中的城市》的书"，可见他对城市有自己独到的认知且不吐不快。

《都市情缘》高扬人的内在精神的思想取向，字里行间充溢着浓郁的人文关怀意识。所谓人文关怀意识，就是指特定文化所推崇的人对自身存在的本质、价值发掘、成长关怀的自觉性。这不止是一种抽象的终极关怀，更是一种具体的现实关怀。在温婉的人文精神的观照下，谭仲池作品中的人物大多正直、正义，作品中人事处理虽带有理想化的成分却也令人信服。作品一反以往把市长、书记写成一对矛盾体的老调，而是把他们两人（市委书记诺亚、市长方远）写得互相理解、互相支持、肝胆相照、精神相通。无论是市长出面与外商打一场失败的官司，有意树立属下的法制观念与城市的信义形象，抑或是打击不法外商、反对党内腐败、解决拆迁户的安置等大的原则问题，两人认识统一，步调一致。不但他俩如此，连他们的家属也都能大局在胸，心相知，情相依，苦相照，难相随，乐相融，共同匡扶正义。作品中人文关怀意识的核心和落脚点，是平民意识。所谓平民意识，就是指关注、关心、关怀普通百姓的日常生活的人道主义思想倾向。《都市情缘》中的平民意识的思想火花，比比皆是。我们为安凡"强调依法治民的地方多，强调依法治官、治权少，要老百姓做的事多，而政府应给老百姓办的事却得不到落实"的仗义执言喝彩，我们更为市长召集各处、办领导在拆迁现场，站着开会时那一番义正词严的陈说而动情："三年啦，居无安定之所，生无可靠之源，而他们应当享有的合法的生存财产权利，却被无情地剥夺了！我们该负什么责任？这些农民太善良、太忠厚了，竟还有人说他们是刁民，没有文化，不讲道理！"这段话与其说是文字构成的，不如说是作者的热血铸成的。《都市情缘》关注、关心、关怀普通百姓的日常生活的人道主义思想相当浓郁，处处闪耀着平民意识的思想火花。

谭仲池在作品中表现的人文关怀意识和平民意识，不但给老百姓带来了极大的实惠和立竿见影的好处，而且对湖湘文化的建设具有积极的意义。湖湘文化是历史文化，也是一种可发展的文化，还是关注国计民生、抨击弊政、经世致用、主张解决实际问题的入世文化。经过毛泽东、刘少奇等无产阶级革命家的丰富补充与改造，更有了强烈的革命进取色彩。但总体上看，民主、民生的进步文化因素还需补课。平民意识虽然与传统儒家文化中的"乐民之所乐者，民亦乐其乐，忧民之所忧者，民亦忧其忧"（孔子语）、"民为贵、君为轻、社稷次之"（孟子语）的民本思想相一致，但与孔、孟"未有小人而仁者也"（《论语·宪问》）、"位卑而言高罪也"（《孟子·万章（下）》）的信条，却是矛盾的。《都市情缘》中的平民意识其实是以完全彻底为人民服务的思想为核心的，它是代表了广大人民群众根本利益的先进文化，与湖湘文化中强烈的社会责任感、历史使命感、人生进取精神、学以致用的知行统一观，与文艺复兴时期的人文精神、平民意识均有部分吻合。《都市情缘》中宣传的人文主义思想和他的为政六有（即有德、有情、有智、有容、有胆、有力），应视为这一文化工程的一块砖、一片瓦，自觉或不自觉地为湖湘文化提供了新的质素，输入了新的细胞。

《都市情缘》是迄今谭仲池写得最轻松随意，也最富有个性的一部作品。当市长是不可能清闲的，害病住在医院，谢绝一切人的探望，反而收获了难得的清闲，有一份"身已离帝乡，尽情梦渔樵"的超然，一份与尘世隔绝的安静，一份让思想信马由缰地独立思考的自由。小说常常略去事件的过程，在事件的发轫处、终结点或者场面转换的缝隙中，插进精彩的引证与议论，用理性升华感性，让感性丰富理性，呈现出思辨色彩，堪称一部"思想小说"。

二、以义取利的商业小说《古商城梦影》

2010 年由中国华侨出版社推出的谭仲池的《古商城梦影》，以拥有 500年商业历史的中国第一古商城湘西洪江在抗战时期兴旺繁盛的历史景象为重心，再现了洪江商人"义字当先，以义取利"的经商方略，揭示了洪商"对天勿欺，待人以恕，居仁尚义，以义取利，利以义制"的经商信念和团帮精神。以义取利是真商，洪商精神集中体现了湘商文化精神。《古商城梦影》堪称中国第一部寻觅湘商轨迹的长篇力作，更是中国第一部为商人正名的文学巨制，它对于丰富和发展湖湘文化也有着重要的意义。

洪江，地处湘江与沅水之间，立于沅水与舞水的交汇处，起源于春秋，成形于盛唐，鼎盛于明清，在抗战时期接纳了 20 万难民，呈现出畸形的繁荣。它南望桂林，东倚衡阳，北指汉津，西与贵州对峙，在汽车、火车和空运普及之前，十人难当一牛，十牛难当一车，十车难当一船，因水路便利，颇得江水之助，洪江为内地连接大西南的纽带，历来是云贵川湘桂五省货物聚散之地，商贾云集的繁华之乡，兵家政客必争之要塞。洪江商人虽然不一定是湘商的始祖，洪江却历来是湘商的重镇，洪商"以末起家，以本守之""吃亏是福"的"无听发禅"的商业精神，在近现代，尤其算得上湘商文化的典范。所谓"无听发禅"，也就是"无为禅发"的"造势"精神，即以老庄表面无为，实则无所不能为的勇猛精进之气，加上心无尘垢、物无界限的禅宗思想，在无法时想出办法，无路时闯出生路，前途渺茫时开出一片光明的世界。

真商人都能以义取利、舍利取义，甚至舍生取义。洪江商人联合会会长洪大雄，替共产党运送重要物资被日本军队查获，沉船毁货，舍生取义，千古英雄；雪雨涛不堪被国民党军中败类利用，关键时刻以身明义，感人至深。在洪江商人的身上，我们看到了湖南人"心忧天下的责任意识，敢为人先的创新精神，经世致用的务实风格，兼容并蓄的开放心胸和实事求是的诚信风范"，看到了商人的勤勉、机智、卓越的赚钱能力，看到了他们舍生取义、以"义"制"利"的大忠大义，大诚大爱。这些成就了湖南商人的精神与品性，俗称"湘商文化精神"。从洪商观湘商，小说对湘商文化精神许多形象的描绘和深入的理性开掘很有眼光。洪商帮会十大帮规"孝父母、敬长上、分大小、言有信、莫乱盗、不叛卖、不以大压小、兄友弟恭、孝悌忠信"的道德规范，无疑是湘商文化精神的具体体现。最能体现湘商独有的文化品性的，是"无听发禅"根本思想。"无听发禅"是道家的"无为、无物、无我"的思想与佛教"以心制物"的教义相融合所形成的禅宗思想在商业上的运用。具体点说，一是"以末起家"，一把雨伞走天下；二是无私功成，不过分地看重利润，利人利己，兴国发家。这与现代的"双赢""利益均沾"相通，此乃湘商文化的精神核心。《古商城梦影》既有命运小说的可读性，又有比一般的命运小说高出一筹的思想深度。它是研究和表现湖湘文化的一部文化小说，也是湘商文化发轫探微的第一部大书，还是中国第一部实实在在地为商人正名的书。

三、政治抒情诗《东方的太阳》

政治抒情诗的历史并不长，1824 年普希金的《致大海》，在沙皇统治最黑暗的年代呼唤民主和自由，激情澎湃的政治抒情诗从此创立。百年后的1924 年，列宁逝世后不久，马雅可夫斯基的《列宁》，将政治抒情诗以颂歌的姿态成为世界性的新诗体。有"东方精神号兵"之称的泰戈尔也写了不少政治抒情诗，歌颂印度人民反抗帝国主义、种姓制度，争取民族独立解放的愿望和斗争，对郭沫若、冰心等产生过深远的影响。在中国，上世纪50 年代才有政治抒情诗的名称。郭沫若的《女神》，实际上是现代中国第一首政治抒情诗。30 年代抗日战争的烽火，催生了田间、艾青、柯仲平等诗人创作鼓动性的抒情诗歌。1950 年，胡风的《时间开始了》，最先深情地歌颂共产党领导下新中国的建立，是中国第一首颂歌体的政治抒情诗。50 年代中期至"文革"前，政治抒情诗发展最为繁盛，贺敬之的《放声歌唱》《雷锋之歌》与马雅可夫斯基的《革命颂》《列宁》相通，郭小川的《向困难进军》《望星空》和闻捷的《天山牧歌》更接近马雅可夫斯基生活气息、内心情感的一面。与全民政治热情高涨的时代氛围相适应，当时的政治抒情诗成为全民欢迎的诗歌主潮。十年动乱后的拨乱反正，封闭了十余年的诗人的歌喉再次亮开，迎来了政治抒情诗的第二个高潮。李瑛的《一月的哀思》《难忘的 1976》，雷抒雁的《小草在歌唱》，白桦的《阳光，谁也不能垄断》，熊召政的《请举起森林般的手，制止!》，贺敬之的《八一之歌》，张志民的《祖国，我对你说》，等等批判加歌颂的政治抒情诗，一度振兴了中国诗坛。90 年代的改革开放，政治抒情诗以其欢欣鼓舞的姿态，第三次开启了一轮小高潮。桂兴华的《跨世纪的毛泽东》《邓小平之歌》《永远的阳光》，胡丘陵的《拂拭岁月》，梁平的《三十年河东》，颇有影响。尤其是梁平的《三十年河东》为最，3500 多行，被称为改革开放诗的百科全书。此后的十余年，在后现代"小化""私人化""碎片化""反权威"等写作理论的影响下，政治抒情诗的声音完全喑哑。2008 年的汶川地震、世界奥运会、冰灾，中国一连串的大事，震破了"小我"的巢穴，黄钟大吕之声重新响起。诗人谭仲池大笔挥洒，2008 年创作出版了诗集《敬礼，以生命的名义》，2011 年出版了 6000 行长篇政治抒情诗《东方的太阳》（以下简称《太阳》），空谷足音，读来心头为之一振，大有"大雅久不作"，"金声震寰宇"之感。

大凡中外政治抒情诗人，他们超越自我，充当了国家、民族、先进政党和人民的代言人，其诗作都是时代的最强音，具有题材的重大性，饱满的政治热情和充沛的生活激情，夸张、绮丽、想象丰富的浪漫主义风采，明快、流畅、朗朗上口、宜于朗诵的语言风格。这些基本特点，早在 1959 年，为庆祝建国十周年的《十年诗歌选》序言中，徐迟已经说清了。他说，在政治抒情诗中，诗人是一个公民，他与共和国的精神、全民的精神是一致的。热情澎湃的政治抒情诗是祖国河山的回声，是世界的回声，是亿万人民合唱的交响乐。谭仲池的《太阳》，集以往政治抒情诗浪漫精神与艺术经验之大成，是以往政治抒情诗精神特质和艺术创造的双重回归。在这个基础上，《太阳》实现了多个方面的创新。

首先是抒情内容上的高度概括。全面抒写中国共产党得天下、坐天下90年的光辉征程，当代诗坛写了60年，却只是写了它90年历史的局部，还没有一部长诗正面地全面地展示她。笔者曾多次呼吁："中国古代文学有《格萨尔王传》，有《东周列国志》，有《三国演义》，有《隋唐英雄传》，有《说唐》和《隋唐演义》，为什么至今没有一部反映中国共产党领导的，中国人民推翻历史三千载，建立新中国宏伟历史的鸿篇巨制呢？"这应是亿万中国文化人的阅读期待。江山有才人，谭仲池6000行的政治抒情长诗，初步满足了我们的期待。《太阳》高度概括了中国共产党领导中国人民推翻三座大山，建立中华人民共和国，直至今天改革开放、国富民强的风雨历程和改天换地的巨大成就。当然，概括这样广博的历史，将涉及多少重大历史事件，多少历史名人，多少惊心动魄的宏阔的场面，多少精妙的细节，多少未曾结论的人和事，甚至多少历史的黑洞。它们无不考验着、兴奋着诗人超常的概括能力，穿透性的历史眼光，非凡的取舍功夫，非同小可的语言表达能力。令人欣喜的是，越是难以处理的地方，越是出彩，诗人的心灵越表现得无比的快乐与自由，迸发出无与伦比的激荡之情。诗人对蒋介石、陈独秀等特殊人物的历史评价，对伟大领袖毛泽东在建国中无可替代的历史功勋的赞美，对领袖晚年在国家治理中虽有失误却不失人格魅力的评判，思维敏锐，分寸精准，语言劲健，无不显示出不是历史老人，胜似历史老人的历史公正性、深刻性。尤其是对挪威诺贝尔奖评委会语重心长的批评、规劝，痛快淋漓，直指要害。

《太阳》创新的另一个重要表现是，开创了诗的知性空间，许多重要的知识、闪光的理念进入了诗歌。空间，是后现代的一个理论概念，指某一具有深度、广度和高度的三维场域。以往的政治抒情诗，有广阔的时间空间、地理空间（时间跨度长，地域幅度大），以及由此带来的广阔的艺术空间。知性空间则是指作品中由知识与作家思想智慧构成的三维空间。"最早出现的'中国'一词"，是"西周初年的青铜器'何尊'上的铭文'宅兹中国'的金文"。这一语源学知识，知道的人很少，说出来很必要。第二章《喷薄日出》写中国共产党的诞生，诗人这样起笔："一个俄国的诗人　叫普希金/读他的诗歌时　我还不到开花的年龄/他的诗歌　让我知道世界的绚丽和爱的神圣/可我并不知道'星火燎原'/会来自俄国十二月党人写给他的那句诗/'星星之火可以燃烧成熊熊烈焰'。"（第十三节）诗人写出了在毛泽东之前，第一个用"星星之火，可以燎原"来总结历史规律、形容革命前景的，是俄国十二月党人写给普希金的信中的一句诗。历史学家知道普希金与十二月党人的关系，搞文学的人知道普希金的《致大海》，但他们都不一定知道十二月党人给普希金的信，更少有人知道信中有那一句至理名言。但谭仲池知道，并且恰如其分地放在中国共产党诞生的开头，将知性空间、艺术空间、时间地域的自然空间融合起来。

中国上世纪五六十年代的政治抒情诗，基本上没有文化考辨，更少文化批判；三四十年代和80年代的政治抒情诗中虽有批判，但批判的对象仅限于政治军事方面的阶级敌人，更少有诗人抒发不同于集体言说的私人化思想情感，只有郭小川六七十年代的部分政治抒情诗，小心翼翼、如履薄冰地表现了某些思想迷茫和情感隐忧。文化思辨性的个人见解也少有抒发。一贯对哲学有浓厚兴趣、习惯于独立思考的谭仲池的政治抒情诗，一边是热情洋溢、想象丰富、形象鲜明的浪漫，一边是多有深刻厚重的哲思卓见。对"理论是灰色的，只有生活之树常青"的定论，谭仲池却义正词严、言之凿凿地反问"谁说　理论是灰色的/理论生命永远长青"，紧接着三大段精彩的陈述，论定了理论的本质和无可替代的威力，廓清了陈见。对历史、现实、政党、领袖、名人、权威，或历史成败得失的书写，谭仲池都能站在时代的高度，凭借自身的知识积累，用历史的眼光，客观公正地审视，诗意地表达。在诗的最后，诗人索性用三节篇幅，专门从文化和自然的角度来探索"中国的道路""党的前途""人类的未来"。且不说诗人的探索越来越成为全党的共识，单就建造由思想智慧构成的三维知性空间而言，把一首歌颂共产党风雨历程和丰功伟绩的政治抒情诗，提升为融人类学、政治学、社会学、文化学于一体的，探索中国和人类发展途径的浩大而深邃的综合性史诗，本身就是了不起的创新。

艺术上，诗人采取了党的历史与诗人行踪双线推进的复式结构方式。《太阳》于共产党的历史之外，始终活跃着一个抒情主体——诗人自己。这样，诗歌就有了两条线索：中国共产党90年风雨历程的时间线索，抒情主体精神情感发展历程的抒情线索。前一条线索是主线，后一条是附着于主线索之上的次要线索。两条线索的并行或交叉，避免了以往政治抒情诗直线式、平面化的单调，呈现出立体结构的生动姿态。在视角上，该诗摒弃了以往的纯政治视角，从政治、文化、历史、现实、人生、人性、生命等多角度抒写各类人物、事件、现象，抒情内容与主题也不只是一个单调的声音，而呈现出多声部对话的风采，既主线清晰，又层次繁复。近十余年来，中国诗界的阴柔之风盛而阳刚之气衰，小桥流水之音密而黄钟大吕之声稀。《东方的太阳》一出现，时下的诗风为之一振。它不愧为纠正时弊、引领诗风之力作。

四、博雅厚重的艺术风格

谭仲池在多种形式的文学艺术创作中，已形成了自己既定的艺术风格——博雅而厚重。作为基层走来的高级官员，谭仲池具有官员写作的优势：生活积累丰富，思想境界高，眼界宽阔，思路特别好，加上勤奋好学，什么样的题材、体裁、样式，到了他们的手中，都能弄出个好东西来。谭仲池小说的基本风格是雅致博闻，《古商城梦影》尤有代表性。抗战时期的洪江，商场、情场、风月场（妓院林立，确切地说是淫场）、战场融合一体，其繁荣带有明显的病态，一不小心很容易落入地摊文学的藩篱。谭仲池对低俗病态的东西不屑一顾，他从洪江商人的经商之道中，发掘出湘商的文化精神，这就使该书具有了闪光的思想价值；深邃的人生体验，质地优秀的文学素材，不失韵味的生活叙事，加上诗意的语言，浪漫的情思，广博的知识，使小说有着高雅的情趣。雅致博闻的风格也许不被部分读者看好，甚至不能满足某些世俗读者的阅读需求，但却是精神产品的美好品质。谭仲池小说的"雅"，其实秉承了儒教"诗三百，一言以蔽之曰，思无邪"的传统。就当今的世风而言，文学作品的雅致风格似乎理应得到更多的褒扬。

由于谭仲池当过电影院制片厂厂长，创作过电影、电视剧，且皆有所为而发。电视剧《人生课题》回答了如何振兴农村教育的问题；电影《凤凰琴》呼吁新时期农村教育困难重重，亟须解决；电影文学剧本《青春雷锋》（合作），突出主人公一切从人民的利益出发，毫不利己、专门利人的共产主义精神，又避免了符号化、平面化的弱点。电影文学剧本《袁隆平》多侧面、立体化地表现出这位农民科学家土地爷式的形象。

市长门路宽，创作的路子也相当宽。除小说、诗歌外，散文、歌词、散文诗、评论等，文学的十八般武器他都很在行，都有优秀的成果流布于世间。他的歌词，以口水话唱深奥，以大俗唱大雅，以平常心唱大恩、大德、大爱，以具象唱抽象，靠音、情、义自发传播的短小精悍的诗的变体，的确很难写。他的四百多首歌词中，电视剧《恰同学少年》主题歌《美哉潇湘伟少年》，在中华大地广为传唱；赞颂党的十六大召开，谭仲池作词、徐沛东作曲、宋祖英演唱的《阳光乐章》，可谓"三绝"之作，摘取了2003 年度电视音乐星光奖一等奖；《你是一棵树》以树的意象形容党的领导干部沐浴阳光雨露也饱经风霜磨砺的人生际遇，赞美他们扎根人民、造福人民、不求报偿的公仆精神，获 2007 年第十届国家"五个一工程"奖。书法，亦是谭仲池近年来的最爱。他认为书画对他只是一种游戏，人近夕阳，每天清晨六点起床练书法，虽不求成什么大书法家，但他的体会却别开生面。他说："我一直认为，书法是自然之魂，天地之心，灵肉之诗，线条的音乐，墨韵的雕塑。""老人学书法，更有其悦心，醒脑，健体，启忆，固气，润情，明道，交友的功效。"他学书法的具体体会是"学书法，首先要以书润心"，"其次要以诗致性""以气运神""以美铸形"，字也生情，别有会意（引自谭仲池《人近夕阳恋书法》载《文学、人格与艺术坚守》湖南大学出版社 2014 年版，第 429 页）。所有这些，一方面说明谭仲池的生活丰富多彩，情调高洁，另一方面还说明了，《易》《书》《诗》《礼》《乐》《春秋》六经，关于"艺"的根本精神是相通的。谭仲池诗文通了，书法也容易通；书法通了，也有益于文学创作之灵动。

（2021 年 3 月于长沙）

（本文由发表在《小说评论》《人民日报》《文学报》《创作与评论》《中国文化艺术报》《湖南广播电视报》等报刊上的文章综合缩写而成。）

文化书写　立体叙事　悲剧性

——曾国藩形象新议

　　唐浩明先生的历史小说《曾国藩》，1992 年出版了第三部，合璧面世于 1993 年。1994 年 5 月，笔者提议湖南省当代文学研究会在桃园举行了《曾国藩》小说研讨会，这是《曾国藩》第一次学术会议，《常德日报》发表了《桃花源里说奇书》的长篇报道。1994 年中期，笔者一口气写了 7 篇文章先后发表。其中《湖南日报》6 月 9 日发表的《开拓广阔的审美空间》，是全国"评曾"第二篇，（第一篇两千字的评论是北京林为进的，发表在《文艺报》上）。1994 年 8 月 5 日，又以省作协的名义举行了第二个研讨会，省委宣传部长文选德同志坐镇，纪要《评说"曾国藩"的文学价值》在 8 月 6 日的《湖南日报》头版发表。1995 年，《当代作家评论》发表了我的《形丰神活　干振枝披》。由于小说本身的魅力，此后，曾国藩热，曾国藩研究热相继出现，长盛不衰。2018 年，中国作协制作了唐浩明专题片。二十多年来，关于《曾国藩》这部小说，似有三点尚未谈透，在此再说上几句。

　　一是变政治评判为文化书写。曾国藩系晚清王朝的股肱重臣，从慈禧太后开始到《曾国藩》小说问世之前，人们一直从政治角度来评说他。由于翻天覆地的历史变革，曾国藩身上被敷上一层层的尘垢，笼罩了一圈圈的迷雾，由中兴名臣变为屠杀农民起义军的反革命刽子手，由传统知识分子、道德完人变为禽兽不如的封建鹰犬，由国家栋梁变为卖国贼。即使在上个世纪八十年代思想解放者眼中，曾国藩也具有多重性，既是有担当、有作为的高官，又是个人生活幸福指数很低的苦命人；既是道光中兴的干臣，又是杀人立威的魔头；既是生活刻板的旧秩序的维护者，又是思想前卫、洋务运动的开路人；既成就了"齐家治国平天下"的人生辉煌，但最终魂归荷叶塘，精神回到了"耕读传家、品德继世、勤俭度日"的农家平民行列，否定了事功的人生抉择，回到了康德所说的精神"原点"。写曾国藩，如果不能拨开迷雾，拭去尘埃，另起炉灶，不但没有意义，反而重蹈覆辙，铸成新的历史误判。曾国藩到底是怎样的一个历史人物？唐浩明尊重历史本来面貌，遵循人性的基本逻辑，作尽可能本真的客观表达，"以汉还汉，以唐还唐"，发现和还原了一个真实的曾国藩：传统知识分子的人格典范，封建社会末期统治阶级内部最后一个道德完人。

这个还原可不是一件容易的事。用阶级分析的方法，曾国藩只能是镇压太平天国的刽子手；用历史分析的方法，把曾国藩放进晚清王朝庙堂这个历史范围之内，站在百姓的立场看，也只能是封建鹰犬。从政治的角度，走政治评价的老路，无论如何跳不出窠臼。唐浩明的高明之处在于，把曾国藩作为一个传统知识分子来书写。曾氏一生的作为——内圣外王、建功立业，成了知识分子人生道路的抉择与生命价值的建构，成了个人奋斗，从而变政治书写为文化书写。循着这条最基本的写作路线，唐浩明轻松地绕开了政治暗礁，以传统知识分子的理想追求为切入点，将政治人物的政治行为、军事行为乃至国家行为，都转变为文化人追求理想、践行儒家齐家治国平天下的文化行为，曾国藩以传统知识分子精神典范的本来面目彰显于人们的眼前，从根本上摆脱了政治惯性的巨大力量，成功地避开了人们早已习惯性认定的曾国藩是"刽子手""卖国贼"和最大的封建鹰犬的政治偏见，举重若轻地纠正了人们既有的偏颇与成见。

二是"道""术""德"三位一体的立体化书写。"道"即建功立业的人生理想，立功、立德、立言三大人生目标；术，一般指为人处世的手段、技艺、机巧，在曾国藩这里，再也不是纯手腕的秘籍，而是上升到了纯道德的精神层面；所谓"德"，即人的社会行为的标准和规范，以行为的邪正区分道德品位的卑劣与高贵。在《曾国藩》中，读者很少看到"肖像描写""心理描写""环境描写"等写作常识一类的东西，看到的是他将主人公在"道""术""德"三个层面上的从容铺开。曾国藩手书条幅"不为圣人，则为禽兽"以自励，胸怀大志、理想高远的大道之存，无处不在，这是第一层。道是虚的，必然落实在行动上，行动是术。道是帅，统领一切，术是兵，具体坐实，道为虚，术为实，道是出发点，术是落脚点，离开术，道就不存在，离开道，术便没意义，道术一统，此为第二层。作为朝廷高官，曾国藩的一切行动可归结到一个字，"治"：治国、治世、治军、治人、治家、治身、治学。治无小事，显身份，讲规矩——治家治身，家中女子每年做几双鞋，自己每天走多少步，每步多大的步幅，他都有具体规定；治学，奉行朱熹的"旧学相商加缜密，新知培养转深沉"的信条，实在又不保守，成为湖湘学派的领袖；治军，立六条规矩，以打胜仗和不扰民为最高准则，被后人毛泽东增加两条，定为"三大纪律八项注意"，成了人民军队克敌制胜的法宝；剿灭太平天国以后，得一鼎，左宗棠试探他"鼎之轻重，似可问焉"，他改一个字作答，"鼎之轻重，不可问焉"，随即坚决裁削湘军，整顿吏治，宜做圣人，不窥帝位，免得国陷分裂，民众再遭战祸，这是他的"治国"；治世，用霹雳手段，源于"乱世需用重典"的统治方略；治人，"规过于密室，扬善于公庭"，关爱下属，赏罚分明。所有这些，无不操守自见，达到很高的道德境界。道、术、德三位一体，这是第三层。三个层次，立体化地写活了曾国藩这个农耕意识很强的、集儒家文化之大成的、杂多而统一的悲剧形象，刻画出中国封建社会最后一个知识分子道德完人。这一形象，相对于 40 年前，无疑是离经叛道的。因其形象的丰满、坚实、厚重、至理至公，不可掀翻，不可摧毁，得到了上上下下的一致认同。《曾国藩》书一出来，亿万张嘴巴一齐被封住，沸沸扬扬几十年对曾国藩的各种责骂顿时烟消云散，试问当今社会活着的作家，谁有这个能量？《曾国藩》《杨度》《张之洞》三部小说，将一个五千年文明史的民族传统文化及其变迁，概括如此全面，发掘如此深透，演绎如此精妙，当今哪部小说有这种水平？我们是否可以起草一份三五百字的颁奖词，翻译成英文，寄给瑞典文学院呢？

三是曾国藩形象的悲剧性问题。曾国藩身居宰辅，功成身退，后代兴旺，齐家治国，是一位成大事大业的成功之士，何以说是一个悲剧形象？这种悲剧性，作家从三方面表达。一是曾国藩个人生命途中，多灾多难，光牛皮癣就纠缠得他苦不堪言，极少有生的乐趣，虽事业成功也无快乐可言；二是无条件维护清王朝的统治，必须大规模杀戮鲜活的生命，这对良知尚在、人性未泯的知识分子，需要忍受莫大的精神煎熬。因杀人太多，当时人们送他"曾剃头"的绰号，他常内心惊惧、沉重，时有被杀者鬼魂入梦来，令其通夜难眠；掘墓确认洪秀全尸体时突响炸雷，他甚至觉得是天心震怒，针对他来的。第三，主要还是人生追求的自我扬弃。这种扬弃，植根于儒家文化价值观的两重性——既追求治国平天下的建功立业，又追求知识分子人格独立与精神自由。在封建社会，作为官僚，效忠皇室与个人自由独立，如鱼和熊掌，二者不可能兼得。曾国藩一生，生杀予夺，说一不二，表面轰轰烈烈，实则事事听命王室，时时处在清王室的重重监控之下，密不透风，决无个人自由可言。而知识分子又是最向往精神自由和人格独立的，"不自由，毋宁死"，曾国藩这种深刻的精神苦闷和人格分裂的痛苦，可想而知。治国平天下的过程中，透过表面的"鲜花着锦"，剩下的只有自己心知肚明，别人难以窥测的"心尖滴血"，它必然带来知识分子自我奋斗人生选择最终的自我扬弃。这种自我扬弃，非曾国藩一人独有。诸葛亮遗嘱"宜作良医，不作良相"，后人只可行医，一律不得做官；鲁迅要儿子周海婴不当作家，不当空头文学家，说明中国知识分子的精神大逆转，是自古至今的普遍现象。悲剧不一定都是美的毁灭，真善美向自我否定的方向逆转，也是悲剧。曾国藩的人生从荷叶塘出发，最终精神又回归荷叶塘，实则是他精神历程的大逆转，深刻地体现了曾国藩艺术形象自我否定的悲剧色彩。当然，曾国藩形象悲剧性的最终根源，在于他所服务的王朝与人民利益的根本冲突，与历史走向的背离。今天知识分子的道路抉择和价值建构，应与历史走向，与人民利益相向而行。

　　曾国藩、杨度、张之洞，都是传统的知识分子，都是志大才高的硕儒，都在寻找富民强国之路，都有很强的使命感、事业心与依附性。不同的是，思想上，杨度的民众观念极强，曾国藩的君主观念最盛，张之洞居中，中体西用，力行新政，不背旧章。在仕途上，张之洞毕生春风得意，曾国藩常处逆境而终成大器，杨度却毕生不遇，彻底失败。但最后，他们三人都以悲凉的心境离世，曾国藩魂归故里，不重高官重农桑，张之洞最后的遗言"一辈子的心血都白费了"，杨度慨叹着"江山人物俱老"寡欢而亡——他们最终都对自己的人生奋斗做了自我扬弃。作者选取这三个理想相同、命运各异的大知识分子来书写，这种命运的自我奋斗到自我否定，并不只是他们三人，它来源古老，贯穿至今。如前所说的诸葛亮、鲁迅，都深深体会到了"人生艰难，条条蛇咬人，自己从业的这条蛇咬人才最凶狠"的人生痛苦，而被咬死的无非是自身的独立人格与自由精神。他们最后的精神归属自然是个体精神的破灭，建功立业之路的扬弃。唐浩明由此吃透晚清前后的百年社会大变局，吃透历代知识分子的宿命与精神弱点，给后世多方面的启迪。他的《曾国藩》《杨度》《张之洞》三大小说，《评点曾国藩（奏折、日记、家书、语录、诗文、书信)》六大评点，一千余万言的书，可冠以总书名《知识者启示录》。写透历史，吃透知识分子，启迪后人，应是他的终极追求。

历史小说是对历史、历史人物的重新审视、解读与再现，更需要理性评判，小说《曾国藩》闪烁着理性的光芒。唐浩明笔下曾国藩的理性光环，最终在"小说"和"评点"两股轨道上完成。小说早已蕴含着许多思想精髓，"曾国藩评点系列"将小说中的理性明朗化了。两个系列相交阅读，更能体会出理性色彩的深邃、浓重。

曾国藩形象塑造的成功，很好地体现了唐浩明的大智慧、大眼界，给《曾国藩》带来了社会学、政治学、历史学、文学等多方面的价值。小说穿越地域，穿透时光，浸入人心，成了一部宏大的人生教科书和社会百科全书，成了普遍授受的文化礼品书，成了永久流传的文学经典。

（据原载于《当代作家评论》1995 年第 1 期的《形丰神活 干振枝披》改写，2020 年 10 月 12 日发于搜狐网）

人间温情的诗意释放：王跃文的《漫水》

　　行将七十，早已过了容易激动的年龄；可是王跃文的中篇小说《漫水》，却迅疾加速了我的血液循环，兴奋了我的神经。一方面感觉王跃文的《漫水》俨然沈从文《边城》的续篇，另一方面，又欣喜《漫水》中有许多《边城》所没有的东西。沈从文的《边城》好评车载斗量，但真正读透的并不多，大多停留在对湘西风俗民情书写的激赏。其实，《边城》最大的成功，通过翠翠从三五岁女孩到成熟少女的人生初期，由小女儿情态——淡淡的慕男感——不可名状的无爱的忧伤——爱情的精灵（睡梦中听到情歌羽化登仙的心灵感应）——不要竹笋要虎耳草的"爱情宣言"——无助的等待，这心灵成长的六个阶段，写出了人类自然人性的自然生长，把一个清纯灵醒的天工造物呈现在人们的眼前，沉入到读者的心底。《漫水》则通过余公公（名有余）和慧娘娘从青年到老死的人生中晚期两性相悦、两情相知、两两相护的漫长的情感流程，写出了人类最美好的感情——以爱情为底色、受伦理道德所制约、又超越于伦理道德之上的相生相依、相敬相安的脉脉情深的人间温情。如果说《边城》重在表现人性，那么，王跃文的《漫水》，则重在表现人情，反复肯定了发自心灵深处又慰藉人的心灵的人间温情。通过人间温情的诗意释放，把东方民族淡定恬静的生存形态，把乡村百姓有情有义、有节有度的情感生活方式告白于天下。

　　女子貌美，男人有本事，是自然人赖以生存与获取爱情的本钱。余公公本事超群，慧娘娘貌若天仙，本来应该是资本雄厚的爱情资本家。可他们各自的爱情并没有结出理想的果子。余公公只是一个乡村木匠，家庭止于稳定和顺，慧娘娘跟定了一个虽可以托付终身却不可爱的笨男，两人的爱情幸福指数都不高。恩格斯说美好的形体、亲密的交往、相同的志趣是爱情产生的基本条件。余公公和慧娘娘毗邻而居，接触频繁，喜欢音乐，恩格斯所说的三个条件都具备，相互之间产生感情是自然的。慧娘娘和丈夫隔墙隔屋听有余吹笛子，丈夫没有反应，慧娘娘忍不住和着节奏打拍子；丈夫玩笑说有余吹笛子是向老婆发情感信号，慧娘娘止不住脸上红潮一飞。但是，两人两家既定的亲堂兄弟与亲堂弟媳的身份与宗族关系是铁定的，不可移易的。他们之间虽然必定产生两性相悦的爱慕之情，却更能自觉地、严厉地限制这种情感的生成、释放与发展。余公公看在眼里，听在耳里，却记在了心中，从此毕生不再吹笛子。因此，他们两人虽有雄厚的爱情资本却没有爱情的增殖，没有产生出一丝一毫的爱情剩余价值，而是始终将这份情感安置在心灵的最深处，从不冲破心灵的闸门，从未逾越家庭的樊篱，更无丝毫病毒的侵袭，完全符合伦理道德的典范要求。他们相互理解、相互敬重、相安无事，相互关照着，支撑着，保护着，温暖着自己，也温暖着对方，滋润着感情，也滋润着生命。慧娘娘与有慧解放初走到一起时，没有婚礼，没有仪式，没有祝贺，50 年后，俗称"金婚"时节，余公公夫妇请慧娘娘夫妇吃饭，两位老人替另外两位老人补办了一个人生仪式，追偿一份人生尊严。何等有心，何其动人！他们之间那份两性相悦、两情相知的淡淡的、历久弥坚的暗恋之情，内涵饱满、圣洁，表达方式温婉、深沉，早已转化为两人、两家、两代人之间相互保护的家族亲情，定格为人类最美好的人情——默默无言而又脉脉情深的人间温情。

委婉的、以爱情为底色、又必须限制爱情生长的人间温情是最敏感、最细腻的感情。这种情感的表达与释放往往是最含蓄、最细枝末节、最富有诗意，又是最不显山不露水的，甚至不被旁人察觉，不被粗心的读者注意的。最细微的关爱最具有情感的深度，也最能打动人。慧娘娘和余公公都一样地最能敏锐地感知细节，感知真情。他们从六十多年交往的细节表达中，双方同时感到了莫大的情感滋润与心灵慰藉。他们都深知对方是善良的、知心知意知足的，是堂堂正正的正人君子，因而都不惧任何流言蜚语，从心所欲不逾矩。慧娘娘当了赤脚医生，有余给她做了一个最显档次的樟木药箱；长舌妇嚼慧娘娘的舌头，聪明的余公公一击生效，一劳永逸地制止了长舌妇的恶言恶语；慧娘娘喜欢吃枞菌，余公公不但及时赠与，还风干了过年时给慧娘娘做一碗枞菌菊花汤端上，常年乐此不疲。老了，有慧走了，余公公把自己的樟木棺材送他，余公公为自己和慧娘娘割老屋（棺木），慧娘娘则为自己和余公公缝寿衣，相濡以沫，这样来释放情感当然诗意盎然。最富有诗意的是慧娘娘落气后，余公公为她抹尸装殓。他们两人一辈子没有任何肌肤之亲的举动和念头，没有直接倾吐过心曲，直到慧娘娘为余公公丢失村里的龙虎杠担心着死去时，没有了装殓人，余公公才理直气壮、责无旁贷地充当了装殓者的角色，才有了直接倾吐、释放感情的机会。他一边有板有眼、一丝不苟、从容禅定地按照古老风俗为死者做完了烧纸、沐浴、穿戴、口含茶叶米粮金什之物等全部程序，一边直接对死者娓娓而谈，一吐积压了六十余年的心灵祝福，深情款款地送死者驾鹤西归。在这里，我们看到了温情之上的崇高，一种平凡的崇高，一种圣洁的崇高。为让这种平凡人的崇高更加深入人心，作家采用了些许浪漫主义的笔法。慧娘娘生前没有得到过余公公率直的疼爱，她死后得到了，多么宝贵！于是，死后的慧娘娘不但灵魂在天国幸福地看到，肉身在凡间也亲密地感知到了。她的灵魂虽已飞升，她的肉体却依然软软的，具有敏锐的生命感知力，她的脸面竟然比平日活着时还要红润！这分明是慧娘娘无限幸福、无比满足的感情超越了生死的补偿性的浪漫式流露。他们两人的人间温情因为真挚纯洁而超越了生死，超越了伦理，超越了阴阳两界。作家也就在这样的高度上肯定了、歌颂了人间的真情和温情。这使我想起茹志鹃《百合花》的后半部分。那是一个美丽娴静的青年女子为素不相识的、刚刚牺牲的拖毛竹出身的小弟弟般的战士装殓，也是那样庄严，那样专注，那样圣洁，那样崇高！一个是经过了一辈子的考验、修炼，始终在至高至纯的情感世界游走，一个却在 12 小时的战火洗礼中，飞升到超越生死、超越性别、超越血统、亲如一家的情感高度。雨果说："在绝对的爱国主义之上还有绝对的人道主义！"茹志鹃告诉我们，在绝对的爱国主义之上还有绝对的伦理！王跃文要说的则是，在绝对的伦理之上，还有绝对的人间温情！沈从文在"希腊小庙"中供奉的是人性，王跃文在漫水村落中供奉的是人情，是难得的、当今尤其特别需要的人间温情。

训诂学告诉我们，"温"，本指由水、阳光、盆满锅满的器皿组成的场域，那里不冷不热，颜色和谐，最适宜于人的生存；引申为一种慢节奏、渐进式的行为模式。"温、良、恭、俭、让"，儒家自古就把"温和"作为修身养性首要的标准。在当今数字化的信息时代和物化社会，人们受物的压迫，被速度追赶，被欲望诱惑，人的情感世界被压缩，心浮气躁，情绪容易失控。唯温情可让激情降温，令冷血升温，借以抚慰心灵，抚平创伤，安顿情绪，当是修缮人际关系的润滑油，减轻精神压力的滋补剂。对于

"人性"，几乎没有一个作家不涉及到的，但对源于人性又与自然人性大有区别的"人情"，尤其是人间温情，深入发掘的经典之作并不多。这无疑是一块可出传世之作的并未充分开发的文学的风水宝地。王跃文占领了它，对它坚持不懈的深入发掘、诗意开垦，将《漫水》系列化，或者发散开去，不但社会意义与日俱增，假以时日，得益造化，是完全可以问鼎中国和世界文学的最高奖赏的。

　　《漫水》的主要价值不在于它的社会意义，而在于它的美学意义。它不但昭示了王跃文不是一个单纯的官场小说家，他的小说艺术拥有多重领域、多幅笔墨，更重要的是，在王跃文新近的乡土叙事中，在如何处理人物塑造与风俗风情书写之关系方面，有新的尝试和创造。和所有的乡土作家一样，王跃文乡村小说中的人物塑造都是以地方风俗为书写媒介的。所谓风俗，就是被高度艺术化、程序化、定格化了的生活方式、生活规约、生活形态，有人把风俗称之为"蜕化了的宗教"。《毛诗序》云："风，风也，教也，风以动之，教以化之。"故又说，风俗可以"正得失，动天地，感鬼神……经夫妇，厚人伦，美教化"。由此，风俗总是和人情联系在一起而简称为"风情"。王跃文既不像塞先艾那样有意批判乡村腐朽落后的旧风俗习惯，也不像周立波、古华那样"寓时代风云于风俗民情图画"，更不是借风俗以猎奇，走的是沈从文、汪曾祺将人物塑造与风俗描写诗意地粘连在一起的路子。但他们书写风俗、制造媒介的方式全然不同。沈从文、汪曾祺将地方风俗场景化、形象化、君子化，端午节赛龙船，深潭中抓水鸭子，军民同乐；赠凉茶、送烟叶，摆渡船、卖猪肉，推让着不收钱或少收钱，小英子送小明子去受戒，兴化帮锡匠们挑着担子头顶香炉去县城请愿，许多感人场面都历历如在目前，与翠翠、小英子、巧云的天真纯洁浑然一体。王跃文则将风俗扁平化、线性化、动力化，在对漫水村民风民俗的介绍性述说中，造成一种"语境"而不是"场景"，造成一种浓郁的文学氛围而不是情景再现，在浓重的文学氛围与饶有韵味的叙说中推进人事的更替，凸显慧娘娘的善良之心、温婉之情，展示余公公和慧娘娘为代表的湘西人美丽的、温暖的人间情愫。漫水风俗视龙虎杠为宝物，宝物丢失引发慧娘娘担心而死，推动余公公按漫水风俗为慧娘娘装殓，于最细密处结束小说，平面化、线性化的风俗介绍显然成了小说发展的动力。王跃文以风俗为媒介写人性、人情的创作路数是中国传统小说创作的正宗途径。作家从容不迫的叙事风度与乡下人无风无浪的生存形态，与人物淡定平和的情感表达方式，高度一致，真正达到了写作者与写作对象的息息相通，外在环境与内在情感的双向吻合。通过这样的艺术调度，达到了内容与形式的统一，打造出受惠于《边城》又与《边城》珠联璧合，却不同于《边城》，卓然独立的又一张卓越的湘西名片。

《漫水》毕竟是一部当代中国农村底层小说，张扬的固然是美好人间温情，善良的底层人性，但还是不可避免地带有农村底层书写的轻微的叹息与颠颠簸簸的沉重。从鲁迅到沈从文到蹇先艾，从高晓声、周克芹到张一弓、李锐，到湖南的孙健忠、彭见明、蔡测海、陶少鸿、向本贵、邓宏顺等，几乎所有现当代农村作家，农村书写莫不写出了农民的苦难与幸福、疼痛与快乐、达观与忧伤、轻松与沉重的两重性，写出了不同情境下不同的状态和严格的分寸。但不是每一个农村出身的作家都能拿捏得准、把握得好的，农村人善良达观与忧伤沉重的表现状态人各不同，事各有异。王跃文擅长的是，他将特定情境下、特定生活中这个两重性表达得恰到好处。小说从容平静的叙述变成了婉约的咏叹调，抒情的小夜曲，从作家的心底流向作家的笔端，最后流入了读者的心田，从而赋予小说以内在的美感和较精准的认知力。此外，小说还采用《红楼梦》写人物和人物影子的艺术方式和反衬的手法，在善良大度、圣洁无瑕的慧娘娘的旁边，安排了一个专说人坏话的长舌妇，死后还被炸雷打掉了下巴，还安排了一个犯作风错误但责任却在丈夫的女子小刘，提醒男人在家庭生活中应多给家人以情感关怀。这就使慧娘娘这个重要的女性富有层次感和立体感。小说的风俗介绍虽然是平面的，由此生成的人物形象却是立体的，活生生的。

（2013 年于怀化）

[原载于《怀化学院学报》（社会科学版）2013 年第 12 期]

共和国第一代学者成功之路：
跋卜庆华先生《鸿爪集》

　　卜庆华先生是国内著名的郭沫若研究专家，也是湖南高校学报界执牛耳者，还擅长书法和散文。作为生命跋涉中的真实记录，他的散文从内容到形式都较繁杂，有学术自述的传记，亲友之思的人事实录，应酬唱和的散文诗般的联句，还有友朋往来的信札，学海泛舟的体验，可谓众体兼备、多元复合的大散文，散见于《鸿爪集》《郭沫若研究札记》《红豆集》《华人论坛》等书刊杂志中。卜庆华先生是我大学的老师，我们多年前结下的师生情谊历久弥坚。当我陆陆续续而又系统地读完那些华章时，那点点滴滴，那深植心田、连时间也淘洗不去的内化为生命源流的场景、细节与片段，虽如飞鸿踏雪，却从心底汇集起来，连接贯通，何其清晰地照见一代学人的生命轨迹，浓缩了一代学者的成功之路啊！

　　你想知道成为一个真正学者的奥秘吗？爱默生说，相遇者皆可延以为师，学其之长，补己之短。卜师成为一代学者的奥秘，他的散文长卷《学术自传》告诉我们，首先是他在"知识越多越反动"的"左"倾思潮泛滥的年代，延师向学，沉潜于学术研究，并恭请半生失意的李之透先生教他国学，特别是训诂，一学十年，从无间断，为后来的郭沫若研究和出任学报主编打下了坚实的学问基础。任何一个学人，只要能看清他所处时代的弊端，反其道而行之，只要他在思维最活跃的时候，选准课题，潜心苦读，日后不成为一个有建树的学者都不可能。读书不仅可增长知识，扫除研究中的知识障碍，使研究得以深化，而且，还会引领你结识古今伟人和名人，激励你的志气，砥砺你的品行，开发你的智慧，拓宽你的人生成功之路。这些伟人与名人中尤其以你所研究的对象影响至深。英国著名唯物主义哲学家培根曾指出，学问可以变化气质，"史鉴使人明智，诗歌使人巧慧，数学使人精细，博物使人深沉，伦理之学使人庄重，逻辑与修辞使人善辩"。

"不特如此，精神上的缺陷没有一种是不能由相当的学问来补救的。"① 培根这类会心之语，曾国藩、茅盾都说过，卜师得其益矣。

靠着读书，卜师成了研究郭沫若的大家。郭老活得长，著作丰，涉猎广，建树高，乃当代少有的大师、通才，既有顶尖的诗歌、戏剧作品育人，还有短篇小说和散文名世，在甲骨文、考古学、历史学诸方面成就独步，还是著名的政治活动家。为了准确透彻地研究郭沫若，卜师在十年苦攻文字学、训诂学的基础上，又在哲学、历史学、考古学、文字学等多方面下硬功夫，把郭老写的书，读过的书，学术著作中涉及的重要书籍，全部找来通读、研读，字以亿万计。如此，卜师追随着郭沫若也成了一个通才。他的郭沫若研究，新见迭出，自成一家，开当代整体研郭之先河，形成"郭学"研究新的制高点。毋庸讳言，郭老才思敏捷，见地超凡，但也常常伴随着失误。一般人难以指谬，更难以正谬，最多指出其某一方面的错失。唯卜师不然，他在考古、文字、历史、哲学以及郭老对儒佛道诸子百家的阐释等许多层面，都曾精准地指正过郭老的错讹，科学地评判了郭老的功过得失，为学界折服。那些学理兼情理的散文，情真意确，左右逢源，言之凿凿，文采焕焕，是高质量的学术文章，也是高质量的散文。

读他的《学术自传》，我们看到一代学者的生命燃烧。他出任《湖南师大学报》主编 16 年，从工作中提取科研命题，用科研成果指导工作，相得益彰。他的五篇论"主编观念更新"的文章，既在学术观念、编辑职能观念、出版管理观念的更新方面锐意革新，又探索了一套充分发挥主编决策作用，高度调动编辑积极性的管理模式，融学术性、实用性、文学性于一体，卓有成效地提高了学报的质量，使一个普通院校的学报跻身全国学报"十佳"的行列，自身也被选为湖南高校学报研究会理事长，中国人文社会科学学报学会的副理事长。与此同时，卜师还致力于编辑学这一崭新学科的研究。他主编的《学报编辑学概论》，被同仁誉为"全国改革开放以来写得最好的编辑学代表作之一"。为了学报评优和编辑评职的有序化与科学化，他为湖南省新闻出版局和中国人文社会科学学报学会起草制定了社会科学期刊和人文社会科学学报评优标准；为了进一步提高学报质量，减少差错，他又主编了《编校改错必读》。这些著述，有力地提高了编辑水平，

① ［英］培根：《培根论人生》，何新译，上海人民出版社 1985 年版，第 15 页。

提高了学报和学报以外一些刊物的质量。

最打动人心的是卜师念亲人、怀故旧的散文。《忆满叔》，让我们看到了一个楚地的闰土；《悼念三哥》，让我们想起巴金与他大哥的深情；《怀念恩师李之透先生》让我们想起鲁迅笔下的《藤野先生》……这些散文都是血肉之情凝成的花朵，生命之魂铸就的文字。最富有生活情趣的是晚年写童真、忆韶华的散文。尤其是《童年生活的片段回忆》，人生之成熟阶段追索幼稚之时的生活影迹，童稚之趣浓浓，在体悟人生、臧否时事时，又闪烁着深邃的老者目光。还有那掩抑不住的真诚与善良，感人至深。这些"朝花夕拾"般的追忆文字，于改革开放的时日反观"左"倾错误岁月的人事，几分苦涩，几分欣慰，几分恼怒，几分无奈，文辞朴实简洁，却自自然然地流露出当时的时代气息和复杂的人性人情。一位 1926 年入团、1927年入党，1949 年与湖南名流共同起草、签署湖南和平宣言，为和平解放湖南奔走呼号的老革命，德高望重、诲人不倦的教育家李之透先生，从未叛党，却在 1956 年莫名其妙地削去一切社会职务（实乃当年军职与地下党权利分配之产物），做了永远没有职称的高校普通教员；一个年仅 15 岁的中学学生会主席，被"模范"的桂冠引诱着在全校师生大会上作无从查实的"交心"，时隔数天，这个学生会主席被革职，亦不知后来的人生之路如何。这些昔日的不平，卜师以温婉的笔调娓娓叙来，没有严词申斥，没有厉声反问，反而收到"此时无声胜有声"的艺术效果。那一颗仁慈博爱的正义之心，那勃勃跳动的强音，搏击着每一个读者的心弦。多少情和意，都在难言中！卜师这一类散文，质朴而又含蓄，照见时代的面影，反映出中华人民共和国成立后中国社会生活的方方面面。因为写的是与自身密切相关的人与事，客观上丰富和充实了作者自我——共和国第一代学者的形象。

卜师还有许多诗赋风采的联语，多为鉴古、抒怀、唱和应酬之作，皆因事而发，因时而作，言之有物，别具手眼。"勿以贬迁观太傅，须从治乱识英雄"开贾谊论之新途；"求同千事顺，合异万殊和"将平常庆贺婚姻的联语化为至理名言，法眼观世，高屋建瓴，字字珠玑。如此炼字成句，炼句成篇，考究而成熟，字与意合，意与境谐的佳句，比比皆是。又因诗一般的联语多作于"六十初度"后的晚年，"壮心未与人俱老"（卜师：《长相亲》）的主旋律，响彻各篇字里行间，它是卜师自身晚年心境的真实显现，也是建国后第一代学者"人生未尽意"，"到老犹奋蹄"的精神写真。

卜师生于 1938 年，1960 年大学毕业，是共产党自己培养的第一代学者。卜师成为这一代学人中的翘楚，于苦读之外，还要克服更多的困难，出身农村，没有家学渊源，没有童子功，没有起码的经济保障，因交不起学费而辍学。又比如说政治的负面影响：以暴力革命实现的政权更替，初期必然带着巨大的政治惯性，中华人民共和国成立后一系列政治运动和对知识分子的贬抑与打击，对所谓"白专道路"的批判，都严重地影响到中华人民共和国成立后第一代学人的健康成长和成就高度。据《学术自传》透露，当时年届三十的卜先生问师、讨教，还名不正、言不顺，教与学双方都不敢声张。这与"80 后""90 后"一代青年成长道路上所拥有的政治开明、经济繁荣的大环境截然不同。好在新政权到底给了农村人读书深造的政治保障与发放助学金的经济支持，这又是卜师代表的中华人民共和国成立后第一代学人最大的幸运。而更令人欣慰的是，在他年届"不惑"之后，又适逢我国改革开放大好时机。卜师之所以能完成从农家孩子到学者的根本转变，没有共产党，没有新中国，没有改革开放后的盛世，是万万不行的。但也不能因此否认，由于时代提供的条件，中华人民共和国成立后的青少年受到的政治磨炼远远多于学术陶冶，第一代学者不但为数不多，其学术成就也远不如前代高，更不像同代从政之人建功立业那样，成就来得迅速而显著。透过他的散文，让同代人最佩服的，还是卜师自身及早确定了学术人生的大目标，舍弃做官的机会，舍弃物质生活的追求，对被世俗者弃之不顾的学问知识食之如饴，甘于清寂平淡，逆"官本位"而动，才有今日的成功。

作为一个学者，卜师的散文创作显示出学者的特性与优势：擅长品评，精于哲思。评价母亲只用了十六个字："性情宽和，待人宽厚，处事宽让，心境宽舒。"高度概括，入骨入髓，典型的学者思维方式。写新至善村这个文化名村的历史兴衰，开头颇似梁实秋的《雅舍》，人生沉浮与审美玩味的统一让作者抵达遇事不惊、悠然自得的人生境界。但越到后来，使命感和入世精神可摩可触，举凡小事，并不小看，拳拳于心，难以放下。不但有对学校当局的建言献策，更是"从一个侧面反映了半个多世纪以来我国教育事业特别是名牌大学的发展历程"①。从文辞到命意，到以小见大的思维

① 卜庆华：《新至善村的回忆》，卜庆华《鸿爪集》，湖南师范大学出版社，2012 年版，第184 页。

方式，都是学者化的。年少牧牛，尽心尽意，牛得以长膘，母亲卖牛，"我"最后得了学费。卜师从这平常不过的生活链条中，"引发对人生万物的思考"，生发"我国古代的伟大哲人'万物一体'的世界观"，深邃的人生哲理以简单的因果报应的佛家思想为底色，顺手牵羊地引用张载《西铭》中"民抱物与"的古训，融文史、佛学、哲学于一体，乃典型的学者散文。崇德、重情、尚义、明志是贯穿卜师全部散文的思想红线。艺术上，置身其中、刻骨铭心的痛惜与不平却以平和、冲淡、朴实的言辞出之，讲究情感节制的叙事风度，使卜师的散文呈现出明性达理、才智并融的风格。

但凡学者型创作，哲理思辨长于细节捕捉。书中所写牛打死架、虎被猎杀、美人夜话，本来是最适宜铺排场面、敷衍情节、展示细节的地方，可惜过分惜墨，像穿堂风一样匆匆而过，失之丰腴。卜师其实很有文学才华，他写母亲，不但有深入骨髓的概括介绍，更有令人过目不忘的细节描写。一个饿慌了的乞丐急匆匆地向她讨吃食，她说："莫急，我把剩菜剩饭热好了请你吃。"母亲九十岁了，还能一个不差地说出她带过的三代后辈人的生日！多么善良、精细而慈祥的母亲！以此而观全书，这类细节似乎少了一点。不过，卜师这类散文，成于退休之后，本意不在追求文学之创新，而在寻求自我精神之寄托，故而事无巨细，弃绝夸饰，力求真实，内含的历史认识价值远远超乎文学价值。时距愈远，其历史认识价值愈高。

散文崇尚境界。"文如其人"，卜师的散文体现了卜师的精神境界。不是王国维引述的治学三境界，而是"以出世的精神做入世的事业"的人生境界。这个境界把儒、道、佛三家的精神追求连接到一起了。儒、道、佛在对客观世界的认知与态度上差异很大，但在个体精神追求上颇为一致。孔子的"三戒"①，与老子的"三绝"②，与佛经《檀经》中的"舍得"观念，精神内核是相通的。这种相通性成就了卜师及其散文的精神境界。所谓"出世"的精神，就是遇事不计得失，潇潇洒洒、自由自在的精神，也就是卜师《六十初度述怀》所说的，"穷通得失人休问，嗜学求真乐此生"的人生风采。正是这一境界，成就了他的散文品格。他赠舒其慧"福人居福地，老健作神仙"的联语才那样贴切神妙，过目不忘。如果本身不能超

---

① 孔子《论语·季子》："年少之时，血气未定，戒之在色；及其壮也，血气方刚，戒之在斗；及其老也，血气衰竭，戒之在得。"

② 老子《道德经》十九章："绝圣弃智，绝仁弃义，绝巧弃利。"

凡脱俗，决不能入骨三分地发现并写出舒公自由潇洒的生命情状。所谓"做入世的事业"就是，卜师做人作文做学问，都功在国家、民族，利在他人、后人。他的郭沫若研究三部曲，开辟了郭学研究新的制高点，后来的"郭学"研究者决然绕不过他的论说；他的编辑学三部曲，筚路蓝缕，熔开拓创新与实干实用于一炉，在编辑出版界功不可没；他实践朱熹的"旧学商量加缜密，新知培养转深沉"的研究方略，发扬鲁迅"好处说好，坏处说坏"的求实作风，他走过的"艰难困苦，玉汝于成"的学者道路，无不可为后人效法；他的散文，既有学者修养，又有文人雅趣，既可把玩，又催人向善。这些使他的大散文具有多方面的价值：时代的备忘录，励志的教科书，一代学者成功之路的经验谈，还是漫长的文史哲经教众体皆备的文化碎片……总之，卜师的散文是利国利民利他的入世之作。

爱迪生说："良好的个性胜于卓越的才智。"第一代学者到底是在和平年月的顺境下成长的，虽然比不上"80 后""90 后"新生代所处社会环境的美好，但也没有经过上一代国破家亡的战火洗礼，到底没有大起大落，大苦大难；更没有知青一代"要读书时知识无用，要工作时上山下乡，要结婚时晚婚晚育，要生孩子时只能一个，要当官时非（大学）文凭不可"的命运捉弄，没有时代潮流与人生需求尖锐对立的尴尬与不幸，加上那个时代只讲共性，倡导党性，排斥个性，本来"为人羞媚上，任事鄙无成"①的颇有个性的卜师，个性便没有得到充分的发展，少了一点青年郭沫若"我是一只天狗"的破釜沉舟，涅槃重生的决绝与浪漫。卜师的学术文章和散文，都是历史新时期以后发表的。他在四十岁前，学术研究与散文写作留下一片空白。张爱玲说："成名要早。"如果"文革"前敢于写作与发表，虽然冒险，但伴随而来的便是"文革"后的大成功。历史不容假设，历史实实在在地限制了卜师本来可以达到的成就高度。这其实不是卜师一个人的弱点，而是中华人民共和国成立以后第一代学者，包括我等后学在内共同的弱点。可见第一代学者在收获成功的喜悦之余，也承受着无法克服的时代局限施予的遗憾。卜师散文多平和冲淡之文，少风雷激荡之语，其源盖出于此。

（2013 年 8 月 28 日于长沙同升湖）

（原载于卜庆华先生《鸿爪集·跋七》，湖南师范大学出版社 2012 年版）

---

① 卜庆华：《鸿爪集》，湖南师范大学出版社 2012 年版，第 40 页。

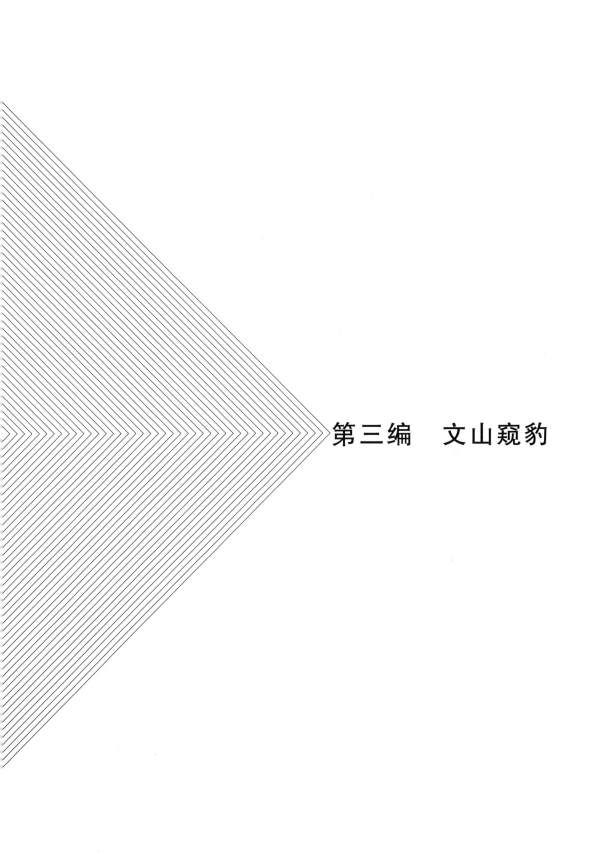

第三编　文山窥豹

可供清赏，可涤俗肠

——论石太瑞近期的诗

1994 年是石太瑞极不顺的一年，接连三次住院三次开刀，且一刀比一刀开得大。三刀过后，太瑞死里逃生，不仅没有思想负担，反而活得更充实，更自在了。尽管年届花甲，他的兴趣仍在写诗上。太瑞近期的诗，是一个真正看透了人生，又不失往昔真情的，成熟了的诗人心灵深处的声音。

太瑞 1937 年生于湘西永顺，1956 年开始诗歌创作，至今有 40 年历史。他出生的长官寨，"群峰竖剑依天立，碧水一条抛谷底"，古木森森，雀鸟难飞。前期的诗歌，得江山之助，受生活的馈赠。山川的灵秀，孕育了山里人爱唱歌的习性，无论是辛酸或快乐，忧伤或幸福，仇恨或爱情，都通过自己随口编的歌，抒发出来。诗的环境、歌的民族陶冶了诗人的灵性，弱冠之年，就善于用朴实流畅的短章，反映湘西各族人民丰富多彩的生活；以清新的笔调描画苗岭风光，表达苗族人民对党的热爱；以炽热的情感，粗重的笔墨，再现湘西人民革命斗争的历史。他这一时期的诗歌凝聚着一个民族的真情，流淌着欢快、幸福而嘹亮的基调。

粉碎"四人帮"以后，诗人创作上有了一个飞跃，不仅数量可观，而且质量亦有更大提高。短诗大都生动、形象、精巧，语言低回而富于风韵，充满了对新生活的热爱和向往。从西北访问归来后，诗人视野更扩大了，许多语言别致的短诗，描画了多姿多态的大自然的风貌，凝结着诗人对社会和人生的思索，反映了历史新时期的伟大斗争，歌颂了人民向着四个现代化的胜利进军。如果说石太瑞早期的木叶声是鲜嫩、比较单一的话，那么十年浩劫却使诗人和人民一道成熟了。虽然诗人创作的主要情结仍是对新生活的礼赞，但他也清楚地看到了"生活里还隐有陈旧的画面"，"我们筑路/还需要镢头/我们种田还使用耕牛。"（《我们有》）物质的贫困暂时还可以忍受，可精神的贫困，道德的沉沦，却使诗人格外痛心。一位中年科学家，在物质生活极为困难的条件下夜以继日地进行科学研究，终于猝死在试验室里。死前多次申请入党而不被批准，死后被"追认"，诗人悲愤地呼喊：

多一些生前的关顾！
少一些死后的悔恨！

（《关于对一个人的追认》）

总之，太瑞这一时期的诗歌，虽仍以纤细秀美见长，常常撷取小情小景、小花小草，但含义充实而厚重，平静中夹着激越，从侧面反射着生活和时代的光影。

近年来，诗人的艺术追求虽然仍未放弃清新、明朗和流畅，但还是有些新的变化：昔日的明朗转入今日的含蓄，激情迸发转入意理追求，亮丽的直抒借助哲学思辨变得诗意凝重。如组诗《朦胧的花》，写初恋男女："你看着天边的云/云未动，你也未动/你看着坡上的花/花朦胧，你也朦胧。"细致入微，意味深长。又如《瀑布》："前面的路，被悬崖陡壁切断/后面的浪，一个接一个追赶/小河在这里变成了瀑布/来不及再回头抹角转弯/跳下去了，跳下去了，带着火的情感/经过一场紧张激烈的冲闯/终于，又找到了一条路出山。"通过巧妙的艺术构思，诗人将自然社会化、人格化了，其人生态度和生命意义的积极指向尽在小河与瀑布的双重意象中。

太瑞近期的诗，主要传达一种心境——平静而凝重的心境；一种人生态度——豁达而乐观的人生态度；一种生活品位——少求少取、多给多予的仁善为本的生活品味。法国的席勒把诗分为两大类，"素朴的诗与感伤的诗"，他说："素朴的诗把我们安排在一种心境当中，在那里我们愉快地走向现实生活和现实事物。""感伤的诗则为生活的景象所激动，定把我们带回到生活中去。"太瑞的诗都可以归"素朴诗"的范畴，他的诗来自自身的生活和体验，明显被心境、品味和人生态度所浸染。

大病期间，太瑞生活明显有了变化："妻变成了母亲/要不断为我擦洗/不断为我喂食/将病房变成摇篮摇动"，"一切将重新开始，重新学会说话/重新学会进食/开始另一种人生。"（《这一刀》）后来，生活自理了，但吃饭说话仍多有不便，死神的阴影并没有完全消逝。平庸的人，意志薄弱的人，或许早被这严酷的灾难吓趴了，可太瑞却面对死神大声斥责："死神你是什么东西/我躺在病床上/远远地听到了你匆匆的脚步声/沉重的脚步，一直在屋外徘徊/却始终没有进来也许你敲错了门/死神你是个什么东西。"（《死神》）生与死，是对一个人的最大考验，只有连死都不怕的人才真正的无所畏惧，他的精神才会获得真正的自由。石太瑞对死神如此藐视，呵斥死神如小儿，这还不乐观？对死神有如此气魄的人，当然会获得真正的自由与潇洒！正是这种心境，使他近期的诗歌获得了一种超尘脱俗的品格。

"弯弯曲曲/从历史的回忆里/走出来/无需红灯绿灯牛的蹄印/踩出条条斑马线/左走无惊右走无险/错乱的脚步不再错乱。"（《弯曲的路》）人把经验丰富者比为"老马识途"，诗人这里写的是"识途的老牛"。老牛的征途上左走无惊，右走无险，曾经或许有过错乱的脚步，如今不再错乱，获得了高度的自由。这条老牛，是孔子所说的"七十而从心所欲，不逾矩"的练达人生的写照，恐怕也是今天摆脱了俗欲和杂念的诗人自己的写照。世上以路为题的小说诗歌多如雪片，这种意蕴，这种心境和境界，当是太瑞独有的创造。和死神吻过一次又分手的石太瑞，心境超乎寻常的明净、纯洁、清澈，其生活态度也便有点超然物外，得失荣辱、钱财名位等都成了无须强求、无须守护的身外之物。人生意义便在为民为公的豁达无私上凝结起来，并将它化为深厚的哲理含蕴和超越自我的凝重。

"雄性的山生长勇士/凭着一把刀能拉起一支队伍/砍伐多少城池……坎坎复坎坎的斧声失去了主题/绿色的鸟语没有应和的知音/山背叛了山弓腰驼背/找不回自己的诺言。"（《故乡之恋·一座大山》）诗的前半部分乃是对民族精神、民族英雄的歌。不难想象，贺龙两把菜刀起家，为革命攻城略地，成了共和国的元帅；无数湘西健儿，手执大刀，曾与旧世界宣战。大山，养育了英雄的民族和民族的英雄。刀、勇士、英雄、民族精神，与山密不可分！可是，自然环境的毁坏，使深得大山陶冶与山地生活乐趣的诗人不能不生出一种失落感，一种对外物只可怀恋不容反对的凝重心境。这种失落，不是自我的失落，而是一种民族生活方式、生活情调和民族精神的失落；这种凝重不是个人得失而生的凝重，而是一种民族怀旧情调，与对新的变迁的理性拥护的两难心境中的凝重，它包含着深深的历史内容与社会内容。

剔除了俗欲杂念，便于对社会历史，对人类共同命运的关注。政治家的关注往往是抓住重大社会问题开刀，改造或重建，整治或重构；思想家提炼重大思想命题，进行功过是非、曲直邪正的理论评判，进行思想与理论的导引；诗人则往往抓住人们习见的小事，开掘抒发，引出大义，训导俗人，洗涤俗肠。小诗《一个故事》正是石太瑞"微言大义"的诗的代表作，猴子偷包谷，摘一个丢一个，故事够平常、够古老的了。诗人这样来描述偷与被偷的双方："种包谷的人好伤心/看嫩黄的岁月/随风远去/手中的强弩不再有力/射不中靶心/射中了自己/还得从头刀耕火种/包谷哭泣，猴子也哭泣/沿着季节往前走/山里人怎么也走不出/庄稼的故事。"这是一首通体象征的隐喻诗：人类与宇宙如果老是互相敌对，不管不顾历史潮流，一味倒行逆施，或者只有破坏，只有攻击性的防范，到头来，自然是两败俱伤，历史倒退。结尾一句貌似轻描淡写，缩小了主题，实则是随锋而进，深化而扩大了主题：山里人走不出庄稼的故事，生意人走不出生意经故事，野心家走不出野心的故事——"当局者迷"，不正是个人、人类与宇宙悲剧的根源么？

心境凝重宁静，诗意也更为悠远，观人察事，常常别有会心，于不经意中吟得新句，写流光逝水，日夜交错而前的诗句多如牛毛了，太瑞写来，与众不同。"我们已习惯，顺时针走/一圈一个太阳一圈一个月亮。"（《向往》）常事出新句，不是很可把玩一下么？"桌上有两壶酒/一壶冷/一壶热/一壶煮江一壶温雪……不再把酒论英雄/却把酒论女人/论女人的泪/一滴红一滴绿/左一道伤痕右一道皱纹/让这红红绿绿包装成艺术品。"（《酒宴》）诗中的意象与诗的内涵做了有意的间离，却很别致、很艺术地概括了劳苦的、不幸的女人的种种人生，折射出当今世风变化的投影，诗意的深蕴与多义，令人不能一眼看穿，一语道破，需咀嚼把玩，才能领会诗句的多层含义。

因为心境的宁静、平和与自由，诗的表达形式上也获得了更高的自由度："这条河没有名字没有名字/倒成了风景/无舵的船摇来摇去/将岸拉得很近/峭壁如刀削令江水疼痛……/诺亚方舟似的传说/一直在沙滩上搁浅/有木筏从上游漂来/有山歌从上游飘来/却不见妹妹坐船头/这条河没有名字/没有名字比有名字/更加神秘更加可爱。"（《一条河流》）从表现形式看，有描写，有隐喻，有移情，也有对古神话传说的反其意而用之，还有对现代流行歌曲的调侃，形式活泼，诗意葱茏。表层内容写的是家乡的一条无名小河，表达的却是一种无意留名无心争锋的人生态度和不求风光反成风景的人生体验。看得出，诗人在对小河的原始、古朴、刚柔相济的风采的描写中，寄寓着摆脱名利、不趋时风、笑对时髦，轻松自如而又不失硬骨头精神的生活理想。

读太瑞近期的诗，陶醉中也有一种不满足——近期的诗的代表作是什么？古今中外，诗人作家的名字总与他的代表作联系在一起，太瑞也不例外。他早期的诗，《木叶之歌》是代表作，中期的《鹰之歌》是代表作，那么近期呢？尽管近期诗在思想与艺术上更纯熟，有的甚至进入化境，但还没有一首扛鼎之作问世。尽管诗人从思想到艺术都已具备了写出这类诗歌的条件，终因缺乏熔炼大半生人生感受，凝结大半生艺术经验的时间、精力与实践，他的诗多如小花小草小景小物的精致凝练的盆景，虽可供欣赏把玩，可涤俗肠媚骨，但却缺少大波大澜、大江大海的气势，缺乏对大事件和大主题的吟唱，他的诗不属中堂类的大幅画、大风景。在构筑自己近期艺术殿堂时，能否在大与小方面来点互补呢？杜甫的"两个黄鹂鸣翠柳，一行白鹭上青天，窗含西岭千秋雪，门泊东吴万里船"，固然也是千古名诗，但杜甫毕竟有"三吏三别"等40多首写安史之乱中人民生存状态的诗才成为诗圣。太瑞并非只工于清新凝重的小诗，也很能作大江东去的豪放。作为一个思想成熟、脱离尘俗而艺术上老练的诗人，近期很可写出一些传世大作的。黑格尔说，"通常的看法是炽热的青年时期是诗创作的黄金时代"，但"老年时期只要还能保持住观照和感受的活力，正是诗创作的炉火纯青时期"。观太瑞近期的诗，他正处在后一个时期。愿他能平静而坚毅地把握住这个黄金时期，写出反响更加强烈、影响更加深远的炉火纯青的诗作。

（1996 年 6 月于作协老院子）

（原载于《文艺报》；选自《石太瑞的诗》，湖南文艺出版社 2015 年版，第 308 – 310 页）

胸中有正气，笔底起波澜

——论张扬的创作

张扬，以小说罹祸，也以小说名世。他的长篇小说《第二次握手》在"文革"中以手抄本形式广为流传，1979年正式出版以后发行430万册，仅次于《红岩》，被译成蒙、维吾尔、朝鲜、哈萨克等多种文字在国内外流行。就是因为这部作品犯了"四人帮"不准写爱情、不准写知识分子、不准歌颂周恩来总理的禁忌，而被捕入狱。直至"四人帮"倒台后，由当时任中央组织部长的胡耀邦亲自过问，才得以平反。倘若平反再迟几个月，张扬会因胸膜炎疾病日渐严重而病卒狱中。幸好当时动作尚快，才有今日的作家张扬和张扬辉煌的今日。

一

张扬继《第二次握手》以后，又出版了三卷本110万字的长篇小说《金箔》。专写科学家，歌颂高级知识分子的正义、正直、求实的品格，弘扬科学家的爱国主义和献身科学的精神，是张扬小说创作的基本题材与主题。张扬生在知识分子家庭，从小受爱国主义思想和人间正气的熏陶。《第二次握手》的主人公丁洁琼的模特儿就是他的近亲。他笔下的知识分子，不是林道静式的，而是与科学研究紧密相连，具有中国知识分子重整体利益、坚信"国家兴亡，匹夫有责"的传统文化性格。西方知识分子重事业的成功，中国则重建功立业与气节操守。"修身、养性、齐家、治国、平天下"是中国士子的最高理想，"士可杀而不可辱"，"饿死事小，失节事大"，是中国知识分子的座右铭，威武不能屈，富贵不能淫，贫贱不能移的人格操守，照亮着中国一切进步知识分子毕生的道路。丁洁琼、苏冠南就是这样的知识分子。作为闻名世界的女科学家丁洁琼参与了世界上第一颗原子弹的研制，但她公开发表声明，谴责战争贩子用科学残害人民的罪行，宁肯不要什么"科学大师"的称号也不放弃中国国籍。叶玉菡掩护地下党员鲁宁脱险，焚毁搞细菌武器的"东亚实验室"，抢救苏冠南，劝丁洁琼留京，无不显示了她的勇敢、爱国和豁达大度。作为一个读书人，苏冠南车上显威，海中救人，为抗日而放弃出国的举动，都显示出他是一个正直进步而品格高尚的爱国者。《金箔》写的是中华人民共和国成立后我国火箭事业的发展，对一大批成就卓绝、功勋昭著的高知、将军、元帅的爱国情操、事业追求、献身科学的精神作了深情的歌颂，同时也串起了中国革命数十年的曲折历程。

在风雨如磐的日子和曙光初照的历史新时期之初，张扬第一个冲破题材禁区而声名卓著。但他不全靠题材和出版背景取胜，他很注重长篇小说的结构艺术和生活容量。张扬的小说结构宏伟，脉络清晰，容量大。《第二次握手》以苏冠南与丁洁琼的爱情为线索，串起了一批高级知识分子在建国前后三十年间的命运遭际；且把个人命运、民族命运、国家命运联系在一起，时空广阔，风急云厚。《金箔》更是一大卷内容丰富、色彩斑斓的历史全景画，论时间，上可回溯到19世纪，近则写到党的十一届三中全会以后；论地域，有荒漠大野、京畿中枢，有科学殿堂、军事禁区，有山中寨堡、海边渔村；论人物，有开国功勋，斯文败类，有革命中坚，台海奸佞，有知识精英，贩夫走卒，国内国外，军界、政界、学界、商界，无所不包，从各个方面反映了民族命运惊心动魄的大转折。

张扬的小说知识性强，写情味重。因为他笔下的主人公多为高知，事件多为科研活动，自然要涉及不少科学知识，对于这些知识，作者深入浅出娓娓道来，外行受益良多，内行也觉在理。而且，知识的介绍与情节的推进、人物性格的发展密切联系，无游离之感。这一切，都说明了张扬是中国当代卓有成就的优秀小说家。

二

作家不是摆设，他是公众人物，身上凝聚着社会的良知。受良知与责任感驱使的张扬，总觉得写小说固然能影响现实，但没有写杂感随笔和报告文学那样过瘾。报告文学能将胸中正气，化为笔底文字鞭笞落后与腐恶，杂感随笔迅速而直接地对现实生活作出反应，表明态度，影响它的行进。从 1991 年开始；张扬放弃写小说，转入报告文学和杂文随笔的写作。

张扬首先把自己的目光投向了公安和检察。这不但因为张扬在狱中时交了不少公安朋友，熟悉他们，而且因为公安和检察是打击邪恶、惩治腐败的干城，作家的笔跟着他们转，最能扶正压邪，显现出一个富有良知的作家的社会价值。1994 年 3 月 2 日中央政法委召开座谈会邀请张扬参加。最高检察院宣传处一位处长紧紧握住他的手说："我代表广大检察官向作家的你表示真诚的感谢。"张扬的报告文学爱憎分明，锋芒毕露。《邵阳有正气》真实地记述了邵阳市人民检察院检察长孙孝思与原邵阳市委书记刘阳春的儿子刘锋、爱人周晚菊的受贿罪诈骗罪作坚决斗争的动人事迹。由于孙孝思事迹感人，精神可嘉，也由于张扬文章的宣传作用，在 1993 年夏天"全国十大杰出检察官评比"中孙孝思得票位列第五，成为"全国十大杰出检察官"之一。

张扬有很强的平民意识，这使他写出了另一篇影响很大的作品《作家张扬给检察官王永辉的一封信》。王永辉是河北省检察院的一位检察官，因一个农民被活活打死的事，他克服来自上至公安部某些人下至县局某些人的阻力，把肇事的乡党委书记一家三口和五个警察全部抓起来，把那个县法院院长也抓起来，最后把那个县委书记也抓起来。这很对张扬为民请命、伸张正义的胃口，他的文章维护了法律的尊严，歌颂了普通检察官王永辉不惧权势、捍卫真理、捍卫法律与人民利益的精神。

除了这两个作品外，还写了《要害是反对改革》《迟早有一天——我介入南阳案始末》《公道在人心：访马烽》《新凤霞告御状》《与吴祖光夫妇谈"国贸案"》以及围绕贾兰坡点燃七运圣火事件的一系列杂文《贾兰坡与圣火》等。在写作报告文学和杂感随笔的近年中，张扬特立独行，直接面对现实，弘扬正义，扶助弱小，鞭笞腐恶，傲视权贵，使张扬其人其文的人格魅力发扬得相当充分。《贾兰坡与圣火》批评有关方面在我国七运会期间对点圣火的贾兰坡的非礼与不恭，矛头直指当时的北京市委和炙手可热的陈希同。并且双管齐下，一边发文章，一边给党和国家领导人写信，指陈北京市委有问题。作为一个作家似乎有些多事，作为一个公民应当有此权力。文章发出第四天，国务院总理李鹏电话指令有关方面登门向贾兰坡教授赔礼道歉，登门者将一枚由萨马兰奇签名的全国七运会纪念邮票首日封送到了贾兰坡手中。

张扬这类文章的影响和魅力，不全得力于他的胆识和正气，还得力于他尖锐的眼光和文字的犀利。古月以赈灾义演的名义走穴，当然不对，但若过分责怪演员个人的品质，不联系整个民族的思想文化和道德状况，除了压垮一个软弱的演员，于世风何补？张扬《走穴、赈灾义演及其他》高人一筹之处是，透过个人德性，看到了民族文化水准不高的缺失；从追星族造成歌星暴富的畸形文化现象中，揭示出令人痛心的当下青年思想空虚而庸俗的民族悲剧，提出了提升民族素质的问题。

张扬的杂文随笔颇有师爷笔法。大约较长时间与公检法打交道吧，他的作品多与"案"相关联，如《我与南阳案的始末》《我与海灯法师案》等，其文笔也就沾染了办"案"师爷的色彩。事实确凿，文辞犀利，逻辑严谨，无懈可击。张扬其文虽态度严厉，但决不盛气凌人，也不气急败坏，更不泼妇骂街。他一切以事实为依据，尊重事实的本来面貌，耐心地陈说事实的大轮廓与小细节，一切拿到事实的审判台前来，让虚假与丑恶曝光，让被欺侮的弱者得到事实的庇护。"海灯案"本身究竟如何，我不了解，无从置喙，但张扬已发表的有关此案的文章，以《致四川省高级人民法院院长的一封信》为代表，其以事实说话，尊重事实的唯物主义精神是很可宝贵的。

张扬的随笔杂感很讲究攻防之术，攻有度，防有术，文章虽多涉"案"，至今尚无败北者。他并非十面埋伏，八面进攻，观其大略，主攻的总是事实虚假、逻辑错失、品性不端等所导致的基本立场、观点、结论的谬误。文章常用的攻击方式是"挖肺掏心"和"顺手牵羊"。挖肺掏心显锋利，顺手牵羊藏锋芒，多在不经意中给对手致命的一击，使之无力还手。譬如他不正面评说王朔的作品没档次，不直接批评"痞子文学"，他只抓住王朔文章中"非要……不可"句子中没有"不可"二字，语意和本意相反的事，说明文化人没有文化，这样王朔及作品到底有多高明，就不言自明了。正因为看清了对方是从哪里失陷的，故他的行文立论，总是先检视自己的立场、态度，再反复核对事实及每个细节，然后才用严密的逻辑将事实、观点组织起来，议论阐发。"攻如脱兔，守如处子"，张扬行文，确实天衣无缝。就如上一段文字吧，他说他是"看的别人一段引王文章的文字"，自己文章又不单说王，还说了别的许多"文化人少文化"的事，观点绝对正确，这样万一引文有误，责任也在第一个引文者，而张扬他已经安安全全地说了他应该说的或想要说的话。

张扬文笔泼辣、观点尖新，但不刁。他在写作时，有一股正气注入字里行间，行文犀利而不刻薄。张扬的《王蒙"训斥"吴祖光》，题目就很有意思：这是一篇名人批评"名人训名人"的文章，无论资历与人望，或闻道先后，王蒙都不及吴祖光；同时无论资历与影响，或得道先后，张扬都略输王蒙，但偏偏是少犯老，后学训前学，"训斥"二字就派定了审判与被审判的位置。既然王蒙训斥吴祖光失礼在先，又训得毫无道理，那么张扬出来主持正义，批评非理与失理之举，公道人心，自在吴祖光和张扬一边了。这篇文章笔头子的确很硬。作者抓住王蒙"不要把司法问题政治化，不要把司法问题公共关系化，不要把法律问题社会新闻化，不要把法律问题国际化"的"训辞"，从常识、逻辑、王蒙言行不一等自身的表现诸方面逐点批驳，义正词严，深中肯綮，王蒙虽被骂作"无知"、"世故"甚至是"投机"，也无可辩驳，只得生受。的确，张扬也是个得理不让人的人，不然，也就不成其为张扬，也就没有了张扬在法制文学中的名气。我以为，即便作家，也未必圣贤，作家要有点作家的个性。这种个性主要指一种精神，一腔正气，一派胆识。有了它，才能确立自己的人生价值，确立自己在全国文坛上的地位。也正因为这样，我们觉得张扬可爱。

三

如果说张扬的小说和长篇传记可以归入"知识分子题材"范畴的话，那他的大部分报告文学和文学随笔可以入"法制文学"的范畴。时下的好多法制文学作品，实在是在"法制"的名义下，以执法为名，让凶杀、色情、暴力等名正言顺地登场；写法上也大都千篇一律，开头无非是：刑场上正义的枪声响了，冰冷的手铐拷住了那罪恶累累的黑手。版式上，"标题一律骇人听闻，字号一律大得惊人，题图是威武庄严的警察，插图是血淋淋的发案现场，还有凶手束手就擒绑赴刑场……"（张扬《让作家记者提前介入》）这种伪法制文学实在不能入文学之流，应属被打击的假冒伪劣产品。张杨笔下的"法制文学"，维护法律本身的尊严，从"人与法""权与法"的关系中，在社会体制、社会风气、传统文化心理等深层次上分析、揭示邪恶当道的根源，揭示正义必然战胜邪恶的大趋势。法律本是公众利益的保护神，正义的化身，只因长期的封建统治，中国人法制观念不强，现行法律本身也不十分成熟和完备，各方面都可以钻空子。西方有些不同，西方的法典正文较固定，其解释正文的细则，是正文的多少倍，执行起来，无空子可钻，就像我国前几年提工资一样，政策条文不多，解释每一条的细则是该条文的十倍之多。而我国的法律则相反，条文较多，但较原则，解释它的细则很简单甚至没有，这就给执法者与犯法者双方留下很大的空间，难以掌握，或有钻空子的广阔余地。这种状况对执法操作不利，对作家搞法制文学创作却极有利。这空间和空间中所发生的一切，恰恰为文学创作提供了无比丰富、无比深刻的素材，为作家驰骋思想和才气提供了辽阔的天宇。张杨正是在这块天地里充分挥洒了他的聪明才智，发出了许多回荡在社会人心中的正义之音。

张杨现有的法制文学作品，大都是登载于各报刊的小文章。(《我与海灯法师案》除外)并不是说小文章不能成就大作家，周树人的中短小说和杂文成就了千年不朽的鲁迅，张杨也早已是名声在外的大作家。但张杨和鲁迅毕竟有很大的区别：鲁迅处乱世，张杨处治世。鲁迅创造了杂文这种文体，使之成熟，推向高峰，他的杂文体现了一个时代反帝反封建的愿望和要求，集中了一个民族韧性的战斗精神和倔强的灵魂，这是后来任何杂文家都难以逾越的。而且，据我观察，张杨并不十分满足于写这一类短文，在好几篇文章的署名前后，赫然写着"《第二次握手》的作者""代表作《第二次握手》"。好汉不提当年勇，张杨却要违背自己的个性提到它，至少说明了：(1) 张杨对小说情有独钟，迟早要回到长篇小说创作的领地上来；(2) 他目前所做的一切，既受正义良心所驱使，也是写大部头小说之前的练笔和作积累生活的准备。人民需要大作品，也需要小作品，作家有时写大作品顺手，有时写小作品顺手，我们无权要求张杨写什么形式的作品。但张杨写什么最合适是读者也能看得出，也有发言权的，本文前面之所以花那么多笔墨论述张杨小说的特点与规模，论述他的杂文随笔报告文学的思想品级和行文力量，无非是证明张杨完全具备了写比《第二次握手》更宏大的小说的思想水平和艺术功力。时代、人民和文学（包括法制文学）本身欢迎小作品，但也都在呼唤史诗性的大作品。张扬是否可以再沉下去一段时间，就在他熟悉的法制文学领域，用他驾轻就熟的长篇小说形式，通过法制战线的生活和斗争，写出一部或多部照见整个国家、整个时代、整个社会、整个民族的面貌，显示世道人心的生气勃勃的深沉厚实的史诗性长篇小说呢？文学作品的传世，一是依靠它的特有的认识价值，二是依靠它艺术上提供的新鲜经验，三是依赖它语言上的特殊风采，在以往长篇小说写作经验的基础上又经过了这么多年的积累、提炼，张扬回归长篇小说的写作，会如鱼得水，左右逢源。那时，他的心潮，他的笔底，会掀起更大的波澜！

回来吧，张扬！回到你熟稔的长篇小说创作的领地上来！

（1996 年 5 月于东风二村）

（原载于《芙蓉评林》，湖南文艺出版社 1996 年版，第 74－82 页）

社会生态的笑谈与激荡

——评彭见明的《天眼》

前脚跨进了消费社会，后脚还留在"一粥一饭当思来处不易"的农业社会的人们，精神是最容易迷失的。双足踏两个社会的人，生活状态和感受的对比实在太鲜明了。过去不敢做、甚至连想也不敢想的事情如今都获得了某种道德合理性。在消费社会，美色、金钱、权力无不做出各种媚人的姿态时刻在向人们招手，而人最不容易抗拒的便是诱惑。于是，欲望成了自身最强大的专制力量，不少人党性涣散、良心泯灭、人格沉沦，做了欲望的奴隶。欲望太强而又刚从农业社会走过来的人，毕竟胆子不大，他们一边担心得到的会丧失，一边却还想得到更多；他们一边害怕历史的惩罚，一边又抱着侥幸心理。于是，靠祖宗神灵护佑、靠菩萨保佑的心理迅速成为当代中国的社会心理，商界和政界尤甚。作家彭见明非常敏感地抓住了这一新的社会态势，构建一个特殊的生活场，创作了长篇小说《天眼》。在这个生活场中，了丁县县长于长松一生两次辉煌，第一次是剿匪，第二次是建阳山寺庙，用寺庙经济带动全县地域经济。可是县长不如住持，人说于长松是管阳间事的县长，女住持是管阴间事的县长，一个共产党的县长要看一个尼姑的脸色。该省最大的官员衣锦夜行，大年夜偷偷地到阳山寺烧"头炷香"，只是不但没保得仕途平安，后来反而丢了乌纱帽。种种怪相，不一而足。小说以山民何了凡和县长于长松的官民关系为轴心，以共产党头五十年执政的历史变迁为背景，把官场、商场、猪场、情场、民居、寺庙、佛堂连成一气，将巫、佛、道扯到一起，从一个极其特殊的角度，真实地再现了许多人所不知的人生世相。

小说并不停留于官场，也不停留于生活的表象。传达一种理想的人生诉求，可以说是《天眼》之"眼"。官场小说多矣，就是没有一个作家从巫、佛、道的宗教生活场中来书写今日官场和官民生活。彭见明这样做了。

他的《天眼》切入点非常新鲜、奇特。县长于长松是主人公，但更多的是纽结人物；县府与省府官场，也只是一领外衣。在官场的外衣遮蔽下，隐藏着作品独特的精神倾向。彭见明根本无意于写今日官场官员状况如何如何，而是全力倡导一种人生态度，充斥在小说中的是一种人生诉求。这一目标，他轻松地达到了。巫重术，善观人；佛重世，崇造化；道重精气神，寻求自由的生活方式和理想的人生姿态。而导演这一切的，便是由巫悟道，由道入佛的寅斋公，即后来阴山寺的大释和尚。他隐世而居，避祸不求福，平安不求富贵，静心不求闻达，除了知恩要报，此外什么他都不要，师父的名分不要，晚年唯一的骨肉女儿也不相见，外孙也不准相认！女婿和徒弟何了凡继承了他的衣钵，死后什么也不留在世界上，心宜给他雕了一尊石像，只好安放在山中一条岩缝中。何了凡的儿子由寅斋公取名何半音，意思是凡事不求圆满，只"求半"，便知足了。何半音以此为乐，才不用尽，话不说尽，多年不见、千里而来的有情人和他共同生活了三天，他都嫌时间太长了！何家三代，他们是一批无忧无虑、赤条条的来、无牵无挂地走的精神高度自由的怪人、真人、高人。这样的精神贵族，才是作者理想的人生楷模。作者把道家的思想刻进了何家三代人的骨髓里，成为他们生生死死的人生信条。彭见明就是想用道家的人生信条平抑当今的欲望泛滥，为今日的道德失范、人格沉沦、良心泯灭、精神困厄开出一剂药方。这些既成就了小说独树一帜的思想底蕴，也说明了彭见明始终坚守着作家的责任和良知。

《天眼》绝非意识形态小说，而是地地道道的生活小说，世情小说。时事，从上个世纪 50 年代初的湘西剿匪，写到今天的绿色食品；生活，有官场、情场、猪场、生意场，有各行各业的营生，还有黑社会的为非作歹，更有俗人不知的寺庙和尚的起居饮食；还写到了许多特殊的国情、民情，"在这个时代里……想儿子回来住一晚，陪自己说说话，都是很奢侈的事情"；阳山寺是了丁县的重要旅游地，一年中烧掉的香烛鞭炮已高达两百多万元，从功德箱里取出来的香火钱在六百万左右……现在来了丁县工作，那是不可不去拜访本寂和尚，不可不重视寺庙经济的；一只打火机、一根钓鱼竿、一条哈巴狗、一件时装，随便就可抵得一户或数十户困难家庭的全部家当；文盲成大款，北京大学的高材生上街当屠夫卖肉不再是新闻……窥一斑而知全豹，说《天眼》是新时代的百科全书，也不为过。新经济滋生了新风俗：了丁县阳山寺兴起了烧"头炷香"的风俗。作者写道：头炷香只能独家主烧，一年365天，也只能满足一个人的胃口，如此紧俏，会带来怎样预想不到的局面呢？就如是20世纪60年代初的人们想吃上一餐白米饭外加一份红烧肉；就如70年代的百十八里街人盼望得到一台凤凰牌单车指标；就如80年代人羡慕砖头一般重的大哥大；就如90年代人向往获得美国绿卡；就如21世纪初的年轻人期望能找超女李宇春签个名——这看上去都是很难很难的事情，但事实上获得阳山寺的头炷香敬烧权比这些都难。60年代吃白米饭和红烧肉的主子还是有；70年代一个县一年还是可以分到几十辆单车指标的；80年代的大哥大毕竟是批量生产；90年代在美国站稳了脚跟的大有人在；21世纪的李宇春签过的名没有一万个也有九千个，可阳山寺的头炷香，一年就只就能烧一个，一百年就只烧得一百次。"扯起萝卜带出泥"，从给菩萨拜年的"头炷香"，以及顺便说出的这一大套，简直就是一部中国当代四十年来的生活史。

常言道："举头三尺有神明。"彭见明以《天眼》为题著书，自是用心良苦。他涉猎官场，似乎无意写官场。他通篇讲的看相、测字、敬神、抽签，却又没有局限于这些江湖小术是否灵验的浅表层面，那些宵小之术不过是载体。细细读来，我们看到的是浑然天成的大宇宙、大视野、大哲理、大情致。一个叫做刘铁的官员，自小在乡间迷信背景中长大，企望高人指点前程，却是屡试不爽。而一旦抛弃俗念，不信巫道，以自心照耀着自己的足迹，竟又峰回路转。一位时尚女子，竟是相术高人。一个看似混沌的乡野妇道，其胸襟与神秘无法估量。正所谓"山外有山，天外有天"。诸如此类深含人生禅况和哲理思辨意味的人物、故事比比皆是。

作者本是擅长打造诗境的写手，此番热衷于传奇叙事。《天眼》从个人恩怨关系入手配置人物，人物经历、命运等纵向演绎，多用传奇的笔调写来，故事性、命运感都很强，但又找不到中心人物和中心事件，不能不说是一种结构的返璞归真的出新。在阶级社会，以阶级斗争、党派斗争、政治斗争、军事斗争为主线，是天经地义的，而今当然行不通了；于是大家以爱情关系、抑或男女纠葛为主线，这种结构方式，多了，成了套路，读者也厌烦了；于是香港小说电影多写黑社会和警察的矛盾，美国多写地球人和外星人的矛盾。中国大陆作家怎么办呢？彭见明很聪明。他一落笔，前两章就写何了凡救了应该救起的两条人命，这两个人后来影响他的一生。

由此而来的恩怨关系，奠定了小说的结构基础和思想基调。小说的语言俗中求雅，俗而能雅，简练上口、风趣幽默，多有忍俊不禁之词。小说中人物的感恩思想，迅速而直接地与中华民族传统的义道文化相衔接，眼到处，处处畅达，笔触处，事事生辉，生活场景和思想意蕴妙合天然，水乳交融，运筹帷幄，不落俗套，读来如行云流水，给人耳目一新之感，且容易产生共鸣。《天眼》的确算得上近年间少有的视野开阔、意蕴绵长、紧贴时代、取材独特、做工讲究的好小说。

（2008 年 9 月 2 日于怀化）

（原载于《理论与创作》2008 年第 6 期，《青年时报》2009 年 3 月 15 日转载）

现代派和现实主义小说的契合

——评蔡测海的《三世界》

作家出版社最新推出的长篇小说《三世界》，是一部文学探索意义上的小说。

尽管小说理论和小说创作已经发展到了今天的水平，可是绝大多数读者对小说的要求仍然是写得像：写什么像什么，惟妙惟肖，越像越好。从理论档次说，这停留在亚里士多德"摹仿说"的古老阶段。小孩子学说话，中学生学写生，戏剧演员学动作，口技表演者学声音，只要"像"，就能获得认可——写得像，这是人们对作家最起码的要求，也是一个作家最起码的功夫。"写得像"都达不到，哪里还有资格当作家呢？于是，人们又提出了新的要求——写得"是"那么回事，也就是理论界说惯了的揭示"本质"和"规律"。这个要求比较高了，理论档次也提高到了革命现实主义、革命浪漫主义的当代水平。然而，真正的小说似乎还有更高的要求。科学注重发现，文学则注重创新，而且是一种动态的创新，创造一种内在的动态。它既是作家笔下世界的写真，又储满了作家的思想、体验和感悟，体现了作家的机智与灵慧。真正的小说是作家思想的爆发与诗意的表达，到处浸淫着作家思想与语言的智慧。

蔡测海将旷日持久地积累起来的思想塞进了他的《三世界》中。每个人都有思想，但没有表达出来则不能成为社会的财富；表达得不艺术的思想则不易进驻别人的头脑。成为社会财富的思想，其规模和价值是分级别的：这不只是说思想有性质的对立，有深、浅、薄、厚之别，而且有系统与零碎之分。零星的体验、感悟、见解、理念，只是思想的片断；而许多见解、观点的完备集合，才构成思想体系或体系化的思想；倘若这种思想体系有极其宽广的涵盖面和十分强大的穿透力，那么，则可以称之为某种"哲学"。《三世界》中的思想，只是碎片，可称之为理念，只能归属于某一哲学范畴中。《三世界》不是关于人际关系和人的处世之道的，不属善与恶的道德原则或"爱"的哲学；不关乎思维与存在的关系，不属于认识论的哲学；更不探寻语言和现象的关系，与语言哲学更不沾边。《三世界》所表达的，是一个人的生存困境，一个人欲望受挫的生存尴尬，一个人的人生最后如何摆脱困境的出路的探寻，属于以生命意义和生存境况为中心的生命哲学、生存哲学的思想范畴。它是个人思想的表达，个人精神的状述，同时也是一个人的生活态度，它从一个侧面显现了近三十年来一个社会形态的历史变迁。

一世界是长江三峡边的龙山洛塔岩。那个风扫地月点灯，天当屋地为床，胳膊肘当枕头被子的肋巴骨的村落，离自然最近。惟其如此，"它是农民和牲畜取暖的地方，是牲畜逃避瘟疫的地方，是农民逃避饥荒的地方，是女人生儿育女的地方，是男人出气的地方"；那是亚细亚人的草窝，农民的蚁国，农民思想的堡垒，每一块土疙瘩都散发着农民的气息，每一块石头都散发着牲口的尿臊。书中的龙崽——作者的影子——开始就生活在这个世界里。龙崽在这个世界里，有了堂兄和认得几个字的便利，当了"标语人"。也许是心灵中神灵的作用吧，龙崽就在那样的岁月那样的地方获得了诗性，他逃离了故土，心灵空荡荡的，像鸡毛一样飘向了第二世界。

二世界是离权力最近的地方——皇城。龙崽进入的地方是知识文化最密集的中国最高学府——北京大学。那本是繁华之地、文明之乡了，龙崽成了诗人兼作家的文化人，改名为阿垅应该是鸟枪换炮，如登天子堂了。可诗人和作家又怎样？"羞答答地捧着脏兮兮的文稿，像第一次卖身的妓女，又想赚个价钱，又怕伤着身体，还羞于下流"；所谓作品讨论会不过是艺术运作的广告形式，到处是没有思想的言论，如没有子弹的武器的摆设；评奖不过是500港元，不是评给文学，而是评给与文学有关或无关的人。在这个最最文明之地，阿垅的受辱感越来越强烈，莫名地浸淫了他的全身。于是，他又回到了生他养他的洛塔岩。不过那已不是贫穷落后的昔日的洛塔，而是高度发达的高科技之乡。

三世界是高科技之乡——富绿山庄。这个地方没有仇杀，只有流血的游戏；没有特权，只有制度和程序；没有贫困，只有财富和黄金；劳动不再是苦役，超时劳动将受到处罚。正因为一切都信息化、程序化、操作化，没有情感交流，只有信息和操作，人的自由没有了，连老婆都是配给的。

抽象意义上的自由，本是对秩序与原则的反叛，对概念与陈规的疏离，对一切羁绊的抖落与解除。在这个科技高度发达的信息世界里，哪还有个人的自由可言呢。人们捉住了一只干坏事的手，却放走了两手都干坏事的人；一个个电视里的冷面杀手对你说三道四，从不面对面与人交谈。在这个信息世界里，人都变成了信息动物，诗人阿垅变成了一个"信息人"。诗人的自由没有了，智慧没有了，创造没有了，诗人死了！诗人阿垅虽然还是这个世界里不可缺少的顾客，他的工作不过是在支付时间也消费时间，所谓创造，让时间增值不过是一个长久的谎言。诗人阿垅最终变成了白痴阿垅，和他的女人菲莉雅一起被人扔进了山野里，"衣服慢慢地烂掉了，他们长出长长的指甲和毛发，他们后来生出了一群有长指甲、浑身长毛的孩子。他们最后失去的，是从村落里带来的语言"，成了"真正的人"——野人。

标语人——文化人——信息人——野人，这就是主人公龙崽（阿垅）的人生经历与归属。生存无赖，生活无聊，工作无意义，生命无价值，人生是一系列欲望加挫折的总和，人的最后归属是回归自然。这就是《三世界》关于人生的结论。龙崽的身上投有作者的影子，更多的却是一个"人"的符号。龙崽的经历与归属体现了作者对人的生命意义、生存状况的否定性思考，否定的理由是三个世界的人生都不自由。现代派对人生的基本看法也是不自由的、灰色的，而且多用象征、夸张、荒诞的手法来表现。《三世界》的人生结论属于现代派的，但它却以龙崽的实实在在的经历展开了、发散了这一结论，从而找到了现代主义与现实主义小说的一个契合点。

任何人都有自己的欲望和追求。人生就是一系列欲望和追求的总和，人永远处于一种无休无止的企盼与等待之中。等待者"开始等待时如日出般的兴奋，渐渐升成日到中天般的焦急与焦灼，而后便是日落般的疲惫"。其实，等待与被等待的东西，原是"虚与实相平行的无限延长线，永远也不能相交"。参透此道者，便能心如止水；未悟出个中真谛者，便等至老死。这使我们想起现代剧《等待戈多》，想起梵高的画在死后才卖出好价钱，想起许多英雄人物生前入不了党死后被追认。岂止人类如此，动物亦然。当牧羊者在羊头上挂一把青草，看得到而吃不到那把青草的羊，不也处在永远的企盼中吗？连作者笔下的马苓薯都说："在这个世界上，关键是要有耐心……我们用耐心战胜生活。"有耐心又有何用？阿垅在北京大学作诗人时，好多人曾为着一个社会大问题拼命地呼喊，那许多人的声音的集合，如同"一架滚动着的空中怪车"，结果呢，一部分人入了党，好些人没有入党。历史不过是打了一个大大的、长长的呵欠。

然而，历史又是怎么一回事？历史是发生过的事实，时间不能倒退，历史不可更改。由角力发展到权力，这就是历史。其间的争强斗胜，都是以人血为代价的。"流遍了，郊原血"，是毛泽东晚年对于历史的感喟。历史的前进并不与流血的多少成正比，人类流了不少血，历史却并没有前进什么，或者原地踏步，或者打了一个圈。世界也好，历史也好，不过是"狗咬着自己的尾巴转圈儿"。龙崽从洛塔岩的叉木架屋走出来，到京华走一遭，又回到了叉木架屋，刚好打了一圈；鲁迅就很愤慨笔下的吕纬甫和他自己，在外面转了一小圈又回到居所，像蚊子飞了一小圈又飞回到原地一样。虽然历史也有前进，人生也有进展，人们努力创造所达到的有时也能小如人意，但到底付出太多。人所追求的究竟是什么？说穿了，只是一个美丽的高度，一个和谐的无懈可击的形式，一种做人的完成感。人，一旦从那个高度落下来，再也无法复归到那个高处，阿垅和一切人，都成了"牛顿的苹果"。

这可能把人引向循环论。作者确实写了不少的小循环与大循环。自然界是一个循环链：龙崽撒了尿，牛吃了撒尿的草，人畜的些许污垢，早晨以它的洁净与廓大接纳了，化解了，早晨依然是阳光，是露珠，是洁净和清纯。这是小循环。人生则是个大一点的循环，人从哪里来，又回到哪里去；人从自然界来，又回到自然中去，龙崽成了野人，铜锣回到了天坑。人生走出困境的最后出路，就是回归自然，这就是作者关于人生的结论。倘若站在比历史更高的高处俯瞰历史发展，那螺旋式上升的立体状的轨迹，被压缩成了平面形状的"打转转"。许多有识之士和大人物，虽然奋斗了一生，但到老来，留下的遗言、遗训，总是与他的毕生作为反一道。作者正当生命的旺季，何来这种体验呢？1985 年以前，他写了一系列的小说《母船》《茅屋巨人》《远去的伐木声》，一个劲地表达从大山中、从封闭中走出去的主张，人要割掉自己身上的尾巴，摆脱传统中的落后面，摆脱自身的局限，充满着朝气勃勃的进取精神。时隔十年，参透人生的思想何以来得这样猛、这样早呢？

《三世界》在艺术上又一个突出的贡献，那就是找到了现代派小说与我国传统小说技法融通上的契合点，从而建立了自己的叙事方式。1989 年，蔡测海在一篇小说中写到：一匹马，面对两堆草，不知道该吃哪一堆。这反映了他在艺术探索期的迷茫：是走 1985 年以前的现实主义路子还是走风靡一时的现代派的路子？因两者各有弊端而拿不定主意。经过近十年的探索之后，这一次他拿定主意了。他要把现代派小说冲破主客观界限，冲破时空界限，自由挥洒笔致灵便的艺术精髓，把中国现实主义传统小说传神写照的神韵，在他的作品中融通为一体。于是，他创造了属于他自己的叙事方式。他打破了传统小说重情节、场面、人物、故事的老套路，又不排斥模人拟物、精当传神的写实技巧；他也采取西方现代派超越时空、象征等某些表达方式，却很少照搬西方意识流的时空倒错或荒诞派无稽的狂想乱想。他把这一切溶解了，消化了，掺和了，贯通了。融通二者的办法很简单："想象需要经验作伴侣"，用经验约束想象和幻想，用体验沟通读者，引起共鸣。作者说过，诗是一种冲动，然后再给那种冲动穿上一件衣服，若让一个家伙把那衣服脱了，现出一个冲动来，那冲动成了什么？它什么也不是。这就像痒痒，痒痒是什么？它什么也不是。痒痒的经验谁都有，它是皮肤的一种感觉，一种神经刺激，一种不搔不快的东西；诗也是一种感觉，一种作用于神经的情绪刺激，一种不吐不快的冲动。通过这一中介，把两个无逻辑联系的东西连在一起，让你合逻辑地接受了他关于诗的理念。作者描人状物叙事，不求其完整，不求形式逻辑联系，所有写来的具体材料，只是藏匿意图的盒子，传达思想的导体，引发思考的触须，这就是《三世界》的叙事方式。概而言之，《三世界》是以感性的东西作材料，以经验作中介，以体验为重心，以思想为旨归的。它没有现代小说的晦涩，没有传统写法的呆板，虽有阅读阻力，却是一部多数人看得懂，不同文化层次的人读后都有所得的小说。

以经验作想象的伴侣，作体验的中介，决定了《三世界》常用的技巧是以小写大，以虚显实，以具体显抽象。大有大的规模，小有小的包罗。一粒砂见大千世界，半瓣花说世俗人情。70 年代，全国学大寨，湖南学洛塔。学洛塔的飓风起于青萍之末。一位头戴青丝帕的土家女在天坑边刮一蓬牛草时，蹬翻了一块石头，石头落进了阴河，溅起了水声。她发现了洛塔人从未发现过的地下水，那石头溅起的水声传到了很远很远的地方，激起的水声惊动了大队、公社、县上、州府、省府，惊动了身居要津的华国锋。那场风波够大的了，作者却用一个女生的惊梦，似乎听见了什么，看见了什么，带了出来，也带了过去。这样，"大"在"小"中，精明的所见者多，混沌的所见者少，同一段文字，读来各有所得，所得各个不同。所谓仁者见仁，智者见智，横看成岭侧成峰，正是小说成功的标志。

现代派艺术的精髓就是要打破小说的故事外壳，获得结构的自由。《三世界》不是讲一个故事，它没有完整的情节，宏大细密的场面铺排。但它还是有一根结构线："龙崽"，这个标语人——文化人——信息人——野人的人生经历。总体结构灵便而又清晰。《三世界》还有一个明显的特点，把雅与俗的东西打碎，调和，重新捏合成一小块一小块地写来，如书记与竹下芙蓉在得富的祖坟地里野合，作者从龙崽的眼中写那个女人："脸很白，很漂亮，扣子错位她也很漂亮。她刚被吐故纳新，是刚吸收的新鲜血液。"入党，是很严肃的神圣的事，偏偏写在与书记野合之时，其中的"吐故纳新"到底所指者何？俗与雅，神圣与污浊，揉在一起，增加了文字的张力。中国画家丁绍关，去年在美国，把汉字打碎，分解成笔画，用它重新组合成非汉字的汉字形态。这种非字非画的画反而得到了美国政府的资助。他还准备把《圣经》和美国一部最黄色的小说打碎成一个一个的单词，然后用这些单词任意组合成一本新书。这种做法看起来很荒诞，其实，把握了一个基本点——对立着的两个极端的混合富有很强的表现力。蔡测海并不是受丁绍关的诱惑，但对艺术的探索，使他们俩有某些做法上的相通。他蔡测海从个人的体验出发，探索人类的生存境况，生命的意义，显现出气象恢宏、机智、轻巧、精彩、大气的艺术风采。

一部优秀的小说，并不就是一部完美的小说。《三世界》也不完美。至少第三篇与一、二篇的风格就不完全一致。一、二两篇空灵些，思想的密度也大些，语言也精粹些。第三篇本是写想象中的世界，应该是更自由，更灵活，更精彩，可事实却正相反。是不是写第三篇时，不如写一、二两篇那样舍得耗精力呢？如果仅仅是这样而不是中国当代文人"后劲不足"的通病，那么，蔡测海今后还大有可为。

（1996 年 4 月于东风二村）

（原载于《民族文学研究》1996 年第 4 期，题为《人生是一系列欲望与挫折的总和》，《中南民族学院学报》转载）

融入生命的恐惧与焦虑

——从现实视角解读残雪

　　残雪，本名邓小华，1953 年生于长沙，1983 年开始文学创作。残雪创作初期，作品就引起了国外文学界的重视，被国外评论界认为是"近年来世界上最有冲击力的作品"。至今残雪已经发表 150 万字的作品，国内出版了《突围表演》《思想汇报》两部长篇，海外出版了残雪的小说集 12 部。她的作品已经被译成英、日、德、法、意、俄等多种文字在海内外广泛流传。正确解读残雪有着国际的意义。残雪的作品无疑是超现实主义的。但是，任何超现实主义的作家都有其现实生活和生命的鲜明轨道，任何超现实主义的作品都有现实的根由，都有现实生活的影迹，由根及叶，由形及影，现实的视角仍然是解读超现实主义作品的科学视角；残雪的生命和生活的轨迹当是引导我们正确认识残雪及其超现实主义作品的一个入口处。

　　父母膝下，残雪是老幺，从小最得父亲疼爱，与父亲感情最深。四岁时，父亲被划成大右派，从此失去可贵的自由和优厚的工资，九口之家艰难地维持着简单生存，幼年的残雪所受的苦便可想而知了。"文革"伊始，父亲被打成"大黑鬼"，那时残雪 12 岁。无分日夜，父亲经常被广播通知去批斗，倘若叫了未到，将招致更令人难堪的侮辱与打击。近两个年头，残雪时时尖起耳朵听广播，是否通知了父亲去挨批斗。稍后，童年的残雪就下农村当知青，艰难困苦，难以言说。回城后，当街道工人，当个体裁缝，备受磨炼。可以说，四岁后的 30 余年间，残雪一直在艰难困苦与战战兢兢中过日子。新弗洛伊德创始人之一的女智者荷妮提出过一条公理：人类如果缺少生存的安全感和满足感，就会产生恐惧和焦虑——这也是被我们绝大多数人的经验所证明因而也能被绝大多数人所接受的。残雪的恐惧与焦虑溶化在血液中，浸透在骨髓里，是她生命不可分割的一部分。她的一切作品，从短篇、中篇到长篇，其具体的内容可以说是丰富多彩，千模万样，但总的内容，一言以蔽之曰：融入生命的恐惧与焦虑。这恐惧与焦虑，可以说篇篇皆有，章章可见。

处女作《污水上的肥皂泡》中，被邪恶浸淫的母亲多疑、歹毒、卑劣，对子女们多方施虐，"我"焦虑得发疯，甚至想象着要杀了母亲。《苍老的浮云》《黄泥街》里，生活的环境恶劣得可怕：嘴里吐出泥鳅，胸腔和腹腔里排满芦苇秆，天花板上出其不意地伸出蜘蛛的脚，枯树长着人头发，蚊虫满天；老鼠、蟑螂、污水、死尸、粪便、疯人、疯猫满街都是。《痕》中的"我"虽是编织艺术家，但作品从来没有出手过，作品越来越坏，最后只好撒手；长期以来，心情每天都被懊悔所笼罩。《辉煌的日子》里，"我"到北方当了哲学家，似乎很辉煌，其实无缘无故挨打受骂，蹩脚、窝囊，在外一年，回到家里，家里人也不问一声，"我"根本就可有可无，哪来辉煌可言？至于恐惧感，每篇每章，比比皆是。《阿梅在一个太阳天里的愁思》中的邻居，整天捣墙上的洞，"'喳喳'的响声令我惊恐不安"，《旷野里》几乎通篇布满恐惧：黑夜里睡不着的"她"，踩得地板阴森森地作响，一团更黑的东西蹲在墙角，隐隐约约的像一只熊；一条蛇伴着墙根沙沙地游；粗大的针头正插在丈夫的心脏上；它像鲨鱼一样游进来，向"我"的后颈窝呼出大股冷气；许多空钵子摆在窗台上，夜间看去酷似许多骷髅……在残雪的作品中，惊、惧、怕等字眼出现频率很高。总之，残雪的作品，大都表现生存的艰难，人性的丑恶，精神的无聊，生活的沉重。这种感觉，恰恰是恐惧与焦虑的产物。

如果说残雪的生命中只有恐惧与焦虑，那就冤屈作者了。在残雪的"生命中有某种超越了青春的东西，它们像盛夏的光芒一样燃烧"。在《美丽南方之夏日》中，她坦诚地宣告了自己的艺术观和追求："在这一切后面，支撑我的情绪奋起的，是那美丽的南方的夏天，是南方的骄阳，那热烈明朗的意境。在少女时代，我曾无数次光着头，赤着脚长时间在烈日下行走，充满了欢欣，和那种漫无边际的联想。"残雪的一系列作品，包括上面列举的长、中、短篇，都充满了对恐惧与焦虑的反抗，对黑暗的抗拒。在《突围表演》那部长篇小说里，X 女士的种种突围表演，实质上是突破传统文化氛围和自身固有局限的表演。她的作品如乌鸦的啼叫，其声色似乎不逗人喜欢，但骨子里却是引导人生驱逐黑暗，警惕邪恶，避开风险，远离丑恶。她很自信地说："我敢说在我的作品里，通篇充满了光明的照射，这是字里行间处处透出来的。我再强调一句，激起我的创造的，是美丽的南方的骄阳。正因为心中有光明，黑暗才成其为黑暗，正因为有天堂，才会存有对地狱的刻骨体验，正因为充满了博爱，人才能在艺术的境界里超脱、升华。"所以，确切地说，"融入生命的恐惧与焦虑及其反抗"，文字的背后"充满了光明的照射"——这就是残雪全部作品思想内容的总的特色和倾向。我们用她《谈创作》中引用的 83 岁的日本当代著名舞蹈家 KA-ZUO OHNO 的话"死亡开始溜走"，来概括她作品的思想内容，也是比较恰当的。

残雪的小说是无数细节和意象的不规则连缀。她的文风整个说来比较晦涩，但笔下的每个细节、意象却极为逼真而生动，生动得给人以非常清晰的印象。思维像垂死的兔子（无力），踩得一个个水洼哀哀叫痛，钵子像骷髅，等等，极为形象。意象是残雪小说中最基本的艺术材料，她用意象表现臆想，用臆想述说白日的梦幻；她把内心的骚乱声响投射到身外，使世界充满了预告危机的信号；她把惊惶变成日常感受，又把掩盖隐私和窥探隐私变成人们生存战役的基本攻防手段。残雪一方面将人的精神生活物化，将抽象的意识附会在猥琐、污秽、丑陋的物体上，附会在病体病灶上，可视可感；另一方面又将具体的人抽象化，使他们成为一种"类"，一种面容不清的人形傀儡。结果使她的小说形成一种张力，展示人间太多的恶和对恶的反抗。残雪作品中人的登场与下场，物的出现与隐遁，事的衍变与化释，以及一切体验的吐出与收回，都是"没来由"的。它们既无自身的今昔联系，又不与他物存在横向联系。前一个体验和细节常常无缘无故地被后一个否定、打散、冲开、排斥、消解，作品中所叙述的东西，无背景，无前提，无场所，无原因，无趋向，无结果，因而事件无过程，作品无情节，一切突兀而来，莫名其妙而去。在叙事态度上，残雪极其冷淡，冷淡到完完全全漫不经心的地步。人、事、物、态的出现和变化，从最初到最终，一直就没有被介意。她作品中一切被叙述的东西，不与自身关联，也不与外物关联，更不与作者关联，自得自足、自生自灭地屹立在虚空之中。

残雪采用这种叙述方法不仅是受西方的影响，也是自身经历所决定的。童幼时代的残雪，受到太多、太深的外界刺激和情感冲击。那时残雪对外界、对事物的了解不是全过程的，而是支离破碎的，不是全面的而是片断的、局部的，不是理性的，只能是情感轰炸式的。经过时间的淘洗，敏感心灵的过滤，剩下的只有细节的碎片和体验的碎片，同时养成了她看生活重细节，对细节极敏感的思维特征。残雪的父母都是文化人，父亲曾是《湖南日报》社的社长。在父亲的悉心教育下，五岁开始生吞唐诗，活剥"红楼"，稍后又被无休无止地灌哲学。小小年纪，只能形象思维，哪来抽象思维的本事？只能接受事物的现象、表象，哪懂什么内涵外延？她只能"跟着感觉走"！不过，诗的形象和跳跃，抽象思维的强制性训练，使她的思维极其空灵、快捷，极易跳跃、多变，极重细节、具象，又无条条框框，大而无当，自由翻飞。这种思维方式，按其特点来说，可以叫做"凌空御虚"的思维方式。当然，她采用这种叙述方式，也不完全是既定的结果，也还有人为选择、故神其事的因素。直露不是文学作品，含蓄才有韵味。局部的清晰生动和结论的简单，一定要伴以整体的朦胧，将清晰的事物混沌化，将简单的东西复杂化，才有利于读者的再创造。残雪谈创作的《BU-TO 的舞蹈》就是一例。本来可以用自己的话讲的，偏偏要借八十三岁的当代日本著名舞蹈家演出宣传品上的"自我告白"来表达；题目本可以意译为"死海上的舞蹈"，偏要夹一个英语单词；要表达的意思本也是很明白的，大约是这样四句话：我是用生命来创作的；我全身心的投入创作；我的心中充满阳光，满是青春的燃烧；我的作品最终将战胜腐朽、死亡、黑暗和一切邪恶！但是她偏偏不说穿。因而有时连残雪自己也读不懂。她多次说过："我写完的时候也不明白自己写的是什么。过了一段时间，有时过了半年后，才明白的。"这并不是说残雪的作品完全读不懂，不是的。她的作品的倾向是很明白的。她那事物间没有联系的写作习惯，使读者始终处在一种期待、搜索与怪异的情感状态中，刺激了读者的阅读兴味。

有人希望残雪的长篇小说改变叙事风格，有人批评残雪的作品太晦涩，有人呼吁要结束"残雪现象"，这无疑都是好心。但殊不知这样一来，作家残雪就不存在了。我以为，残雪不应当轻易地变换感觉，改换叙述方式，残雪就是残雪。

（1996 年 5 月于东风二村省作协老院子）
（原载于《当代湖南文艺评论家选集·龙长吟卷》）

善的位置

——何顿《来生再见》及其他

何顿是大众非常熟悉的作家了。一提起他，新写实主义的代表作家，尊重历史、抢救历史的高手，作品极富生活的质感呀，等等，许多带定论色彩的褒奖词就浮现在我们的脑际。何顿驰骋文坛，起自1995年的成名作《生活无罪》（中篇小说），至今22年，势头有增无减。这22年，正是我国改革开放紧锣密鼓，从"摸着石头过河"到逐步科学有序发展的22年。一边是思想大解放，科技大发展，经济大繁荣，国家实力激增；一边是欲望大膨胀，官员大贪腐，传统美德大沦陷。文学上，表面上多元并举，作品数量庞大，实际上经典离场，文学位置也由80年代的宠儿彻底边沿化。湖南则在"湘军怎么了"的天问中雄风难再。就在这经济发达、精神下滑和文学边沿化的年代，陈平原一声喊"湖南出了个何顿！"给文学一个惊喜，给湖南一个安慰，给读者一些满足，尤其给了何顿那帮年龄相仿的平民朋友历久弥珍的骄傲。

何顿是一个很善良的文人，他的善心、善意、善情，四处进溅，不时可见。《来生再见》中有一个细节：衡阳抗战期间，"我"爹黄抗日当排长，每牺牲一个战士，排里那个和尚出身的士兵，便自动地、默默地给牺牲者做佛事，超度死者的灵魂升天。这个细节，作家没有渲染，没有细描，但反复出现，显然是那个和尚的一片善心，是当时活着的在场抵抗者的共同心意和作家何顿心灵的复合式表达。文心生文胆，文胆生文眼，这个细节是《来世再见》的文眼，是解读全书的总纲。而且，它还可能罩住了何顿的其他许多作品。

像当年的抵抗者一样，何顿很看重生命的宝贵，但却并不执着于生命的价值与死后的解脱。类乎哲理式的意义追索或文人式的仰天浩叹，何顿的作品中一概没有，有的只是在生活表象的罗列中，显示出来的普通人对待生死的普遍态度：无可奈何又不甘于无辜地白白送死，"如果还有来生，我们还在一起打日本鬼子!"这就是中国人当年骨子里的"勇敢"与"善良",何顿在不露声色中把它挖出来晒给大家。文如其人,只有内心纯净善良的作家才能毫不经意而又入骨入髓地展示出中国老百姓的纯良本性。

何顿作品的善意首先表现为"普度众生"的宗教色彩的善心。无论佛教、基督教、伊斯兰教,抑或道教,最终的目标都在"为求众生脱苦难"。关心芸芸众生,是何顿所有作品的题材特征和共同的情感取向。他的作品可分为现实题材与历史题材两类。前者写改革开放年代长沙市民的生存状况,代表作品有《生活无罪》《就这么回事》《我们像葵花》《只要你过得比我好》《黑道》等十余部;后者写上个世纪长沙人的生死抵抗日本鬼子的侵略与杀戮,主要有《来生再见》(后改名《抵抗者》再版)、《黄埔四期》两部皇皇巨著,计百多万字。活跃于这两类作品中的人物,都是底层的卑贱者,主人公中没有一个达官贵人、英雄豪杰或巨商大腕。他熟悉的、关心的、褒扬的,都是地地道道的"贱民",有的甚至是浑浑噩噩的"群氓"。他成了著名作家后,往来于他家的,仍然是青少年时代混在一起的朋友。有了微信后,他还像无事的老人或天真的小孩,一个劲地为朋友伙计在网上拉票。何顿一心向善,他的作品是向善的文学。

何顿作品更多的是世俗之善,是"来自灵魂深处最真诚的同情与怜悯",马克·吐温说它"是一种世界通用的语言",人们通常称之为"菩萨心肠",说得文雅一点,叫做"人类的大悲悯情怀"。何顿回顾他写《来生再见》时说:"我写小说从来不掉泪,眼泪仿佛与我无缘。但当我写到厂窖大屠杀和著名的衡阳保卫战时,我那久违了的泪水涌现了,居然一次又一次地夺眶而出,掉落在我颤抖的手和冰冷的键盘上。"面对弱小者的痛苦与牺牲所涌出的眼泪,绝对是善良文人悲天悯人情怀的自然流露。

何顿作品中不乏侠义之善。侠义出自正义,正义是善良的变体,凡善良之人必有正义之心,豪爽之气,正直之举。何顿笔下那些国民党抗战官兵,曾经舍生忘死,做出过巨大的牺牲,可就因为一度是"国军"而受歧视、遭冷遇、被遗忘,在相当长一段时期内,造成了极大的历史不公。何顿不惧风险,作田野调查,历经数年,走访数千抗战老兵而成此书。它对后来改善抗战老兵的境遇起了积极作用。其侠义之善生成责任心、使命感,还原历史真相,《来生再见》成为留住历史公平的大书。

何顿是一个名作家,他作品中的善,还体现在作家的良知。任何一个作家，都有自己的是非观、价值观，都有自己的写作立场，从而看出作家是否保持良知。作家艺术家的良心良知，已好久不提了，含义似乎有些模糊，其实既简单又明白：一是大节无亏。国难时期出卖祖国的汉奸作家，政治高压时期出卖朋友的投机作家，和平时期为金钱出卖灵魂和真理的作家，以及专事攻讦他人的黑幕小说家，都是大节有亏的"无良"作家。这当然是善良的何顿永远所不齿的。二是不放弃职业道德底线。曾经有人说他市民生活小说中的性描写多了，有失作家道德水准，其实这是少数人的误读、误判。不可否认，21世纪头几年，"身体写作"一度声浪很高，一些小说和诗歌，似乎回到了上个世纪的艳情小说，诚如吴宓《论写实小说之流弊》所言："惟叙男女恋爱之事，所写皆淫荡猥亵之意，游冶欢宴之乐，饮食征逐之豪，装饰衣裳之美。可谓之好色而无情，纵欲而忘德。"何顿并不认同身体写作，他的小说如实写到长沙市民的基本生活欲求时，平实而严肃，颇有分寸。两情相悦，两性相吸，发生"关系"，是人的自然本性的自然显露，是情节发展的水到渠成，既不污浊，也不神圣，"就这么回事"。而且，在普通市民物质与精神生活都匮乏的年月，不乱伦、不违法、不纵欲，夫妻间就不说了，即使是出轨，也是平民的一种生活状态，一种形而下的生活色调。在《黑道》《我们像葵花》这些似乎可以放开笔墨写"性"的小说中，何顿并没有放开笔墨，没有细致的场景铺排和心理渲染，也没有故意用空格挑逗读者，更没有翻来覆去将各类形态恣意呈现，总是戛然而止，或跳转到下节，另叙他人别事。性事书写的平淡化、平实化、分寸感，适可而止，恰恰说明何顿的文学创作从未突破过职业道德底线，是一个很富有艺术良心的作家。为此我曾在一次大会上为之呼辩，今天回头系统地梳理他的作品，更笃定了这个看法。

他的《来生再见》中，有一个问题我想了好久：为什么要把时间打碎，把抗战与20多年后的"文革"揉到一起来写。仅仅是因为长篇小说首先是结构的艺术吗，或者两大历史事件的时间对接，有利于艺术浓缩，能产生巨大的艺术张力，加大作品的密度？这些当然也是，但绝非仅此而已。"文革"是有结论无定论的有争议的历史，抗战却一直是被肯定的历史。它们的一个共同点是：期间社会管理能力薄弱，民心却高度凝聚。"文革"期间，除中央外，全国各层级处于半瘫痪的无政府状态，当年的抗日战争时期，除了对外的军事抵抗和对内的征收，国统区其他各方面的管理能量十分薄弱，社会也呈无序状态。在这种状态下，除了那些有人在场无人在场一个样的"慎独"功夫、自律能力极强的修身君子，还有那些相信"人在做，天在看""举头三尺有神明"的、有敬畏之心的普通人们不作恶之外，那些真正的恶人，得遇这种半无政府状态，如鱼得水，世界立即成了他们为所欲为的天下。抗战和"文革"，就等于打开了潘多拉魔瓶，让人本性中的恶，赤裸裸地大释放，无拘无束地大宣泄。何顿把两个具有很大共同性的历史时段叠合起来，相比照着写，就是为了透彻地揭露、无情地批判人本性中的恶。在《来生再见》及其他作品中，何顿小说的批判锋芒，指向的都是恶人、恶事、恶行和丑恶的心灵。

何顿作品中所有的善与恶，都有具体的指向，不是哲学意义上的善。所谓哲学意义的善，源自亚里士多德的"四因"说，认定世界事物，皆由形式、材料、动力、目的四种因子而创生。合目的性就是哲学意义上的善。这也是西方文化的总根基、总图式，就像中国古代文化的总根基、总图式是"天、地、人"，"金、木、水、火、土"一样。从"四因说"这一总根基出发，后来的哲人们又从合目的性，引申出功利主义的善。何顿的作品与个人功利主义的善是绝缘的。他说："我写这本书，既不是讨好当下政府，也没打算讨好远在台湾的国民党，而是觉得老一辈人很了不起，他们在中华民族最孱弱和自己最无奈的时候，付出了很多，却没有得到应有的尊重。"他学的专业是美术，从业的是装修，他转换的门庭是文学创作，完全是出于一种本能的爱好。在他的小说中，只有真诚、责任，没有虚伪、取巧，无形中又成全了他内心的善，提高了他文学的境界。

在文学艺术的评判中，"善"一直是与"真"、与"美"并立的三大标准之一，本来具有很高的位置，但在政治挂帅的时代和市场经济、商品化年月，善被狭隘化，实用化，甚至被遗忘，其位置几乎被移至文学创作的大门之外。我今天借说何顿的机会，提倡作家向善，文学向善，既是对何顿的符合实际的精神丈量，也是在表达我的愿望：飞翔吧，作家的良知良心、善情善意，飞翔吧，文学的大善与至善！

（2017年8月于同升湖山庄）
（原载于《创作与评论》2017年第22期）

道家思想精义的阐发：阿城的《棋王》

上个世纪 80 年代中期，海峡两岸出现了一个有趣的文学现象：大陆掀起了琼瑶热，台湾掀起了阿城的"棋王"热。文化是一个分层的系统结构：底层是社会心理结构；中层是自然科学和社会意识形态（政治、法权、伦理道德、文学艺术等）结构；最高层则是哲学、宗教等尖端文化。中国传统文化中，儒家出世，法家强权，道家无为而无不为。《棋王》阐发的是道家哲学思想的精髓。作品以王一生生命线上的四个点——下棋（棋迷）、说棋、赛棋、棋王不王，叙说了王一生爱棋如命、学棋得道、赛棋成王、有王不当的生命历程，塑造了王一生虚静恬淡又执着沉迷的真君子形象，诠释并阐发了道家"虚寂无为其表、勇猛精进其里，无为而无所不能为"的思想文化精义，肯定了道家无欲无求、超世俗的人生境界。

王一生爱下象棋，因为下棋，身边常聚集许多观众，正是小偷下手的好机会，王一生成了小偷生财之道的工具，但他浑然不觉。下乡那天，唯一的亲人妹妹来送他，他也只顾下棋。母亲理解儿子，做了一副无字象棋，临终时送给他，无字棋成了母爱的象征，也是王一生生命的象征。说棋，指陈的是棋道。王一生的棋艺，得益于一个高人的指点。那位捡破烂的异人在说棋时，以男女之事作比，从阴阳之气开讲，用象棋的胜负之道，把道家思想做了高度的概括，那就是：一个总纲，七对范畴，七大克敌制胜的技巧。

棋道即道家之道，道家思想的总纲是"无为而无不为"。无为，一是"不争"，二是"无违"，权自然之势，照规律办事。老庄这方面的相关论述很多，如："为者败之，执者失之，是以圣人无为故无败，无执故无失。""天之道，利而不害，圣人之道，为而不争。"（《下篇》）老子还用"水利万物而不争"等自然现象证明"不争"的好处；相反，"飘风不终朝，骤雨不终日"（《老子·上篇》）。在"不争"这个总的指导思想下，指出道家思想的七对范畴：阴阳、胜负、强弱、刚柔、攻守、机与势、含与化；与此相关，指出七种决胜技巧，即："以弱胜强"——老子说："人之生也柔弱，其死也坚强……故坚强者死之徒，柔弱者生之徒。"（《老子·下篇》）"以柔克刚"——"太胜则折""慈故能勇""含而化之"。"以退为进"——"曲则全，枉则直，洼则盈，蔽则新，少则得，多则惑。"（《上篇》）"以隐为显"——"圣人自知不自现，自爱不自贵，故去彼取此。"（《下篇》）"以予为取"——"圣人后其身而身先，外其身而身存，非以其无私耶，故能成其私。"（《老子·上篇》）"天地有大美而不言，圣人者原天地之美而达万物之理。"（《庄子·知北游》）连孔子也说："意欲取之，必先予之。"——用圣人的人生技巧证明以予为取的可取。"因势利导"——"循理而举事，因资而立功，权自然之势……因高为山，因下为池。"（《庄子·修务训》）"不敢为天下先"——老子说："慈故能勇，俭故能广，不敢为天下先，故能成器长。"（《老子·下篇》）庄子说："吾有三宝，持而宝之，一曰慈，二曰俭，三曰不敢为天下先。"（《庄子》）

　　七对范畴与七种技巧，这些都只是手段，根本目的是要达到——"无不为"，即无所不能为的结果！老子说："为无为，则无不治。"（《下篇》）只要不争，只要不违背客观规律（无违），就无所不能为，就没有办不成的事情，没有达不到的目的——这是道家思想的总纲。

　　"赛棋成王"形象地诠释了道家"表面虚寂无为，内含勇猛精进之气"的思想精义，是全篇最出彩、最有生气的部分。先是气氛渲染。无名小卒，同时对战九位高手，而且是下盲棋，九局连环，车轮大战，轰动了地区首府！比赛开始前，万人空巷，人们喧哗着，呼啸着，争先恐后往广场中心跑去，灰尘卷起几丈高，连狗也兴奋得前前后后东奔西窜。外界的喧闹衬托了王一生内心的绝对宁静，突显王一生道禅合一、精气神高度凝聚的生命状态："王一生孤身一人坐在大屋子中央，瞪眼看着我们，双手支在膝上，铁铸的一个细树桩，似无所见，似无所闻。高高的一盏电灯暗暗地照在他脸上。眼睛深深陷进去，黑黑的似俯视整个大千世界，茫茫宇宙，那生命像聚在一头乱发中，久久不散又慢慢弥散开来，灼得人脸热。"闹中求静，外闹内宁，是道家和佛教禅宗共同的生命修养要求。禅宗和道家根本不承认有外界，只承认有内心，一切都取决于自我内心世界。王一生就处在精气神高度凝聚又高度宁静的状态，等待开局后，生命能量最大限度的释放。西医讲器官，一切归于功能（动不动就开刀）；中医讲气血，一切归于运化，所谓"血生髓，髓生精，精生气，气生神，神生血"的良性循环。道家和禅宗则讲精气神的高度凝聚，一切归于意念。王一生下棋时，真正做到了道禅"离形去智、同于大通"的形全精复的坐忘境界，"无听之以耳，而听之以心"，获得了高度的内心自由，棋艺发挥到最高水平，九局连环，大获全胜。大赛结束后，由于精气神的高度凝聚和生命力的超强释放，瘦小的躯体都被僵住了，挣了几下，仍丝毫动弹不得。"我和脚卵急忙跑过去，托住他的腋下，提他起来，他的腿仍然是坐着的样子，直不了，半空悬着。"这种最佳生命状态，正是佛家与道家打坐参禅、收心静性、忘却一切的生命境界，道家叫"坐忘"，是对生命的最高礼赞。赛棋成王的过程，揭示了道家文化的深层的一面：表面虚寂无为，内含勇猛精进之气。用王一生特殊的生命状态形象地揭示了道家"无为"思想的真谛：不争，不违，便可达到无所不能为。

"棋王不王"礼赞了道家的人生境界。王一生大获全胜，摘取了地区象棋冠军的桂冠，被公认为棋王，可是王一生并不看重胜利的结果。他为棋不为生，并不靠冠军头衔来改变自己的人生处境，而是抱定一颗平常心，回归平淡，回归自然。小说特别写到，获胜后的王一生与他的伙计回到了公社礼堂的舞台上睡觉，王一生手抚着无字象棋，哇的一声大哭起来，"妈呀！人……"，王一生突然明白了妈的深意，明白了人生的真义，向妈哭告。那没说完的话是："妈呀，人还是要有一点精神的啊！"这在更深层次上体现了道家无欲无求的人生态度和人生境界。

神秘的、博大精深的道家文化，就这样被一个青年作家以象棋为媒介，无比精当地给剥离出来了。

这篇小说的意义很大。当学者专家在痛心疾首呼唤学者型作家，呼吁文学对文化背景和哲学意识的表达时，《棋王》出现了，它标志着中国新小说成熟到了自由自在表现抽象的哲学文化的新阶段，显示了文化寻根小说的实绩和主张的正确，奠定了阿城在现代中国文学史上的地位。

（2010 年于怀化）

（节选自《现代中国文学教程》，高等教育出版社 2011 年版）

简陋人生，乐园图式

——中国末代传统农民的历史浮雕

上世纪 30 年代、60 年代、80 年代，出现了三次农村题材小说创作高潮。政治家以改变农民的命运为己任，文学艺术家以给农民鼓与呼为乐事，以创造出不朽的农民形象为骄傲。在当今城市化进程中农村题材小说处于低谷之际，姜贻斌奉献出了长篇小说《火鲤鱼》（湖南文艺出版社），书写数十年来农民单调而艰难的生存境况，在文坛是一件好事，作家自己也释放了多年来对农民的情感思念，消解了作家挥之不去的农民情结。

"火鲤鱼"是自然界实在的、存量极少的一个稀缺鱼种，"浑身通红，通明晶亮，甚至能够看见它淡黑色的内脏，像一朵大红的牡丹花"，也是邵水河人们传说中的吉祥物："谁要是捉到火鲤鱼，就会走大运。以前有人捉到一条，这家人居然出了三个进士，讨的女人也是方圆百十里的地方最乖的。"因此，火鲤鱼从来就是幸福的象征。反过来，姜贻斌把小时候那伙农村朋友当年的情形和后来的境遇、归宿，把自己看到的、听来的有关他们的片断，星星点点、断断续续地展示出生在新社会、长在红旗下，几乎与新中国同龄的一代农民苦难的群像。期间，作者有意突出他们的共性，淡化其个性，剥离了大时代和政治力量对人物命运的影响，放黜了他们的性格，驱除了小说内在的情节牵引力，这些由面目、境遇、归宿几乎接近的个体构成的群像，理所当然地别有新意与深意在焉。《火鲤鱼》到底为我们提供了什么呢？

一、归宿的凄清与局部的快乐

新中国的农民，虽然在政治上翻了身，也曾获得土地，但由于"左"倾危害和底子太薄，生产落后，长期以来，物质生活一直相当贫困。直到本世纪初，人们还发出了"农民真苦，农村真穷，农业真危险"的慨叹。

新时期以来，党和政府一直在努力从根本上解决"三农"问题。在全国农村中，渔鼓庙因旁边的雷公山是矿区，农工杂处，比一般的农村，境况还要略为好一点。即便如此，那里的农民好多既未能成家，连起码的温饱都不能解决。生性木讷的三国，虽然成过亲，可仅仅一个月，也没有任何征兆，女人神不知鬼不觉地离家出走了，父亲死活不明，娘也去世了，妹妹也走了，活得不如一盏孤独的煤油灯。煤油灯还有人给它点火擦灯罩，自己却无人过问，永远靠挑青菜卖度日，永远打双赤脚，永远吸着"喇叭筒"，永远难得露出笑容。雪妹子对生活从来充满信心和希望，曾勇敢地跑到郴州找到当了工人的二哥，要求结婚。不成，只哭着提出一个要求："我长到这么大，还没有让男人亲过，我求你亲一下。"而后负气去了新疆。孤零零的一个乡下女子，到了新疆被人奸污，带着仇恨与遗憾，年纪轻轻地长眠在无依无靠的西北边陲。

尽管农民处境艰难，生活贫困，但他们非常知足，安命自尊，日子过得平静、快乐。小时候他们疯玩，乐而忘忧；长大后面对贫困、饥饿和各种难以承受的痛苦，当时很难挨，事后一律能泰然处之。这就是世所称道的"安命精神"。一般人要做到"安贫"已属不易，在恶劣的境遇中平静乐观地处世，实在需要大修炼。渔鼓庙的农民几乎都有这种修炼。那么不幸的三国从来没有沮丧和失望，甚至连《诗经·硕鼠》中那点儿怨愤也没有，越是贫匮，越是自尊和体谅他人。老了，干不动活了，眼睛也看不见了，还心安理得地守护着他那份尊严。村邻接济他，他坚辞不受，为的是不叫"自己的凄凉不经意地冲散人家的喜气和热闹"。（《火鲤鱼》，p. 195）"我们"兄弟两个去看他，看在 30 年前的朋友分上，他才好不容易接受了"我"递过去的一根纸烟，插在耳根上，满意地回到随时可能倒塌的居所，默默地打发生命的余光。

农民的局部快乐，源于苦难承受力的超常。他们像所有的农民一样，面对苦难，不到关键时刻不会发泄，可一旦发泄，虽不能排山倒海，也能泣鬼神、感天地。水仙和银仙，在乡下是比较年青乖态的女子，她俩不甘心在贫困的农村呆上一辈子，用打卦的方式决定出走，带了两件旧衣物，一路乞讨，直奔新疆，终于搭上一辆便车到了戈壁。为保护童贞，被欲望不能得逞的司机深夜抛在荒野。离了色狼，迎面却来了一大群恶狼！两个弱女子面对慢慢围攻上来的眼闪绿光、龇牙咧嘴的一群饿狼，一切挣扎都是徒劳，唯有等死。但心又何甘？痛苦绝望中，眼泪刷刷直流，唯一能做的就是死前痛哭一场，把一路的委屈、屈辱、艰辛、磨难、饥饿统统倒出来。就在俩人呼天抢地的痛苦的哭喊声中，奇迹出现了：围拢的恶狼静静地望着两条可怜的生命，望了一阵子，悄悄地后退，退着退着，也朝天猛烈地嚎叫起来，叫一阵子，然后默默地走开了。狗通人性，狼是狗的本家，肯定也是通人性的。狼居然放过了两个可怜人，不吃她们的肉，退走了，还朝天嚎叫，帮着她俩鸣不平。姜贻斌笔下，水仙、银仙代表的那个年代的农民的痛苦，和面对死亡的态度，连狼都被感动了。水仙、银仙的委屈、痛苦，临死前那份冤枉与不值，似乎并不亚于关汉卿笔下的窦娥！然而她俩并没有深陷痛苦中，事情过后，终于又搭上一个司机的便车，安全感带来的高兴、快乐，使其中一个很快与青年司机缘定终身。

人皆以为农民是最现实的，其实不然。在现实利益上，农民是最实际的，但在生活态度与生活情调上，农民又是相当浪漫的。没有这点浪漫，就无以消解痛苦，抚平伤口。农民的浪漫常常体现在他们的行动和语言中。三国为什么不把"我"给的香烟当场抽掉而夹在耳根上？这个动作犹如50年代青年农民口袋边插钢笔，善意地"装相"，炫耀一下"身份"，或留个美好的回忆与纪念，自然藏有几分浪漫色彩。渔鼓庙人除了苦难，几乎都有一点浪漫色彩，这点浪漫是他们快乐的表现，也是他们快乐的源泉。伞把一生没有放弃过拉琴与下河抓火鲤鱼，抓火鲤鱼的时间毕竟有限，午间与晚间大都是休闲时光，那时，渔鼓庙人都能听到伞把悠闲而优雅的琴声。刀把的房间到处挂满世界许多大师的名画，虽然是大学生的涂鸦，赝品，极其廉价地卖给乡下小店，但小店转卖给乐伢子时，价格却出奇地昂贵。刀把乐此不疲，可见他的内心被浪漫的情感填得何其充实，人又何其快乐。农民的浪漫表现在语言上就是幽默，相互取笑。三妹子与伞把的婚礼上，调侃新婚夫妇，既含蓄又露骨，还不失规矩．正是幽默的话语方式，构成了《火鲤鱼》整体的语言风格，形式与内容可谓融洽和谐。

二、简陋的生存与高贵的守护

《火鲤鱼》中写了很多农民的"出走"。水仙、银仙、雪妹子，还有苦宝，都是为理想所驱使，到异地去寻找新的生活。他们的出走，是捕捉"火鲤鱼"的另一种形式，只是不在邵水河而已。出走时，什么也没有带，没有一分钱，没有一两粮，连一件像样的衣服也没有，一是贫穷而无可带之物，二是反映了态度的决绝。他们与"娜拉式出走"颇为不同。五四以后，知识女性反抗婚姻、追求自由成为一种时尚，她们出走虽然不乏迷惘、痛苦与彷徨，然而有着从传统到现代，从落后到先进，从保守到革命的进步意义。可是渔鼓庙人出走，不含任何现代意义，没有任何社会反响。雪妹子客死新疆，水仙、银仙混得并不好，不想见家乡父老，苦宝更是不知所终。他们的反抗，引不起周围人群和社会的半点涟漪，无力到默默无闻的地步。中华人民共和国成立以后，中国农民曾有三次大出走（或曰大迁徙）：1960年代出走新疆、黑龙江到大西北与东北谋生，1980年代离土从商，1990年代至今，大量的农民进城务工，不少在城市中安了家。第二、三次出走，现代性意义相当丰富，反映它的文学作品汗牛充栋。第一次出走纯粹为了摆脱贫穷，寻求活路，是求生本领驱使下的纯动物性迁徙。反映第一次"出走"的作品至今不多。《火鲤鱼》关注到且填补了这个空白。

作者笔下渔鼓庙的农民，他们生活要求很低，欲望不强，人生诉求极其简单、平庸，却又总是自觉地、持久地守护着那点心灵的高贵。尽管他们的人生太简陋，然而越是人生简陋的人，越有尊严感；越是地位卑下、物质匮乏的农民，人格意识、面子观念、尊严感比谁都强烈。农民的尊严，在逆境下，往往表现为孤独、不轻易与人往来，或者表现出某种反抗意识。姜贻斌是深度了解农民的作家，透过表面的孤独与叛逆，他看到了农民的高贵和尊严，顿生敬意。死了丈夫、没有生活来源，被二哥安排守传达室的刘姐，不大与人往来，一是担心打扰人家，二是怕被人瞧不起，这其实是所有弱者自尊心理的自卑式呈现。更多的时候，因为能耐不够，农民将内在的尊严和叛逆，自行压抑了，消解了。他们无力获取别人的尊重，越发自己尊重自己，苦宝就是这类农民的代表。苦宝没了父亲，从小娘俩相依为命，却被队长克山乘人之危，霸占他娘多年。小小的苦宝买来闹药，暗暗地、不断地把克山家的鸡闹死；幻想着长大后能向队长克山决斗复仇，打得他落花流水。办不到，便买来老鼠药下进茶壶，可惜反而毒死了母亲。没有法律意识的苦宝维护尊严的反抗虽然失败了，但那是高贵者对恶棍的精神惩罚，是平凡的农民自我人格的捍卫，是对践踏他人尊严的恶人的致命反击。

渔鼓庙的农民虽然贫困、艰难、实在，却也不失理想。尽管他们的理想有时近乎幻想，还是矢志不渝地厮守着，追求着，虔诚、执着、坚定不移，毕生不灭。刀把虽然还欠三万多元的债，墙壁上挂的却尽是世界著名油画家的油画印刷作品。在物欲横流的年月，在极端贫困的农村，刀把想当画家的理想和崇拜美的行为无疑具有莲花般的品格，但也有点突兀、滑稽。可是，"如果农民在物质和精神上同步发展，达到一种协调，那就不会产生这样的突兀感和滑稽感了"。进而言之，作家如果不深知农民，决然没有这样的笔墨；如果对农民没有真挚的爱恋，也不会有如此深沉的喟叹。

没有实现理想并不等于放弃理想。雪妹子最终固然割腕自杀了，但她临死前，从容不迫地选择了与天边相连的向日葵园地，死也要死在时刻朝向太阳和光明的地方！她"置身在无边无际的向日葵丛中"，把一盘最大的向日葵放在脸边，眼睛望着纯净的蓝天，口中轻轻地喊着恋人"二哥"，诗意地、安详地飞离了人间。这样自洁自爱的灵魂和肉体，这样生死不渝的追求，难道还不高贵吗？

三、嘻哈文风与乐园图式

火鲤鱼这个象征幸福的意象贯穿小说的始终，表明作家一直在努力为农民记录幸福。只可惜农民的幸福实在太少，想记录幸福，却"并没有多少的美好和幸福，能够让我记录下来"。（《火鲤鱼·后记》，p. 365）姜贻斌的创作心态始终处于事与愿违的矛盾和无可奈何之中。正是出于无法解脱的矛盾和无奈，迫使作家采取了故作轻松的书写策略，"在写作中，我是很放松的，甚至有一点随意性"，（同上）这就形成了小说的嘻哈文风。这种文风，有宽松、轻快、随意、幽默、讽刺等多种意思。"嘻哈"一词乃主持人彼此口水战的术语，两个主持人尽力争取观众的喜爱，采用令观众兴奋的各种形式的语气腔调和饶舌的技巧，挖苦对方，降低对手的激情，鼓动人群拥护自己。作为一种文化手段，最早由非洲原始部落传出，继而在纽约的非裔及拉丁裔青年之间兴起，迅速发展壮大，席卷全球，亦在中国热传。《火鲤鱼》的语言风格非常明显，看到昔日风姿迷人的雷公山今日已光秃秃，"忽然，我想起躺在省博物馆里的女尸"。两者联系若有若无，转折急骤，颇含智慧与意趣。"你说我能生气吗?""你说我不能生气吗?"（《火鲤鱼》，p. 249）前后否定的两句话紧紧对接，就像两个人在斗嘴皮子。有好几处地方，姜贻斌干脆采用单词成句，逐行加字、等级上升、直排成阵的结构主义方式，多的一处达 12 行之多。这种带有很大随意性与讥讽意味的语言、语式，比较清楚地体现了他那嘻哈文风的特色。

与嘻哈文风紧密相连的是乐园式的叙事方式。渔鼓庙的农民生活在解放后的新中国，但是自然即快乐、平淡是福的传统观念支配着他们的思想，"辛苦讨得快乐呷"，他们往往生活在心造的极为简单的乐园中。"乐园"一词来源于《圣经》里亚当夏娃居住的伊甸园。那里地上撒满金子、珍珠、红玛瑙，开满各种奇花异卉，树木丰茂，食物丰足，河水淙淙，滋润大地。又叫湾泥的渔鼓庙，虽是乡村陋地，但那里开了矿，农工共处，当然是人们生活的快乐场所。小说所写虽是苦难的人群，实写的却是孩提时代的生活，以及兄弟回访儿时朋友的快乐时刻。这是作家乐园图式叙事的现实依据与情感保证。到了那里，连"我们"兄弟父母的笑声都"像一柱调皮的炊烟"，"我竟然看不到一丝苦难"。他们的快乐是从苦难的内核中生长出来的。沉重的快乐才是构成小说嘻哈文风的根本要素。因此，《火鲤鱼》的嘻哈文风明显地烙上了黑色幽默的印迹。

农民的局部快乐与作家的嘻哈文风就这样构成了小说的乐园图式。这里的乐园图式，不单指那一代农民的生存态度，还包括作家姜贻斌的叙事方式。哪怕是再苦难、凄清的人事，在姜贻斌那里都用故作轻松的笔墨或玩笑的语气说出来，微笑中含着血泪，文字里略带黑色幽默的残酷。乐伢子分明是毕生无笑容，抑郁而死，可"我"对着他的遗像时，分明看到了他灿烂的笑，不但"我"看见了，他的遗孀也非常兴奋地看见了，止不住说："假如他活着的时候能有这样的笑，该是多么好啊。"用夸张的方式，以生者对死者的幻想之笑，反衬其生前的绝无笑颜，轻松的表面背负着沉重的十字架。全书每个章节的滑稽式述说，全是第一人称，没有三人称，呈现出平面化、格式化的图片连缀的结构特征，由此便形成一种"沉重的快乐"的叙事"模式"，我们把这种模式称之为"乐园图式"。

四、中国末代传统农民形象的历史浮雕

《火鲤鱼》写的是与共和国基本同龄的一代传统农民。这一代农民，也不是个个纯洁如兰花，温顺如绵羊，还有如车把这样的杀人犯，但那毕竟只是一个特例，不伤害这一代农民的整体形象。在农耕文化没有根本改变之前，三国、苦宝这一种类型的农民，简陋的人生不会根本改变，他们生

存的乐园图式也不会大增色。即便是当年的梁生宝，柳青在《创业史》第三部要安排他出国考察，可真实的模特儿王家斌，过苦日子时却真真切切地在外讨米逃荒，仍然是货真价实的旧式农民一个。姜贻斌笔下的这些农民，与王家斌略有不同的是，他们身上没有政治痕迹，也少体制标志，没有阶级差异，只有贫困的生活和无奈的挣扎；他们与日益融入城市文明的现代农民更加不同，没有"潇洒走一回"的欲望和经历，没有相对富裕的物质生活与丰富的精神生活，在古老农耕文化规范下，他们那简陋的人生与貌似快乐的乐园式的生活情景，概括了末代传统农民的整体形象。

　　时代努力向前，新文化总要代替旧文化。李杭育 1983 年曾创作小说《最后一个渔佬儿》，为葛川江边行将消失的宁静和谐的民俗民风和文化形态谱写了一曲"挽歌"，批评了时代的落伍者。塞万提斯 1612 年出版了《堂吉诃德》，辛辣地讽刺了最后一名骑士，从此终结了腐朽落后的西方骑士制度，这部小说便也成了西班牙语文学的顶峰。姜贻斌笔下三国、苦宝代表的这一代农民，曾处于浓厚的农耕文化包围中，但现代科学文化和人文精神，必将淘汰并取代古老农耕文化，荡尽农耕文化中所有的落后因子，且具有不返性。因此，渔鼓庙的这一代传统农民，将是中国最后一代旧式农民，从此以后再也不会出产这一类农民了。姜贻斌没有批评，而是充满同情与敬意地描写他们，为他们在历史上留下一种真实的不加修饰的平面化记录，一种人生的借鉴。平面化叙事得到的是扁平形象而不是圆形形象。圆形形象走向典型化，扁平形象走向类型化。类型的集合构成原型，《火鲤鱼》塑造的渔鼓庙农民群像，叠合在一起，将成为中国最后一代传统农民的艺术原型存留于世。它历久弥坚，可望演化为中国末代传统农民原型的活化石。

（2013 年 9 月于长沙市芙蓉区巴黎香榭）

（原载于《湖南工业大学学报》2015 年第 3 期）

推向灵魂拷问的新阶段

——读闫真的《沧浪之水》

闫真（1957 年生）一个擅长写社会转型期知识分子困境和命运抉择的小说家，湖南长沙人，由湖南师范大学文学院调任中南大学，后兼任湖南省作家协会副主席。长篇小说《曾在天涯》写留学生的生存困境与精神突围，《沧浪之水》写消费时代社会精英精神坚守的困窘与苦闷，《因为女人》写商业社会女知识分子无法走出陷阱的命定悲剧。《沧浪之水》（2001 年 10 月，人民文学出版社）为其代表作。书名沿自屈原的《渔父》。水清，象征着知识分子的精神坚守；水浊，象征着知识分子精神的放弃与堕落。中国有所谓诲淫、诲盗的书，却没有一部诲浊的书，表面看来这是一部"诲浊"的书，实际上，小说通过池大为的精神历程与历史宿命，显示了崇尚消费与权利至上条件下当代知识分子的两难选择，概括了一个时代知识分子精神溃败的整个过程。这是一部拷问知识分子灵魂的大书。

市场经济是现代社会发展的杠杆，也是一种社会体制和经济结构，还是一种意识形态。利润最大化，承认欲望的道德合理性，是消费社会的基本特征。消费社会的消费不只是生存需要，许多需要是比阔气、比身份、比气魄创造出来的需要，物质有了更多的精神附加值。女的用法国香水，穿貂皮大衣，带钻石戒指，男的系鳄鱼皮带，开皇冠汽车，多是为了显摆。我国政府"拉动内需，增加消费，发展生产"的政策也由此显出成效。关于市场经济下这种消费社会的特征和运行模式，西方社会学家皮埃尔·布尔迪厄说："以诱惑取代镇压，以公共关系取代警察，以广告取代权威，以创造出来的要求取代强制性规范，人的本能欲望和快乐原则获得了某种道德合理性。"这就是现代消费社会游戏规则。我国通行两种所有制，"说你行，你就行，不行也行；说你不行，你就不行，行也不行"，它带来了消费社会的第三个特征：权力认定。这三大特征与知识分子精神产生不可调和的矛盾。知识分子坚持立德、立功、立言三不朽的人生理想和民重君轻的价值观念，关注和担当国家民族兴衰之大任，忧国忧民的天下千秋情怀如何容得下唯利是图的利润最大化？中国文化的精髓从根本上讲，是对精神力量的崇拜，知识分子是文化的楷模，是民族、国家精神境界的标志，是精神家园的固守者，"内修身，外修业"的精神操守，与承认欲望的道德合理性完全背道而驰！权力认定与知识分子我行我素、人格尊严更是水火不容！——这三大矛盾，乃是时代的新矛盾。在这种精神背景和时代矛盾中，池大为将何去何从呢？

池大为的精神坚守导致了他的生存危机。他先是连续失去三个恋人，继而失去了在卫生厅的优越位置，去中医学会当秘书，板凳一坐七年冷。最后失去了起码的生存条件：儿子进不了好幼儿园，爱人调不到离自己近的单位，三代人蜗居一室，儿子被开水烫伤，住不起医院，岳母做生日，送不起礼，处处做不起人。而他最瞧不起的"狗人"丁小槐拍马溜须，看领导眼色行事，已当上了副处长，不但住了三室一厅的房子，还出则车舆，入则美食。在一系列打击下，池大为最终下定决心改弦易辙，"发誓要重新做人"，把过去的自己杀死。但这是何等屈辱，何等痛苦的事啊！拜丁小槐的码头，花血本像做贼一样偷偷地给马厅长送礼。为了赢得自尊，首先必须放弃自尊，以柔弱无骨的姿态进入那个弯曲的空间。精神放弃获得了生存惬意，彻底小人化后，池大为渐入佳境，科长、副处长、博士、处长、副厅长、厅长，扶摇直上，最终连马厅长也栽在他的手里。

权力与利益的获得并不能免除精神沦落中的痛苦。作品这样写道："我四肢着地爬了几步，昂着头把牙齿呲了出来，嗑得直响，又把舌头伸出来，垂着在心里汪汪地叫了几声。"充分反映了消费时代知识分子精神换位的被迫、无奈与苦不堪言！

知识分子的精神崩溃不是池大为一个人，而是全线崩溃。舒少华拉他炮打马厅长，在告状信上签名，他狠下心来在第一时间里跑到马厅长家里告密，哪知自己已经排到第三位了。他参加的北京中医学院校友会包括他的女朋友许小曼在内，文化精英通通变得庸俗不堪，好朋友胡一兵改行做了生意，刘跃进的妻子跟了别人坐上了宝马车；晏之鹤一辈子当科员，最后是悔之晚矣。尼采说上帝死了，池大为说孔子死了——都是同一个意思：旧的原则崩溃了，知识分子精神沦落了！知识分子的精神沦落，池大为其实是很不情愿的。他当上厅长以后，努力进行道德回归，但也仅此而已。作品结尾他在坟前烧化《中国历代文人素描》时，山下传来了"池厅长"的呼叫声，喻示了他向知识分子精神的彻底告别，标志着过去的池大为已经彻底死亡。池大为是一个被迫丢弃传统知识分子精神道德、灵魂沉沦的小人，同时也是一个审时度势、识时务的个人主义英雄。他的身上集中了中国社会转型期整个时代的苦闷，体现了世纪末知识分子面对市场经济，在精神换位时的心理严重失衡与痛苦。因此，池大为是世纪之交中国知识分子精神溃败的典型。

《沧浪之水》艺术上最大的特点，是心理分析与细节描写相结合，这也正是本书极为精彩的原因。知识分子的一个特点就是：行动总是以思想为指南，不管干什么、不干什么，都要先从理论上找出依据，用理论来说服自己。池大为就是这样一个理论先行，行动后至的知识分子。他之所以学着狗一样的爬行，因为"最深刻的思索也改变不了最简单的事实"，最简单的事实有着最深刻的内涵。不少议论很有思想深度和哲理色彩，小说的语言朴素而又深刻。比如，精神与权力不可能对话，生存是硬道理，精神与物质不可同日而语，形式比内容更有内容，等等。这就决定了作品中的人物的心语大量出现，人物的行为总是受一种双重的理论制约，去掉这些文字就去掉了作品的精神厚度与人物的立体感。

《沧浪之水》有着历史的巨大概括力，但也有着时代的局限性，对市场经济下人心向上的一面估计不充分。作者在谈沧浪之水中写到："在市场经济的高歌猛进中，我看了一种无处不在的逆向过程，一种遮遮掩掩甚至无需遮掩的溃败，这种溃败在每一个角落发生。一方面是责任、人格、心灵的理由和信仰的渴望；一方面是功利、名望、生存的需要和虚无主义。中国当代知识分子面临着巨大的价值悖论。对我个人而言，我没有什么乐观主义，我无法抑制内心的悲凉。""我理解笔下的每一个人物，他们都有非如此不可的充分理由。"① 深一层看，社会总是在向着更加文明的方向发展。什么是文明？文明就是对人的机心与戾气的不返性开发。"机心"就是没有原则的投机取巧之心，它的反面是诚信；"戾气"就是野蛮与凶残的动物本性，它的反面是温情。市场经济的过程，也是人性的两大基本弱点（戾气

---

① 阎真：《时代语境中的知识分子——说说〈沧浪之水〉》，《理论与创作》2004 年第 1 期。

与机心）在反复磨砺中逐步丢失的过程。小说中的池大为恰恰就是机心太过、正气不足，整个社会环境也略显灰暗。尽管如此，《沧浪之水》通过池大为精神坚守到精神溃败的描写，反映了一个时代里，知识分子在道德与欲望之间滑行的矛盾和自我麻醉的精神痛苦，体现了作者因社会人文精神沦丧无法拯救的悲凉、无奈，因新的人文理想无从建立而颓唐不安的悲剧情怀。

据齐格蒙·鲍曼的研究，知识分子一词是 20 世纪初创造出来的，目的是重新恢复知识分子在启蒙时代的社会核心地位。他们以文化为手段，利用自己知名度高、影响大的优势，引导国民思想，塑造政治领袖，干预政治进程，并把这种"软政治"作为他们的道德责任和权利手段，就此确立了自己在社会生活中的重要地位。萨义德在《知识分子》一书中说："这里存在着一个危险：知识分子的风姿或形象可能消失于一大堆细枝末节中，而沦为只是社会潮流中的另一个专业人士或人物。"[1] 所以他坚持主张知识分子是社会中具有特定公共角色的个人，不能只化为面孔模糊的专业人士。作为一种精神品牌，"士为知己者死"，知识分子把精神看得比生命还重要。王国维之投湖虽为愚忠，但表现了他重信仰、重精神的生活态度。

知识分子精神表现为忧患意识、天下情怀、担当精神、人格尊严四个方面。知识分子具有最清醒的头脑，却最没有掌控事变的能力，因而处境非常尴尬：心高位低，有责无权，清身处浊，常导致知识分子"生不逢时"的失意心理与遗憾境遇。马上得天下的新政权初期的知识分子，从秦始皇、刘邦到朱明皇朝的重文抑武，知识分子实际上都不被重视，甚至遭遇歧视。秦始皇的焚书坑儒，刘邦拿知识分子的帽子拉尿，当代"四人帮"打倒反动学术权威，都表明了知识分子处境的艰难。这便带来了知识分子的双重人格和无所作为。

知识分子尤其是文人，往往自视甚高，实际社会地位却很低；嶙嶙傲骨却行为猥琐；先知先觉而于俗务世事一窍不通；人格独立，有时不能不依附权贵。杜甫之于严武，杨度之于袁世凯，章太炎晚年"伴黑"，为杜月笙撰写家谱；康有为 1000 元大洋给吴佩孚写 50 大寿贺联，无不显示出双重人格。他们需要别人尊重，却不知道怎样尊重别人，常常逞才弄墨，尖酸刻薄。

---

① 萨义德：《知识分子》，生活·读书·新知三联书店，2002 年版，第 16 页。

文人知识分子眼光高，思想新，崇尚精神自由，在实际生活中，往往与当局不合作，或为持不同政见者，或为隐士，或为帮忙、帮闲，直至帮凶，实际生活很不自由，失意是他们的历史宿命。文人知识分子的上述种种特征，中国知识分子小说作了最好的注脚。由于知识分子属于小资范畴，新文学中很少充当文学作品的主人公，中华人民共和国成立后的知识分子小说几乎绝迹，它的兴盛，在新文学的前三十年和上个世纪80年代以后。纵观中国文学中的知识分子小说，大约已有三大类型：一是以《儒林外史》为发端，不遗余力地讽刺、挖苦知识分子的小气、寒酸、虚伪；二是全面细致地展示知识分子弱点，如潦倒型的孔乙己，沉沦型的"我"，世俗型的方鸿渐，官僚型的华威先生，放浪型的庄之蝶，无所作为的蒋氏三兄弟，被侮辱、被损害型的章永麟，等等，从灵魂拷问的角度写他们的少，从生活展览层面写来的占绝大多数。奋斗型的除《青春之歌》《人到中年》的主人公之外，还有《杨度》——近代历史上不识时务的杨度，一辈子碰壁。这些人物，文学书写还不到位，如学究王国维在民主、科学的前夜，还坚持封建帝王体制，自杀以谢皇恩，尚无人问津。阎真发现并书写了第四类：与王国维相反，不是坚守，而是放弃知识分子的精神操守，不得已精神大沦陷。作者抓住当今知识分子所处的时代矛盾，透过他们的生活表象，直面生活，大胆地从原工作过的单位中撷取素材和细节，深入到人物的内心深处，将知识分子小说推向灵魂拷问的新阶段。

奋斗型知识分子应是最大的群体，写这些爱国、爱民、爱家、爱事业的奋斗者、担当者的小说，《青春之歌》《人到中年》只是开了个头，但远远不够。现代历史上的蔡元培、梅贻琦等一大批大学教授与校长，当代有不惜以毕生前途为代价坚持真理、坚持独立人格的胡风、陈寅恪，更有不惜牺牲生命也在为国家发展科学事业的两弹一星元勋，还有坚持真理牺牲生命的张志新，现实生活中还有90高龄，至今尚滚在泥巴田里，立志解除人类饥饿问题的农神袁隆平……他们才是中国知识分子的脊梁和模范，知识分子精神的真正代表。他们当是值得广大作家，以最大的热情去崇拜、去书写的伟大的对象。

（2008年5月于怀化）

（节选自《现代中国文学教程》，高等教育出版社2011年版）

常态人生下官员的进退沉浮

——评肖仁福的机关小说创作

正当盛年的肖仁福长期做机关工作，80年代开始创作，以《官运》崛起文坛，后有《位置》和2009年长达百余万字的三卷本《仕途》等畅销小说面世，持续走红。前后六部长篇小说，《官运》写"官"，《位置》写"吏"，《仕途》写"僚"，《心腹》写"仆"，《待遇》写"退"，《意图》写官民之争，其余《局长红人》《脸色》等多部中短篇小说集，共500多万字，叙事目标全都指向机关，正面表现各级官员在常态人生下人生进退和命运沉浮，具有与众不同的鲜明个性。与张平、王跃文、陆天明、周梅森等一起，被誉为"当代官场文学五虎将"，加上李佩甫，合称"当代官场小说六大家"。

肖仁福惯于用平常心看机关和机关里的官员，这也是他机关小说创作的基点。现代社会用机关指称官场颇有意味。机关本意指整个机械的关键部分，牵一发而动全局，以极轻柔的发力引发出最强烈的后果。党政机构掌控一切资源与劳动成果的分配，拥有无比巨大的威力。作为国家机器的零部件，以机关命名，恰到好处。不是每个人都能进机关做官的，作为一种修养、身份和管理者、领导者，智商、情商、德性、体魄，都比常人高，优秀者方可为之，越是职位高的官，越是人中之龙，越有过人之处。但肖仁福从不因此而仰视官员。他认为，仰视会高化对象，矮化自己；俯视会矮化对象，高化自己，都会使生活严重变形。用平视的眼光看官场才能抵达真实。官员也是人。鲁迅有言，勇士也战斗，也休息，也饮食，自然也性交。然而今天的官员毕竟与建国初的南下干部和工农干部不同，当今官员文化程度高，观念开放，雄心勃勃。时下正处于社会的重大变革时期，农耕文明向工业文明转型，信息时代倏然而至，官员在为官处事上必然表现出特定的时代风貌。一味写官场阴暗，将官员妖魔化，以为官场只有腐败，不对；将官场写得十分神圣、庄严，忽视了其中非理性因素，也不妥。中国官场小说家对官员，历来是有成见的。《官场现形记》《二十年目睹之怪现状》对官员的讽刺，具有较强的社会认知功能和文体解放作用，但也表现出在野知识分子与庙堂知识分子的普遍矛盾，不排除有些没有做成大官的知识分子有忌妒心理，用小说作曲折的发泄。鲁迅也不甚赞同《官场现形记》《二十年目睹之怪现状》，说"臆想"成分太多，胡适评价说它们写大官不像，夸张讽刺失于分寸，写小吏神情毕现。

正确看待人的欲望，这是肖仁福机关小说创作的前提。欲望，正常人都有，人人都追求生存的惬意，丘吉尔有经验，有坐不站，有躺不坐。恩格斯把人的欲望追求统称为恶，但这个恶，却是社会发展的杠杆和动力。马斯洛把人的需求（欲望的别称）分为五大类型，一一肯定。可以说人在某种程度上即欲望的化身。今天商品经济时代，交换原则至上，关心自己合理合法，人的欲望满足便获得了道德合理性。英国著名经济学家和伦理学家亚当·斯密曾说："毫无疑问，每个人生来首先是主要关心自己；而且，因为他比任何其他人都更适合关心自己，所以他如果这样做的话是恰当和正确的。因此每个人更加深切地关心同自己直接有关的、而不是对任何其他人有关的事情。"① 在这一理论的推动下，刺激欲望，扩大消费，拉动内需，成了发展中国家发展经济的国策。人类进入文明社会以来，对待欲望的态度大体分为禁与纵两种。"存天理，灭人欲"的禁欲主义早已被唾弃，但纵欲主义主张无休止地行乐，也不科学。对于欲望的放纵与收敛，关键是把握对象、分清场合、掌握分寸。作者说："我能做的是从人性角度，将行走于官场内外的芸芸众生行诸笔下，真实且充分地展现他们的欲求。欲望既然是行动的原动力，欲求本身没有一点错。权欲的存在，让人乐于管理公共事务；物欲的存在，让人乐于生产物质财富；性欲的存在，让人得尝爱情美果，让生命生生不息。"② 这样处理作品中人物的行止，是他机关小说成功的基础。

肖仁福虽也向往"好官主义"，但基于对官员的人性表达，他的机关小说扬弃了清官与贪官、好人与坏人的二元对立模式，确立了行为适当者和

---

① ［英］亚当·斯密：《道德情操论》，商务印书馆 1998 年版，第 101－102 页。
② 肖仁福：《仕途》（卷一），湖南文艺出版社 2009 年版，第 351 页。

行为失当者的新模式。中国长期以来的专制政治体制，人们把国富民强的希望都寄托在圣君贤相身上，痛恨暴君、奸臣、贪官，期望忠臣、清官出世。圣君廉官秉政，世道清平，国人由此形成了"包丞相与陈世美（贪恋荣华富贵）"、"秦桧与岳飞"、"于成龙与和珅"（贪财）一类忠与奸、廉与贪的二元对立思维模式。这也决定了近二十年来官场小说的基本构形是贪官与清官、好人与坏人、腐败与反腐败的对立。商品经济时代，生存的物质条件极大优化，各种欲望的诱惑、竞争的加剧带来精神情绪的紧张，人都变得复杂、多面，有时连自己都难以把握自己了。而且，市场经济形态改变了人们的生产生活方式，同时也改变了人们的价值观念，是非标准也相应发生变化。无论是现实中或模仿现实的小说里，一个官员，不是简单的好与坏就能概括得了的，更不能用忠、奸、廉、贪中的一个字盖棺定论。清官与贪官，好人与坏人，有为者与腐败有时在同一个人的身上先后出现。这种以道德评价为基准的二元对立构形在肖仁福小说中彻底解体了。官员有食欲、色欲、权势欲，追求三大欲望的满足，无可厚非，区别在于追求的手段、幅度、后果恰不恰当。肖仁福特别推崇亚当·斯密的行为适当论，认为官员的行为没有绝对的对与错之分，只有适当与不适当之别，以情商和智商为参照的"适当与失当"的行为评判，成为他小说新的裁决方式和裁决标准。把握好行为的适当性，离成功便不再遥远，否则只能出局。《仕途》中的乔不群谋权用权行为比较适当，最后获得成功，职位升迁，人格完善；蔡润身因谋权用权行为失当，虽到了高位，也出过一定政绩，最后却身败名裂，人格也严重扭曲。作者客观地写出了真实复杂的机关人生，人称"机关小说创作第一人"。

正面描写知识分子如何当官，是肖仁福机关小说的写作重心和优势。作者长期在教育、财政、政府、党群等党政部门工作，对很多机关人事、官场潜规则烂熟于心，为他的机关小说创作提供了不尽的源泉。肖仁福总是直面机关，把每一个官员直接摆进他所处的职场中，正面展开一个官员的生命之旅，正面描写他们如何处理中心工作和日常生活中各种人事矛盾、实际问题，如何在上级、下级、朋友、同僚之间周旋，在对官员日常的"为官""为人""为事"做综合叙事中，展现官员的人生际遇和人情世态，事事与官员自身的升降沉浮、进退得失紧密相连。机关的显性标志是位置，人在机关，位置特别重要。做官，就是谋位、谋权、谋事。"位置"实际上就是无形的权力的物化形式，作者说："人在机关或说官场，不追求位置又追求什么呢？官场中人追求位置没有罪过，天经地义……位置有大有小，有好有差，做上科长，肯定会盯住处长位置，做到处长，自然要盯住局长位置……官场人格就是力争上游，找个理想的好位置，位置太低太差，到了位置比你高的人面前，你的人格都会打折。"① 他的第三部长篇，书名就叫《位置》。由于《位置》抓住了官场这个要害，人们称它为中国现代机关小说第一部，作者的名气从此一路飙升。什么是位置？位置就是权力。什么是权力？权力就是人与人之间支配关系的确立与运用，大而言之有政权，一个阶级对一个阶级的专政，一个政治集团对另一个政治集团的统治；小而言之，只要有两个人出现的场合，就存在着一个谁支配谁，谁听谁的话的问题，这就是权力。细写官员的谋权用权、权力活动或权力斗争，才是机关小说的当行本色，也是肖仁福被誉为"21 世纪中国机关小说第一人"的真正原因。小说通过那个有形的物化的位置，展开对无形权力的叙述和剖析。除长篇小说之外，他中篇小说里的官员，《裸体工资》和《空转》里的何铁夫，《支教》里的陈东，《背景》里的秦时月，《一票否决》里的周正泉，《闲人》里的孟不觉，等等，主人公都是处于权力核心或围绕在权力周围的机关人物，他们的人生旅程随权力的大小、得失而起伏沉浮，他们在权力得失面前五味杂陈的生命体验，不能不令人心动神移。

作者之所以能合情合理、实实在在地写活了官员的仕途命运，是他在大胆地肯定知识分子当官的人生选择的同时，还能有分寸地表现官场作派和官场潜规则。肖仁福不是站在儒家权力崇拜和官本位的立场，而是站在人生价值自我实现的立场上，客观地审视官员这一特定职业，承认当官是大化人生，实现个人价值的最有效的方式，显得比较理性。适当书写官场潜规则，使他的机关小说气韵生动。《仕途》中桃林市为办桃花节招商引资，市委书记亲自带领市委、政府一班人马现场劳动，还要拍视频，可是市委书记裤裆扣子未扣。为了维护领导形象，又不伤大雅，必须提醒书记扣好裤裆。副书记、市长、副市长、秘书等在场所有官员调动了一切可利用的因素，发挥了可能发挥的最高智慧，本来半句话可解决的事，费了近半个小时口舌，通过种种暗示，才让书记领悟。这就是官场潜规矩！每个

---

① 聂茂、肖仁福：《民间立场的书写理由》，《芙蓉》2007 年第 3 期。

机关小说家都注意到了写官场做派和官场潜规则，但在表现的真假、粗细与体验的深浅上大有差别。官场潜规则是只在官场适用，违背必将惹大祸的细节规矩。而且它只能做，不能说，便带有几分玄妙色彩而成为"官场真经"。无数的官场真经与官场人事合起来就等于官场百科全书了。

肖仁福不是只写官不写民，他机关小说中的"官"与"民"是相互依存的，不写民，则无从表现官。肖仁福善于从官民关系中写官，写社会。2006 年出版的长篇小说《意图》，从一个小小幼儿园的改制入手，通过以园长卓小梅为代表的弱势群体，与以市委书记魏德正为代表的强势官员之间的矛盾冲突，描写了民与官，弱与强，小与大，贫与富几股力量的抗衡，结果是，卓小梅"该失去的失去了，不该失去的也失去了"，凸显了当代社会下草根阶层的生存困境。肖仁福所做的就是通过对这几股力量的叙述，给读者呈现一幅复杂的世态图，供人思考。但在小说的最后，卓小梅的儿子亲热地喊了一声"妈妈！"，给卓小梅和读者一丝暖意，这是作家的慈悲情怀，想让这声妈妈唤回人们心底的希望。《意图》的出版，让肖仁福在读者中赢得了"中国良知作家"的美誉。

肖仁福的机关小说不造作，不靠掀天巨浪，人为地激化矛盾来生成魅力，也不靠机巧，不靠特殊的片段或奇人异事做文章。若是剑走偏锋、惊世骇俗，又讨巧，又卖乖，也省事，但就厚重而论，却输于正面描写社会、人生、历史和机关的种种小说了。从日常生活和工作中写人，表现官员的常态人生，增加了不小的创作难度。因为常态人生大家都熟悉，作不得伪，来不得虚，更接近生活的本相。平淡是真，平常是实，肖仁福的作品从平淡里酝酿出浓郁，有"一种不同于整个时代浮躁氛围的从容和淡泊"，呈现出含蓄洗练、冲淡沉着的官场小说的特有风采。

（2008 年于怀化）

（原载于《芙蓉》2011 年第 1 期）

襟怀高洁气势宏

——读舟挥帆先生的《襟怀集》

在物欲横行、利益最大化的市场经济下，舟挥帆先生仍心心念念地追求襟怀，将自己较长一段时间的精品集结，冠以《襟怀集》之名面世，难能可贵。凭此，我对集子中的每一个字，连同注释都细细品味了。我不想旁征博引名人大师如何说道襟怀；在网络发达、知识爆炸的年头，找出某些言辞，装饰一下文章并不难，难的是从作品本身出发，演绎出恰如其分的材料与观点，论定其得失。换言之，古人的"以杜解杜"，虽是最笨拙、最原始的方法，却也是最本分、最可信的评说方法。

挥帆先生创作，不慕金钱不慕名，"富贵生来犹小事，惟将心曲献苍生"。（《创作抒怀》）一个时刻为人民写作的诗人，襟怀高洁，自非虚言。从年轻到年老，他的每一首诗，皆因时因事因情而发，没有一首为名利计，为稻粱谋。"涂鸦岂为求金玉，老悖甘为孺子牛"［《癸未杂诗（三）》］，道出了他毕生高贵的创作动机。大胸襟必有大气魄，他的诗直指得失、直奔堂奥、直捣灵府，深沉大气。且看论"风骚""汉魏""唐宋""明清""近现代"五首诗吧，每一个时段，仅用 28 个字论定，却相当透彻。说"风骚""多寄寓""见真操"；评"汉魏""意纵横""轻浮少"；论"唐宋""李杜苏辛""瑰奇浩瀚"；言"明清""破旧""翻新"；赞"近现代""创新风""抒社稷情"。皆一语中的，字字千钧，磅礴大气，鞭辟入里，显示出卓绝的概括力。

诗人崇尚经典，打造经典。八年前，诗人访问革命圣地延安，创作了《访延安——纪念红军长征胜利抵达陕北八十周年》的长诗，内容丰富，篇幅远超伟大现实主义诗人白乐天经典长篇抒情诗，被誉为规模破纪录的长篇抒情诗。作品在强烈的抒情中，结合宏大叙事，情景交融，被诗界重视。五年前，诗人有机会杖履锦绣江山，参观黄果树瀑布，创作出描绘黄果树绝景的长诗《黄果树瀑布》，被诗家赞赏填补了描绘黄果树瀑布绝景的长诗空白。尤其可喜的是，在艺术上堪称情景交融的典范。以上两首诗皆被收入多种文学典籍。

诗人对历史上名家的作品也能认真检阅。如对杜甫五律《春日忆李白》第三句第四字，结句第四字，平仄失谐，舟挥帆先生撰诗曰："仄作平来平亦假，圣贤亦有一时瑕。"（《读杜甫〈春日忆李白〉》）并不为尊者讳。又如对钱钟书批评陆游的诗词"多文为富，而意境实鲜变化"，诗人精读陆放翁的诗，深感雄壮清奇，自成风格，认为钱老的批评，近乎苛刻。他进而作诗赞陆游："高吟皆自心中出，仿似灵均泽畔来。"可见其对钱钟书的批评见解深，底气足，众心服。

即使对现代领袖人物的赞颂和描写，他也不卑不亢。如挽邓小平联，他先用"孤胆孤心"突出其心理特征，再用"大起大落""白猫黑猫""姓资姓社"三个短语，进一步框定邓公的人生特点，最后给邓小平同志以政治的、历史的定位——"拨乱反正之伟人"，没给别样的赞颂。正可谓特点鲜明，褒贬有度，定位准确，经得住历史的检验。这类诗赋和文章，绝非有真才实学，无私无畏且有真眼光者不能为也。

心灵高洁者，必襟怀坦荡。所谓"小人常戚戚，君子坦荡荡"是也。诗人的《海恋——献与心爱的祖国》，写于 1979 年新时期的开端，名重一时。诗人预感中国百年复兴即将到来，身心雀跃，满怀激情，不能自己。就像中华人民共和国成立伊始，胡风的新诗《时间开始了》一样，《海恋》是一首划时代的歌颂祖国复兴的诗："你容纳百川而兼收并蓄，有着无可伦比的坦荡胸怀。你奔流不息，而柔情无限，每个极小的体积都有生命的存在。"这自由、浩瀚、坚韧、伟大的复兴之海，是诗人坦荡、沸腾心海的写真。有了这等心境，看一切都另生新意，更上层楼。再如《建国 50 周年抒怀》："千秋巨愿惟一统，东望天际是台澎。"忧国之情跃然纸上，有杜诗的沉郁之风，那些崇尚私情的杯水风波者何能望其项背。

又如写长沙烈士公园红军渡："碧水泱泱一渡存，连天炮火久犹闻。将军苦战轻生死，永仰楷模启后昆。"全诗 28 个字，融事境、诗情、省悟于一体，承前启后，含蕴深远。

在此种襟怀下看自身，写《给自己》："本是宇宙间的一棵小草，不肯离开大地的怀抱，为着感谢雨露和阳光，甘愿把奉献当作回报。"一生奋斗，只顾付出，不计回报，这是什么精神？典型的奉献精神，牺牲精神。由此，"艰难岁月去无闻，半世甘甜刻在心"，"书生八秩何言老，犹有热肠报复兴。"

《八秩抒怀》体现了诗人和同代精英的共同特点：奋进、奉献、谦恭。诗人年迫八十时，《燃火集》出版，国家宣传及文艺界领导贺敬之、蒋建国前后来信或题词祝贺，诗人满怀敬意，皆以诗一一作答。后来全书内容被世界教科文详载，时任外交部长的李肇星阁下致信祝贺，诗人很是兴奋，又以诗回奉，诗云："名阁本色是方家，似火诗心胜彩霞。寄语潇湘焉有价？层楼敢上再涂鸦。"颂李肇星阁下，亦是自己心语。诗中百尺竿头更进一步之心态，哪像八十老翁？自强不息，精进不已，实乃少年心境。公之怀抱，永葆青春，透彻澄明，修己安人，乃永承慈训所致。《谒母亲墓》诗："看儿双鬓满尘，仍在学做一个大写的人。而今远足千里，再来你跟前吸取力量，温习你的叮咛。"看，在母亲跟前，诗人永远是孝子，多么温顺，多么虔诚，多么孝敬！凡涉及小家私情，诗人确实柔情似水，且看他上世纪60年代末至70年代初夫妻离乱分居时的《酷相思》吧："月挂窗前犹未寝，夜深处，掬空枕。""春到也、思难尽，秋到也、思难尽。"两地离情最难挺，唯有心相印。文人多情的本色，此诗一览无余。倘若就此断定诗人柔性时有，那就片面了。他的天性，犹如他所学十八年的琅琊宝剑，"虎啸龙吟惊四众，英风豪气出天然"（《宝剑行》）。舟先生一介文人，平日笑容可掬，文质彬彬，谦逊亲切，其实，"似柔还刚随心出，刚柔相济巧攻守"，外柔内刚，绵里藏针。他平生好习十八般拳剑，2017年东亚影碟公司拍摄制作《舟挥帆十八般拳剑》高清光盘面世。虎胆剑心在诗中常常表现得豪迈放达，疾恶如仇，眼里容不得一粒砂子。

爱憎分明、批判意识是他襟怀的又一个显著特征。文学的功能是美与刺，"刺"，就是批判。一个缺乏批判精神的作家是缺乏胆识、缺乏责任感的不称职的作家。相对而言，与共和国同步成长的我们这一代，面对欣欣向荣的社会生活，颂歌意识往往高于批判意识，但我们这一代的责任感与正义正直之心与生俱来，又弥补了我们内心深处批判意识不足的弱点。干预生活、扶正压邪、激浊扬清，成了我们这一代作家创作的共性，舟挥帆先生正是这样一位诗人。他多以美好的眼睛观人察世，以美好的情怀知人论世，他的诗尽情赞颂真善美，同时竭力鞭挞假丑恶。殊因世风太不尽如人意，他常忍不住直刺腐败。2003 年，北京颐和园听鹂馆西安分店为 12 名暴富者操办一席价值 36 万 6 千元的"天龙御宴"：主菜满、汉、金，饮食皆极品，餐具全金器。诗人愤慨撰写《斥天龙宴》诗，斥其挥霍无度，古今绝无："名楼特宴古今冠""何怜卅万化灰烟"。贵州原省委书记刘方仁巨额受贿被捕，诗人怒斥其"民多疾苦何曾问，非是公仆是害虫"。广西某地委书记公开卖官，诗人则以诗绘像存照，"里外装神貌岸然"，"惟把乌纱论价钱"，将其永远钉在历史的耻辱柱上。

20 世纪初，文学界自诩的新潮派向鲁迅施放暗箭，贬低鲁迅，攻讦主流文学史的价值裁判，激起诗人极大的愤慨，他怒斥此辈宵小文人，高吟鲁迅"铁笔一支锋似匕，刀丛九死叱风雷"。坚决捍卫鲁迅这位新文化的伟大旗手，决不允许他们信口玷污，写出"大纛何容信口摧"！观其气魄与水平，该诗几可与杜甫的"尔曹身与名俱灭，不废江河万古流"相媲美。这些诗作，锋芒锐利，正气凛然。全书有众多的篇什如此，作品展现了战斗的色彩，显示出诗人斗士的形象。

以诗人的襟怀，来看他对许多后进者的勉励，会产生更深的敬意。他对时下活跃在文坛的省内外许多同侪后辈，都有诗、词、联相赠，那些友朋，笔者不仅认识，大多还颇有交往。诗人在联中誉陈善君，"南楚才俊，评坛精英"；赞罗丹，"英年树大帜，卓著占鳌头"；赠夏义生，"竹高持劲节，树茂冠春华"；祝罗成琰任职中国文联，"翰苑千秋，华夏新章待运筹"……字字在行，句句良言。成琰是湖南第一位文学博士，身正思精学富，回湘十载，后为省文联党组书记，2010 年晋京履新，诗人以诗、联寄意，拳拳之心，令人感佩。成琰系最先从高教界引入文艺界的大咖，曾尊称笔者为先生，自称学生，只可惜他天年不永！今日读舟公诗、联，仍心生疼痛，倍感悲悯，也倍觉诗人识人度人敬人之真诚。

舟挥帆先生的诗，刚劲大气，其诗风，显然属于阳刚一派。无论新体旧体，大都坚持了革命现实主义与革命浪漫主义相结合的创作路径，大都做到了内容与形式的完美统一。如赞颂秋收起义的抒情叙事长诗，用的是陕北民歌信天游的形式，感情真挚，音韵优美，朗朗上口，轻快、轻灵、亲切。《南乡子·题嘉兴南湖烟雨楼》等许多写革命圣地的诗，主题重大、严肃，昔日革命胜利的喜悦，今日征途成就的自豪，这类诗形式灵巧，情绪欢快，韵律优美，举重若轻。诗人的诗，多有警句箴言，如"从来真理多闻谤，有史红尘博议长"（《题广华氏新著〈人性论〉》），从淡定中说出了无可辩驳的真理。

诗人作诗，除了炼意，还像古贤一样，特别注意炼字。如《新访桃花源》"洞溯秦村景最幽"，开篇一个"幽"字，便导引桃花源中幽深、诡异、神秘等诸多特色鱼贯而出。

读诗人的诗，几乎很难挑剔出什么瑕疵。如北京奥运会，中华健儿荣获奥运金牌总数第一，对每位杰出的金牌得主，他都有一首诗礼赞，首首深刻感人，从意境提炼，到遣词造句，每首艺术上毫无相似之处。又如2018年诗人发表篇幅稍长的《车抵娄山关》，意境深远，将缅怀革命前辈，"奋进新征程，拼搏新时代"蕴藏的思想感情，抒发到了极致，而无重复的意境和文字。凡此种种，没有很好的诗学功底是做不来的。有的诗，还显示出诗人丰富的学识。如他的《赞森林之"祖"》，在欣赏诗的同时，也知道树蕨是"茫茫大森林的始祖，是稀有原始森林宝库中最古老的树种"。本人游历新西兰，恰好买了一款树蕨做的笔筒，却不知道它的珍贵价值，读诗人的诗才对它更加珍惜。硬要找点岔子的话，个别诗中，诗人的政治历史观似乎囿于某种传承。《嘲曾国藩》三首，一嘲曾国藩为民谋划少，二嘲曾国藩天津教案媚洋屈膝，三嘲曾国藩埋尸异乡。不言自明，这个认识无疑有点滞后了。

（2020年8月于西湖文化公园）

（原载于《文艺论坛》2021年第5期）

一部大气而具有开拓意义的学术著作

——读沈家庄的《宋词的文化定位》

《宋词的文化定位》（湖南人民出版社，2005）最大的优点在于它的大气和研究个性。搞政治不能有个性，作家、艺术家、理论研究工作者则不能没有个性，文学艺术家和理论家的个性是他的艺术生命、学术生命之所系。中华民族历来是重实践的民族，中国历代学人重理性，也只重工具理性和实践理性；不推崇理论的系统性和理论体系的完备性。因此，古典文学，特别是古典诗词的研究上，重考据、重体验感悟，重单个作家作品阐释的"诗话""词话"多而又多，宏观的、整体的理论研究著作则很少。沈家庄一改古典文学研究的传统作风，从文化风貌入手，去把握整整一个时代的文学——宋代的文学，宋词，这是很有气魄的。应当承认，学有专攻，但只讲"专攻"难免囿于一隅；若要有所发现，有所成就，还要讲"对接"。搞古典文学研究的，一定要了解现当代，尤其要熟悉现代的理论；搞现当代文学研究的，一定要有古文功底，伏案功深，遣词造句都精彩得多。沈家庄的研究个性就在于他从对单个作家作品或流派的研究中，推进到对整整一个时代的文学特质的把握，而且用西方的现代文化理论来研究中国的古典文学。

一个时代有一个时代的文学，这是常识；而要准确深入地把握一个时代的文学特质，远非常人所能为。如何把握？这是个大题目，既要高屋建瓴，又难免大而无当；既重局部新发现，又难免以点代面，一叶障目而不见泰山。沈家庄从宋代文化风貌入手研究宋词，努力打通宋型文化与宋词文本之间的结构联络，以期初步形成自己对于宋词文本的文化阐释系统。纵览全局，珍重局部，既大气，又细密。当然，要给宋词准确的"文化定位"，首先必须对"文化"的内涵和外延准确定位。何为"文化"？不同的学派对文化有不同的解释，其定义有二百多种，科学地界定文化的概念，准确地派定文化的内涵，是本书成败的基础和关键。"文化"一词并非舶来品，它源自"以文教化"。但作为一个高频词，一种研究路径，则是后现代派兴起以来的事。后现代不赞成现代派的完全脱离社会、政治和历史，主张向政治、历史和社会靠拢，"文化"可囊括社会、政治、历史等人类的一切创造，它也就成了后现代最实用的思想武器被广泛使用，"文化"成了当今第一高频词。上个世纪 60 年代美国大学教授弗雷德里克·詹姆逊"利用历史叙事说明文化文本何以包含着一种'政治无意识'，或被埋藏的叙事和社会经验，以及如何以复杂的文学阐释来说明它们"①。进而认为文学向文化偏移，将是一个普遍的趋势。在这一趋势下，文学创作和文学研究将变为文化阐释。随后，美国的格林布拉特出版了《文化诗学》，爱德华·赛义德提出了"杂交文化优势"的理论，文学研究从此便在美学、语言和文化阐释三大路径上展开。沈家庄敏锐地感受到这一新的研究路径，撰写出《宋词的文化定位》这样的大构件，显然是古今结合、中西融通的产物。

有一种偏见，认为出新和趋新难免浅薄，其实恰恰相反。一种新理论、新方法、新观念得到世人的公认，必须建立在对大量存在的客观事实的准确而深入的分析的基础上。沈家庄在运用新的理论、方法具体研究与论定宋型文化和宋词的关系时，接近了列宁"只有用全人类的知识武装自己的头脑才是真正的马克思主义者"的要求，显示了俯瞰千载、雄视八荒的饱学气概。作者并没有罗列许许多多繁杂的文化的定义，只是坚定了三个科学的立足点：第一，践行文化研究这条新的研究路径，必须选择科学的文化架构理论。分子结构决定物体的性质，文化的架构决定文化的属性。《宋词的文化定位》借鉴了美国人类学家雷德斐（Robert Redfield）大传统（great tradition）文化与小传统（little tradition）文化的文化二分法。大传统文化，主要指上层士绅文化，即精英文化；小传统文化，指民间世俗文化，即通俗文化。本书用丰富有趣的历史事实具体分析了宋代上层精英文化趋向世俗化的社会新潮，及其如何影响到广大官僚和平民的生活态度与价值取向，说明"宋代文化的大传统与小传统交流融会的趋势愈来愈强烈，即呈现精英文化向通俗文化靠拢，通俗文化向精英文化渗透的大趋势"。② 因

---

① 王逢振主编：《詹姆逊文集（四卷本）》第一卷，中国人民大学出版社 2004 年版，第 2 页。
② 沈家庄：《宋词文体特征的文化阐释》，《文学评论》1998 年第 4 期。

此，在那个时代文化环境和氛围中兴起和繁荣的宋词，充当了"大传统与小传统二者耦合的中介"，（引文同上）最后有力地揭示出"宋词的时代本质意义和文化价值"：高扬了人的物质享乐欲望，提升了通俗文化的档次和地位；进而又提出"以道制欲"和"以欲破道"两种对立的文艺价值观。由于上层精英文化与下层世俗文化的交流互动，促成了两种文艺价值观的交流和融合，宋词的风貌就这样形成了。沈家庄的论述无疑具有开拓性意义。

第二，坚持了追根溯源的研究精神。任何事态，都有它的源头，探到了源头，研究才算深入到堂奥，到底了。宋型文化何以重物欲，轻精神，"庶族文化"何以能向"士族文化"渗透且在宋型文化中占主导地位，这是决定宋词重人性、重娱乐、重情调、重趣味的关键所在。作者用大量的宋人笔记的一手材料作了深入的论证，并且探寻到了宋代时风和文风之所以如此的根源——"上之所好"！也就是说政治意识形态对社会风气、社会心理和时尚起着决定的作用。赵匡胤以"兵变"的方式建立起新的国家政权，他执政以后，担心部下效仿他而皇权不能世代相继，便用了"杯酒释兵权"的高招。在那个精心准备的宴会上，赵匡胤鼓励物质欲望，以此为诱饵劝说部下交出兵权。他说："人生如白驹之过隙，所为好富贵者，不过欲多积金钱，厚自娱乐，使子孙无贫乏耳。尔曹何不释去兵权，出守大藩，择便好田宅市之，为子孙立永远不可动之业。多置歌儿舞女，日饮酒相欢，以终其天年。""古今风俗，悉从上之所好"，此乃社会风气形成之定则，由于开国皇帝的提倡，由于各级军官的接受和实行，宋代积金钱、置田宅，讲究物质生活质量，追求世俗的人生目标遂成为一个时代的风气。宋人在对传统文化价值悖论的反省和扬弃过程中，自然欲求的满足成了他们的自然选择，吃喝玩乐的骄奢淫逸之风大盛。社会风气的变化，带来了文学风貌的巨大变化。北宋词"私""俗""邪""野"的文化特征，及其作为"时代新声"借助各种不同题材的辞章，承载作家的个体平等、心性自由等人文觉醒的文化价值和文化功能——言情功能、游戏功能、社交和信息传媒等实用功能，将世俗生活审美化，也就成了水到渠成的事。尽管宋词于南宋时终复归于骚雅，但宋词中的"世俗性"、平民文化特征，那种对人性和人情的价值选择，却最终传递给了即将粉墨登场的元曲与明清小说。

第三，坚持了"以汉还汉，以唐还唐"的研究态度。研究宋词，必须把宋词还原到宋代的真实环境中。如何还原？一是多读宋人的笔记，因为笔记是个人行为，而且是即时的记录，不掺假，不避讳，最接近当时的真实，从宋人的笔记中发掘宋代的真实状况，尤其是文化和文学方面的状况，是一条可靠的途径；二是确立清晰的研究范畴和明确的研究对象，从政治、经济、时尚、思想等各方面收集、核准宋代社会的真实状况。如前所述，文化是一个无比宏大的领域，它可以囊括全人类古往今来一切可传播的创造，弄不好，文化研究容易成为大而无当的研究。为了防止文化研究的负面影响，作者从制度文化、物质文化（自然科学）、精神文化等文化的三大领域展开关于宋型文化与宋词关系的研究，领域清晰，对象分明。进而将文化的三大领域与宋代的政治、经济、思想、宗教、文学等一一对应，从宋人留下的笔记中，筚路蓝缕，拨冗钩沉，真正达到了视野开阔、对具体作家作品的阐释独具只眼、深中肯綮的境界。在三大文化领域中，作者并不是平均使用力量，重点放在精神文化的发掘与比照上。而精神文化的核心是价值观念，即价值取向，抓住这个核心，宋词研究中的许多繁难的问题便迎刃而解了。从中唐开始到宋代经历了由中古文化到近代文化的转型，作为主体的人的文化观念和价值选择都发生了变化，而宋代的"庶族文化构型"就是建立在这样一种新的文化价值选择的基础上。这就不同于"士族文化构型"的唐代。为了说明唐宋时期人们价值取向的不同，《宋词的文化定位》列举了大量的史料和典故。即使让行外诸君翻看《宋词的文化定位》，哪怕是作为有趣的宋代风俗文化读本来欣赏，也亦丝毫无损于它的学术价值和理论光芒。

由于新的指导理论和研究路数的运用，《宋词的文化定位》的一些学术观点自然与前人有所不同。特别是与作者所崇敬的当代大学者唐圭璋先生的主张相左。唐圭璋先生有自己系统的词学观，从词学本位来思考问题，他强调正宗的词学观，偏重婉约，主张"重、拙、大"，反对"轻、狭、小"，对作者后来所有的词学研究包括博士论文均产生了重要的影响，乃至作者最大的遗憾是没有读成唐圭璋先生的博士。但实事求是地看，如今的学术观点的不同，恰恰证明了新理论、新路径、新研究达到的新水平。这也是作者大量搜集了宋人写的笔记，多读宋人的东西，少读宋代以后的评价，"以宋还宋""以唐还唐"，还原宋词真实面貌的可贵成果。

沈家庄对宋词所做的文化研究，不但源于西方的文化阐释理论，而且得马克思与恩格斯的《德意志意识形态》关于人与社会历史文化诸关系理论的真传。《德意志意识形态》不是一部文学理论著作而是一部哲学社会科学著作，它天才地提出了"社会存在决定社会意识"的唯物主义的哲学原理；第一个提出了"人创造环境，同样，环境也创造人"的理论。在意识形态理论下，革命导师在书中对文学和作家的把握方式、阐述深度的确令人折服。恩格斯在另外一篇著名的文章中说："歌德在德国文学中的出现是由这个历史结构安排好了的。"① 恩格斯在具体论及歌德和德国当时的文学时，提出了一个如何认识一代大师和一代文学的基本方法——社会历史结构决定作家的思想结构和一个时代的文学结构。我不知道沈家庄写作《宋词的文化定位》之前是否研读过此书，但他的宋词研究走的确实是革命导师评判德国文学和歌德等德国作家时走过的路子。决定一个时代的文学和作家风貌的东西，恩格斯称之为"历史结构"，沈家庄称之为"文化结构"，他把宋代的文化结构具体命名为"宋型文化"。用语不同，其义一也。何谓"历史结构"？"历史结构"就是社会存在的综合结构，它包括经济结构、政治结构和思想结构。思想结构，其实就是历史文化结构，它往往与政治结构、经济结构一起转换为社会时尚、社会心理和社会风气，转换为社会文化结构和文学结构。何谓"宋型文化"？"宋型文化"就是宋代的制度文化、经济文化以及由此形成的风俗人情、世俗生活、审美时尚等综合文化形态。词体之兴始于隋唐，盛于宋，衰于元明，复振于清。作为中国一代文学高峰的宋词，它是宋代意识形态的一个部分；作为一种特殊的意识形态，它受社会经济形态决定，在上层建筑中又并非主导的部分，它受社会政治意识形态所决定。可见，宋词的性质、特征、风貌，由宋代的政治、经济等综合的社会存在所决定。《宋词的文化定位》在宋词产生的社会文化环境、风俗人情、世俗生活、审美时尚等进行本原性研究的基础上，由此勘定出曾经成为一个时代文学标志的宋词的种种特质和属性，多有创见。总之，沈家庄对宋词的文化研究，不但大气富有个性，而且这条研究路子，也科学、实用，具有开拓意义。

（2009 年 8 月于同升湖）

［原载于《广西大学学报》（社会科学版）2011 年第 1 期］

---

① 恩格斯：《马克思恩格斯全集》第 4 卷，人民出版社 1976 年版，第 254 页。

德领风骚赋才情

——任国瑞旧体诗词漫评

　　生长于屈原投江之乡的汨罗人任国瑞，自幼酷爱古文，崇拜三闾大夫，蒙童即吟诗，22 岁开始研习旧体诗词，迄今 30 年。在国学遭贬、格律诗退隐的年月，他逆潮流而动，恪守爱好，笔耕不辍，终于伏案功深，有旧体诗词集《罗江集》（湖南人民出版社，2011 年版）、《墨韵》（名家出版社，2012 年版）行世，近 2000 首作品流布于 14 个国家与地区。国瑞先生是 20 世纪中国诗坛内圣功夫很高的诗人。1983 年洞庭水灾，国瑞代理楚塘公社（"公社"即现在的"乡"）党委书记，为救一位老人，弃船被溺，三日后苏醒，见床头挂满祭幛，不假思索，口占一绝："我欲吞云梦，几为云梦吞。至今人未死，犹可济苍生。"（《溺而未死，病榻口占》）一息尚存，不忘"济苍生"，关键时刻一个可以为他人交付生命的人，从水管里流出来的是水，从血管里流出来的都是血。这样的人写诗，还能不成为一个真正的诗人？二十字的生死感言，沉郁放达，气韵高古，体现了中国传统知识分子"达则兼济天下，穷则独善其身"的人生志向，昭示了一个真正诗人的高贵品格。自古书生宜报国，一纸一笔总关情，国瑞的诗抒发了诗人为国为民的志向和高尚的情操。

　　咏物诗是中国旧体诗的重头，也是国瑞旧体诗创作的重头。旧体诗人习惯于趁物咏怀，借景抒情，纯粹抒情的诗不常见。国瑞咏物诗最突出的特点是观物见理，智仁兼具。围棋，常见物也，然国瑞却于"亦宜开智亦宜玩"的游戏中，悟出"人间多少兴亡事，尽在阴阳黑白间"的大道理（《咏围棋》），由物及理，由浅入深，水到渠成，天衣无缝。看残奥会失去双足的人推着轮椅赛篮球，一般人佩服他们的意志，也有人看着心酸，唯国瑞观感不同："休言健将无双足，进步从来靠脑筋。"（《观残奥会篮球赛实况》）从具体事项上升到哲学高度——学者思维；字平出奇句——诗人本事。国瑞诗中的"理"，不止于一般哲理，常理，往往指向社会症结、历史深层、世情堂奥。"三面青峰护碧流，秋波潋滟锦云浮。潭中日月长相守，不似人间伯仲仇。"（《日月潭》）诗人举重若轻，将自然风物的歌颂落脚到人类弱点的批评，思维飞跃，别开天地，实为神来之笔，尚无出其右者。

"三捷碑"，本为纪念将军英勇善战、连获三捷的战绩而立，可《三捷碑》诗却一反常见："人颂将军德，我余浩淼悲。"开局就不与人同。由此直捣黄龙——"凡间无党国，草树尽葳蕤"，倘若没有了党派之争，自然界与人类社会，将更加繁荣兴旺。自孙中山提出"立党为公"、蒋介石实行党国一体、到共产党一元化领导以来，有谁敢再说"君子不党"？谁还敢说国无党治，国运更昌隆？《谒南京中山陵有感二》进一步咏道："有党官生腐，无权国欲沉。至今思总统，挥泪去台澎。"台湾诗人游蒋介石四川行辕时，洛夫题词："好大一滴泪！"国瑞诗中写蒋介石离乡奔台时的"挥泪"，与洛夫感慨相通。但诗意不尽相同。洛夫就事论事，止于叹息，国瑞则从国民党败离大陆，"蒋总统"客居台湾的史实中，引出了现代社会中党与国并立而又难于并立——这个绝大的两难命题。国家兴亡，匹夫有责，处理好党与国、治党与理政的关系，不单是上层思考的问题，诗人、庶民也有思考的责任与权力。《三捷碑》与《谒南京中山陵》两诗，字短意长，诗胆、诗识、诗境、诗意四者皆优，反俗意而倡大德，此等咏物诗，堪称义薄云天的大诗。

大诗必有大情怀，大境界。国瑞虽为一介书生，却心存天下，情系苍生。洞庭湖滨各县多发洪水，江南连年水患，诗人无力回天，心生凉意，抚臂而叹："大禹今安在？滔滔意未休。昆吾临正夏，胸壑已深秋。"（《湘北大水》）只有消除天下水患，让所有的农民安居乐业，诗人才会"洗却心中万壑愁"（《游青海湖》），笑逐颜开。国瑞诗中，"鹤与民生同祸福，楼偕时世共沉浮"（《游黄鹤楼》），"愿琢冰霜成大器，试涂肝胆化忠魂"（《咏梅》）一类纪感之诗，显示出诗人与时代共艰危，与人民同祸福的高风亮节，无疑是国瑞诗歌的最强音，可遇而不可求。

国瑞的"讽喻之什"价值不菲。讽喻，以委婉的语词针砭时弊，讥刺丑恶，校正世风，引导人们精神向上。讽喻在我国诗歌创作中有着悠久的历史。太史公《自序》曰："作词以讽谏，连类以争议，《离骚》有之。"班固《两都赋·序》云："或以抒下情而通讽喻，或以宣上德而全忠孝。"针砭与讽谏，古人称之为"怨""刺"，《诗经》中多有这类诗作。刘勰《文心雕龙·杂文》的"夫讽以劝百，势不自反"，阐明了讽喻的含义与作用。国瑞讽喻诗的最大特点，像杜甫一样，善于抓住所处时代的特点和弊端，举重若轻，射中精髓，击中要害。杜甫处乱世，乱世出枭雄，民生唯疾苦；国瑞居盛世，盛世多贪腐，贫富何悬殊！盛世经济发达，老百姓不是活不下去，而是活得惬意不惬意。市场经济下，经济上行、道德下行，人多趋利谋私，官多吹捧作秀，不公正、不公平、不公道、少公心、缺公理，贪腐之风盛行，贫富悬殊太过，是盛世的主要问题。适应时代的需要，国瑞的讽喻诗大都在"损公肥私""损人利己""贫富悬殊"等道德良心与体制缺陷上留笔，讽刺的对象相当广泛。艺术上，国瑞的"怨""刺"之句具有讽喻诗的一般特点：事实而核，易获人之信任；辞质而通，易领略讽喻之本意；言直而切，易敲响人之心灵警钟；体顺而肆，可谱成歌曲传播。有的讽喻诗，笔锋锐利，文辞尖刻，嬉笑怒骂，毫不留情。"能拍惊堂猴亦贵，善邀财宝脸无羞。"（《市井观猴技》）"阿谀人主喜开怀"，"晃脑摇头吹出来"（《戏题摇头扇》），与齐白石戏骂汉奸的《题不倒翁》，不让伯仲。[1] 孟德斯鸠在《论法的精神》中说："任何腐败都是由原则的腐败形成的。"治标须治本，不加快政治体制改革的步伐，反腐倡廉就会事与愿违。国瑞的讽喻诗勇于揭露社会问题，及时反映了人民的心声，与国家民族的利益相通，也与西方文化大师的某些思想观点相通。

诗人对自己的诗才高度自信。其《自题南京江南贡院》（今天保存最为完好的科举考场），对联云："生错时光，拟今岁开科，凭我所学所思所为，应是江南第一；来当盛景，看昔年树木，由它发红发紫发绿，定然天下先春。"何光岳赞曰："一幅绝妙好联，思接千载，对仗工整，描写传神，重字出彩……他自称江南第一大（才子），即使今人有不服者，后人自会认可，历史自会认定。"[2]

---

[1] 齐白石《题不倒翁》："乌纱白帽俨然官，不倒原来泥半团。将汝忽尔来打破，通身何处有心肝。"

[2] 何光岳先生评赞，引自任国瑞：《罗江集》，湖南人民出版社 2011 年版，第 111 页。

像古代的文人雅士一样，国瑞也有不少女性朋友，天真纯正，关系亲密，平日保持着轻松的文字交往。一日在卢处长办公室与诸同事说对联游戏故事时，友人提议诗人给在场的蔡素云美女赠一联。国瑞见她老在房中走动并不立定，便脱口而出："养晦赖清贞，玉步悠悠伊甘吃素？乘龙凭勇毅，雄心勃勃我欲吞云。"不但嵌进了题赠对象的名字，显现了对象的形神气貌，而且故意歪写对象难处清寂的心态，自然带出第二联的高级玩笑：你的美貌和高雅激起了我英雄的爱美之心，让我顿生勇毅，雄心勃勃，直想做一回乘龙快婿，把你娶回家中，吞进肚里！文辞精工，对仗工整，无限机趣，给人一种"但见性情，不睹文字"的快感，当场引得众人哄笑不止。这使人想起苏东坡题赠李琪的故实。《春渚纪闻》载，苏轼官贬黄州多年，为不少美女题诗赠字，唯李琪"未获公赐"。李琪不甘心，在苏轼将离任的宴会上，解巾乞赠，一拜再拜，方得苏轼诗，云："东坡五年黄州住，何事无言及李琪？恰似西川杜工部，海棠虽好不留诗。"杜甫在成都写过不少咏花诗，就是不曾咏海棠。苏轼自比杜甫，将李琪比作卓然独立的海棠花，李琪从心底里感到满足。国瑞与东坡的题赠，相隔千年，情、景、事的对应却一样贴切，文辞一样工巧，故事一样谐趣，为诗史增一佳话。

国瑞吟诗是快手、急才，机敏过人，他的好多诗都是凭才情闪电般"闪"出来的，人称"脱口秀"。尤其是赠和之作，都是当面索要，当众挥毫，当场完成。曹植的"七步诗"，为又好又快的诗作典范，"七步"，当在10秒以上。国瑞最快的，成诗在3、5秒至10秒钟内。《题赠项续朗先生（藏头格）》，题赠成龙、李连杰等诗，"一分钟成于心而书之"。这些名副其实的"快餐"，飞金溅玉，佳句连篇。《咏茉莉花赠王莉列车长（藏头格）》："王蔷偏爱夏和秋，莉瓣香奇漫九州。美质不争春里艳，女中君子自风流。"这是应王莉女士索要嵌名诗的即兴之作。由王莉的名字，联想到历史上女中真君子王昭君（名蔷），联想到茉莉花，将"美丽""不争春""真君子"三大品性赋予王莉列车长，是对王莉最高的褒奖。任何事物的认知与表达，在一定情况下，只有一个是最理想的，只有找到了那个最独特、最深刻、最科学的认知，找到了那个最贴切的表达，才找到了那个诗眼。"只缘欲展凌云志，庹杆寒枝亦化龙"（《咏松赠何光岳兄》）赞友人何光岳超常的本事、成就，均深中肯綮。人称这类诗为"信笔成章之作，章法井然"，无半点匠气。诗如此，联亦如此。《贺姚家钧先生夫妻恩爱六十周年》："比翼百年，风景无边松更秀；射屏周甲，恩情不老月长园。"射屏，指成婚，典出《旧唐书·后妃传·上》（唐高祖窦皇后），窦毅之女高贵美艳，不配常人，门前挂孔雀屏，射中双目者为婿。唯唐高祖两箭皆中，遂与窦氏成婚。周甲，即六十年。用"射屏周甲"叙说结婚六十周年事，文气陡增。

今人作旧体诗，国学功底不深者易沦为"打油"，国瑞的旧体诗，语言虽平易，然立意高远，活用典故，有文化厚度，合乎平仄，有韵味，便与一般的"打油诗"根本区别开来。即便是枯燥无味的数字，一旦进入他的笔端，精、气、神具备，生机勃勃，活力四射。"六字奇冤千古恨，一楼好景五洲雄。"（《花明楼·吊刘少奇联》）刘少奇虽晚年蒙冤，但毕竟是雄视天下的奇男子！形已逝，神不灭，雄奇的男子汉气概灌注于家乡老楼，人与楼相互映照，满楼生辉，气盖五洲，百世流芳。区区14个字，写尽了人事的沧桑，领袖的气概，天地的公道，历史的曲折，民心的尊严。理在其中，情亦在其中矣。

国瑞是学者诗人，他的诗不都是才子型的，不少诗显现了一个学者诗人才、智、学、识同铸一体，诗性与理趣兼容的特征。《夏日罗水江潭》咏屈原："死直从贤犹抱石，拼留浩气在人间。""死直"二字大有讲究：屈原死后的身躯为什么会笔直？因为他死前将双足用绳索缚定并系上了石头，然后再抱石投水的。为什么要如此反复加绑？屈原生长于大江之滨，自幼识水性，不如此不能致死，不如此不能死而直；他为什么要自己的尸体呈笔直状？不如此不能突出自己刚正直行的品性，不能突出"拼留浩气在人间"的理想。咏屈原投汨罗江的诗多矣，可从来没有人写捞起他的尸体，审视过尸体的曲直。国瑞凭借诗外的考证，才有屈原投江缚足、系石、抱石（即怀沙）一系列的细节动作，发人所未发；凭借国瑞的学识，屈原浩气干云、刚直不群的形象透过"死直"二字傲然屹立。诗情伴随着理趣层层加浓，于沉郁中显出雄奇。

最能显现国瑞才、智、学三位一体的，是十分钟对出何光岳要的金帝酒店上联。金帝酒店开业，应董事长之邀，何出下比征联：

金帝兴金天，五行金为首，登金马，举金钟，拓金融，三金为鑫，金铽金锭金镒，铿铿锵锵，万金熔铸马蹄金。

悬请方家赐上比，可是 20 年无人对出。20 年后，国瑞编《何光岳诗词楹联集》见之，欣喜异常，十分钟便对出上比：

水龙藏水国，两岸水成媒，驾水云，开水府，乘水势，叠水成淼，水将水师水兵，浩浩汤汤，四水洄流云梦水；

无论联律、意蕴、词性、重字、境界，均工整贴切。不是才子加学者再加智者，不能为也。

国瑞的旧体诗，有宋诗之风。赵匡胤为巩固自家江山，煽动部属用物质欲望取代权力欲望，享乐奢靡之风大炽。为补救这一弊端，程朱理学应运而生，表现在诗歌创作上，主张以小见大，以浅喻深，追求明理达仁的境界。国瑞承其流风，以小喻大，观物见理，寓理于趣，遂成常技。游宁夏张贤亮西部影视城，起句不凡："右派偏从左处谋，敢于衰堡著风流。"众所周知，张贤亮曾经是大右派，他建于大西北银川市镇北堡的华夏西部影视城有限公司，却保留了大量文革前后"左"的遗迹，以招徕游客。设置"文化大革命"现场，当年的革命歌曲、"左"倾影视年年播，月月播，天天播！诗人打破时间、空间的漫长距离，铲平生死对立的政治隔阂，轻松自如地把右派与"左"倾两件大实事摆在一起，形成巧妙的对接，天趣自现，让读者于天趣中笑对一段可笑的凄然历史。"理"有"理趣"，大有深意之事，赋得大有趣味之诗。

国瑞的旧体诗，浑厚高洁，沉郁放达，新旧兼用，风格沉雄。旧体诗之余，国瑞亦擅新诗，有《心灵的籁响》诗集问世。他的新诗清丽飘逸，明朗流畅，语言凝练，讲究音韵的和谐、铿锵，显然得益于旧体诗词练字练句之功；反过来，其旧体诗词吸收新诗的营养也不少，活泼天然，无板滞之貌，显然认同了"我手写我口，我口述我心"的新诗潮的真谛。他的《题〈宋希濂的爱国情怀〉画册》一诗，局部改变了我对一件文坛旧事的看法。1957 年，以办《新观察》著名、对西方颇有研究的储安平因"党天下"之论获罪，被划成大右派，令储安平极为难堪的是，他的妻子离他而去，千不嫁万不嫁偏偏嫁给了国民党战犯宋希濂！也引得我非常鄙视那位与我毫无干系的女子！可国瑞的诗却明确写道："壮岁旌旗拥万夫，平蕃荡寇气吞吴。年登耋耄犹忧国，不统江山死亦呼。"国瑞的诗，依托宋希濂的生平资料，肯定宋也有许多可敬可爱可叹之处，储之妻改嫁宋氏有其道理和自由。我固然仍旧十分同情储安平，但对储之前妻的腹诽与鄙视，自然而然消释了许多。

国瑞的创作和学术成就是多方面的。创作除诗、词、楹联以外，还兼攻曲艺、戏剧、书法、绘画等，且得心应手，左右逢源；治学则在文史、哲学、地理、方志等十几门学科领域有丰富的成果，公开出版个人著作（含编撰）达千万字，可谓十八般武艺，样样通晓。任国瑞是当下旧体诗坛的高峰作家，假以时日，可望成为共和国新时期一代诗豪，任国瑞旧体诗词和任国瑞诗歌创作现象，是一个突出的文化存在。深圳市政法委一级警督欧阳雄飞先生鉴于国瑞诗文方面的成就，主张建立"中国国瑞诗词创作学"理论和"中国国瑞诗词学派"。此事固宜从长计议，但研究和评说任国瑞的旧体诗词，由此进一步研究任国瑞现象，确是非常现实而有意义的事。

（2012 年 7 月于同升湖山庄）

（原载于《长沙铁道学院学报》2013 年第 1 期）

以事传情，以品立文

——刘克邦《自然抵达》读后赘语

刘克邦的散文先前陆续读过一些，感到真诚、质朴。后读他集结成书的《自然抵达》，一股情感与道德的冲击力扑面而来，止不住要说上几句。因多是口水话，便知趣地冠以"赘语"二字。其实，用几句口水话，明德显道，说透繁复的世事变迁、人情物理、高深理论或重大事件，那才叫真本事。古代唯庄子可作表率，当代唯毛泽东、林彪长于此道。笔者在此用口水话说道刘公高雅的散文，纯属东施效颦，祈望读者谅解。

《自然抵达》中的散文，除了两篇书评、两篇抒情散文而外，其余全是记人记事之作，即便记人，也是通过记事展现的。克邦散文中所叙之人事，大都是自己亲身经历过、识见过的，人皆品德高尚，事皆很有意义，有的还曾给作者刻骨铭心的人生教育，终身不忘。这样的人和事首先感动的是作者自己，然后理所当然地感动读者。人在旅途，渐行渐远，阅历日丰，积淀的东西实在太多，太有冲击力，不吐不快，写作便成了刘克邦生命的需要。克邦的散文不是"作"出来的，而是从心灵深处自然而然地流出来的，行其所当行，止其所不得不止。书名为《自然抵达》，标举了他散文这个重要的艺术特色。"文贵自然"，散文尤甚。掉书袋，长篇大论，耳提面命，乃散文写作之大忌。在互联网时代，敲出关键词，搜罗什么子曰诗云，杜甫李白，马恩列斯语录等相关资料，多了去了。克邦散文从不仰仗间接材料，篇篇来自亲见亲历亲为的实事，字字出自真心，句句源自真情，生活质感，精神纯度，境界高度，都是"自然抵达"。

文章自然流出并非汗漫无当，不讲究结构技巧。散文也须精心谋篇布局，循其独有的叙事之妙。克邦的散文，与小说颇有相通，又区别分明。小说重铺排，于情节、场面、细节、心理等方面，尽情铺陈，不嫌繁冗；而散文的叙事则在勾勒背景、现出事件轮廓的前提下，抓住最闪光的细节、片断集中展示，力求精练，适时上升到适当的高度，或收梢，或居中，以提升境界，启人智窦，陶冶精神。作者写重游夏威夷，却用 1993 年首游夏威夷观看土著人表演的片断作结。当时，土著人用一节削尖的竹子从一头插进椰子，不用任何人帮助，铆足劲，大喊一声，竟将平常需要人用柴刀使劲才能砍出一个小洞的椰子掰成两半，然后端着它热情地邀请围观的游客喝那椰子水。可游客嫌土著人染指过的椰子水脏，没有一个人助兴。正在表演者尴尬、全场气氛沉寂、大煞风景之时，一群日本人站出来了！他们热情地喝着，也感染了在场的每一个游客，气氛顿时热烈起来。就是这个片断，让读者懂得了什么是脏，什么是干净，什么是猥琐，什么是豪气，什么是友好、平等和尊重。

散文的叙事，并非单纯的叙事，而是以事传情，以事明理。艺事相喻，这是中国散文的传统路数。克邦的叙事散文，事情往往比较曲折复杂，有的还颇为离奇。《罗盘的主人》，围绕罗盘归属，一次退还、两次丢失、三次复得、四次亏欠的曲折经历，从同学少年两人相交、相骂、绝交、救我一命，到几十年后我手持罗盘千里寻故人，欲物归原主时，主人早已魂游天国，留下的是我永生难安的心的疼痛！这个满可以写成一部中篇小说的真实故事，在散文里，便不能肆意渲染，更不能大势铺排。作者以情感为动力，抓住富有表现力的细节、片段，巧妙穿插、衔接，精炼而又饱满地表达了作者对儿时朋友、恩人、英雄、罗盘主人的无限怀念、愧疚和敬仰。"事情""事情"，事以情牵，情以事显，情事相因，艺事相喻，理在其中，境界自出。《芙蓉路上的邂逅》《下乡记》《"蔬菜"与"花树"》《下乡记》等，莫不如此。

克邦的散文叙事，还善于借用小说叙事的"逆转"法。在《送礼》中，妻子的调进毫无问题，可调出总是办不成。不得已，只好放下人格，在朋友开的商店买了两条高级香烟送出，果然一路绿灯，当天全部搞定，妻子立马到新单位报了到。哪知吃晚饭时，老板朋友又提了两条烟火急火燎跑来说："昨晚忙中出错，把两条假烟给了你们，倘若坏了你们的大事，我可要后悔一辈子！"好在事已落妥，无碍大局，但"我"与妻子还是大吃一惊，"面面相觑，冒出一身冷汗"。结尾这有惊无险的转折，使本已平静的事态顿生波澜，内涵丰富，韵味无穷，既有《麦琪的礼物》的巧妙深邃，又得"豹尾"之法的真谛，收"临去秋波那一转也"之功效，技法不可谓不老到。

鲁迅说得好："从水管里流出来的是水，从血管里流出来的都是血。"从克邦心中咕咕流出，而后"自然抵达"读者心头的散文，精神境界自然不低。这境界，一来自散文中人物的思想境界，二来自作者自己的思想境界。《芙蓉路上的邂逅》中那个擦鞋女子，情形可怜，"我"便将自己的鞋专由她擦，足见作者的同情心；一次，"我"把装了各类证件和许多票据，还有不少现金的皮包掉在那里了，好多天找不到她的人，也找不到"我"的皮包。正当"我"急得有点怀疑她见钱眼开时，她在"我"经常路过的地方找到了"我"，"哎——哎——哎——"急切地呼唤着，气喘吁吁，把皮包交到"我"的手中，见"我"掏钱，转身跑了。原来她捡到皮包时"我"已走远，第二天她儿子住院，抽不开身又无法联系，故多天后才等到了"我"。一个拾金不昧的老套故事，在克邦的笔下并没有老掉牙，它有鲁迅《一件小事》同样的含义，却比一件小事曲折，叙述起来也从容不迫。克邦决不文过饰非，真实地袒露自己曾经卑劣的灵魂，哪怕是仅有的一次。作者十岁丧母后只身独处，形同孤儿的一年多内，吴老师待他如子，在物资匮乏的情况下，把好吃的留给他。可是在后来的"文革"中，他却被人利用，糊里糊涂地上台批判了吴老师，落井下石，恩将仇报，令作者终生悔恨、羞愧。《吴老师》这篇散文虽步巴金《随想录》的后尘，但勇于露丑、引以为戒的真诚照样给人慰藉。读他的文章，诚如何森玲所言，的确"有一种温暖、温润之气弥漫期间"。散文是形而上的艺术，讲究境界、精神、格调、品位。克邦"以品立文"，其散文篇篇都有相当的思想境界、精神高度、艺术品位和行文格调。这是《自然抵达》的又一重要特色。

克邦的散文，厚积薄发。作者从小喜欢作文，1978年参加高考因作文出色而被破格录取。他53岁破门而出从事散文创作前，已读过许多经典作家的经典作品，写了百十万字的调查报告、文字材料，发表出版了百十万字的论文论著，有过长期观察生活、思考人生、遣词造句等基本功的训练。经过数十年的热身，一旦动笔，起点就很高，且一发而不可收。克邦很懂得散文写作"大题小做""小题大做"的艺术辩证法，常常"从生活的肌理走入灵魂的旷野"，从事情本身出发，又不拘泥于事情本身，将人生感悟、社会理想、现实评判、哲理经验、亲情友情，注入字里行间，传递给读者。克邦的散文，采用小说的材料，散文的结构和笔法，加上内在的情感冲击力和道德感化力，的确可以净化灵魂、洗涤精神、消除烦恼，对年轻人具有某种精神诱导的作用。

散文与诗，都追求语言的美。孔子"言文"之辨，戴东原"义理、考据、辞章"三分之说，元人刘将孙"一言而可以尽文之妙者，焕而已"（一句话可以说尽文章奥妙之所在，那就是"文采"二字）的断言，都见出辞采之于散文的重要。克邦的散文言辞虽然朴实，却不输文采，还时有泼俏之风。

文学界的朋友大都知道，克邦是官场中人，身在古称"臬司"的衙门，虽居副职，官位不很高，权力可不小，他弄散文属官员写作。中国古近代文学作品，从来都是出自官员之手，此处为什么要特别提出"官员写作"的概念呢？这是因为，古代社会分工不细，做官作文系于一身，普遍如是。现代社会，分工细微，文与政，界限分明，跨界被错误地视为不务正业。再者，自古以来，人们对官的要求比普通人高，且多为仰视，今天的人们对官的要求虽仍然很高，但信任度大为降低，多抱着审视的态度，对从事文学创作的官员尤其。散文是一个人精神的寄托，心灵的外化，特别需要强调人品人格的修养。孟子曰："吾养吾浩然之气。"孔子曰："有德者必有言。"德行高尚之人，行而为事业，吐而为辞章。言为心声，散文家尤需注重精神操守，讲究境界气节。我读克邦的《自然抵达》时，便带着苛刻的审视的眼光，注意以文衡人，以人观文。可我读着读着，止不住感动，其人也正，其文也清的印象越来越突出。克邦高官位置，平民生活。"一粥一饭，当思来处不易；半丝半缕，恒念物力维艰"仍然是他衣食住行的准则。十岁丧母，曾孤身一人独立生活，形似孤儿，后与右派父亲相依为命，辍学务农。苦难的童年经历使他"深谙平民百姓的善良、纯朴和与世无争……与平民有着一股割舍不断的感情"。后来"有了一定的身份和地位，但诚惶诚恐，如履薄冰，不敢忘记自己的过去，更不敢丢弃自己的一份责任"。（《自然抵达》，p. 423）在网上，他自称"湘楚平民"，始终以平民自居，以廉洁奉公为本色。过清风桥时，竟不由自主地联想到，"那些为官当政者，不论是做人还是做事，都要像这桥一样，端端正正，稳稳当当，一身正气，两袖清风"（同上，p. 300）才好！光宣言不可信，关键是看他一生的修为，尤其是晚节到底咋样，雪泥鸿爪，书中也依稀可辨。30多年前为救两个落水儿童，在自己生命不保的危险关头，亦肯同归于尽，也不独自偷生，终于三人皆活。"有此生死一遇，心灵受到净化，人格得到提升，精神达到升华"，（《自然抵达》，p.154）为后来立身行事打下了坚实的思想基础，奠定了为人处世的基调。30年后，发现湘乡网站"爱心之窗"中一个求助者遭遇十分可怜，囿于自身经济力量的限制，只好把唐浩明送他的线装书《曾国藩》拍卖，得2400元善款捐赠；他带着第一本散文集《金秋的礼物》在家乡签名发售，所得17000元全数捐给了贫困学生；每年他还给两位特困学生定期寄赠生活费、学费。作为总会计师，本不具体分管财经开支，为了更科学有效地使用文化经费，帮助文化界人士解决棘手的困难，临近退休时，他主动加挑了这副担子。

克邦的言行让我想到，前年我曾为昭阳某公园的一个景点撰下一联："情系万家，当官宜廉宜让宜法度典章而民有安居之乐；理归一宗，治守兴本兴末兴科学文化则国无鼙鼓之忧。"若书成条幅，送克邦亦颇贴切。可是，一联不可二送。前不久无事乱翻书，偶然得见左宗棠联语："闭户读书真得计，当官持廉且不烦。"知凡好官都追求清廉清静。一时兴发，顺口拈出一联："当官持廉德是本，以心为文品自高。"放在这里，正好作为本文的结语，送于刘公克邦。

（2013年9月18日于同升湖）

（原载于《芙蓉》2013年第6期）

人性与历史的深处

——余艳《杨开慧》文史价值论

大凡纪实文学作品，只有登堂入室，走进人性与历史的深处，凭借文学与文史的双重价值，才能传之久远。余艳的报告文学长卷《杨开慧》①，以新发现的藏匿了八十多年的开慧手稿为依托，以毛、杨的爱情为中心，在人性的深处，书写了杨开慧对爱人的忠贞，对党的忠诚，对自我信仰的坚守，还原了一个集传统美德、现代女性、共产主义战士于一身的血肉丰满的杨开慧，一个堪与武则天、王昭君比肩，又姿态全新的人性化加政治化、柔弱性加血性的女性形象。与此同时，作者依靠田野操作和广采博览的大量资料，让我们结识了一个文人性格和领袖气魄相统一的青年毛泽东。作者将毛杨之恋汇入到中华民族解放斗争的巨澜中，加深了读者对中国革命、毛泽东早期革命活动、湖南地方志、湖湘文化当代发展的了解。《杨开慧》于文学价值之外，还具有较高的文史价值。

一、杨开慧形象的人类性

鲁迅在《而已集·小杂感》里说："女人的天性中有母性，有女儿性，无妻性。妻性是逼成的，只是母性和女儿性的混合。"② 余艳首先写出了杨开慧的女儿性——最基本的人性。凡女子生命深处都有"地母"的根芽，"地母"即性意识的代称。尽管性意识被女人自身的诗性掩藏得严严实实，却是一切冲动最初、最原始的动力。杨开慧在父亲面前依恋，有点任性，在母亲身边是安定、宁静，有孝心，这便是女儿性，但非主流，且笔约墨简。在青年异性毛泽东面前，她敏感的女儿性才释放得那样坦率强烈。杨

---

① 余艳：《杨开慧》，湖南文艺出版社 2013 年版。
② 林非：《鲁迅著作全编》第一卷，中国社会科学出版社 1999 年版，第 1017 页。

开慧毫不隐讳，她大大方方地承认："一切人的人性，凡生理上没有缺陷的人，一定有两种表现，一个是性欲冲动，一个是精神上爱的要求。"杨开慧六岁开始就生出一种朦朦胧胧的慕男感，十来岁就暗暗地爱上了高大帅气的毛泽东，特别关注也特别在意陶斯咏与毛泽东的交往。长大后，视爱情为生命。杨开慧说："我觉得我为母亲而生之外，是为他而生的。我想象着假如一天他死去了，我母亲也不在了，我一定要跟着他去死，假如他被人捉着去杀，我一定要同他去共这一个命运。"马克思在信中曾说他的"每一个细胞都深深地爱着燕妮"，杨开慧则在手稿中说："即使他死了，我的眼泪也要缠住他的尸体，不会放松。"杨开慧深深地爱着毛泽东的每一个细胞。马克思代表了男人对女人的真爱，杨开慧则代表了女人对男人的真爱。黑格尔说："爱情要达到完美的境界，就必须联系到全部见解和旨趣的高贵性。"杨开慧对毛泽东的爱，以其旨趣的高贵和革命思想的一致，达到了超越于一切爱情之上的完美而崇高的境界。余艳紧紧抓住杨开慧爱情高贵的精神内核，才实实在在地写出了毛杨之爱的惊心动魄、不同凡响。

杨开慧具有十足的母亲天性——以奉献为底色的生养性。生与养是女子的天性与天职。杨开慧热爱生育，七年间生了三个儿子。为躲避白色恐怖，领导好板仓农民革命，她日夜奔走操劳，在狱中教八岁的岸英认字，要儿子记住母亲的言行，将来告知父亲。"我的心挑了一个重担，一头是他，一头是小孩，谁都拿不开。"杨开慧挑着这副心灵的重担，一步一步，坚强地走到生命的尽头。

杨开慧有极为发达的直觉与感觉系统。女人与警察有一个共同点，第六感官最发达，直觉最灵、最准。但女人又最容易被哄，甜言蜜语即便不是出于真心，女人听了也会心旷神怡。杨开慧没有虚荣，只有预感。她身在板仓心系丈夫，整夜整夜失眠，担心丈夫安危，害怕丈夫另有新欢。她当年的手稿，是她心灵深处的精神独白。余艳将手稿中的文字，放进具体的历史环境和生活场景中，本来鲜活的文字富有了生命的质感。但杨开慧终究不是凡俗女子，她生命中最辉煌的，最能显示其生命价值高度的，是一个伟大的无产阶级革命者为革命献出了她28岁的年轻生命！她像人类所有杰出女性一样，有尊严，有理想，有操守，为了理想与尊严的自我实现，最终克服了人性最基本的弱点：嫉妒与贪生。自己孤独，反而希望能有人代替她照顾毛泽东的生活，心甘情愿为丈夫牺牲一切，直至性命！当被告知丈夫死了，她宁可死，也绝不与毛泽东脱离关系。孤独的杨开慧在生死关头，何来如此宽广的心态，如此高尚的抉择？因为后期的她，已是真正的女革命家。对爱情的忠贞，对党的忠诚，对自我信仰的坚守，在生与死的选择上合为一体，那白衣黑裙裹护着的娇弱的身躯，放射着传统美德、现代女性、共产主义战士的三重光辉。

二、青年毛泽东形象的新意

在《杨开慧》一书里，毛泽东虽然是第二主角，先后以学生、丈夫和早期革命家的身份出现，杨开慧形象的丰满，有赖于毛泽东形象的陪衬。书中毛泽东形象也很突出。由于深入发掘了与杨开慧的关系，毛泽东的形象有一些新的因子，呈现出四个层次。首先，突出了毛泽东无产阶级革命领袖的风采。开头大书特书毛泽东的"三赌"：一赌红烧肉，二赌身家性命，三与外国列强赌，突显了毛泽东超人的胆识，志在国家民族的伟大胸怀。其次，正面书写了他大处着眼的政治家素质。考虑爱情与婚姻问题时，毛泽东摆脱不了"政治"的制约。

再次，为毛泽东的诗人气质增添了一些新的色彩。毛泽东的诗人气质世所公认，但小处留意的文人性格所见者不多。《杨开慧》记录了一个很好的细节。一次毛泽东出门游学，杨开慧送他一把雨伞，毛泽东视若珍宝，睡觉都枕着它，"下小雨他还撑一撑，下大雨和刮大风，他反而收起伞让自己淋"。在毛泽东的心中，雨伞，已经升华成了杨开慧的心，成了爱的象征。一心只想改造中国与世界的毛泽东居然能心细如发，注重细节，小处留意，这说明毛泽东这个革命家，也具有情感丰富细腻的文人性格。余艳用这个细节将青年毛泽东一笔写活，为毛泽东的诗人气质增添了新的色彩。

第四，从早期革命活动的新材料中丰富了青年毛泽东的形象。经过艰苦的田野操作和广采博撷，余艳获得许多有价值的第一手材料和散落的间接材料。这些资料，对研究毛泽东的早期著作和思想有着重要的价值，也丰富了青年毛泽东的形象。曾记得 1978 年公开发表毛泽东的爱情诗《贺新郎·挥手从兹去》，① 那是沉寂多年以后的文艺界乃至全国思想解放的第一

---

① 《诗刊》1979 年公开发表该诗时，原题为《别友》，副题"挥手从兹去"为编辑部所加。前有"更哪堪凄然相向，苦情重诉。眼角眉梢都是恨，热泪欲零还住"之句。

个信号,人们欢呼雀跃,欣喜之情喷薄而出。笔者当时连续发表了三篇文章,但对"知误会前番书语",谁也解释不清,一度成了毛泽东诗词研究中的"斯芬克斯之谜"。余艳的《杨开慧》揭开了谜底。1923年,杨开慧生下毛岸英之后,中央调毛泽东去上海工作,杨开慧舍不得分离,要求同往,可中央没有安排,杨开慧有情绪。毛泽东抄下唐代元稹《菟丝》诗,"人生莫依倚,依倚事不成。君看兔丝蔓,依倚榛与荆。荆榛易蒙密,百鸟撩乱鸣。下有狐兔穴,奔走亦纵横。樵童斫将去,柔蔓与之并",借以启发她正确对待。可是不但于事无补,反而火上浇油。"看着看着的开慧,脸色变了。啊?我都成了缠绕大树的藤蔓了,他嫌我扯他后腿,他嫌弃我了。"原来,被"误会"的"前番书语",就是毛泽东抄录的唐代元稹的《菟丝》诗!余艳将这一史料还原到具体的生活场景中,自然破解了"斯芬克斯之谜"。这个细节既丰富了杨开慧的形象,也从多面为我们再现了气魄非凡、感情丰富,集革命家和文人性格于一体的青年毛泽东。

三、《杨开慧》一书的文史价值

报告文学是时代的报告,题材的重大性,事实的真实性,思想的深刻性,决定了报告文学必然具有文史价值。追求报告文学的文史价值,为该文体写作的题中应有之义。报告文学文史价值的高低,取决于作家学养的深浅与作品史料的分量及其多寡盈虚。就此而言,《杨开慧》和作者余艳,值得称道。《杨开慧手稿》是杨开慧亲历、亲为、亲自书写,有最真实、最隐秘的心声,是历史的瑰宝;作品中的毛杨之恋,因为汇入了中华民族解放斗争的历史巨澜,它的一枝一叶,都包含着丰富的文史价值。即使是第二手材料,将散落各处形同死亡的材料聚集,也有重新发现之功,同样具有再现历史的新价值。毛泽东抄录《菟丝》诗这个材料,最先由陈冠任、冯光宏在2004年1月中共党史出版社出版的《告诉你一个鲜为人知的杨开慧》中披露,但影响不大,没有引起人们足够的注意。余艳这篇报告文学,扩大了知情面。通过书中对黄兴国葬时隆重的葬礼仪式的描写,我们看到了辛亥革命领袖在国民心中崇高的威望,看到了国民对三民主义的拥护,感受到了人民巨大的爱国热情,这也是一个时代的面貌写真。

毛泽东早期的活动,学界掌握得并不充分。比如他如何为赴法勤工俭学的学子筹款,怎样到的北京大学图书馆,在那里交往与工作的情况如何,了解都不甚细致，更不系统，《杨开慧》所提供的资料便相当宝贵。以往研究毛泽东，多依据毛著和他人的著作，较少关注毛著的写作情形与成文过程。《杨开慧》则提供了《湖南农民运动考察报告》的成文过程等重要资料。毛泽东交给杨开慧的只是《报告》的雏形，"就一个标题完整，好多还是细碎的笔记和纸片呢。你再疏通、整理一下，有的地方还得你捉刀修改"。这个著名的历史文献，是杨开慧花了一个礼拜的时间，整理完成的。毛泽东农民革命的思想，最早得到杨开慧的认同、拥护，也渗入了杨开慧的智慧和心血。毛泽东早期军事思想，特别是武装斗争的思想，也与杨开慧有关系。杨开慧与毛泽东在向反动军阀的共同斗争中，产生共同的感受，铸成了共同的革命理念。连毛新宇也说："毛泽东武装斗争的思想，有奶奶杨开慧的思想在闪光。"这些史料的穿插，说明毛泽东有时有点妹妹般娇宠杨开慧，更多时候是将其作为自己的助手、战友对待。这对推进毛泽东早期思想研究，深入了解湖湘文化新内涵与当代发展，也很重要。

作品中女权主义的描写也颇有价值。杨开慧"男子有承继财产权，女子当然有财产承继权"的呐喊，与瞿秋白的妻子杨之华、作家丁玲等五个女同学，第一批走进男女同校的岳云中学，与毛泽东结婚不搞世俗的婚礼，自己抱着被窝走进爱人的住房。这些大胆的举动，不但使杨开慧身上反帝反封建的五四精神的光辉更加耀眼，主人公形象更有立体感，而且，清晰地看到"五四"风云席卷湖南的力度，从女性的人文风采里显示出当时湖南知识女性的精神气概。1925年湖南的农民运动，陶斯咏的父亲也被戴高帽子游街示众。从来不求人的骄傲的公主陶斯咏，居然凄凄惶惶跑来向杨开慧和毛泽东求情，结果碰壁而归。这虽然是湖南农民运动的侧面书写，却是当年历史真实的形象再现。杨怀中甘作"板仓杨"不当教育厅长的人生选择，体现了五四时期进步知识分子犀利的政治眼光和高尚的人格。此外，对新民学会重要人物结局的交代，都不无历史意义。新民学会许多会员直接加入中国共产党早期组织，陶斯咏终身未嫁，1931年36岁的她病逝于上海；萧子昇与毛泽东一别，再没见面，后来当了国民政府的外交官，1976年病逝于乌拉圭。这些材料的收录，体现了新民学会历史的完整性，也增强了《杨开慧》的历史感。史料是不能再造的，将被淹没的史实发掘出来，重见天日，价值不可低估。

《杨开慧》书中的文史材料，增强了作品的文化厚度，提升了作品的文化品位。余艳在解析"实事求是"时，清楚地交代了该词条的来历与内涵。"这四个字，是东汉留下的"，源自《汉书·河间献王传》"修学好古，实事求是"，"颜师古注：'务得事实，每求真是也'"。后经"朱熹、张栻主张'先察实，然后再持养'……到王船山办'行社'，曾国藩'格物致知，'都倡导从实事中间来求得天理……多少饱学先贤，都对此有过共识……成了岳麓书社的精华，成为湖湘学派的根本所在"。一个词语，带出如此丰富的文化信息，让作家手中小小的键盘化成了如椽大笔。正因为作家有文化品位，她在写杨昌济、毛泽东、蔡和森、萧子昇等饱学之士各种场合、各种对话时，谈吐雅健，恰到好处，绝没有叫花子装富人——露馅的难堪。

《杨开慧》大著一出，立刻兴奋了湖南方志和党史界一些领导，迅速扩充了"大写红色湘人"的计划："红色湘妹子"，大革命时期的向警予、帅孟奇，井冈山时期的曾志、伍若兰，长征时期的马忆湘，30 年代和延安时期的丁玲等；还有"妇女八杰"建豪、周景……湘籍无产阶级革命家任弼时、胡耀邦、王震、陶铸、江华等。可以想见，这一连串宏大写作计划的完成，将会把湖南地方史研究、湖湘文化研究推向一个新的阶段①。

（2014 年 4 月 8 日于长沙巴黎香榭）
（《湖南日报》2014 年 6 月 9 日摘登）

---

① 2019—2021 年，湖南省委宣传部专门邀请湘西藉作家、广州大学教授罗宏创作出版了《湖南为什么这样红》报告文学长卷，并将湖湘文化研究推上新的台阶。

城市化进程中的底层蜕变

——论刘春来十年间的小说创作

上个世纪 50 年代至 80 年代成长起来的湖南作家，基本上是周立波亲自培育和沈从文深刻影响的结果。作为周立波家乡的后起之秀刘春来，近十年间，一直处于创作的高潮。他的长篇小说《水灾》《办事处》《时运》，中篇小说《我们在城里茁壮成长》①近 100 万字，影响日益广泛而深远。从《水灾》开始，他便在资江边的益阳市麻石街徜徉。

长篇小说《水灾》是刘春来小说由铜鼓冲农村变革转向城市化进程书写的一个过渡。《水灾》所书写的抗洪精神，浓缩了自然人的生存意识、共产党人的先锋意识，还涉及数千年的宗法管理方式，是共产党领导和传统宗族力量同时发挥作用的真正的全民抗洪抢险。资阴全县六十五万人口，上堤四十七万人！洪峰来了，八千抗洪将士，半个小时集中起来，战斗打响！为防止关键时刻"炸群"，鸭婆洲四个村长一人手里提一根篾片片，半寸厚，两寸宽，两尺多长。中华人民共和国成立前防汛守垸子，当族长的就是这么一根篾片片，唤作打懒棍。族里子弟堤上若不卖力气，当族长的一篾片抽下去，子弟们屁股上就一道血印子。这次抗洪开会，垸子里一些长者说大敌当前生死一搏，还是要把打懒棍请出来，要村长代表他们族里老人管好他们的子侄。龙鳞市琼池县绿湖镇的鸭婆洲，洲子只有一巴掌大，男女老少一共才五千七百一十九人，上堤防汛的就有四千多人。他们的雨具一律都是一只白晃晃的尿素袋子。他们手挽手挡在子堤前，让浪头打在自己的胸脯上，打在眼睛上，打在"龙鳞牌尿素"几个字上。他们用身子护住子堤的断头，用身体来承受浪涛的冲击，断头处堆成了两个巨大的人

---

① 《水灾》，人民文学出版社 2001 年版；《办事处》，中国青年出版社 2008 年版；《时运》，中国青年出版社 2009 年版；《我们在城里茁壮成长》，《湖南作家》2009 年 1 期（益阳作家专号）。

球，硬是用装了土的编织袋筑起了一道新的堤坝，拼尽全力堵住了缺口。那为生存而激发起来的农民意识，农民的土地观念、家园观念、宗法观念、群体观念，得到了最高贵的凝聚、最完美的释放。不仅包容了数千年的历史内容，而且，早已不仅仅是一种观念，而是内化成了无数生命的无穷力量。客观地说，《水灾》中紧张激烈的巨大场面，涤荡一切、动人心魄的气势，不顾生死的拼命三郎精神，在周立波的作品中是没有机会出现的；对农民和农民思想意识的认识与描写，也是当年的周立波没有生活蓝本而无法书写的，它超越了周立波笔下"土能生万物，地可纳千粮"的农民土地观念的表述。刘春来才具有了书写农民进城新趋向的优势和资质。

在风俗人情的描写上，刘春来继承了前辈的经验更有所发展。社会生活丰富复杂了，人情风俗的描写有了更大的空间可以延伸。他大量引入世道人心的"社情"，风俗民情描写更具有厚重性。尽管是"文革"后期阶级斗争红火的年代，出现在他笔下的居然是一个经常捆人的民兵队长和一个经常被捆的下放知识分子马拐子，两人共坐在一个队屋的阶沿上推心置腹的闲聊。"马拐子走的时候还很得意，说社会主义就是好，挨批斗也记工分，今天十分工又到手了。"在这下层人际关系中，生死对立的阶级斗争双方居然成了毫无芥蒂的异性兄弟，严肃的阶级斗争竟然化成了快乐的生活游戏！这就是"帝力于我何有哉"的农民的政治态度和为人方式。还有比这样的人性人情更美妙、更亲善的吗？当然，这是化严肃为幽默，化沉重为轻松；刘春来笔下更多的风俗人情描写隐藏了时代的痛苦和历史的悲凉。在文学前辈的指引下，他与时俱进，因势而上，风俗人情描写的成绩，是进步了的时代的馈赠，也是开放的现实主义超越革命现实主义的结果。

城市化进程是一个庞杂的概念，包括工业、商业、交通、科技、建筑、人居、文化等方面的大规模现代化推进。刘春来主要关注城市化初期城市扩容、农民变市民等底层变化。这些变化，是工业化的需要，城市建设的需要，也是文明进步的标志。农民的变化当然不只是身份和职业的变化，生存环境与生存方式的变化，而是文化的千年转型，是农耕文化向现代工业文化和科技文化的转化。这个转化何等广泛、深入、细腻而持久！它所表现出来的现实生活的丰富性，历史变迁的广泛性与深刻性，都远远超过了土地改革和农业合作化运动带给农民的变化。从这样的角度和基点上来看待刘春来近十年间的小说创作的价值，就洞若观火了。

　　但是，刘春来在一个基本点上，也就是思想的穿透力方面远不如周立波。这不是说刘春来小说中没有自己的思想。他要求基层党组织适应新的变化，在关心五保户、守住思想阵地等每一个环节上，都找到新旧体制的衔接点。但比较起周立波思想的穿透力来，的确是小巫见大巫了。人云："每一个大作家都是一位先知，预言家，是人类命运和精神奥妙的揭示者，是重大精神悲剧和精神出路的启示者，也是人类精神陷阱的指示者。"鲁迅说："凡是人的灵魂的伟大的审问者，同时也一定是伟大的犯人。审问者在堂上举劾着他的恶，犯人在阶下陈述他自己的善；审问者在灵魂中揭发污秽，犯人在所揭发的污秽中阐明那里藏着的光耀。这样，就显示灵魂的深。在甚深的灵魂中，无所谓'残酷'，更无所谓慈悲；但将这灵魂显示于人的，是'在高的意义上的写实主义者'。"① 刘春来在写实的技法上早已圆通熟稔，但尚未达到"高的意义上的写实主义者"，在眼光的穿透力、精神的批判力方面，远不如他所敬重的前辈，甚至还远未达到批判现实主义的精神高度。他虽然已经摆脱了名疆利场的羁绊，自觉地、快乐地为底层而写作，但他还只是个"智慧的写实主义者"，离批判家、预言家、精神指引者、灵魂探索者还有相当大的距离。"取法乎上得乎中，取法乎中得乎下"，从这个角度说，周立波是刘春来永远的楷模，永远的导师。

　　刘春来的小说为中国城市化进程提供了什么呢？他首先告诉我们，中国现代城市化进程是在最广大的农业社会的基础上，最贫困的经济水平线上，最深厚的农耕文化上开始的。这和西方许多国家在工业基础厚、契约观念强的基础上的城市化进程很不相同。正是这个不同，中国的城市化进程，每个中国人必须先有饱饭吃，然后才有农村人口大转移，由农业社会向现代化工业社会转型。所以，他首要表达的是，中国城市化进程的艰难，尤其是进城了的农民的艰难。小说《时运》很朴实地写道，计划经济年代，"责任承包前，全省28万多个生产队农民全年口粮300斤以上的只有11%，300斤以下有89%，其中不到200斤的占30%"。城里人过年每人也只配给半斤猪肉指标，豆腐、酱油、棉布、自行车都要凭票供应，极其紧张。在那样的年代，国家只能严格控制商品粮人数，坚决制止农民进城，把进城的农民作为"流窜犯"打压。是袁隆平的杂交水稻解决了中国十多亿人口

---

① 鲁迅：《集外集》，《鲁迅著作全编》第3卷，中国社会科学出版社1999年版，第342页。

的吃饭问题，国家才有能力实行粮食开放，逐步容许、欢迎、提倡农民进城，城乡一体化的政策才能得以出台。这就是中国现代城市化进程的独特之处。进城的农民，不但为了生存，需要拼命，即使如施丽华以身体做本钱下注，也很难真正站稳脚跟，更难融入城市生态文化圈。这就产生了"一个怪圈。政府不准拖欠农民工工资，政府盲目招商又拖欠张老板的钱。张老板违反合同付不出王叔的钱，工人们闹事，政府又要来了难——这个怪圈如何解得开呵！"这一笔非常重要，如实地摆出了我国城市化初期，农民、市民、政府都有困难，这是一个时代的大难题。

这种艰难源于中西方城市文化的共同特性，即：一是聚合性或集中性，各种人、事、物和观念因过于集中和浓缩，生存空间很窄。二是竞争性，城市中的一切，无不处于激烈竞争的有序或无序的态势下。三是功能性，城市的一切设备、设施，都从"有用"出发，无空闲之物。四是消费性，一切设备，设施，都是满足需要，刺激欲望，扩大消费，保障生活，增强娱乐性。五是前导性，大城市引领中小城市和乡村的生产生活消费新潮流，尤其在服装、饮食、娱乐三大服务性行业。六是遮蔽性与开放性并存——现代社会强调保护个人的隐私，城市的设施和制度都具有一定的封闭性，而城市交流的广泛又要求城市设施有一定的开放性，封闭性和开放性的融合是城市文化的新特点，城市中产阶级家庭的客厅集中体现了这个特征。中国的农民虽然有承受压力的坚强，但既不具备竞争的条件，也没有享受现代消费的优势，更难接受开放式生活观念，怎能在城市轻松愉快地生活呢？另一方面，市民开始也不欢喜农民进城定居，农民的自卑感、屈辱感、立足城市的艰难度，皆由此而来。正是这个难题，给刘春来的创作提供了取之不尽的养料。

刘春来小说再现了农耕文化与城市文明的深层冲突。中国农耕文化中，天人合一，笃信天命，顺应世事，亲近自然的世界观；循宗法（家法、族规），守本分，重亲情，信因果，恋土如命、重农轻商的基本意识；求温饱、惜物产、爱自由、亲自然、以耕作养殖为本，自给自足、恬静散淡的日常生活态度；分真假、讲善恶、明是非的二元对立的直线思维的处事方式；等等。与现代城市化进程中的灯红酒绿，欲望的膨胀性释放，必然发生极大的冲突。这一文化冲突是作家书写城市化进程取之不尽用之不竭的丰富源泉。刘春来的城市化进程小说初步表现了分散与集中、散淡与竞争、伦理和欲望、亲情与利益、节约与消费等种种深层的文化对立。这些对立与差异，集中表现为现代工业文明与自然古韵的冲突，城市现代化与乡村原生态的对抗，时代风云对个人命运的冲击。十五里麻石街是排古佬和驾船人建起来的，一直是老街坊们的骄傲。可现在呢，龙鳞市对河新区高楼林立，有了铁路有了火车站，乡村角落里都通汽车了，大码头反而败落了，麻石街最大的企业轮船公司寿终正寝，排古佬和驾船人的子孙都一个个下岗了，农村来的有钱人居然到新城区买房落脚，曼蔓姐与四铁匠经过了毁容和牢狱之变，最终走到了一起，农业文明的伦理之美与现代城市的物质化、欲望化，终于相互妥协，融为一体。"人类文明现代变革"这个宏大的命题，在刘春来笔下获得了历史的纵深度和艺术的立体感。

农耕文化与城市文化最大的区别，集中表现在生存状态和价值观的区别。农村生活恬淡知足，城市生活刺激性强烈。当前现代城市生活中，以道德伦理为评判标准的价值体系正在坍塌，以欲望为正当价值内核的价值观正在蔓延；以伦理本位的家庭亲情正让位于以官本位为中心和以钱本位为终极的利益交换，市场化价值体系逐步建立；鼓励消费，刺激欲望，欲望的道德合理性连同以功利为最高准则的价值目标并行不悖。这样一来，对官、权、钱、色的相互交换关系欣赏多于批判，对底层市民势必缺乏关照与同情，城市化进程中文学的道德评判在逐步丧失，刘春来的小说对此做了相应的批评。然而这类小说的道德底线如何确定，作家的价值观如何选择，仍然是当今城市文学或城市化进程小说创作中一个重要的理论命题。

农民的生活空间变化后，接踵而来的是职业的变化，生活方式和生活态度的变化，最终导致人的精神变化，意识变化，价值观念的变化，总之一句话，人性在发生变化。不表现进城的农民人性的变化，都不是城市化进程的完整再现。刘春来笔下的中国农民，在陌生的城市生存、发展，在融入城市这个新的生态圈时，自己在人格上也有所成熟，比如说，彭玉蓉最终皈依了佛门，娥姐也认同了佛教……这一类描写，意向固然是深刻的，但是否合理就值得商榷了。泼辣、精明、能干、欲望强烈的彭玉蓉，有时简直咄咄逼人，是人们眼中的凤姐儿，她在丈夫死后怎么会突然脱离红尘呢？娥姐原是为了生存的惬意而进城，她的精神的超凡脱俗也来由不足。刘春来注意到了城市化进程中的人性蜕变，是他的高明，但缺乏文化根底的人性蜕变，提醒其对新生活、新人物的艺术把握能力尚需修炼。

刘春来近十年间的作品，几乎都在思考同一个问题：农民为什么要走出山村往城市发展？农民在乡下的日子并非不好过，相反，"现在乡下人的日子真好过呵，一年只要用两个月时间就可以种好田了，再用一个月时间过好年，剩下的九个月如果不出去找事做，就只有坐在屋里打牌，你赢我的钱我赢你的钱了"。农民为什么还要不计后果地拼命往城里挤呢？作者写道，农民进城，力图改变自己的处境和身份，乃是自然人性的挣扎，是人性向上生成的必然，因此不可避免地既带有盲目性又带有命定性。"水往低处流，人往高处走"，只要是人，潜意识中都有一种追求文明的驱动力，因为任何人都是文化动物，内心都涌动着追求高贵、靠拢文明的要求。埃及现代著名作家纳吉布·马哈富兹说："我是两种文明的儿子……第一种是有七千年历史的法老文明；第二种是已有一千四百年历史的伊斯兰文明。"[1]城市是人类文明诞生的标志，也是人类文明发展过程中的一种特殊的方式。城市化是人类文明方式的转变，也是人类文明的进步。美国著名经济学家斯蒂格利茨断言："21 世纪影响人类文明的因素有两个，美国为首的新技术革命和中国的城市化进程。"[2] 中国城市化的现代进程，自 90 年代初小平同志南巡，伴随着改革开放的潮声，应和着农民进城务工的脚步声开始的。刘春来并没有从概念出发，他集中笔墨书写农村人进城的艰难，是在赞扬他们百折不回地追寻人类现代文明的精神。所以，中篇小说《成长》，写"我"与金枝的道路虽然充满艰辛，结局也一时难以确定，到底显现了进城青年农民命运的一丝曙光。

（2010 年 3 月于巴黎香榭）

（原载于《文学风》2011 年第 4 期）

---

[1]　孟宪忠：《听文化巨人诉说》，时代文艺出版社 1991 年版，第 99 页。

[2]　原新、唐晓平：《都市圈化：一种新型的中国城市化战略》，《新华文摘》2006 年第 22 期。

他走进了通往哲学人类学的间门

——读林家品的《狗头》《大放血》

文学的触须永远向前。当它萎靡地探入 20 世纪的门槛，广泛与哲学结缘后，骤然鲜活起来。一些哲学家直接用文学作品宣传自己的哲学思想，真正的文学家同时也便是真正的哲学家。然而，文学表现生命哲学迄今只经历了表现"性意识"和"生命意识"这两个阶段，还未进入到哲学人类学的堂奥，即：人的生命力量的爆发源泉是什么？人在宇宙中到底处于何种位置？人与自然的关系、人与社会的终极关系是什么，二者之间有何内在联系？这些深层的人类学的哲学索解，哲学人类学本身未获科学解决，有关的文学创作更未进入到如此高层次的探索。

读了林家品的《狗头》《大放血》，我惊喜了，兴奋了，我不知道他是怎么写出这两篇小说的，我也不知道他是否看清了这两篇小说的探索价值。作为一个不乏文学史知识的读者，我深深感到，这两个短篇小说，以人的生命因素为主要视角，探索人的生命能量的来源，表现各个不一的生命形态，寻找人在宇宙中和人在社会中的特写位置，探索自然宇宙中的人和社会中的人的双重境遇，确确实实将文学由一般的"人学"引向了"哲学人类学"的新境界，林家品似乎走进了文学通往哲学人类学的堂奥的那扇间门，在以生命为母题的文学作品中具有不可小视的"先锋"意义。

《狗头》写打狗者老余的故事。从技艺的熟稔、功夫的神奇看，打狗的老余不亚于解牛的庖丁，均达到了"不以目视，而以神遇"的化境。然而，《庖丁解牛》是寓言，告诉人们一个"抓住关键、矛盾便可迎刃而解"和"熟能生巧"的道理。老余打狗的故事内中虽也含有此理，但其思想落点却不在此。老余打狗不单凭技巧，技巧往往需要凭借工具，老余徒手打狗，凭的是人的本能——人生命本身的潜能和力量。尤其是广场上百步逮狗，骑于胯下，双雷贯耳，立毙狗命的精彩表演，更是人的生命潜在的力量的大爆发。那么，人的生命力量的大爆发源于何处？家品做了一种暗示性的回答。老余独身一人在街上走，忽有一小孩好害怕地紧拉着母亲的衣襟，指着老余说："那个人的头怎么是个狗头？"尽管语义含糊，颇有几分"玄"，作为点题的写实之语，不能不引起读者的思索。从老余那狗一样的头型与面相，联系到他杀狗的两手——诱杀和捕杀，说明老余这个"人"既有人的狡黠，又有狗的快速与凶残；在老余生命的深处，人性与狗性并存，人的运动机巧与兽类的潜在生命野性共存。人的生命力量的大爆发，既源于人的运动素质，又源于人的兽性的潜能。不能说《狗头》的暗示性结论很科学，但也不能说是反科学。不仅鲁迅有过"人 = 人性 + 动物性"的论述，一代伟人毛泽东也承认自己身上有几分猴性，亦有几分虎性。王震于 1979 年请文艺界名人观看苏联影片《人与兽》以后也有类似的说法。

文学创作毕竟不是哲学论辩。文学形象蕴含的理想可以让人们想得很多很远，绝不是一个概念、一个断语所能概括得了的，一旦把一个作品、一个形象完全归结为一个哲学题解或一个思想教条，那么，这个文学作品或形象便被简化了，歪曲了，扼死了。《狗头》，其主视角是生命因素，但也有社会学视角；其主要内涵是哲学人类学的观念，但也有社会学、政治学、历史学的内涵。从社会学角度作历史观照，狗是老余的奴才，老余是狗的主人；放宽来看，老余也许是别的什么人的奴才，他还有他的主子，从老余打狗的威风凛凛到狗死尽后的被冷落，很可以悟出"狡兔死，良弓藏，走狗烹"的历史规律。

一篇优秀的通向哲学人类学的文学作品，它同时又是不离尘世的，其思想内涵常溢于哲学人类学的藩篱之外，具有更为广泛的含义，这是无需赘言的。

《大放血》的社会学内涵更为明显而突出。它写一个农民业余诗人强满哥可悲可叹的命运，毕生从事诗歌创作的高小生"强老师"，围绕中心而创作，跟着变化而修改，使出浑身解数，也没有多少成就，连获得足够的食物维持自己的生命都不可能。从社会学的角度说，这是一篇颇具典型意义的社会问题小说。但构成这篇小说的情节枢纽和决定人物生死存亡的关键却是人的生命因素：血液。大换血，矮小的青年可以长成武高武大的男子汉；不换血，苦累的"强老师"只好走向死亡。这个情节枢纽的设置使《大放血》通向了哲学人类学。但这个作品的意义不只是赋予了哲学人类学的文学创作以深刻的社会意义，而且它分别展示了人在宇宙中和人在社会中各自的位置及其两者之间的关系。就自然宇宙中的人而言，人的死亡和其他一切自然物一样，是本身生命力量枯萎的结果。但为什么一个生命力枯竭的小青年能重新获得勃勃生机，而一个正当壮年的生命却枯萎而死呢？这就是社会因素在作用了——前者只要500元钱，而且有500元钱换血；后者却需要5万元钱，而且连500元钱也没有，不能换血！可见人的生命归宿受制于自然规律，而人的生命过程的久暂、辉煌或暗淡，是受制于社会，受制于人自身的。

从文学史的角度看，这两个短篇走进了文学创作又一片天地，把表现生命哲学的文学创作引向新的层面，但若只从理念上解析和把握，或许将深刻说得肤浅，丰富说得枯燥。同时也证明了，林家品的探索才刚刚开始，思想内涵还应当下更多的功夫。真正的文学家也更是真正的哲学家，或可作家品今后的座右铭。

家品这两篇作品，特别是前一篇已达到了天人合一、逸气浮游的艺术境界，他创作时不袭成法、不拘格套、任心运作、唯意所出的高度自由的创作心态和较广阔的文学视野，都是值得一书的可喜成绩和宝贵经验。

限于篇幅，这些话只好留待以后再细说了。

（原载于1993年10月《湖南工人报》；选自《芙蓉评林·湖南实力派作家检视》，湖南文艺出版社1996年版，第214 – 217页）

序砥柱兄《安和堂诗稿》

《安和堂诗稿》是欧阳砥柱先生之自选集。欧阳与我大学同班,我了解他,读他的诗,自觉易入佳境。

欧阳 1950 年入小学,乘坐共和国的东方列车,进中学,上大学,毕业后由国家统一分配,参加工作,按部就班,一路前行,是五星红旗下成长起来的第一代知识分子中的普通一员,沐浴着新时代的春阳春风,也经历着年轻"圣朝"的风风雨雨。这部诗词集,以旧体诗的形式,诗性地展示了诗人大学以来,特别是改革开放以来的生活历程与心路历程,是这一代普通知识分子生活小史与心灵小史的形象记录。欧阳为人严谨踏实,平和淡定,从不张扬,晚年更近贤达。他的诗,气宇坦荡,精神内敛,恬淡平和,境界求高,技艺求工。诚如他《题某刊》云:"素质为文人为本,清词丽句两相宜。"文质彬彬,其人其诗之谓也。

一代有一代之政治,一代有一代之思想与情感,一代有一代之文学。我们这一代人,对共产党及其领袖,深为爱戴。在消解权威的后现代观念比较盛行的年月,欧阳书中不乏歌颂毛泽东、胡耀邦、邓小平,以及歌颂共产党、改革开放和现代化建设的篇章。一般说来,颂歌文学不被看好,但欧阳的颂歌,无功利之心,也不停留在感恩的思想水平线上。他在耀邦母校口占一绝:"满园桃李溢芬芳,草木情深忆耀邦。纵是高寒终不悔,参天松柏郁苍苍。"《管子·君臣上》说:"是以上之人务德,下之人守节义。"虽然诗人与领袖身份悬殊,但他以知识者的节义,从有德的角度歌颂了胡耀邦的精神魅力,反而缩小了身份差距,平等了人格,在歌颂领袖高尚情怀的同时,张扬了知识分子的独立自主性。

我辈童子功弱,国学功底差,能写旧体诗的很少。欧阳靠了"残灯不舍五车书"(《生日登长城》)的勤奋好学,年轻初涉,中年渐进,老来为盛。故他笔下怀旧之作不少。如《故地重游观湘江夕照》:"佳期合久谋,偿我梦中游。方叹云追水，忽惊日吻楼。柳堤思离别，沙岸印淹留。未睹湘君泪，谁闻参差忧？"怀旧是人类一种美好的情感，马克思、毛泽东等伟人莫不怀旧。大凡怀旧，免不了感伤。然欧阳诗中溢出的却多为人生哲理和豁达、开朗、淡定的情怀。由于诗人的人生修为已到一定境界，他的怀旧诗，大多略显深沉。"留得当时影，回回梦故人。洞庭风雨夕，谁与细论文？"（《题与友人照》）身边没有了知人、知世、知文更知心的知己，难免孤独寂寞，但不是唐伯虎式的"红颜不在心空寂"，而类似于"自古圣贤皆寂寞"的李白式的孤独，以平朴清淡的语言出之，哀而不伤，颇有汉家气象，唐人风韵。

关心时政，关注民生，是时代赋予我辈的政治品质，也是欧阳诗作的重要内容。衡阳大火、特大洪灾、汶川大地震等无不牵动这位耆年老者的心：

《读报有感·寄雁》："但愿年年南去雁，墓前振翅几盘桓"。

《救灾保学》："三江四坑浪涛声，总是乡间水患情。"

他用自己的笔，或诗或文，倾吐情愫，寄托哀思，表达关切，是中国传统知识分子"天下千秋情怀"的自然流露。

诗人所写总是与亲见亲历相连，真切而不空泛。且看《歪改古诗之一——苏轼〈题西林壁〉》："横看成鬼侧成人，远近高低各具神。识得诸君真面目，只缘未敢共浮沉。"或许诗中贬斥的是他熟悉的人和事，而流露出的是自己刚正不阿，不愿同流合污的情怀。这类讥讽时政、针砭世风的作品，以《菩萨蛮·辛卯十叹》最为集中，有血肉，有筋骨，有才华，有正气，可谓"四有"。历来文分上、中、下三等，画有能、妙、神、逸四品。我曾说他的讽喻诗皆为妙品，欧阳以"愧不敢当"四字谦拒。平心而论，"四有"之见，不涉奉承，应为公断。

与政治诗相近的还有咏史之作。政治诗重在刚直之性情与眼光的穿透力，咏史诗则贵在翻新。欧阳的咏史诗，时现新意。他的《说项羽》"惊世雄心大丈夫，霸王功业有还无。虞兮一唱传千古，竖子何曾不读书！"显然是对唐代诗人章碣"坑灰未冷山东乱，刘项原来不读书"的反一调，自然也就否定了知识分子怀才不遇的消极情绪，意在唤起失意者的进取意识。

欧阳的诗，多在自我把玩，装腔作势板起面孔说事论理的很少。相反，机趣之作多多，尤其是生活小诗。诗人的一位熟人某翁，少好学，壮好权，老矣犹好色，艳闻如影随形。公赋诗以赠："春回不觉老，处处寻小鸟。夜来歌舞声，花费知多少？"（《歪改古诗戏赠某翁》）这类诗，古时称"小言"，为游戏玩笑之作。但在欧阳笔下，谐趣之余，不乏劝谏之善意，可为后人戒。

游览登临之诗，借景抒情，咏物遣怀，是中国旧体诗中含量最大的诗体，有己意难，出新更难。欧阳这类诗，本乎心，发乎情，止乎礼，虽未达"治国平天下"的宏旨，也难以超越前人的造诣，但有感而发，不蹈袭，在诗林中自有本身的姿容。诗人于不惑之年走上省重点中学领导岗位之际，写下《满江红·春日观渔》："春雨时来，成就了、洞庭气魄。八百里，浪追涛涌，水随天阔。时调悠悠斜日远，小舟甸甸归帆落。吆喝紧，沽酒祛疲寒，燃篝火。　渔家翁，何所获？狂歌客，谁落寞？揽万般风物，尽开心锁。苦旅焉知长与短，畏途空论强和弱。当不悔，三十九年非，徒漂泊。"

词中描绘出浪追涛涌、水随天阔的时代背景，洋溢着不惮苦旅长短、不屑空论强弱的积极进取精神，诚为可贵。

欧阳诗中吟咏亲情的篇什不少。《秋日登高》："碧落满秋云，思亲逐日深。登高身自远，为报倚门人。"抒发在外游子思念母亲的人间至情，言简意深，不落俗套。请看当年那幅父子对弈图，情真意殷，天趣撩人："融融庭院草凉棚，将相初逢四岁童。炮打隔山斜走马，舐犊情在举棋中。"（《棋趣》）一方乳臭未干，一方华发早生，乃父之意根本不在棋，而在"举棋之乐"。貌似叙事，其实是彻底的抒情诗。马克思说："所谓彻底，就是抓住事物的根本，但人的根本就是人自身。"诗中的下棋不过是由头，教子育孙才是"根本"。这显然是一首彻底人性化、人情化的诗。欧阳笔下的亲情之咏，多属这类作品。

初看欧阳的诗，以为小情小意，男儿血性似乎不够充盈，其实不然。温文尔雅的诗人，往往骨子里蕴含着至刚至大的情怀，只是平时难得契机，不大显露而已。他52岁调任新职时写的《沁园春》，便是平生少有的阳刚之作。面对利于自我生命充分燃烧的平台，他没有窃喜，只有雄心，只想再有一番作为："纵艰危并起，挥之可去；发须渐染，料又何妨！""沉吟罢，取当年笔砚，再续文章。"读来可喜、可贵、可叹：可喜者小知遇，可贵者大精神，可叹者天命也。

于诗之外，欧阳撰有诸如此类不少"别裁"。有人说，填词比赋诗更难，更讲究。作词须按谱填写。词有词调，调有定句，句有定字，字有定声，各个不同。限制如此之多，欧公无一不中规中矩。个中才智学养，拉近了与古诗家词人的距离。

大凡为人作序，力求高屋建瓴，别有见地，与原著若即若离。在诗、在我则难。为何？诗歌乃最古老、最富文学特质、最具亲和力的文体，倾诉衷肠，抚慰心灵，寄托志向，鼓动民众，莫过于它。故诗歌又是最普及的文体。专事新文学评论与研究的我，虽也曾发表过几首旧体诗，但诗论早就汗牛充栋，我何能担当此任？欧阳与我既有同窗之谊，更兼信任有加，盛情难却，只好勉力而为，就诗论诗，记下一点阅读的杂感。现不揣浅陋，奉献于欧阳及诸方家之案前。

是为序。

（2012 年 6 月 4 日于长沙巴黎香榭）

（原载于欧阳砥柱《安和堂诗稿》，中国文化出版社 2013 年版）

序杨盛龙著散文集《无地农民》

杨盛龙是我上世纪七八十年代在吉首大学中文系任教时的学生。他长期在北京工作生活，师生间一直有联系。读了他新近汇编的散文集《无地农民》，有些话很想公开说一说。

有人讲，学文学专业的人不搞文学创作对不起所学的专业。其实不然，一般的大学中文专业并不培养作家。杨盛龙在校时，中文系隶属吉首大学师范部，是专门培养中学师资的。那时刚恢复的大学生机勃勃，人各有志，鼓励爱好。杨盛龙在学习上并不像有的同学那样采取很实用的做法，将大多数时间用来分析一篇篇中学语文课文，抄写教案，而是大量阅读文学名著，做比较深入的钻研，研究其思想内容、艺术特色，以及具体的表现手法，借鉴人家的写作经验，以此记下了厚厚的十几本读书笔记。四十多年来，杨盛龙对文学的坚守一直痴心不改，坚持文学创作不间断，以散文创作为主，也写文学评论与小说，生活非常充实。

当作家、文学家，还是要有天赋的。杨盛龙的父亲是湖南省优秀民间艺人，获省文联颁发的民间文艺家荣誉证书。得父亲文学细胞之遗传，杨盛龙初中肄业居然考取了大学中文系，学生时代就在几家义学杂志、大学学报发表散文和文学评论文章。因天赋而生爱好，因爱好而成就天赋，文学创作一旦上手便一发不可收。近半个世纪以来，他创作的散文、小说、评论有一千几百件，其中不少译介到国外；十多部文学史著设立了杨盛龙专章、专节，论定他的创作。此外，他还参加高校教材编写，有的著作被列入"高等教育·专业基础教材·博士论文写作期间读书目录"，被有关部门聘请为社会科学研究评审专家，"长江学者奖励计划"评审专家。

杨盛龙的文学成就得江山之助和青少年时代生活的馈赠。他出生在湘西农村，成长在湘西奇特的地理环境中。上初二时"文革"爆发，全国停学，他回生产队劳动了十三个年头。这成了他文学创作的生活宝库。1977

年恢复高考，考取大学后的他 1978 年春季入学。他的出生地以及青少年生活对其创作的影响相当大：感情离不开它，思维离不开它，笔触自然离不开它了。杨盛龙的血脉连接着湘西的山川河流，杨盛龙的魂灵飘荡在湘西山水间。他发表的文学作品，一半多是描写湘西以及与之毗连的武陵山区农民的生活状态和今昔变化。他把自己的湘西题材散文归拢在一部部集子中，《无地农民》只是近年的新作。

"艰难困苦，玉汝于成。"常年吃不饱和繁重的体力活让杨盛龙体会到生存的不易，艰难求生的生活经历和独特的生活经验，给了他取用不竭的创作源泉。为什么"湘川公路死事员工纪念塔"上的"开路先锋"，那个铜铸的汉子悬手掌钎挥锤，对着天空打炮眼——"剁天"？因为"悬岩上没有站立处，腰上捆着粗缆绳，站在绳索悬吊的箩筐里打炮眼。岩壁被火炮炸出岩缝，只能站在岩壁下方对上撬岩"，其形象便是"剁天"！杨盛龙若不是凭借自身修筑悬岩公路的经历，散文中怎能有这样的独门绝活的自家文字？杨盛龙在社会底层乡野田间生活的时间长、潜入深，其体会是刻骨铭心的。许多社会现象、社会问题在他的头脑中积淀，积存到相当的厚度，如同火山爆发般地喷发奔泻。

杨盛龙是具有浓厚的民众情怀和丰富历史文化知识储备的作家。这使他的散文有着高尚而朴实的思想境界。"以前我家总是吃了上顿没下顿，常年借粮，总是瓜菜代烂啪饭，吃树皮草根，""现在，我家发展成为十个小家庭，几家住在县城，有的在州府，有的在省府，有的在深圳、北京工作生活，各家都有了小汽车。"多么实在的文字，表现的是多么朴实而进步的思想。平民的福祉，民族的发展，国家的强盛，几乎是贯穿于他所有文学篇章的总主题、总归宿。做民族事务行政工作，做民族问题研究，需要深入各民族生活，熟悉各民族地区的风土风情，熟悉各民族人物及事务，杨盛龙借此将散文创作拓展到展现中国各民族的生活。他出版的作品集里有两本是集中描写中国 56 个民族的散文集，每个民族一篇以上，共计一百多篇散文，描述中国各民族的风土人情，反映各民族的历史文化、精神风貌。中国作家大多写本民族生活，涉及其他民族的，一般只涉及一两个民族，多的三四个民族，以散文作品艺术地表现全国 56 个民族，在中国作家中独此一家。这是他对民族工作和文学事业的独特贡献。

杨盛龙坚持农民本分。他曾说，青年时代的他每年都挣得全生产队最高工分，他们生产队的每一块土地都密集地印满他的脚迹，他使犁打耙，春耕秋收，插秧总是抢在最前面，熟悉每一种农活。他的思维是从湘西山村出发的思维，表现手法是使犁打耙般地贴近泥土，作品展现的环境是他熟悉的生活环境，反映的是他在乡村的生活，用的语言是生动的乡间俗语。他用文学作品思考着他当农民时所处的那个时代，为穷乡僻壤的农民倾吐心声，将那个时代与当今做对比，思考着山区农村贫穷落后的原因，以及推动社会发展，奔向美好明天的途径与意义。

作家需要广阔的视野。杨盛龙书写湘西乡村生活的成功，从某种程度上说，得益于后来走出湘西，走到北京，足迹遍及全国各省区各民族地区，将湘西少数民族的生活与外面的天地相对照。识得庐山真面目，只缘走出"此山中"。站在"湘鄂川三省交界之地"，一脚踏三省，心中陡然生出的庄严与神圣，类同于置身于鸡鸣中俄朝三国的珲春，也好似置身好望角面对印度洋、大西洋与非洲大陆的交接。把偏远家乡与中外古今地理名胜相互对接，才能辩证地思考湘西，客观地回观湘西，细嚼慢咽印象中的湘西，灵动湘西的奇山异水才艺术地在他的笔端流连。

杨盛龙始终坚持读书写作不间歇。他从吉首大学毕业留校任教，改派到北京，大半辈子从事民族事务行政工作。从机关的收发文，上传下达，办会务，调查研究，到起草领导讲话、领导署名文章、研究论文、调研报告等公文稿，到作为主要执笔人参与起草国务院文件和行政法规，起草人民日报社论，主撰以及合作、参著民族问题研究著作，做了大量的行政事务工作和民族文化工作，需要大量民族问题方面和行政管理方面的知识支撑。读书是他补充生命能量的源泉，写作则是生命能量的诗意释放。

杨盛龙散文的语言很有诗意。他写重庆水边的土家族人打鱼的生活，"云浸在水里还在燃着，山浸在水里也红火着。一篙篙撑开，一网网撒开。一网情深，撒向天。那一网高扬起，打着一个太阳。那一网撒开，兜住一缕晚霞。这一网，罩着一个刚刚升起在东山口的圆月。那边一扳罾捞起一个水中月亮，碎成银光闪闪跳动。"色彩、线条、形状、情态构成的美情、美景、美的劳动场面，配上灵动的文字，实在是撩人心弦的纯美的散文佳构。杨盛龙的散文不只是写湘西和少数民族边远地域，也写都市，写街巷胡同生活，表述机关事务，反映广阔的都市生活。这是杨盛龙散文创作从湘西题材向都市题材的拓展，值得肯定和探究。

杨盛龙是一位使命感相当强的作家，也是一位多产作家，具有强烈社会责任感的社会一分子。他对文学的坚守，并不是刻意地坚持什么，而是肩负责任使命，为时代歌唱，为民众呼吁，为国家献策。作为一个从事民族事务工作的正厅级官员，杨盛龙长期将文学创作，行政事务工作、民族问题研究有机结合，三方面一齐努力，完美地统一于人生旅途。套用中央党校副校长李书磊的逻辑，杨盛龙当了官以后始终坚持读书写作，他不是一介俗吏，而是熠熠生辉的兼具雅兴、雅量的雅吏与雅士；他是自己时代的歌者，是诗意记录少数民族生活的合格的书记。

2021 年 7 月于长沙市河西龙王港御西湖小区

（原载于《文艺报》）

战火烽烟中的湘西

——论《白祭坛》的书写模式

1933 年至 1945 年间，湘西和全国一样，一直处于战火烽烟之中。占山为王的土匪枪炮乱打，贺龙领导的工农红军在这里诞生，开展反围剿武装斗争，抗日的最后一战在雪峰山进行。湘西地方武装竿军及其首脑，一度成为湘西这段历史的主角，成了《白祭坛》的重头戏。岳立功敏锐地抓住湘西历史的主干，叙说湘西健儿用血肉之躯担当起国家兴亡的匹夫之责，谱写了湘西人民自尊自强、内反专制、外抗日寇的悲壮史诗。

"湘西"一词，最早出现在《晋书·地理志》，所指湖南西部，分大小湘西。小湘西，指凤凰、大庸等十县；大湘西，加上怀化市全境和常德市、邵阳市的一部分共 26 县市。自辛亥革命以来，湘西名人辈出，光凤凰城就出了中国第一个国家总理熊希龄，与宋教仁、林伯渠同窗的南社诗人田星六，名动世界的沈从文、黄永玉，但真正左右近现代湘西历史秩序的，还是军政首脑及其军队。《白祭坛》通过军人纵横捭阖的战争，正面描述了大湘西的近现代历史，揭示了历史的必然走向。

《白祭坛》分上下两卷。上卷 19 章，先写湘西地方武装"竿军"与黔军争夺洪（江）城的战争，而后写竿军与洪江土匪韩章的交战，以及国民党军阀何健与湘西王陈渠珍的明争暗斗。下卷主要写湘西军民的抗日战争，重点写两场战役，嘉善阻击战和对日最后一役的雪峰山之战。书末，老统领陈渠珍从蒋介石的软禁中回到凤凰老宅，只见家家都在祭奠为国捐躯的亲人，整个镇竿，皆白幛白衣白裤白纸钱，顶着一头白发的陈渠珍，长跪不起，大地白茫茫一片真凄清！全书与结局写得神采飞扬，出人意表又都合情合理。小说涉及的军政要员和重大事件，皆为真人真事，蒋介石、李宗仁、贺龙、张治中、何健、程潜、唐继尧、薛岳、王耀武、王家烈等，用的全是真名实姓。本地名人几乎一个个都"上了书"，都有相对应的模特儿可考，为了更明朗地昭示作品的历史真实性，笔者在文中，索性以真实姓名而呼之。

从正面直接描述战争、军人、地方武装来展现湘西的历史，《白祭坛》选择了最佳的写作角度，获得了最好的题材，找到了最能传达湘西本质特征的书写路径。战争用极端方式、暴力手段，解决各派政治、经济、文化等一系列争端，它把隐藏的矛盾表面化，缓和的矛盾激烈化，分散的矛盾集中化，让固有的矛盾得以转移、消化。战争撕开了所有的遮羞布，人们的本性赤裸裸地暴露出来，个人、婚姻、家庭、团体的命运被迫与民族、国家的前途联系在一起，一切的伦理、道德、欲望、情怀，无论高尚、卑鄙与世俗，都表现得淋漓尽致。在战争中，军人是主角，是人群中的生命精华，当战争把他们推向生死存亡的关口，一个人、一个群体、一个民族、一个国家优秀的心理素质和性格特征，瞬间爆发出来。湘西军人的主体是竿军，指挥机关驻扎凤凰，凤凰古代称镇竿，故名"竿军"。竿军是湘西少数民族优秀心理性格的代表，最能鲜明地显露出湘西人的生死观、幸福观和家国情怀。湘西土家族、苗族、白族等各民族固有的民族性格，其耿直、刚强、固执、武勇、血性、团结、重义气、轻生死的一面，获得了最充分的表现。竿军发端于明代嘉靖初期（隆庆年间），崛起于清朝咸（丰）同（治）时期，曾是曾国藩湘军的中坚，为攻破南京立下汗马功劳，被冠名为"虎威常胜军"，自称"虎威营"。军中两人封为提督，六人封总兵，另有副将 9 人，参将 11 人。1840—1875 的 36 年间，产生 20 名提督，其中 7 人为封疆大吏，21 个总兵，43 员副将，31 个参将，73 个三品以上的军官。民国时期诞生 7 个中将，27 个少将，230 个团以上军官。由此培养和激励了湘西人特别是凤凰人的血性和尚武精神。无湘不成军，无竿不成湘，竿军是湘西的脊梁，是支撑湘西数百年独立自强历史的台柱子，是湘西人的灵魂。写湘西，抓住了竿军，可以说抓住了湘西的命脉和灵魂。在中华人民共和国建立前，是湘西人民对抗军阀割据、国家分裂的本钱，也是赖以维护民族尊严、民族利益、实现民族自治的基本保障。所以，本地军人与地方武装的强盛，就成了湘西数百年来重要的社会历史事象，成了中国和湖南近、现代史上一个重要而特殊的军事现象。同时也成了地方与中央、与省部矛盾的焦点。

湘西地方武装不只是竿军，还有各色"土匪"。"土匪"是一个极为复杂的历史存在，历来兵匪难分。陈渠珍《军人良心论》"有良心的拿枪者是军人，没良心的拿枪者是土匪"一说，理论上廓清了兵、匪的区别，实际操作却很困难。《白祭坛》从军事角度入手写湘西，自然笔酣墨饱地写出了湘西匪患的种种由来及其多面性。笔者早在 1991 年评岳立功《边野秘史》的论文中指出："倘若作家更自觉地从匪患与权争中跳出来，誉出笔墨，纵横捭阖，对湘西的经济、文化连同政治、军事作全方位的艺术观照，作品会更丰厚、更深刻。"（龙长顺：《血色风景任君看，且有真经度于人》，载于《民族论坛》1991 年第 1 期）三十年后的《白祭坛》，挑选最具湘西特色的两个小城——兵城（竿城）和水城（洪城），两座大山——苗山（腊尔山）和战神山（雪峰山）作为故事的发生地，以几个小人物为针线牵出一群决定湘西历史的大人物，以他们的命运折射时代的命运，以影响并左右旧湘西历史走向的一个显赫家族几代人的摹写，揭示秘境湘西波诡云谲历史的根由和本质，全方位展示出湘西的奇山秀水、民族风情和时代风云。书中的高官政要、团长、连长、队长、战士、商会老板、船夫伙计、村姑闲汉、地方烂崽等，无不栩栩如生，构成了一部厚重的大湘西政治、军事、经济的近代历史史诗，一幅幅生动鲜活的社会生活画卷，构成了独具特色的湘西"清明上河图"。

跟自然科学的发展一样，文学艺术创作，也是在前人的引导下，在同代人开启的浪潮中破浪前行的。自沈从文用自己的笔，把湘西推向国民、推向外界，几乎全世界知名之后，写湘西的作家虽不能说趋之若鹜，却也与日俱增。考察其创作路径，颇成气候者，约有 12 种模式：（1）沈从文笔下神性的湘西；（2）孙健忠为代表的民族的湘西；（3）石太瑞木叶声中幸福的湘西；（4）彭学明阳光下诗性的湘西；（5）向本贵、杨盛龙饥饿记忆中苦难的湘西；（6）李康学尽力修复的历史的湘西；（7）黄永玉近乎期颐之年纪实的亲历的湘西；（8）谭仲池、李怀荪商贸的湘西；（9）蔡测海哲思飞扬的心中的湘西；（10）主要活跃在影视界的红色的湘西；（11）悬浮在田耳腕下世俗的湘西；（12）岳立功 30 多年来反复研读了他们的代表作品，吸收其经验，避开其路径，开创了属于自己的艺术天地——战火烽烟中的湘西。

文学艺术总要走点极端，才能动人心灵，产生反响，四平八稳的作品很难出类拔萃。然而走极端，不可避免地会产生某些缺陷。沈从文划时代的美学思想和魔鬼般锻造语言的能力，重塑了神奇的湘西，却也把人们引入了美丽的误区，只知有天堂，不知有苦难。岳立功倾倒于沈的人文思想和魔术语言，却有意疏离浪漫，亲近写实，淡化神秘，强化纯真。孙健忠始终执着于民族特色，从现实的湘西走向魔幻的湘西，有些魔幻书写夸饰失度，产生虚假感而丢失了不少读者。岳立功由此更关注民族的共同血性，关注民族与国家的关联。石太瑞真情清远的短章，可供清赏，可涤俗肠，但少黄钟大吕之声，岳立功更在乎历史大事件。诗性的湘西虽好，毕竟能穿越时空如《娘》一样入骨入髓的经典之作缺乏，诗人出身的岳立功酷爱诗意的清纯，但他更尊重题材本身的美学特征，努力表现其悲壮。李怀荪虽然抓住商贸重镇蒲阳市这个桐油木材的集散地，但落笔于此甚少，情爱纠葛太多，岳立功绝不为爱情而写爱情，爱情只是战争的衬托。形同湘西历史专家李康学的大作意义非凡，但史料盛于文采，历史文化价值高于文学价值，岳立功更注重偶然中的必然，用力写好人事变迁的可能性。黄永玉、蔡测海随心所欲不逾矩，常发天籁之音，但和者盖寡；田耳大笔如椽，地域和民族的外观书写，因不需要而近乎绝迹。岳立功并不仿效他们，因为一旦离开客体世界，离开地方特色，便寸步难行。岳立功开创的这一模式，为人们全方位认识湘西提供了新的途径，但也有歧见，值得进一步深入探讨。

如何书写中央统管与地方自治的矛盾，这是《白祭坛》遇到的第一个大问题。作家写了蒋介石、何健对湘西军政领袖陈渠珍的打压，也写了陈渠珍及其属下为实现民族自治理想的种种博弈，实事求是地写出了蒋介石的政客手腕，何健的心术，陈渠珍的忍辱负重，却并没有表现出强烈的好恶。自治，即梁启超所说的"一言一动，一颦一笑，皆常若有金科玉律以为之范围"。据地域之广窄、治理范围之大小，常呈现出管子所说的"乡与朝争治"的矛盾。岳立功认定："国有道，统管之；国无道，分治之。"即管子所说的"朝不合众，乡分治也"。在这个观念下，陈渠珍握军自治，作者对他的自治理想表示某种程度的支持，对其人格表示敬重，把陈渠珍写成民族理想主义的悲剧人物。这样的历史定位和艺术定调，应当是准确的。若能写到中华人民共和国成立后，陈渠珍拥护共产党，参加全国政治协商会议，遵从马列主义民族区域自治理论，主动将湘西融入中华民族大家庭，建设民族的共同精神，那将会更加深刻，更为精彩。

第二，如何看待共产党在雪峰山之战中的地位和作用，作者从三个方面作了肯定的描述。跟随贺龙闹革命的凤凰人朱老八（朱鹤），抗战前当过贺龙与陈渠珍的联络员，与作品的主人公覃啸天是多年的朋友。在朱鹤的影响下，覃啸天成了投奔贺龙红军的领头人，雪峰山会战中带领地方武装"嗅枪队"，力挽狂澜。据史料记载，1938 年 1 月，中共湖南省工委秘密建立，同年十月，湖南民众抗战统一委员会成立，那年三月，省工委在平江开办党员短训班，培训县以上党员干部 30 多人，区级以上干部 200 多人。这些抗日骨干，组织全省地方抗日武装，配合正面战场作战，发挥了重要作用。新四军第一支队第一团 1100 余人，第一支队一大队 300 余人，暂编第一大队和第二大队 300 余人，第一支队第二团第二营及第三营一部，前身分别是湘鄂赣粤的红军游击支队，全都开赴抗日最前线。（新湖南发布）"洞庭湘水堪磨剑，倭寇头颅好试刀"，雪峰山会战中，湘西溆浦和洞口交界处那支瑶族民间抗日武装嗅枪队，共产党的作用不可忽视。《白祭坛》依据历史事实的书写，是对历史的尊重与敬畏。

地方武装的历史归宿和宿命，是《白祭坛》书写中颇费思考的第三个问题。地方军队是一柄双刃剑，掌握好，保境安民，掌握不好，祸国殃民。中国历来就有"兵归将有、兵随将走"的个人掌握兵权的传统。当国家、民族处于外国侵略的生死存亡关头，这种军队的地方性、私人性是必要的存在形式。但在国家一统后，军队的地方化、私人化，便是藩镇割据、国家分裂的重要原因。"军事是政治的继续"，任何军队都是政治化的武装团体。所谓"军队国家化"，就是军队最终都得听从国家最高领导人的调遣。近现代最高领袖也是属于政党的，政党属于政治集团，这就决定了地方武装的归宿和历史宿命：他必须置于党派政治的绝对领导之下。据此，毛泽东早就英明地确立了"党指挥枪"的建军原则，确立了人民军队为人民的坚定正确的政治方向。

《白祭坛》写出了湘西人特有的气度与血性，写出了英勇竿军的悲剧命运，艺术上的悲壮氛围，更加重了人们的情感负荷与理性思考。但止于雪峰山之战，没有写到抗美援朝，可惜！"竿军"的产生、持续存在、强盛和消亡的数百年过程，蕴含了诸多的历史文化意义。随 47 军赴朝作战的志愿军中，一万多湘西勇士大都出身竿军和"土匪"，《谁是最可爱的人》所写松骨峰战斗，世界著名的上甘岭战役，不少湘西健儿不是英灵便成英雄。当过几天土匪、杀敌 165 名的湘西战士金珍彪，他的机枪陈列在北京中国军事博物馆展室进门的第一个位置。据李康学《湘西最后一个土匪的覆灭》，大庸匪首覃国卿和他的小老婆田玉莲，在深山洞穴中一直活到 1965 年，才终于被消灭。如果真要写透湘西地方武装的宿命，最好将时间延续到中华人民共和国成立以后，一直写到 1965 年最后一个土匪的覆灭。

（2021 年 9 月 15 日于长沙市御西湖）

（原载于《神地》2021 年第 4 期，有删节）

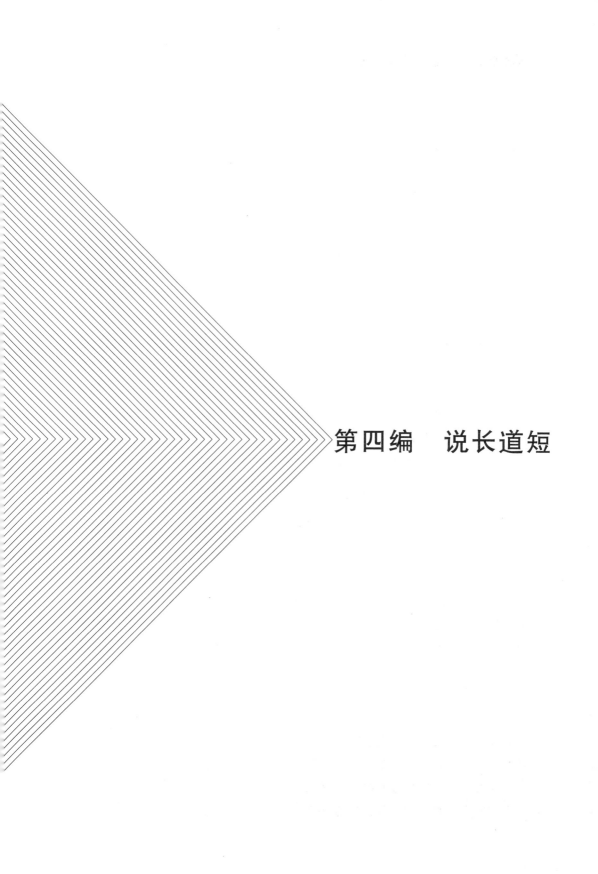

第四编　说长道短

序《民族文学学论纲》

马学良

文学，总是属于特定的民族的。不属于特定民族的文学，可以说，在现今的世界上是并不存在的。如果这个国家是单一民族的国家，那这个国家的文学与民族的文学便是同一的；而如果这个国家存在着多种民族，那这个国家的文学必然是多民族的，甚至是多语言的，由多民族、多语言的文学组成。即如我们中国，除了汉族，还有 55 个少数民族。各民族都有自己的文学，中国的文学便是由我国境内的 56 个民族的文学共同组成，形成我国文学的多民族性的基本特点。马克思虽曾提出过统一的"世界文学"的说法，但也认为那是未来的遥远的事。

文学，作为一个民族的精神生活的花朵和果实都有自己的产生、发展的历史，必然会在历史发展、文化内涵、审美情趣、艺术风格等诸方面，表现出与其他民族不同的独异的特色，这就使我们能去分别地研究各民族文学的特殊规律和特点。正是基于以上认识，我和中央民族大学的部分同仁在研究中国少数民族文学时，曾提出过建立"少数民族文学学"的设想，目的是希望推动对少数民族文学的重视和研究，尊重少数民族文学在中国文学史上的地位，改变过去那种把一部中国文学史写成汉族或汉族文学史的偏颇，从而建构一个独立的少数民族文学学科。应该说，我们的这种努力是取得了效果的，使这一学科具有了相当的规模。我所主编的《中国大百科全书·文学》的《少数民族文学分卷》，我和梁庭望、张公瑾先生主编的《中国少数民族文学史》，吴重阳先生的《中国现代少数民族文学概论》和《中国当代少数民族文学概观》，白崇仁先生的《民族文学创作论》，陶立璠先生的《民族民间文学理论基础》，以及其他民族文学史著作，都是这种努力的成果。这个工作还要继续努力做下去。当然，我们必须看到，民族无论大与小、多数与少数，总有相同的人类历史发展规律，而文学，作为人类的精神的产物，各民族也必然有共同的发展规律。因为，现代文明的发展终于使各民族的门户洞开，随着经济的交易、政治的往来、文化的交流，各民族文学的相互影响、融汇和吸收成为必然，这种被称为趋同性的倾向越来越明显。文学上比较文学的倡导，主旨就在于研究世界各国、各民族文学的异同，它们之间的相互影响和交流，从而推动世界性的文学研究。所以文学研究的进展，要求我们不断开拓自己的艺术视野，研究世界各民族文学的特点和共同规律，从广阔的范围内来建构民族文学的理论框架。这也是需要我们努力的。

龙长吟同志的《民族文学学论纲》正是这种民族文学理论研究的开拓性尝试。作者着眼于世界范围的各民族文学的特点，并从文学理论的普遍规律出发来探讨民族文学的共同规律，将会对民族文学的理论建设做出自己的贡献，并对推动民族文学创作、民族文学研究都会有积极的影响。

正如作者所说，这是一件开创性的工作，而开创性的工作不可能是十全十美的，本书所涉及的民族、历史、文化等方面的知识很高，论述中必然有不能全面周到之处。但我相信，作者定会不断修订，使该书更臻完美。作者所做的确实是一件很有意义的、艰苦的工程，这是需要付出辛勤的劳动的。基于此，我不顾年事之高，勉力写出以上文字，是为序。

（1996 年 10 月 28 日于北京寓所素园书屋）
（作者系中央民族大学教授，当代民族文学理论泰斗）

序《芙蓉评林》

雷 达

龙长吟是我新近结识的批评界同行，在我们见面之前，我曾读过他关于长篇小说《曾国藩》的一篇长文，写得扎实而饱满，比一般的研究者要深入得多。后来，他好像出面筹划《曾国藩》评论集，我也接到过约稿信，只是畏于这类研究性长文笔耕之繁难，终于没有写出，很抱歉，但也无可如何。龙长吟的名字倒就此记住了，心想有机会时致以歉意。

上月，龙长吟来京开会，顺便带来他即将出版的书稿《芙蓉评林：湖南实力派作家检视》，恳切地希望我能为之作序。我这才得知，长吟就在湖南省作协工作，所在部门也在研究室，与我单位属同一性质，且有业务联系。他原在湘西，业余从事文学批评近二十年矣，可以想见他能坚持至今，是多么的不容易。当然，更使我看重的，还是他的这部书稿本身。就体例和篇目来看，此书特色独具，它的评论对象甚为集中，全是湖南本省的作家作品，省外作家作品未收入，即使是湖南的作家，旅外的、已故的，也未收入，事实上，这是对当今活跃在文坛的湘籍实力派作家的一次比较系统的检阅。应该说，如此编法，局限不小，文学是疆界愈宽广，畛域愈淡化，才愈合乎文学的本质，最好不要编得太小；但从另一角度来看，限制即自由，限制也是一种优势，唯其对象集中、时限分明，这本书对于研究九十年代的"湘军"，便有了重要的参考价值。长篇小说方面，对孙健忠、谭谈、任光椿、彭见明、水运宪、蔡测海、张扬诸人的新作，均有论列，新人如向本贵等人，也不遗漏；中短篇方面，萧育轩、何立伟、聂鑫森、翁新华、姜贻斌、林家品等老中青作家各有评说，也有对王跃文、肖仁福等新人的评论；还有诗歌，散文，戏剧，影视等领域，作者也有所涉猎。石太瑞、颜家文、匡国泰等人的诗，李元洛、王开林等人的散文，他都有评论。这就具备了相当的丰富性。我们既可从更广阔、更宏观的角度来考察文学，也可以像此书所做的，通过对一个省的作家作品的解剖，来达到对整个文学的某种认识和把握。

回首 80 年代的"湘军"，何等风流，何等强大。首届茅盾文学奖，湖南就占去了两位——莫应丰和古华，至于活跃在中短篇小说领地的作家，人数之众，几难统计，韩少功、孙健忠、谭谈、蔡测海、何立伟、刘舰平、彭见明、水运宪等，都是全国大奖的得主（恐怕仍有遗漏），而如残雪、聂鑫森、萧建国、叶之蓁、蒋子丹、翁新华、张新奇、吴雪恼，他们的功力，并不能以是否得奖而计之，他们取得了全国性的影响。这还没包括一些著名的中老年作家和诗歌散文方面的作家，要把他们加在一起，名单就未免过长。楚人的文学基因，实在是太丰富了。大约正因为昔日的辉煌过于耀眼，现在的人们一提到湘军，便表现出不胜凄凉的表情，颇有些"《大雅》久不作，《王风》委蔓草"的感慨，好像再也无缘重温旧梦，再也无力重振旗鼓的了。依我看，风云际会的光荣时刻，往往需要历史的帮助，造化的恩典，不是谁想制造就能制造出来的，也许 80 年代湘军的辉煌在相当长的时间不会重现了，但这决不意味着湘军不能在现在做出他独特的贡献。我认为，这些年来，具体地说，就是 90 年代以来，湘军的表现依然有声有色，依然产生了大量引起全国瞩目的重要作品。龙长吟君的这部评论集，讲的正是辉煌之后的湘军，如何艰难支撑，不倦探索，在寂寞中奋进的情形。

文学批评是一项艰苦的创造性劳动，对此并非所有的人都认识到了，都能给予充分的理解，别的更艰巨的方面暂不去说，仅就阅读量而言，评一个作家的作品，不但要看完他全部的被评作品，还有他其他的著述，以及有关资料，这就要占去许多时间，倘若要评论许多的作家作品，他该看多少东西啊。从这部书稿看来，龙长吟是位相当认真的批评家，他不马虎，不敷衍，不搞浮光掠影式的感想批评，他研读作品非常仔细，言必有据。他的第二个特点是，评论一个作家，或一部作品，总能将之摆到一定的文化背景上来，放到当代文学的总格局中来，不孤立地观察，不就事论事。第三点是，他的文章不是那种呆板的鉴定，也不是简单的判断，而是注重历史的、美学的批评，注重审美，注重内在艺术规律的把握的。在行文上，他力避枯燥、干瘪，尽可能潇洒些，空灵些，注意知黑守白，留出空白来。因为他懂得，评论也是一种艺术，而且是更艰难的艺术。

我曾与湖南的许多作家、编辑家有过密切的交往，由龙长吟的这部书稿，勾起了我的几多回忆，不禁感慨系之。我所熟悉的人中，有的远走，有的作古，有的羁留海外，有的辍笔，有的改行，变化之大，难以尽述，但坚持者有之，新起者更众，优秀作品仍不间断，黄钟大吕式的作品时掀巨浪，湘军仍是一支文学劲旅。我愿借龙君的这本新著，表达我对湘军的推重和期待。

（1996 年 11 月 14 日）

（原载于《文艺报》，作者系中国作家协会第二任创研室主任，中国当代文学评论界著名的领军人物）

学科疆域的成功开拓

——评龙长吟的《民族文学学论纲》

杨淑媛

一

在人类千百年学术累积的基础上，当今学科发展的总趋势，是以前人的研究为前提，越来越细致化、专门化。这种趋势实际上隐含着一个思想前提，即学术的发展已把人类原生性事实从总体上"分割"完毕，学林疆域已无"新大陆"。

处于如此的学术背景中，学者们超越局部性知识领域对人类进行整体观照，穿越种种理论的遮盖对原生性事实进行描述、概括和提炼，就显得深邃坚实而弥足珍贵。自然，这种建构学科的路子也确实更为艰难。因为它既需要总揽全球古今的学术视野和归万象于一体的思维运筹能力；又需要同时积累学术和人类生存事实的种种材料；还需要在诸多领域庞杂繁复的现象中提纲挈领、取精用宏的价值捕捉能力和逻辑布局手段，需要在学术运行总趋势之外另开境界、独成思路的理论气魄。

龙长吟不惮繁难，正面攻坚，在"民族"和"文学"这两大自古以来即客观存在着的人类事实之间，敏慧地发现了人们熟视无睹的联系，于是思接千载，神游万里，以一人之力考察五大洲民族文学发展的历史事实，进而在文学内部，将文学理论、文学作品和文学史，民间文学和作家文学，文学作为一种精神创造的个体性和集群性特征，等等，融贯为有机联系的整体，于文学外部，又努力打通文学与地域、种族、历史、政治经济、宗教、风俗等领域的逻辑关节，初步成功构筑了一个足以俯瞰寰宇生态、巡视古今相关知识的学术视角，比较完整地建立了"民族文学学"的学科体系。同时，龙长吟还将"民族文学"视角作为一种精神文化立场，一种学术的高度和深度，一种吸纳分析各种思想成果和人类生存现象的立足点，实际上又使"民族文学"成为了一种学说、一种以人类文化学为根基的文学理论。

在悠久的人类学术史上，从民族角度观照文学者自然不乏其例。丹纳就曾把"种族"作为影响文学的三大要素之一，我国学界也曾有过"建设中国少数民族文学学"的设想，并发表过不少有关的论文，但这些研究或者是地区局部范围的，或者仅仅作为理论体系的一种元素、一个分支，或者不过是史料的搜集、整理与描述。自觉地把人类各个民族看作一个整体，正面地、宏观性地把握它与文学的关系，并把对史实的考察和从理论高度对其规律、原则的概括结合起来，就笔者有限的知识范围看来，龙长吟尚属首创，所以，《民族文学学论纲》的学科体系就在辽阔的学术背景上具备了原创性的品格，这本书也就成为一种在学术领域界开疆拓土的工程。

我们思考文学的精神文化内蕴，长期以来所运用的是人性和阶级性两种思维路向。这两种路向得以盛行，自有其合理性，但局限也显而易见。从阶级角度看文学，着重研究的是人的社会性存在，而且更多地捕捉的是各类人之间的对立状态。这样，它对社会作为人与人之间凝聚、归附的产物这一更具本源性的特征，就极有可能出现关注不够和以褊狭态度解释的现象，诸如人种、五大洲自然地理环境与文学的关系这样一些范畴，则成为思维无法达到的"死角"，而且，阶级的观点、阶级的立场也常常如影随形般地夹带着阶级的缺陷。人性视角初看起来似乎无所不包，也切近人生的自然状态，但实际上，它恰恰因普泛而散漫无度，难以具备视角的针对性和区间感；因为不能不以个体的人生事实为观照重心，它对人的群落性生存这一本质特征缺乏应有的观照强度，宇宙文化则成为其无法观照的范畴。民族视角既容纳阶级性和人性视角的优长，又可以弥补它们的种种欠缺。民族作为"人们在历史上形成的有共同语言、共同地域、共同经济生活以及表现于共同民族文化特点上的共同心理素质这四个基本特征的稳定的共同体"，同时展现了人类自然性生存和社会性生存的历史情景，实际上是人类生存最基本的群落状态，是无穷无尽的人类事实、人心经验和人的思想的生发点和集结点，以此为视角，就可无阻隔地贴近人类生存的完整形态。"民族"也是诸多文学现象和文学要素的凝聚点、吸附点，我们从民族角度考察文学，自然可以收纳许多包括人性和阶级性视角在内的文学观所难以到达、无法涵盖的领域。同时，与阶级性视角相比，民族视角更中性，本能性地关注着人与人之间对立与统一的两个方面，因而更客观、更少褊狭的可能性；与人性视角相比，民族视角则既有其宽度，又有其难以具备的鲜明而收放自如的特性。即此可见，民族视角对于从人类精神文化层面来观照文学，确有自己的优长之处，"民族文学学"确实存在人类思想文化层面也能够成立的理论优势。

二

决定一门学科、一部论著的价值和生命力，有着诸多的因素，学术领域的独创与广阔程度、学科基础的坚实程度、学术境界的深邃高远程度、研究潜能的蕴藏程度等，都是至关紧要的外在因素，而著作本身在体系建构、学术含量、思维方式等方面的特点，则是内在的决定性因素。那么，《民族文学学论纲》学术分量如何、体系完整周密程度如何呢？我们不妨通过对作品内容的具体分析来说明。

《民族文学学论纲》全书共分十章，一至四章分别探讨人种地域、民族历史、政治经济、宗教等外部因素与民族文学的联系状况与规律，五至九章则分析各民族的心理性格、审美观念、风俗习惯、语言、民间文学等方面的自身修养、自身素质与文学民族特色的关系，最后一章"民族文学的交流与融合"揭示民族文学发展的历史趋势，全书最前面自然是介绍"民族文学学"理论建构依据和思路的"绪论"。在具体的每一章中，作者往往先介绍民族特征及其与文学关系的一般历史状况，然后分析其原始生成情况和在社会演化过程中的变异，再揭示该侧面的民族生态与文学民族风貌关系的本质性特征，最后指出应该怎样掌握和利用这种规律来促进民族文学的创造发展。显然，《民族文学学论纲》的体系设计是周全严密的，具体论述也环环相扣、有条不紊，全书自然就成为了一个有机联系着的思维整体。

那么，《民族文学学论纲》在对民族和文学两者生态特征的把握方面，在民族与文学关系各个侧面的捕捉方面，是否切中要领并契合人类历史实际呢？我认为答案也是肯定的。举例来说。五大洲地域环境与人种的状况、各民族的风俗习惯，可以分别看作人类民族的生理性存在和社会性存在的基本自然形态，它们在书中都成为观照的重心；宗教和民间文学从本质上看，与其说是属于阶级的和国度性的，不如说是属于民族的，它们也得到了作者别具慧眼的关注，成为书中的两章。这些例子表明，作者确实拎出了民族及其与文学关系的独特而紧要的部位。在具体阐述方面，作者同样抓住了症结，揭示了内在本质，每一章中的第二或第三节，就是这种分析本质特征或规律的篇什，其中的"生计方式与文学的民族生活情调""文学民族特色的核心是心理性格的独特性""风俗习惯与民族文学的伦理品格""语言的提炼与作品质量的提升"等，我们单看标题，即能感觉到作者对特征把握的准确深刻程度和阐析的鲜明集中程度。对人类历史文化内在特质的把握和全书的逻辑构架相辅相成、互为表里，自然就立起了全书学术价值方面的坐标，从而显出了论述的分量。

《民族文学学论纲》不仅筋骨强健，而且血肉丰满，在著作中，龙长吟着意追求一种信息容量、知识密度，他在这方面所付出的心血和辛劳，甚至超过了建构体系的努力。阅读全书，我们会感到异常广博复杂的知识重重叠叠汹涌而来，信息储量大有膨胀到突破全书思维框架之势，内容之繁复错综，甚至让人根本无法详尽地指实它们所显示的学科领域。作者充足的知识储备，使作品所确立的全人类古往今来各民族的文学这一宏阔而极易空泛的学术构架，获得了非常充实的内蕴。相对于当今中国以抽象的理论思辨为重心而信息含量稀薄的学术研究倾向，《民族文学学论纲》这种对知识密度的追求，使作品既植根于更为肥沃的学术文化土壤，又具备了更充分的雅俗共赏、各得其益的文化品质。而且，在铺张宏富的知识性叙述之中，作者对各学术门类五彩缤纷的种种问题的真知灼见也俯拾皆是。其中有孙悟空以猴王形象出现在《西游记》里，实际上源于印度佛教经典的影响这类以严谨系统的典籍考证为基础的别具匠心之论；也有苗族的宗教性"三元"思维特点导致其民族文学浪漫气息极为浓郁这样的以对某一民族在人类文明史上的独特性的精辟把握为基础而引发的创见；还有海洋文明影响的民族多注音文字而内陆民族多象形字和会意字，是因为各民族初创文字时受地理形态的启发（注音字母即形如海洋的波浪）之类的暂时无法证实却也无法证伪的奇思妙想。这样纷至沓来、巨细不论的独创性见解，就给予读者以学科体系宏观了解之外众多侧面的启发和教益。

既追求体系建构，又追求知识密度，这使《民族文学学论纲》在理论框架和论证材料之间，呈现出严谨性和灵动性相结合的学理品格。对严谨性的追求，是学术论著的公理性准则，龙长吟却让他著作的细部出现某种灵动性，这就不免令人产生隐隐的担忧：它会不会影响全书丝丝入扣的思维逻辑运行进程呢？能不能杜绝对材料的经典性缺乏严苛要求的现象呢？又怎样避免知识疏密不适度和层次区分不精当的状况呢？从思维层面说，担忧并不是毫无道理的，《民族文学学论纲》也确实没有彻底根除这种弊端。然而，从世界存在的层面来看，思维区间、逻辑进程不过是由事实派生的、第二性的东西，谁又能保证思辨逻辑愈严密，不是恰恰与历史逻辑背离得愈厉害呢？这样，初创一门学科，你又怎能说某体系建构、理论框架丝毫也不必更易呢？既然体系的不可更易性难以确保，那么，种种思维的灵光闪动，也许恰恰是学科内部新层次、新分支的萌芽呢，如果仅仅为了思维和行文的严密而牺牲了这种大有发展价值的智慧灵光，岂不是削足适履，因小失大？考虑到本来就文无定法、体无定格，一切以对人类生态的把握和表现的深广度为准则，笔者心中一度涌起的隐忧也就渐渐地熄灭了。

在处理材料的方法上，《民族文学学论纲》也颇有值得注意之处。它明显地使用了比较法。作者总是以综观全局的眼光，将各民族、各历史时期乃至各种作家和作品进行比较性分析，并从中引出己见。作者同时还从生成学角度出发，对各民族文明及其文学的原始状况给予了关注。我认为，作者运用这两种基本方法，表现出一种从实际出发、实事求是的历史唯物主义态度，而且是符合民族文学学这门学科的具体实际的，与作者在历史事实的基础上无所依傍地创立一门学科的学术意图，也是互相适应的。因为所谓的从民族视角看文学，实质上就是要找出各民族文学的异同处和这种异同的形成规律，不比较又怎能辨别异同，又怎能提炼出规律呢？而且，只有诸般特征都基本定型了，才能形成民族，也只有这些特征的根本点延续未断，某一民族才算继续存在。这恰恰说明，贯穿各民族历史发展始终的本质特征，往往在该民族形成时期即已单纯而集中地表现出来，随后反而常常被各种社会历史变故所遮盖、冲淡和发散了，因此，要寻找各民族文化的本质特征，从它的原始生成时期入手，是一种直取根底、事半功倍的方法。民族文学发生的共同性和表述的差异性，决定民族文学学论著必然地要采用比较法和生成学探究作为基本方法，龙长吟恰好找到了这两种符合研究对象内在规律的方法。《民族文学学论纲》另一种引人注目的方法是综合研究法。作者在书中将各学科的理论知识统归于民族文学的视角，围绕一个轴心纵横铺展，做够、做足文章，使作品既能多侧面、多指向，而又百川归海、繁而不散；这种综合研究法还表现在学术思路上丰富性和统一性、层次感和整体感的有机融合；而且，作者在具体操作上对各门学科的特殊研究方法，也采取了融会贯通、为我所用的综合策略。这就有力地保证了该书体系建构上宏伟丰繁和鲜明集中相结合的学术品格。此外，龙长吟在论述中总是注重对文学发展的实践指导意义，这既契合民族文学学作为一门人文科学的功利特征，又显示出作者对人类历史、对人类各民族文学发展的责任心和使命感。

我们可以看出，《民族文学学论纲》不仅拓出了一片辽阔的、可供创建学科庄园的疆土，而且已基本成功地建构起了"民族文学学"这一崭新的学科。

三

《民族文学学论纲》的学术意义和发展前景同样是相当巨大的。

在学科的开拓创建方面，《民族文学学论纲》从研究思路大视野、高基点的全局性驾驭气魄，到立论依据穿越具体学术文化直取人类历史事实的价值选择，直到学术容量、知识密度、研究重心设置等方面，都有在当今学界颇为难得、足资借鉴之处。

在文学研究领域，《民族文学学论纲》第一次较充分完整地为我们提供了"民族"这样一个整合性地观照文学的思维路向和价值视角。

过去人们常常分别从思想意义和美学价值两方面评价作品，却总是难以找到一个更高的基点来把握和解释二者的同一性，而且，分析思想意义时，论者无法解开时代作用与超越性价值的矛盾，进行美学分析则又往往流于艺术形式，一旦越过形式往深处开掘，就似乎进入了作品精神内蕴的领域。可以说，无论社会历史学批评，形式主义批评，抑或语言分析学，都没有很好地解决这个问题，它们互相之间的否定性争辩就是典型的例证。特别是在当今中国文学界，缘于多年来过分强调文学时代功用所造成的失误，作家们或者从民俗、民间文化中寻找与阶段性社会演变无关的生存形态和精神元素，或者单纯追求叙事策略的新变，结果不是处于精神文化更核心地位的主流文化被淡化，就是使艺术变成了技巧、技术，作品内蕴的博大自然颇受影响。怎样才能克服思想意义内部两个批评方面的矛盾？怎样才能完整把握作品的美学内蕴？如何把作品的思想意义和美学价值两个方面融为一体进行批评？龙长吟所阐述的民族视角也许能给我们以有力的启示。从民族的视角来看，一切取决于对民族文化心理状态的把握。思想意义中的时代精神和超越性价值不过是民族文化心理的变态和常态，作品的美学价值则取决于它与民族审美文化心理的理解和契合程度、对民族审美文化心理的发展和丰富程度，而出现思想意义和美学价值两个方面；实际上只是对民族文化心理内涵的逻辑学分割。所以，在文学研究领域，民族显然能够成为一种精神的高度，一种涵盖诸多批评思想的视野，一种整合各种分析指向的基点。

对于少数民族文学研究，《民族文学学论纲》的意义同样是显而易见的。首先，它淡化了国家意识而强化了民族意识。以国家为根本立足点，往往会特别注重在国家运行中起主导作用的民族的文学，而无形中忽视了其他少数民族的文学，以民族为立足点，则既承认某一民族主导性作用的存在，又把少数民族文学放到了同等的地位来考察，从而摆脱了少数民族文学实际上的附属地位。同时，国家是一定历史发展阶段的产物，是一种政治文化，文学所显示的内涵却应当深广得多，从民族的角度出发，就能更真切地判断和把握诸多文学现象的本质特征。比如，从民族角度就比从国家角度能更切中肯綮地解释拉美魔幻现实主义何以会成为当今世界风行一时的文学高峰。其次，《民族文学学论纲》既为评价某一民族文学的成就提供了一个较完整的价值系统，也因着力探讨各民族文学发展的共同规律，而提供了一整套促进文学基础较为薄弱的少数民族文学发展的思路。这对于促进各民族文学的竞相发展、共同繁荣，自然是价值不菲。

在外国文学研究方面，《民族文学学论纲》因为角度新了，视域发生变化，对许多文学问题和作家作品的看法，也就使我们感到新见迭出。在对于人类文学的整体把握方面，龙长吟别出心裁地划出了人类原初文学、民族文学和世界文学三个历史时期，显示出从自我理论基础出发对人类文学事实的全局性观照力度。在对文学特殊发展状态的探究方面，《民族文学学论纲》同样因视角的变换而开出了许多新生面。关于政治领袖重视文学从而改变了民族习尚并进一步促进了民族文学繁荣这一历史秘密的发现就是典型的一例，作者将18、19世纪俄罗斯文学持续繁荣的原因，追溯到彼得大帝重视文学所形成的深厚的文学和文化土壤，显然是从阶级和人性立场都无法论证，一经指明又让人信服的历史事实。在具体作家作品评论方面，诸如此类的独创性见解则称得上比比皆是，例如：对于《静静的顿河》的主人公葛利高里的命运悲剧，龙长吟认为关键在于葛利高里被民族的温和的政治形态遮蔽了眼睛和心智，不懂得现代的阶级政治，"忠于哥萨克的光荣"的民族情结又使他不能脱胎换骨与时代同步前进，结果自然只能给自己也给历史留下永远的遗憾。另外，对于希腊民族、德意志民族、英吉利民族等的民族文学风貌对民族性格依存性的阐述，对于运用双语进行文学创作的作家所具的优势和潜能的揭示，对于政治经济和民族文学发展不平衡规律的重新评判，等等，都是作者从民族文学视角出发提出的新问题、新见解，都能给人以耳目一新、豁然开朗的感觉。外国文学研究是一个异常广泛丰富的领域，过去我们因为研究角度的种种局限，所作的探讨分析实际上是远远不够的，《民族文学学论纲》为我们提供的这样一个具有全局性的新视角，则足以让我们把整个外国文学重新梳理一遍，而龙长吟自己已在书中做了大量的梳理性工作。作者对材料的清理、概括和取舍存在某些不够缜密之处，书中也偶有思维交叉重叠和对字、词、句、段锤炼不够的现象。然而，这些具体操作过程的未能尽如人意之处，并不能遮掩《民族文学学论纲》作为学科疆域开拓之作的耀眼光芒，对于《民族文学学论纲》的出现，我们有充分理由投以热烈关注的眼光。

（原载于《民族文学研究》1998 年第 2 期）

（作者系贵州师范大学中文系教授）

文学领域一门新兴学科的开创和建构
——《民族文学学论纲》评介

杨盛龙

以属于一定民族的文学现象、文学思想和作家作品为对象，对文学的民族性问题、民族特色和民族艺术风格做出系统而科学的分析，研究民族文学的一般规律、特殊规律和基本原理，开创和建构一门新兴的、独立的文学理论学科——民族文学学，构筑这一在马克思主义文学理论指导下的综合的、科学的民族文学理论体系，这就是龙长吟先生新著《民族文学学论纲》（湖南文艺出版社 1997 年 6 月出版）所做的具有拓荒意义的建树。

文学总是属于特定的民族的。一个多民族国家的文学必然的是由多民族的文学所组成，多民族的世界有着多姿多彩的各具特色的多民族文学。别林斯基曾在《论人民的诗第二篇》中说："无论诗人从哪一个世界提取他的创作内容，无论他的主人公们属于哪个国家，诗人永远是自己民族精神的代表，以自己民族的眼睛观察事物并按下她的印记的。越是有天才的诗人，他的作品越普遍，而越是普遍的作品就越是民族性的、独创的。"① 在当今文学理论的基本概念和范畴中，时而涉及文学的民族特色、民族风格，但还没有一部专门从民族角度系统地研究民族文学理论的著作。《民族文学学论纲》就是从民族和文学的关系着眼，研究民族与文学的诸种关系和内在规律，研究世界各国各民族文学的特点和异同及其相互之间的交流、影响，它是从民族的角度研究文学的一种新的文学理论，它的学科基础是民族学和文学学，它是民族学和文学学理论研究领域的新的拓展，在文学理论上具有拓荒的意义，对于提高民族文学创作质量，促进民族间的文学交流，培养民族作家，推进民族文学研究，都有重要的价值和深远的意义。

---

① ［俄］别林斯基：《别林斯基论文学》，梁真译，新文艺出版社 1958 年版，第 76 - 77 页。

上海文艺出版社 1987 年版《文艺新学科新方法手册》简要评介了世界文学艺术和美学领域的一百多种新兴学科以及新的研究方法、批评方法和创作流派。此工具书如果修订增补的话，民族文学学这门新兴学科无疑可作为增选条目。

目前国内有关"民族"的诸如语言、经济、文化、文学艺术、教育等方面的学术研究，大都是研究有关中国少数民族的。就文学而言，马学良老先生和中国少数民族文学研究界的同仁曾在十年前提出了建立"少数民族文学学"的设想，目的是改变过去那种把中国文学史写成汉族文学史的偏颇，建构一个独立的少数民族文学学科。经过一批研究专家的努力，出版了一些有价值的研究成果，以大量的评介和研究说明中国文学是多民族的文学，提高了中国少数民族文学在文学史上的地位，推动了对少数民族文学的重视和研究。

龙长吟先生的民族文学学研究，有其独特的着眼点和独特的研究角度。他从民族的角度来研究文学，眼睛始终盯在文学的民族特色这个基点上，由此出发研究文学的民族特色与文学的内部和外部各要素之间的关系，研究文学的民族特色的构成与表现，并从中找出规律性的东西。龙先生对民族文学学理论研究的建树，在于立足民族，着眼于世界范围的各民族文学的特点，从文学理论的普遍规律出发，探讨民族文学的共同规律，以推动民族文学创作和民族文学研究，对民族文学的理论建设做出了自己的贡献。正如《民族文学学论纲》所言，从世界范围内来看，民族是一个跨国的存在，其少数与多数，大与小，主体与非主体，都是相对的。某一民族在这个国家是少数民族，在那个国家可能是主体民族。龙先生的研究，由"中国少数民族文学学"扩展，打破少数民族与多数民族的界限，打破某一国度内的少数民族的限阈，放服全球的世界民族文学，研究民族与文学诸种关系和内在规律，构建民族文学学的理论体系，填补了文学理论研究的空白，对文学理论建设很有价值。

《民族文学学论纲》"绪论"部分论述了民族文学的起源和文学的民族性，提出了各民族文学的起源是相同的。著作开篇就指出：文学的起源与人类的起源基本上是同步的，民族文学的起源则与民族的起源同步。以动力学、民族学、发生学相结合，论证民族文学起源于人类情感传播的精神需求和生存生活的基本需要，起源于民族图腾的确立和民族传情模式的形成与确立。正因为民族文学伴随着民族的出现而出现，而民族的历史、生活、审美、心理却各具特色，因此各民族文学的特色便各不相同。所以文学的民族性表现在：迄今为止的一切文学都是民族的；不同民族的文学具有不同的特点，不同的表达方式，不同的审美标准和文化风貌；不同民族的文学具有自己的艺术传统和艺术风格；文学的归宿是各民族文学的融合，张扬文学的民族个性是文学融合的必由之路。

由于民族文学起源的共同性和民族文学表达的差异性、独特性，从而给以文学的民族特色为研究中心的民族文学学奠定了坚实的研究基础，使这门学科得以成立。在这个基础上，《民族文学学论纲》全面论述了民族文学与民族的地域、历史、文化、政治、经济、宗教、民族心理性格、民族审美观念、民族风俗习惯、民族语言，以及民族民间文学与作家文学、民族文学的交流与融合等诸多方面的十大关系。在具体关系的论述中，采用多种方法，并从多种角度对中外文学历史的重要现象、重要作家作品及其当代走向作了全新观察，在外国文学、文学历史领域内有许多新鲜见解。作者把许多新见解溶在他的理论框架内，给人以清晰、充实、严谨、新鲜的感觉。比如，地域特色与民族特色异同的命题，关于民族文学的传统、经典形成民族文学的根基，民族重大历史事件产生民族文学名著的论断，关于民族的一定的政治制度必然影响到一个民族、一个国家的政治思想文化色彩，影响到这个民族、这个国家文学的精神境界和思想风貌，即文学的思想倾向的论述，关于民族共同心理是文学民族性的根源，民族性格是民族文学的生命之魂，文学民族特色的核心是民族心理性格的独特性的论证，关于思维方式对民族文学风格有一种隐形的影响，作用于民族文学的隐形风格以及关于人类文学可以分为原初文学、民族文学、世界文学三大阶段的断语，都能给人以启发。

龙长吟先生提出和论述的"民族文学学"，是一门边缘的而又是独立的、新兴的文学理论科学，它是研究一切作为民族的文学现象、文学思潮和作家作品及其与民族的内在联系的科学，同时也是从民族的角度所构建的一种文学理论的新框架。关于人类文学三大阶段的划分，关于民族文学种种规律和基本原理的论述，关于民族文学必然走向世界文学和发展民族文学的途径，等等重要思想观点的提出和论述，是龙先生对民族学和文学的全新的重大的贡献。

在研究方法上，龙先生将文学理论与民族学、社会学、历史学、经济学、宗教学、美学、语言学等学科的理论和研究方法相结合，站在世界的高度，用比较文学研究方法，俯瞰世界各国各民族文学，并运用系统论、信息论、控制论研究方法，广泛借鉴文学批评学、文学心理学、文艺社会学、文学语言学、文艺民俗学、文艺经济学等新学科新的研究方法，站在全新的角度，以宏观的视觉，高屋建瓴，广泛涉猎，对文学进行民族间的比较和思想理论归纳，总结出了民族文学的许多规律。

诚如作者所言，《民族文学学论纲》作为"论纲"，其论述还只是探索性的，不甚周全的，较为粗线条的。构建民族文学学理论体系，是一项开创性的工作。该书是朝着构建新学科的大目标努力的一个大动作。要完善这一理论体系，非一朝一夕之功，更非个人的力量所能彻底完成。好的开端是成功的一半。民族文学学的理论建构工程巨大，有待更深入的探讨。相信会有更多的有志之士参与这项伟大工程的构筑建设。祈望龙长吟先生在民族文学学理论研究方面有更多、更深入的新的研究成果问世。

（原载于《理论与创作》1998 年第 1 期）
（作者系作家、民族问题研究专家，其作品被十多部文学史、专节论述）

我看《民族文学学论纲》的价值

蔡测海

　　虽然研究者将我的文学创作归入民族文学类，但对民族文学学我只能是外行，而且疏于学术。但读了龙长吟的《民族文学学论纲》，我不禁要对这本书谈一点非学术的看法。民族文学究竟如何界定？是不是另有一种文学标准？如果说有，岂不是中国五十六个民族就有五十六种文学标准？这当然荒唐。如果说民族文学没有一个界定，没有标尺，但各民族产生的文学实属各异。这种民族文化、民族文学的差异事实上的存在，民族文学学才有可能成为文学研究的重要课题。从发生学的角度讲，文学总是特定的民族的。受特定民族特定的地理环境、性格气质、历史文化传统、审美观念、宗教意识、政治制度等的制约，民族语言、民族风貌、民族民间文学也给文学浓重的民族色彩，任何文学都是所属民族的色彩和声音。凭着这声音和色彩，我们能找到各民族文学的差异。从世界文学范围来说，这是比较文学的工作。就一个多民族的国家来说，是民族文学学的工作。这种发生的共同性与表达的差异性使民族文学理论变成为一门学科，有了坚实的基础。

　　多年来，我们的民族文学的批评标准，要么拿汉文学作为一个参照标准，要么从个别的民族文学偏狭的实例出发，差强人意地生出一个标准来，作出对民族文学作品的判断。这种胡乱裁判，胡乱下药，势必影响民族文学的健康发展。民族文学缺乏一种自我认识、自我界定的思想机制，民族文学未能是一种自足的文学世界，仅仅作为某种参照和杂色，这个局面很不理想。龙长吟的《民族文学学论纲》这部书的问世，不仅建构了一个新的文学学科，而且为民族文学提供了一种思想机制，使民族文学这一概念成为有出处、有依据、有客观标准作评判尺度的文学概念。作者写这部书，是一件开创性的工作，也是一件了不起的基础工程。作者构建这个工程，他的功劳不止是他耗去的上千个时日，更在于作者开创性的努力和勇气。《民族文学学论纲》的价值也正在其开创性。就我的见识，作者在这样一部著作中，第一次将比较文学研究方法与民族文学研究方法结合起来，将地域与世界性统一起来，将民族性与人类性统一起来，从个别的民族文学现象去体认人类共有的文学，从文学的世界性去认识民族文学的个别表现，从而对好多中外文学名著的解析有了独到的、科学的见解和新的发现。作者的视点，不仅是就文学来讲文学的民族性，作者先是离开文学，从历史与人、自然与人的角度来考察民族文学，由此得来的结论：无论哪个民族的文学，不是某一种文学的派生，而是由历史与自然原生，民族文学，是原生的文学，民族艺术，是原生的艺术，各民族的文学，从本质上讲是平等的、独创的，只是独创的水平与方法各有差别的。这样来看民族文学，她是神采飞扬和有滋有味。写这样一部书，是件繁难的工作，所涉及的方方面面是如此广大，人类学、艺术史、民族史、哲学、语言学等等。这些在我想来是一种又伟大又乏味的工作，足使我望而却步。就作者的这种劳动精神，也让我不敢小视这么一本书。作为一个少数民族作家，我当然更看重这样一本书。

（原载于《三湘都市报》1998 年 1 月 24 日）

（作者系湖南省作家协会荣誉主席）

纵横捭阖，求实举新

——评龙长吟著《民族文学学论纲》

詹志和

　　近读龙长吟先生的新著《民族文学学论纲》（湖南文艺出版社，1997 年 7 月，以下简称《论纲》），受益匪浅。《论纲》推出了一门新学——"民族文学学"。作为一项开创性工程，诚如为该著撰"序"的少数民族文学研究界耆宿马学良先生所说的："开创性工程不可能是十全十美的，本书所涉及的民族、历史、文化等方面的知识很高，论述中必然有难以全面周到之处。"但该著那种锐意开拓的精神、纵横捭阖的大气和脚踏实地的虔诚，确实令人耳目一新、感奋不已。

　　建立"民族文学学"，笔者以为，这是文学研究史发展至当代的必然要求。众所周知，德国大文豪歌德预言"世界文学的时代已经来临了，现在每一个人都应该努力促使它早日来临"。时隔 20 年，马克思和恩格斯又在划时代的《共产党宣言》中提到这一命题，由于物质生产开拓了世界市场，也使"各民族的精神产品成了公共财产，民族的片面性和局限性日益成为不可能，于是由许多种民族和地方的文学形成了一种世界的文学"。正如"民族主义"与"世界主义"是对立的一样，"民族文学"与"世界文学"也是相对的概念。几乎正是从"世界文学"这一概念诞生之日起，"民族文学"也随之为人热切关注；对"世界文学"的研究逐步深入的同时，关于"民族文学"的研究也日益成为热点。上个世纪中后期，风靡欧洲大学讲坛而后又成为洋洋百万余言巨著的勃兰兑斯的《十九世纪文学主流》，实际上就是着眼于欧洲各国的民族文学而进行的大规模研究；而亦在此时诞生并在本世纪日益兴旺的新学科——比较文学，就是发端于多民族文学关系的研究，其区别于其他文学研究学科的两个最根本的立足点，可以说，一个是"世界文学"，另一个就是"民族文学"了；正是这二者的"对抗"与

"对话"，或者毋宁说"相克"与"相生"，使比较文学充满生机，成为本世纪文学研究领域中最有活力和魅力的学科之一。到本世纪 80 年代中期，由于世界范围内两大阵营的"冷战"结束，意识形态领域的东西对峙逐渐缓和，文化与文学的发展态势亦随之日益转向多元格局，于是，以"世界文学"为指归，以"民族文学"为路径的文学研究，几乎已成为这片学术园地的耕耘者或隐约感悟、或明确遵循的共同理路。而多元格局所要求的辨异性审察，又使时下的文学研究实际上更侧重于民族性问题的研究。笔者新近读到的另一本书——世界文学和比较文学专家张铁夫先生主编的湖南省高教"九五"重点教材《新编比较文学教程》中，就明确指出，"民族性"问题已成为当前比较文学研究的一个最新发展动向："民族性不再像早期比较文学家所竭力反对、急于驱逐的幽灵，而是成了比较文学自身挥之不去的合法成员。"

《论纲》为"民族文学学"构建起相当完整的理论体系，或者说，从不同的角度为推进和深化该领域的研究找到了切实的逻辑起点。文学是人类精神生产的重要分支，精神生产的一大特性就是趋异性。一个作家，一个团体，一个流派，一个时代的文学创作都有其不同于其他作家，其他团体，其他流派，其他时代的地方；一个民族的文学更是如此。故而作家、团体、流派、时代和民族等等的特征，总是文学研究者关注的中心问题。如果说，本着"世界文学"的观念而进行的研究更多的是寻求如钱钟书先生所说的"共通文心"的话，那么，立足于民族文学的思想而进行的研究就是侧重于探讨各民族文学的独特风貌及其内在的原因。《论纲》正是以后者为首要目标的。而在"特征"的研究中令人困惑的问题常常是切入角度，大而言之，即逻辑起点、理论框架问题。如果是个案性质的研究，这个问题还不难解决，而要对世界范围内各民族文学的特征进行整合性的研究，那就是相当艰巨的工程了。在这项工程上，《论纲》的建树是卓著的。笔者以为，《论纲》或许是借鉴了比较文学三大分支之一"科际研究"的理论框架，在此基础上孜孜讫讫，上下求索，思接千载，视通八方，纵向深化，横向拓展，为"民族文学学"奠定了一个相当完整（当然也还有待完善）的、既是宏观审察又能微观辨析的理论体系。全著十章，分别从不同的大方位，如民族历史、政治经济、地理环境、宗教信仰、民族心理性格、民族审美观念、民族风习、民族语言等，构建起了"民族文学学"的基本理论，而后又用以去检视、阐释、分析、比较上下几千年、纵横数万里古往今来千差万别的世界各民族文学。这个理论体系立足于民族，着眼于文学，立足于共同性，着眼于差异性；它摒弃了大民族的优越也摆脱了少数民族的局限，从民族学的角度找出若干"思想的组合"、若干"同类事实的集结"、若干"人心经验的会合点"，对文学的民族性问题做出了系统而科学的分析。它既不同于以往的任何纯民族学理论，也不同于以往的任何纯文学理论，它是民族学理论的有意义的分支，又是文学理论的新的拓展，但其主导性质仍是一种文学理论。它在马克思主义文艺理论的指导下，批判地吸收了现代主义、形式主义等其他各种文学理论流派的优长。如果说它的两大栋梁是民族学与文学，那么它的四块基石便是经济基础、上层建筑、自然条件和社会形态。可以说，《论纲》建立了一个综合的、科学的、全新的马克思主义关于民族文学的理论体系。而其任务则诚如著者在"绪论"中说的，是"研究文学的民族特色和文学的内部与外部各要素间的关系，研究文学民族特色的构成与表现，并且从中找出规律性的东西"。笔者以为，作为一项开创性工程，《论纲》在理论建设和实践研究两大方面都为"民族文学学"做出了可贵的贡献。

学术专著引经据典，思辨宏深，往往容易使人感到幽玄隔膜，奥妙难穷，非正襟危坐、平心静气"钻进去"读不可——这也许又是本人的谬感罢。《论纲》却不然，它征引析释的经典论述和作家作品数以千计，思辨的问题往返跳荡于古今中外广袤的时空，读来却使人感到明畅清爽，如坐春风。它的理论建构是严谨坚实的，而具体问题的阐发方式和话语风格又是自由灵动、意趣横生的；大量从哲学、社会学、文艺学、心理学、史学、美学，特别是民俗学和宗教学中爬罗剔抉、精心提炼出来的生动、鲜见而又颇能说明问题的材料，犹如闪光的明珠撒落其间，令人赏心悦目。如"地域文化与民族心理性格"一节中，首先在"自然地理"可以转化为"人文地理"的理论支点上，比较了自然环境生成的人类三大文化——海洋文化、山地文化、平原文化——的区别，饶有兴味地辨析了西欧文学的"海洋文化"特征，美国西部文学的"山地文化"特征和游牧民族文学的"草原文化"特征；接着引用恩格斯《格林童话与德国北方草原的关系》、中国《北史·文苑传》和刘师培、司马迁等的相关论述进一步阐发；而且分析了中国文化、文学的"南北之分"和"东西之别"及其与自然地理、人文地理的关系，比较了以《麦客》《厚土》等小说为代表的中国当代西部文学与美国西部文学的差异；最后出人意料又令人解颐地把讨论收束在尽人皆知的市民喜剧《唐伯虎戏秋香》上："这一类轻巧、幽默而略带轻佻的才子佳人戏"，只可能在"宫商发越"商品经济活跃的东南方产生，而不可能在"词义贞刚"、尚农厚土的西部或西北部产生。"地方特色与文学的民族特色"一节中，于鲁迅的有关论述之后如此机智地发挥：各民族地区奇异的风物往往"因其独有性而被当成某一民族的标志，犹如长城、黄河之于中华民族一样，雪山、雅鲁藏布江之于藏族，富士山之于大和民族，金达莱花之于朝鲜族，孔雀、大象之于傣族，骏马之于蒙古族，在传统的文学艺术中，历来就是民族的一个标志"。"生计方式与文学的民族生活情调"一节中，新颖独到地提出，不同的民族生计方式（即经济生活形态）产生了不同的民族生活情调：农耕经济生活类型中产生了田园牧歌生活情调，渔猎经济生活类型中产生了富于野性的生活情调，畜牧经济生活类型中产生了放达乐观的生活情调。再诸如苗族的三元论哲学，俾格米人以"爱"为尚的幸福观，各原始民族共有的合生心理、英雄心理、混沌心理，当代美国的"嬉皮士文化"，古代希腊民族的崇智爱美倾向，法兰西民族、英吉利民族、德意志民族、意大利民族、俄罗斯民族的不同性格特征，沈从文小说中的佛教题材，《堂吉诃德》对西班牙民族性格的消极影响，乃至日本人在鼓吹武士道精神的年代与二战结束后的和平年代取名用字由多用"兵卫""武夫"到多用"和""顺"的风尚变化，藏族人尚白而突厥人尚黑的民风民俗……几乎带有"百科性质"的材料掌故和问题研究，都归于"民族文学学"的麾下，遍布于《论纲》的各个章节。笔者认为，龙长吟先生的这本新著表现出一种贴近当代的学术风格：它把渊博与明畅、法度与自由、理趣与情趣结合起来了，借用时下流行的一个词儿来说，它统一了学术性、倾向性和十分有利于接受、传播的"可读性"。

（原载于《吉首大学学报》1998 年第 1 期）

（作者系湖南师范大学文学院教授）

为官场文学定位

——读龙长吟理论专著《治守之道》

邓超高

对于揭露批判官员腐败的官场文学作品，历来有不同看法。赞颂者有之，贬抑者亦有之。真可谓见仁见智，莫衷一是。因此，为官场文学恰当地定位，引导人们客观公正地看待这类作品，就成为评论家们的重要使命。近读龙长吟同志对湖南官场小说的理论专集《治守之道》，觉得其重要贡献之一，正在于此。

首先，作者认为，官场小说植根于现实的土壤，来源于现实，反映的是现实。这是这类小说产生和繁荣的根源。在社会转型过程中，"既有国家民族日新月异的整体性进步，也有难以遏止的个人堕落"，"既有呕心沥血地为人民服务的大军，也有处心积虑地谋求私利的小人"，人民"欢迎社会的现代转型，却痛恨官场的腐败"。于是，官场文学应运而生。这是运用唯物史观和文学的反映论为官场文学立命，说明它的产生绝不是偶然的。基于此，作者把这类作品定格于革命现实主义创作方法的范畴之内。认为它继承了"文革"前的社会主义现实主义、革命现实主义内含理想的光辉一面，又摒弃了回避矛盾、粉饰现实与廉价歌颂的弊端。此论澄清了曾经争论过的一些是非，对于为官场小说定位，具有重要意义。

作者把其专集定名为"治守之道"，自有其深刻寓意。说白了，就是他对于官场小说的性质和作用的总概括。总结作品中所凝聚的人生智慧和所蕴含的治守之道与为官的经验教训，是其理论专集的重中之重，无论是对《曾国藩》《大清相国》，还是对《国画》等的评论，都在这方面进行了深度的挖掘与着力的点评。在这方面的价值如何，是其评论这些作品得失优劣的金标准。如同司马光主编的编年史巨著定名为《资治通鉴》一样，存史是为了理政资治。文学也是这样，"优秀的官场小说具有人生教科书的作用"，"官员阅读官场小说，鉴往知来，善取善予，既可以从成功者那里学来许多成功的经验，也能从失败者那里看到落败的教训"，"是当之无愧的廉政建设的良药"，读者可以吸取其中蕴含的治守之道。这就是作者多处强调的优秀官场小说的警示、借鉴作用和反腐倡廉的精神指向。这对一些认为写官场腐败现象是"暴露阴暗面"、丑化现实、会产生消极影响等观点是恰当的回应。

可贵的是，作者在其评论中还明确地指出了官场文学作品应该把握的分寸，他指出，"记录只是手段，反腐倡廉才是目的。今日的官员大多数是好的，但也有的官员的的确确太过为所欲为"，然而，如果"将权利运作中的失范过度放大，混淆了局部与整体、大多数与极少数的界限，便会失真失实，还会带来负面影响。官场小说中等而下之的赝品、庸作，都有这方面的毛病"。指出这些，表现了一个评论家不捧不骂的责任担当。对于官场小说创作而言，这是一个关系作品成败的关键问题。所谓把握分寸，不在于作品写了多少消极腐败现象，而在于要写出真善美与假恶丑的斗争，以正义压倒邪恶，从入木三分的揭露与鞭辟入里的批判锋芒中显示凛然正气，让读者有一种惩恶扬善、人心大快之感，这就是反腐倡廉官场小说从审丑中给人的美感。

作者在分析官场小说产生的深厚的现实土壤与顺应历史和人民要求而一时形成热潮的同时，以评论家的冷静的思考，为这类小说的走向把脉，指出："随着反腐败力度的真正强化，官场与民间的矛盾将日渐缓和，官场小说的市场走红也会淡化……官场小说的当代繁荣，在我国现阶段的文学创作中不会再延续很长时间了。"预言其必将逐渐降温，是基于对反腐倡廉的信心和对现实主义文学规律的深刻理解。正像粉碎"四人帮"后一段时期出现的"伤痕文学"的兴衰过程一样，它不会以任何人的愿望为转移，而是文学作为现实生活的反映这一本质属性决定的。

笔者认为，上述几点，是贯串于长吟同志对湖南官场小说系列评论的总论和各论之中的几个基本观点，也是《治守之道》这部理论专著主要的精神和艺术导向。

（原载于《湘声报》2015 年 6 月）

（作者系原湖南师范学院中文系主任、湖南省政协原学委会主任、资深文艺评论家）

呼唤民主与法治

——读《治守之道》感言

张德峰

　　龙长吟先生的《治守之道》是一部研究当代文学现象及相关作家作品的文学著作。该书以官员创作和官场文学为研究对象，摆脱了纯文学的研究思路，从国家治理的角度入手，将文学研究与民主、法治、廉政等大命题紧密地联系在一起。民主与法治，也是我们法学界一直关注的两个问题。两者如影随形，我们既研究法治，也思考民主，因此，《治守之道》一书，也引起了我的兴趣。

　　民主是政治文明的产物。《独立宣言》《公民权利和政治权利国际公约》告诉我们，民主是择取领导的竞争方法所产生的副产品，自从竞争性选举产生了"民主"这个词，民主一直被普遍向往。民主不单是一种作风，尤其是人民的基本权利，还是建立在人权基础上的保障公民根本利益的一种治国方略。它的核心是人民自己当家做主。我国五四运动时期，民主就是启蒙运动的两面思想大旗之一（德先生）。时至今天，它又成了社会主义核心价值体系的重要内容。然而，民主并不是忽略长官意志。而是在维护公众利益的前提下，长官意志必须服从公众意志，服从将公众意志集中起来的国家意志。寻找长官意志、国家意志、公众意志的契合点，让公众意志、长官意志、国家意志统一起来，这才是真正的民主。《治守之道》在评论王跃文的小说《苍黄》及其他篇章中，所表达的这个观点很有见地。现实社会中有多种伪民主：譬如境内某些地方的贿选、假选举，台湾近年间党派林立的泛滥成灾的"滥选"，都不是真正的民主。作者和广大作家一样，对民主的呼唤真诚而殷切。

　　要将长官意志、公众意志和国家意志在公共利益下契合起来、统一起来，需要依托物，需要上下共同遵循的、国家制定公众认同的契约、制度，这就是法律。没有法制，法治只是一句空话。依法治国的法治，是广大人民群众所期盼的治国的根本大计。关于依法治国，习近平同志有许多重要的论述，也是中共十八届四中全会的重大主题和重要成果。在《治守之道》所介绍的著作中，一些作家就揭露了官员蔑视法治、胡作非为的现象，如魏剑美的小说《步步为局》《副市长》集中揭露了官员赌博这一负面现象。出现这种局面的原因是多方面的，法治不彰、行政法执行不力是重要原因。依法治国首先要依法治党、治军、治政。面对官场种种负面现象，作者非常心痛，也非常性急，甚至直呼"制订行政法律、建立政治法庭以治理官场"。文章写在十八届四中全会召开之前，主张恰当与否另作别论，但心情可以理解，思路也值得肯定。

法治是和人治相对立的一种治国方式，但法治并不是不要人来治理。国家是一台巨大的复杂透顶的机器，特别是中国这个拥有十三亿人口的泱泱大国。要让这台巨型机器时刻良性运转，操作和管理这部机器的党政各级官员就是关键。他们修己安人的功夫、应对掌控的水平、办事决断的能力极端重要。正是从这个角度，毛泽东及中国历代政治家都说"治国就是治吏"。如何治吏？《治守之道》作者的自序说得好："政之大本，在于刑赏，刑赏不明，政何以成？国之大本，在于民生，民生不保，国何以存？官之大本，在于明道，官道之本，在于清廉。"从严治吏、赏罚分明、为官清廉、确保民生，就是"治吏"的根本原则与目标。《治守之道》中几乎每一章节都贯穿了"反腐倡廉、从严治吏"的基本精神。用作者自己的话说，他所撰昭阳公园联：情系万家，当官宜廉宜让宜法度典章而民有安居之乐；理归一宗，治守兴本兴末兴科学文化则国无鼙鼓之忧——此乃全书之灵魂。有了这样的灵魂统率全书，《治守之道》理应受到欢迎。

（原载于《工人日报》2016 年 5 月 20 日）

（作者系法学博士、教授、青年法学家）

回归"文本"，回归"文学"

王再兴

哈佛大学中国文学教授李欧梵在《视觉文化·历史记忆·中国经验》中表达了目前很重要的一种学术研究模式——"往前看，向后走"①。知名学者黄修己在《中国新文学史编纂史（第二版）》中谈到中国现当代文学人才培养中"再现型"人才和"发现型"人才的区别时，也表达了实质一致的看法②，即如何把一种学术上创新的"思想火花"（陈平原在《中国小说叙事模式的转变》中的略具戏谑式说法③），真正坚实地落脚到学术材料的搜集与学术见解的论证功夫上来的问题。这是我们所有学术从业者都应该引以注意的。

20世纪中国女性文学的写作走过了较为曲折的历程，其成果呈现出一定的阶段性。但是时至今日，女性文学研究中出现的问题也是不容忽视的，比如歧化女性身体体验的文化合法性与忽视文学文本的鲜活经验和差异性，即为其中最主要的两端。肖瓦尔特曾说女性主义批评是"理论风暴中的经验主义孤儿"，但这一见解似乎总是难以得到恰如其分的反映。为此，龙长吟撰写的《两性对立的女人——中国新文学女性形象衍论》值得一读。由于作者资深的批评家身份，及其在文学评论和文学教育"最前线"，数十年甘苦自知地实践，此作颇能阐微发隐，引为新声。它是对中国现当代文学关于女性文学研究、甚而是对整个现当代文学学界研究风气中某些失误的颇有分量的补正。

---

① 李欧梵、罗钢：《视觉文化·历史记忆·中国经验（代序）》，罗钢、顾铮：《视觉文化研究读本》，广西师范大学出版社2003年版，第3－4页。
② 黄修己：《中国新文学史编纂史（第二版）》，北京大学出版社2007年版，第328页。
③ 陈平原：《中国小说叙事模式的转变·自序》，北京大学出版社2003年版，第3页。

一

《两性对立的女人》（下称《两》著）一书中提出了许多有价值的学术新见。

《两》著是第一部系统地研究中国新文学女性形象的著作。中国文学作品里的女性形象，过往的研究并不自成体系，《两》著将"女性形象研究"作为一个学术问题单独提出，正是针对轻视女性形象的偏失。在引用蓝爱国《女人的命运——新时期乡村小说女性形象类型论》指出的中国女性形象在经历了神话传说中女娲"超女性"形象，诗经时期"爱情女性"形象，汉乐府时期"离女"形象，唐宋以后妓女形象，明清时代的佳人形象五个阶段之后，《两》著将自己的研究对象，聚焦于二十世纪以来中国新文学中的女性形象上，并将其"命名为'现代形象期'或'摩登形象期'"。书中提出了关于女性文学研究的一个新的思路："从男女对立中研究女性形象"，并从恩格斯的经典社会历史学理论、阿尔都塞等西方马克思主义理论、凯特·米勒特等女性主义理论，以及自希腊男女同体的原初神话，俄瑞斯忒斯杀母克吕泰墨斯忒拉神话，中国土家族的"毛古斯"舞，大禹治水传说，马林诺夫斯基对特洛布里安德岛母系氏族社会的研究，玛格丽特·米德对萨摩亚性习俗的调查，列维·斯特劳斯对禁忌的论述，等等文化人类学内容，考察了男女性别对立的悠久历史。著作还旁涉"女儿目""女儿乳"一类民间文本和佛教《华严经音义》《佛本生故事》等宗教文本，以及奥涅尔《大神勃朗》、卢梭《爱弥儿》等丰富的外国文学文本，将这一思路具体化，提出男女对立的"两大内容（生理对立、权力对立）、四种模式（男性自然生理的优势压迫女性；男性对女性的家庭专制；文化的意识形态歧视；男女社会、政治、经济地位实际上的不平等）"和"一个焦点（性的征服与被征服）"的缜密阐述体系，并指出性别对立是一场自有人类以来就存在的或"最甜蜜"或"最残酷"以至"最疯狂"的战争。

《两》著提出的"百年性爱描写的 V 型曲线"见解和"男女作家笔下女性形象的不同风貌"等命题，也颇有意义。前者指出，由于意识形态的变化，中国新文学中百年性爱描写，走了一条"V"型的曲线：上世纪初冰心散文等对性爱规避的古典时期，走向性爱描写 V 型曲线第一个"敞开"期，标志是 1928 年丁玲的《莎菲女士的日记》；中间经过 1930 年代左联至延安时代的"收敛"期和中华人民共和国成立后（1950 年代初以后）的"禁忌"期，至"文革"中，性爱描写进入了"禁锢"期，样板戏中的女性形象，几乎完全失去了女性的特征，女性描写降到了谷底；1979 年张洁《爱，是不能忘记的》发表，女性的新时期叙写开始进入"解冻"期，虽然当时还只能写极圣洁的柏拉图式精神恋爱；1980 年代中期以后进入"放开"期，1980 年代末到 1990 年代初进入"开放"期，到 1990 年代后期进入"泛滥"期；直到木子美、尹丽川、竹影青瞳等"下半身写作"的出现，中国新文学中百年性爱描写最后形成了"第二个高端的终结"。《两》著也提到了意识形态在女性形象塑造中的决定性影响。前述两个命题中的后者，谈到了一个女性文学形象塑造历史的有趣的现象："男作家笔下男主人公常常拥有几个美女；女作家笔下的女主人公，身边常常围着几个男性或私有几个男人。"《两》著认为，在男作家那里，女性总是以"看与被看"的姿态出现的；而女性作家则不同，一般她们不大关注女性的外貌，却极其注意女性的内心情感。《两》著指出，男女作家在这方面之所以不同，主要是因为"文化立场与写作姿态的差别，是一道难以逾越的鸿沟"。由此带来男性作家与女性作家在塑造女性形象时的"审美情趣、艺术风格的界线非常明显"的现象。书中并提到了施耐庵《水浒传》和女作家谢冰莹《巧云之死》中潘巧云的不同，以及潘金莲形象塑造中的两种明显不同的叙述指向。《两》著在这个问题上的讨论，事实上是对以下较为隐蔽的学术问题的延伸叙述：女性文学形象塑造中存在着歧化女性身体体验的文化合法性的现象——同样是女性形象，对"看"与"被看"的描述方式在男性立场和女性立场那里，是非常不同的，而彼此基本上都在进行着大规模的、自说自话式的差异表达。这个问题在 1990 年代后期以来的女性叙写中，表现得尤为明显。

此外，《两》著重新阐释了女性形象研究的意义。

《两》著着眼于"把女性还原成真正的人"，追求一种"见'人'见'女'又见'性'，见社会见历史又见生理"的女性文学研究。著中指出女性形象研究的意义，在于反拨过往新文学女性形象"既不见'人'，也不见'女'"的"外围研究"和"用群体性取代个体性，阶级性取代人性"所带来的"人性隐退和丧失"的偏失，认为"个性解放"正是"女性形象塑造中一个至关重要的美学命题"。《两》著进而对后现代的抽象主义美学的研究风格提出了严厉的批评。为了阐述女性文学形象反抽象的丰富性，《两》著把女性形象划分为感伤型、欲望型、叛逆型、浪漫型、苦难型、贵族型、革命型等七种类型，并在以女性形象为本体的前提下，研究了女性形象与女性实体的关系，女性形象与男权文化及文化建构的关系，女性形象与塑造者作家之间的关系。尤其耐人寻味的是，作者还将女性形象研究的价值归结于"把男性作家塑造女性形象的问题也纳入了研究的范畴"。《两》著一反传统的以孔子为代表的女人"祸水"说，以曹雪芹为代表的女人"水做的骨肉"说，以波德莱尔为代表的女人"罪恶的花朵"说，等等基本阐释模式，列举了女人和女性形象人性特征的"十个方面"：曼妙的形体、娇好的面容，柔弱性，"地母"本能，视爱情为生命，激情和幻想的气质，生养性，注重物质生活与细节，直觉本能，爱说谎，因婚姻而生的谨慎和躁动的赌性。作者说："不同的女性与女性形象，各自人性特征的侧重点是不相同的，但大都脱离不了这十个特征的大框架。"作者提出了一种良好的愿望："通过本专题的研究，可以大大张扬人的主体性，激活人的本性，让男人更像男人，女人更像女人，有利于防止人种的蜕化，有利于人性的复归、张扬和完善。"这恰恰是一种类似于美国社会人类学家理安·艾斯勒"伙伴关系"的男女"双性和谐"的美好图景。

二

《两》著在上述中国现当代文学专业范畴内的价值以外，还有更多的值得借鉴的学术意义。

首先是著述的亲历性问题。《两》著在这方面的表现是非常突出的。作为一本曾经面向本科生授课的专著，书中提到了阐述体系所需要的大量散见于其他学术专著、当年报章杂志、影视作品、宣传材料以及自身在漫长的经历（包括当年的政治学习）中经验和体认的鲜活材料，其数量和多样性实堪惊奇，且论证扎实而饱满，颇有当年英国"伯明翰学派"的"民族志"研究风格。而著中隐约表达出的"复调"声音更是弥足珍贵。例如，《两》著提到了 1940 年代胡风《论中庸》一文，表明了 1940 年代罕有的回应五四"个性解放"思想的声音。从丁玲《莎菲女士的日记》所遭遇的命运，指出 1940 年代初文艺界正式开始的对人性论批判中，《莎菲女士的日记》就成为了将作品中人物与作者等同起来的先河（说丁玲就是资产阶级莎菲女士)。《两》著更是提及一个非常罕见的关注领域——女性同性恋问题。丁玲《暑假中》《岁暮》，凌叔华《说有这么一回事》，石评梅《玉薇》，庐隐《丽石的日记》、《漂泊的女儿》，谢冰莹《给S妹的信》和梅娘《鱼》，等等涉及的女同性恋描写问题，是目前尚不普及的同志文学研究的涉足。《两》著还提到1940年代延安文艺座谈会以后和"文革"中的一些作品的"修改史"问题，如《林海雪原》《红色娘子军》《白毛女》《创业史》《青春之歌》等。虽然尊重已有学者的相关研究成果，《两》著仍然带有鲜活性的叙述特点，并且多数地方能见从己出，实属难得。另如雷抒雁《小草在歌唱》等诗歌所写的张志新，包括张志新案从1979年初春的平反，到1998年、2000年《南方周末》两度披露真相的过程，等等内容。学术操作由于其对客观性的要求，以及学术研究累积性方式所带来的效果，学术研究中的亲历性问题显然越来越被人有意或无意地忽视。但值得注意的是，亲历性体验从来都是人文学术研究的宝贵资源。如当年朱自清先生1929年至1933年在清华大学、北京师范大学、燕京大学的讲义《中国新文学研究纲要》，洪子诚先生完成于上世纪末的《中国当代文学史》，钱理群先生的《与鲁迅相遇》，以及王晓明、蔡翔、朱寨等学者的学术研究，正是在充满了鲜活性体验前提下的著述。这些文本往往在本来就颇为不易的历史准确性之外，能更兼具一种撼人心魄的力量。但反面的例子当然也不少，如文学史编撰的相互抄袭和非体验式叙述的渐而"公式化"，特别是今天部分学者对于"文革"文学、知青回忆的批判性研究，等等。

其次是文学研究中读者意义的问题。读者逐步上升为文本意义的塑造者的历程，是由来已久的。美国伊恩·P. 瓦特《小说的兴起》谈到"18世纪的文学面对着的是一个不断扩大的读者队伍，它必定削弱那些……对古典的和现代的文学保持一种职业性或半职业性兴趣的读者的相对重要性"①。本雅明在《机械复制时代的艺术作品》中说："几百年以来，文献中的情形都是这样，以致很少一部分作者与数以千计的读者相对峙。"但"在上世纪末出现了一个变化，随着新闻出版业的日益发展，越来越多的读者——首先是逐个地——成了作者……这肇始于日报向读者开辟了'读者信箱'。现

① [美] 伊恩·P. 瓦特：《小说的兴起》，高原、董红均译，生活·读书·新知三联书店1992年版，第46-47页。

在，几乎每一个参与劳动的欧洲人都完全能在任何地方成为劳动经验、烦恼、新闻报道或诸如此类事物的读者，由此，在概念上区分作者和读者就失去了根本意义"①。即使是对于被精英阶层一向低视的通俗文学乃至庸俗文学，这个问题也同样是存在着的。葛兰西在《葛兰西论文学》中指出："在任何情况下，即便是商业文学，在文化史上也不应该被忽视：正是在这个意义上说，它甚至是具有极大的价值，因为一部商业性小说的成就，表明了（有时候甚至是唯一的标志）'时代哲学'是怎样的哲学，即在'沉默的'群众中间什么样的感情和世界观在占据主导地位。"②

1960 年代联邦德国康士坦茨大学教授姚斯和伊瑟尔等五名文艺理论家创立的接受美学，1980 年代传到我国，对我国文艺理论及美学研究产生了重大影响，从根本上改变了过去作者中心论和文本中心论的偏差。在 20 世纪中国文学中，其实一直存在着显而易见的启蒙文学与通俗文学争夺读者的问题，启蒙文学"向下行"的大众化、民族化努力，和通俗文学"向上行"的变革（如张恨水等），其实是一个问题的两个方面。鲁迅在《文艺的大众化》中谈到"文艺本应该并非只有少数的优秀者才能够鉴赏，而是只有少数的先天的低能者所不能鉴赏的东西"③。不仅是文艺作品，研究文艺的学术著作，更应该尊重读者。过往一些甚至比较著名的现当代文学史在写到读者的作用时，操作起来也还是比较勉强，带有"划块组合"的特点，显得有些言不由衷。《两》著在强调读者意义方面，则有着许多突出的表现，如前述男性作家与女性作家笔下女性形象的差异问题，对于女性形象的历史性解读和人性化解读（如张志新、林道静、江竹筠等），对于亲历性内容的重视，等等，正是女性形象在读者视角意义上的阐释。特别是著述中自始至终存在着的以读者对象为指向的学术目标，更是在更高意义上的对读者地位和能力的尊重。

最后是学术写作中的叙述格调问题。戴燕《文学史的权力》提到了文学史的"写作"如何隐蔽地取得一种合法性"权力"的过程："中国文学史与历史的结盟，使它拥有了科学的强大背景，通过教育，又使它成为普遍的共识和集体的记忆，正统论的辨析，使它与国家意识形态及政府权力彻

---

① 王才勇：《现代美学新维度》，北京大学出版社 1990 年版，第 186－187 页。
② ［意］葛兰西：《葛兰西论文学》，吕同六译，人民文学出版社 1983 年版，第 35 页。
③ 鲁迅：《鲁迅全集·第七卷》，人民文学出版社 1981 年版，第 349 页。

底联系在一起，而一套经典及经典性阐释的确定，则使它获得了永久的权威性和规范性。"① 当代文学史撰写者的选择，有时甚至会带来直接的纷扰，如当年王瑶先生在讲到编写《中国新文学史稿》时就说过："有时还会有人打上门来，说你对他的评价如何如何不公，他是如何如何伟大等等，你必须随时警惕不要迁就强者，不要只顾息事宁人！"② 很幽默地提出了学院经典化可能遭遇到的"权力"问题。对这一问题的进一步表达，是如何将当代西方细致化的文学理论和我们的文学与生活中鲜活的中国经验，特别是"底层"经验结合起来，避免文学史撰写中体验性的稀薄和对文学文本的逃逸、"经典化"所体现出来的学院化权力话语对大众读者的藐视、男性与女性对文学经验合法性的过度歧化的阐释，以及过分依持省略了大量新鲜时代经验与学科拓展、学术成果的"启蒙"体系，等等弊病。《两》著虽然不是一本文学史著作，但在尊重历史、重视文本方面同样做出了许多努力：不仅将"革命"女性江姐、林道静、张志新等作为一个独立的类型来研究，而且将目前"正史"尚没有太多关注的"玉女"形象如春树、易粉寒、米米七月等作家笔下的主人公作为叛逆女性形象的一种来研究；不仅涉及人类学型女性形象如翠翠、三仙姑、曹七巧，也包括民俗型阿诗玛、刘三姐等和通俗型李莫愁、黄蓉、阿紫等女性形象；不仅容纳了作为歧化言说的女性形象如潘金莲、潘巧云，也容纳了被遮蔽的同性恋女性形象；等等。

《两》著对于上述女性形象的分析，颇多创新之处，且做出的评价旨在经得住历史的检验，决不迎合。龙先生更坦言，之所以把女性形象单列出来进行专门研究，特别值得提到的意义，在于"弥补高校教学之不足"。作者批评说："无论一些重点教材，或者说国内最优秀的大学文科教材，在文本分析上依然有偷工减料、避重就轻的毛病……这个忽略人物形象的研究风气不改变，文学研究落不到实处！"《两》著表现了难得的广阔视野、复调立场和鲜活的史论结合式叙述风格，正是文学史撰写体例和学术研究中非常可贵的尝试。

事实上，中国女性文学研究的历史不长。上世纪前期至 1980 年代初，约 70 余年，是介绍与遮蔽并存的时期；而 1980 年代初到新世纪，是女性文

---

① 戴燕：《文学史的权力·前言》，北京大学出版社 2002 年版，第 11 页。
② 王瑶先生纪念集编辑小组：《王瑶先生纪念集》，天津人民出版社 1990 年版，第 144 页。

学研究获得女性主义理论资源并进入学科规范体制、深入至文化研究层次的时期。期间当然也存在着一些相对的缺憾。其中龙长吟著述的《两性对立的女人——中国新文学女性形象衍论》在奉献出了珍贵的学术成果之外，也同样存在着一些值得商榷之处。如书中对 20 世纪以来的女性文学形象"现代形象期"或"摩登形象期"的命名，或许可以略有改进。原因在于，"现代"或"摩登"更像是一个时间的概念，似乎如"解放形象期"这样的命名更能与前述的命名体系相属。再者，将男女性别对立的"一个焦点"，定位在"性的征服与被征服"，也正是归结于备受争议的弗洛伊德的"本能论"层次，排斥了文明社会应有的社会学内容。《两》著对于弗·杰姆逊、利奥塔德、鲍德里亚等所言的当下知识"后现代状态"的一定的排斥，表现出一种阐释力量的缺憾。而且，《两》著一部分源自原先的讲课稿，成篇多少有些匆遽。但这些问题毕竟瑕不掩瑜。龙先生学术生涯多年，有《民族文学学论纲》等五部有分量的专著和九部合著问世，尤其是对于湖湘文化的浸淫领悟，使他每能得湖湘文化敏锐与创造的灵气。他从作品和形象出发，纵览多种文学理论和作家创作的得失之后，最终回归"文本"与"文学"的研究思路与实践，实在值得学界驻步思之。

（作者系文学博士，怀化学院中文系副教授，现为湖北黄石师范学院教授）

学术慧眼与人文热情的有机融合

刘起林

在这样一个大思想、大理论的形成显得异常艰难的时代，思想者的思维空间、主观能动性总难无羁地舒展，其思维依据，精神格局，联同思维能力，都很难走出当下社会情境和中西思想传统的局囿。于是，怎样选择研究的目标、视角和思维依托，就成为富有文化使命感和社会责任心的知识分子无法回避的问题。目前，中国学术界大致呈现着相对超然地坚守一个较难随时势更易的独特领域，置身当下语境中的热门话题和注目某一地域精神文化新变三条研究道路。湖南文学评论家龙长吟的学术角色定位属第三类。他以对当代文学发展的深刻体察为出发点，用一种善良与宏放相结合的姿态，以具体有效地推动文学创作的发展为归宿，对文学评论谋求一种立于严谨学术性基础上的现实功利性，谋求学术品位和现实功利双重价值目标的实现，形成了精明的学术慧眼和深沉的人文热情有机融合的精神枢纽，从而充分体现出 20 世纪中国知识分子将个体人生价值与国家民族的命运前途结合起来，把文学作为关联社会人生、国家民族的重要事业，并以参与者、推动者自居的优良传统。龙长吟的评论以独特的社会阅历和人生体验为认识基础，擅长于对创作设计及其思想感情缘由的揣摩，并形成了与个人生命体验密切相关的寻觅作品独特性、注重认同意识与生发意识和具有评价赏析热情的精神兴奋点、心理聚焦点，这又使他在思维特色上也构成了同学术角色定位相一致的逻辑关系。

（原载于《中国九五科学研究成果选·社会科学卷》，中国社会科出版社 1999 年版，第 904 页）

（作者现为河北大学教授、博导、著名文学评论家）

昌明学术也济人

——龙长吟退休后的文学评论生涯

庆瑞君

龙长吟先生从事文学评论与研究 50 余年，在《文献与人物》杂志采写的基础上，本刊编辑部再次采访了他。现将综合整理稿发表于后。

记者：龙先生是 2004 年 5 月退休的。11 年来，您公开出版了专著《两性对立的女人：中国新文学女性形象衍论》《治守之道：湖南当代政坛文学典论》，合著《20 世纪中华各民族文学关系研究》，与谭伟平共同主编、高教出版社出版的大学文科教材《现代中国文学教程》；在《光明日报》《人民日报》《小说评论》《创作与评论》等报刊上公开发表评论与研究的文章 69 篇，共计出版发表 1280 余千字，以平均每年近 12 万字的速度前行。退休后您为什么还坚持不懈地写作呢？

龙：从政策上讲，国家公职人员退休后都要彻底退位、退职，再不理事，谁都要遵照执行，这是大前提。但是，科学界、文艺界的退休者与政界有所不同。官员退下来就不再待在政界做事了，胡锦涛"裸退"做出了光辉的榜样。政界人退休后大多转入了文学艺术界，作文、写书、练字、唱歌、绘画、雕刻。2015 年省文艺界迎春座谈会上，宣传部的有关领导透露，湖南一些省军级老同志，退休后大多准备进入文学艺术领域。官员退下来还要进入文艺界，我本来在文艺界，为什么硬要退出文艺场域呢？文艺界专业人士与官员退休后最大的不同在于，官员退休就是出局，专业人士还可以在自己的领域内继续劳作。

陆游诗云："勿言牛老行苦迟，我今八十耕尤力。"我们这一代专家、学者之所以像陆游，退而不休，还有个特殊原因：建国时开始读书，与共和国一同成长，属于新中国培养的第一代学者。这一代学者绝大多数出身寒微，缺乏家学渊源，没有童子功，没机会读硕攻博，甚至大学专科本科都没有念完，"先天"严重不足。20 多岁以后本是做学问的黄金年龄，可惜正值"文化大革命"，遭遇了一个真正的文化荒漠期。加上前前后后频繁的政治运动，白专道路、资产阶级名利思想的帽子满天飞，导致"后天"营养不良。但我们也有自己的优势——寿命比古代学者长得多。《周易》云："天行健，君子以自强不息；地势坤，君子以厚德载物。"退休后还能自强不息、厚德载物者，必有所成。如不这样，就很难在当今高学历、高职称的学界立稳脚跟。

记者：一代人有一代人的时代环境，一代人有一代人的文学。能否谈谈您是怎么与文学评论结缘的？

龙：我与文学评论，结缘于青年人的血气方刚。在我们成长的年代，只要功课上得去，没有钱也能一直读书，这是我们的幸运。但任何一个新政权建立初期，政治惯性很强，政治运动频繁，从政治着眼的多，思想不能独立，不利于做学问，这是我们这一代学人当年的局限。我搞文学评论，起于对"左"倾思潮的抵制。记得 1965 年全国批判电影《早春二月》时，我正在湖南师范学院（今湖南师大）中文系读大二，总觉得不对劲，便奋笔写下了反批判的万字长文《论"早春二月"主题的积极意义》，写作时激动得两手直发抖，感觉真理在握，便寄送上海《文汇报》。三个多月后，副系主任、文艺理论家邓超高老师（后在省政协学委会主任位置上退休，现仍协助省政协退休办做些工作）找我谈话，传达《文汇报》编辑部的意见：该文是哪个教授写的，如发表，连文带人一起批判。为了保护学生，当然谢绝发表。我的第一篇文学评论虽然流产了，却也奠定了我的自信。我开始在学术方面做些准备。1977 年，我就开始为"国防文学"口号平反呼号（文章后来在《湘潭大学学报》发表）。不可小觑为国防文学口号平反。当时刚开展真理标准问题的讨论，政治阵线极不分明。文化部副部长陈荒煤来湖南，在湖南宾馆会议室为国防文学口号平反讲话时，本来坐在主席台的省委宣传部副部长，立马从主席台退下来坐到听众席上，以示"撇清关系"。我的文章和发言旗帜鲜明，受到主张平反一方的重视，但也潜藏着风险。这些并不意味着我没有"左"倾思想，时代烙印不会漏掉任何人。1974 年，湖南批判湘剧《园丁之歌》，我在《湘江文艺》（原名《湖南文学》）发表的第一篇文学评论，就是批判《园丁之歌》的。文章虽然坚持了学生必须读书的底线，只批判作品没有遵循"五七指示"的一面，但"左"

倾错误思想是明摆着的。无论怎么说，我的第一篇评论就是悲剧，是个人的悲剧，也是时代造成的。

记者：那么，您比较称心的写作是在什么时候开始的？

龙：那是打倒"四人帮"后的 1978 年。那年开始全面复刊，我从此连续不断地发表文学论文。但当时还留有许多禁区，有许多担心。学者们不约而同地在研究鲁迅，研究毛泽东诗词，那样很保险。文艺界的思想解放实际上是公开发表毛主席的爱情诗《贺新郎·挥手从兹去》开始的。写爱情曾是一大禁区，当时解禁了，显露出文艺的曙光，大家都很兴奋，对毛诗注家蜂起。我当时 30 出头，毛头小子一个，立在我前面的是一层层资深学问家，功力深厚，学界根本没有我的位置。但我比他们都兴奋，原因很简单：毛泽东这首词刚发表，同时看到，起点一样。人年轻，手脚到底快些，我迅速写出三篇文章：《诗卷长留天地间——论毛泽东诗词在中国文学史上的地位》《〈贺新郎·挥手从兹去〉写作时间考》《〈贺新郎〉思想境界论》，分别刊登在吉首大学学报、湖南师范大学学报、《湖南教育》三家刊物上。前两篇很快就被刚恢复的"人大复印资料"《毛泽东思想研究》全文转载，我也由此得以参加 1979 年湘潭大学举办的全国首届毛泽东诗词研讨会，应邀与辽宁大学、福建师大、山东师院等高校中文系老师一起，撰写、出版了第一部合著《毛泽东诗词研究》，开始在学界频频露面，1985 年破格晋升为文学副教授。当时高职指标控制极严，全省破格升文学副教授的仅有我和刘衍二人。因出版控制严苛和工作调动等原因，10 年后的 1995 年，我才出版了自己的第一部文论专著《文海探珠》（省社科规划课题成果），1997 年才晋升正高。

记者：你们这一代做学问确实有你们的难处。请说说您坚持搞文学评论的具体动力吧。

龙：我搞文学评论，除了首先本自年轻人的血气和正义感，还有一点就是不愿意碌碌无为。人生在世，总是要做一点于他人有意义的事情。这是我矢志不渝的信条。尽管搞文学评论是在别人的生命磁场跑马，我也乐此不疲。学者做学问，犹如农夫种稻子，有早、中、晚三季，我们这一代学者，早稻颗粒无收，中稻严重歉收。对自身这一状况，我特别不满，下决心"堤内损失堤外补"，早、中稻的损失一定用晚稻丰收来弥补。我的丰收期实际上在退休之后。退休了，既不要科研成果评职称，也犯不着自己掏腰包发文章、出书。是生命就要燃烧，有能量就要释放，我们做事基于生命的本能，对专业难以割舍。年轻时做学问不但政治压力大，还要为柴米油盐担忧。1973年除夕，我上午看书，下午上街买盐，所有的商店都关门了。好在每人供应了半斤盐肉，凑合着过了年。退休后，经济、精力、时间，都比退休前优裕，是做学问的第二个黄金年龄段，所以才退休不休息，退位不退场。我们这些人，一不要位置，二不要出差费，三不要办公费，完全意义上的义工。我们需要的是理解和尊重。拙著《治守之道》登上2015年度湖南十大文艺优秀图书榜，衷心感谢湖南省文艺评论家协会的主席们，感谢省书评会的评委们。此外还要感谢一个人，那就是已故的罗成琰先生。我曾与他交谈过退休不退场等问题，过年时，他特意送"长吟老师"一张贺年卡，自称"学生成琰"。他这样做，与评论家协会、书评会的朋友一样，就是理解，就是尊重，就是胸怀，就是德性！这方面省作协历届领导都做得好。本届党组决定给每位七十岁以上的文学老人出选集，已经给孙健忠、李慕贤、肖育轩等出了选本。省作协的莫傲副书记和王跃文主席，对我和其他退休作家的劳动曾给予过充分的理解和恰当的支持，令人难忘。

记者：还有别的动力吗？

龙：当然有，那就是名利思想的助推。只是当时不敢说，隐蔽着。出身边远农村的我，高中毕业时还没听过广播，没用过电灯，高考作文题《唱"国际歌"时所想到的》写成了"唱《国歌》时所想到的"。一下子进了省城，眼前世界真精彩，与同学、与外界差距太大，我必须加倍努力，急起直追，以自立来磨灭自卑，以自强来提升自己，免得被人瞧不起。大一时，湖南师院院长刘寿祺出版了《论党的政策》一书，我买了一本，心想，一旦自己的手写字也变成这样的铅字（那时只有排版印刷），那多么光彩！从大学二年一期开始，我就动笔写作，十年"文革"也没有完全搁置。1980年代以前，我们虽然频繁地经历各种政治运动，持续不断地批判资产阶级名利观念、白专道路、成名成家的思想，通过写作出人头地的想法一直在帮着我攒暗劲，始终不渝地推动我读书写作。由于我们这代大学生机遇了80年代初干部队伍的年轻化、知识化、革命化，好大一部分人搞政治，官越做越大，往往造福一方。我这个搞学问的，自信不会输于他们，在文学方面做点实事，也有价值。2013年，我进七十岁时，写了一首《七秩自寿》（后发表在《湖南地方志》），抒发我的志趣：

笔走文坛五十春，不争收获只耕耘。春淫夏旱少甘露，月露云阶近夕昏。天意焉能怜芷草，人间自古重晚晴。奋蹄老骥无他念，学术昌明也济人。

显然，这首诗概括了我大半生学术经历，结语"学术昌明也济人"，明示了我文学评论的基本动力，是我生命价值的体现，也表达了我晚年"恋栈"的根由，获得了同代学者的认可，有多人唱和，对我的文学评论生涯持肯定的态度。

记者：您之所以写《治守之道》这本书，一是受反腐倡廉、整顿吏治、促进政治体制改革的驱使，二是为当代官场文学定位，为官场小说家抱不平、争地位，三是专业性格的延续。这第三点，能否说得直白些、充分些？

龙：学者对自己的专业追求是执着的，不轻易放弃。我搞了大半辈子文学评论，《治守之道》是我评论风格的延续。一是作品本位。作家靠作品说话，评论一定要以作品为依据。认真阅读作品是评论的前提，离开作品的空谈或不着边际的发挥，骂倒一切的酷评或虚张声势的新名词轰炸，都不是正宗的文学评论。作品本位的文艺评论，不是没有理论，而是让理论之花伴随着作品的评判、分析、阐发而绽放出来。政治话语须化繁为简，几句口水话说清纷繁复杂的问题和深刻的道理；学术话语要变简为繁，围绕焦点，用带思辨色彩的语言说得头头是道；评论话语则介乎两者之间，用平白而富有诗意的语言将作家作品的特点、优劣、地位说透。《治守之道》无论总论与各论，都有比较浓重的学理性，注意语言的诗意。二是本土性。我写过很多省外和已故作家的评研文章，但主要关注湖南本土文学。纯粹关于湖南当代作家的有《当代湖南文艺评论家选集（龙长吟卷）》《芙蓉评林》《治守之道》三部专集，《湖南文学史（当代卷）》《湖南新文学七十年》（合著），还有不少本土评论文字散布于各种文学史著和期刊里。对象单纯而集中，并不意味视野狭窄。我总是把本土作家摆进中国新文学史和全国文坛生态中，纵横比较、鉴别，突出特点与创新，评论力求正宗、准确、到位。雷达先生说："我曾读过他关于《曾国藩》的一篇长文，写得扎实而饱满，比一般的研究者要深入得多。"（雷达：《芙蓉评林·湖南实力派作家检视·序》）三是同步性。文学评论与文学创作两张皮，粘不到一起，原因在于评论与创作脱节，评论过于滞后。湖南上世纪70至90年代大多数实力派作家的第一篇评论，都是尚未出名时由我撰写的。我一口气写了唐浩明七篇评论之前，只有北京评论家林为进先我发表了两千字的短评。及时评论有影响的新人新作是硬功夫，需要历史眼光、全局眼光、有穿透力的眼光，看得准，才不会遭遇尴尬，没有后遗症。《治守之道》代表的作品本位、本土性、同步性、学理性四大评论特色，是我一贯的追求，所以说它是我专业性格的延续。

记者：培根说："狡诈者轻鄙学问，愚鲁者羡慕学问，唯聪明者善于运用学问。"您在积累和运用学问上有哪些体会？

龙：除前面说过的自强不息外，灵感与激情也很重要。巴甫洛夫说过，学问要求人们最大的紧张和最大的热情。刘起林说我的评论是"学术慧眼与人文热情的有机融合"。除却鼓励的成分，起林说得很对。"慧眼"与聪慧、灵感相连，创作要灵感，做学问也要灵感。

记者：我也有同感。思索过程中偶尔的灵光一闪，其实就是"众里寻他千百度"的"那人"的明亮现身。灵感怎样触发了您的学术研究？

龙：灵感一旦袭来，抓住不放，立即出手。1978年，我教毛泽东诗词课，《诗刊》刚好发表了毛主席的爱情诗《贺新郎·挥手从兹去》，我一下就兴奋了，灵感一来，立马写了三篇文章几乎同时发表，被邀请参编全国第一本毛泽东诗词研究著作，由此开始了长时间的文学史协作编著。退休后在怀化学院做现当代文学特聘教授那段时间，和谭伟平院长共同带领教研室同行一起，打通时代壁垒，两课合一，该课由校重点改革课提升为省重点改革课、省重点课程，后又升为省重点学科。八年后又与谭伟平、肖百容、杨厚均、曾耀农等同仁，编写出版了《现代中国文学教程》。这是第一部真正打通现当代文学界限的全新的中国新文学史著，"20世纪文学"也匡范不了它，从架构到阐释都非常有创意。最初的创意也是一闪念的，与同仁们的想法不谋而合，高等教育出版社出版它时特别顺利。在怀化学院是我最快乐的八年，教学科研之余，周末与同行们打"卫生牌"，有一次居然连续"奋战"了26个小时。

我的"中国新文学女性形象研究"，也起源于灵感。沈从文《边城》的最大妙处，在于再现了翠翠这个乡村女孩从小到大、自然人性自然生长的详细过程。我从六个阶段，把一个钟天地之灵气，承日月之精华的天公造物，一个集真善美于一身的女精灵，徐徐推到读者的面前。当时我突然想到：如果从基本的人性出发阐释新文学中的女性，一改以往唯阶级论分析，中国新文学不真正回归到了"人学"？此念一出，当代文学中的莎菲女士、白毛女、李双双、胡玉英等一齐向我走来。通过一番梳理，我总结出了女性的十大人性特征——妙曼的形体、姣好的面容，柔弱，精神深处的"地母"根芽，爱情即生命，浪漫、对同类防范、嫉妒，生养性，最重情感又最实际，直觉与感觉系统最发达，爱说谎，赌注心理重且好吃零食。然后以此为出发点，选取六十来个女性形象，分成感伤型、欲望型、贵族型等七大类型，予以系列地分析，写成了 315 千字的《两性对立的女人：中国新文学女性形象衍论》。文学博士王再兴在《理论与创作》上发表长文，说它确实是"一本新意迭出的好书"。

记者：灵感毕竟属于感性思维，做学问主要运用理性思维。学者必须有一个属于自己的学术高地。学术高地是学术成就的标志，也是学术地位的决定性资本。您是怎么筑建自己的学术高地的？

龙：这个问题提得好，这恰恰是我的教训。闻道有先后，术业有专攻，真正的学者总有一个自创的学术高地。但在大专任教期间，专业不稳定，工作变动多，专业定向难。我 1973 年由纯苗族地区的中学调入民族地区专科学校——吉首大学，教学内容不稳定，毛泽东诗词，文选习作，现代文学，当代文学都教过。我教哪门课就发表那方面的论文，成果零碎。但自始至终抓住一点不动摇：研究民族与文学的关系，这是我在少数民族地区工作的优势。经过 23 年的努力，1997 年终于出版了一部 28 万多字的理论专著《民族文学学论纲》。这是我国当代第一部关于民族文学理论的系统著作，作家蔡测海说它"建构了一个新的文学学科，而且为民族文学提供了一种新的思想机制"（蔡测海：《我看"民族文学学论纲"的价值》，《三湘都市报》1998 年 1 月 24 日）。民族文学理论界的泰斗，时年 82 岁的马学良先生说："龙长吟同志的《民族文学学论纲》正是这种民族文学理论研究的开拓性尝试。作者着眼于世界范围的各民族文学的特点，并从文学理论的普遍规律出发来探讨民族文学的共同规律，将会对民族文学的理论建设作出自己的贡献，并对推动民族文学创作、民族文学研究都会有积极的影响。"（马学良：《龙长吟民族文学学论纲·序》）马老的预言被一再证实。

我的这块台地，继续筑下去可望成为学术高地。但 1991 年我调入湖南省作协创作研究室，只好放弃民族文学理论研究而专注于湖南本土文学研究，尽管这方面成果很多，但没有成为我的学术高地。学术高地有三个条件：独创，领军，高价值，我都没达到。

记者：长沙大学原校长李峻教授说"《治守之道》有点胆识"，他为什么这样说？您对文学评论说真话怎么看？

龙：文学评论当然要说真话。《治守之道》以湖南为基点，系统地研究了中国当代官场文学作品，又因为实事求是地说了真话，今后凡研究官场文学，研究当代文学与政治之关系，都绕不开它，要提到它。所谓"有点胆识"，也就是敢说真话。做学问一定要有自己的声音，要说真话。但是，凡与政治、与现实贴得很近的学术问题，完全说真话很难。《治守之道》中我也没把真话全说完。我们这一辈子面对共产党政权建设两大阶段：稳定、巩固政权阶段，整顿吏治、力求长治久安的阶段。由分裂到统一、由乱到治的新政权诞生之初，百废待兴，政治惯性强，稳定与巩固政权，必然要求政治高度一统、思想高度一致，不管是谁来掌舵，都得强调"政治上和党中央保持高度一致"。在这个阶段，特别看重文学艺术的意识形态性。知识分子完全独立自主，学术自由，实在是一种奢侈。现在的情况有些不同了，共产党执政发展到了"整顿吏治、长治久安"的新阶段。这个阶段，执政党需要人民监督，需要舆论监督，需要知识分子的批评与建议。这时的学者，应该讲真话，发自己的声音了。不讲真话就是失责、失职。这个时候主管意识形态的各级官员，不应该再沿用稳定、巩固政权时期的老一套，那样会适得其反，至少会碰到许多尴尬。我这本《治守之道》，适时地发出了自己的声音，因而敝帚自珍，也受到很多礼遇。湖南社科网全书连载，一年载完，《社科动态》杂志认定它是一本"以文化建设促进思想政治建设"的好书。82岁的老文艺理论家邓超高先生指出它的文学史价值。法学界经济法泰斗、78岁的漆多俊先生从"宪政"的角度肯定拙著的思想成就，青年文艺评论家、作家聂茂，中青年学者肖百容，湖南师范大学文学院副院长岳凯华教授，青年法学家张德峰，等等，都从不同的角度肯定了《治守之道》。一个学者、文化人，只要真正发出了自己的、正当的声音，一定会被理解、被尊重的。

记者：作为文学评论家，您怎么看待作家和评论家的关系？

龙：作家和评论家应该相互理解、相互尊重、相互爱护。在境外，评论家是很受尊重的，评论家出现时，作家往往主动站起来握手或拥抱，互致敬意。老实说，湖南上个世纪七八十年代之交，作家和评论家的关系不正常。一位作家公开在大会上说："评论家就是擦皮鞋的！"既然写评论是擦皮鞋，哪个大学教师不自重会来给你"擦皮鞋"？湖南文学评论长时期不景气。从根本上改变这一局面的，是湖南省作家协会老主席孙健忠先生。1989 年，湖南省作协从省文联分出来单独建制时，他坚持主张建立了创作研究室并亲自领导。研究室由研究唐诗宋词的李元洛任主任，成员有聂雄前和我，创办《文艺资讯》，搞文学理论研讨，举办作家作品讨论会，设立"湖南文学评论奖"（可惜只搞了一届），编印湖南文学评论选集，等等，很有生气。这一切，健忠主席功不可没。我当时从吉首大学调来，着手做了三件事。一是架通作家和高校文科老师的桥梁，请高校老师经常性参加省作协文学活动，他们由文学评论的生力军逐渐成为主力军。二是开始系统评论湖南实力派作家的创作，同时发现有潜力的刚出道的青年作家，所以，他们的第一篇创作评论大多是我写的。三是为残雪改善环境。我来长沙时，文学界对残雪的现代派创作不理解、不喜欢，多持否定态度。这对残雪不公平，也是湖南文艺思想不解放的表现。于是，我收集外界肯定残雪的一些材料放进当时省委副书记刘正设在省作协的信箱中，让领导心中有数，在我参与编写的《湖南新文学七十年》中用较长的篇幅给予她文学史上的位置。残雪的处境很快改变，后来还被评为"国务院特殊津贴专家"。领导观念一放开，全省的气氛都宽松了。

记者：学术团队是学术创造的队伍，也是学术宣传队，有时还是拉拉队。这方面您有什么体验？

龙：歌德说过，"从古至今，从来不是时代而是单枪匹马的个人在埋头于学问"。但是，在今天的媒体时代，有一支好团队，比单枪匹马容易出成绩、出影响。顾炎武《日知录·学者之患》云："独学无友，则孤陋而难成。"在当代文坛，我也曾几次创了"第一个"：第一个按年龄段划分作家群，召开"湖南 60 年代生作家座谈会"（后来才有了"60 后""70 后""80 后""90 后"等简捷的命名），第一个创立了民族文学理论新学科，第一个为当代官场文学定位，第一个发现、考证并阐释了中国现代军事文学的开山作是陈渠珍的《艽野尘梦》，第一个提出孙健忠是土家族文人文学的奠基者——这些后来均被认可，但少有人知道我是始作俑者。有团队影响会大得多。话说回来，出身寒微、不在名校、上无名师、下无门徒、中少同道，孤军奋战，有此耕耘与收获，夫复何求？

记者：最后请教您，您是怎么看待大学问家与家学渊源、童子功的关系？

龙：我们这一代学者都只是小打小唱，真正的大学问家需要大气魄、大胸怀、大才智、大建树，这当然要家学渊源、有童子功、有定力，还要有重学问轻权力的社会氛围，因为爱学问的人一般也爱权势，易被诱惑。王船山4岁发蒙，7岁读完了十三经，14岁中秀才，除却十年抗清，毕生全力读书著述，当代有谁堪比？今后有家学渊源、童子功等基础条件，有名师名校等优越的学术背景，有不知政治、经济压力为何物的健康的学术人生的学者不少。设若整个社会不重学问，真正的大学问家也难集群式出现。

（原载于《文献与人物》2016年第3期"今日名流"，题为《莫道桑榆晚 红霞尚满天》，《湘江评论》转载时改为现标题）

（作者：庆瑞君为任国瑞、陈善君两人的化名。任国瑞，湖南省方志馆地方文献研究所所长、《文献与人物》编辑部主任，著名文化学家、诗人；陈善君，文艺评论家，湖南省文艺评论家协会副主席、秘书长，现为湖南省文联主席团成员）

胸中有道义，笔底藏乾坤

——龙长吟《治守之道》研讨会发言简述

刘哲

12月3日，由湖南省作家协会交办、"湖南作家研究中心"主办的龙长吟文学评论兼《治守之道：湖南当代政坛文学典论》（以下简称《治守之道》）研讨会，在中南大学文学与新闻传播学院举行。湖南省散文学会名誉会长刘克邦，湖南省社科联专职副主席汤建军，湖南省文艺评论家协会副主席、怀化学院党委书记谭伟平，湖南省文艺评论家协会副主席、秘书长陈善君，湖南省社会科学院文学研究所所长卓今，《湘潭大学学报·社科版》执行主编万莲姣，湖南省作家协会创研室主任容美霞，湖南省作家协会组联部主任娄成，毛泽东文学院管理处副主任、湖南作家网主编刘哲，以及我省知名评论家罗宗宇、聂茂、禹建湘、肖百容、吴投文、任美衡、许艳文、罗如春、龙永干、黄声波、晏杰雄、《湖南文学》编辑刘威等出席会议，《湖南日报》《长沙晚报》等多家媒体记者、中南大学现当代文学学科点教师及研究生等四十余人列席了会议，湖南师范大学文学院副院长岳凯华做了书面发言。研讨会由中国作家协会网络文学委员会副主任、湖南省作家协会名誉主席、湖南作家研究中心主任、中南大学教授欧阳友权主持。这是近年来湖南文学界首次为评论家专著举办的研讨会。

《治守之道》于2015年10月由湖南人民出版社出版，全书共37.5万字，是一部连通国运与文运、借文学批评反腐倡廉、弘道明德的担当之作，一部为官场文学定位的专门性著作，一部与作家创作同步的评论与研究的著作。书中评论的对象全是湖南省作家近二十多年来的作品，现实关怀、求实品格、学理性与本土性非常明显。

会上，数十位专家、学者对《治守之道》展开了热烈的研讨，现综合整理如下。

一、作者有独立思考精神

龙长吟，中国作家协会会员，研究员。曾任湖南省作协理事、创研室主任，湖南省文艺理论学会、当代文学学会副会长，湖南省文艺评论家协会副主席、第二届荣誉主席。长吟先生历来具有独立思考精神。1965 年上半年全国批判电影《早春二月》时，他在湖南师院中文系读大二，曾奋笔书写了一篇反批判的万字长文《论"早春二月"主题的积极意义》，1977 年在湘潭大学学报发表《批判四人帮对"国防文学"口号的污蔑》一文，最早投入为"国防文学"口号翻案、平反。退休后出版了第一部系统研究中国当代官场文学的《治守之道》，第一个从理论上为官场文学正名。此外，他还撰写了全国第一部当代民族文学理论专著《民族文学学论纲》，1999 年初夏举行了湖南"60 年代生作家"座谈会，第一个按年代划分中国当代作家群，尔后才有"60 后""70 后""80 后"的说词。1978 年开始，在文学史、文学理论与文学评论三个方向上开展研究，现有专著 6 部，169.5 万字，合著 11 部，执笔 90 万字，另有未入集的论文约 80 万字。其中论湖南作家作品文字约占 80%。放眼全国、宣传本土，是龙氏文学评论的一贯特色。刘起林评龙的《学术慧眼与人文热情的有机融合》，入选《中国九五科学研究成果选》社会科学卷。

衡文必论人。万莲子说，作为与共和国一道成长的学者，龙长吟以其高度的社会责任感，秉承湖湘文化或湖湘学派仁人贤士身无半亩、心忧天下的人文情怀，将学术眼光投向湖湘土生土长的政坛文学领域，不畏浮云，安守清贫，穷究当代湘地政坛文学何所由来，诚如该书"自序"言，"殚精竭虑，弘道明德"，一个已然融入研究对象甚至被研究对象对象化的勤于思考的湖湘读书人样子活灵活现，一个勤勉笔耕、敬业爱国的中式学人形象跃然纸上。

陈善君认为，龙长吟是一个专职的批评家，半个多世纪的批评史。在他的笔触中，情中聚理，情中见专，体现着一位老批评家的眼光和视野。

中南大学文学院副教授、硕士研究生导师晏杰雄甚至建议龙老师写一部《一个人的湖南文学史》，因为龙老师本身就是一部活的当代湖南文学史，是湖南本土文学半个世纪以来的见证者、参与者和推动者，熟知湖南当代文学进程中关节点的情况和重要作家作品的情况，他的个体文学史具有宝贵的史料价值，湖南有这样文学史经历的批评家很稀少。

湖南第一师范学院文学院副院长龙永干论定龙长吟是湖湘文学的卓识者，宽厚的仁爱者，批评之美的追求者。欧阳友权则说，龙长吟先生一辈子只做文学评论这一件事情，他对文学评论事业的专注与热爱，值得每位青年文学评论家学习。

二、《治守之道》字含道义，笔藏乾坤

刘克邦说，《治守之道：湖南当代政坛文学典论》是文学与人学、艺术与思想融为一体、交相辉映的创新之作。龙长吟虽已告老闲休，但眼观天下，胸怀大局，用笔、用心聚焦官场，直面政坛，从典型文本、典型人物和典型案例中，寻找与拷问政坛权力的运作，弘扬清廉与正义，披露贪腐与阴暗，并把脉问诊，对症下药，为当政者和决策层提供尽管是只言片语、毫发丝粟的治守良方，也是一种担当。

汤建军特别指出"这是一部连通国运与文运的担当之作"，作为官员要守正道，要保持清正廉洁。龙老师书中的一句话说得特别好，一部优秀的官场小说，就是一把反腐的利剑，一卷沉重的社会档案，一篇重要的公车上书。官场小说如果只是歌功颂德，没有什么人去看，很难引起大众心声。作为作家，也要守住正道，通过文艺创作弘扬正能量，宣传真善美。为官之道与创作之道，在为人民服务这点上是一致的。

容美霞非常认同汤先生的观点，肯定《治守之道》是一部肩负道义、笔藏乾坤的及时的书。她说，整部著作形成了自己的理论体系，有自己独特的学术发现，该书既把官场文学这一独特的文学现象放在整个文学的发展历程中来审视，又充分关注社会现实，讨伐贪污腐败，高扬人间正气，笔下自有乾坤。龙老师做的这些研究从来没有向作协寻求任何支持。他是完全抛开了功利之心，抱着为湖南文学做实事的态度在做这项工作，所以他是一位肩头有责任、胸中有大义的、有担当精神的一位学者。书中绝大部分章节都在学术期刊全文发表，每一篇都保持了很高的学术水准。

因时间紧，刘哲没来得及发言，他的文稿有一个观点和衡阳师范学院文学院院长任美衡的说法几乎相同：龙长吟先生以《治守之道》为杠杆，坚持真理，为文学写真实，为历史辨曲直，为作家争地位，担当精神十分可贵；他努力将文学批评的"二等公民身份"进行拨乱反正，取得了很好

的成效。

三、《治守之道》的学术亮点与特色

长沙大学教授、创作与评论两栖作家许艳文女士认为《治守之道》有四个特色，归纳为四个中心词：系统，广博，深邃，缜密。从文本来看，涉及政治学、哲学、经济学、历史学、社会学、军事学、伦理学、文学、美学、艺术学等多个领域，因而显得内涵丰富，信息量大。旁征博引，引经据典，俯拾即是。特别是行文过程中，无不带有对国家、对苍生的忧患意识，其人文情怀与人文关怀精神充分体现于这部书的字里行间。

中南大学文学院教授、博导聂茂肯定了该书的"学理阐释"，认为"作为一本扎实的文学评论专著"，"龙长吟不仅运用孟德斯鸠《社会契约论》中的观点，来论证中国权力运作的缺陷并为其寻找出路，同时还广泛运用社会关系学的原理来解释官场的权力制衡模式"。任美霞认为学理性还表现在概念界定的清晰，如："官场小说，乃是以官员为主角，以权力运作为中心，描写官场生态、官运沉浮的社会人生小说之一种"，具有文学史意义，它将改变中国辞书以往对官场小说的语义解释。

湖南师范大学文学院二级教授肖百容肯定了《治守之道》的新发现："只有把握住了复杂而又深刻的时代特征，我们才能给予当代小说以公正的评价。"由此他肯定了该书的两个"发现"，"在严峻的现实面前发现了官场小说的最大意义"，"在时代的变化中发现了知识分子与政治之间关系的转变，重新确立了……知识分子与政治之间的新关系：'以文资政、以政养文、文政协和'"，"展现了作者扎实的功力与学术的激情"，认为它是我们了解湖南官场小说、湖南官员创作以及湖湘文化魅力的不可多得的佳作。

湖南师范大学文学院副院长岳凯华说："（龙长吟）在当代湖南官场小说作家的创作基础上，把他们没有用文字明确写出的具体途径与办法，用精练的语言和独到的文字提炼表达出来，以此企盼为高层领导提供制定政策的依据和参考"，"从小说的字里行间尤其是情节场面之中加以分析，将作者潜藏的意念清晰地展现在读者的面前……多次由小说的现象描写归结到权力体制问题，由此可见作者的良苦用心。""龙长吟眼中的政坛也是一片文学的园地，它孕育着越来越多的醒世之作，人间正气潜藏其中。这一股静默的力量，等着大家用心去发掘。"

湖南大学文学院副院长罗宗宇认为，《治守之道》是一部有责任担当和现实意义的文学评论作品，也是一部有理论深度和个人识见的创新之作。体现在以下几个方面：（1）以"政坛文学"这一命名和范畴将"官场文学"和"官员创作"统括起来，对当代湖南文学创作也是当前全国文学创作的一种重要现象进行考察，体现了一种理论勇气和新见。（2）对一些固有判断进行了突破，如"优秀的官场小说并非通俗小说，而是一种成熟的纯文学文本"，对官场文学的批判性品格给予了肯定；同时从新角度如从文化角度来考察官场小说的繁荣的原因；从全国的视野对当代湖南政坛文学创作进行考察，以"重镇与先锋"来定位当代湖南官场文学在全国的文学地位；等等都显示了理论观察和认识的深度。（3）宏观把握与个案分析相结合。如第一章对官场小说的定义和品格的思考，对官场小说的整体把握，第二到十章选取若干个案研究，在论析中特别注意对现象或问题进行历史梳理，具有文学史的脉络和眼光。

湖南科技大学文学院教授吴投文说，《治守之道》是一部富有新意而自成体系的专著，视野开阔，新见迭出，在近年来的湖湘文学研究中可以说具有突破性的意义。该书的特色主要表现在：（1）总体把握与个案研究相结合；（2）理论概括与文本细读相结合；（3）重点突出与文体兼顾相结合；（4）历史透视与现实意义相结合。该书对湖南近20年以来政坛文学的总体定位、发展历程和创作特色都概括得相当到位，在个案研究上更显深度，一方面在中国当代官场小说的总体性视野中观察湖南政坛文学的创作特色，另一方面在一种综合性的视野中把握湖南政坛文学在中国当代官场小说中的地位，符合湖南文学的实际情形。

湘潭大学文学与新闻学院副教授、博导罗如春认为《治守之道》运用比较视野，从宏观、中观、微观三个层面分析研究对象，系统完备，结构严整，在有限的空间中把问题说清说透。

株洲工业大学学报《湖南作家作品研究》专栏主编黄声波说，20世纪90年代中后期以来，官场小说作为一种类型小说，在图书市场持续流行和火爆，成为引人注目的文化现象，其中一些优秀之作如王跃文的《国画》、阎真《沧浪之水》等，其实际影响要远高于同时代一些获得茅盾文学奖的作品，但遗憾的是，由于一些非文学因素的原因，其创作并未得到相应的重视。湖南是官场小说创作的重镇，人称官场小说创作的"半壁江山"，龙长吟先生《治守之道》一书，开湖南当代官场小说创作系统研究之先河，把王跃文、肖仁福等人的官场小说提升到当代湖南文学品牌的高度，充分肯定其时代价值和艺术成就，其表现出来的学术眼光和理论勇气，令人景仰，我们有理由相信，龙先生的这部大著一定会在当代湖南文学研究乃至当代中国文学研究中占有不可或缺的位置。

与会专家、学者普遍认为，《治守之道》从为政之本、为官之道出发对政坛文学进行研究评论，基本诉求与习近平总书记"要继续全面加强惩治和预防腐败体系建设"的精神高度吻合。龙长吟一方面沿着作家的创作路径，用文学史眼光为作家作品定位，挖掘当代官场小说的思想灵魂和审美属性，论定官场文学已属成熟的、重要的社会主义纯文学的新文体，另一方面也明确地指出了官场文学作品应该把握的分寸，对官场小说和官员创作中滥竽充数的赝品、次品，做了严正的批评。作者以一个评论家的冷静思考，为官场小说的走向把脉。《治守之道》在评说作家的同时，还及时表达了批评家的文学观念、美学见解、政治理想和历史思考，并对文化实业学、文化产业学的建设问题，以及文学与政治由从属关系转变为"文政协和"的新型关系等前沿问题，做了较新颖的论述，其意义与价值不囿于文学本身。

四、龙长吟的评论特色、风格与不足

谭伟平认为，《治守之道》是一部为官场小说正名的作品，知人论文，力求公允；涤浊扬清，昌明辨正；借道究理，返璞归真；语言晓畅而有诗意，可读性强。

中南大学文学院教授、博导禹建湘说，龙长吟先生以独到的文学批评创造着属于自己的批评谱系、批评话语和美学原则，坚守着文学批评的尊严和独立价值，自觉地承担着中国当代文学的"导航者"和"守夜人"。在当今人情批评、圈子批评、酷评、媚评、空头批评、好话主义甚嚣尘上、学院式批评大行其道的批评背景下，龙长吟先生的文学批评思想对中国当代文学批评有独特的贡献，为重建中国文学批评的精神形象和建设中国化当代文学批评理论都有重要的意义和价值。具体表现为四个特色：坚持文学与文化的先进方向，占领文学评论思想的制高点，对当代文学进行正确的认识、把握和评价；把文学批评放在全球化语境中进行考察，在比较中把握文学的发展走向，他的批评注重对文学作品历史文化精神和时代精神的感悟和阐发；实事求是、客观公正，坚持作家与批评家之间的平等对话；强化和张扬主体意识，实现对文学灵魂的发现与重铸，是龙长吟文学批评思想的灵魂。

中南大学文学院副教授、硕士研究生导师晏杰雄说，龙长吟的批评代表中国当代文学的一种批评传统，即一种务实的现实主义批评传统。他是把现实经验与文学文本直接糅合在一起的一种批评，把现实改造力量倾注在批评写作之中的批评。文风朴素，却切实有效，不花哨，句句有所指，能够击中作家和现实生活中的痛处。

万莲子说，文学批评是一种寂寞的事业，它必须依托作家作品，实现文化互动再造。在作家、文本和批评者（读者）的关系场中，批评发散着浓厚的第一读者的文学生产现场气息。《治守之道》篇篇如是，章章如此，字里行间，莫不如是。

卓今说，龙长吟的批评为新生的青年文艺批评家树立了好的榜样。当下，以西方文论为脚手架的批评模式被推倒了，我们如何展开批评？一是要有问题意识，二是要处理好文化研究与文学研究、深入文本与跳出文本、规律研究与个案研究、西方资源与本土资源、缘情与缘道等的关系。这些方面，《治守之道》都有所探索，有成功，也有尚不尽如人意之处。

衡阳师范学院文学院院长任美衡说，作为一个几乎与湖南当代文学同行的老批评家，龙长吟先生为湖南文学之发展作了突出的贡献，今天所捧出的文学评论集《治守之道》仍然显示着其锐气、客观与实事求是的精神。具体说来，一是关注文学热点。该著不但精心地雕刻出了湖南官场文学的主题形象、特色与诗学，而且还从正面切入文学官场的逻辑、内在结构与发展方向，并力图用文本细读重新建构政治与艺术的本体情怀。二是直面文学难点。具象化现实体制的官员形象并予以辩证的评价，突破"定性"之难；化解本土、当代与审美之评价和世界、历史与人文评价之矛盾、错位并将之创造性地结合，从而由批评之技通向批评之道。三是还原文学奇点。作者力图回到现场，剖解那些人情事物；回到感觉，从印象出发，将之作为评论的基本要求、基本素质与基本标准；回到个体自我，形成独特的、不可替代的、生动的龙氏批评伦理学。

《治守之道》作者龙长吟最后陈述了他写作该书的专业追求：一是坚持

文学史眼光和广阔的视野；二是深入挖掘作家作品的思想灵魂和审美属性；三是唯真、唯实、唯理，努力追求学理性；四是坚持作品本体、文学本位，不搞不看作品任意发挥的盲评，不搞痛快淋漓骂倒一切的酷评，不搞玩弄新名词新概念、故弄玄虚的妄评；五是地方评论家要坚持本土评论，努力让墙内开花墙内外都香。

金无足赤人无完人，学者们也坦诚地说到了龙长吟文学批评及其《治守之道》的不足。

刘克邦等几位专家说道："《治守之道》虽然在引论中详细而严厉地批评了官场小说创作中的种种弊端，但一接触到具体的作家，对其缺失都是点到为止，所以他的批评厚重而不犀利。"龙老师可敬可交，不犀利是他为人为文太善良了的缘故。罗如春则从另一角度说道："批评家与批评对象之间距离太近，批评品格的独立性便难以高度保持。"

万莲子说，有些章节读来荡气回肠，如第 184 页那节，板子高高举起，但又轻轻落下。湖湘文化只讲经世致用的权谋思维和战斗思维，尚未摆脱治乱循环的传统谏言策士路径依赖；对官（公职）的认识较为陈旧，未能达到人类世界政治文明的最新层次；对官员写作评价偏高。娄成还具体指出了两个页面中打字错误造成的知识性差错。

此外，尽管作者从文学史角度考虑，给重点作家一个全貌，但还是有学者认为，《治守之道》选取作家作品有点杂，王跃文的《漫水》和余艳的《杨开慧》不应入选。会议时间虽然短暂，期间还是产生了一些交锋。比如有学者认为社会主义中国根本不存在"官场"，但大部分学者不同意，认为官场是客观存在的，它就是职场、关系场，旧时称衙门，现今称机关而已。

五、建设文学评论湘军

本次研讨会是湖南省文艺界第一次为评论家举办的研讨会，与会学者比较兴奋，自然而然谈到了湖南文学评论队伍建设的问题。《治守之道》作者龙长吟回忆说，上个世纪七八十年代之交，湖南作家和评论家的关系不太正常。一位作家公开在大会上说："评论家就是擦皮鞋的！"既然写评论是擦皮鞋，哪个学者会不自重来给你擦皮鞋？所以湖南文学评论长时期不景气。从根本上改变这一局面的是湖南省作家协会老主席孙健忠先生。1989年湖南省作协单独建制时，他坚持建立了创作研究室并亲自掌门。湖南文学评论逐渐兴旺起来，孙健忠主席功不可没。

晏杰雄说，批评是个太复杂的东西，几乎是一个黑洞式的文学容量，背后需要强大的思想支持和经验支撑，需要文史哲等强大的人文素养，需要作者是个了解世俗经验的人，另外他还需要文学才华，这些，作为批评家太难达到了，太具有挑战性。晏教授还说，龙老师这一代是具有综合素养和文学介入情怀的批评家。而现在这种务实的现实主义批评传统，随着老批评家的年龄增大行将消失。新的批评从业者没有一个主流和坚持了，鲜有能理解和接续这种批评气质了，湖南文学批评继龙长吟这一代之后可能需要重新出发。

与会学者对文学评论湘军的崛起充满了信心和期待。放眼当下，评论湘军阵容壮观，仅就中南大学而言，聂茂的省级重点文学研究课题明年结题，一个人一次就要出版7部学术专著，副教授晏杰雄的评论已产生全国性的影响，旗手欧阳教授德馨、才高、思精、望重……龙长吟在陈述中呼吁：是打出"文学评论湘军"旗帜的时候了！并激情展望：试看明日之中国文学评论界，定然是京师、沪旅、湘军、秦营、粤勇、闽浙之伍，七雄鼎力定天下！

（原载于《湖南工业大学学报》2016年第6期）

（作者系毛泽东文学院管理处副主任）

附　录

附录1　《治守之道》自序

政之大本，在于刑赏，刑赏不明，政何以成？国之大本，在于民生，民生不保，国何以存？官之大本，在于明道，官道之本，在于清廉。清廉既举，贪腐不行；贪腐不行，民风亦纯，夜不闭户，路不拾遗。国之幸，民之福也。

官员写作，中国文学之优良传统，民族素质高低之衡器。今日湖南，官员弄文，蔚为风气，市长作家，就有3人。以文资政，以政养文，文政协和，湖湘文化延俄至今一大表征。不亦喜乎？

居官当持清廉，兴国不废刑典，古今一也。习近平总书记云："要继续全面加强惩治和预防腐败体系建设，加强反腐倡廉教育和廉政文化建设，健全权力运行制约和监督体系，加强反腐败国家立法，加强反腐倡廉党内法规制度建设，深化腐败问题多发领域和环节的改革，确保国家机关按照法定权限和程序行使权力。要加强对权力运行的制约和监督，把权力关进制度的笼子里，形成不敢腐的惩戒机制、不能腐的防范机制、不易腐的保障机制。"① 习总书记坚决反腐的决心亦是全党的决心，与人民、与作家的心息息相通。

古之治道，其上无非尧舜、成康、文景、贞观、康乾；其要无非严法、宽刑、简政、精兵、富民、简牍；无因私废公之举，兴亲善孝悌之风。当世之治，正本清源、修政惠民、怯弊除恶，明法度、讲规矩，开古而生

---

① 习近平：《在中国共产党第十八届中央纪律检查委员会第二次全体会议上发表重要讲话》，2013年1月22日。

新矣。

夫官场文学，源远流长，官场小说，潮起晚清，当代官场小说高潮，则起于三十年前的青萍之末。其优秀者，高举反腐倡廉的旗帜，既是国情、民情、社情之写生，又以开掘人生智慧、探索政治体制改革之路为重心，全然不同于晚清之黑幕小说，是堂堂正正的社会主义阶段的新文学。一部优秀的官场小说，就是一柄反腐的利剑，一部存照的社会档案，一卷献言的公车上书。所以，江泽民曾亲自推荐《抉择》参评茅盾文学奖，王岐山曾向北京市干部推荐《大清相国》，中纪委官网 2014 年向广大公务员推荐阅读的 56 本书中，就有小说《曾国藩》。可见，优秀的官员写作和官场小说，其思想倾向、情感意绪、政治主张，符合人民的愿望，也与党的政策精神一致。当然，官场小说中的赝品、次品、劣质品应该剔除，决不做市场的尾巴和奴隶。

文政相通相生。善为文者，亦略识官场，稍通权谋。笔者虽一介布衣，从文学作品看官场种种，重学理，倡真知，少套话，力求作在行之论，所著似可一读。一个创作潮流，风行三十余年，势已颓矣，行将止矣。然其研究，尚属起步；为真理计，研究应持续深化。余作此书，殚思竭虑，弘道明德，意在祈求一个新的盛世能够到来。是为序。

（2015 年 2 月 5 日）

（原载于龙长吟《治守之道》，湖南人民出版社 2015 年版）

附录2　《武陵龙氏六修族谱》序言

自汉代诰封以降，天下龙氏，悉归武陵，统属伯高公宗下，成一旺族，迄今280余万人丁，居全国第85位。族士荟萃，人才辈出。古有宰相、文武状元，更兼将军成阵；当代有军区司令龙书金、中共中央候补委员龙新民、部长龙永图、省政协副主席龙川"四大金刚"，还有女文学家龙应台。书此非借名贤以夸世，乃垂程范于后人。

国有史，方有志，族有谱，家有训，人有传，此乃中国历史文化之五大体系。建史志明得失、知兴替；修族谱以血统立道统、淳风俗、裕后人。殷商武丁时代，有甲骨文记载儿氏家族十一代人之名字，战国时有最早的族谱《世本》，唐代设有"谱局""谱吏"，由国家派员专管族谱的修编与保存，明代要求族谱教化万民，清代不仅提倡修族谱，还大建氏族宗祠；孙中山首倡共和，重视种族与民族。共产党开国领袖毛泽东，亲乡邻，重血脉，孝悌有加。编修龙氏族谱者，湖南为最，上海、河南、安徽、四川、湖北、江西、广东、贵州、云南、重庆各省市，分支分脉的古今册卷良多，更有海外善本传世。现尚无力编撰全国武陵龙氏全谱，仅以祖兴公为迁始祖、以湖南万安龙氏真厚堂为发祥地，联谊川渝，接通衡阳、祁东、邵东清凉山、九龙岭等支脉，六修武陵龙氏族谱，实为明血脉、建精神之一大举措也。

历观龙氏文化精神，传而不息者有五：

一曰读书明志。读书优化人格气质，明志决定人生高度，读书明志让人高贵而睿智。扬名立万，尊祖显亲，报效国家，此乃龙氏读书人之心志也。

二曰贵人尊己。敬人者人钦，尊己者己荣。仁者福寿，尊者自荣，尊己贵人，实则福寿齐身的尊荣之道耳。

三曰修身养性。事功成于修身，事毁败于乱性，修身养性乃人之要务。

其则有四：曰善、曰诚、曰静、曰和。心为身之宫，性为心之本，善为性之根，身存良心，怀良知，百事可为而不逾矩。诚者无伪，信者无诈，务实笃行，百事可成。泰山崩于前而色不变，利刃架于喉而心不惊，每临大事有静气，以静制动，凡事主动。"和"为仁慈、中庸、圆通，以此修己者，小可安人，大可安天下，又岂在一事一物之利乎？求仁得仁，乃龙氏宗族兴旺发达、风清气正之根源。

四曰敦慎家风。家风正则人才立，社会清。伯高公温和敦厚，治家有方，以"敦慎"家风著称于世。吾辈后人，更宜敬贤睦邻，解困济危，心有慈航，律己严而待人宽。李商隐诗云："历览前贤国与家，成由勤俭破由奢。"今躬逢盛世，勤俭亦是"敦慎"家风之要义。以此接人待物，不悖处世行事之大端也

五曰光大传统。外御强敌，内聚人心，耕读兴家，德业旺族，上慈下孝，兄仁弟悌，嘉善矜恶，激浊扬清，不贪不刁，堂堂正正，自强自立，开拓创新，此系龙氏之光荣传统。今当聚精汇华，发扬光大。

为感戴祖宗功德，激励后来俊彦，期望合族人文蔚起，彰美扬善，欣然命笔以为序。

伯高公第 77 代孙，湖南省文艺评论家协会荣誉主席龙长吟，名运发，字长顺，丁酉阳春三月拜撰。

（原载于 2018 年印行的《武陵龙氏六修族谱》）

附录3　旧体诗词选录

登岳麓山谒黄兴

　　大二时，余拜黄兴墓，口占七言一首，明知转合乏力，愧无佳句可易。四十七年后，读《书生报国》，心胸开阔，黄公入吾心矣，倏得颈、尾新联。赋成一阕经半世，才疏智钝不为羞也。

慕君英烈上山头，百里江天一望收。
遥忆陈词风浪激①，依稀浴血鬼神愁②。
学人多向书中觅，竖子犹将天下谋。
自古书生须报国，管他封邑与封侯！

（甲辰（1964）孟秋初吟，辛卯仲春改就）

注释

　　①陈词：同盟会成立大会上，黄兴慷慨陈词，鼓舞人心，被选为庶务，成为仅次于孙中山的重要领袖。

　　②浴血：黄兴能文能武，一生主要精力从事军事工作。1907年起，先后参与指挥钦州、防城起义，城南关起义，钦州、廉州、上思起义，云南河口之役，广州新军起义。1911年4月27日，发动黄花岗起义，同年10月10日指挥武昌起义，1913年7月，又指挥讨袁二次革命，等等。战斗中常与敢死队一起攻城浴血。

过大庸张家界林场

盘古须眉哪堪埋，化为长木柱天台。
林深似海风难透，石笋如峰结伴栽。

水影潭深人竞睹，花期叶绿朵朵开。

我欲因之长沙去，但见火车①飙过来。

（1976 年 7 月）

注释

①火车：当年张家界尚未通火车，浪漫之思也。

十月拘捕周年随想

十月捕获又一年，抓纲治国喜空前。

军民拨乱思良策，渔海图强挂直帆。

万里江山光异彩，八方俊杰赞乾元。

今朝共话神州事，海晏河清不夜天。

（1977 年 10 月）

访孔府

千年忠孝是经纬，百代孔府岿然魁。

夫子何言该打倒，诸君请问是耶非？

（1978 年 7 月）

雨花台烈士纪念碑

一任群魔戮健雄，头颅换得百花红。

丰碑化作先驱影，犹在当年血雨中。

（1978 年 7 月）

赠伯尔蒂

游大明湖，遇复旦芬兰留学生伯尔蒂，欣然同行，因之赋诗。

大明湖水镜如银，邂逅相知亦有情。

学海无涯邦有界，同舟异域话平生。

（1979 年 7 月）

登庐山

如虹大道过山前，已上层峦二百旋。
吹散凉风心底事，崎岖不改晁天宽。

（1979 年 8 月）

登泰山

拂晓起步，傍晚至顶，赋诗一首。
步步登高山径细，天门欲渡有天梯。
早看旭日东海窄，夜数流星翠微低。
沟雾依稀添素色，月华朗丽照清溪。
客身哪管寒流迫，绝顶不凌誓不息。

（1979 年 8 月）

带队古丈一中实习（二首）

中秋夜，带实习，居古丈。天无朗月，地升云气。与学子吞酒嚼饼，其乐也淘淘。妻儿宅家，时而念及。展纸援笔，草成《告内人》《语学子》二首。

告内人

地来云气增嘉色，天无皓月也清明。
老妻伴我长厮守，任尔残圆雨与晴。

语学子

负笈东方来古丈，祝君大笔骋疆场。
他朝金榜荣登日，记否中秋月饼香？

（1980 年中秋夜）

请 调

客居将廿载，播种每年收。
不念时风弃，初心尚未休。

声因空壑响，船向大江流。
使尽平生力，杏坛效孔丘。

（1984 年 3 月）

重游凤凰黄丝桥古城

当年抢险处，转眼变荒台。
古道空怀意，高墙秋草衰。
坊议弓马贵，君揽天地才
旧地重游日，红梅花正开。

（1984 年 11 月）

赋湘西自治州文联迎春茶话会

主贤客至喜洋洋，峒水英才聚一堂。
泼墨一台难尽兴，唱和满席岂平常？
古人援笔成遗训，今日歌诗入乐章。
新调新歌频演奏，国昌文盛共荣光。

（1986 年 1 月）

访共青城送耀邦[①]

十三旌帜卷长缨，万里江山血铸成。
昔战罗霄留旧迹，今看禹甸建新城。
心忧国事曾拍案，魂入云天举世惊。
有幸富华护铁骨，扫除妖孽[②]庆升平。

（戊寅年仲夏）

注释：

①湘鄂赣作家三楼笔会参观共青城一小时，作别江西朋友时口占。后被散文大家戴煌选作《胡耀邦平反冤假错案》全书结语。

②"扫除"原为"荡尽"。中共湖南省委文选德副书记赠墨宝并改定。

居家感怀

半生辛苦半生贫，坦荡人间气自横。

少壮张狂成往事，中年铩羽叹流云。

笑谈何必施权杖，杯酒亦可定乾坤。

晨起兴来寻拙句，且于湖畔乐同升。

（辛卯季夏）

七秩自寿（新韵）

笔走文坛五十春，不争收获只耕耘。

春淫夏旱稀朝露，月路云阶近夕昏。

天意焉能怜芷草，人心尚自重晚晴。

奋蹄老骥无他念，学术昌明也济人。

（2013 年 1 月）

附：同窗二首

水龙吟
——为长吟兄古稀岁寿

海天新月如钩，望星遥祷文章友。

风雷叱咤，少年豪气，寻常杯酒。

楚臣流芳，湘灵遗韵，根深林茂。

算指挥倜傥，笑弹棋局，平章事，经纶手。

云笠雨襄南亩。对湖山，清香盈袖。

后皇嘉树，绣其长岛，橘平安否？

玉虬临风，素怀雅健，坦然回首。

看梅催瑞雪，霞引瑶浆，献庄椿寿。

（沈家庄于温哥华）

同窗长吟先生七秩寿庆

束发麓山草木春，何愁风雨误锄耘。
挥毫三寸声情茂，点石八行神鬼昏。
聚散常怀沧海月，升沉不改故交心。
洞庭把盏稀龄客，无有清樽也醉人。

（欧阳砥柱于岳阳湖畔）

师友会

吉首大学七八级毕业三十周年聚会，其时正值十七届六中全会召开，号召文化强国。余步金圣叹原韵口占一绝，反其意而用之。

相见依稀显旧颜，卅年前结好姻缘。
黄金有价情无价，今日文章亦值钱。

附：金圣叹原诗

前世未曾拜佛耶，今生被罚结文缘。
乌龟王八全涨价，就是文章不值钱。

哭母

久来含泪长思亲，
养育之恩永在心。
砍木纺纱连昼夜，
忍饥挨冻历艰辛。
十龄稚子皇粮熟[①]，
四三高堂冢草青。
立业兴家垂懿范，
阿母娘呀老孺人！

（年七十，为先慈立碑作）

注释：

①皇粮熟：1955年进高小，路远，母亲让我住校，由农村粮转成国家粮，娘砍柴卖柴为我交食宿费。日后儿子方得安然度过苦日子，一心向书。无此举，命都难保，谈何读书，更遑论前程。

西江月·笑屏蔽

省作协与高校文学院联姻之风，乃余首开。罗成琰、季水河、欧阳友权、赵炎秋、谭桂林、赵树勤、杨经建等评论大咖，首次参与作协活动，皆由余请入。罗成琰赠贺年卡称余为"老师"，自称"学生"。然某日余被屏蔽，戏作西江月一首，示友人，友人口占一联："自由自在命自长；无忧无虑寿无疆。"余心平气和矣。

志得何曾意满，笑嬉暂且颜开。自娱自乐自开怀，无束无拘无害。
尘世几番幽梦，人间多少英才。与其刻意去安排，何如自由自在。

（2017 年 11 月）

附录4　楹联选录

昭阳公园　联

龙长吟撰　尹安玉书

当官宜廉宜让宜法度典章，而民有安居之乐[①]；
治守兴本兴末兴科学文化，则国无鼙鼓之忧。

（癸巳孟夏）

注释

① "当官宜廉"，语出左宗棠书赠蘭畦三兄联："闭户读书真得计，当官持廉且不烦。"

湖南师大中文系 63 级进校 50 周年长沙同学聚会　联

嗟夫五载，三年断书文，虽凿壁偷光，

求知求是求缺求善，几人有幸修成正果；

慨叹半生，万般无俯仰，惟呕心沥血，

从教从政从军从文，哪个无缘靖国精英？

（癸巳中秋）

注释：

三年断书文：因"文化大革命"，四年制本科延期一年，五年毕业。但第三年在湘潭县搞"社教"，第四、五年参加"文化大革命"，五年中只读了两年书。

凿壁偷光：本指西汉匡衡少年凿壁偷光、刻苦读书的故事。我辈当时常于晚上熄灯后在澡堂、厕所、走廊路灯下看书，苦学精神不让匡衡。

正果：在校期间，我们的基础课没有学完，更没有听专题课、选修课，连正式毕业证也是十年后拿到的，遑论"学士""硕士""博士"。

求缺：语出曾国藩书房名"求阙斋"，即求缺斋，当代作家贾平凹《废都》主人公的书房亦用此名。当年狠斗私字一闪念，灵魂深处闹革命，即求缺也。

半生：50 年之谓也。康有为撰吴佩孚 50 大寿贺联上比云"牧野鹰扬，万岁英名才半世"；下比"洛阳虎踞，八方风雨会中州"。吴佩孚从未当过总统，一生却换掉三名国家一把手；康有为将吴佩孚比周文王，暗奉为皇帝，祝他长命百岁，深得吴心，送康 1000 元大洋的红包。22 个字得了相当于今天 22 万元人民币的稿酬，一字值万金！创中国稿费之吉尼斯纪录。

万般无俯仰：无论什么情况和困难，从不吹拍逢迎，始终保持了知识分子的独立人格与尊严。

精英：在教育界，吾侪以高级讲师、中学校长为多，还有大学系主任、校长、省古典文学研究会会长、全国模范教师等；在政界，绝大多数是县团级，还有市委常委、市委书记；在军界，多为大校，还有将军；文艺人鲜少，也有美术家、剧作家、文艺评论家数名。